河北省哲学社会科学规划研究重点项目
非物质文化遗产研究系列

燕赵文化研究系列丛书

河北文学通史

第二卷 上

【王长华 主编】

【阎福玲 李延年 本卷主编】

科学出版社
www.sciencep.com

内 容 简 介

　　中国幅员辽阔,每一地区有每一地区的风俗和文化,也同样有每一地区的个性鲜明的文学。本书作为一部区域文学史著作,用 200 多万字的篇幅深入浅出地记述和描绘了中国大地上的一个重要区域——河北文学近三千年的发生和发展,第一次细致全面地展示了拥有光荣文学传统的古燕赵区域内自上古神话产生到今天文学蓬勃发展的整个历程。书中既有对文学史发展轨迹的分类和具体描绘,又有对重要作家作品的深入分析与评介。

　　本书既适合作为区域文学研究的参考教材,也适于中等文化水平以上的文学爱好者阅读、自学。

图书在版编目(CIP)数据

河北文学通史·第二卷(上)/王长华主编 . —北京:科学出版社,2010
(燕赵文化研究系列丛书)
ISBN　978-7-03-026052-9

Ⅰ.河…　Ⅱ.王…　Ⅲ.文学史-河北省　Ⅳ.I209.922

中国版本图书馆 CIP 数据核字(2009)第 211166 号

责任编辑:王贻社　王剑虹　雷　旸/责任校对:李奕萱
责任印制:钱玉芬/封面设计:鑫联必升

科 学 出 版 社 出版
北京东黄城根北街 16 号
邮政编码: 100717
http://www.sciencep.com

双 青 印 刷 厂 印刷
科学出版社发行　各地新华书店经销

*

2010 年 1 月第 一 版　　开本:B5(720×1000)
2010 年 1 月第一次印刷　　印张:26 1/4
印数:1—1 500　　　　　　字数:513 000

定价:400.00 元(全 7 册)
(如有印装质量问题,我社负责调换)

河北省哲学社会科学规划研究重点项目

河北文学通史

第二卷（上）

主　　编　王长华

本卷主编　阎福玲　李延年

撰　稿　人　第一编　阎福玲

第二编　霍现俊

第三编　刘万川

第四编　李延年（绪论、第一、五、六、七章）

江合友（第二、三、四章）

目 录

第一编

宋代河北文学

绪　论

宋代是河北历史上非常特殊的一个时段。与隋唐及五代十国时期相比，宋代河北历史文化发展出现了新的趋势。

首先，在政区划分上，河北地处宋辽、宋金两个民族政权的结合部位，分属两个不同的政权国家。而宋辽、宋金的不断征战，又使河北之地成为当时双边争端的主要战场。

从总的趋势上看，北宋时期的河北，是宋辽、宋金征战的主战场。自公元960年太祖赵匡胤建立宋朝至1004年12月澶渊之盟签订前的40年，河北地界战争绵延不断，社会生产和经济生活遭到巨大破坏。太祖统治之时，朝廷的主要任务是统一全国，在其先南后北的统一策略下，宋朝与北方辽国修好，全力对付南方十国，除去几次小的军事摩擦，河北之地基本处于和平发展的状态。公元976年太祖去世，太宗赵炅继位，秉承太祖统一大略，着手平灭北汉政权，因辽助北汉，宋辽关系恶化，从此，河北之地成了宋辽交战的主战场。公元978年宋太宗平灭北汉，第二年乘胜征辽，高梁河之役先胜后败。公元980年辽军南侵，太宗御驾亲征至河北大名，辽军不战而退，太宗赋诗"一箭未施戎马退，六军空恨阵云高"。公元986年，太宗命三路大军北征辽国，史称"雍熙北伐"。东路将领贪功冒进，导致三路大军会师幽州的战略失算，战争再次以先胜后败结束。

"雍熙北伐"失败后，太宗厌兵，对辽政策转攻为守，宋朝对辽进入防御阶段。而经历了几次交战，辽朝已探明宋朝的军事实力，从此不断南下侵扰，后经唐河之役受挫，辽朝南侵之势稍有收敛。公元997年太宗去世，真宗赵恒继皇位，辽又趁宋新主登位、立足未稳之机，不断南侵，1000 年在羊山被宋将杨延昭打败，1004 年宋辽在赢州大战，辽军战死 3 万人，双方损失惨重，当年 12 月宋辽双方在河南澶州签订了"澶渊之盟"，约定以白沟河为界划疆而治，永不互犯。"澶渊之盟"是宋朝以金帛换和平的明智选择，在此后的一个世纪里宋辽和平相处，友好往来，为河北经济文化的恢复发展提供了有利的条件与保障。

北宋后期，随着北方女真族的崛起，1115 年女真在东北建立金朝，势力不断向南发展，金太祖完颜旻举旗反辽的斗争更加激烈，金兵先后攻克辽黄龙府（治今内蒙古巴林左旗）、东京（治今辽宁省辽阳市）、西京（治今山西省大同市），又于 1122 年正月，乘胜夺取中京（治今内蒙古宁城县南），遂下泽州（治今平泉县南），金朝势力进驻河北。从此，河北成了宋、辽、金三方交争之地，至 1127 年北宋灭亡，河北之地全部纳入金朝版图。

另外，在北方受战乱严重破坏的同时，南方经济却迅速发展，宋代经济重心南移，长江流域的经济上升为国家的经济支柱，以河北为代表的北方由作为国家"根本之地"的重要地位退降为军事战略要地。自太宗始，宋朝就把河北作为战略要地来经营，设立瓦桥（今雄县）、益津（今霸州）和高阳三关，派将门之子杨延昭把守，史称"杨六郎守三关"。公元 981 宋朝在遂城之梁门寨置静戎军，于遂城本地置威房军，时号"铜梁门、铁遂城"。为了阻挡辽军南侵，宋朝还在东塘水和西塘水之间设立保定军。"雍熙北伐"失败后，太宗对辽政策转攻为守，采纳大臣的建议，在保定至沧州一线大修塘泊淀寨，储水为塞，置"九十九殿、二十六寨"，又在保定以西至太行山一线广植榆树，构筑针对骑兵的防御林带，河北中部地区就成了宋朝的北塞之地，屯田、保寨、植树成为其经济、军事发展的主旋律。

为了巩固河北的战略地位，宋朝出内库缗钱十万，修固大名城。大名本是宋代"南北津途咽喉之所寄"，寇准称之为"北门锁钥"，庆历二年（1042年）将大名府升格为北京。《宋史·兵一》载："北京为河朔根本，宜宿重兵控扼大河南北，内则蔽王畿，外则声援诸路。"朝廷在大名派驻重兵守卫，以英宗治平二年为例，当时全国总兵力116万人，而河北有战卒30.1万人，占全国兵力的26％，北京大名则驻军5万人，成为北宋在北方的重要军事门户。

与作为宋辽征战主战场和北方战略要地的历史地位相应，宋代河北的学术文化也出现了明显的新变化。变化之一是在宋代文官政治群体中，河北士人属于南北两大阵营的北方阵营，政治上趋于保守，文化创造生机枯竭，这既是河北历史地位变化的结果，也是由南北自然地理和文化地理的差异造成的。南方多沿海河流，地势开阔多样，工商经济发达，造成南人机敏、狡黠、好动的性格心态，政治上南方官员乐于革新变法，勇于创新。而北方属内陆地区，闭塞，以自然经济为主，造成北人勤劳、纯朴、喜静的性格心态，政治上北方官员持重老成，惯于安分守己，趋于保守。这种南北差异造成宋代的文官政治出现地域性派别与阵营，出身于同一地区的官员，相互援引，多认同感，而对另一地区的官员则有排异性，造成宋代政治中党争激烈，从北宋前期的庆历党争到后期的元祐党争，南北士人各守阵营，新旧对立，使宋代政治呈现南北异质的特点。南人变法，北人反对，南北士人政治之争对宋代南北士人的势力消长与文化创造产生了直接的影响。

变化之二是文化重心南移，文学创作成就南方超过北方。唐以前中国的文化重心在北方，先秦的孔、孟，汉代传诗的齐鲁韩毛与精春秋之学的董仲舒，唐代考订五经的颜师古，均为北方学人，到宋代，著名学人的分布则南北均衡，南宋以后则以江南居多。北人喜经术，南人喜文学；北人务实，南人浪漫。文学上，北方尚豪放，南方崇绮丽，以乐府为例，北方乐府多征战题材，南方乐府多爱情题材；北歌嘹亮高亢，南音细腻婉转；南方重阴柔之美，北方喜阳刚之盛。散文中的"唐宋八大家"，唐代的韩柳两位为北方人，宋代欧王曾及三苏六位全是南方人。文化重心南移，在创作队伍上，南方超过北方。在这样的历史大趋势中，河北文学在经历了唐代的繁荣之后，出现渐趋萎缩之势。

宋代是中国古代历史上文化最为高涨的时期，陈寅恪的经典名言说："华夏民族之文化，历数千载之演进，而造极于赵宋之世。"（《金明馆丛编》二编）宋代的哲学、史学、文学、书法、绘画等学术文化及各种艺术都取得了辉煌的成就。宋代一方面成为传统文化的高涨时期，另一方面也开启了近世文化的先河。史学研究中著名的"内滕学说"（即"宋代近世说"）就是针对宋代学术文化的顶峰与转型意义而言。与整个宋代文化全面高涨形成巨大反差的是宋代河北文化与河北文学的萎缩与消歇。

据 2004 年中华书局版《中国文学家大辞典》宋代卷所收作者的统计，全书共收宋代文学家 2500 余人，其中明确定位为河北籍的作家约有 30 位，按出生年月排列，他们是范质、扈蒙、李昉、范旻、范杲、宋白、贾黄中、王化基、柳开、潘阆、李至、李沆、李维、李宗谔、刘筠、程琳、宋绶、田况、高赋、陈荐、张师正、宋敏求、刘挚、赵令畤、王安中、李若水、贾昌朝、高茂华、刘跂、释简长。除去这 30 位，在属籍上尚有争议（或曰占籍河北）者约有 13 位，分别是韩绛、韩维、韩缜、李之纯、邵雍、石延年、窦仪、孙永、王旦、王柜、王珉、王素、王雍等。这样，河北作者和占籍河北者相加，总数约有 43 位，约占所收作者总数的 0.15％。从这一数字看，宋代河北文学总格局中，作者队伍规模较小，而且缺少著名作者。上述 30 位河北籍作者在现行宋代文学史著作中常被提到的只有北宋前期的李昉、李至、柳开、刘筠、宋白、赵令畤等人。李昉、李至有《二李唱和集》，二人为宋初"香山体"（亦称"白体"）的代表作者。刘筠为西昆体三大代表人物之一。另外，在宋初复古运动中，柳开与石介齐名，为北宋诗文革新先驱作者。而在宋词创作中河北籍作者能提到的只有赵令畤、贾黄中二人。

从这种状况可以看出，宋代河北作者无声名卓著者，上面所列近 30 位作者，在一般宋代文学史中没有一个优入一二等作家队列者，都是三等或以下的小作者，在两宋文学创作中地位不高，影响不大。

再进一步分析，河北籍作者存留文学作品数量不多，而且缺少有影响力的名篇佳作。以诗为例，河北作者存诗总数在 50 首以上者有 8 位。刘挚 436 首，刘跂 225 首，王安中 220 首，李若水 138 首，宋白 130 首，刘筠 94 首，李昉 88 首，李至 88 首。其中，存诗 200 首以上者三位，100～200 首之间者两位，50～100 首之间者三位。存诗数量最多的刘挚也只有 436 首。这在"人各有集，集必有诗"（刘克庄《竹溪诗序》，《后村大全集》卷九十四）的宋诗创作中实在显得微不足道。宋代诗人相比唐人更加高产，作为唐诗双子星座的"李杜"，李白存诗 940 多首，杜甫存诗 1400 多首。而宋代诗歌名家中，作为"北宋四大家"的"欧王苏黄"，欧阳修存诗 954 首，而以散文成就最高，王安石存诗 1741 首，苏轼作为全能作者，存诗 2824 首，黄庭坚存诗 2204 首。作品数量都远出刘挚之上。南宋"中兴四大诗人"中，杨万里存诗 4284 首左右，范成大存诗 1974 首，陆游存诗数量创下古今诗人之最，他自称"六十年间万首诗"，高达 9271 首[①]。当然数量的多寡并不是创作成就的唯一标志，成就的高低还取决于诗人的创作是否写出名篇佳作，传之不朽。从宋诗现存名篇佳作看，河北籍作者的名篇名句占有率也不高。30 多位作者中，被历代诗话所例举品评者如柳开的《塞上》，宋白的《宫词百首》，李宗谔的《春郊》，刘筠的《南朝》、《汉武》，宋敏求的《九江琵琶亭》，刘挚的《齐己草堂》，李若水的《书怀》，刘跂的《题半隐堂》等，不过十几首。无论数量还是质量，河北诗歌对整个宋代诗歌创作难以产生全局性的深刻影响。更为重要的是，在宋代诗人为建构一种新的诗歌审美范式而努力追求与探索，寻求古典诗歌新的发展

---

① 此处有关宋代诗人存诗数量的统计依据北京大学李铎先生开发的《全宋诗分析系统》而来。近年来人们陆续增补者不算在此列。

方向的时候，河北诗人观念却相对保守，没能与时俱进，最终在宋诗时代特色不断凝定的历史进程中，河北诗人与诗歌创作不知不觉地被挤到了诗坛的边缘。

宋代河北散文创作比诗歌成就略高，因为北方文士多出明经，或凭门荫入仕，相对更重视文章的写作。宋代的河北存留散文作品 1200 多篇散文作者。涉及作者约有 30 人，包括范质、扈蒙、李昉、潘阆、宋白、贾黄中、王化基、柳开、李至、李沆、李维、李宗谔、刘筠、石延年、程琳、宋绶、贾昌朝、田况、高赋、陈荐、张师正、宋敏求、刘挚、刘跂、李若水、王安中等。因为北人性格的务实，他们存留的作品，大多数都是制诏、奏议、书表等应用文或朝廷与官府之间往来的公文，而那些具有纯文学抒情性质的美文写作，包括辞赋或文赋作品数量极少，因此与南方士人的文章写作相比，纯文学散文数量有限。除去刘筠的《大酺赋》，刘挚的《祭蹈文》，刘跂的《宣防宫赋》，替父申冤的《谢执政启》、《学易堂记》等篇外，河北散文作者很少写南方作者崇尚的以抒情为主、体现个人性情与趣味的文学美文，如范仲淹《岳阳楼记》，欧阳修《秋声赋》、《醉翁亭记》、《丰乐亭记》，王安石《游褒禅山记》，苏轼的前后《赤壁赋》、《喜雨亭记》等美文名篇。因此，从明代以来人们习惯称道的"唐宋散文八大家"中，宋代的六位：欧阳修、曾巩、王安石、苏洵、苏轼、苏辙无一例外地都是南方人。而河北作者写作的更多的是应用性公文，因此，虽然《宋史·艺文志》、《直斋书录解题》、《郡斋读书志》等目录著作著录河北作家文集数量不少，多者 50 卷、30 卷，少者也一二十卷，但随着时光的流逝，这些文集或文章因为其文学性较弱，所谓"言之无文，行而不远"，在后世的淡忘中，逐渐都散佚了。存留下来的数量不到总量的三四分之一。

而词的创作，更不比散文与诗歌，北方文士庄严雅正，也缺少南方文士的浪漫情调，词作者只有潘阆、石延年、贾黄中、赵令畤、王安中几位，无论是作者队伍，还是作品数量，河北作者的词创作与宋词作为宋代文学具有时代特色的代表文体的地位都极不相称。因此，相比于前面的唐代文学和后面的金元文学，宋代河北文学无疑走入了自身发展的低潮阶段。

我们知道，河北文学在唐代文学中占有重要地位，唐代著名诗人高适、刘禹锡，一般作者李峤、苏味道、李颀、李华、李嘉祐、刘长卿、卢纶、贾岛、卢仝都是河北诗人。他们或开宗立派，或自成一家，名篇佳作，散见于文学作品选和文学史所提引的作品之中，在唐诗史上占有不可或缺的重要位置。在散文创作中，从初唐的魏徵、卢藏用，到中唐的李华、李观，再到中晚唐的刘禹锡、李翱、李德裕等，这些人对唐代散文的发展也具有举足轻重的作用。而在金元文学中，金代有著名作者元好问，诗人赵秉文、蔡珪，诗人兼诗评家王若虚等。元代除刘秉忠等人的诗歌成就外，以关汉卿为代表的河北戏剧作家群在元代戏剧创作中占有半壁江山，再一次把河北文学创作推向高峰。而处在唐五代和金元文学之间的宋代（确切说是北宋）河北文学处于创作的低潮时期，作者队伍不成规模，创作业绩萎缩消歇，总体成就不高。

宋代河北文学萎缩消歇的原因很多，较重要的因素有二。

一是从仁宗朝始，进士考试，多取南人。与之相应，北人多明经，南人多进士，造成文化重心向南方文士转移。陆游《论选用西北士大夫札子》说："天圣以前，选用人才，多取北人。"欧阳修《归田录》载："太宗时，宋白、贾黄中、李至、吕蒙正、苏易简五人同时拜翰林学士承旨，扈蒙赠之以诗云：'五凤齐飞入翰林。'其后吕蒙正为宰相，贾黄中、李至、苏易简皆至参知政事。宋白官至尚书，老于承旨。皆为名臣。"《旧闻证误》考证此"在太平兴国八年五月事也。实李文恭穆与宋、贾、吕、李五公同入翰林，后二年，苏易简始为学士"。此五人中，宋白、贾黄中、李至皆为河北人，吕蒙正为河南洛阳人，仅苏易简为四川人，可见宋初选人多取北人。北方人在当朝的政治与文化创造中占据主导地位。然而从仁宗天圣开始，朝廷多取南人，文化重心向南方和南人转移。北人在其中的权重地位开始下降。

陈植锷《北宋文化史述论》说，从政治上讲，是北方征服了南方；从文化上讲，则是南方占领了北方。南方文化高于北方文化，由宋代科举考试取人的情况可以看得很清楚。大抵从太宗朝开始，每岁放榜，"所得率江南之秀"（王明清《挥麈录》），至仁宗朝及其以后，尤其如此。欧阳修解释这种现象时曾经很委婉地指出："东南之俗好文，故进士多而经学少；西北之人尚质，故进士少而经学多。"（《奏议集》卷十七《论逐路取人札子》治平元年1064年）

陈植锷根据昌彼得、王德毅《宋人传记资料索引》所载宋人小传等资料统计说："熙宁元年以前北宋所取进士（包括及第与同出身），占籍关中者55人，河朔85人，而东南四路有628人，是关中的11.4倍，河朔的7.4倍。到北宋后期，南北、东西之间的距离就拉得更大，取进士数的比率分别是东南（1146）：关中（17），即67.4：1；东南（1146）：河北（41），即28：1。这一统计结果，与前引陆游等人的结论，完全一致，足证东南四路成为赵宋时代全国的文化重心所在，自北宋开国不久即是如此，至北宋后期，南北、东西之间的差距更加明显。而作为这一转化之枢机的真、仁之际，随着南方士人不断地进入中央权要之地，五代时期以南唐、西蜀为中心的具有南方性质的词曲创作逐渐进入当时的文化中心开封，与11世纪初期因北方生产的复苏而形成的中原城市经济相结合，开始变得繁荣起来，也便是很自然的了。"①文化创造的主体是文士，南方文士的崛起，逐渐取代了宋初北方文士主宰朝廷与文化的中心地位，成为宋代主流文化的创造者，而北方文士虽然没有失去政治优势，但却在文化创造上，尤其是在文学创作上被南方士人边缘化了。

二是河北作为军事战略要地的地位上升而作为国家经济文化中心的地位下降。1004年宋辽瀛州之战，双方损失惨重，12月宋辽双方

---

① 陈植锷：《北宋文化史述论》，中国社会科学出版社，1992年，第468页。

在河南澶州签订了"澶渊之盟"，约定以白沟河为界划疆而治，永不互犯。"澶渊之盟"是宋朝以金帛换和平的明智选择，为宋朝赢得近一个世纪的和平与安宁。然而其约定宋辽双方以今天河北中部的雄县、霸县的白沟河向西延伸到山西的桑干河为界线，使宋朝的边境线大大南移，版图内缩。唐代边境北至大漠，南到海隅，以四夷为边。以河朔三镇为中心的河北成为唐代北方政治、经济、军事、文化重镇。然而宋代边境线的南移，不仅使北方燕云十六州落入辽国之手，而且也使河北的半壁江山划在了大宋版图之外，因此，"澶渊之盟"既为河北经济文化的恢复发展提供了有利的条件与保障，同时也把河北由唐代在北方的政治、经济、军事、文化重镇的地位降格为边境军事战略要地。为了巩固河北的战略地位，宋朝在今河北保定至沧州一线大量修筑寨堡、淀泊，并出内库缗钱十万，修固"南北津途咽喉"、有"北门锁钥"地位的大名城。至仁宗庆历二年（1042年）宋朝更将大名府升格为北京，使大名成为宋朝在北方的重要军事门户。政治文化中心到军事战略要地的转换，对宋代河北文化与文学的发展产生了很大的负面影响。一方面，它造成河北文士的南移，一些大家士族为了自身的发展，举家南迁，跻身中原，如宋代占籍河北的作者多属于南迁定居中原或南方的。另一方面，来河北工作的文士，也把河北之行当作成边镇守的经略行为，军事行为升格为第一要务，他们在处理宋辽关系及军事守备方面兢兢业业，相应地文学活动远不及中原的京城开封以及南方的商业文化发达的沿海地区显得活跃。这也是造成宋代河北文化与文学成就下降的重要原因。

从宋代诗人所写的送人之任河北的诗作可以看出，河北在当时士人的心目中，就是当时的北边寒塞。韩琦《谢真定李密学惠牡丹》云"穷边无处睹春荣，咫尺常山似洛城"，把河北视为穷边之地。司马光《御宴送李宣徽知真定府口号》云"旗尾飘扬山烧裂，马蹄腾踏塞尘昏"，也把河北当做边塞来看。郑獬《送周密学知真定府》云"白发汉中郎，旌旗下建章。雪通沙路润，春入塞云黄。地势井陉口，天文大昴旁。平时卷金甲，壮略寄壶觞"，也把河北真定（今正定县）写成"春入塞云黄"。这都说明在宋代文士心目中，河北不仅被看成是军事战略要地，而且更当是边塞之地。由于边境线的南移与版图的内缩，今天河北省保定以北的广大地区，除了两宋使者的诗略有涉笔外，基本被排斥在宋代文学表现的领域之外，这对宋代河北文化和文学建设与积累来说，都是一个不小的损失。

第一章　刘筠与宋代河北诗歌创作

第一节　宋代河北诗歌创作概况

宋代河北诗歌创作相对于散文创作而言，无论是作家人数，还是作品的数量、质量以及成就与影响，都比较低弱。按照《全宋诗》的统计，宋代河北诗歌存诗总量约为1600篇，涉及河北诗人30位，分别是范质、扈蒙、李昉、范旻、范杲、潘阆、宋白、贾黄中、王化基、柳开、李至、李沆、李维、李宗谔、刘筠、程琳、宋绶、田况、高赋、陈荐、张师正、宋敏求、刘挚、赵令畤、王安中、李若水、贾昌朝、高茂华、刘跂、释简长等。宋代占籍河北的诗人约13位，分别是韩绛、韩维、韩缜、李之纯、邵雍、石延年、窦仪、孙永、王旦、王裦、王珉、王素、王雍等，存诗近2000首。另外还有为官河北的外地诗人，如欧阳修、韩琦、强至、苏轼、黄庭坚、王岩叟等。我们的研究以河北籍30位诗人为主来展开。

宋代河北诗歌创作的发展是与宋诗整体创作相伴而行的，构成宋诗创作的有机组成部分。大体而言，宋代河北诗歌的发展可以分为三个时期，宋初太祖、太宗至真宗三朝为第一期，可视为河北诗歌创作的宗唐探索期。与宋代整体诗歌创作发展一样，河北诗歌创作也处于宗唐与探索阶段。包括宋白、李昉、李至以至其后的刘筠、李维、李宗谔等人在内，河北诗人或宗师唐代白居易，写作"白体"诗歌，亦称"香山体"，或宗师李商隐，写作西昆体诗歌。他们的创作在宋初三朝诗坛中占据着比较重要的地位。仁宗朝至哲宗朝为河北诗歌创作的第二期，可视为河北诗歌创作的独立发展期。随着南方士人在政治与文学上的崛起，河北诗歌的发展逐渐呈现衰减的趋势，成就与地位都有所下降。此时河北诗人如程琳、宋绶、石延年、田况、高赋、陈荐、张师正、宋敏求、刘挚等，在整个宋诗创作由变唐走向立宋的关键时段，河北诗人坚守宗经致用为本、诗词歌赋为末的原则，在主流诗歌"以文为诗"、"以议论为诗"、"以才学为诗"、追求气格与理趣的美学追求之外，河北诗歌独立发展，以刘挚等人为代表的河北诗歌创作，虽然成就不高，处于宋诗创作的边缘地位，却保持了自身的现实性与抒情性特点。北宋末年徽钦二朝到南宋高宋朝为河北宋诗创作的第三期，是宋代河北诗歌创作的终结期，主要诗人有赵令畤、刘跂、王安中、李若水等。较有成就的作者只有跨越北宋、南宋的王安中和以身殉国、慷慨赴死的爱国诗人李若水。

宋初三朝，诗歌创作处于宗唐时期，尚未具有宋诗鲜明的时代特点。文学史描述宋初诗歌的发展，往往聚焦于"宋初三体"，以展现宋初诗歌创作的演进历程。"宋初三体"中出现最早的是"白体"。"白体"诗以王禹偁、李昉、李至、徐铉等为代表，主张学习白居易的诗，白居易晚号"香山居士"，因此"白体"亦称"香山体"。"香山体"三位代表诗人中，王禹偁为山东巨野人，他的诗侧重学习白居易诗歌关注民生、批判现实的精神，自言"本与乐天为后进，敢期子美是前身"①，把忧患现实视为诗歌创作的生命。而河北诗人李昉、李至，则侧重学习白居易晚年诗歌酬唱赠答的习尚。白居易后期，随着其政治热情的消退，亦官亦隐，特别是晚年居洛阳，与刘禹锡等唱和酬答，谈禅论道，闲适自得，沉湎于高官厚禄、志得意满之中，诗歌创作多格律诗、闲适诗，与前期讽谕现实的诗歌判然有别。李昉、李至的诗歌创作集中在晚年，侧重学习白居易晚年诗，著有《二李唱和集》，存诗170多篇，其诗或咏物，或抒情，沉醉于诗酒及读书鉴赏等文人生活情趣之中。详见下文专节论述。

紧随"白体"兴起的是"晚唐体"。晚唐体诗歌以林逋、魏野、潘

---

① 王禹偁《前赋〈春居杂兴诗〉二首，间半岁不复省视，因长男嘉祐读〈杜工部集〉，见语意颇有相类者，咨于予，且意予窃之也，予喜而作诗，聊以自贺》。

闽为代表，包括希昼、保暹、惠崇、简长、文兆、行肇、惟凤、宇昭、怀古九位僧人。他们主张学习中唐诗人姚合、贾岛①，描写自然山川之景，崇尚野逸孤瘦的诗歌风格。晚唐体三位代表诗人中，潘阆为河北大名人②，今存诗歌77首并断句。潘阆诗承袭晚唐五代余风，野逸孤峭，词翰飘洒，为时所重。王禹偁《潘阆咏潮图赞》称赏其《自序吟》诗"发任茎茎白，诗须字字清"、《贫居》诗"长喜诗无病，不忧家更贫"、《哭高舍人》诗"生前是客曾投卷，死后何人与撰碑"、《寄张咏》诗"莫嗟黑鬓从头白，终见黄河到底清"，皆"寒苦清奇"，"然趣尚自远，交游不群"。刘攽《中山诗话》赞其《岁暮自桐庐归钱塘》诗"不减唐人刘长卿"。南宋吴曾《能改斋漫录》认为其诗《题资福院石井》不在石延年、苏舜钦之下③。

此外，九僧中简长（生卒年不详）为沃州（今河北赵县）人，也属于晚唐体中河北诗人。《九僧诗集》中录简长诗17首。今《全宋诗》收录19首。其诗歌也尊崇晚唐姚贾风尚。时人张景评论其诗"始发于寂寞，渐近于冲和，尽出于清奇，卒归于雅静"④。现存的19首诗主体为五言律诗，抒写禅家僧侣迎来送往、修道悟禅的生活情景。《晚次江陵》、《寄云水禅师》、《送居寿师西游》、《送僧南归》等篇最能代表简长诗歌精雅清奇的特点，如《晚次江陵》：

楚路接江陵，倦行愁问程。异乡无旧识，多难足离情。

落日悬秋树，寒芜上废城。前山不可望，断续暮猿声。

---

① 现今通行的中国文学史把姚合、贾岛定为中唐诗人，这是依据元代杨士弘所编《唐音》和明代高棅《唐诗品汇》将唐诗发展分为初、盛、中、晚四期的分法，而宋人研究唐诗时只有三唐观念，故列姚合贾岛为晚唐诗人，称晚唐体。

② 关于潘阆的籍属，晁公武《郡斋读书志》作河北大名人，陈振孙《直斋书录解题》作广陵（今江苏扬州）人。丁传靖《宋人轶事汇编》卷四引《玉几山房听雨录》曰："潘本大谷人，卒泗。"疑此"大谷人"为"大名人"之笔误。

③ 吴曾《能改斋漫录》卷十一曰："予旧读《湘山野录》，喜阆所作《西湖曲》。及游江南，见题石井绝句，颇有前辈气味，不在石曼卿、苏子美下。"

④ 《宋诗纪事》卷九十一引张景《简长诗序》语。

写诗人于傍晚行次江陵的所见所感，身处异乡的乡愁与旅愁，通过荒寒的古城、秋树遮蔽的落日以及断续传来的暮猿哀鸣等传达出来。诗人不仅善于化情为景，而且其五言之作尤其突出经营颔联、颈联的写景效果，如《送居寿师西游》："几程看日落，孤影背河流。古戍烟微敛，遥峰雨半收。"《李氏山庄留别》："松斋秋掩月，石窦醉眠云。远墅灶烟合，寒原驿路分。"《送僧南归》："吴山全接汉，江树半藏云。振锡林烟断，添瓶涧月分"等都如此，清代纪昀认为这些句子"妙在巧而不纤"，"虽雕琢而成，而一气流出，不见凑合之迹"（《瀛奎律髓汇评》卷四十七）。典型体现了宋初晚唐体的特色。

与晚唐体同时稍后的西昆体，出现于真宗时期，以杨亿、刘筠、钱惟演为代表，为纠正白体诗歌浅易直白之弊，推崇李商隐诗歌，重视运用典故，或咏史寄意，或咏物寓情，以学者诗引领宋诗发展新方向。其代表诗人刘筠为河北大名人，他与李宗谔、李维两位河北诗人一道，成为宋初三朝河北诗歌创作的重要代表，其创作情况，详见下文的专节讨论。

除去上述李昉、李至、潘阆、刘筠、李宗谔、李维等"宋初三体"诗人外，宋初三朝的河北诗人还有范质、扈蒙、范旻、范杲、贾黄中、王化基、柳开、李沆等。他们无一例外都是由五代过渡到宋代的河北诗人，且存诗数量有限。最早进入宋代的河北诗人有大名宗城的范氏诗人和幽州安次的扈蒙。范质（911～964年）字文素，大名宗城人，是由五代入宋最年长的河北作者，后唐明宗长兴四年进士，历仕后晋、后汉、后周，封萧国公，入宋，太祖建隆元年加侍中、右仆射，兼门下侍郎、平章事，乾德元年封鲁国公，二年，罢为太子太傅，54岁去世。范质著有《范鲁公集》30卷，早已散佚。《全宋诗》录其诗两首。一为《诫儿侄八百字》，通过叙自身平生经历，敦敦告诫子侄们积善清白，慎交友人，重学立身，勤于道艺，要端居守礼，勿为放旷，行诫轻肥，勿为任侠，少言是非，多结君子；一为《贺李昉》，为祝贺李昉荣升北周翰林学士而作。《诗话总龟》卷二十七引《古今诗话》曰：“周世宗征淮南，王师围寿春。翰林学士陶谷使吴越，学士惟王著而已。李相时为主客郎中知制诰，遂有北门之召，迁屯田正郎。丞相范质、端明殿学士窦仪俱作诗贺之。”范质以外，大名宗城范氏家族还有范杲、范旻数位作者。范旻（936～981年）字贵参，范质之子，后周时累官著作佐郎，入宋知邕州，转淮南转运事，后为考工郎中、右谏议大夫，加给事中，贬房州司户参军，移唐州，太平兴国六年卒，年46岁，有文集20卷，早已散佚。《全宋诗》保存其《游南雁荡》诗一首，表达归隐之意。范杲，生卒年不详，字师回，范质从子，太宗太平兴国初为著作郎、直史馆，雍熙二年擢知制诰，后为京兆知府、寿州知府，召为史馆修撰，改右谏议大夫，知濠州，复召为史馆修撰，至京师卒，终年56岁。《全宋诗》存其送僧诗一首，另有残句：“千里版图来浙右，一声金鼓下河东。”据《古今诗话》载：“太宗收并门，凯旋日，范杲叩回銮进诗曰：‘千里版图来浙右，一声金鼓下河东。’赐一官。”可知此诗是范杲为贺御驾凯旋而作，写得气宇轩昂，境界博大。

与三范同时代的河北诗人还有扈蒙（915～986年）。扈蒙，字日用，幽州安次（今河北廊坊）人。据《东都事略》、《宋史》所载，扈蒙少时能文，后晋天福中举进士，为汉鄠县主簿，后周广顺中，为归德军掌书记，召入朝，为右拾遗、直史馆，知制诰，与从弟扈载并掌内外制，时称“二扈”。入宋，扈蒙由中书舍人迁翰林学士、左补阙，乾德六年，复知制诰，充史馆修撰，参修《五代史》，详定《古今本草》，曾知贡举，受卢多逊排挤，开宝九年，知江陵府，太宗即位，召拜中书舍人，复翰林学士，与李昉同修《太祖实录》，太平兴国四年，转户部侍郎，加翰林承旨，雍熙三年，以工部尚书退休，享年72岁，有《鳌山集》20卷，今已散佚。《全宋诗》存其为桐庐员外所赋诗1首。

带着青春的朝气进入宋朝的河北诗人有贾黄中、王化基、柳开和李沆。贾黄中（941～996年）字娲民，沧州南皮人，7岁举神童，15岁举进士，仕后周为集贤校理、直史馆，入宋为右拾遗，历右补阙、定州通判。太平兴国二年知升州，后知制诰、充翰林学士，端拱初加中书舍人兼史馆修撰，淳化二年拜参知政事，五年出知澶州，至道二年卒，年56岁，有文集30卷，今已散佚。《全宋诗》录其诗五首。其《伏睹禁林盛事谨赋一章》铺写翰林苑唱和情景：

璇题飞白御毫新，三体琼章妙入神。特赐禁林为盛事，只缘明主重名臣。

青纶辉映轻前古，丹地深严隔世尘。金篆祯祥非是宝，玉堂名号此方贞。

恩荣谁比烟霄客，文彩长悬日月轮。为报鳌宫主人道，蓬莱全胜昔时春。

诗中"特赐禁林为盛事，只缘明主重名臣"写出了当时君臣遇合的情状。《耆旧续闻》卷九记载太祖朝翰苑诸公唱和风尚时，例举多人诗句，对贾黄中的"青纶辉映轻前古，丹地深严隔世尘"诗句称赏有加。

王化基（944～1010年），字永图，真定（今河北正定县）人，太平兴国二年进士，为大理评事，常州通判，后入朝为著作郎、右谏议大夫、淳化中迁工部侍郎，至道三年，拜参知政事，后知扬州、河南府、进礼部尚书，大中祥符三年卒。《全宋诗》存录其诗《送僧归护国寺》二首，第二首七律："岿然傍势浙江东，不羡金庭第一峰。法境常清五十里，妙莲今现几千重。清凉解洗枝头露，变现能飞钵底龙。平日旧游今复到，苍崖邃谷抱长松。"以浩大的气势写出归僧远离尘嚣的悟法修道情境。可以见出王化基诗歌善于化情为景的表现力。他的另外两个断句："美璞未成终是宝，精钢宁折不为钩"，"文章换桂一枝秀，清白传家两弟贫"，也是充满至理的名言。孔平仲《谈苑》载："王化基诗《送梁助》曰：'文章换桂一枝秀，清白传家两弟贫。'人多诵之。"

比王化基晚三岁的河北诗人还有柳开和李沆。柳开（947～1000年），为宋初著名散文家，其对河北文学的贡献在文不在诗，《全宋诗》存录其诗8首，语意平平，其中《塞上》一首："鸣髇直上一千尺，天静无风声更干。碧眼胡儿三百骑，尽提金勒向云看。"为人称道。《诗话总龟》前集卷十载："柳彦涂《塞上》云：'鸣髇直上几千尺，天静无风声更干。碧眼胡儿三百骑，尽提金勒向云看。'都下好事者画为图。"另据《诗话总龟》前集卷二十六载："九重城阙新天子，万卷诗书老舍人。"为柳开赠梁周翰之作，对仗工整，不失为名句。

李沆（947～1004年），字太初，洺州肥乡人。太平兴国五年进士，为将作监丞、通判潭州，召直史馆，雍熙三年，知制诰，后迁职方员外郎、翰林学士，淳化三年，拜给事中、参知政事。又出知河南府，咸平初，自户部侍郎、参知政事拜同中书门下平章事，监修国史，改中书侍郎，又累加门下侍郎、尚书右仆射，景德元年卒，年58岁，谥文靖。《全宋诗》录其诗3首。《题六和塔》："经从塔下几春秋，每恨无因到上头。今日始知高处险，不如归卧旧林丘。"两联绝句，诗意陡转，造成很强的陌生化效果。李沆于诗，崇尚尖新生动。魏庆之《诗人玉屑》引《东轩笔录》云："夏郑公竦以父殁王事，得三班差使，然自少好读书，攻为诗。一日，携所业，伺宰相李文靖沆退朝，拜于马首而献之。文靖读其句，有'山势蜂腰断，溪流燕尾分'之句，深爱之。终卷皆佳句。翊日，袖诗呈真宗。及叙死事之后，乞与换文资，遂改润州金坛主簿。"从李沆激赏的诗句可以看出其重视对仗，喜爱尖新之句。《题六和塔》诗即以出人意表的转折造成新意，从中也可知李沆审慎端直的处世态度。《避暑录话》云："李文靖公沆为相，专以方严重厚镇服浮躁，尤不乐人论说短长附己。"同是写登高主题，唐代杜甫《望岳》面对齐鲁大地上青青未了的泰山，希冀"会当凌绝顶，一览众山小"，充满登泰山而小天下青春浪漫的远大志向。而作为宋人的李沆，却畏惧高险，希望归卧林丘，足见其厚重稳健的处世态度。

由五代入宋的河北诗人中存诗数量较多，成就最高的当数宋白。宋白（936～1012年），字太素，一作素臣，河北大名人。他一生三知贡举，参与宋初大型文化建设工作，杨亿奉之"作文章盟主，实朝廷宗工"。今存诗歌130首，其《宫词百首》在宫词创作史上具有重要转折地位。有关宋白生平与诗歌创作特点及贡献，详见下文专节论述。

宋初三朝河北诗人中的李维、李宗谔、刘筠是在宋朝成长起来的第一代诗人，李维（961～1031年），字仲方，洺州肥乡人，李沆之弟。李宗谔（964～1012年），字昌武，饶阳人，李昉之子。刘筠（971～1031年），字子仪，大名人，咸平元年进士，一生三为翰林学士。此三人于真宗景德二年（1005年）因参与编纂大型类书《册府元龟》，入秘阁，同事八年，与杨亿、钱惟演等，互相唱和，创造宋初诗坛著名的西昆诗。作为西昆诗歌的三大代表人物之一，刘筠因此成为宋代最著名的河北诗人。其诗歌创作详情请见后面专节论述。

从仁宗经英宗、神宗至哲宗四朝为宋代河北诗歌创作的第二期，为河北诗歌独立发展期。此时随着南方士人的崛起及其文学创作的兴盛，北方士人在文学总格局中所占比重下降，由核心地位逐渐走向边缘化。虽然北方士人在整个政治格局中并未沦为弱势群体，但其文学地位和成就相比于宋初三朝，有所下降。河北士人重经术，多由明经出身，进士所占比例较小，他们重视文章与学术，重器识而轻文才，著名的朔党领袖刘挚曾说："士当以器识为先，一号为文人，无足观矣。①""其于用人，先器识后才艺"②。轻视文学才艺，不重视诗赋创作，造成宋初以来河北诗歌与散文并盛的局面一去不返。并且从仁宗朝开始，南方士人如欧阳修、苏舜钦、曾巩、郭祥正、王安石、王令、苏洵、苏轼、苏辙、文同及苏门学士，递相崛起，成为宋代文学诗文词创作的主流作家群，占据了北宋中后期的整个文坛。而河北诗歌创作总体呈现衰减的趋势，成就不高，地位明显下降。在值得提到的宋代29位河北诗人中，宋初三朝的60年就占了16位，其中李昉、李至、宋白、刘筠、李维、李宗谔等人都是当时诗坛较有影响的诗人。而在自仁宗至哲宗近80年

---

① 顾炎武《日知录》卷十九曰："唐宋以下，何文人之多也！固有不识经术，不通古今，而自命为文人者矣。韩文公《符读书城南诗》曰：'文章岂不贵，经训乃菑畬。潢潦无根源，朝满夕已除。人不通古今，马牛而襟裾。行身陷不义，况望多名誉。'而宋刘挚之训子孙，每曰：'士当以器识为先，一号为文人，无足观矣。'然则以文人名于世，焉足重哉。此扬子云所谓'摭我华，而不食我实'者也。"

② 刘安世：《忠肃集序》，刘挚：《忠肃集》，文渊阁四库全书本。

中，河北诗人却不到 10 位，值得提及的只有程琳、宋绶、石延年、田况、高赋、陈荐、张师正、宋敏求、刘挚九位，而石延年还只能算是占籍河北的作者。这九位中成就较高的只有石延年、刘挚两位。然而，他们在一般宋代文学史著作中也很少被提到，在整个北宋中后期诗坛上影响不大。

宋代河北诗歌发展的第二期之所以成就不高，主要原因在于诗人队伍规模较小，没有形成较强的创作阵容，多数诗人存留作品数量较少，但更主要的是：这一时期正是宋诗时代风尚由初创走向定型的重要历史时期。在欧阳修、梅尧臣、苏舜钦等努力下，强化中唐以来诗歌中"以文为诗"、"以议论为诗"的因素，由宋初的宗唐转入有意识地变唐，自觉探索诗歌发展的新道路，其后的王安石，矜才使气，继承西昆诗歌重才学的精神，又为宋诗的发展增加了"以才学为诗"的因素，北宋后期苏轼、黄庭坚生活的元祐时期，崇尚"以文为诗"、"以议论为诗"、"以才学为诗"，重气格、尚理趣的一种新的诗歌审美类型已正式确立，成为具有宋代时代精神与特点的审美风格。在整个宋诗时代特色不断建构的历史进程中，河北诗人没有自觉紧随时代的脚步，与时俱进，而是仅凭个人的审美情趣，自发写作，最终被时代主潮边缘化。

第二期较早的诗人首先是程琳。程琳（988～1056 年），字天球，中山博野（今河北蠡县）人，仁宗景祐宰相。大中祥符四年，程琳举服勤辞学科，为泰宁军节度推官，改著作佐郎、知寿阳县，后直集贤院，迁太常博士、三司户部判官，预修《真宗实录》，迁右谏议大夫、权御史中丞，拜枢密直学士、知益州、知开封府，后为龙图阁直学士、御史中丞、三司使，迁吏部侍郎，景祐四年，拜参知政事，后出知颍州、青州、大名府。程琳曾为河北安抚使，后移陕西，知永兴军府事，判延州，皇祐元年，加同中书门下平章事，复判大名府，兼北京留守，嘉祐元年卒，年 69 岁，赠中书令，谥文简，有文集奏议 60 卷，今已散佚。今编《全宋诗》收录其诗歌 5 首，其中 4 首为咏物诗。代表作为《和答刘夔咏茱萸》二首：

> 霜枝雕翠雁横秋，莫倚危楼动旅愁。菊有清香樽有酒，茱萸不插也风流。
> 秋风台上起高歌，把酒看花意已多。屈轶不生神豸死，结荣为佩欲如何。

诗中"茱萸不插也风流"、"结荣为佩欲如何"，借物言志，表达一种慷慨不屈之气，从中可见程琳刚决明敏、慷慨旷达的性格气质。其《咏海棠》"浣花溪上年年意，露湿烟霞拂客衣"，描绘海棠韵致，别有情调。

与程琳同时代值得提及的河北诗人还有宋绶。宋绶（991～1040年），字公垂，赵州平棘（今河北赵县）人，仁宗朝宰相，以外祖父杨徽之荫补太常寺祝，后赐同进士出身。宋绶仕途不断迁升，先知制诰，后为户部郎中，翰林学士兼侍读学士，参修国史，迁中书舍人，明道二年，拜参知政事，后曾为枢密院事，迁兵部尚书，再拜参知政事，五十卒，谥宣献。其生平及性格特点等详见散文部分。宋绶的一生，在政治、学术、文学等领域都有很高造诣与贡献，在宋代文化史上占有重要地位。文彦博《宋宣献书帖后》曾高度评价宋绶说："宣献公文学德望，为一代宗师。"惜其作品都已散佚，今《全宋诗》仅录其诗歌五首，包括《上元以修史促成书特免扈从因赋》、《玉堂壁画》、《送僧归护国寺》、《送何水部蒙出牧袁州》、《题义门胡氏华林书院》，另有八联残句诗。其《送何水部蒙出牧袁州》写得较好：

> 梧楸初谢楚天凉，亲见腰间换印囊。渔浦雾浓沉迸鼓，溢江风急下危樯。
> 帝城云表瞻龙首，故国星边认剑光。退食斋中多燕喜，暖泉春酿泛瑶觞。

诗从秋晚送人写起，设想何蒙抵达袁州的情景，既语出有典，又能自然流畅。然而，通过这五首诗我们实难见其诗歌创作的全貌，宋江少虞《宋朝事实类苑》卷三十七"雍熙以来文士诗"条引《杨文公谈苑》云，杨亿非常欣赏宋绶《送人知江陵》中"奇才剑客当前队，丽赋骚人托后车"、《送人洪州》中"江涵帝子翚飞阁，山际真君鹤驭天"以及《送周贤良》中"楚泽伤春怨鹠鸩，长安索米愧侏儒"三联，称为工绝，并为佳句。①
宋绶的诗不仅得到杨亿称赏，宋吴开《优古堂诗话》也说："豫章事实，王
勃序之详矣，题咏此邦者，往往采之。晏元献云：'望半气沈宠已化，置邑
人去榻犹悬。'陶邑州云：'剑待张华时已晚，榻延徐稚礼应疏。'此二联全
是'龙光射牛斗之墟，徐孺下陈蕃之榻'也。宋绶公垂云：'江涵帝子翚飞
阁，山际真君鹤驭天。'不袭陈迹，甚可佳也。"可知宋绶诗在当时多为人称
道。不仅如此，宋绶还曾经编古诗及六朝隋唐人吟咏岁时之诗为《岁时杂咏
诗》18卷，毕仲游为其作序。南宋蒲积中《古今岁时杂咏》就是在此基础上
重编而成最有影响的岁时诗选。

　　与程琳、宋绶同时代占籍河北的诗人有石延年。石延年（994～
1041年），字曼卿，一字安仁，先世幽州（今河北）人，后迁宋州宋城
（今河南商丘）。石延年早年累举进士不第，真宗录三举进士，补为三班
奉职，天圣四年，以右班殿直改太常寺太祝，知金乡县，通判乾宁军，
徙永静军，召为大理评事、馆阁校勘，历光禄、大理寺丞，景祐二年，
坐与范讽善，落职通判海州（《续资治通鉴长编》卷一百一十六），康定
元年，奉使河东，为秘阁校理，迁太子中允，同判登闻鼓院，康定二年
卒，终年48岁。石延年为人尚气，纵酒不羁，善笔札，字兼颜柳，工
于诗文。《直斋书录解题》著录石延年《石曼卿歌诗集》1卷，《宋史·
艺文志》著录其诗2卷，原集已散佚，清道光时石蕴玉辑其诗，编为
《石学士诗集》1卷。另外，《两宋名贤小集》中亦收有《石曼卿集》1
卷。今二集并存。《全宋诗》合其存诗编为1卷，总数约75首。

　　石延年与欧阳修、尹洙等友善，甚为欧阳修所推重。欧阳修《六一
诗话》及魏泰《临汉隐居诗话》认为其诗风豪放劲健，格律奇峭，长于
叙事。其《寄尹师鲁》诗："十年一梦花空委，依旧河山损桃李。雁声
北去燕南飞，高楼日日春风里。眉黛石州山对起，娇波泪落妆如洗。汾

---

①《送人洪州》、《诗话总龟》前集卷十二引文又作《送人知洪州》。"楚泽伤春怨鹠鸩"句《宋朝事实类苑》
引文又作："楚泽伤春悲鹠鸩。"

河不断天南流，天色无情淡如水。"被人誉为"词意深美"，他也以此自负。朱熹还称赞其《筹笔驿》、《曹太尉西征》、《金乡张氏园亭》等诗，以为格调雄豪，法度谨严缜密（《朱子语类》卷一百四十）。刘克庄列举其《牡丹》、《南朝》等诗"清拔有气骨"（《后村诗话》续集卷一）。

北宋中期，存诗较多的河北诗人为田况。田况（1005～1063 年），字元钧，其先京兆人，后徙信都（今河北冀县），天圣八年举进士，补江宁府观察推官、楚州团练判官，后迁秘书省著作佐郎，举贤良方正策为第一，迁太常丞，通判江宁府，后为陕西经略判官，转直集贤院，参都总管军事，累迁而知制诰，判国子监。田况曾与韩琦宣抚陕西，后为龙图阁直学士，知成德军、真定府、定州安抚使，论功迁起居舍人，又移秦凤路都总管、经略安抚使，知秦州，以枢密直学士为泾原路兵马都总管、经略安抚使，知渭州，遂自尚书礼部郎中迁右谏议大夫，知成都府，充蜀、梓、利、夔路兵马钤辖，迁给事中，以守御史中丞充理检使召还，为枢密直学士、权三司使，既而又以为龙图阁学士、翰林学士，迁尚书礼部侍郎，至和元年上《皇祐会计录》，充任枢密副使，嘉祐三年以检校太傅充枢密使，次年以太子少傅致仕，嘉祐八年卒，年 59 岁，谥宣简。

田况一生有三大特点：一为少有大志，手不释卷，学问广博。其知成都府时《题相如琴台》云："西汉文章世所知，相如闳丽冠当时。游人不赏凌云赋，只说琴台是故基。"《徐氏笔精》卷四谓其"亦善为相如解嘲者"。其实，作为咏史怀古之作，此诗不仅通过翻案立论来为相如解嘲，更在于激赏相如大赋中所展现的凌云壮志。田况学问广博，著述很多。王偁《东都事略》卷七十记载田况著有奏议 30 卷，《郡斋读书志》记载其《金岩集》2 卷，均已散佚，今存《儒林公议》2 卷，《四库提要》称其"明悉掌故，皆足备读史之参稽，其持论亦皆平允"。二是有文韬武略，善于治政。田况一生多为军职，曾多次经略西北，充任军事总管，富有文韬武略，以此而位至最高军事长官——枢密使。他还善于治政，知成都府时，崇尚简易，去除苛法，奖进儒素，以德化人，治政有声，"蜀人谓之照天蜡烛，又谓之不错事尚书"①。三是为人宽厚明敏，外和内刚，富有品节。欧阳修《归田录》载："京师诸司库务，皆由三司举官监当。而权贵之家，子弟亲戚，因缘请托，不可胜数，为三司使者常以为患。田元均为人宽厚，其在三司，深厌干请者，虽不能从，然不欲峻拒，每温颜强笑以遣之。尝谓人曰：'作三司数年，直笑得面似靴皮。'"这种品格与宋初王禹偁、范仲淹、欧阳修等人崇尚宽厚通达、以品节相尚的努力一道，为建立北宋一代重品节、重涵养的士林风尚起到了推波助澜的积极作用。

田况著述今存笔记类《儒林公议》2卷、散文21篇、诗歌25首。除去上文提到的《题相如琴台》外，其绝句作品还有《赠都监雍元规》、《颍水》两篇，境界虽都不及前者。然也别有情趣。宋高晦叟《珍席放谈》卷下载："田宣简公天资宽明忠厚，海内之贤帅平凉日置酒与僚属相集，路分都监雍元规者酌饮逾常，言色失度，曳裾离席而游，诘旦方悟。愧畏不胜，即驰诣公，深自咎谢。公温然软语以存慰之。既去，尚虑其内弗安也。后数日谕副帅范恪宴兵官于西池，席半赠以诗曰：'醒时莫忆醉时事，今日休言昨日非。池上风光宜共醽，劝君不要半酣归。'元规几于感泣，方宁处矣。论者莫不叹公之德量足以容物，大过人也。宣简尝过箕山，望颍水有诗云：'先生尝此傲明时，绿岫清波万古奇。应有好名心未息，滩头洗耳欲人知。'帝以天下让，若自得而无待于外，则逊避而已，乌用'洗耳'哉！'洗耳'乃欲暴扬其高风于四方万世也。公能探其情矣。"结合文中背景品读二绝句，亦饶有情趣。

除绝句之外，田况还存有一首七律诗《寄道士张明真》：

澹静姿仪简旷纵，结庵深对大茅峰。坐忘世故愁应少，道断人情语亦慵。

---

① 丁传靖《宋人轶事汇编》卷七引孔平仲《谈苑》。又见《东斋纪事》卷四。

万里信音凭鹤到，一厨烟火情猿供。几时归侍虚皇驾，七色霞衣九色龙。

诗中描写张道士在大茅峰之下结庵修道简旷的生活，别有情韵，结句"七色霞衣九色龙"对道士修道升仙的祝愿也绚烂多彩。此外，田况存诗中一组断句诗也值得介绍于此。同上宋高晦叟《珍席放谈》卷下载："宣简初登大科，通守金陵日，有李琵琶者，本建康伶人，国除时十余岁，逮兹近八十年。因宴席呼出，犹能饮巨觥。陈叙平昔，历历可听，辞容不甚追怆，若无情人。又云后主喜音艺，选教坊之尤者号'别敕都知'。日夕侍宴，自称父喜琵琶，名冠别选。王师围城未陷间，后主犹未辍乐，但云甚迷。公有诗卒章曰：'曲终甚喜询前事，自言本是都知子。当时此地最繁华，酒酣不觉恣矜夸。若使斯人解感伤，岂能终老爱琵琶。'诚如所谓矣。以其无情所以道往事奏旧曲而不悲，沦落泥涂而长年也。古诗云：'寡欲罕所阙，味薄真自幸。'又曰：'多情真薄命，容易即回肠。'噫！于物味浓而情勿迁者，未尝不为身之累焉！亦贱分致然，已莫能而取舍尔。若李琵琶在人间，幸未必不多而命未必不厚也。"抛开李琵琶遭遇不谈，仅就田况诗而言，其叙事写人，卒章感喟，有白居易《琵琶行》的情调与美感。从中也能见出田况诗歌的写实与游戏品性。

田况现存诗歌中最有价值的是他的《成都遨游乐诗》21首。其诗前小序说：

四方咸传蜀人好游娱无时，予始亦信然之。逮忝命守益，梶辕逾月，即及春游，每与民共乐，则作一诗以纪其事。自岁元徂冬至，得古律长调短韵共21章，其间上元、灯夕、清明、七夕、重九、岁至之类，又皆天下之所共，岂曰无时哉，传之者过矣。蜀之士君子欲予诗闻于四方，使知其俗，故复序以见怀。

从诗序可知此21首《成都游遨乐诗》写于诗人知成都府时。诗中对成都人岁时民俗从春节元日登安福寺塔到冬至日朝拜天庆观会太慈寺作了较为详细的诗化记录。其中包括正月初二出城游、初五南门的蚕市、元宵灯火、二十三日圣寿寺前蚕市、二十八谒生禄祠游净众寺、二月二游江会宝历寺、二月八日太慈寺前蚕市、寒食郊游、开西园、三月三登学射山、三月九日太慈寺前蚕市、三月二十一日游海云山、三月十四乾元道场、四月十九泛浣花溪、伏日会江渎池、七月六日晚登太慈寺阁观夜市、七月十八日太慈寺观施盂兰盆、重阳日州南门药市等，诗人都以细腻的笔调作了诗化的记录，如第一首描写元日登安福寺塔所见情景："像塔倚中霄，翚檐结重橑。随俗纵危步，超若落清昊。千里如指掌，万象可穷讨。野阔山势回，寒余林色老。"第四首写元宵热闹的灯火狂欢："春宵宝灯然，锦里香烟浮……人声震雷远，火树华星稠。"第十六首写泛浣花溪："十里绮罗青盖密，万家歌吹绿杨垂。画船迭鼓临芳溆，彩阁凌波泛羽卮。"其中写得较好的是寒食开西园：

> 春山寒食节，夜雨昼晴天。日气熏花色，韵光遍锦川。
>
> 临流飞凿落，倚榭立秋千。槛外游人满，林间饮帐鲜。
>
> 众音方杂沓，余景更留连。座客无辞醉，芳菲又一年。

从中可以看出蜀中寒食也有荡秋千习尚，而林间帐饮则为锦城独有的习尚。这些诗作不仅具有文学审美价值，而且还有很高的史料价值，能够弥补史书有关地方风俗记载的缺失。此外，值得注意的是，田况作为地方行政长官，以欣赏的笔调描绘蜀地民情习俗，其中还多处流露对民生民情的关注，如"坤隅地力狭，百业常苦辛"，"蜀虽云乐土，民勤过四方。寸壤不容隙，仅能充岁粮"。从中可见其仁爱之心，也能够使我们更好地体会田况为政简易，不施苛法，造福百姓的政治作为，又具有认识价值。

陈荐（1016～1084 年）字彦升，沙河人，举进士，为华阳尉，从韩琦定州、河东幕府，后荐为秘阁校理、判登闻检院，知太常礼院，神宗时拜天章阁待制，进知制诰、知谏院，除龙图阁直学士、河北都转运使。后知蔡州，召为宝文阁学士兼侍读，累进资政殿学士，元丰七年卒，年69岁，赠光禄大夫。陈荐学问渊博，曾参与《仁宗实录》修纂工作，善诗文，《全宋文》录其文1卷，《全宋诗》录其诗歌4首并一残句，为其组诗《彭城八咏》存世者。虽然存诗数量极有限，但这组咏史诗皆为脍炙人口的名篇佳作，曾产生很大反响。宋何谿汶《竹庄诗话》卷一载："《燕魏录》云：'陈彦升资政篇什尤高，尝为《彭门八咏》，士大夫传诵。'彭门，今徐州也。南通垓下，北连丰沛，有范增墓。又唐张建封尝为徐泗节度使，有燕子楼。白乐天《长庆集》载之甚详，此不具述，《八咏》，兵火以来失之，惟记三篇。"现存四篇中《燕子楼》与《子房庙》两篇尤为佳绝。苏轼对《燕子楼》诗曾给予极高的评价。《竹庄诗话》卷一还引《西清诗话》云："彦升《燕子楼》诗，辞致清绝，东坡守徐，移书彦升曰：'《彭城八咏》如《燕子楼》篇，直使鲍、谢敛手，温、李变色也。'"

南宋胡仔《苕溪渔隐丛话》前集卷二十七引《桐江诗话》云："陈舍人荐彦升，有《彭城八咏》，为人所称，多以《燕子楼》为绝唱，殊不知《子房庙诗》最为警绝，诗云：'博浪沙头触副车，潜游东夏识真符。风云智略移秦鼎，星斗功名启汉图。商老已来宁少海，赤松还约访仙都。雍容进退全天道，凛凛高风万古无。'《燕子楼诗》并载于后，识者自知其优劣也。诗云：'仆射新阡狐兔游，侍儿犹住水边楼。风清玉簟慵欹枕，月好珠帘懒上钩。寒梦觉来沧海阔，新诗吟罢紫兰秋。乐天才思如春雨，断送残花一夕休。'燕子楼即张建封侍儿所居，其事具载《丽情集》。彦升《高祖庙诗》云：'尘静山川狂鹿死，雷惊天地老龙飞。'《范增墓诗》云：'忿失壮图撞玉斗，岂知天命与金刀。'皆佳句也。《八咏》今不传于世，惜哉！"从上述三条引文看，陈荐诗歌虽然流传有限，却是宋代河北诗人中最具影响力的诗人之一。

张师正（1016～?）字不疑，襄国（今河北邢台）人。登进士第，却转换为武官，作遥郡防御使，仁宗嘉祐四年知宜州，英宗治平三年为辰州帅，神宗熙宁十年（1077年）62岁为鼎州帅，后不知所终。张师正曾与魏泰、文莹等有交谊。文莹谓其晚年学问精深，通经史沿革，文章诗歌，挥笔而就。今存著作《括异志》10卷、《倦游杂录》1卷。《全宋文》录其文1篇，《全宋诗》录其诗2首。题为《武陵别文莹上人》，乃于武陵送别文莹时口占之作①。第一首中间两联"渚宫禅伯唐齐己，淮甸诗豪宋惠崇。老格疏闲松倚涧，清谈萧洒坐生风"，以唐代诗僧齐己、宋初晚唐体诗僧惠崇喻文莹，不仅写出诗僧文莹性情潇洒谈笑风生的特点，而且以"老格疏闲松倚涧"的意象批评来形容文莹的修养境界及豪健老成的诗风特点。如此佳句，能脱口而出，一方面说明张师正晚年诗歌技法与境界之高，另一方面也说明他对文莹的解读领悟之深。从他的诗歌残句"蜗角功名时不与，涧松才干老甘休"，"分鹿是非皆委梦，落花贵贱不由人"，也能看出张师正对功名及人生的理解是非常通脱透彻的。

宋敏求（1019～1079年），字次道，赵州平棘（今河北赵县）人，宋绶长子，自称常山宋敏求，仁宗天圣三年，以父荫为秘书省正字，宝元二年，赐进士及第，庆历三年，任馆阁校勘，后因受苏舜钦祀神酒会牵连，出为集庆军节度判官事。宋敏求曾参与编修《唐书》，迁集贤校理、西京通判，知太平州，后入朝为群牧判官、开封府推官，英宗朝曾为仁宗实录院检讨官，预修《仁宗实录》，神宗即位，出知绛州，后拜右谏议大夫，加集资院学士，熙宁八年，拜龙图阁直学士。元丰二年卒，终年61岁。宋敏求性好学，家富藏书，与兄弟辈相切磋，故闻见博洽，一生著述很多，但都已散佚，今仅存《春明退朝录》3卷、《长安志》20卷。《全宋诗》录其诗6首，为题咏、送别之作。《送程给事

---

① 释文莹《玉壶清话》卷五谓张师正："晚学益深，经史沿革，讲摩纵横，文章诗歌，举笔则就。著《括异志》数万言，《倦游录》八卷。观其余蕴，尚盘错于胸中。与余武陵之别，慨然口占二诗云：'忆昔荆州屡过从，当时心已慕冥鸿。渚宫禅伯唐齐己，淮甸诗豪宋惠崇。老格疏闲松倚涧，清谈萧洒坐生风。史官若觅高僧事，莫把名参伎术中。'又云：'碧嶂孤云冉冉归，解携情绪异常时。余生岁月能多少，此别应难约后期。'风义见于诗焉。"

知越州》后两联："老人日俟刘公至，狂客今无贺监归。闻有新诗频寄我，莫嗟梅雨裛朝衣。"运用刘禹锡和四明狂客贺之章典故，表达对友人做知州的期望，既含蓄蕴藉又亲切自然。《题招提院静照堂》："本自禅心静，能令世累忘。幡花围昼永，钟梵度宵长。"两联描写禅院清净，岁月漫长之状，隽永有味。其绝句《九江琵琶亭》和《送客西陵》，尤其为人所称道①：

夜泊浔阳宿酒楼，琵琶亭畔荻花秋。云沉鸟没事已往，月白风清江自流。
若耶溪畔醉秋风，猎猎船旗照水红。后夜钱塘酒楼上，梦魂应绕浙江东。

前者题咏江西九江的琵琶亭，以怀古的笔调，化用白居易《琵琶行》、杜牧《登乐游原》诗句，典雅工致，隽永有味。后者抒发离别之情，由送别实景联想别后相思，由实入虚，也别具情趣。宋敏求诗歌几乎全部散佚，我们很难探知其诗歌创作的总体风貌，但由此四首可以看出：宋敏求诗既有宋诗重视用典、讲究对仗、锤炼语言、追求典雅工致的特点，同时这种技术上的努力又能归于自然天成，具有唐诗的情韵与境界，从这个意义上说，他的绝句作品直追王安石晚年诗作，具有典雅精工的特点，在宋代河北诗歌史上应占有一席之地。

河北诗歌发展第二期中，存诗数量最多，影响最大的应数神宗朝名臣朔党领袖刘挚，后面设有专节讨论，此不详述。

北宋末年徽钦二朝到南宗高宗朝为河北宋诗创作的第三期，是宋代河北诗歌创作的终结期，主要诗人有赵令畤、刘跂、王安中、李若水等。相比于前代，诗人数量虽然更少，然此四人皆有成就。赵令畤（1061～1134 年），初字景贶，苏轼为其改字德麟（苏轼有《赵德麟字

---

①《诗话总龟》前集卷十引《青箱杂记》云：王安国平甫作诗多使酒楼。语宋次道曰："杨文公诗有酒楼：'江南堤柳拂人头，李白题诗遍酒楼。'钱昭度亦有一酒楼：'长忆钱塘江上望，酒楼人散雨千丝。'今子诗有几酒楼？"次道曰："吾诗有二酒楼：《九江琵琶亭》云：'夜泊浔阳宿酒楼，琵琶亭畔荻花秋。云沉鸟没事已往，月白风清江自流。'又《送客西陵》云：'若耶溪畔醉秋风，猎猎船旗照水红。后夜钱塘酒楼上，梦魂应绕浙江东。'"又见《全闽诗话》卷二。

说》），宋宗室燕懿王玄孙，祖籍河北涿郡（今涿县）人，早年以才敏闻名，得苏轼赏识，多次荐于朝廷，不纳；中期受党争牵连被罚金；后期转依权要仕进，然一生坎坷不遇。其生平事迹详见河北词创作部分。赵令畤"博学经史，手不释卷，吏事通敏，文采俊丽"，"笔力雅健，博贯子史"（苏轼《荐宗室令畤状》），著有《安乐集》30卷，皆散佚，今存《侯鲭录》8卷。《全宋诗》录其诗歌11首。

就现存的十多篇作品看，赵令畤的诗歌主题大致集中在四个方面：一是含蓄委婉地表现自身备受压抑的坎坷境遇及内心深处的苦闷与不满情绪，如《跋太白醉草》："虽自九天分派，不与万李同林。步处雷惊电绕，空余翰墨窥寻。"借李白的"不与万李同林"含蓄抒写自身虽为皇族后裔，却被视为陌路之人的境遇。其《初到长安》：

来往长安未定居，暂将僧舍当吾庐。空中说法凭铃语，枕上朝饥听木鱼。

因果分明休问佛，行藏自信罢占书。眼前一物真堪美，百尺长杨水满渠。

诗中以"僧舍当吾庐"、"枕上朝饥"来写自身事业未、定生活无着的身世境遇，隐含着身世悲慨与对朝廷的不满情绪。面对不公平的境遇，诗人一方面以因果命定寻求自我安慰，另一方面也以用舍由时、行藏在我的自信自负聊表旷达。与这种身世感怀相连，赵令畤诗歌另一主题集中在抒发遗世独立的放逸情怀上。请看《江楼闲望》：

红尘无处不喧哗，独上江楼四望赊。泥水僧归林下寺，待船人立渡头沙。

云藏岛外啼猿树，竹锁桥边卖酒家。吟罢凭栏心更逸，海风吹断暮天霞。

诗中紧扣题目"闲望"之意写望中所见之景，僧归林寺与人立沙头构成一组对比，暮猿哀啼与人家卖酒构成一组对比，含蓄表达出诗人对宇宙自然、社会人生的超旷解悟与思考，故结句"海风吹断暮天霞"以景结情，抒发放达旷逸的人生感怀。这种感怀不仅诗中写，其词中也时有流露，如《浣溪沙》："少日怀山老住山，一官休务得身闲。几年食息白云闲。似我乐来真是少，见人忙处不相关。养真高静出尘寰。"以闲静旷逸含蓄表达对朝廷与现实的不满情绪。

与抒写遗世独立的旷逸情怀相应，赵令畤诗歌的第三主题是抒写人生体验与感悟，表达人生如梦的灰色感怀。《被责三十年蒙恩召还行在方驻跸钱塘书呈子常侍郎》云："三十余年一梦同，向来朝士尽沉空。如今白首趋行阙，不是当年长乐钟。"人生如梦，空幻难驭，纵有才情学问，终归梦幻一场。正如其《西江月》所说："人世一场大梦，我生魇了十年。明窗千古探遗编，不救饥寒一点。"梦幻人生观使赵令畤的诗萦绕着丝丝悲凉之感，"一洞落花春病酒，满楼明月夜吟诗"，细腻的感觉、善感的心灵与不平的境遇，使诗人以病酒遣怀，充盈着伤心人的悲感怀抱，"朝垂帘幙寒慵卷，夜锁楼台静懒登"，"卧听檐雨作宫商"，"白藕作花风已秋，不堪残睡更回头。晚云带雨归飞急，去作西窗一夜愁"（《秋》）。诗情低徊愁怨，感慨悲凉。当然，赵令畤诗也有走出个人得失、忧患现实的一面。《次韵陈履常汝阴久雪赈饥》云："坎壈中年坐废人，老来貂鼎视埃尘。铁霜带面惟忧国，机穽当前不为身。发廪已康诸县命，蠲逋一洗几年贫。归来又扫宽民奏，惭愧毫端尔许春。"关注民生，忧患现实，提升了赵令畤诗歌的现实品格。

赵令畤一生与苏轼往来密切，深为苏轼赏识，其论诗也多推重苏轼及黄庭坚、晁补之等苏门学士和江西诗人，留意于诗之用字、佳对、使事，以及诗人之风调、才气等。日本人近藤元粹曾辑录赵令畤《侯鲭录》中论诗文字而成《侯鲭诗话》一卷，从中可见赵令畤的诗论与其诗歌创作并不完全吻合。他的诗虽然也重视对仗使事的出人意料，追求生新效果，但就现存诗作看，他的诗比江西诗歌更加圆融浑成，更富抒情性。

除赵令畤之外，第三期诗人还有刘挚之子刘跂、跨越北南宋的王安中和以身殉国、慷慨赴死的爱国诗人李若水等人。他们的创作，详见后文专节论述。

总的来说，宋代河北诗歌虽然取得了不少成就，但前比唐代，后比金元，都处于河北文学发展的低潮阶段。与同时代南方诗人的创作相比，河北诗歌中虽然也不乏有影响力的名篇佳作，如柳开的《塞上》，刘筠的《汉武》、《南朝》，田况的《题相如琴台》，陈荐的《彭城八咏》，宋敏求的《九江琵琶亭》，刘挚《齐己草堂》、《湖上口号》，刘跂的《题半隐堂》，李若水的《书怀》等，但是，河北诗歌创作对于宋代诗歌时代特征的建构，贡献较少，因此，宋代诗歌不断凝定一种新的艺术审美范式的发展进程，也就是河北诗歌不断被边缘化的历程。由此我们也可以看出，一种地域文化与文学的发展，既要突显自身的优势与特色，同时也必须融入时代的主流文化之中，二者并行不悖，否则，只能被时代所抛弃，步入末流行列。

第二节　宋白与李昉、李至的诗歌创作

北宋初年最早出现的河北著名诗人是宋白。紧随其后的是白体诗代表作者李昉和李至。

宋白（936～1012 年），字太素，一作素臣，河北大名人。宋太祖建隆二年（961 年）进士甲科及第。乾德初，献文百轴，试拔萃科高等，释褐授著作佐郎。乾德三年蜀国平，授玉津县令。开宝中，知蒲城、卫南二县。太宗在藩邸时，白尝赍文以献。太宗即位，擢左拾遗，权知兖州。岁余召还，预修《太祖实录》，直史馆，判吏部南曹。从太宗征太原，判行在御史台。刘继元降宋，宋白献《平晋颂》，拜中书舍人。太平兴国五年（980 年），宋白与程羽同知贡举，俄充史馆修撰，判馆事，八年，复知贡举，改集贤殿直学士，判院事，未几，召为翰林学士，雍熙中，奉诏与李昉等编纂《文苑英华》。端拱初，加礼部侍郎，复知贡举，淳化二年（991 年），以张去华事受牵连，贬为保大军节度行军司马，逾年，上疏自陈，太宗哀悯之，召还为卫尉卿，复拜礼部侍郎，修国史。至道初，为翰林学士承旨。二年

（996 年），迁户部侍郎，兼秘书监。真宗即位，改吏部侍郎，判昭文馆。咸平四年（1001 年），拜礼部尚书。景德二年（1005 年），改刑部尚书、集贤院学士、判院事，以兵部尚书致仕①，真宗大中祥符五年正月卒，年 77 岁。初谥文宪，后改谥文安。

宋白是北宋初年著名学者诗人。其一生除晚年为礼部侍郎、翰林学士、户部侍郎、吏部侍郎等职而官位显达外，多数时间在朝中做文职人员，其生平特点有三：一是"学问宏博，属文敏赡"（宋史本传）。宋白个人藏书数万卷，曾类编故实千余门，名《建章集》，参与修纂《太祖实录》，与李昉等编《文苑英华》，与李宗谔《续通典》200 卷。著有文集 100 卷，皆久佚；还曾补缀唐人残缺文集，对文献传承有着一定贡献。二是他爱惜人才，奖掖后学。他一生三知贡举，虽然常常招来世人非议诽谤，然所取苏易简、王禹偁、田锡、胡旦等皆北宋著名文士，具有识人慧眼。三是宋白性格仁爱，赡济亲族，抚恤孤孀，生活中不拘小节，诙谐谈谑，朝内为官，"颇厌番直，草辞疏略，多不惬旨"（宋史本传），保有一己之性情，其文章也有"辞意放荡，少法度"之缺憾，然而，宋白才思敏捷，学问渊博，杨亿在《广平公唱和集序》中称赞他"作文章盟主，实朝廷宗工，天其或者殆以公为儒林之木铎也"。今人编《全宋文》，收其文 2 卷。

就诗歌创作而言，《宋史·艺文志》著录宋白有文集 100 卷、《柳枝词》1 卷，均已佚。今存《宋文安公宫词》1 卷，《全宋诗》编者于《古今岁时杂咏》、《舆以纪胜》等书辑录宋白诗歌 30 首，与其宫词合编为一卷。

其创作核心是宫词百首。宋白的百首宫词，在当时就很受重视。据《直斋书录解题》卷十五记载，宋人曾收集和凝、张公庠、周彦质、王仲修及宋白五人所作宫词各百首为《五家宫词》，南宋末，临安府棚北大街陈氏书籍铺有《十家宫词》刊本，即以《五家宫词》合以唐王建、

---

① 《全宋诗》诗人小传谓："以工部尚书致仕。"

蜀花蕊夫人、宋王珪三家《宫词》3卷、《宣和御制》3卷、胡伟《集句》1卷而成，即所谓"书棚本"，也是《宋文安公宫词》之祖本。原刻书棚本《十家宫词》今已不复得见，据傅增湘《影宋本十家宫词跋》（见《藏园群书题记》卷十八）可知：《十家宫词》有三个传本：一是明末毛晋汲古阁影钞书棚本；二是清康熙间由朱彝尊誊录原刻、胡介祉刊本，称胡刻本或朱刊本；三是民国田中玉刊本。田中玉刊本先据影本残存仅四家之宋书棚本《四家宫词》，补足为十家，"其宋文安等六家，则依余所藏朱本模摹"。朱本即胡刻本，虽"标题衔名行款仍旧式，然误字时复不免"（傅增湘《宋书棚本四家宫词跋》，见同上）。按照傅题跋可知，《宋文安公宫词》1卷，今仅存毛氏影钞本和胡刻本。四川大学编《宋集珍本丛刊》，其中《宋文安公宫词》即由田中玉刊本《十家宫词》中析出的胡刻本，其编者提要认为这个胡刻本较近宋本原貌。《全宋诗》编者则据毛氏汲古阁影钞书棚本编纂而成。这百首宫词在宫词创作史上占有重要地位。

梳理诗歌史可知，宫词写作历史悠久，源远流长。朱彝尊《十家宫词》序中说："《周南》十一篇，皆以写宫壸之情，即谓之宫词也，奚而不可？然则《鸡鸣》，齐之宫词也；《柏舟》、《绿衣》、《燕燕》、《日月》、《终风》、《泉水》、《君子偕老》、《载驰》、《硕人》、《竹竿》、《河广》，邶、鄘、卫之宫词也。下而秦之《寿人》、汉之《安世》、隋之《地厚天高》，皆房中之乐。凡此，其宫词所自始乎？"朱彝尊认为上述诗作皆宫词之始。至唐代，宫词写作进入繁盛时期。李衍、崔国辅、薛奇童、王昌龄、李白、顾况、戴叔伦、李益、张祜、元稹、白居易、王涯、张籍、鲍容、章孝标、长孙翱、朱庆余、杜牧、李商隐、薛逢、温庭筠、罗隐、韩偓、段成式、皮日休、陆龟蒙等都写宫词，或题《宫词》，或名《楚宫词》、《汉宫词》、《魏宫词》、《吴宫词》、《齐宫词》、《陈宫词》、《后宫词》等。粗略说来，唐代宫词创作分为两种情况：一是以传统宫怨为特征，表现宫女寂寞之苦，如王昌龄、李白、张祜、元積、白居易到晚唐杜牧、李商隐、罗隐、韩偓等人之作；二是以欣赏玩味的口吻展现宫女别具情趣的生活侧面，如崔国辅、顾况、张籍等诗作。至五代，宫词创作更加普遍，代表诗人有张玭、徐夤、崔道融、李洞、李建勋、左偃、李中、徐仲雅、朱光弼等，这些诗人与唐代作者一样，或多或少都有宫词创作，共同构成宋前宫词创作史的重要环节。

唐五代宫词创作中，引人注目的是大规模的七绝宫词组诗的写作，包括王涯的《宫词三十首》、王建的《宫词百首》、五代花蕊夫人的《宫词百首》、和凝的《宫词百首》。其中，中唐王建的《宫词百首》首次确立了联章百咏的宫词创作传统。宋代宋白、王珪、张公庠、周彦质等相继有百首之作。北宋末年徽宗所作的《宣和宫词》，则多达300首。继其后者有《十六国宫词》、《五代宫词》、《十国宫词》。辽金元时期《宫词》作者代不乏人，至明清《宫词》作者更多，从一朝写到一代，其中史梦兰《全史宫词》，上自轩辕黄帝，下迄明末，多达2000首，并详加注释，成为一部通史宫词之作。

从整个宫词创作史看，宋白的百首宫词，是继王建、花蕊夫人之后第三个联章百咏的创作，其诗前小序曰：

> 宫中词，名家诗集有之，皆所以夸帝室之辉华，叙王游之壮观；抉彤庭金屋之思，道龙舟凤辇之嬉。然而万乘天高，九重渊邃，禁卫严肃，乘舆至尊，亦非臣子所能知、所宜言也。至于观往迹以缘情，采新声而结意，鼓舞升平之化，揄扬嘉瑞之征，于以示箴规，于以续骚雅，丽以有则，乐而不淫，则与夫瑶池粉黛之词，玉台闺房之怨，不犹愈乎？是可以镂丝簧，炳缃素，使陈王三阁狎客包羞，汉后六宫美人传诵者矣。援笔一唱，因成百篇。言今则思继颂声，述古则庶几风讽也。大雅君子，其将茪然。

从小序可以看出：宋白不仅写作宫词，而且他对前代宫词创作也有较充分的研究。序中归纳了前代宫词创作的四大主题：夸帝室之辉华；叙王游之壮观；抉彤庭金屋之思；道龙舟凤辇之嬉。宫词创作的功用在"鼓舞升平之化，揄扬嘉瑞之征"，"示规箴"、"续骚雅"，创作原则为"丽以有则，乐而不淫"。按照这样的理解，宋白的百首宫词，也表现了传统宫词的四大主题，如夸赞帝室之辉华："千官朝谒五门前，一路春风蜡烛烟。宫漏乍停班已定，紫云开处望尧天。""万国车书一太平，宫花无数管弦声。近臣入奏新祥瑞，昨夜黄河彻底清。"叙王游之壮观集中在册储封王（第20篇、第7篇）、郊祀封禅（第6篇、第66篇）、朝觐贡献（第72篇、第4篇、第49篇）、崇文尚武（第45篇、第83篇）等方面，如"春封东岳罢泥金，羽卫还宫禁御深。昨夜祥风来入律，侍臣朝进五弦琴"写东岳封禅，"骊山讲武六师回，日月旗高过苑来。鞭人夹城箫鼓动，材林轻骑闹如雷"写骊山讲武的盛大气势。而抒发彤庭金屋之情思与记录龙舟凤辇之嬉戏之作，数量上并不多，不过十来首。就宫女的孤独寂寞情思来说，宋初皇帝尚俭，宫女人数相比于前代的"后宫佳丽三千人"，数量不多，加之宫女待遇优厚，因此像白居易诗中所写的"上阳白发人"现象并不严重。相反却是"掖庭宫女仅千人，有敕都教放出门。恋主顿忘幽愤意，促辞中使尽啼痕"，可见，宋代宫女留恋满足于宫中闲适的生活。基于这种现实，宋白的宫词创作也发生了根本的变化，他打破前代宫词相沿不断的宫怨传统，而把宫女们闲暇悠悠的生活情调作为宫词表现的重心，成为宫词创作史上的重要转折，如"春宵宫女著春绡，铃索无风自动摇。昼下珠帘猧子睡，红蕉窠下对芭蕉"。春长日暖，秋千自摇，身著春绡的宫女或春睡懒起，或对着芭蕉消磨时光。即使写那些年老色衰入道养老的宫女，境况也与唐代宫怨作品有别。请看第37首："道院秋眠对绮疏，翻思十五入宫初。花前听得君王道，禁掖三千总不如。"白发宫女的道院秋思也带有宫中生活的满足感，沉浸在当年"禁掖三千总不如"的旧梦辉煌之中。而就表现龙舟凤辇之嬉戏内容来说，只有第47篇、第51篇、第69篇和第71篇等，如"鱼龙百戏闹嘈嘈，戏罢珠楼日色高。移入芳林排小宴，赤瑛盘里进樱桃"，这类单纯地表现宫中游戏享乐的作品并不多。因此，从总体上说，宋白百首宫词的题材内容与表现重心并不在传统的四大主题上面。对宫词创作功能与价值意义的认识，使他的宫词创作，还呈现出多个新变因素。

首先，宋白的宫词有意识地把述古与言今结合起来，亦今亦古，使原本记述宫中生活情趣的宫词更具有"继骚雅"、"示规箴"的功能。词中第 21 篇、第 22 篇、第 69 篇、第 91 篇、第 96 篇等正面表现唐朝宫闱之事，以寓讽意，如"欢笑声高出禁园，禄儿新样绣初翻。青娥阿监知非礼，心怕君王不敢言"。而像第 4 篇、第 9 篇、第 10 篇等，言唐言宋，含蓄不露，似是咏史又如言今，"宣州恰进红丝毯，便遣宫娥舞柘枝"，"翰苑新除李谪仙，鳌宫春雨湿花砖，宣来立草和亲诏，一笔书成对御前"。这样的抒写，欣赏的笔调中又分明寓含着讽谏的台词。这样写来，就把宫词不宜言的讽谕之意，巧妙地借述古而与言今融为一体，延伸了宫词的创作功能与价值意义。

其次，宋白宫词写作重心聚焦在展示宫中典章制度典例习俗方面。举凡宫中燕乐百戏（第 71 篇）、乐奏歌舞（第 23 篇、第 41 篇、第 42 篇、第 59 篇、第 63 篇、第 92 篇等）、奕棋打球（第 24 篇、第 99 篇、第 31 篇等）、踏青斗草（第 88 篇、第 89 篇）、讲武校猎（第 83 篇、第 15 篇）、吟诗作画（第 60 篇）、养鸟蓄雕（第 62 篇）等方面在宋白的宫词中都有全面细致的表现。然而这些内容并非宋白的首创，此前王建、花蕊夫人以及和凝的宫词都有表现，宋白的独到之处在写皇帝科举殿试、宫里学堂、帝后亲蚕、游侠斗鸡等，如"南宫春牓奏贤良，万乘临轩试一场。赋出御题深称旨，状元先拜秘书郎"，写皇帝亲自主持的状元殿试。宫词写科举考试，五代和凝已有："圣日垂科委所司，英才咸喜遇明时。春官进榜莺离谷，月殿香残桂魄枝。"然而和凝所写仅仅是一般的礼部科考，而非皇帝殿试。宋白不仅写科举，还写宫中学堂："春营小殿号披香，宣借天孙作学堂。李白宫词多好句，侧书红壁两三行。"以披香殿作宫女的学堂，更为有趣的是殿墙之上还点缀有李白的宫词诗句。可见学堂也以学诗为主要课业之一。

宋白诗中还写到宫中养蚕之例。五代花蕊夫人宫词中曾有"禁里春浓蝶自飞，御蚕眠处弄新丝。碧窗尽日教鹦鹉，念得君王数首诗"，春日蝶飞，春蚕弄丝，鹦鹉念诗，写出春日宫禁的悠闲雅意，却没有展示宫中养蚕以及帝后亲蚕之礼仪。按：亲蚕礼，由来久远。明沈德符《万历野获编》卷三"亲蚕礼"条《周礼·天官·内宰》云："中春，诏后率内外命妇，始祭蚕于北郊。"《汉·礼仪志》云："皇后祠先蚕以中牢，文帝、景帝、元帝，俱诏皇后亲蚕。魏黄初中，依《周礼》置坛于北郊，晋与高齐俱置高坛，皇后亲祭俱躬蚕，后周因之。隋置坛宫北三里，皇后以太牢祭。唐置坛在长安宫西苑中，贞观、显庆、先天、乾元间，皇后亲蚕，皆先有事于先蚕，坛仪具开元礼。宋用高齐制，后亲享先蚕，贵妃亚献，昭仪终献。其神则祠天驷星，次则黄帝元妃西陵氏。汉加菀窳妇人、寓氏公主，后又益以蚕女、马头娘之属，皆有所本。"清赵慎畛《榆巢杂识》下卷"皇后祀先蚕"云："乾隆十二年三月三日癸巳，皇后躬祀先蚕……先蚕，黄帝妃西陵氏。氏始养蚕。祀礼行于北郊，日用季春吉巳，古制也。"可见亲蚕礼历代绵延不绝，而诗史少言及之。宋白宫词很好地表现了这一礼仪的内容。诗曰："蚕馆春晴阴绿桑，在亲蚕天气日初长。九嫔参酌前朝礼，须戴金钗十二行。"从中可知朝廷专设有蚕馆，亲蚕之礼要在春长日暖之时举行，在亲蚕礼仪中，九嫔宫女都须头戴十二行金钗。从这个意义上说，宋白宫词可补史籍记载之缺。

宋白宫词描写游侠斗鸡的情景也很有特色："花萼楼高望柳堤，春桥横水短虹蜺。五陵游侠翩翩过，半脱朱袍斗锦鸡。"花萼楼为唐宫名楼，玄宗皇帝曾于开元十七年八月生辰之日在花萼楼宴百官群臣，并定每年八月初五为千秋节。可知此诗属"述古"之作，写唐代京城游侠少年走马斗鸡的情景。严格说来，宫词的取材范围在宫中生活，而此诗写京城市井的游侠生活，实质上突破了宫词的表现领域，成为市井生活的写照。

宋白宫词另一个表现重心是节日风俗习尚的描写。从新春的元夜到春日寒食，从七夕到中秋，再到重阳，宋代宫廷重要的年节习俗在宫词中都有涉略，如"重阳菊蕊泛香醪，上寿因添饮兴高。玉项琵琶犹未快，别宣金凤紫檀槽"，写宫中重阳赏菊饮酒的快意情调。

总的来说，宋白宫词百首，鼓舞升平，揄扬祥瑞，尽现宫中生活各个侧面，成为宋代宫廷生活的全景图，不仅有认识价值，而且也有审美价值。从艺术角度看，宋白宫词善写景，举凡春夏秋冬之景，无不收拾入诗。尤以写春秋之景为多，如第4首、第12首、第27首、第40首、第47首、第54首、第69首、第78首、第88首、第97首等十多首诗从各种角度写春景，第28首、第32首、第47首等则集中写秋景，如第78首写春景："寒食宫中也禁烟，郁金堂北画秋千。梨花明月皆如雪，时送清香到酒前。"表现在梨花如雪的寒食节日里，宫中禁烟，美丽的宫女在郁金堂北荡秋千的优美画面。诗人不仅善于集中描写四季之景，而且善写动态之景、闲适之景，如"日影风乌树影浓，黄门轻骑疾如风"，"五陵游侠翩翩过，半脱朱袍斗锦鸡"写动态情境；写闲适情境如"宫门闲掩兽镮斜，微雨新晴满地花。番次未当车驾出，却寻同伴学宣麻"。前两句着眼于宫中微雨新晴，宫门闲掩的闲寂情景，后两句聚焦于休班宫女模拟宣麻的休闲情趣。唐宋时期，皇帝拜相命将，皆用白麻纸写诏书公之于朝，称为"宣麻"。后用以代称诏拜将相之事。《新唐书·百官志一》云："开元二十六年，又改翰林供奉为学士，别置学士院，专掌内命。凡拜将相，号令征伐，皆用白麻。"宫中仕女宣麻拜将游戏消遣，轻松有趣，充满童心童趣，写出了宫女列队轮值生活的另一侧面。又如"绣额珠帘窣地垂，微风吹动牡丹枝。金笼鹦鹉耽春睡，忘却新教御制诗"，则以鹦鹉春睡写宫中生活的轻松悠然，闲适之意，如在目前。这种写法改变了前代宫词聚焦表现宫女生活单调寂寞的宫怨情调，多侧面展现了宫中生活情趣与节奏，成为宫词创作史上一个重要的转折。

在艺术上，宋白宫词善用比兴手法，如第 94 首："太液春波浅荡舟，花如血点水如油。波臣莫织青丝网，自有银轮翡翠钩。"把空中如钩新月联想成垂钓之钩，想象新颖，为原本无多少诗意的情境增加了诗情画意。宋白还善于化情为景，如"红笺一幅卷明霞，纤手题诗寄大家。檀口微吟绕廊柱，蒙蒙春雨湿梨花"。这是宋白百首宫词中写得最美的一篇，以"明霞"形容"红笺"纸的鲜丽明艳，以"纤手"、"檀口"借代宫女的美丽，多才多艺的宫女题诗歌赋，已给人佳丽绝伦的美感，而结句又妙在化情为景，"蒙蒙春雨湿梨花"，让人联想到白居易"梨花一枝春带雨"的美丽形象，似写梨花春雨之景，又似赞美宫女如春雨中梨花，清纯靓丽。亦人亦景，亦景亦情，可谓情景交融。

宋白诗歌另外的 30 首，就题材说，集中在咏物、抒情和节日诗三个方面。其咏物之作咏云、咏花，以《牡丹十首》为代表，能从形似上升到写神写貌，如"烟容粉态傍歌楼，半似窥人半似羞"状人格情态，"和泪似嫌春渐老，向人如说夜来寒"、"十五素娥羞水色，三千红面洗胭脂"以比喻传神，而"花谱扬名居一品，药栏才见赏千金"则是典型的宋人评赞口吻。可见，《牡丹十首》能化物为人，借物传神，或评或喻，写出花之绮艳香软的特色。其《云》诗，由朝云到晚霞，最后"须知深处藏雷雨"，翻出新意，也具有了宋诗翻新出奇的特点。其抒情诗以写个人感怀见长，如《一春》曲折层递，把伤春闲愁层层展开，最后借女子肠断白苹洲，写相思怀人之情，此外《春》诗写得也很好。"隔岸黄鹂语，当轩白鸟斜。晚来风紧处，飞絮满人家。"写鸟语鸟飞之景，借飞絮飘飞状春景宜人。"隔岸"、"当轩"交代作者写景时的地点方位，后两句明确交待时间，已然有了宋诗理性写景的特征。其抒情诗集中在送别之作中，多惜别祝福之语，略无新意。而节日诗主要咏七夕、中秋、重阳等，如《九日》三首之三："秋色萧萧野水边，茱萸时节菊花天。明时未达青云晚，惆怅登高又一年。"可能为早期诗作。而《中秋感怀》："去年今夜此堂前，人正清歌月正圆。今夜秋来人且散，不如云雾蔽青天。"则是典型的宋人绝句口吻。

总之，作为北宋初年最著名的河北诗人，宋白留下不少名篇名句。这也使得诗人自负诗才，雄视诗坛。陆游《老学庵笔记》卷八录有宋白诗名句"风骚坠地欲成尘，春锁南宫人试频。三百俊才衣似雪，可怜无个解诗人"，又有"对花莫道浑无过，曾为常人举好诗"，以为"语意绝有警拔者，故其自负如此"。从宋白创作看，作为宋初宗唐时期的诗作者，其创作已露宋诗理性与议论的时代特征之端倪。其宫词百首，以诗传史，记录宫廷生活之情趣，在一定意义上说已具有学者诗特点。其他诗歌感时咏物，也改变了唐诗兴会写作而具有理性安排的意味。从这个意义上说，宋白诗具有得风气之先的些许创新因素。

与宋白同时较有影响的河北诗人还有李昉、李至。

李昉（925～996年），字明远，深州饶阳县人。北宋名臣、著名学者、文学家，出生在五代后晋，为叔父李沼之继子，"荫补斋郎、选授太子校书"，后汉乾祐中进士，年方20余，曾随后周宰相李谷征淮南为记室，其军中奏章得到世宗皇帝柴荣的称赏，"爱其辞理明白"。李昉后擢为主客员外郎、知制诰、集贤殿直学士，入宋后，为中书舍人，开宝三年（970年）、五年两知贡举，六年为翰林学士。太宗继位，李昉任户部侍郎，修《太祖实录》，后为文明殿学士、参政知事，端拱元年（988年）罢为右仆射，淳化二年，复以本官兼中书侍郎、平章事，监修国史，70岁以特进司空退休，72岁卒。谥文正。宋人多称其李文正公。

李昉一生特点有三：一是谦和君子，宋初名臣。《宋史》本传称赏李昉"和厚多恕，不念旧恶，在位小心循谨，无赫赫称"。宋太宗称赞："李昉事朕，两入中书，未尝有伤人害物之事，宜其今日所享如此，可谓善人君子矣。"二是勤政忧思，积劳成疾，患有心悸病。《宋史》本传称"昉素病心悸，数岁一发，发必弥年而后愈，盖典诰命三十余年，劳役思虑所致。及居相位，益加忧畏"。三是喜结交宾客。史称其"好接宾客，江南平，士大夫归朝者多从之游"。

李昉对宋代文化建设有着巨大贡献，他主持编辑了北宋最著名的三部文化典籍。经过宋太祖在位17年的内修政治、外拓疆宇，北宋社会安定，生产发展，先后平定荆南、湖南、后蜀、南汉、南唐、吴越，武功显赫。随着江南诸国次第削平，宋廷尽取其财宝、图书，以至其左藏库"金帛如山"，崇文院藏书"正副本八万卷"。这些积累为宋太宗大力修为之举奠定了丰厚的物质基础。《续资治通鉴》记载，太平兴国二年（977年）三月，"命翰林学士李昉等编类书一千卷，小说五万卷"。这里所言类书就是于太平兴国八年（983年）十二月完成的《太平御览》，所言小说，就是大平兴国三年（978年）八月完成的《太平广记》。雍熙三年十二月李昉又与宋白等完成《文苑英华》的编纂。《太平广记》、《太平御览》、《文苑英华》和真宗朝杨亿等人编纂的《册府元龟》合称为"宋代四大书"。这四大书保存了大量的古代文献。

《太平广记》500卷，是一部小说总集，采录汉代至宋代475种小说、稗史、笔记等编纂而成。全书分为92大类、150多小类，保存了大量的古小说资料，被鲁迅先生誉为"古小说的林薮"。《太平御览》初名《太平总类》，因宋太宗按日阅览，改称"御览"。全书1000卷，分为55门，把浩繁的古代典籍分门别类编辑在一起，引书多达1690种，其中汉人传记100余种、旧地志200余种，这些书后世都已失传，部分内容靠此书的征引得以流传。因此《太平御览》被公认为最富学术价值的古代类书之一。《文苑英华》1000卷，上续《文选》，辑录南朝梁末至唐代的诗文作品，大体保存并反映了这一时期诗文创作的总貌，也具有很高的学术价值。明冯惟讷编《古诗纪》、清彭定求编《全唐诗》、董诰编《全唐文》，都曾从中取材。这三部书保存了大量政治、历史、地理、文学等方面的宝贵史料，对研究中古文化有着极其重要的学术价值。为编纂这三部书，李昉付出了极其艰辛繁重的劳动，以致"劳役思虑"，患上心悸病。

李昉对宋代文化建设的又一贡献是文学创作。他著有文集 50 卷，其诗歌创作成为宋初白体诗歌的代表。作为北宋名臣和学者，李昉的人生是忙碌的，其诗歌创作主要集中在休闲的晚年。《宋史》本传载："昉所居有园亭别墅之胜，多召故人亲友宴乐其中。既致政，欲寻洛中九老故事，时史部尚书宋琪年 79 岁，左谏议大夫杨徽之年 75 岁，郢州刺史魏丕年 76 岁，太常少卿致仕李运年 80 岁，水部郎中朱昂年 71 岁，庐州节度副使武允成年 79 岁，太子中允致仕张好问年 85 岁，吴僧赞宁年 78 岁，议将集，会蜀寇而罢。"虽然九老结社诗会未能实现，但他与李至的诗歌酬唱赠答也部分地呈现出宋代文人的诗情雅趣。

李至（947～1001 年），字言几，真定（今正定）人。太宗太平兴国初进士，释褐将作监丞、通判鄂州，擢知制诰，直史馆，太平兴国八年，为翰林学士、右谏议大夫、参知政事，雍熙初，加给事中，兼秘书监，淳化五年，兼判国子监，至道初，为太子宾客，真宗即位，拜工部尚书、参知政事，咸平元年，授武信军节度使，徙知河南府，四年卒，年 55 岁。

李至与李昉多唱和诗，1914 年罗振玉辑《宸翰楼丛书》本《二李唱和集》1 卷。大体保存了二人唱和诗的面貌。对于李昉李至，文学史上一般都把二人视为宋初"香山体"的代表诗人，并称"二李"。"香山体"作为宋初最早出现的一个诗歌流派，代表诗人有王禹偁、李昉、李至、徐铉等。创作上标榜学习白居易诗歌，故称"香山体"或"白体"。但是，众所周知，白居易诗创作以贬江州司马为界线，明显分为前后两期，其前期诗表达兼济天下积极入世的主题，以《新乐府》50 首和《秦中吟》10 首为代表，"为歌生民病，但伤民病痛"，多关注时事的讽谕诗。而后期随着白居易政治热情的消退，亦官亦隐，其诗歌多格律诗、闲适诗，现实性、讽谕性下降，特别是晚年居洛阳的诗，已丝毫没有关注现实的意味。相反，这些晚年诗作谈禅论道，闲适自得，与刘禹锡等唱和酬答，沉湎于高官厚禄志得意满之中，与前期诗歌迥然有异。宋初的"香山体"诗人，都以白居易为榜样，但他们学习白诗的侧重点不同。王禹偁学白着眼于白居易前期诗歌的现实性，所谓"本与乐天为后进，敢期子美是前身"，不仅学习白居易早年诗歌关心民生讽谕现实的精神，而且直接学习最富博爱仁义精神的杜诗。因此，王禹偁的诗是其政治立场与人格精神的诗化呈现，与杜甫白居易诗歌的现实精神一脉相承。另一方面与宋太宗奖励诗歌创作，嘉赏"援笔立就"的快诗风尚相连，王禹偁的诗歌总体上呈现白诗所具有的浅近明白的特点，不重视化用典事，学者诗苦心经营学问、标榜诗书的风尚不浓。从这个意义上说，同为宋初"香山体"的代表，王禹偁的诗歌学白侧重其前期诗，而二李学白却是侧重学其后期诗，比王禹偁更能体现"香山体"的特点。

按《全宋诗》所录，李昉、李至今存诗歌皆为88篇，其中85篇皆出自《二李唱和集》，这些篇目一唱一和，顺序一致。这些唱和诗作共有一个鲜明的特点，即多数都有一个很长的题序，具有以题代序的特点。如李至诗第19篇、第20篇的题序曰："昨晚又捧五章，尽含六义。意转新而韵皆紧，才益赡而调弥高。始知元白之前贤，虚擅车斜之美誉。夜来绕遍林树，搜穷肺肝，虽巧拙以不侔，亦讴吟而自得，又依前韵，各馨乃怀，所贵夫伏老之身心，亦罔避不量力之讥诮，自兹解甲，且议休兵，向非起予，何以为乐，大雅君子，无或见哈。"李昉的和诗题序则曰："伏蒙侍郎见示蓬阁多余暇诗十首，调高情逸，无以咏歌，篇篇实为绝伦，一一尤难次韵。强率鄙思，别奉五章，却以'秘阁清虚地'为首句，所谓效西子之矉也。惟工拙之不同，岂天壤之相接，莞尔而笑，其敢逃乎！"题序中把二人唱和情由交待得非常清楚。题序中，李昉称李至为秘阁侍郎，而李至称李昉为仆射相公。考察二人生平，李昉于端拱元年（988年）罢为右仆射，而此年五月于崇文院设秘阁，以吏部侍郎李至兼秘书监，由此称谓可以判断，二李唱和大至始于端拱时期。李至 40 多岁，而李昉已 60 多岁，二李以学习白居易晚年唱和诗为特点，故而成为宋初白体诗歌的典型代表。

李昉、李至的诗，主体是唱和之作，主要聚焦于三个方面。

一是抒写闲适自得的人文情怀。二李生活在宋初三朝，作为宋初名臣学者，其人生志趣与唐代文士青春浪漫的情调迥然有别，而是沉浸在琴棋书画等人文情趣之中。他们的诗写居官之清、退官之闲，沉醉在"诗书满架是生涯"的人文意趣之中。翻遍二李诗集，找不到唐人激昂奋发的人生理想，也见不到宋诗针砭时弊、议论煌煌的政治锐气，更多的是诗人幽闲静穆与自我欣赏玩味的生活意趣。其"地僻尘埃少"、"老去心何用"、"自喜身无事"三组共 15 首诗作集中抒写了闲居自适之意。所谓"地僻尘埃少，于身颇自安"、"老去心何用，题诗满粉墙"、"自喜身无事，闲吟适性情"、"唱酬聊取乐，不觉又盈箱"，沉浸在"歌诗唱和心偏乐"之中。题诗唱和之外，则是栽竹赏花、书画自娱。李昉所居多园亭别墅之胜，"自喜身无事，乘春但种花"，"谩栽花卉满朱栏，争似疏篁种百竿"，"闲坐小斋惟看画，旋分清俸只抄书"，其中写得最多的是对书的那份执著真情。统计李昉诗歌，"书"字共出现 28 次，"朝退归来只在家，诗书满架是生涯"，"架上群书满"，"阅古书盈架"，"满架诗书满炷香"，"清风明月三间屋，赤轴黄签一架书"，"性乐百王书"，"时复枕书眠"，"卧亦看书眼渐昏"，诗人老眼昏花，仍然酷爱读书。读书成为人生的幸福与乐趣，成为闲适生活的点缀与寄托，沉醉人文情趣之中，是宋人生活方式的典型体现。

二是描写老病交侵的生活状况。李昉一生勤政忧思，著述刻苦，以致积劳成疾，患有心悸病，因此在他的唱和诗中，悠闲自适中也有许多反映自身老病交侵生活状况的诗作。与李至唱和大约始自他 64 岁以后，诗人年事已高，诗中常常自称"白头翁"、"雪鬓翁"，抒写悲秋叹老、赏春叹老、伤春叹老、老病交加的悲慨情怀。所谓"清晨懒把菱花照，两鬓如丝堪自咍"，"唯仰酒杯相慰暖，敢嗟容鬓渐凋疏"，"老去只添新怅望，病余无复旧欢狂。四时奔速都如电，两鬓凋疏总作霜"，"病老情怀慢相对，满栏应笑白头翁"。因为患有心悸病，诗人"纵逢杯酒都无味，任听笙歌变寡欢。朝退便思亲枕簟，客来多倦着衣冠"，把老病相攻、困倦人事之态写得淋漓尽致。

诗人虽然表现老病之态，然而却不颓废。与白居易晚年诗歌的踌躇满志、利禄自得相比，李昉诗表现老境心态，自足中有自愧，自得中有自谦，自负中有自责，体现了诗人作为一代名臣与学者的高尚品格。他虽然也说过"万事不关思想内，一心长在咏歌中"，然而作为两朝元老，李昉执著公务，无论编书抑或政务，都勤奋有加，劳役思虑，"及居相位，益加忧畏"。《禁林春直》诗表现禁中值班之闲与静，结句"岂合此身居此地，妨贤尸禄自知非"，在闲适中却有居官自责之意。其"冉冉浮生六十余"等10首组诗律作，一方面有对自身"荣名厚禄"的欣赏与满足，诗人自夸说："历官从宦复何如，冒宠叨荣最有余，五载滥批黄纸敕，半生曾典紫泥书。""平生荣遇更谁如，窃位妨贤四纪余。昔冠北门诸学士，今先南省六尚书"，对自身位高权重不乏孤芳自赏之意，甚至诗中还有"腰下转嫌金印重，眉间渐长白毫毛"之类显露俗陋之气的言说，但另一方面，李昉对自身总保持一种尸位素餐的自责与自愧之心，"安民济物才无取，报国酬恩志未疏"，"弭役销兵恨无策，退朝长是闭门居"，"二品位高犹是忝，九天恩重若为酬"。时刻把勤民之事放在心中，晚虽退隐，守道安身，以品节相尚，表现出一位忧国忧民的老臣名相的人格风范。

三是李昉唱和诗中还表现对友人的赞美之情。李至比李昉小22岁，忘年交谊甚厚。《宋史》本传说李至早年"沉静好学，能属文。及长，辞华典赡"，为官做人，"刚严简重"。李昉欣赏李至的"满朝清望"与"才略文章"，自称"恰与宗兄性相近"，视为政治与文学上的知音。《秘阁清虚地》五首等篇，集中夸赞李至"心轻万钟禄，性乐百王书"，潜心学问，儒者自持的品格。《辄歌盛美献秘阁侍郎》云："济时才略本纵横，翻向文章振大名。政事堂中辞重位，图书阁下养闲情。高高节行将谁比，的的襟怀向我倾。吟得新诗只相寄，心看轩冕一铢轻。"对其文章才略、襟怀节行的品格给予高度评价与赞扬。凡此种种不仅是对友人的赞赏，更是自我性情的展现。

作为唱和的另一方，李至的诗也集中在上述三个方面尤其是抒写闲适生活之情意上面，表达不擅名利，雅爱诗书之意就有多篇，如"一窗青史真堪爱，满马红尘未必欢"，"休思已往曾经事，但访从来未见书"，"图书府里闲堪爱，骚雅门中乐自觥"，"图书闲案几，水墨故屏风"。在表现人生志趣时，诗人最为自豪的是"架上书千卷，庭中竹数茎"。沉醉人文生活情趣，诗史书画，一如李昉，所不同的是，李至表现得更为谦逊，如李昉《偶书口号寄秘阁侍郎》曰：

> 朝退归来只在家，诗书满架是生涯。吟成拙句何人和，按得新声没处夸。
> 夜景最怜蟾影洁，秋空时见雁行斜。望君偷眼来相访，犹有东篱残菊花。

而李至和诗则曰：

> 晓趋蓬阁暮还家，坐览图书见海涯。钓有旧溪犹懒说，诗无新律岂堪夸。
> 凉风吹叶沿阶厚，积雨生苔逐径斜。知宴龙山无眼去，寂寥空遶满篱花。

李昉自负地说自己"按得新声没处夸"，李至却谦虚地说"诗无新律岂堪夸"。李昉发出"望君偷眼来相访"之邀，李至却谦称"知宴龙山无眼去"。诗中多以自谦表景仰之意，如"含毫终是冥搜拙，展卷仍惭博览疏"。李至虽小李昉22岁，然而患有眼疾，史称"咸平元年，以目疾求解政柄"，朝廷没有批准。所以李至诗中也有一些诗，如"已叹病来欢笑减，那堪老去往还疏"，"抱病也容居粉署，好吟仍使在蓬丘。利名场里心尤拙，少俊丛中鬓独秋"，表现自身拙于荣利，老来多病的境况。从这些诗例可以看出，二李唱和诗有着相近相同的题材内容。他们的诗接近于白居易晚景诗，既无强烈的现实批判性，也没有盛唐诗人的浪漫气息，而更多的是宋代学者诗内敛的情怀和人文情韵与意趣。

在艺术上，二李诗也都具有白居易诗自然浅切的特点。《宋史》评李昉"为文章慕白居易，尤浅近易晓"。他们的诗感情平和，恬静淡泊，多写身边景，叙个人事，抒发通达闲适的情怀。相比而言，李昉的诗更自然顺畅，起承转合，意脉贯通，无滞涩之态。其诗善于对仗，如"安民济物才无取，报国酬恩志未疏"，"关河契阔三千里，音信稀疏二十年"。李至的诗浅切有余而自然顺畅不及，但也不乏优秀之作，如"小院荒凉亦自如"、"自念平生谁得知"、"霜毛种种已难簪"等篇则不输李昉之诗，也堪称白体代表之作。

第三节　刘筠及河北西昆诗人的创作

刘筠（971～1031年），字子仪，河北大名人，宋代河北诗人中影响最大的一位。

根据其生平为官行事活动，刘筠一生大致可以分为四期。27岁前为读书期。27～43岁为修书与河北为官期。咸平元年（998年）27岁的刘筠考取进士，授馆陶县尉。后杨亿试选人校太清楼书，擢刘筠为第一，以大理评事为秘阁校理。景德元年（1004年）真宗出征澶渊，命刘筠为大名府观察判官。第二年刘筠奉诏参与纂修图经及《历代君臣事迹》。1010年秋真宗将祀汾阴，刘筠等赋歌诗颂圣，帝数称善，命刘筠撰《土训》。大中祥符六年《历代君臣事迹》编成，定名《册府元龟》，刘筠进左正言，直史馆，修起居注。大中祥符七年（1014年）刘筠进入为官第三期，先迁左司谏、知制诰，加史馆修撰，后出知邓州，徙陈州，还京后，纠察在京刑狱，知贡举，迁兵部员外郎，进翰林学士。刘筠为官正直，曾经草丁谓及李迪罢相诏书，已而丁谓复留相位，真宗命刘筠另草制文，刘筠拒不奉诏，士论直之，因"奸人用事"，自请外任，以谏议大夫出知庐州。

1023年仁宗即位，刘筠开始生平第四期：京城安徽为官期。刘筠由庐州知州迁给事中，复召为翰林学士，拜御史中丞，天圣二年知贡举，进礼部侍郎、枢密直学士，知颍州，回京后，复知贡举，进翰林学士承旨兼龙图阁直学士、同修国史，判尚书都省，晚年再知庐州，天圣九年（1031年）去世，终年61岁，谥文恭。

刘筠一生除在邓州、陈州、庐州、颍州等地为知州外，其主要时间是在京城编书修史，做文字工作，曾任秘阁校理、史馆修撰、翰林学士知制诰等职，一生三知贡举，是北宋前期著名的文吏、学者和诗人。据《宋史·艺文志》和《直斋书录解题》卷十七著录，刘筠一生著有《中山刀笔集》3卷、《册府应言集》10卷、《荣遇集》12卷、《表奏》6卷、《汜川集》4卷，这些著作大多亡佚。今存《肥川小集》1卷，收入《两宋名贤小集》。又《西昆酬唱集》中收录刘筠诗72首。《全宋诗》据《肥川小集》和《西昆酬唱集》将刘筠诗歌厘定为3卷（卷一百一十至一百一十二）。《全宋文》卷二百七十五收其文28篇。

刘筠作为宋初著名诗人文士，对宋代文学与文化贡献有二：一是在宋初的士风建设上，刘筠刚正不阿，坚持原则，品节相尚，对宋代重品节的士林风尚起到一定的推波助澜的作用；二是以杨亿、刘筠为代表的西昆诗创作，崇尚学问，讲究用典，重视才学，把诗歌写作由抒情言志引向品评历史，咏物抒怀，议论人生方面，开启了诗歌创作由诗人之诗向学人之诗转型的变化历程。

就士林风尚而言，虽然先秦时期孔孟儒家学派早就为中国士人的人生修养作了全面的定位，"修身齐家治国平天下"，强调"内圣"而"外王"，标举"穷则独善其身，达则兼济天下"，把"太上立德、其次立功、其次立言"作为人生"三不朽"终极目标，文士作为社会的良知，要"为天地立心、为生民立命、为往圣继绝学、为万世开太平"，把士人的人格理想与价值追求提升到神圣至上的境地。然而，千百年来，游走奔波于政治边缘的历代文士，并没能真正实现自身的价值意义，其人格修养也仅仅是一种理想目标，文人无行的现象比比皆是，曹丕《典论·论文》中讽刺文学批评中存在"文人相轻"、"贵古贱今"、"贵远贱近"的不良现象，唐代文士或纵酒狎妓、斗鸡走马，或急功近利、无恬退之心，文人无行在宋前历史上并非个别现象。到了宋代，随着中唐以来文官政治局面的出现，文士由政治边缘走入政治中心，加之崇尚道统的思想观念逐渐深入人心，宋代的文官政治需要从道义上规范文士的从政行为，追求道德修养，完善理想人格，以先秦儒家伦理道德作为士人的行为准则，相互推尊标榜，逐渐形成重品节、尚涵养的士林风尚。这种风尚始于宋初的王禹偁，王禹偁"八年三黜"，而不改其刚正品格，主持正义，坚持真理，表现出传统文士应有的高风亮节与坚贞品格。延至真宗之时，刘筠继其节，坚持原则，不向权奸小人低头，宁失官位，不失其正，在当时引起很大反响。《儒林公议》卷下载："天禧末，真宗圣躬多不豫，丁谓当国，恣行威福。时刘筠在翰林，守正不为阿附，谓深嫉之。筠乃求出为郡，止授谏议大夫守庐州。"又据《旧闻证误》载："真宗疾甚，丁谓、李迪俱罢相。中人雷允恭传宣谓家，以中书阙人，权留请发遣。谓召学士刘筠谓曰：'圣旨令谓复相，可草麻。'筠不可。"《文献通考》卷二百三十四称刘筠"为人不苟合"，"尝草丁谓、李迪罢相制，既而又命草制，复留丁谓，筠不奉诏，遂出知庐州"。《续资治通鉴》卷三十五也记载："翰林学士刘筠见帝久疾，丁谓擅权，叹曰：'奸人用事，安可一日居此！'因表求外任。授右谏议大夫，知庐州。"刘筠出知庐州，缘于拒草奸佞小人丁谓留相诏书，表现出不畏强权，敢做敢为的人格精神和胆识气魄。故《续资治通鉴》卷三十七称"（刘）筠初为杨亿所识拔，后遂与亿齐名，时号'杨刘'。性不苟合，临事明达，而其治尚简严"，士论"以此直之"。作为当时士林中一位较有影响的领袖人物，刘筠的行为对重品节士风的形成起了推波助澜的积极作用。其后经过范仲淹、欧阳修等人的大力倡导、强化与发展，造就了最富文化品格的一代士风。在这一历史进程中，刘筠的杰出表现，功不可没。

刘筠的文学贡献在诗歌，他与杨亿、钱惟演为首的西昆诗创作，开启了中国诗歌由诗人之诗向学人之诗转型的变化历程，在宋诗时代特色形成中具有重要的过渡作用。

西昆诗的写作源于大型类书《册府元龟》的编纂。景德二年（1005年）宋真宗下诏编修《历代君臣事迹》，召集饱学之士杨亿、刘筠、钱惟演、李宗谔、陈越、李维、刘骘、刁衍、任随、张咏、钱惟济、丁谓、舒雅、晁迥、崔遵度、薛映、刘秉共 17 人进入秘阁，共同编书，至大中祥符六年（1013 年）书成，历时八年。期间这些诗人文士，编书之余，以诗唱和，或记秘阁编书中如直夜、节日、送别等生活情境，或咏物抒怀，或咏史寄意，最终由杨亿汇集 17 人八年内所写诗作 250 篇为《西昆酬唱集》，文学史因此称这些诗歌为西昆诗，奉 17 人为西诗派，其诗歌为西昆体。可见，西昆诗创作，是从景德二年秘阁编书开始的，其真正产生影响当然也是从景德年间开始的。《郡斋读书志》卷十九说："自景德以来，（刘筠）与杨亿以文章齐名，号为'杨刘'，天下宗之。"编书之事持续八年，书成之日，编纂者或离开京师或已卒世，西昆创作群处于解散状态，特别是到了仁宗天圣九年（1031 年）以后，以欧阳修为代表的革新势力的出现，使西昆诗受到严厉而广泛的批判，其影响的时间与程度并不很深。

客观地看，西昆体诗歌虽然存在不足与缺陷，但在唐宋诗歌史转型过程中仍占有比较重要的地位，对宋代诗歌时代特色的形成有着直接的贡献与意义。然而，因为欧阳修在倡导诗文革新过程中，把西昆诗当做批判与革新的对象，所谓"杨刘风采，耸动天下"（欧阳修《与蔡君谟贴》），因此后世文学史研究谈论西昆体诗歌时总把西昆诗视为宋初浮华文风的代表加以指责批判，相应地忽略了西昆体诗歌在唐宋诗歌转型中、在宋诗时代特色建立中所起的积极作用。

统计《西昆酬唱集》所收录 17 人之 250 首诗（今实存 248 首）可见：这 250 首诗中，杨亿诗 75 首，刘筠诗 72 首，约占总诗作的五分之三。钱惟演诗 47 首，约占全部诗作的五分之一，其余 14 人总共 54 首，仅占全部诗作的五分之一。而且，这些诗陆续写于编《册府元龟》的八年之中，以杨亿、刘筠的诗来计算，平均每年不到 10 首诗，从创作角度说，实在不算高产，甚至比起"七十八天里做一百首诗的陆游"[①]来，杨亿与刘筠基本就算不上职业诗人。再进一步分析，这 250 首唱和诗，由杨亿首倡者 46 首，刘筠首倡者 17 首，而作为西昆诗三大代表之一的钱惟演首倡者仅有 8 首。这说明：西昆诗歌是以杨亿、刘筠为主体创作的。再检索《全宋诗》可知，刘筠现存诗作 94 首，其中西昆诗占 72 首，离开秘阁后诗歌仅有 22 首，不到存诗总数的四分之一。因此刘筠的诗创作当之无愧地成为西昆诗两大代表之一。从这个意义上说，欧阳修强调西昆诗影响时说"杨刘风采，耸动天下"，是看到了杨亿与刘筠在西昆诗创作中占据的主导地位。

西昆诗的意义在于：改变了白体陈腐浮靡之态，使宋诗向着学者诗方向发展。学者诗的特点在于崇尚学问，讲究用典，重视才学，即严羽所谓的"以学问为诗"。使诗创作由抒情言志向品评历史、咏物抒怀、议论人生的方向发展。由诗人之诗向学人之诗转型。

刘筠学问宏博，谙熟文献典籍，文章工对偶，辞尚致密，具备以学问为诗的条件。诗创作深受杨亿影响，学习唐代李商隐，善用典故，或咏史寄意，或咏物抒怀。现存 94 首诗作中，最为引人注目的应是他的咏史诗和咏物诗。

他的咏史诗，代表作有《南朝》、《汉武》、《宜曲》、《明皇》、《始皇》等篇，皆为唱和杨亿之作。借古讽今，借咏史隐喻，讥讽现实时政，诗中历数帝王荒唐奢侈、挥霍淫乐，终致亡身亡国而遗恨千载的故事，启发当朝以史为鉴。

杨亿、刘筠虽为诗人文士，却是西昆诗人中政治头脑比较清醒且富有正义之感的人物。真宗咸平、景德年间，枢密使王钦若等人怂恿真宗皇帝崇信符瑞，于是京师四方，纷纷附会天象，虚呈祥瑞。1008 年有

---

① 钱钟书：《宋诗选注》，人民文学出版社，1989 年第 2 版，第 151 页。

"天书"降临，所谓"赵受命，兴于宋，传于恒，居其器，守其正。世七百，九九定"（《宋史·真宗纪》）。于是改元大中祥符，后四年，真宗东封泰山。这一系列虚妄之举，使朝野内外，弥漫着一股虚幻的吉祥喜庆的氛围。当时正在朝中秘阁编书的杨亿、刘筠等有识之士，有感于此，先后写下《南朝》、《汉武》、《宣曲》、《明皇》、《始皇》等诗作，借咏史讽谕现实，微讽当朝的虚妄之举。请看《汉武》：

> 汉武高台切绛河，半涵非雾郁嵯峨。桑田欲看他年变，瓠子先成此日歌。夏鼎几迁空象物，秦桥未就已沉波。相如作赋徒能讽，却助飘飘逸气多。

前四句扣汉武帝虚妄迷信来写，史载武帝晚年迷信方术之事，元鼎三年（前114年）为供奉长陵女巫神君而修建高20丈的柏梁台。后又兴建高30丈的通天台、高50丈的井幹台、神明台。这些高台拔地而起，高耸云霄，仿佛与银河相接。"绛河"即银河，"切"字意为"接近"、"相接"、"相连"之意，意思是说武帝所建高台耸立云天，接近银河。所以首句极言武帝筑台之高，台高入云。第二句便紧承高入云端之意，写高台切天，嵯峨高耸，含云吐雾，祥云缭绕，犹如进入了缥缈空灵的仙境，首联写台高，为全诗创造了虚幻迷离的氛围。次联用仙女麻姑三历人间沧海桑田之变而依然绰约少女之典，写武帝兴建高台，供奉仙灵，正是要像麻姑仙女一样求得长生不死，看遍沧海桑田之变，然而现实却是残酷的，"瓠子先成此日歌"。方士栾大的话"黄金可成而河决可塞，不死之药可得，仙人可致也"犹然在耳，而现实却是黄金未成，河决难塞，武帝元光三年（前132年）黄河在瓠子口（今河南濮阳境内）决堤，20余年，多次修治无效，武帝"忧河决而黄金不成"，曾亲临河口督责塞河之事，作《瓠子歌》，伤悼功之不成。前四句写出武帝赋有雄才大略，然而迷信虚妄，企求长生，终于落空。不仅武帝如此，前代帝王也是同样的命运。夏禹曾做象征统一的九州宝鼎，然而，时间移易，结局却是夏而商，商而周，周而秦，国灭鼎移，至秦沉沦，到武帝时虽然宝鼎重现，也只是虚幻不灵古代之物，空劳武帝改元、东封等终无效验的忙活，就像当年秦始皇的东巡封禅、跨海筑石桥以望神仙之举一样，徒劳无功，而当朝真宗皇帝痴迷祥瑞、封禅祀土的做法，与秦皇汉武的虚妄之举别无二致，不同的是同为文士，司马相如的大赋讽谏，"劝百讽一"，适得其反，而《汉武》之诗，借古说今，有疗补现实的讽谏意义。

其他咏史之作中，《始皇》在欣赏始皇并六国的非凡气势中，讽刺始皇以富豪为人质、严刑峻法、天下为家的强权政治，其巡幸、封禅等虚妄行为终不免"不亡于胡"而"亡于楚"的悲剧命运。《南朝》分别陈述晋武帝华林酒宴、齐武帝青楼灯火等南朝帝王不修政治、挥霍享乐、穷极奢华的境况，最后化用"江南佳丽地，金陵帝王州"诗意，以"千古风流佳丽地，尽供哀思与兰成"作结，兰成即庾信，庾信的《哀江南赋》极尽铺陈渲染之能事，把去国离乡、国灭家亡的悲恨之情写得地老天荒，达到了惊天地泣鬼神的境界。而《宣帝》、《明皇》讽刺皇帝后宫佳丽三千，不仅给宫女造成巨大的幽怨与痛苦，而且也导致荒政误国的可悲下场。

刘筠的咏史之作，善于抓住所咏对象的典型故事，以前后两种境况的反差构思诗作，如《南朝》、《始皇》、《明皇》等，寄慨兴亡，表达咎由自取的微讽之意。或者把所咏对象放在同类历史事件中，以其共同的历史命运与悲剧结局警醒世人，以史为鉴，如《汉武》、《宣曲》等。这些诗作总体上看，并非"语意轻浅"，而是语浅意深。刘筠咏史之诗，的确较为难懂，然而其难懂难在人们对所咏历史事件或典籍载录的用语并不熟悉，而不难在语词文句。事实上，刘筠的咏史之作尤其七言之作，更多使用通畅易晓的语词叙事描写，如《明皇》诗："岁岁南山见寿星，百蛮回首奉威灵。梨园法部兼胡部，玉辇长亭复短亭。河鼓暗期随日转，马嵬恨血染尘腥。西归重按凌波舞，故老相看但涕零。"全诗56字，除"河鼓"一词用典籍语源，指"牵牛"之意外，其他语词基本上明白如话。所不易解者在于人们对诗中所叙明皇早年励精图志，百蛮归附与后期宠用杨氏、沉于梨园教坊、荒政误国导致安史乱发、马嵬兵变、贵妃缢死等事件并不谙熟于心，不能学博而难解文意。如果有足够的史学知识与文献原典的阅读储备，或者当我们对照注释弄清楚诗中所述事件之时，我们会感到刘筠咏史真的达到了明白如话、语浅意深的境界。正是其咏史蕴涵深刻，讽谏有力，才引起朝中阿腴讨好皇帝之人的警觉与利用。《续资治通鉴》卷二十八载："御史中丞王嗣宗言：'翰林学士杨亿、知制诰钱惟演、秘阁校理刘筠唱和《宣曲》诗，述前代掖庭事，词涉浮靡。'帝曰：'词臣学者宗师，安可不戒其流宕！'乃下诏风厉学者：'自今有属词浮靡、不遵典式者，当加严谴。其雕印文集，令转运司择部内官看详，以可者录奏。'"许多学者因真宗诏书而对刘筠等西昆诗歌"词涉浮靡"确信不疑。事实上刘筠的西昆诗，其弊不在浮艳绮靡，而在语词典雅，讲究语源出处，不够清新如话。

刘筠的咏物诗，是西昆诗又一典型代表。刘筠在西昆酬唱中首倡之作集中在咏物方面，其17篇首倡之作有《槿花》、《馆中新蝉》、《鹤》、《荷花》、《再赋》、《再赋七言》、《又赠一绝》、《萤》8篇为咏物之作，表明刘筠作诗喜咏物、善咏物。此外还有唱和钱惟演的《梨》，唱和杨亿的《泪二首》、《柳絮》、《樱桃》等作。其中《馆中新蝉》、《泪二首》、《柳絮》等篇均为时人传诵的名作。

一般说来，咏物之作，妙在两点：一要形神兼备；二要贵有寄托。形神兼备者，强调咏物之作不仅要刻画描摹所咏事物外在的形色声味等状貌特征，而且更要突出事物内在神情意韵特征。所谓"太似则呆板，太不似欺人，妙在似与不似之间"。贵有寄托者，强调咏物之作，不要停留在事物形神的描写刻画层面上，而要借物喻人或赋物明理，贵在有诗人情怀寓托。按照这样的艺术标准来解析刘筠的咏物诗，可以发现，他的咏物诗最鲜明的特点是不重形似，而重神似。他的诗善于抓住事物的典型特征，遗貌取神吟咏事物，而不注意对事物外在声色形质的刻画，如《槿花》：

> 紫雾函灯槃，彤霞逼绮寮。吴宫何薄命，楚梦不终朝。
>
> 半被曾羞问，邻墙却悔招。莫移风雨怨，更嘱鹊为桥。

据《南方草木状》载："朱槿花，茎叶皆如桑，高止四五尺。自二月开，至仲冬歇。花深红色，大如蜀葵。有蕊一条，长于花叶，上缀金屑，日光所烁，疑若焰生。一丛数百朵，朝开暮落，插枝即活。"可见朱槿花特点有二：一是朝开暮落，"朝生夕殒"（《玉篇》），花时短暂；二是花色深红若焰，非常热烈。刘筠之诗正是抓住朱槿花这两个特点来写的。首联以窗边红霞喻花，写花形如灯槃，烟霭笼照之下，数百朵槿花如红霞，鲜艳耀眼。如果说首联聚焦于花形花色，是从形似入笔，那么颔联则借薄命的吴宫美人和朝云暮雨的巫山神女写花期，以人喻花，后四句承继以人喻花之比，写槿花的羞、悔、怨、嘱等人格化情怀，写出了朱槿花的神韵与特点。其他作品如《馆中新蝉》、《荷花》、《梨》、《柳絮》也都如此，想象丰富、比喻生动，重神似表现，而不重形似刻画。

就艺术思维方式而言，刘筠十多篇咏物诗可以分为两类，一类是聚焦事物的文化审美内涵而不重个人情感寄托之作，如《鹤》、《泪二首》等，诗人选取与所咏事物相关的故事，次第叙来，使事物的审美内涵层层展开，如《泪二首》之一：

> 雍门琴罢已浪浪，更上牛山半夕阳。楚泽云迷千里目，蓟门歌断九回肠。
>
> 寒梅带雨飘离席，尺素停灯作报章。湘水干未终未尽，岂徒万点寄疏篁。

八句诗中截取雍门鼓琴、孟尝下泪、牛山之悲、楚泽迷目、荆轲死别、寒梅离宴、灯下回书、娥女竹泪七种令人伤心落泪的场景，激发人们对景落泪的感受。如同南朝江淹的《别赋》铺陈七种别离场景一样，采用侧面烘托、层层启发的手法，不言泪而泪在故事之中。这是刘筠咏物诗中具有典范意义的构思手法。

另一类有所寄托之作，如《馆中新蝉》、《柳絮》等。

半减依依学转蓬，班骓无奈恣西东。平沙千里经春雪，广陌三条尽日风。

北斗城高连蛾蟓，甘泉树密蔽青葱。汉家旧苑眠应足，岂觉黄金万缕空。

这首《柳絮》咏条长若丝的南朝宫柳，首联以春日柳絮比秋日断蓬，迷茫中暗寓迟暮之感。次联以城乡春光明媚来反衬柳姿半减，之后写柳无论是在惠帝斗城还是武帝甘泉，作为禁中玉树"一日三眠三起"（《三辅黄图》），韶华已逝而浑然不觉，像喻宫人的身世之悲，甚至可以进一步引申为隐寓诗人久在秘阁而无所成就的自伤与自警之情。

咏史、咏物之外，刘筠的诗从题材上看还有反映日常生活的如直夜、生病、送别、苦热、节日等主题内容，另有一些应制奉上之作。从总体上说，无论前期的西昆唱和，还是后期的身世感怀，刘筠的诗都有一个显著的特征：善用典故。刘筠身为词臣学者，饱读前代典籍，谙熟各类典事，又自觉学习李商隐用典用事的写作技法，因此因事咏物、以典写心，广泛使用典故与文化语符是诗人抒情言志最惯常的表达方式。

与之相应，刘筠歌诗的流弊也较明显，魏泰批评他堆砌典故，"作诗务积故实，而语意轻浅"（《临汉隐居诗话》），客观看来，"语意轻浅"只是部分唱和诗作的问题，而"务积故实"、堆砌典故，确是刘筠诗整体的流弊。魏泰之评，实为中的之言。他的诗多数喜用典事，甚至表达一般意思的概念或语汇，往往也要通过有语源出处的语词替换，以增强典雅的色彩，如其西昆诗开篇之作《受诏修书述怀感事三十韵》前四句，不过要说作为朝廷词臣学者，论政草诏之余，接受皇帝的旨意，编纂类书《历代君臣事迹》，却写成了："良弼论思暇，英才视草余。西清承密旨，东观类群书。"其中"良弼"、"英才"不过是良臣才子之意，西清、东观是用汉代宫室之名代指内宫、秘阁之意。通俗的书面语与有出处的典籍语这样一替换，句子变得雅致典重了，但诗歌的清新气息也受到损伤，变得晦涩难懂，没有丰厚的典籍文化修养与储备，或者不对照注释，一般人很难把握刘筠诗作的真正内涵与意蕴，故元好问才说："诗家总爱西昆好，独恨无人作郑笺。"如他的咏《鹤》诗，从陆机的

"华亭鹤唳之望"到浮丘公的《相鹤经》，再从《琴曲》中的《别鹤操》到鲍照的《舞鹤赋》，就像编一部类书一样，把有关鹤的故事次第写来，最后又用卫懿公好鹤，鹤有乘轩殊荣作结，把有关鹤的神奇异趣的传说与故事历历数来，从中可见鹤在人们生活中不断被赋予的审美文化内涵。他的咏物之作，信手拈来，或用人文意象、艺术语符，或叙故事，咏物而不局限于事物之形、色、声、貌等外在层面，而是深入到文化层面，一首诗的解读犹如复现了一事物的审美认识史与文化积淀史。

刘筠创作后期，这种"务积故实"、堆砌典事的习气稍有减弱，如《淮水暴涨舟中有作》：

> 行行极目天无柱，渺渺横流浪有花。客子方思舟下碇，阴虹自喜海为家。
> 村遥树列秦川霁，岸阔牛分触氏蜗。鸢啸风高良可畏，此情难论坎中蛙。

据《儒林公议》卷下载："天禧末，真宗圣躬多不豫，丁谓当国，恣行威福。时刘筠在翰林，守正不为阿附，谓深嫉之。筠乃求出为郡，止授谏议大夫守庐州。筠拜章，求兼集贤院学士，谓沮之不与。筠舟行至淮上，遇水暴涨，作诗云云，识者美其忧思之深远焉。"可见此诗为诗人外放庐州时途经淮河于船上有感而作。刘筠于1023年结束庐州外放生活，复召入翰林。其《召入翰林别同僚》诗说："一辞銮署守英蕃，两见庐峰媚翠樽。"可见其在庐州滞留两年，知《淮水暴涨舟中有作》写于1021年。此时已进入诗人生活后期，离秘阁编书结束的1013年已近10年，西昆诗人早已四散各地，刘筠的创作，因为现实内容的增加，堆砌典事的习气也有所减弱，诗中把舟行淮水所见的眼前景和不与权臣合作而外放的复杂内心感怀结合起来，亦景亦情，昊天无柱、横流翻浪、村遥树霁、岸阔风高之景，比起馆阁诗作境界也变得阔大鲜活起来。诗中化用典事的成分虽然仍很明显，如首联化用古诗"行行重行行"，兼用杜诗《自京赴奉先县咏怀五百字》中"群冰从西下，极目高崒兀。疑是崆峒来，恐触天柱折"之意，借眼前景表达权奸当道的忧思之情。颈联"触氏蜗"则源出《庄子·则阳》讲蜗牛角上触蛮两国争地

大战的故事。结语"坎中蛙"用《周易·说卦》"坎为水"之意，坎中
蛙即井底之蛙。此情此景难与井底之蛙来讨论。但总体上讲，这首诗比
早年的西昆之作更加鲜活而富生气。1023 年写的另一首《召人翰林别
同僚》曰："一辞銮署守英蕃，两见庐峰媚翠樽。政懦每怜民若子，岁
丰还喜稻成孙。离愁且饮闲人酒，密对须求长者言。入奉清朝同一德，
晨趋岂叹鬓霜繁。"则更加明白如话，即使化用典籍语词也能做到浑然
无迹。《诗话总龟》卷十三录有杨亿列举的刘筠诗歌佳句，如《直禁
中》："雨势宫城阔，秋声禁树多。"《陕州从事》："角迥含秋气，桥长断
洛尘。"《叶金华》："柔桑蔽野鸣雉雉，高柳含风变早蝉。"《刘潭州》：
"沙禽两两穿铃阁，江草依依接射堂。"《九陇》："溪笺未破冰生砚，炉
酒新烧雪满天。"《章南安》："岭云夏变梅蒸早，越雨秋藏桂蠹多。"《题
雪》："刘伶醉席梅花地，海客仙槎粉水天。"《章分宁》："鹤伴鸣琴公事
晚，乌惊调角戍城秋。"《汾阳道中》："鼓音记里绳阡远，舞节鸣鸾玉步
随。"《相洪州》："桃叶横波人共醉，剑光冲斗狱常空。"《夏日》："云容
倏变千峰险，草色相沿百带长。"《留题》："藻井风高蛛坏网，杏园春暖
燕争泥。"《洞户》："密锁香风深处户，乱飘梨雪晓来天。"《夕阳》："塞
迥横垣紫，江清照叶丹。"等，总数有 47 联之多。从上面征引的 14 联
诗题来看，除《直禁中》、《夏日》、《留题》、《洞户》、《夕阳》外，其余
多数写于离京时期，这些诗句以写景为主，大都称得上清词丽句，既无
西昆诗的典重气也少白体诗的陈腐气。因此杨亿称赏刘筠"特工于诗，
警策殆不可遽数"（《宋朝事实类苑》卷三七引《杨文公谈苑》）。

从刘筠诗创作看，以杨刘为代表的西昆诗歌，虽然存在密集用典、
"务积故实"之弊，然而西昆诗在唐宋诗歌转型中的贡献与地位仍是不
可忽视的。魏泰《临汉隐居诗话》说："杨亿刘筠作诗务积故实，而语
意轻浅。一时慕之，号'西昆体'，识者病之。欧阳文忠公云：'大年诗
有'峭帆横渡官桥柳，叠鼓惊飞海岸鸥'，此何害为佳句！'予见刘子仪
诗句有'雨势宫城阔，秋声禁树多'，亦不可诬也。"西昆诗不仅有这些

不可诬的名言佳句，更在于他为宋诗发展增添了富有时代特征的新因素。《诗话总龟》卷十三引杨文公（亿）云："钱惟演刘筠首变诗格，学者慕之，得其格者，蔚为佳咏。"这是比较早的以格论诗的语录，认为西昆诗首变诗格，那么其变化的诗格指什么呢？《宋史》卷三百零五说："宋一海内，文治日起。杨亿首以辞章擅天下，为时所宗，盖其清忠鲠亮之气，未卒大施，悉发于言，宜乎雄伟而浩博也。刘筠后出，能与齐名，气象似尔。"这诗格就创作主体说，是诗人清忠耿亮之气节品格，就创作客体说，是雄伟浩博的诗歌风格。宋初诗歌创作宗唐学唐，出现了"宋初三体"，较早的是以王禹偁、李昉、李至为代表的香山体（亦称"白体"），从王禹偁创作看，他继承了白居易诗歌讽谕现实的精神，所谓"本与乐天为后进，敢期子美是前身"。然而结合二李诗歌来看，真正的白体特征应是白居易晚年诗特点，吟咏性情，唱和赠答，讽谕现实的精神消隐，而官高俸足、志得意满的踌躇心态占据主导。从这个意义上说，宋初白体对宋诗的贡献在于题材内容的世俗化，而不在现实精神的增强。其流弊在于缺少生机灵气，恶俗陈腐。西昆诗歌紧随白体之后，杨亿、刘筠等人一方面继承王禹偁树起的人格风范，以清忠耿介、刚正不阿相标榜，推尊人格气象；另一方面在诗创作上，以咏史讽世、咏物抒情的忧患精神和人文情怀替换白体的恶俗陈腐之气，密集运用典故和文化语符，来抵消白体诗歌油滑浮浅之态，把诗歌创作由诗人之诗引向学者之诗。在西昆诗人笔下，写诗不是浪漫激情的宣泄与喷发，而是文化性格的展示、学问情怀的张扬，理性精神加上有意的设计与安排，使以杨亿刘筠为代表的西昆诗典雅含蓄，雄伟浩博，开创了学者诗创作的先河。由此可以说，宋初三体不仅是宗唐的产物，更是诗歌转型的先驱。白体的世俗化强化了宋诗题材世俗化的特征，而晚唐体的苦吟作风和西昆体学问为诗的尝试都加速了诗人之诗向学者之诗过渡的步伐。

除刘筠之外，河北籍西昆诗人还有李宗谔和李维。

李宗谔，字昌武，饶阳人，宋初著名学者李昉之子，太宗端拱二年（989年）中进士，授校书郎，990年，献文自荐，迁秘书郎、同修起居注，真宗即位，拜起居舍人，参与重修《太祖实录》，后迁知制诰，判集贤院，景德二年（1005年），为翰林学士，大中祥符初年，任工部郎中、建昭应宫使、审官知院，景德三年（1010年）真宗祭祀汾阴，命为经度制置副使，同权河中府事，拜右谏议大夫，卒于大中祥符五年（1012年），年49岁，有文集60卷、《内外制》30卷，另有《翰林杂记》、《大中祥符封禅汾阴记》、《诸路图经》、《家传》、《谈录》著作，均已佚。现存《先公李昉谈录》1卷，《全宋诗》卷100录其诗12首，《全宋文》收其文2卷。

作为宋初著名文士，李宗谔风流儒雅，酷爱典籍，藏书万卷，长于文章，柳开称赞其文"卓异峻拔"，"文雅而理明白，气和且清"（《与李宗谔秀才书》）。其歌诗传世较少，12首诗中前7首为西昆唱和之作。后5首辑自方志、舆地等书。相比刘筠的西昆诗，李宗谔诗晦涩典重气息有所减淡，然而艺术质量则不抵刘筠，如同题《汉武》诗：

建章宫阙郁岧峣，露掌修茎倚沉寥。平乐馆中观角抵，单于台上慑天骄。

蓬莱望气沧波阔，太一祈年紫府遥。西母不来东朔去，茂陵松柏冷萧萧。

刘筠与李宗谔皆讽武帝迷信虚妄之举，刘筠之作把武帝广筑高台企求长生的虚妄之举，放在现实与历史两种境况中进行对比表现，并批评了汉赋"劝百讽一"的负面效应，题意集中，深刻有力。而李宗谔之作虽然首尾两种境况的对比收到了同样的微讽效果，然而次联"平乐观中观角抵，单于台上慑天骄"并置武帝尚武功业，与全诗讽谏意味并不和谐，而且首句"建章宫阙"也不如刘筠的"高台"更具讽刺意味。同题唱和，高下明显。相对而言，写得较好的是《南朝》之作：

仙华玉寿夜沉沉，三阁齐云复道深。平昔金铺空废苑，于今琼树有遗音。

珠帘映寝方成梦，麝壁飘香未称心。惆怅雷塘都几日，吟魂醉魄已相寻。

并置南朝诸帝醉生梦死奢华享乐的境况，以相继败亡作结。与刘筠之作相比，铺叙史实而不刻意于语源出处，更多自然本色。清贺裳《载酒园诗话》说："此诗组练不及钱、刘，惟末句发所未发。"吴乔《围炉诗话》也认为此诗"组练不及钱、刘，末句则妙。"除了现存诗作外，杨亿《杨文公谈苑》曾举其"一溪晓绿①浮鸂鶒，万树春红叫杜鹃"（《春郊》），"金銮后记人争写，玉署新碑帝自书"（《赠苏承旨》）两联为佳句（《宋朝事实类苑》卷三十七），吴乔《围炉诗话》也认为"一溪晓绿浮鸂鶒，万树春红叫杜鹃"一联"可入六朝、三唐"。由此可见，李宗谔诗成就虽不及杨亿、刘筠，但在西昆诗人中不失为一位精妙者。

李维（961～1031 年）字仲方，洺州肥乡人，李沆弟。雍熙（985年）二年进士，为保信军节度推官，真宗初，献《圣德诗》，被召试，直集贤院，知歙州，入为户部员外郎，使辽，归为兵部员外郎、知制诰，为翰林学士，累迁中书舍人，出知许州。再入为翰林学士承旨，加史馆修撰。仁宗初，李维为尚书左丞兼侍读学士，预修《真宗实录》，迁工部尚书，再使辽，因其使辽诗《两朝悠久》中自称小臣遭弹劾，降相州观察使，知亳州，改河阳，徙陈州，天圣九年卒，年 71 岁。

李维为宋初著名文吏，一生五为知州，两次使辽，其他时间多在秘阁、翰林、史馆任职，学问渊博，曾参与编纂《续通典》、《册府元龟》等书，以文章知名，著有《李仲方集》20 卷、《大中祥符降圣记》50卷，均已佚。今存《邦计汇编》1 卷、《崧坪小稿》1 卷。今《全宋文》收其文 10 篇。李维又好为诗，与西昆诗人相唱和，"北第秋将晚，东篱菊正芳"（《王左丞新菊》）、"彩毫闲试金壶墨，青案时看玉字书"（《休沐端居有怀希圣》）句，为其得意之作，前者写秋景清新明丽，后者状文人雅兴，属晏殊所讽直露欠含蓄之类。真宗曾赏其"秋声和暮角，膏雨逐行轩"句有平淡之味（《玉壶清话》卷一），其另有"故宫芳草在，往事暮江流"名句。今《全宋诗》录其诗 6 首，诗艺平平。

————————————

① 一作"晚绿"。

第四节 刘挚、刘跂父子的诗歌创作

河北诗歌创作发展到北宋后期，出现了较有影响的诗人刘挚、刘跂父子。

刘挚（1030～1097年）字莘老，永静东光（今属河北）人，北宋后期最有影响的河北诗人。其生平大致可分为四期。30岁前为刘挚生平第一期，从少年为学到甲科进士。刘挚10岁而孤，就学于东平，从此居家东平，刻苦地学习与广泛地读书为后期诗文创作奠定了坚实基础。嘉祐四年（1059年），刘挚应举，以优异成绩荣登甲科进士，从此开始了其生平第二期：30岁至42岁，由初入仕途到被贬衡州。刘挚中进士后，很快试任冀州南宫令。与信都令李冲、清河令黄莘皆以治行闻，人称"河朔三令"。后徙江陵观察推官。入朝为馆阁校勘。王安石执政也很器重刘挚，擢为检正中书礼房、监察御史里行。熙宁二年（1069年）王安石开始变法，熙宁三年刘挚上疏极论免役法之弊害，熙宁四年（1071年）七月被贬监衡州盐仓，1074年初北归①。这十多年正是刘挚风华正茂初入仕途时期，他有较高的参政热情，不避风险，积极参与，初步树立起自身敢作敢为的从政品格。另外，江陵观察推官和贬监衡州盐仓，激发起刘挚热爱自然、沉醉自然山水的情感。他广泛游览，写下许多游览南方自然美景的山水诗作。

从被召回京到知滑州，是刘挚生平第三期。刘挚结束贬监衡州盐仓生涯，被任为签书南京判官，后又召为同知太常礼院。元丰初年，改集贤校理、大宗正丞，为开封府推官。后又除礼部郎中，迁右司郎中，因

---

① 《宋史·神宗本纪》熙宁四年（1071年）七月"丁酉，监察御史里行刘挚罢监衡州盐仓"，关于刘挚离开衡州北归时间，史书缺载。刘挚《被旨还阙训答诸公韵三首》诗言："楚雪三经橘柚天，君恩新许出湘川。""湘南窃食汉盐官，长记灵烟魏阙端。隙过白驹三岁月，萍漂沧海一孤寒。"由此知刘挚贬衡州共三年。诗中还有"岁晚病怀孤剑外，江寒归思乱云边"，"安得新官来棹速，更随春色到乡园"两句，由此可以判断，刘挚离开衡州北归当在1073年底或1074年初。

建议执政合厅办事，被言者劾以他故，罢官归乡。明年，起知滑州。后被召为吏部郎中，擢侍御史，以正色弹劾，多所罢黜，时人比之包拯、吕诲。

从 57 岁到 68 岁去世为刘挚生平第四期，刘挚经历了元祐党争与屡遭贬谪的晚年。元祐元年（1086）年，哲宗即位，刘挚为御史中丞，十一月拜尚书右丞，连进左丞、中书侍郎，门下侍郎。元祐六年（1091年）二月，拜尚书右仆射兼中书侍郎。时朝廷党争激烈，刘挚被视为朔党[①]，为言者罗织，罢政，十一月以观文殿学士知郓州，元祐七年（1092年）徙大名，再徙青州，后夺职，贬知黄州。绍圣元年（1094年）九月再贬分司南京、蕲州居住，绍圣四年（1097年）二月贬鼎州团练副使，新州安置，十二月卒于贬所，年 68 岁。其家属被贬徙英州三年，死于瘴者 10 人。至徽宗即位，刘挚才被昭雪归葬，绍兴初年赠少师，谥忠肃。其子刘跂集其所著奏议、论说、记序、铭志、诗赋千余篇，编为《忠肃集》40 卷。原集已佚，四库馆臣自《永乐大典》辑出《忠肃集》20 卷，今存《四库全书》本、《畿辅丛书》本，《全宋诗》录其诗 6 卷，440 多首。《全宋文》收其文 19 卷。

刘挚为人，素性峭直，通达明锐，刚正有节，触机辄发，无所避忌，所谓"智不足以尽万物，敢决真伪论是非"。在北宋后期激烈的党争中，他忠于朝廷，坚持原则，表现出北宋文士持重有节的道德风范。他一生喜读书，自幼及老，未尝释卷，少好三《礼》，研习精湛，晚年治《春秋》，辨诸儒异同，多得经书旨意，有很高的学问修养。其"文章雅健清劲，如其为人，辞达而止，不为长语，表章书疏，未尝假手"（刘安世《刘忠肃公文集序》）。

作为北方文士的代表，刘挚平生最重视人的内圣修养与务实有为。

---

① 《邵氏闻见录·卷十三》载："哲宗即位，宣仁后垂帘同听政，群贤毕集于朝，专以忠厚不扰为治，和戎偃武，爱民重谷，庶几嘉祐之风矣。然虽贤者不免以类相从，故当时有洛党、川党、朔党之语。洛党者，以程正叔侍讲为领袖，朱光庭、贾易等为羽翼；川党者，以苏子瞻为领袖，吕陶等为羽翼；朔党者，以刘挚、梁焘、王岩叟、刘安世为领袖，羽翼尤众。诸党相攻击而已。"

他平常训示子孙的名言说："士当以器识为先，一号为文人，无足观矣。"所谓器识，是指人的道德与学养、才干与见识，刘挚为官从政，强调务实有为，对于文人浮华浪漫的作风，带有鄙视的态度。因此受到清代强调"学以致用"的顾炎武极力推崇。也正是因为刘挚如此重视经学，推崇学问，以一个耿直刚正又通达明锐的文吏身份出现在当时政界，所以千百年来，很少有人把刘挚看成一位诗人作者，现行文学史几乎都不提刘挚的文学成就。《中国文学家大辞典》宋代卷虽然撰有"刘挚"词条，也只言其"亦能诗"。因此刘挚的诗歌创作一直没有引起人们应有的关注。

事实上，刘挚不仅重视学问修养，而且对诗歌创作也有浓厚的兴趣。他推崇杜甫，认为"少陵勋名何可量"，模仿杜甫"语不惊人死不休"口气说自己"苦心颇恨语不工"，苦心致力写诗，在江陵观察推官任上，他曾与二三好友结社组织诗会，唱和为诗。不仅如此，他还把诗歌创作提升到与功名相等量的高度，声言"古人能轻万户侯，为有千篇相等量"，遭到政治冷遇，便自负地宣称："不如收拾诗千首，要似张家万户侯。"他的诗多集中在贬谪生涯之中。早年贬衡州和晚年连续贬谪期间，是其诗歌创作两个高峰期，正是其所谓"穷不废诗"。

刘挚虽然主张"穷不废诗"，甚至遭贬衡州时，曾激愤地说："篋中谏纸余多少，尽写新诗入锦囊。"然而，从题材内容上说，读遍刘挚现存400多首诗作，会有一个深刻的印象，他虽然在政治上坚持原则，无所避忌，面对党争，勇于敢为。但在诗歌创作中，刘挚的诗却绝少正面写现实，几无"议论争煌煌"的现实诗作。究其原因，这与当时创作环境和诗学观念有关。北宋后期党争激烈，文狱不断。苏轼因反变法惨遭乌台诗案，文同曾告诫苏轼："北客若来休问事，西湖虽好莫吟诗。"黄庭坚也坚持诗歌要吟咏性情，反对诗歌批评政治，把诗歌干政喻之为"怒邻骂座"之举。在这种风气之下，刘挚的诗也绝少正面写现实政治。总体来看，刘挚的诗，题材广泛，举凡唱和赠答，写景咏物，咏史怀古，自叙家世，抒写感怀，或以诗论艺，或致哀挽之情，视野开阔，无所不到。其中最为引人注目的部分集中在描写自然山水和抒发人生感怀两大方面。

刘挚描写游历山水的诗歌总量近百首，约占其诗歌总数的四分之一。《马当山》诗说："吾生愧仁智，而于山水便。"刘挚虽然达不到乐山乐水的"仁智"之境，但对于自然山川，却情有独钟。他曾东游泰山，在泰山上"东峰候海日，危磴跻天关。上攻秦汉事，遗文大碑顽"。后来为江陵观察推官和贬监衡州盐仓之时，优美壮丽的南方自然山水更为他恣意遨游提供了方便。他南浮九江，多次游庐山，遭贬时登临衡岳，攀祝融峰。自称"人生难足惟胜游，意适何劳计穷达"。其《忆山》诗在历数早年的游观后自豪地说，"幽寻恣所适，曾不虞辛艰。其余林壑趣，可数皆班班"，真可谓"南国江山尽旧游"了。而后期"志气日已孱"，加之患有中风之症，游兴大减，却幻想着"安得苍翠姿，下落樽酒间"。广泛的游历，使山水写景成为刘挚诗歌引人注目的题材。然而与唐代王孟韦柳山水诗相比，刘挚的山水之作明显带有宋代山水诗歌的时代特点。他的山水诗，不像唐人诗作聚焦在展现山水美景，而是集中叙写游览之趣，其写作重心在游之事而不在游之景。

我们知道，唐代山水诗，无论是王维、韦应物的无我之境，还是孟浩然、柳宗元的有我之境，重心都在于描写自然山水美景，从王维《山居秋暝》、《终南山》、《汉江临眺》，常建《题破山寺后禅院》，韦应物《滁州西涧》，杜牧《江南春绝句》到孟浩然《秋登万山寄张五》、《临洞庭湖赠张丞相》，柳宗元《与浩初上人同看山寄京华亲故》等，唐人山水诗都以细腻的笔调描绘富有意境的山水景色，如临其境，如在目前。而宋人山水诗往往侧重描写游之事，而淡于表现如在目前的景象。同写庐山，李白的《望庐山瀑布》和苏轼的《题西林壁》最典型地体现了这种差异。山水诗这种转变始于唐代的韩愈，其《赠侯喜》诗，写和友人侯喜郊游垂钓之事，写景不是焦点，重心在表现郊游垂钓之趣。韩愈山水诗歌的转型，使诗歌题材向平民化、世俗化方面演进。宋代山水之作虽然也写山水之景，如苏轼遗貌取神的西湖写景诗，北宋长篇的全景式山水诗，但长于叙事，淡于描景，成为宋代山水诗歌一大新变。刘挚的山水诗，虽然也不乏写景如画、如在目前之作，如"云稀树色偏宜晚，天借湖光剩占秋。孤鹜落霞闲上下，红莲白鹭各风流"，"平湖胜势抱南城，花气蒙蒙馥近垧。黄变柳条归老绿，红残桃叶换尖青"，"天沉暮鸟烟氛外，山抱春城雾雨中，"等，虽然不乏写景名句，但整首诗句句写景，以景为重心的作品却相对较少。因此刘挚山水诗的第一特点是重在表现游之事游之趣，而正面表现山水景色则退居次要地位。

刘挚山水诗第二个特点是把游览自然美景与历史怀古结合起来。他的许多山水诗同时又是怀古诗，如《白鹭亭》、《过彭泽》、《庾信宅》、《马当山》、《马融绛帐》等，把欣赏自然之景与景物本身所承载的历史文化内涵交融在一起，亦景亦事，亦趣亦感。诗人面对这些富有文化遗存的自然风光，不仅仅停留在赏心悦目的愉快之中，山水名胜像一组文化符号更引发诗人对自然变迁、社会兴衰、人生荣辱的思索与感悟，体现出宋代诗人与学者、政治家合一的特有的情感指向。这一特点使刘挚的诗很难全然分清哪些是典型的山水诗，哪些是典型的怀古诗，他把行旅、写景和抒怀结合在一起，典型的写法有两种，一种如《北山道中》："随马卢泉碧玉流，野林春鸟语钩辀。桃飘残萼红堆水，麦换新苗绿满畴。世味浅深聊尔尔，生涯消息强悠悠。不如收拾诗千首，要似张家万户侯。"由行旅之景写到行旅感怀，起承转合，结构层次严密。类似的如《岸次见梅花不果折》、《同孙推官迪李郎中钧督役河上叙怀三首》其二、《八月十二日同杨诚之马全玉王似之泛舟至旧州塔下作》等。另一种典型写法是《游白云山两首》之一："篮舆微风迎晓凉，细碎草木无数香。千岩云归雨未足，几冲水浅禾难秧。松下阴森石桥冷，竹边曲折溪路长。西家又得避暑地，翠微亭在山中央。"打破律诗的承转定格，多角度多层次展现山水美景。类似的如《五月十日发俞潭先寄王潜江》、

《登祝融峰题上封寺二首》其一、《初发梁泽》等。

刘挚诗歌另一主题是表现自我，抒写人生感怀。其主要内容有三个方面：一是叙写自我人生历程，多角度抒写生活体验，充满体道悟理的人生哲理。这类诗歌较多，集中表现对人生穷达祸福与兴衰荣辱的感悟与体会。今存诗集开篇所收《读书》、《老子画像》两首，"念此平生心，所乐在黄卷"，"圣贤有堂奥，大道堪夷坦"，把读书穷理作为人生乐趣与追求，为其人生与诗创作定下了基调。他有许多诗篇在记叙生活情景中表达人生感悟："处险贵能安，欲速或未达"、"时止圣所藏，欲速祸或中"是欲速不达的哲理；"人生苦飘忽，事往真如梦"、"天地又车毂，兴亡一酒觞"是人生如梦兴亡逝水的体验；而"庄生达观尝齐鹨，张翰归怀岂为鲈"、"旁观有诀君须信，大抵骄贪悔吝生"则是观达韬光的诗化言说。刘挚不仅在诗中零散地表达人生感悟，还写有一些集中述怀的年谱类诗篇，如《长句送跂之官蕲水》、《答黄莘道代书见寄》、《被旨还阙答诸公韵三首》、《次韵晋陵吴秀才传见贶》、《忆山》、《行药》等篇集中叙写自我人生历程，具有诗化年谱的性质。

刘挚诗歌表现自我，还集中抒写超脱旷达的人生态度和乐于归隐的人生理想。从思想上看，刘挚以儒家思想为主，兼容释道思想。与宋代其他文士一样，"儒以立身，释以参性，道以了命"。换言之，宋人"以佛修身，以道养生，以儒治世"。刘挚的立身处世以儒为本，强调器识与务实致用。所谓"儒生仕学古，志在膏斯民"，以天下为己任，虽然在激烈的党争中难免受一己个人情感的影响，但总体上说他一生勤政爱民，不失为一位廉吏好官。他以儒家思想立身治世，也兼有释道思想，晚年写的《行药》诗"是身本无有，疾病何用治"典型地体现出佛学空幻的思想观念，而"君能有意齐是非，吾久无心耻贫贱"则是道家等贵贱齐生死思想的流露。儒释道三家思想的兼容，使刘挚面对人生的穷达荣辱，表现出旷达超脱的人生态度。综观其一生，早年儒家思想居主导地位，执著于建功立业，志在膏民，毫无避忌，立场坚定地反对王安石变法，被贬监衡州盐仓之时，其思想开始变化，释道成分上升，增加了通达超旷的情怀与态度。其许多诗中表达乐于归隐的人生理想，把卷入党争看成是误落世网之中，推崇陶渊明的人生态度，《过彭泽》等多首诗作表达对陶渊明归隐的向往之意。统计其 436 首诗歌的用词频率："渊明"6 次，"靖节"2 次，"彭泽"2 次，"陶令"4 次，题目之外，表达追慕陶渊明之句有 14 处之多。与向往陶渊明相应，诗中还多次出现"林泉"、"林丘"、"林壑"等向往隐居的句子："吾生本放浪，自比林壑人。""平生雅志在林壑，误落世纷亲缴缯。""渺然独起林壑志，平生愿得与彼群。""有客平生志林壑，坐怜双眼隔云烟。"

当然，追慕陶渊明，表达林泉归隐之意，仅仅是诗人遭受政治冷遇时获取心理平衡的法宝而已。现实生活中，面对激烈的党争与相互倾轧，他又"何时拂衣去，相与醉鲈鱼"呢？除去旷达自适，还有叹老怨别的身世之感。刘挚虽然从不在诗中正面攻击新法与政敌，但在自叙性抒情诗篇中表达对放逐的不满以及对同党人士的同病相怜，也传达出浓厚的不平之气，"壮怀已有潘毛叹，陈迹犹怀汉佩奇"，"人如泽畔穷吟客，天似江南八月凉"，"终日城头忆王粲，清吟泽畔似灵均"。在表达身世之感的牢骚怨愤的同时，刘挚诗歌更重视表现自我刚正有节的品格修养。"我亦薄外机，庶不撄世祸"，政治上，他坚持己见，不善韬晦，刚正有节。"士生于内外，贵识所重轻"，"故人毁誉忘，要使仁义尽"。生活中他以诗书琴酒自适。"罇酒欣常满，邻书得借钞。援琴意流水，弹剑恨空庖"。流连诗书琴酒，沉醉人文情怀，修养圣贤品格，他的许多咏物之作，写竹写菊，借具有品格象征意味的事物来表达坚贞有节不随俗众的人格追求，多侧面丰满地展示了诗人的自我形象。

刘挚诗歌除去以上两方面主导内涵外，还有多方面内容。他的诗写煎茶、植菊、食鲙、菱角、朱李等生活琐事，典型地具有宋诗题材世俗化特点。他以诗论艺，《还郭祥正诗卷》、《再作》、《跋览前此唱和诗卷有诗次其韵》等多篇诗作展示自身诗学思想与创作主张。《城北庭》、

《寄高阳陈镐》、《路虞部得代还》以及一些送人赴边的诗作中，抒发"报国丹心老更同"的爱国思想。此外，他还写有几十篇五律、七律的哀挽诗作。因此可以说，刘挚诗歌题材广泛，视野开阔，不仅塑造了鲜明的诗人自我形象，而且透过这一形象，可以看到北宋后期一位有品格修养有人生追求的士人的心路历程。

刘挚诗歌的艺术表现也达到了很高的境界。他批评北宋后期诗歌"世俗酣尚惟纤秾"，也曾赞赏郭祥正"瀑布千丈悬秋风"式的险怪诗风，但他对江西诗歌崇尚瘦硬峭拔并不感兴趣。他认为"平淡丰腴乃嘉唱"，把自然平淡和丰满厚重作为好诗的标准。同时刘挚还推崇杜甫诗歌，赞颂"少陵勋名何可量"，标榜杜甫，努力写作，自责"苦心颇恨语不工"。可见，刘挚的诗歌主张在江西诗风盛行的北宋后期是独树一帜的。与这种尊杜而不同于江西的诗学主张相连，他的诗总体上呈现出既平淡自然又清劲雅健的风格。

从诗体运用看，刘挚诗除去不写拟乐府诗外，其他的五古、七古、五律、七律、七绝各式诗体灵活运用。他的五古、七古诗作叙事写景议论抒情，自然朴素，雅健有味。其长篇五古如《答黄莘任道代书见寄》、《荆门军惠泉呈李使君舜卿》、《送文与可同出守湖州》等娓娓道来，层次清晰，过渡自然，耐人寻味。长篇七古诗如《自福严至后洞记柳书弥陀碑》、《还郭祥正诗卷》、《送蔡景繁赴淮南运使》、《长句送跂之官蕲水》等，纵横排闼，开合自如，感情浓郁，诗风雅健自然，又不乏纵横驰骋的诗歌才华，充分体现了刘挚诗追求"平淡丰腴"的理想境界。他的五律诗平淡流畅，似不经意，也不刻意化用前人句意，信笔而至，清雅俊爽，富有情意，如《登徐州城楼》、《山口》、《丰齐道中》、《过桑八墓》等篇，堪称五律名作。刘挚的七绝与七律代表了其诗歌最高成就。他的七绝诗共63首，多题咏名胜写景抒情之作，如《齐己草堂》和《湖上口号》：

一曲流泉对草堂，何人与续帐前香？清诗自共秋风老，依旧钟声送夕阳。

绿荷深不见湖光，万柄清风动晓凉。莫恨红葩犹未烂，叶香元是胜花香。

前者题咏怀古，草堂写景，简洁入妙，而且对齐己的评价更耐人寻味，有唐人绝句含蓄隽永的情韵。后者写景，以"深"和"万柄"突出荷塘之绿和绿叶之广，具有唐诗兴会而来的韵味。结句的叶香胜花香，翻新旧意，又显露出宋诗的理性光辉。如此好诗使刘挚不无自负地写道："日日新诗出锦囊，清言飘洒句琅琅。"这样的清词丽句还有很多，如《澄心阁》、《九日依唐生韵五绝句》其三、《次韵燕中舍若水苦雨五绝句》其四、《湖上口号》之三等，都是脍炙人口的七绝名作。

刘挚的七律诗在其各体诗作中数量最多，共有 209 篇，将近全部存诗的一半。仅从数量上就可以看出，七律是刘挚最熟练习用的表达形式。他的七律诗作，题咏怀古、唱和赠答、叙事写景、抒情寄意，无所不至，总体上具有清劲雅健的特点。与同时代的苏轼、黄庭坚律诗相比，刘挚的诗既少有东坡诗中奇特的想象、丰富新颖的比喻和虚实共生的雄奇气势，也不像山谷诗刻意追求拗折劲健、瘦硬峭拔的气格与力度，他的诗亦如其务实致用的为人，往往从现实的实景实情出发，抒写现实感怀与人生哲思。从这个意义上说，刘挚的诗无法抗衡苏黄之诗并因而受到世人的冷落是可以理解的。然而，细致解读刘挚的律作，我们也会发现，真挚丰富的内心感怀，自然清雅的艺术语言与细密有法的艺术结构使刘挚的七律诗同样达到了很高的艺术境界。其两百多篇诗作中堪称名篇佳作的不下二三十首。《初发梁泽》、《金陵》、《赏心亭》、《元日寄耒阳》、《再酬王太傅》、《秋日即事》、《偶吟》、《北山道中》等篇置于整个宋诗律作中也是毫不逊色的好诗。有的诗不仅感情真挚，还具有气象博大的境界，如《赏心亭》：

佳山逶迤抱故国，危观突兀凌长波。仰凭飞景赤霄近，下瞰万木苍烟多。

三阁繁华芳草在，七朝风物一禽过。后人未见兴亡本，祇笑陈家玉树歌。

赏心亭为宋初丁谓镇金陵时所建名亭，《景定建康志》记其“在（城西）下水门之城上，下临秦淮，尽观览之胜”。诗中前两联写登临之景，佳山指钟山，长波谓秦淮河。诗人以略带夸张的笔调写逶迤的钟山环抱金陵古城，城西下水门上的赏心亭高耸云霄，下临秦淮。登亭仰见，飞檐抵天，下视秦淮，万木苍烟，美景如画。后两联怀古，三阁指临春、结绮、望仙三阁，陈后主至德二年建。《至大金陵志》引《宫苑记》曰：“（三阁）高数十丈，并数十间，其窗牖、户壁、栏槛之类，皆以沉檀为之，又饰以金玉，间以珠翠。外施珠帘，内设宝帐，其服玩瑰丽，近古所未有。其下积石为山，引水为池，植以奇树，杂以花药，后主自居临春，张丽华居结绮，龚、孔二贵妃居望仙，并复道交相往来，使女学士与狎客赋诗，采其尤艳丽者，以为词，被以新声曲，有《玉树后庭花》、《临春乐》等，丽华聪慧有神采，尝于阁上，靓妆临轩槛，宫中遥望若神仙。”繁荣的三阁，七朝文物，随着时间的流逝，皆成云烟，只有飞禽芳草凭吊着历史的兴亡盛衰。最后针对人们把南朝覆亡归因于陈后主《玉树后庭花》的浮浅看法翻出新意，隐含了历史必然走向统一的观点。同样具有这种宏伟博大气象的诗还有多篇，“磴险梯危路忽穷，胜游须到祝融峰。九千丈外云间寺，一万年余石上松”，“岁晏风云剑外天，故宫形势旧山川。地环锦绣三千里，兵后歌钟一百年”，都有博大的境界和峥嵘的气象。由此也可以看出，刘挚诗歌还具有多样化风格。

艺术结构上，刘挚七律之作既能遵循传统的起承转合的结构规律，又不拘于成法，往往能根据写景抒情的需要，灵活处理各联之间的关系。他善于经营尾联结句，往往集转与合双重功能于一体，在前三联充分蓄势的基础上，使诗情观点在结句得到升华与深化。尤其善用以景结情的手法，如《重送文与可》云：“想及下车春恰恰，汀洲烟雨白苹时。”《八月十五日宿平原寄跂蹈》云：“孤馆悄然谁晤语，满庭寒露湿苍烟。”以景结情，含蓄有韵味。他还善于运用对仗手法。《南喜寺》云：“楼飞缥缈岩腰峻，庵静峥嵘阁道虚。”《又次韵四首》之一云：“天沉暮鸟烟氛外，山抱春城雾雨中。"更善于运用数字对仗，如"云房直上三千尺，蜡屐重来十五年"，"九千丈外云间寺，一万年余石上松"，"明生月魄初三夜，气动春灰五九天"，"地环锦绣三千里，兵后歌钟一百年"等。不再赘列。

语言运用方面，刘挚的诗既善于使事用典，又善于化用前人诗意诗句，而且都能做到自然贴切，了无痕迹。他平生喜读书，学问赡博，使事用典，信手拈来。衡州贬谪放还之日，其《被旨还阙训答诸公韵三首》其一信笔挥洒，用汉文帝夜半前席之典说："虽非殿席虚中夜，且胜台郎谪九年。"元丰六年（1083年）年底文彦博以太师退休洛阳，刘挚《送致政太师归洛》后两联："平泉花木眷常在，辽水城池鹤自如。身是赤松无一事，乳桐孙竹看扶疏。"连用唐代李德裕平泉山庄、丁令威化鹤归来和赤松子典故，言说文彦博作为一代名臣荣归故里的生活情境。《寄长沙王源祖》中"试看湖上梅应老，不解东风赠一枝"用南朝陆凯寄范晔梅花之典表达友人之间南北阻隔相思深挚的情感。而化用前人诗意诗句，驱遣文献语词，更是随心所欲不逾矩，如"汉烛青烟下九阊，东风瑶圃燕元臣"。轻松化用唐诗"日暮汉宫传蜡烛，轻烟散入五侯家"语意写清明。"想得怀归心似我，越禽常自记南枝"、"疲马顾鸣还有恋，惊乌飞匝欲何依"、"夜乌三匝惊明月，胡马长嘶向北风"等化用古诗"胡马依北风，越鸟巢南枝"和曹操《短歌行》"月明星稀，乌鹊南飞，绕树三匝，何枝可依"句意。不仅贴切自然，而且读起来亲切有味，给人"他乡遇故人"之感。从对杜诗的推崇以及大量用典和化用前人诗意诗句来看，处于江西诗风渐盛之时，刘挚的诗创作多少是受了江西诗法的影响。所不同的是他的诗追求平淡丰腴之美，自然流畅而不以瘦硬峭拔为宗。当然，就整体创作成就说，从存诗数量到艺术境界以及对诗坛的影响，刘挚的诗创作都无法和苏轼黄庭坚相抗衡。但是，作为北方诗人的代表，刘挚的诗代表了北宋后期河北诗歌创作的最高成就，其在文学史上的地位应得到学界更多的关注与重视。

　　北宋后期河北诗人还有刘挚子刘跂。刘跂，字斯立，王巩婿。元丰二年①（1079年）与其弟刘蹈同榜进士，其父刘挚激动地写诗说："雁塔继题三世字，桂林仍见两枝春。"中进士后，刘跂初为亳州教授，元祐初，移曹州教授，为彭泽、管城、蕲水县令。绍圣间，刘挚入党籍，随父徙于新州贬所，崇宁元年，入元符党籍。刘挚死于贬所，刘跂请归葬，又伏阙诉文及甫之诬，为父雪冤。后累官朝奉郎。晚年筑学易堂，时人又称学易先生。《直斋书录解题》卷十七载刘跂著有《学易集》20卷，原集已佚，清四库馆臣从《永乐大典》辑出12卷，删削其荒诞不经之文，定为8卷。今《全宋文》录其文4卷，《全宋诗》录其诗4卷，共存诗225首。

　　刘跂的一生正赶上新旧党争如火如荼之时，元丰二年中进士步入仕途之时，正值其父由贬监衡州盐仓被召归京不久，王安石变法虽然失败，北宋政治似乎处在元丰平稳之时，但很快其父又因建议执政合厅办事而被弹劾罢官归乡。元祐间旧党执政，刘挚虽然很受重用，然生性耿直，作为言官，罢黜庸奸，终于被诬结党，接连被罢政贬官，绍圣以后更在穷治党人中连遭打击，以致身死南方贬所。刘跂置身在这样的政治环境中，只能辗转亳州、曹州、彭泽、管城、蕲水等地当教授或县令等低微小官。因此刘跂一生，虽然充满宏伟的功业理想，自言"往者各少年，束带登桥门，白眼霄汉际，冥鸿注孤骞"，对生活充满希望，有较高的人生追求，然而，党争激烈，忠奸不容，相互倾轧，使得刘跂一生受其父牵连，沉于下僚，惕怵忧戚。这种境遇反映到诗歌创作中，使刘跂的诗歌呈现出与其父刘挚不同的主题倾向。刘跂现存的225首诗作，给人印象最深的是对人生的隐忧与对前途的忧畏。"世事青天外，生涯高浪中。""一朝奇祸发，炽甚烈火炎。""岂知巢倾覆，胎卵却复全。""顷年岳阳下，忧患亦颠沛。"处于政治旋涡的境遇，使诗人一生"声名竟寂寂，感遇空拳拳。事过剧脱兔，迩来三十年"，"分将幽独心，守此

---

①《宋诗纪事》作"元丰三年进士"。

濩落身"。其《舟行怀斯川用王介甫韵》借舟行急遽比喻处身政治逆境之中的幽忧情怀："所嗟湍流长，汩没未及已。蒹葭雁鹜泽，清浅良可喜。美人讵云远，耿耿隔一水。"化用《诗经·秦风·蒹葭》和《四愁诗》之意，以遥不可及的隔水美人喻人生理想的幽缈难成。《陇上遇雨》借行途遇雨的惨象喻人生道路的艰难难行。风雨如晦，"事如弈棋"，令人忧惧的政治环境使刘跂的诗歌表现出浓厚的人生忧患主题。

从诗歌情感看，刘跂诗中不乏功业理想的歌唱。他早年有很高理想追求，自负其诗才，藐视功名，"高谈喜未定，佳句意益珍"，"白眼霄汉际。冥鸿注孤骞"，他不无自豪地宣称"博士弟子动千数"，可见，其早年有较高的人生追求。《见苏黄帮字韵诗戏示王倅安国二首》云："天下本无事，此语仅兴帮。得志不与物，誓心有如江。腐儒若腐萤，槁死读书窗。谁能守笔研，心大云何降。终然气相许，霜钟不须撞。道虽千钧重，努力期自扛。"经邦济世，嘲谑老死书窗的腐儒，富有铁肩担道义的责任感，充满很强的淑世情怀。然而现实黑暗，受党争牵连，时不我与，诗人只能追慕汉代的疏太傅，淡泊清风，能进却止，以超然尘外、功成身退的思想慰藉自己。《题束道辅怀疏亭二首》云："逢时乐宦达，既达贵蚤休。""大夫名贤后，出处亦俱忧。""平生林壑心，今老此一丘。"诗人希冀功成身退，表现出随遇而安的生活态度。

与随缘自适的人生态度相应，刘跂诗歌描写闲适之境，充满人生的佛禅体会。他以佛学的眼光看待世界人生，无论自身的失意感怀，抑或他人际遇的感叹，都以佛禅思想开释心怀。《滑家桥逢坏舟者有感而作》诗记写滑家桥塌坏，砸烂桥下行驶之舟，导致舟中赴吏任的齐生一家全部遇难之事，诗人由此感悟人生死生无常，自我人生"虽微西江阔，勿厌升斗隘"，却要"努力善自爱"，"人生慎行迈"。然而这种感悟的深层依据却是佛学因果报应思想，对待齐生的遭遇，诗人疑惑地问道："咄汝岂不仁，曾独与祸会？"对自身忠正直行却屡遭困厄的人生产生了质疑。此外，诸如"幻事涉苦海，禅心得中州"、"人间会合少，万事等泡影"等，也都是以佛禅的智慧对待人生的体现。当然，刘跂诗中佛禅思想的流露并不意味着他对儒家思想的淡化。事实上，刘跂思想仍以儒家思想为主，重视文士修齐治平的人生追求，他的诗中多有标榜品格涵养之言，如"君子松桧姿，劲不惨风霜。其交淡如水，众口未易尝"。《寄尹迁介叔》十首，从多角度反复申述自我品格追求，强调"自重士当然"，"人生慎行迈"，对汉代张竦佞事王莽而得封淑德侯表示了极度的鄙视，对悖理的现实深恶痛绝。

刘跂225首诗中引人注目的是他的《使辽作》14首和《虏中作四首》，这些诗是刘跂出使途中和到了辽国以后所作，诗中描写北地风光、虏中景物、风俗习惯，也写了出使见闻和感受，如"百寻天上树（指榆树，古诗有"历历种白榆"句），千里掌中川"、"寒日川原暗，颠风草木昏"写北地风光、途中之景；"习俗但乘马，生男薄负锄"、"喜斗人皆勇，诛求俗故贪。为谋不耐暑，嗜味独便盐"写辽人风俗习尚。前十四首按出使行程，从途中之景、异地风俗写到朝见、宴会、思归之情。后四首则集中写使辽感受，诗人惋惜北地沦落，感叹燕云文物典仪不断虏化，对游牧文化持鄙夷的态度。从中可见刘跂使辽诗作中有很强的文化自大意识，表现出汉文化的优越感。

刘跂诗存诗数量虽不及其父刘挚，然自然雅健的艺术风格与刘挚大体相近。《四库提要》评其诗"颇似陈师道，虽有时略显生拗，然而大都落落无凡语"。《优古堂诗话》推崇其《龙山寺》、《麦垄》、《题半隐堂》诸诗不乏风致。刘跂的诗众体兼备，而以五言和七律为主。其五言诗作善用汉魏古诗句法，善于化用前人诗句。汉代五古，渊明诗意句意，信手拈来，点化生神，自有口吻。他还有九首集句诗，驱遣前人成句，自然无痕，足见其诗学修养丰厚，也见其出身当江西诗学盛行之世，刘跂诗明显受到江西诗法的影响。他的五律多议论之语，有的几乎全为议论。有似杜诗《前出塞》者。

在语言方面，刘跂诗还善用典故，他不仅化用前人诗句诗意，信手拈来，而且使事用典也得心应手。《寄尹迁介叔》之九："可怜光万丈，不救妻子饿。平生严郑公，皂隶有余货。"前两句化用韩愈诗句"李杜文章在，光焰万丈长"悲慨杜甫的不遇，后两句用严武之典，唐代严武毫无文才却荣封严郑公，诗人对举忧国忧民的杜甫与庸碌无才的严武表达对悖理现实的不满。与刘挚诗歌用典比，刘跂诗爱用偏僻之典，如疏太傅、淑德侯，萧丘火等。疏太傅为汉代贤臣疏广，他立功而不居功，激流勇退，被刘跂视为功成身退的代表，而古诗中表达功成身退多用范蠡之典。淑德侯指汉代张竦。他伪饰忠心，佞事王莽，得封淑德侯，为正直士人所不耻。萧丘火指一种不热之火。《抱朴子》云："水主纯冷，而有温谷之汤泉；火体宜炽，而有萧丘之寒焰。"古人有所谓"萧丘之火寒"之说。

刘跂现存七绝诗作较多，总数有 60 多首，且名篇佳句也不少，如

溪头青草弄春柔，一带花开动客愁。贪看波中锦纹石，不知船已过芳洲。

春树连山水浸云，棹歌初奏浪花分。溪神为我添风色，十里归来日未曛。

这类作品写景抒情，兼有唐诗的情韵与宋诗的风致，与其父刘挚的七绝风格近似，稍稍逊色的是刘跂的七绝自然流畅不够。然而总的看，刘跂诗与其父刘挚诗一道，代表了北宋后期河北诗坛诗创作的最高水准。

第五节　王安中、李若水的诗歌创作

王安中与李若水是北宋末年最后两位较有影响的河北诗人。

王安中（1076～1134 年），字履道，号初寮，中山曲阳（晁公武以为真定人，《曲洧旧闻》卷七又记为中山无极。《全宋诗》以为山西太原

人，误。）人。元符三年（1100 年）进士①，调瀛州司理参军、大名县主簿，历秘书省著作佐郎；政和间，以献表贺祥瑞得徽宗赏识，自秘书少监骤迁为中书舍人②，除御史中丞；政和七年（1117 年）九月以上疏弹劾蔡京，迁翰林学士③，又迁翰林学士承旨；宣和元年（1119 年）十一月，由翰林学士拜尚书右丞，宣和三年（1121 年）十一月徙左丞，以谄事宦官获进；宣和五年（1123 年）正月金人归还宋燕地，辛酉，以王安中为庆远军节度使、河北河东燕山府路宣抚使、知燕山府；十一月加检校少傅，辽国降将郭药师同知府事，专擅行事，安中不能制，召还，除大名府尹兼北京留守司公事；靖康初言者论劾其诒误国事，罢为观文殿大学士、提举嵩山崇福宫，后又责授朝议大夫、秘书少监、分司南京，随州居住，不久再贬为单州团练副使，象州安置。高宗继位，徙道州，寻放自便；绍兴初，复左中大夫，绍兴四年（1134 年）卒（《建炎以来系年要录》卷七五），年 59 岁，著有《初寮集》40 卷、《后集》10 卷，《内外制》26 卷（《读书附志》卷下），明代以来原本已佚，清四库馆臣自《永乐大典》中辑为《初寮集》8 卷。另有《初寮词》1 卷行世，今《全宋诗》录其诗 3 卷。《全宋文》收其文 12 卷。

王安中是一个瑕玉互见较为复杂的人物。他一方面以辞藻擅名，另一方面又无文士品行。其少时曾师事苏轼，未卒业而转师无极令晁说之，执弟子礼，思想上多受晁氏影响。及其贵显，又讳言晁学，诗文往来皆直呼师名。南宋时苏轼恢复名誉，王安中又改学苏轼。行为不一，"随时局翻覆"。更招人非议的是，王安中为晋身富贵，谄事梁师成、交

①《曲洧旧闻》卷七："王安中履道，中山无极人也。元符间，晁以道为无极令，时安中已登进士第。修邑子礼，用长笺见以道，自言平生颇有意学古，以新学窃一第，固为亲荣，而非其志也。愿先生明以教我。以道曰：'子之志美矣，然为学之道，当慎其初，能慎其初，何患不远到。'安中乃竦然，屏居绝人事，榜之日初寮，又自号'初寮居士'。其议论渊源与所闻见多得于以道，而作诗句法颇似山谷。"

②《铁围山丛谈》卷三："政和末，王安中骤迁中书舍人。"

③《续资治通鉴》卷九十二：政和七年九月"丙申，以御史中丞王安中为翰林学士"。

结蔡攸，又附和童贯、王黼，赞成复燕之议，挑畔强邻，误国罪重①。《四库提要》引《幼老春秋》称其"竞奔无耻，更为小人之尤"。

从王安中整个一生来看，他生活前期，主持正义，勇于敢为。《宋史》本传载其为御史中丞时，"开封逻卒夜迹盗，盗脱去，民有惊出与卒遇，缚以为盗；民讼诸府，不胜考掠之惨，遂诬服。安中廉知之，按得冤状，即出民，抵吏罪"。蔡京弄权之时，他上疏论徐裡盅惑蔡京"欺上扰下"之罪，又疏批蔡京"欺君僭上、蠹国害民"，并因此而转官翰林学士。但后期王安中为取富贵而奴事权奸，表现得前后不一，行为相左。这一方面是士风所致，徽宗朝，世乱俗薄，士无常守。"政和以还，侍从大臣多奴事诸珰而取富贵……宣和以降，则士大夫悉归之内寺之门矣。"（《铁围山丛谈》卷六）另一方面也是士人自我意志不坚造成的，被世人诟病在所难免。

王安中虽然人品有瑕，前后相左，"然其诗文丰润凝重，颇不类其为人"。故《四库提要》说："其人虽至不足道，而文章富赡，要有未可尽泯者。录而传之，亦不以人废言之义也。"我们也是站在不因人废言的立场上看待王安中的文学创作。在诗文创作上，他师事苏轼、晁说之二位大家，故其诗文自有成就。李邴《初寮集序略》称他："天才英迈，笔力有馀，于文于诗，皆瑰奇高妙，无所不能。"此评虽明显有拔高之嫌，然其创作在南北宋之交的确应占有一定地位。

从现存的 220 首作品看，王安中的诗前期多应制酬唱之作，现存两卷诗中第一卷全是这类作品，总数有 20 多篇。这些诗记录宫廷中君臣游赏宴乐情景，夸赞当朝 100 多年的辉煌业绩，润色鸿业，歌咏升平。虽然缺少新意，然而诗中大量铺排皇家语汇，辞藻华美，典丽浑雅，如《睿谟殿曲宴歌》、《宣和七年九月二十三日睿谟殿赏橘曲燕诗》、《进和御制幸池诗》等，以华丽的修饰成分铺排宫廷物象，如明阙、神霄、琼璇、穹昊、韶奏、宫帘、鸾障、杯罤、铜漏、复道、夹城、艮岳、桥

---

① 见陈振孙《直斋书录解题》、蔡绦《铁围山丛谈》卷六、《宋史》本传。

虹、别院、秦曲、唐妆等造成浓郁的宫廷皇事氛围，把写景、叙事、抒情与歌功颂德、粉饰太平结合在一起，典雅富丽，雍容华美，成为润色鸿业的鸿篇巨制之作。《宋史》本传载："徽宗尝宴睿谟殿，命安中赋诗百韵以纪其事。诗成，尝叹不已，令大书于殿屏，凡侍臣皆以副本赐之。"另外，这些作品还有一个共同的特点：都有一个长短不齐的诗序，而且这些小序大多文采飞扬，如《睿谟殿曲宴歌》序："于时腊雪新霁，风日妍暖，已作春意。御榻之前，有宝槛，植千桃花……有旨许登景龙楼。由穆清庑外阁道以升，东望艮岳，松竹苍然，南视琳宫，云烟绚烂。其北则清江长桥，宛若物外……"像一篇融叙事写景抒情于一体的优美散文，与诗作相辉映，造成情文并茂相得益彰的艺术效果。除此之外，王安中的立春贴诗也受人推崇。宋张邦基《墨庄漫录》云："翰苑岁供禁中立春、端午贴子，前后多矣，率多拟效旧语，故少新意，惟能道宫禁一时之事者为妙。王履道皇帝阁云：'彤霞蓓雾绕觚棱，楼雪融银滴半层。别绕拟开延福宴，夹城先试景龙灯。'妃嫔阁云：'玉燕翩翩入鬓云，花风初掠缕金裙。神霄宫里骖鸾侣，来侍长生大帝君。'政和七年所进也。有皇后阁云：'蕊笈琅函受秘文，清虚道合玉晨君。瑶台夜静朝真久，金屋春寒阅箓勤。'妃嫔阁云：'曈昽晓日上金铺，的皪春冰泮玉壶。绣户绿窗尘不到，凝酥点就辋川图。'重和二年所进也。不惟才思清丽，皆纪当时事也。"可见这类歌咏升平之作在当时影响很大。

王安中晚年，从提举嵩山崇福寺到贬随州、象州，迁谪岭南，阅历时势变故，其诗歌也随着境变而意新，感慨人生际遇，人情冷暖，充满郁勃不平之气，诗风也趋于苍茫沉郁，像"声名乾坤破，生事岁月促"（《次秦夷行观老杜画像韵》）、"后人谁促渔阳战，旧守犹迁象郡来"（《初到象州》）、"我亦七年湖外客……身卧岭南心岭北"（《祁阳成逸画语溪图相示为作长句》），其残句："八桂西南天一握，重江今古水双流"、"江山似慰天涯客，花卉先回岭北春"、"随州九十九重山，安得乡人住此间"等，颇有杜甫晚年苍茫沉郁的风格基调。惜其此类作品多散佚不存。现存仅《象州上元》、《桂林》、《象州》等篇，艺术平平，难当王安中晚年代表之作。

王安中现存诗歌中还有许多题画作品。他的题画诗作不仅表现画之所绘图景，而且寄写观画所思所感情怀，如《次秦夷行观老杜画像韵》不仅叙画面图景，还以想象写杜甫的修养与际遇，对杜甫"清吟动霄垮"的执著精神与穷愁潦倒之境遇表达了同情与追慕的情怀。《题赵大年金碧山水图》面对赵大年的半幅"鹅溪金碧"山水图画忽生奇想："余闻女娲炼石补天缺，石破压天天柱折。五色堕地金嵯峨，六鳌跨海吹银波。扶桑玉虹下天半，贝阙珠宫紫云满。桃花笑作十洲春，刘郎此地闻鸡犬。系我不从天津槎，自阅妙画徒惊嗟。迷魂一夜飞蝴蝶，觉来半破篷窗月。"犹如李白的游仙诗，想象丰富，奇幻浪漫。

作为河北诗人，王安中留有几首写河北的诗作，在宋代河北籍作家创作中显得尤为难得。《见太行山》云："地上行人怜紫翠，羊肠九折有谁过？履危侧足非吾敢，远目看云得更多。"诗中化用曹操《苦寒行》语词又反用杜诗《望岳》句意，化情为景，写行见太行的感受。《渡黄河》云："河伯应窥豹管斑，放船秋水不生澜。洋洋得济非无命，题满新诗赵魏间。"此首所写邺县今天虽已不属河北，然西门豹治邺之事乃古赵魏之美谈。此外还有《过安平小集》、《定武赠晁以道》、《第二子赴河间诗人皆作诗送行读赵堮辟疆诗为次韵》等篇也都涉笔河北，如《定武赠晁以道》写今定州之景："北山立雄秀，西山俨来奔。棱层上云雨，秘邃错朝昏。"这类诗作虽然数量有限，但在较为著名的宋代河北诗人中实属难得可贵之作。

周紫芝《初寮集序》评王安中说："初寮，盖文健而深，诗丽而雅。"周必大《初寮集原序》认为"其制诰、表章、诗文，大率雅重温润而时发秀杰之语，定功继伐等碑，睿谟曲宴百韵诗，多出特命，上恩与天通矣。万目睽睽，徒谓其鹤鸣九皋，而不知夺胎换骨，自有仙手"。而"洎中兴南渡，四海名胜，迁谪避地，萃于湖、广，而公堮赵奇子辟文章家之游、夏，大篇短章，更唱迭和，即已尽发平昔之所蕴，且复躬阅事物之变，益以江山之助，心与境会，意随辞达，韵遇险而反夷，事积故而逾新，他人瞠乎其后，我乃绰有余裕，至如《桂柳佛寺》诸记，闳深辩丽，近坡暮年之作。黄张晁秦既没，系文统，接坠绪，谁出公右，岂止袭其裳，佩其环而已"。

解析王安中现存全部诗作可见，其早期应制曲宴诗作确有周紫芝所说"诗丽而雅"的特点，他有意避开自然平常的语句，密集地运用庙堂颂圣语汇，间用典故，形成典重富丽的特点，诗雅词丽，正因为这个特点深得徽宗皇帝赏识。然而这些诗作读起来拗折硬涩，犹如历代郊庙歌辞，少新鲜活泼之气息。而他应制之外的诗作，总体上不呈现"丽而雅"的特点，而是明显具有江西诗风的特点。周必大所谓"夺胎换骨自有仙手者"，在其五言诗作中表现很明显。他的五言诗爱发议论，不论叙事抑或抒情，往往连续用典，语意晦涩。从其《次秦夷行观老杜画像韵》可知王安中同情杜甫，推崇杜甫"清吟动霄垺"，"企予攀逸驾"，追慕杜诗。他虽然并无学杜"无一字无来处"的诗论学说，但他的五言诗句化用经史子书，罗列典故，非常普遍，无人郑笺，几难明晓。相比而言，他的七言诗作流畅自然，心与境会，意随辞达，稍有灵动之气，然而周必大以其诗近苏轼暮年之作，给予其在黄张晁秦之后"系文统、接坠绪"的评价，未免过于拔高。所以《雨村词话》卷三云："周益公称其诗文似坡公暮年，殆无目者。"也是看到了王安中诗并不似东坡诗。

客观地说，在两宋之交江西诗风盛行，崇尚瘦硬峭拔的审美追求中，王安中的诗创作是有一些灵性与探索的。李邴称他"天才英迈，笔力有余"也是有根据的。他的诗歌具有多样化风格，有些诗作如《第二子赴河间诗人皆作诗送行读赵谞辟疆诗为次韵》等，特别是他的七言绝句之作，总体上呈现平易自然的诗风。他虽然自称"余事为诗人"，但对诗歌技艺却多所尝试，追求平易自然之外，他还喜爱险怪诗风。《直舍有书》之二自言"邂逅前身溧阳尉，欲将半俸博冥搜"，以东野的险怪苦吟自居。其《大风》、《许道宁松》、《颜夷仲欲赴蓝田丞而郓帅移雍姻家或当避读夷仲诗为和第二篇，此次退之山石韵者》、《同元忠少逸登大安阁各赋一篇》、《题李成山水》等多篇七言之作，想象奇特，铺排典故，造语险怪，有似韩孟之诗，如《大风》篇，前 30 句用奇怪险涩的语句极写大风的风力和风吹的效果，有意识逃避熟知的诗歌语言，用艰涩怪奇之语、铺张密集的典故，表现作者的学问与叙事技巧，想象奇伟，密不透风。其险怪风格极似唐代韩愈的《陆浑山火》。从这些作品可以看出王安中诗歌具有丰富的想象力和不平凡的语言驾驭能力。这些诗作在江西诗人反复追求"以故为新，以俗为雅"只作书本功夫的风尚中，显出一种生气与灵机，诗中虽然也注重语言的新奇不俗，但让人耳目一新的却是诗人丰富的想象和大胆的夸张与铺排，比起那些已成定势模式的对仗，如其应制诗中的"天垂千尺银河外，云涌三山碧海滨"、"千年文物储天禄，四海英髦聚国庠"等，更富生机与灵气。从这个意义上说，这些诗作不仅代表了王安中诗创作的特点与成就，而且从中也可以看出：王安中的诗既不像东坡晚年诗，也不同于江西诗人的瘦硬峭拔，而是以雄奇险怪取胜。

当然，身处江西诗风盛行的南北宋之交，王安中的诗在语言运用和章法结构上，也时常流露出江西诗影响的印迹，同时也是诗人矜才使气创作心态的反映。《梁溪漫志》"王左丞《同名诗》"条载："王履道左丞（安中）在京师见何人家亭上题字，笔势洒落，不著姓而其名则安中也，王惊问何人所书，守者曰：'此何安中，亦河朔人也。'王以与己名同，恐人莫之辨，戏书一诗于其后云：'蜀客更名缘好尚，汉臣书姓为同官。孟公自合名惊座，子夏尤宜辨小冠。益号文章缘两李，翖书制诰有诸韩。二元各自分南北，付与时人仔细看。'终篇皆用同名事云。"清代赵翼《陔余丛考》也引《梁溪漫志》此条，激赏一首诗中皆用同名之事，具有出奇制胜的艺术效果。

与王安中同时并有影响的河北诗人是李若水。

　　李若水（1093～1127年），原名李若冰，以其谐音"弱兵"，宋钦宗为改今名，字清卿，河北曲周人。李若水以上舍登第，为元城尉，调平阳府司录，试学官为第一，为济南府学教授，靖康初，除太学博士，以著作佐郎、假徽猷阁待制，曾两次使金。金军围汴京，从钦宗往金营，擢吏部侍郎兼开封府尹。靖康二年，李若水复伴钦宗往金营，以反对金废宋立异姓为帝，不屈而遇害，年仅35岁。南宋建炎年间，朝廷褒奖其死节壮举，赠观文殿学士，谥忠愍。著有《忠愍集》12卷，包括诗文10卷、附录2卷。南宋庆元间其子李浚刻于蜀中，然此集久佚，清四库馆臣从《永乐大典》中辑其诗文，重编为3卷。今编《全宋诗》录其诗2卷，存诗共138首。

　　李若水之所以名垂青史，既不在于其官位之高与贡献之大，也不在于其文学成就与影响，而在于他临危而不辱，以身殉国的英烈壮举。靖康以前，李若水久在府县，从元城尉、平阳府司录，到济南府学教授、太学博士、著作佐郎，一直没有得到朝廷的重用。直到他扈从钦宗往金营时提拔为吏部侍郎，才跻身朝廷要员之列。而且，在北宋危亡的紧要关头，李若水一直主张与金人议和。所以历代史家对李若水持有功罪相抵的评判。其罪在政治上主议和，其功在临危不惧，死节壮慨。对于李若水的矛盾，我们应该放在当时的历史背景中来看。北宋末年，朝政腐败，军事虚弱，已难以凭借综合国力抗拒大举南下的金人，议和只是延缓北宋政治生命的有效手段。正如清乾隆皇帝《御题李若水忠愍集》诗①注所言："或谓若水初亦颇主和议，卒能慷慨殉节，足以自赎。夫以和议为非，自属正论，第彼时宋势日弱，金势日强，求和固适以自趣其亡，即不请和，亦未必能御敌而幸免于祸。"所以主战与主和都难以改变北宋灭亡的命运。从这个角度说，李若水是一个历史的悲剧。

　　另外，北宋末年，政治腐败，皇帝昏聩，奸臣当道，宋初王禹偁、

---

　　① 诗曰："主和误国罪奚辞，即使弗和祸亦随。慷慨捐躯诚可尚，诗文成集合教垂。浩然之气塞天际，不幸而生革命时。全彼忠还申已义，事非得已惨何为。"

范仲淹到欧阳修等培育的士大夫以节义相尚的氛围也丧失殆尽。在这种背景下,李若水扈驾往金营,表现得大义凛然,尤显可歌可泣。《宋史》本传记当时情形说:"金人计中变,逼帝易服,若水抱持而哭,诋金人为狗辈。金人曳出,击之败面,气结仆地。"《续资治通鉴》卷九十七载:"李若水在金营旬日,骂不绝口,乃裂颈断舌而死。"这种壮举并非一时冲动,他对北宋时局早有清醒认识,《宋史》本传载其言曰:"积蠹已久,致理惟难。建裁损而邦用未丰,省科徭而民力犹困,权贵抑而益横,仕流滥而莫澄。正宜置驿求贤,解榻待士,采其寸长远见,以兴治功。"类似的许多看法,都切中时弊。而面对急难之事,李若水也总是表现得从容不迫。《续资治通鉴》卷九十七载:"冯澥、李若水使宗翰军,行至中牟,守河兵相惊,以为金兵至。左右谋取间道去,澥问何如,若水曰:'戍兵畏敌而溃,奈何效之?今正有死尔,敢言退者斩!'"可见李若水早有以身殉国之志,故《宋史》记李纲之言曰:"近世士大夫寡廉鲜耻,不知君臣之义。靖康之祸,能仗节死义者,在内惟李若水,在外惟霍安国。[①]"甚至作为敌方的金人也相与言曰:"辽国之亡,死义者十数,南朝唯李侍郎一人。"

李若水于临危之际,能奋身殉国,大义凛然,其忠义节烈之心,发为文辞,悲慨壮烈。故陈振孙《直斋书录解题》评价李若水"诗文虽不多,而诗有风度,文有气概,足以知其所存矣"。《四库全书总目提要》卷一五五也认为"其诗具有风度,而不失气格;其文亦光明磊落,肖其为人"。

阅读李若水现存诗歌,其诗抒发忠臣义士爱国情怀的作品并不多,只有《赠陈承务》、《徐太宰生日》、《书怀》等篇,然而其忠义之心,忧时伤世之情却悲慨壮烈,如其名作《书怀》:

---

① 《续资治通鉴》卷九十八载李纲言:"自崇、观以来,朝廷不复崇尚名节,故士大夫寡廉鲜耻,不知君臣之义,靖康之祸,视两宫播迁如路人,然仗节死义,在内惟李若水,在外惟霍安国,馀未有闻。愿诏诸路询访,优加赠恤。"与《宋史》所载相近。

胡马南来久不归，山河残破一身微。功名误我等云过，岁月惊人还雪飞。

每事恐贻千古笑，此生甘与众人违。艰难重系君亲念，血泪斑斑满客衣。①

据宋吴曾《能改斋漫录》所载："清卿既死，因葬，得此诗于衣襟。"故《宋诗纪事》卷四十二依此题为《衣襟中诗》，本集题为《书怀》。前四句写金军大举南下，久留不归，大宋山河，朝不保夕，诗人面对这种危难的形势，忧心如焚，悲慨自己岁月蹉跎，人微力单，想力挽狂澜却事不由己。后四句表达宁违众议，不贻千古笑柄的决心与意志，忠肝义胆，血泪可鉴。元韦居安《梅磵诗话》卷上云："忠愍李公若水，字清卿，洺州人。靖康间为吏部侍郎，扈从钦宗至金人军，抗节不屈而死。余尝见其集中有《都下言怀》诗一联云：'报主有心葵向日，致身无路手扪天。'又有七言八句云云，观其平日言志之作，气节可知矣。"《都下言怀》诗，现存诗集未收，其"报主有心葵向日，致身无路手扪天"之句，所抒拳拳报国之心犹如后来文天祥的"臣心一片磁针石，不指南方不肯休"，沉郁悲痛，坚定执著，可谓异代同感，异曲同工，足见其天地正气与节烈操守。

李若水诗歌另一引人瞩目的主题是感慨时事，忧患民生，如《村妇谣》、《伐桑叹》、《农夫叹》、《次韵张济川二首》等篇，前三篇关心民漠，写不堪重负的村民野老，惧怕"长官打人血流地"，或伐桑卖薪纳税，或"携家趁食奔四方"，结果"拼却饿死官路旁"。诗人痛斥官府盘剥，叹息百姓流离失所，表达"愿尔官吏且勤守，无使斯民流异方"的美好愿望，有似白居易的新乐府诗，感情深厚，通俗亲切而又自然流畅。后二首悲慨战争给人民造成的灾难：

涧底战骸霜雪枯，笼烟万瓦半荒墟。流离赤子马前泣，争问九重知也无。

父老沾襟讼不平，千岩鬼哭乱泉声。乌鸢误饱忠义肉，点检战功谁眼明。

---

① 《梅磵诗话》、《大宋宣和遗事》、《宋诗纪事》作"胡马"，《四库全书·忠愍集》、《全宋诗》作"戎马"，《能改斋漫录》作"代马"。"贻"又作"遗"。"艰难重系君亲念"又作"艰难犹有君亲念"。

借流离赤子与沾襟父老之口,表达了诗人对朝廷漠视民生和没有公道的不满与抗议。此外,他还有《捕盗偶成》记述宋江杨幺起义之事,认为"招降况亦非上策","不如下诏省科繇,彼自归来守条约"委婉地写出了农民起义为官逼民反的恶果。

靖康以前,李若水久在府县,从元城尉、平阳府司录,到济南府学教授,一直没有得到朝廷的应有重用,因此翻阅李若水的《忠愍集》,给人的一个很深的印象是表现理想与现实的矛盾占据其诗歌的主导内涵。他一方面不断抒发高远的功业理想:"长风傥或借,逸翰当少骋。""行藏沙漠边,志节烟霄上。"另一方面仕途无路、功业未成的慨叹也不绝如缕:"功名未信终相负,岁月无端早见侵。""吾发半已白,功名况幺幺。"理想与现实的矛盾引发他内心充满才不为时用的牢骚与怨愤,"长藤呵路多公侯,我辈不应来宦游","自怜无骨可封侯"。《中秋不见月二首》借乌云遮月比喻人才被掩,表达驱云见月的愿望。怨愤之余便抒发消极退避的归隐之思。"休着青衫谒公侯,径觅拄杖山中游。""何当讳姓吴门去,踏遍东南万山春。"其《言志》诗述自我喜读书,过眼成诵,而且寻幽探怪,深得书经大旨。在朝廷崇文用人之际,"而我老红尘,弃置谁复惜",于是以归隐之思抗议不受重用沉于下僚的现实。李若水诗中理想与现实的矛盾与悲慨,与一般文士的泛泛抒写不同,是他人生体验的真切写照。进入靖康,随着北宋危机的加重,李若水得到朝廷重用,两使北虏,又扈驾金营,不仅对形势有清醒的认识,更能临危不惧,大义凛然,与一般的书生意气迥然有别,他的诗是其人格修养与志意追求的诗化记录。

李若水诗歌不仅题材内容充实丰富,富有时代感和批判精神,艺术水准也达到了很高的境界。在其短暂的一生中,他不仅追求功名,以期有所作为,而且对文学诗歌也有很高的热情。现存诗中虽然看不到他的诗学主张,然而其《次韵高子文途中见寄》:"人生半在客途中,休著狂踪比断蓬。别后梦烦庄叟蝶,迩来书误子卿鸿。月同千里水云隔,天隔一涯谈笑空。趁取重阳复诗社，要看红叶醉西风。"从"趁取重阳复诗社"句可以看出，李若水曾与高子文有结社唱和的故事。现存李若水诗中与高子文唱和往来诗作有八首，《次韵高子文留别》中说"之子欲西笑"，可见高子文与诗人作别是要到西边去，而"此去脱埃尘"说明他是要去西边为官仕宦。接下来《次韵高子文秋尽怀归》"十年江海梦，一几簿书尘"，十年的奋斗与追求，最终与自己一样，一个是"栖栖者"，一个是"落落人"。理想破灭，故生怀归田园之思。再接下来是《次韵高子文村居》"笑杀青云友，朝绅换短蓑"，失意的高子文终于归隐了。从这些诗作看，高子文有过仕宦经历，但最终归隐了，但他在哪里仕宦，诗中没有讲。而李若水的《百井寨次高子文留题原韵》似乎能透出些许信息，百井寨在今山西省阳泉市东。顾祖禹《读史方舆纪要》曰："百井寨，在县东北七十里，亦谓之东百井镇，以阳曲县有百井也。"说明高子文曾在山西百井寨一带有过行踪。检索典籍发现，金代蔡松年集中有《汉宫春·次高子文韵》。魏道明注云："子文，名士谈，一字季默。父宋韩武昭王琼之曾孙，宣仁太后之堂侄，作文染翰，皆宗师坡仙，号'蒙城居士'。宣和末，任忻州曹官，归朝为绛倅，召除待制，迁直学士，皇统中，偶以事冒累，与宇文公俱死，士流痛惜之。①"注中"忻州曹官"的忻州在今山西，与高子文在山西活动行踪相吻合。说明此高子文可能就是高士谈。因高孜在北宋不得志，后来人金朝为翰林直学士。又李若水有《与沈信翁对饮忆雍节夫高子文》诗，从其中"北门昔日吾三友，今日樽前得一人"句看，李若水与沈信翁、雍节夫、高子文是当年"北门"好友，从李若水生平看，此"北门"当指上舍登

---

① 《宋史·宇文虚中传》载："虚中恃才轻肆，好讥讪……恶之者摘其字以为谤讪，由是媒糵成其罪，遂告虚中谋反。鞫治无状，乃罗织虚中家图书为反具。虚中曰：'死自吾分。至于图籍，南来士大夫家家有之，高士谈图书尤多于我家，岂亦反邪？'有司承顺风旨，并杀士谈。"

第前太学读书时期①，由此可以得出结论：李若水雅好诗歌，太学读书时曾与高子文、雍节夫、沈信翁等缔结诗社，切磋诗艺。欧阳光《宋元诗社研究》认为"此诗社活动之地在作者家乡曲周，诗社活动之时则应为宣和末年。至于此诗社除李、高二人外还有何人参加，由于缺乏材料，今已难以确知了"，由上文考证来看，欧阳光的结论未免有些率意失考。李若水与高子文等人缔结诗社当在读书之时，时间应在政和后期登第任元城尉之前。因为宣和末年李若水在济南任府学教授而不在家乡曲周。况且依《中国人名大辞典》载，高子文为燕人，而非曲周人。而诗中"趁取重阳复诗社"的复诗社之举，结合诗中所说"人生半在客途中……别后梦烦庄叟蝶，迩来书误子卿鸿。月同千里水云隔，天各一涯谈笑空"来看，当是宣和中后期二人同在山西一带为官时的事情。

　　李若水不仅雅好诗歌，两度结诗社，而且从其社友高子文"作文染翰，皆宗师坡仙"看，李若水的诗学思想可能也受了东坡的影响。从创作实际看，李若水五言诗成就一般，多数诗篇拘促小气，缺乏灵动之感，且以议论为主，干瘪枯燥，诗味不浓。然而其七言诗却诗思泉涌，善为长篇，近于东坡诗的行云流水之势。内容上虽多为唱和或颂德之作，但诗艺水准显然远远高出其五言诗作。他的诗善于对仗："半林残照人烟晚，一笛秋风雁影寒。""江山有路通幽梦，鱼雁无情断好音。"残句："蛩声千里暮，雁影一天秋。"还善于化用前人句法与句意。杨慎《升庵诗话》卷一云："梅圣俞诗'南陇鸟过北陇叫，高田水入低田流'，山谷诗'野水自添田水满，晴鸠却唤雨鸠来'，李若水诗'近村得雨远村同，上圳波流下圳通'，其句法，皆自杜子美'桃花细逐杨花落，黄鸟时兼白鸟飞'之句来。"可见李若水的诗是受了苏轼黄庭坚重视"以

---

　　① 北门在唐宋诗词中通常指国家最高权力机构，其源于武则天统治时期曾设北门学士，辅助皇帝决策朝政，故后来诗歌皆以北门象征权力机构。此处分析，李若水得到朝廷重用已是靖康元年之时，此时金兵南下，朝政一片混乱，作为朝廷要员，根本无暇顾及诗社之事，另外，此时李若水诗歌早已成熟，结诗社往往具有切磋技艺之意。时间上当更靠前些。然其诗中此"北门"二字，使我们的考证结论还有待继续深化，尚不是确凿的信论。

才学为诗"的影响。

代表李若水诗歌成就的应是其七绝作品。他现存七绝诗作有 30 多首，写景抒情，大都自然流畅，境界高远，情景如画，如《次韵公实兄途中》、《从赵彦特求茶》、《西游》、《题观城驿壁》、《百井寨次高子文留题原韵》、《登敛翠亭》等篇：

> 断云横碧暗平野，落照曳红明远村。回首半天云破处，一眉新月报黄昏。

> 饭余日影转修廊，欹枕桐花堕小窗。为觅春风洗残梦，要令诗思敌澄江。

> 绿暗红疏春事休，此身孑孑又西游。不堪回首斜阳外，一片黄云万古愁。

> 半篙寒碧秋垂钓，一笛疏风夜倚楼。多少巫山旧家事，老来分付与东流。

> 破篱残屋是谁家，一片斜阳万点鸦。驻马冈头无处问，溥溥清露湿黄花。

> 伫立危亭醉眼宽，无边秋色夕阳间。牧儿腰笛挽牛去，却放半川云水闲。

这六首小诗，或用词鲜丽如落照红霞，或清虚疏淡如疏风新月，其意象本身就给人清新雅致、脱俗入胜的诗意，加上诗人善于借景传情，妙化前人诗句，巧用特殊的语法格式，如风洗残梦，疏风倚楼等，其美景诗趣，给人不尽的回味余地。因此，李若水不仅在北宋河北诗人中占有重要地位，而且在北宋末年整个诗坛上，也应有其独特的价值意义。

第二章 柳开与宋代河北散文创作

第一节 宋代河北散文创作概况

宋代河北散文创作在宋代河北文学中占有举足轻重的地位。粗略统计，宋代河北散文作者约有30人，存留散文作品1200多篇。按照创作的时间分布与成就来看，宋代河北散文史可以分为三个时期。宋初三朝为第一期，是河北散文高涨时期，宋仁宗至宋哲宗的北宋中后期为第二期，散文创作的成就与影响比第一期有所下降。宋徽宗至南宋初年为第三期，是宋代河北散文再盛期。南宋以后，河北地区已在金人统治之下，归属于金元文学，故此不论。

宋初太祖、太宗、真宗三朝，是河北散文的高涨期。散文作者有十四五位，包括范质、扈蒙、李昉、范旻、潘阆、宋白、贾黄中、王化基、柳开、李至、李沆、李维、李宗谔、刘筠等人。保存散文作品约300篇。多数作者存留作品20来篇，其中成就较高、影响最大的是大名人柳开。柳开不满五代以来浮华空洞的文风，批判宋初流行的四六时文，提倡学唐尊韩，其《应责》篇宣称："吾之道，孔子、孟轲、扬雄、韩愈之道；吾之文，孔子、孟轲、扬雄、韩愈之文也。"以复兴儒家之道为己任，积极倡导单行散体的古文。他以大声疾呼矫枉过正的方式，不遗余力地抨击宋初流行的四言骈文，倡导写作朴素而又内容充实的散文。尽管其创作存在"词涩言苦"的不足，无法和后来的欧阳修、王安石、苏轼等散文大家相提并论，但在改变宋初文章写作风尚的变革过程中，柳开与石介、穆修、孙复等人一道，为后来欧阳修等人发起的诗文革新做了有效的奠基开路的工作。《宋史》卷四百四十二云："五代文敝，国初，柳开始为古文。"其古文写作与范杲、梁周翰、高锡齐名，时有"高粱柳范"之称。"其转移风气，于文格实为有功"（《四库提要》），正因此，柳开不仅在宋代河北散文史上最具影响力，而且在整个宋代散文变革中也有不可磨灭的贡献。

追溯宋代河北散文创作，最早的应是由五代过渡到宋初的范质。范质（911～964年），字文素，大名宗城（今河北威县东）人，后唐长兴四年进士，历仕后唐、晋、汉、周四朝，后周时官至左仆射兼门下侍郎，平章事，兼参加枢密院事，封萧国公，入宋，仍为宰相，加兼侍中，进封鲁国公，乾德二年，罢为太子太傅，卒。史称范质为人，廉介矜慎，力学强记，有《范鲁公集》30卷，又述五代史事为《五代通录》65卷。陈振孙《直斋书录解题》还著录范质有《晋朝陷蕃记》4卷，《郡斋读书记》著录为《石晋陷蕃记》1卷。今《全宋文》收录范质文章13篇。其文多为表状奏议等应用文，严格意义上讲，范质算不上散文家，曾枣庄等主编《中国文学家大辞典》宋代卷未收范质。其现存13篇文章中，《原孝》一篇，在提倡孝道的同时，批判愚昧之人"越礼以加敬，轻生以致养"的愚妄之举，否定那些"亲之疾弗瘳者，子之肌可疗焉，乃折体断股"以尽孝道的做法，在尊儒崇道的思想框架内，闪现着理性与人性的光辉。《全宋文》载其出自四明丛书本《宋元学案补遗》别附，《宋元学案补遗》是清代王梓材、冯云濠辑录的，而此《原孝》篇，此前早已被南宋吕祖谦收入其所编《皇宋文鉴》中，属名作者为陈尧。从时代上说，《宋文鉴》以为陈尧之文更可信服。

与范质同时稍后，值得提到的河北散文作者有扈蒙和李昉。

扈蒙（915～986年），字日用，幽州安次（今廊坊）人，后晋天福中举进士，曾为后周右拾遗、直史馆、知制诰，入宋后两为翰林学士，以工部尚书退休。其生平介绍已见前文诗歌部分。扈蒙性情沉厚，喜佛学典籍，有文采，其《圣功颂》，称颂太祖平一天下之功，词采富丽，受诏褒奖，时称"文学名流"。曾参与编修《文苑英华》、《太平广记》等名著。有《鳌山集》20卷，已佚。今仅存诗歌1首，文章8篇。其中多为上奏之文，较有文采的是开宝六年所写的《新修唐高祖庙碑记》，文章以骈散相间的形式，高度评价唐高祖李渊于乱世平一天下的历史功绩，如其描述隋末现实说："隋自大业末年，群盗蜂起，大则跨州连郡，窃帝图王；小则斩木揭竿，攻城剽邑。茫茫九土，尽为麋鹿之场；扰扰群生，俱充蛇豕之饵。"面对这种纷乱之世，"帝以英武之姿，逢板荡之世，思欲救兆民之卒瘅，拯六合之横流"。继而歌颂李渊，"体貌多奇，乃轩皇之瑞表；宽仁大度，即汉祖之英风"，"宽厚容物，则贤者为之伐谋；明恕爱人，则勇者为之决战。豪杰因之而景附，亿兆由之而欣戴。故得活烝黎于焚燎，易愁怨为讴歌"。四六相间，骈散兼得，读之朗朗上口。

李昉（925～996年），字明远，深州饶阳县人。北宋名臣、著名学者、文学家。其生平特点与诗歌创作乃至文化贡献已见前文论述。李昉著有文集50卷，今已散佚。今编《全宋文》收录其文31篇。多数为做官写的奏表之文，另外有两篇序文：《禁林燕会诗序》和《二李唱和诗序》，还有几篇碑铭文。除碑铭文以外，他的文章大多篇幅短小，文从字顺，言简意赅。既不重视四六对仗，也不强调运用修辞手法，娓娓道来，波澜不惊。其现存文章中，值得注意的是他的《忍字碑》、《黄帝庙碑序》、《帝尧庙碑记》等篇。《忍字碑》是一篇富有人生哲理的文章，全文不到500字，从正反两方面论证生活中的包容宽恕之理。他指出：不忍者，祸败相随，小者丧身，大者覆族；而能忍者息事宁人，能忍辱、忍苦、忍欲者，不但能为君子，亦可至圣人。能忍者，"事上而获上，待下而感下，随寓以之，无所悔错"。文章最后号召"同志之士，宜姑熟玩于斯"。全文含有李昉作为一代名臣深挚的人生体验与感悟，是一篇见性情的妙文。《黄帝庙碑序》和《帝尧庙碑记》二文则是以儒学传说之信仰，赞颂中华民族人文始祖黄帝和尧帝历史功勋业绩之文，也体现了李昉文章波澜不惊、易道易晓的特点。

比李昉略晚，活跃在太宗之世的河北散文作者主要有宋白、柳开、

李至、李沆等人。柳开前文已提到，下有专节展开论述，李沆（947～
1004年）现存文章仅6篇，皆奏议类应用文，文学性不强，略而不论。
此处只介绍宋白和李至。

宋白（936～1012年），字太素，一作素臣，河北大名人。其生平
及诗歌创作前文已述，生活中宋白不拘小节，诙谐谈谑，保有一己之性
情。他一生三知贡举，奖掖后进文士，《宋史》本传称他："学问宏博，
属文敏赡，然辞意放荡，少法度。在内署久，颇厌番直，草辞疏略，多
不惬旨。"他的文章写作虽然有率性而为之处，然而才思敏捷，学问渊
博，所作文章，仍不失大家风范。杨亿奉他"作文章盟主，实朝廷宗
工，天其或者殆以公为儒林之木铎也"①。今编《全宋文》，收其文 2
卷，保存文章20篇。这些文章大多是替皇帝写的诏议之文或疏奏之文，
文学性不强。其文学性较强的作品只有《三山移文》、《奕棊序》、《修相
国寺碑记》等篇，如《三山移文》：

> 三山之英，十洲之灵，排烟拂雾，勒移山庭。夫以逍遥玄
> 俗之姿，缥缈飞仙之状，控白鹤于云末，骖青鸾于天上，吾方
> 知之矣。若其冥冥帝先，杳杳象外，厌浮世而龙摅，曳天倪而
> 蝉蜕，聆白雪于太虚，挹流霞于上界，因亦有焉。岂其侈靡轻
> 浮，猖狂迅速，习夏癸之奢，用商辛之酷，将大道以为戏，剿
> 万民而逞欲，何其谬哉！

> 呜呼，龙驭不存，鼎湖长往，万古千秋，英灵盼蠁。世有
> 秦皇，爰及汉帝，既崇登高，益骄益炽。然而，貌学希夷，情
> 忘橐仑，窃祀神山，滥封东岳，污吾真风，轻吾上药，虽笃志
> 于仙林，竟无心于天爵。

> 其始至也，将拍洪崖，把浮丘，捐百揆，弃诸侯。鼋梁架
> 日，剑气凌秋。或思玉皇可接，或忆金仙共游。废元元以不

---

① 杨亿：《个平公唱和集序》，《武夷新集》卷七，文渊阁四库全书本。

治。仰苍苍而是求。燕昭何足比，子晋不能俦，及其妄说斯行，贪诚弥勇。智刃挥霍，灵台飞动。乃阅意海隅，穷奢世上。泛楼船而济重溟，建祈年而侔大壮。兰栧馥其天风，桂栋凌乎辰象。望仙阙而何极，顾人寰而如丧。至其俨霞冠，垂珠绶，履凤文之舄，列蛟龙之绣，焚百和于筵上，辉九华于坐右。羽旆争竿，瑶坛竞开，丹台紫府在何处，白凤青鸾犹未来。大宝非贵，三清是属。耻万机之琐屑，临六合之局促。将纪号于真图，任销声于帝策。希风七十君，委政三十辐。使我徒费步虚，尝轻举，徐福不归，安期谁侣？文成、五利并虚词。太一、上元徒延仁。

至于柏梁灰烬，承露飘零，甲帐空分暮烟怨，羽人去兮秋风惊。昔求长生跻寿域，今见委骨在穷尘。是知碧海汪洋，瀛洲浩渺，方丈争奇，蓬莱竦峭，慨沙丘之云云，悲茂陵而谁吊！

故其露惨长寒，风啼自咽；秋草凄凉，春花愁绝。嗟罗绮之皆空，叹池台之已灭。且夫奄有神器，化育群生；将天地以合德，与日月而齐明。岂可使凤宸寂寥，龙图销毁，帝道荒芜，天潢泥滓，游心于幻路，教臣民而以诡？

宜扃玉洞，掩天关，扬大雾，涌惊湍，隔祆风于海上，杜妄魄于云端。于是瞋波如山，怒云寡色，斥二主之讹谬，警后王之道德。请为治世君，无俟宾天客。

所谓三山是指传说中的海上三神山。晋王嘉《拾遗记》载："三壶，则海中三山也。一曰方壶，则方丈也；二曰蓬壶，则蓬莱也；三曰瀛壶，则瀛洲也。"移文本是不相统属的官署之间平行往来的公文。三山移文是模仿北朝孔稚圭《北山移文》嘲讽假隐士的写作手法，来讽刺三山求仙封禅等虚妄之举。受资料所限，我们难以确知这篇文章的写作背景，从文所讽求仙封禅之事看，应写于晚年真宗朝。真宗咸平、景德年间，枢密使王钦若等人怂恿真宗皇帝崇信符瑞，于是京师四裔，纷纷附会天象，虚呈祥瑞。至 1008 年有"天书"降临，所谓"赵受命，兴于宋，传于恒，居其器，守其正。世七百，九九定"（《宋史·真宗纪》）。于是改元大中祥符，后四年，真宗东封泰山。这一系列虚妄之举，使朝野内外，弥漫着一股虚幻的吉祥喜庆的氛围。当时正直清醒的有识之士如杨亿、刘筠等曾先后写下《南朝》、《汉武》、《明皇》、《始皇》等诗作，借咏史讽谕现实，微讽当朝的虚妄之举。宋白这篇《三山移文》有可能也是在这种背景下写作的。

文章首先描述三山十洲等虚幻之境引发人们神仙崇拜的虚幻荒谬。接着写黄帝铸鼎驭龙的传说到秦皇汉武"窃祀神山，滥封东岳"所遗传的求仙封禅的习尚。作者以近于辞赋的笔法，铺陈求仙封禅之举从起始到兴盛的过程，而"昔求长生跻寿域，今见委骨在穷尘。是知碧海汪洋，瀛洲浩渺，方丈争奇，蓬莱辣峭，慨沙丘之云去，悲茂陵而谁吊！"以今昔对比否定求仙之虚妄。文章最后作者期待以"扄玉洞，掩天关，扬大雾，涌惊湍，隔袄风于海上，杜妄魄于云端"来摒弃虚妄之举，以秦皇汉武二主的讹谬来"警后王之道德"。劝慰圣上"请为治世君，无俟宾天客"。全文不仅文辞华美，思想境界也绝然超乎当时那些阿谀附会之士之上。

此外，他的《奕棋序》阐释围棋之道虽"下无益于学植，上无裨于化源"，却可以从中品味领悟社会人生之理。深黯棋之品、势、行、局者，对于政治、军事、任人、驭众、守国等都有独特的领会与启悟，围棋之道中所包蕴的辩证中庸之理，对于人事成败之数，多有裨益之处。从中可见作者品棋、体悟棋道之深邃与博雅。其《修相国寺碑记》不仅记写北宋开封大相国寺的历史由来、建制规模，而且还表达了作者对佛教修身理政治世的功用的体认。

晚于宋白十多岁的李至（947～1001 年），字言几，真定人；太宗太平兴国初进士，曾为翰林学士、右谏议大夫、参知政事等职；咸平四年卒，年55岁。《通志·艺文略八》著录其文集40卷，《宋史·艺文志》作20卷，今皆散佚。其诗有《二李唱和集》，已见前文论述。其散文写作《全宋文》录为1卷，保存文章24篇。除去《座右铭》、《徐铉祭文》等篇说理抒情外，其余全是为官时上传下达的应用文，包括《上太宗谏亲征状》、《上太宗乞怀柔北狄状》、《请弃灵州奏》等篇，典型地体现了李至之文朴素自然的文风。他的文章不追求修辞手法，无论叙事说理，都是平平道来，层层展开，不疾不徐，易道易晓，有似其浅易的诗风，如其《座右铭》："短不可护，护则终短；长不可矜，矜则不长。尤人不如尤己，好圆不如好方。用晦则天下莫与汝争智，执谦则天下莫与汝争强。多言者老氏所戒，欲讷者仲尼所臧。妄动有悔，何如静而勿动；太刚则折，何如柔而勿刚。吾见进而不己者败，未见退而知足者亡。为善，则游君子之域；为恶，则入小人之乡。"平常道来，反映了宋人重视人格修养中庸处世的人生哲学。

由太宗延至真宗之世，较为活跃的河北散文作者有李维、李宗谔和刘筠三人。李维（961～1031年），现存文章13篇，皆奏议状表及碑铭类应用文，文学性不强，不再详论。值得提及的是李宗谔、刘筠之文。李宗谔（964～1012年），字昌武，饶阳人。宋初著名学者李昉之子，西昆诗人之一，诗歌成就前已述论。李宗谔风流儒雅，家富典籍，究心学术。柳开《与李宗谔秀才书》赞其"文之辞章卓异峻拔"，"文雅而理明白，气和且清"。其现存文章20篇，主要为奏议疏状等应用文章，如咸平二年十二月所上《择将帅奏》之文，针对北宋边防屯兵数万而将帅失人的现实，提出"观其取与，察其智谋，能总千人者，委以千人之权，能敌万人者，授以万人之职"的择将原则，主张"临军易帅，拔萃为将"，"有功者赏于朝，不用命者戮于市"，以此振军威，行军法，强边防。文章思路清晰，逻辑严密，语言简洁，铿锵有力。李宗谔的序赞文章抒情性、文学性较强，其《先公谈录序》、《黄筌竹赞》等篇代表了李宗谔散文的最高水平。

《先公谈录序》虽廖廖数语，然对于父亲大人的追怀哀思之情溢于言表。

《黄筌竹赞并序》是为黄筌的墨竹图所作的画赞。黄筌是五代后蜀著名画家，他曾学松石于孙位，学山水于李升，又能转益多师，所画山水、竹石、花鸟画被奉为神品，他为后蜀宫殿所画六鹤，栩栩如生，孟昶因此以六鹤名殿。李宗谔此文盛赞黄筌的墨竹画技。文曰：

> 工丹青，状花木者，虽一蕊一叶，必五色具焉，而后画之为用也。蜀人黄筌则不然，以墨染竹，独得意于寂寞间，顾彩绘皆长物，鄙而不施。其清姿窥节，秋色野兴，具于纨素，灑然为真，故不知墨之为灵乎？惜乎筌去世远矣，后人无继者。蜀亡二十年，苏公易简得筌之遗迹两幅，宝之如神，惧恐化去矣，惟安乐村民得一观焉。噫！清潇碧湘，会稽云梦，有竹万顷，去我千里，鲜碧蔽野，宁得人窥？曷若此图，幽虚淡静，满目烟翠，行立坐卧，秋光拂人？又何必雨中移来，窗外种得，霜庭月槛，萧骚有声，然后称子猷之高兴乎！余钦筌阅之入神，美翰林之好事，抽毫抒思，敢为之赞："猗欤黄生，画竹有名。能状竹意，是得竹情。一毫搵笔，匪丹匪青。秋思野态，混然而成。背石枕水，苍苍数茎。森然如活，飒若有声。湘江坐看，巘谷随行。大壁高展，清阴满庭。"又诗曰："惜哉黄公不可睹，空留高价传千古。向非精赏值苏公，时人委弃如泥土。"

文章在对黄筌去世已远、后继无人的深深惋惜中，赞美黄筌墨竹"清姿窥节，秋色野兴，具于纨素，洒然为真"，"背石枕水，苍苍数茎，森然如活，飒若有声"，"能状竹意，是得竹情"，感叹其水墨之灵异，画技之高超。文中写景状物，多用四言句式，温雅峻洁，序赞相映，是宋初不可多得的好文章。此外，李宗谔的碑传文，如《曹武惠王彬行状》，善于运用人物对话，刻画人物性格，展示人物性情，把传主的音容笑貌活现于目前，比那种盖棺定论式的评价语、判断语更富有生机灵性。

刘筠（971～1031 年）是北宋前期著名的西昆诗代表作家，他不仅长于诗歌，也善为文。现存文章 29 篇。除其中有一篇《大酺赋》，其余都是奏议贺表之类的应用文。其《大酺赋》极尽赋体文铺排扬厉的技术手法，描写宋人庆典欢宴的场景。大酺意思是大宴饮。《史记·秦始皇本纪》曰："五月，天下大酺。"张守节正义曰："天下欢乐大饮酒也。"《后汉书·明帝纪》有"令天下大酺五日"的记载，历代都把这种庆典宴饮看做是升平祥和的象征。刘筠此赋正是从这个意义上，以铺排夸张的笔调，描绘"海内丰盛，兆庶欢康"的景象，把宋初三朝歌舞升平的气象表现得无以附加。请看其描写庆典欢宴中乐奏歌舞的场景：

> 百戏备，万乐张，仙车九九而并骛，楼船两两而相当。昭其瑞也，则银瓮丹甑。象其武也，则青翰艅艎。声砰磕兮，非雷而震，势凭凌兮，弗苇而航。且观夫鱼龙曼衍，鹿马腾骧，长虵白象，麒麟凤凰，吞刀璀璨，吐火荧煌。或嘘气而为雾，或叱石而成羊。文豹左挚兮右攫，玄珠倏耀兮忽藏。画地而川流浐浐，移山而列岫嶈嶈。神木垂实，灵草擢芒。鬤髶巨兽，绰约天倡。曳绡纨而绅缭，振环佩兮铿锵。赤刀受黄公之祝，大面体兰陵之王。木女发机于曲逆，鸟言流俗于冶长。千变万化，纷纭颉颃。前者拗怒而欲息，后者疲痹而激昂。舞以七盘之妍袖，间以九部之清商。弹筝擪钥，吹竽鼓簧。南音变楚，陇篴明羌。琵琶出于胡部，掺鼓发于祢狂。方响遗铜磬之韵，羯鼓斗山花之芳。箜篌之妙引初毕，笳管之新声更扬。洞箫参差兮上处，燕筑慷慨兮在旁。琴瑟合奏而奚辨，埙篪相须而靡遑。信满坑而满谷，岂止乎盈耳洋洋而已哉！

接下来的杂技百戏，技术高难："竿险百尺，力雄十夫。""望仙盘于云际，视高绠于坦涂。俊轶鹰隼，巧过猿狙。"滑稽表演，戏谑调笑，热闹非凡。"都人士女，农商工贾"，万民狂欢，茶马市货，世俗民情，应有尽有。一篇《大酺赋》淋漓尽致地表现了宋初社会和谐宴乐的升平气象。

除《大酺赋》外，刘筠散文中《贺册皇太子表》、《贺河清表》、《回颍州曾学士启》、《皇甫选墓志铭》等篇也较有文学色彩。从中可以看出刘筠之文特点有三：一是善化前人典语，如《大酺赋》描写滑稽表演："复有俳优旃孟，滑稽淳于，诙谐方朔，调笑酒胡。"都以汉代俳优人事喻指宋代表演情状。《皇甫选墓志铭》："天骄犯塞，皇赫斯怒，寅车致讨，业已戒期。"皆化前代典籍语句。这一特点与其诗歌一脉相承，都是作者学问宏博的自然展现。二是善用骈偶之言。刘筠之文不论是赋体还是散体，都善于运用骈偶之句，辞尚致密，如《皇甫选墓志铭》："犯堂尊主，贾生遂极于涕洟；以贼遗君，耿弇不胜于忠愤。"以贾谊、耿弇二事，四七偶句感叹墓主的生平遭遇。《贺河清表》曰："名山既升，集四灵而为畜；万物咸赖，顾行苇而不伤。""天鉴丕德，启真箓以合符；民戴上仁，拥神区而望幸。""威仪浸盛，兼商辂以齐驱；福应骈臻，岂汉鼎而专美！""舟师振楫，几泊于泾泥；川后静波，俄澄于江练。"《贺册皇太子表》曰："螽斯之言众子，实为王者之诗；华封之祝多男，亦曰圣人之事。"等。化用前人典语和骈偶铺陈的特点，也凝定了刘筠之文特点之三：下笔千言，洋洋洒洒，富丽而不失自然，典雅而不失明快。

北宋中后期是河北散文发展的第二期。相比于前期三朝，此时河北散文创作势头渐趋下降，大批江南文士，如欧阳修、曾巩、王安石、苏洵、苏轼、苏辙等，以其高超的文章造诣占据文坛主导地位，成为北宋散文创作的主流力量。相比之下，河北散文创作退居次要地位。这一时期主要河北散文作家有石延年、程琳、宋绶、贾昌朝、田况、高赋、陈荐、张师正、宋敏求、刘挚等人。其中存留作品数量多，成就影响较大的是刘挚。刘挚今存散文作品340多篇，刘安世评其文章"雅健清劲，如其为人，辞达而止，不为长语，表章书疏，未尝假手"，以其政治地位较高，影响较大，在北宋中后期文坛占有一席之地。刘挚散文后面辟有专节论述，此不赘言。

　　其余河北作者中，石延年（994～1041年），字曼卿，其先世幽州（属河北）人，后迁宋州宋城（今河南商丘），为人尚气，纵酒不羁，与欧阳修友善，善为笔札，字兼颜柳之风，然现存仅两篇奏议之文。高赋（1009～1092年）存文四篇，也是奏议之文，在宋文中都无足轻重。陈荐（1016～1084年），字彦升，沙河（今属邢台）人。举进士，为华阳尉。从韩琦定州、河东幕府，曾为河北都转运使。存文六篇，奏议之外，有《华阳县署记》、《淮阴侯碑记》两篇记文，前者记叙华阳县令修缮衙署，"素不及陋，饰不及侈"，由此引出治乱休民等治政道理，典型体现宋代散文借事论理的特点。后者以悲慨之笔，载叙淮阴侯韩信的赫赫武功及其悲惨结局，对英雄失路抱以深挚的悲悯情怀。此外，他为韩琦所作墓志铭，记事写人，洋洋洒洒，传其精神。张师正（1016～?）字不疑，襄国（今邢台）人。与魏泰、文莹等往来密切，文莹谓其晚年好学，通经史，文章诗歌，挥笔而就。今仅存《倦游杂录序》一文，廖廖数语，不值细论。因此在这里值得讨论的北宋中后期河北散文作者只有程琳、宋绶、贾昌朝、田况和宋敏求五人。

　　程琳（988～1056年），字天球，中山博野人。仁宗景祐时期宰相，其生平事迹已见前文诗歌部分。程琳为人，刚决明敏、胸襟旷达，多识故事，议论慨然。其现存文章11篇，其中景祐元年五月所上《罢河北陕西营兵疏》和庆历八年四月《乞分河朔兵四路奏》，论北边防卫，不仅体现出作者论战知兵的文才武略，而且文章语言精练，明晓畅达，足见程琳刚决明敏、洞见深微的性格特点。其《子奇赋》① 借汉武帝下《罪己诏》，封丞相田千秋为"富民侯"，因地劝农，以补多年征战兵耗的史实，虚构了田千秋征召能言种植之士论辩农经之事，得子奇与公实二人，相与论辩的故事，来阐发遵从自然规律，富民强国的道理。文中

---

　　① 明程敏政《新安文献志》署名程大昌之作，清修《历代赋汇》定为程琳之作。

以子奇"请援地产，以售吾学"的言说，来强调因自然地理和"别创新机"以兴农经之事。依托自然造化，顺应自然规律，所谓"虞伯益之所掌，郭橐驼之所营，皆尝推极其妙，而遂奉之以行"。既要重自然规律，又要"别创新机，追模圣能"。所谓"合异类为一类，符桑槐之寄生。故栌可莳梨，橘可稼橙，碧桃绽红桃之顶，姚花仍魏花之茎"，又以公实的诘难表达重农抑物、重视民生的思想。文章采用汉赋主客对答的形式，散整相间，不重四六偶俪句法，自然挥洒，传情达意，而不失文采，带有宋代文赋的特点。因此王安石《祭程相公琳文》称赞程琳的文章"时文而文，时武而武"，文武兼通，武以治政，文以辞达。

宋绶（991～1040年）字公垂，赵州平棘（今河北赵县）人。幼聪警，额有奇骨，得外祖父杨徽之所器爱，授其家藏书而使其母教之，后因徽之荫补太常寺太祝。15岁，宋绶召试中书，迁大理评事，读书于秘阁，大中祥符元年，复试学士院，为集贤校理，后赐同进士出身，迁大理寺丞，真宗祀汾阴，召赴行在，与钱易、陈越、刘筠等集所过之处地志、风物、故实奏进，签书亳州判官公事，入为左正言、同判太常礼院，判三司凭由司，擢知制诰、判吏部流内铨兼史馆修撰，累迁户部郎中、权直学士院，同修《真宗实录》，进左司郎中，为翰林学士兼侍读学士，勾当三班院，同修国史，迁中书舍人，史成，迁工部侍郎兼侍读学士，改龙图阁学士，出知应天府，加翰林侍读学士，命为端明殿学士。明道二年，宋绶拜参知政事[1]，再迁吏部侍郎，罢政，权判尚书都省，出知河南府，康定元年，西夏战事起，奏攻守十策以献，召知枢密院事，迁兵部尚书，九月再除参知政事，同年十二月卒，年50岁[2]，赠司徒兼侍中，谥宣献。

综观宋绶一生，有三个鲜明的特点：一是政治上为朝廷辅弼。宋绶真宗朝以学识才情，赐同进士出身，判太常礼院，仁宗朝知制诰、史馆

---

① 宋徐自明：《宋宰辅编年录》卷四，文渊阁四库全书本。
② 宋徐自明：《宋宰辅编年录》卷四；宋王偁《东都事略》卷五七，文渊阁四库全书本。

修撰、翰林学士、中书舍人、吏部侍郎，曾知枢密院，又两拜参知政事，为一代名臣。史称"朝廷大议论，多绶所裁定"。宋绶曾进言仁宗皇帝："驭下之道有三：临事尚乎守，当机贵乎断，兆谋先乎密。能守则奸不能移，能断则邪不能惑，能密则事不能挠。"（《乞勿以治平自怠》）此驭人之道，足见宋绶的识见谋略和政治智慧。二是为人上道德垂范。史称宋绶"性孝谨清介，言动有常。为儿童时，手不执钱"，一生为官执政，清正有德。现存《李迪衡州团练副使敕》一文，为宋绶知制诰值班时不得已而作的诏令①。奸相丁谓罪李迪"《春秋》无将，汉法不道"。至丁谓奸迹败露贬崖州时，又值宋绶值班草诏，其《丁谓贬崖州司户敕》开篇则云："无将之戒，深著于鲁经；不道之诛，难逃于汉法。"天下快之②。此言实借当年丁谓之言而用的讽语。草诏之事，可见宋绶为人清介，守道自持。三是文学上为一代宗师。史载宋绶得外祖杨徽之家藏书万余卷，亲自校雠，博通经史百家，其笔札尤精妙。《豫章诗话》卷三称宋绶"凡论前人文章，必正其得失。为文有唐贞元、元和风格"。杨亿尝称其文"沈壮淳丽，尤善铺赋，吾不及也"。当时名臣文彦博《宋宣献书帖后》高度评价宋绶说："宣献公文学德望，为一代宗师。"欧阳修《送秘书丞宋君归太学序》也说："公以文章为当世宗师，显于朝廷，登于辅弼，清德著于一时，令名垂于后世。"其一生著述丰宏，有《文馆集》50卷、《宣献公诏敕》5卷（《通志·艺文略》八），又著有《常山秘殿集》3卷、《托居集》5卷、《常山道札》3卷（《宋史·艺文志》七），均已散佚。《全宋文》录其文2卷，保存文章31篇。其中制诏之文8篇，奏议文12篇，记序传赞等文11篇。

---

① 苏辙《龙川别志》卷上记载："（丁）谓既复相，乃逐李公及其党，正人为之一空。将草《李公责词》，时宋宣献知制诰当直，请其罪名，谓曰：'《春秋》无将，汉法不道，皆其事也。'宋不得已从之。词既成，谓犹嫌其不切，多所改定，其言上前争议曰：'罹此震惊，遂至沉顿，'谓所定也。"同书卷上又载："及（丁）谓贬朱崖，宋犹掌词命，即为之词曰：'无将之戒，深著于鲁经；不道之诛，难逃于汉法。'天下快之。"

② 今本《全宋文》依《宋大诏令集》和《宋宰辅编年录》，开头则云："无将之戒，旧典甚明；不道之辜，常刑罔赦。"李心传《旧闻证误》卷一认为此承《龙川志》之误而不加考订。

宋绶的制诏文章，《丁谓除参知政事制》、《寇准贬雷州司户敕》、《李迪衡州团练副使敕》、《丁谓贬崖州司户敕》，基本都采用骈文体，善于化用前代典事，骈偶对仗，语句整齐，而气势浑厚。其所言议，虽有作为掌词命之臣不得已成分，但就表情达意来说，实已达到制诰文的高超境界，如《寇准贬雷州司户敕》开头云："为臣之辟，莫大于不忠；治国之经，务从而去恶。矧获罪于先帝，尚屈法于公朝，世所靡容，朕安敢舍？"从为臣之道、治国之方的议论，引出贬斥雷州的因由与决断。理路清晰，简洁而有法度。其奏议文章，观点深刻，分析透辟，能够见出一代名臣高瞻远瞩、洞见是非的雄才伟略，如其明道二年所上《乞总揽威柄整顿纪纲奏》，分析了仁宗继位十年来，政出帘帷，而仁宗亲政后，又令出大臣，造成太后与大臣恩重、权柄不谨的局面，强调皇帝要总揽威柄，整顿纲纪。而景祐元年十二月所奏《乞勿以治平自息》，所言"临事"、"当机"、"兆谋"等驭下之道，也可以见出宋绶清醒的头脑，富有识见谋略与政治智慧。其记序之文有《景祐卤簿图记序》、《巢氏诸病源候总论序》、《傅芳集序》、《契丹风俗记》等篇，多为书序，其中的《契丹风俗记》，以简洁的语句，欣赏的笔调，叙写契丹与奚民族生产生活、衣食住行等生活习俗，如写奚族"善耕种、步射，入山采猎，其行如飞"。而记契丹人渔猎则云："尝出三豹，甚驯，马上附人而坐，猎则以捕兽。蕃俗喜罩鱼，设毡庐于河冰之上，密掩其门，凿冰为窍，举火照之，鱼尽来凑，即垂钓竿，罕有失者。"至于述契丹服饰，更是娓娓道来，所言情状，如临其境，如在目前。宋绶还善于写碑传文章，宋祁的《宋景文公笔记》卷上载："莒公（宋庠）尝言：'宋宣献公作《西太乙宫碑》，文之极挚者也。'"太乙宫又作"太一宫"，北宋仁宗天圣年间建，包括东西中三宫，是北宋著名道藏宫院，朝廷派专员任太一宫使，成为朝廷崇道祀天的重要场所。宋绶此文先从"太乙"释名写起，分叙星象学家、阴阳学家、道家等对太乙学说的建构与解说。接着追溯国朝以来由太宗至仁宗三朝有关太乙宫的故事，进而阐发太乙之宫的宗教功用与政治意义。文章层次分明，记事论理，层层深入，其中对星象、阴阳及道家理论学说的精通与理解，反映了宋绶的博学多闻及对宗教文化的态度。其他传记文章，如《张密学秉传》、《吕侍郎文仲传》、《舒馆直雅传》等篇，无论文字长短，其记事写人，都以史家笔法，写得深邃严谨，具有正史传记文章的精严法度与史论识见。

贾昌朝（998～1065 年），字子明，先世南皮（一说真定，皆属今河北）人，后徙开封，属占籍河北的作者；天禧元年，因南郊献颂，得真宗召试，赐同进士出身，除晋陵主簿，国子监说书，为德化县令兼颍川郡王伴读，历知宜兴、东明县，召为国子监说书；景祐年间，迁尚书都官员外郎、崇政殿说书，直集贤院，为史馆修撰，知制诰，知开封府；庆历三年，拜参知政事；庆历四年，为枢密使；庆历五年，拜同中书门下平章事，兼枢密使，监修国史；庆历七年，出判大名府，兼北京留守、河北安抚使；皇祐元年，移知郑州，后再改同中书门下平章事，知许州，判大名府；嘉祐元年，封许国公；嘉祐三年，移许州；嘉祐七年，复判大名府；英宗即位，进封魏国公；治平二年卒，终年 68 岁。赠司空兼侍中，谥文元。

在政治上，贾昌朝为庆历宰相，曾三判北京大名府，很有作为，先后被封为许国公和魏国公，为北宋中期一代名臣。在学术与文学上，他以儒学经术传家，能诗文，通经史，著有《群经音辨》10 卷，《春秋要论》10 卷，《通纪》80 卷，《本朝时令》20 卷，奏议、文集各 30 卷。除《群经音辨》外，均已散佚。《全宋诗》录其《曲水园》、《咏凌霄花》、《繁城魏受禅台》诗三首，均为绝句。其《咏凌霄花》诗曰："披云似有凌霄志，向日宁无捧日心。珍重青松好依托，直从平地起千寻。"凌霄花为一种藤生花卉，《清稗类钞·植物之类别》载："紫葳，一名凌霄花，蔓生木本，茎出气根甚多，攀缘他物，高达数丈，叶为羽状复叶，有锯齿。夏秋之间开花，赭黄色，瓣之下部连合成管状，花有毒。"古代官宦之家园林胜景多植凌霄之花。此诗咏物喻人，既表达了平地起千寻的凌霄之志，又隐含着依松向日的品格与忠心。

贾昌朝散文，今《全宋文》收录一卷，保存文章 34 篇，除去两篇书帖、两篇序跋和《戒子孙》外，其余 29 篇全为奏疏之文。这些文章均为在朝治政奏请皇帝批示之文，多数为篇幅短小、因一时一事而请之作。有一定篇幅的篇章有《言仪卫三事奏》、《乞省不急之费奏》、《大臣辞谢不得辄上奏章求免衔谢奏》、《乞令臣僚年七十即致仕奏》、《论备边六事疏》、《上漯川横龙垄商胡河图奏》等，其中《上漯川横龙垄商胡河图奏》是绘制三河河图的奏上表文。《言仪卫三事奏》申论郊祀礼仪，谏罢南郊祭祀中的球仗引导和羊车列前之仪，同时强调南郊祭享时要严肃仪仗，当官执事人吏，要稽古之法，各司其位。《乞令臣僚年七十即致仕表》则不避众议，申严致仕退休制度的奏表，例举了俞献卿、毕世长、李孝若、李士良、盛京、王盘、张仿、张亿等一批"耄昏不任事"者，并宜致仕退休。

《乞省不急之费奏》针对宋兴八十年来朝野尚侈之风，诸如"不耕不织，游惰之俗，蚕食为害；都人士女，燕安太平，忘衣食艰难之患，习尚奢侈，重伤民力"等，提倡节俭，减省不急之费，以应对仓促之需，为忧国大计。其《论备边六事疏》可视为现存文文章代表作，从驭将帅、复土兵、训营卒、制外域、绥蕃部、明探候六个方面，全面深入地申论削夺方镇兵权过甚造成的军力下降、边备松弛等弊端，文章直言谠论，发他人多不敢言者。从这些奏议文章，我们可以看出，作为一代名臣，贾昌朝忧患朝政，直言敢谏，既有平地起千寻的凌霄之志，又有依托青松，向日捧日的品格与操守。而其文章文辞畅达，自然流利，善于将历史与现实结合起来，通过古今对比强化议论的效果，提高了议论文的说服力。

此外，其《戒子孙》一文，在训诫子孙如何为人处事的方式方法中，也透露了贾昌朝的人生哲学与人生态度，其人生体会很值得学习体味。

田况（1005～1063年），字元钧，其先京兆人，后徙信都（今河北冀县）。天圣八年进士，历官江宁府观察推官、太常丞、江宁通判、陕西经略判官、直集贤院、知制诰、真定知府、定州安抚使、秦州、渭州、成都等州知府，晚为枢密直学士、三司使、翰林学士、礼部侍郎、枢密使等职，嘉祐八年卒，59岁。其生平特点及著述已见前文诗歌部分，此不赘言。田况好读书，手不释书，其为文章，得纸笔立就，闳博辨丽，其《好名》、《朋党》两篇，极为天下称赏。今编《全宋文》第十五册保存其文章2卷共21篇，其中包括奏议14篇，序记文6篇。其奏议文内容多为军事外交进谏之文，如《论攻策七不可奏》、《兵策十四事奏》、《镇戎等地宜大兴营田奏》等。其中《乞访问执政专以寇患为急奏》规劝皇帝效仿唐肃宗延英殿询访宰臣故事，"召执政大臣于便殿，从容赐坐，访逮时政，专以虑患为急"，以此来改变朝官冗不见智的卑弱局面。《乞汰冗兵奏》针对国家养兵已逾百万坐费衣食的局面，建议朝廷淘汰老弱冗兵，以解"役敛重而民愁"的困境。最著名的是《论名奏》，此篇即为天下称赏的《好名》篇。文章首先针对名实关系提出"名者由实而生，非徒好而自至也"的论点，采用对比的手法，指出："尧、舜三代之君，非好名者。而鸿烈休德，倬若日月，不能纤晦者，有实美而然也。"接着针对当时"政令宽弛，百职不修，二房炽结，凌慢中国"的可忧形势，批评陛下为政"好名而不为"，之后谏言道：

> "陛下倘奋乾刚，明听断，则有英睿之名；行威令，慑奸宄，则有神武之名；斥奢汰，革风俗，则有崇俭之名；澄冗滥，轻会敛，则有广爱之名；悦亮直，恶巧媚，则有纳谏之名；务咨询，达壅蔽，则有勤政之名；责功实，抑偷幸，则有求治之名。今皆非之而不为，则天下何所望乎？抑又圣贤之道曰名教，忠谊之训曰名节，群臣诸儒所以尊辅朝廷，纪纲人伦之大本也。陛下从而非之，则教化微，节义废，无耻之徒争进，而劝沮之方不行矣，岂圣人率下之意耶。"

作者一口气并列七种美名，并谕导皇帝培养圣贤品格，崇尚名教与名节，以求得名实相符，名节相尚，既是针对朝政弊端的批判，也是针对这些弊端开列的救弊良方，从中可见田况的政治智慧与识见眼光。文章言简意赅，有很强的现实针对性与批判性，宜乎为天下称赏。另一篇论《朋党》之文，从文题可知为论宋代朋党现象的。宋代实行文官政治，其实质是政党政治，文武百官，因其治政思想与方略抑或人格追求与品位情趣的不同，以类相聚，相结朋党，成为北宋政治中鲜明的特点，相应地也带来一些党派间相互倾轧等政治问题，北宋庆历以后，随着富国强兵、变法革新的展开，党争激烈，朋党之论，异乎常时。李若谷、刘元瑜、孙甫、尹洙、欧阳修、韩琦、司马光、王存、张唐英、范纯仁、吕陶、邢恕、苏轼、张商英等相继写有论朋党之文，欧阳修所谓"君子有朋，小人无党"等名言，为时称赏。田况《朋党》之文也是在这种政治气候下产生的，惜乎失传难明。

田况的序记之文多写于皇祐年间知成都府时，主要有《浣花亭记》、《古柏记》、《进士题名记》、《张尚书写真赞》等篇，《浣花亭记》没有详记浣花亭修葺事宜，而是针对历代典治蜀都者以行乐为郡务之事展开议论，提出"人之情，久居劳苦则体瘝而事怠，过佚则志荒而功废，此必然之理也。善为劝者，节其劳佚使之谨，治其业而不失休，游和乐之适，斯有方矣"。四川天府之国，地狭人稠，生存竞争激烈，农工趋力近于疲惫，故岁时大兴歌舞，游乐以消释，基于此，作为成都知府的田况，修葺浣花亭，助其游兴。《古柏记》记诸葛祠中千年古柏枯而复荣的奇异景象，有感"荣枯之变，应时治乱"而作文章以记之。《进士题名记》是为皇祐二年在成都宣圣殿东北建立的荣名堂及进士题名石柱而作的赞记文章。对成都"世化治隆，人随而兴"的文化兴盛局面抱以赞赏之情。

田况的文章，无论奏议之文抑或序记之文，议论为主，闳博辨丽，流畅而有法度，田况为北宋中期较有影响的散文作者。

北宋中期值得介绍的最后一位河北散文作者是宋敏求（1019～1079年），敏求，字次道，赵州平棘（今河北赵县）人，其文自称常山宋敏求，为宋绶长子。其生平历仕已见前文诗歌部分。宋敏求性好学，家富藏书，与兄弟辈相切磋，故闻见博洽，《宋史》本传称："敏求家藏书三万卷，皆略诵习，熟于朝廷典故，士大夫疑议，必就正焉。"其一生著述丰多，依苏颂的《宋公神道碑》记载，宋敏求著有文集《书闻集》12卷、《后集》6卷、《西垣集制》10卷、《东观绝笔集》20卷；地方志有《东京记》3卷、《长安志》20卷、《河南志》20卷；另有笔记类著作《三川下官录》、《人蕃录》、《春明退朝录》各2卷，《韵类宗室名》5卷、《安南录》3卷、《元会故事》1卷；他还编辑多种唐人诗集及《百家诗选》20卷。今仅存《春明退朝录》3卷、《长安志》20卷，其余著述均已散佚。今编《全宋文》录其散文1卷共21篇。其中14篇为制诏奏议之文，6篇为题序之文，还包括一篇《泾渠总论》。这些文字，从文学性来说，有价值的是5篇题序之文：其中《李太白文集后序》、《题孟东野诗集》，皆为宋敏求编辑唐人诗集所写序文，通过这两篇序文我们可以清楚地知晓唐代诗人李白、孟郊的诗集在唐末到北宋中期是如何流传并不断被搜集整理、最终编纂成型的。《唐大诏令集序》和《春明退朝录序》交代两书成书过程，对研究唐宋两代历史都有很高的史料价值。《文庄集原序》是为宋代夏竦集所作序文，序中历叙夏竦少年有为，业已大成，后荣宠于时，多所创造的一生及著述情况，比之为汉代公孙弘、唐代裴度，皆当世伟人，功垂于后，宋敏求对夏竦给予极高的评价。从中我们可以看出宋敏求对传承文化所作的巨大贡献。

北宋末徽钦两朝加上南宋高宗朝为河北散文创作的第三期。此时虽然河北散文作者数量上相比前两期，人数锐减，然而就创作成就来说，可以看成是河北散文再盛期。此时随着北宋著名散文作者如欧阳修、曾巩、王安石、苏洵、苏轼、苏辙及苏门弟子等人相继去世，虽有"苏门后四学士"①的出现，但文坛相对处于低潮时期。而此时，较为著名的河北散文作者有刘挚之子刘跂，爱国诗人李若水以及跨越北南宋之交的河北作者王安中。他们的努力为两宋过渡时期的文坛，增添一道靓丽的风景，成为宋代河北散文辉煌的终结。

刘跂与其弟刘蹈，元丰二年（1079年）同榜中进士，其父刘挚兴奋地写下赞美的诗句："雁塔继题三世字，桂林仍见两枝春。"后因受其父刘挚被定为元祐党人的牵累，仕途不顺。刘蹈英年早逝，刘跂于父丧后，泣血替父鸣冤，得以昭雪，晚年筑学易堂，自称学易先生，他的散文创作以骈文为主体，骈散兼融，具有诗化的境界，刘跂堪称宋代河北散文史上艺术水准最高的作者。《四库提要》评刘跂说："即以文章而论，亦北宋末年卓然一作者矣。"称其"所作古文类简劲有法度"，特别是《宣防宫赋》、《谢执政启》、《学易堂记》等篇，尤为时人所传诵。

李若水（1093~1127年），原名李若冰，因谐"弱兵"二字音，钦宗为其改今名，字清卿，洺州曲周（今属河北）人，曾任元城尉，济南府学教授，两次使金，因以反对金废宋立异姓为帝，不屈而遇害，年35岁。建炎间褒其死节，赠观文殿学士，谥忠愍。其《忠愍集》原有12卷，现存3卷。李若水于临危之际，能奋身殉国，节操凛然，故发为文辞，"其文亦光明磊落，肖其为人"（《四库提要》）。其奏疏如《使还上殿札子》、《驳不当为高俅举挂》等，议论国事，言辞激直，字里行间充满忧国忠爱之情。

宋代河北散文终结作者为北南宋之交的王安中。王安中（1076~1134年），字履道，号初寮，中山曲阳（今属河北）人。其一生虽然为人品格略有瑕疵，然其诗文词创作皆有成就。他的文章丰润华赡，长于诏诰、四六之体，如现存《宣德门成赏功制》、《除知燕山府制》、《贺熙

---

① 李禧、董荣、廖正一、李格非四人并称"苏门后四学士"。南宋韩淲《涧泉日记》卷上："廖正一明略、李格非文叔、李禧膺仲、董荣武子，时号'后四学士'。明略有《竹林集》，文叔有《济北集》，膺仲、武子文集，未之见也。"

河奏捷表》诸文，都以用典贴切、对仗工稳著称。周紫芝《初寮集序》亦称颂"其文健而深，至于制诏浑厚，足以风动四方"。他在当时文坛有一定的声望与影响力。

刘跂、王安中、李若水的散文后面都辟有专节讨论，此不评论。

第二节　柳开与宋初文风革新

宋代河北散文创作中，成就最高、影响最大的当为宋初大名人柳开。

柳开（947～1000 年），字仲塗，自号东郊野夫，又号补亡先生。其父柳承翰曾为监察御史。柳开幼年聪颖异常，既入学，喜谈经义，爱慕古文，有赵姓老儒持韩愈文数十篇授柳开，柳开读之爱不能舍，以为著文当以韩、柳为宗尚，遂改名肩愈，字绍先，后又仰慕文中子王通，自以为能开圣贤之途，乃更今名与字，著《野史》、《东郊野夫传》、《补亡先生传》，以表其绍圣补亡的理想志向。开宝六年，柳开登进士第，授宋州司寇；开宝九年，迁录事参军。太宗讨伐后晋，擢为赞善大夫，其后除偶有在朝或贬谪经历外，柳开一生大半在地方为知州刺史，先知常州，后移知润州，拜监察御史。太平兴国九年（984 年），知贝州，加殿中侍御史；雍熙二年（985 年），贬上蔡令，还阙，复侍御史，改崇义使、知宁边军；端拱元年（988 年），知全州；淳化元年（990 年），移知桂州，第二年，诏归京师，为黠徒所诉，入御史台狱，贬滁州团练副使，召还，复崇仪使，知环州；至道元年（995 年），知曹州，移邢州；咸平元年（998 年），秩满入觐，出知代州，咸平三年（1000 年）移沧州兼兵马钤辖，赴任途中病卒，终年 54 岁。

作为大名人，柳开身上有着燕赵文化尚气自任、敢作敢为的精神气质。他豪侠重义，胆识过人，13 岁时夜与家人立庭中，盗贼入室，家人都惧无所措，柳开"亟取剑逐之，盗逾垣出，开挥刃断二足指"（宋史·文苑本传）。其后在大名，曾罄其所有接济贫不能葬亲的落魄士人。又不拘小节，不避物议，曾因与监军忿争而贬上蔡令，又因杖黥讼卒而贬复州团练副使。为人崇尚特立独行，史称其酷食人肝[①]，豪勇凶暴。与宋初其他文士相比，他不尚儒雅内敛，而是雄豪外射，敢作敢为。这种性格使柳开一生在政治、军事、文化方面都卓然不群，自有建树。他"历官诸州，皆有政绩"（大名府志），善射知兵，有着很高的军事才能。宋太宗"以其文臣有武略，以权知宁远军"（宋史文苑本传）。当然柳开一生最有建树的是其对北宋散文复古革新的贡献。其《河东集》原著15卷（见《宋史艺文志》），明刊本增加其门人张景所撰《柳公行状》1卷，共16卷。从其传世作品看，柳开不善诗赋，而功在文章，典型地体现了北方文士重经术而轻诗赋的地域文化特点。他的16卷文集中，仅13卷中存诗歌4首，今本《全宋诗》辑增为8首，其《讽虞嫔》诗语意艰涩，被清翁方纲《石洲诗话》卷三评为"词气近樊宗师之徒，于风雅殊远"。即使是那首"可画于屏障"（张师正《倦游杂录》）的《塞上曲》"鸣骹直上一千尺，天静无风声更干。碧眼胡儿三百骑，尽提金勒向云看"，描绘塞上风光，被人广为传诵称道。但如果放在整个边塞乐府创作中来看，其创新也不多[②]。

柳开的文学贡献在文不在诗。我们知道，中唐韩柳掀起的文体文风革新，挫败了占据文坛300多年的骈文，取得了古文革新的成功，然而韩柳之后，以韩门弟子为代表的古文家，或者把散文创作引向探讨儒家心性义理之途，如李翱《复性书》三篇；或者片面发展韩愈散文艰涩难懂求奇求怪的特点，带来散文创作的衰落，发展到晚唐五代，华丽对偶

---

① 江少虞《宋朝事实类苑》引《湘山野录》："柳开，魏郡人，性凶恶，举进士，至殿中侍御史。后授崇仪使，知全州道，脍人肝，每擒获溪洞蛮人，必召宴官僚，设盐藏，遣从卒自背割取肝，抽佩刀割啖之，坐客悚栗。知荆州，常令伺邻郡，凡有诛杀戮，遣健步求取肝，以充食。"今本《湘山野录》无此文。又见蔡绦《铁围山丛谈》卷三载。

② 唐人从高适《营州歌》始，以七绝诗提炼勾勒一种塞上风情是唐代边塞诗表现边地风俗的重要方式，典型的作品就有马戴《射雕骑》、李益《塞下曲四首》之一、温庭筠《敕勒歌塞北》、刘言史《牧马泉》、耿沣《凉州词》、周朴《塞下曲》、贯休《边上作》等，与此相比，柳开此诗创新不多。

的骈文再次重返文坛，因此，宋初文坛，继承晚唐五代之习，崇尚偶俪，文风浮靡。在骈文盛行的风尚中，首倡散文、揭批骈偶时文者当推柳开。《四库全书总目提要》称："就其文而论，则宋朝变偶俪为古文，实自（柳）开始。"他对宋初散文革新的贡献具体表现在理论与创作实践两大方面。

柳开对宋代散文理论贡献之一是不遗余力地批判宋初时文浮靡骈骊的文风。《上王学士第三书》中柳开批判骈文之弊在于："华而不实，取其刻削为工，声律为能。刻削伤于朴，声律薄于德。无朴与德，于仁义礼智信也，何其故在于功之学焉？无其天之性也，自不足于道也。"认为骈文以雕琢为工，以声律为能，失去了朴真与天性，缺失仁义礼智信等充实的内容，则丢掉了为文的价值。因此他极力反对骈体时文浮华的文风，《上王学士第三书》还说："文章为道之筌也。筌可妄作乎？筌之不良，获斯失矣。女恶容之厚于德，不恶德之厚于容也；文恶辞之华于理，不恶理之华于辞也。理华于词，则有可观，世如本用之，则审是而已耳！"认为文章是道的载体，文章的辞与理犹之女子之容与德，理是第一位的，辞华于理，没有充实的思想内容，也就失去了为文的价值，只能是华而不实的烂文时文。但另外他也重视文采，认为作为言筌的文章，不可妄作，没有文采，内容的表达也会受到削弱，"获斯失矣"。与批判骈俪的时文相应，柳开极力提倡意理高古的古文，这是柳开对宋代散文理论的又一贡献。《应责》篇说："古文者，非在辞涩言苦，使人难读诵之，在于古其理，高其意，随言短长、应变作制，同古人之行事，是谓古文也。"① 极力推崇随言短长、应变作制的古文。他面对时人的指责与嘲讽，以舍我其谁的态度极力倡导古文，认为古文有充实的思想内容，有为而作，是言与行直接的反映。

值得注意的是，柳开抨击骈文，提倡古文，其核心与焦点是强调文章的社会功用，强调文与道的统一。自从唐代韩愈《原道》篇开创"道

----

① 元盛如梓《恕斋老学丛谈》引柳开此段论文语句有变化。

统说"以来，晚唐五代至宋初，人们受韩愈的启发，统序观念逐渐明确自觉，政治上讲正统，思想上讲道统，文学上讲文统，佛学中讲佛统，柳开倡导古文，重视文章的社会功用，其目的就是要以文道并重的方式，来实现文与道的统一，文统与道统的统一。其《应责》篇宣称："吾之道，孔子、孟轲、扬雄、韩愈之道；吾之文，孔子、孟轲、扬雄、韩愈之文也。"就是以继统者的身份，既要弘扬儒家之道，又要承续文章之统。他生性狂傲，特立独行，危言耸听，出语惊人。他以兼继道统与文统为己任，先以名"肩愈"字"绍先"自许，后又改以名"开"字"仲塗"相标榜，还撰《东郊野夫传》、《补亡先生传》，以补亡继统的身份，包装造势。柳开的这种努力不仅唱响了宋代散文变偶俪为古文的先声，而且对于宋初儒学复兴也起到了推波助澜的巨大作用。在倡导散文方面，他与范杲、穆修、石介、王禹偁、范仲淹等一道，为欧阳修等开展诗文革新作了理论上的铺垫与准备；在儒学复兴方面，他前承韩愈、李翱、皮日休，并与石介、孙复、胡瑗"宋初三先生"一道，造就了宋代士人积极向道的道统风尚，为周敦颐、张载到"二程"开创宋代理学奠定了基础。

在创作实践上，柳开《河东集》除三首诗歌外，保存散文作品98篇，《全宋文》辑增为101篇。包括疏表7篇、书信30多篇、序文14篇、箴铭20篇等，这些散文，除去个别书信、序文和五篇箴言，多数为往来的公私文翰，与此前河北作家范质、扈蒙、李昉、范旻、范杲、宋白、贾黄中、王化基等人的存世文章近似，多针对具体政事或私事而作，或为谢恩表奏，歌颂浩荡皇恩，或为友朋信札，恭维应酬，思想性艺术性不强，都属于典型的应用文。柳开散文中有一定思想与艺术价值的是那些有感而发的论说文、序文和几篇与友人探讨散文革新的书信。其论说文20余篇，包括15篇史论和10多篇杂论，其中有《默书》、《名系》、《字说》、《续师说》、《海说》、《应责》、《东郊野夫传》、《补亡先生传》等篇最见柳开散文思想与艺术的底蕴。

　　《默书》是作者积十年而体悟到的人生辩证哲学的概括,原为人生格言式的零散片语,柳开临终付于门人张景,张景辑而联缀以成《默书》一文。其中如"至静至乐,至动至忧,至常忘机,至乐忘宁。求有于无,无不有也;求无于有,有其无也","物久即敝,事久即废;善久必扬,恶久必亡","阴言其恶,阳言其善,臣道也;公与之罚,私与之赏,君道也","示弱者必强,示强者必弱。有能者为无能,亦有能也;无能者为有能,亦无能也"。从中可见柳开不仅仅倡言儒家道统之说,其思想中带有明显的老子哲学的辩证意味。《名系》和《字说》篇针对人们取名定字而立言,意在强调名实相符。《续师说》承继韩愈《师说》一文,探讨师道废弛的根源。其《东郊野夫传》和《补亡先生传》以自传表达推崇承继韩愈之文道的自我追求,是其特立独行的体现。《应责》篇是针对世人责难其倡导古文道统的回应对答,表达了推尚古文和古道的坚定决心。《海说》为其科学猜想之文,针对古人所言江河入于尾闾和大荒之中的说法加以批判,认为江入于海,海"复入于土,散乎四维,居地之下"是自然"运而不竭"的反映。文中对海水及海潮的推测解说虽有其时代局限,然而其以生活逻辑所作的推理以及其中体现的运动不息的观念,是值得肯定的,典型地体现了古人天人合一的思维智慧。

　　柳开的序文,包括3篇书序和11篇赠序。3篇书序中,《五峰集序》是受友人之托,为前代廖图诗集所作序言,别无深意。《皮子文薮序》讨论皮日休为何以"薮"名集,以其别有深意在。《昌黎集后序》则表达世人不理解韩愈的遗憾感。其赠序多是写给后进之士的鼓励文字,从中可以看出柳开积极倡道之心和奖掖后学的热情。

　　柳开的散文创作处在宋初骈文盛行的时代,和后来欧阳修、曾巩、王安石及"三苏"等散文大家相比,缺少宋文共有的诗化境界。他的文章以议论为主,不善于描写,也不重视运用各种文学修辞手法,既不雕章琢句,也不刻意追求语言美感。因此他的文章既没有欧阳修散文一唱三叹摇曳多姿的情韵意趣，也缺少苏轼散文那种行云流水般的自然才情。他常常以平淡无奇的语句，议论说理，以思维与逻辑的缜密取胜。其《续师说》一文典型地体现了柳开文章的特点。其续说韩愈的《师说》批判了士大夫不从师的现象，而"未原尽其情"，作《续师说》来探讨师道弛废的原因。文章开头提出："师之所以为道也，皆可就而学矣。"的论点。认为人分三等都有学习的必要，并以孔门弟子三千"悉为善，以其训习之故也"来论证从师之益。紧接着又以"贤愚之性无殊焉，在乎师与不师也"，"师存而恶可移，师亡虽善不能遽明也"来说明师道之不可废。之后作者针对"今世之人，不闻从师"的现状，以古今学者的鲜明对比，揭示师道废弛的根源在于趋利忘义：

> 古之学者，从师以专其道，今之学者，自习以苟其禄，乌得其与古不异也？

> 古之以道学为心也，曰："吾学其在求仁义礼乐欤！"大之以通其神，小之以守其功。曰："非师吾不达矣。"去而是以皆从师焉；今之以禄学为心也，曰："吾学其在求王公卿士欤！"大之以蕃其族，小之以贵乎身，曰："何师之有焉。"苟一艺之习已也，声势以助之，趋竞以成之，孰不然乎！去而是以不必从乎师矣。

> 古之志为学也，不期利于道，则不学矣；今之志为学也，不期利于身，则不学矣。舍是，则农兵商工之心为也。与其朋共言之，必曰："吾何时其出矣，仕遂吾身也？"彼之坐者亦曰："然。"上位之人诱下也，则亦曰："善从于世，善附于人，俟取其禄位而来，余慎无为己所知也。"

从引文可见，柳开崇尚并学习韩愈散文，深得韩文运用对比的神髓。韩愈《原毁》、《柳子厚墓志铭》等名篇都以反差强烈的古今对比来论证观点，收到不言而喻的论证效果。柳开此处也以强烈的对比揭批师道废弛的原因。最后对举天下不"从师与专道"的现实发出了"愚甚乎"的深深叹喟。当然，柳开学韩文，并不局限于《续师说》，其所作碑铭墓志也多学韩愈。清人《冷庐杂识》卷七云："柳仲涂为其外祖父伊阙县令太原王公作墓志铭，其文首纪葬之年月与地，末纪名字三代与卒年，中叙事实，则全述其舅氏信诏之言，盖仿昌黎《襄阳卢丞墓志铭》述其子之语、《河中府法曹张君墓碣铭》述其妻之语例，乃变体也。铭语亦简质，云：'男贤若父，妇贤若母。斯焉为谁，柳开外祖。名兮传于世，骨兮归于土。洛水邙山，千秋万古。'"

柳开学韩，不仅表现在文章结构与表现方法上，其语言也深受韩愈影响，韩文尚奇，文从字顺以外，还有奇险艰涩一面。柳开散文受其影响，大多"词涩言苦"，难以卒读。清王士禛《池北偶谈》卷十七评柳开"文多拗拙"，正因此，柳开的创作实践相比于其理论倡导，功在其下。

总之，柳开身处五代宋初以来文格卑弱骈体盛行之世，以其危言耸听呼号自誉的方式①，大力倡导古文，与石介、穆修、孙复、尹洙等人一道，为欧阳修等人掀起诗文革新热潮做了有效的铺垫工作。其古文写作与范杲、梁周翰、高锡齐名，有"高梁柳范"美称。同时代的石介非常推崇柳开，其《过魏东郊》诗比之皋夔，以为"下唐二百年，先生固独步"，杨昭俭也称柳开文章"世无如者已二百年馀矣"，《四库提要》也认为"其转移风气，于文格实为有功"。首倡古文之功，使柳开成为宋代河北散文史上最具影响的作者。

第三节　刘挚、刘跂的散文创作

刘挚作为北宋中后期重要的河北作家，不仅重视诗歌创作，而且其散文在宋代河北散文史上也占有重要地位。据马端临《文献通考·经籍

---

① 指柳开初名肩愈，字绍元，作《东郊野夫传》、《补亡先生传》等自许之举，另外，《续湘山野录》也载其狂傲之语曰："吾文章可以惊鬼神，胆气可以慑夷夏，何畏哉!"

考》著录《刘忠肃集》原为 40 卷。现存《刘忠肃集》20 卷。有畿辅丛书本和四库本。四库本《刘忠肃集》20 卷，前 14 卷为文章，后 6 卷为诗歌。存留文章 285 篇。《全宋文》在此基础上增补辑佚，共收其文 342 篇，另附刘挚日记一卷。在现存 342 篇文章中，其主体为应用文，包括各种奏议疏表 209 篇，进士策论 3 篇，书启 62 篇，墓表碑志 34 篇，其他杂文 18 篇。除去其中三篇进士策论是为科举殿试所作，其余全是刘挚一生为官理政中有为而作的应用文章。

这些应用文章与北宋其他作者的文章一样，"开口揽时事，议论争煌煌"，不追求语言的华丽精美，也不讲究文学的修辞技巧，而是针对现实问题，从多角度、多侧面进行鞭辟入里的分析与解剖，言直理顺，辞达而止，务求有效，如最为人称道的《论助役十害疏》，是作者针对王安石推行的免役法而上的奏疏。文章先引孟子之语"徒善不足以为政"立论，指出神宗皇帝善念黎民，欲均平役法，但有司立法，却没有做到"上副诏旨，而下协人情"。接着以简洁之语，直陈助役法十害：天下户等之虚实，"役之重轻，非一法之所能齐"，一害；为齐此法，"品量物力，搔扰生弊"，二害；品量结果，"优富苦贫"，三害；而升补户等，民不堪命，四害……这样环环相扣，把助役法的弊端条分缕析，解剖无遗，其后又以"民可安而不可动，财可通而不可竭"为出发点，进一步揭示新法之弊。文章最后强调变法强国应本着"可以渐而不可以暴"的渐变原则，呼吁慎重对待助役之法的实施。从全文分析论证可见，刘挚不仅对北宋社会政治经济及民生状况体察入微，而且高瞻远瞩，切中要害。

《论助役十害疏》"略陈十害，切中时病"（刘安世原序语），受到新党变法人士的强势刁难，要求刘挚对其奏疏作进一步的分析解释，无奈之下，刘挚再上《论助役法分析疏》和《分析第二疏》。前者针对权臣的指责，首先指出：助役之法，自上而下，"旷日弥年，未有定论"，根本原因在于"不顺乎民心"，并针对权臣"险诐欺诞"、"中外向背"等诬陷，慷慨陈词："臣所向者公，所背者私，所向者义，所背者利，所向者君父，所背者权臣。"文章仅 500 多字，短小精悍，理直词顺，表现出一代忠臣刚正不阿的胆识和大义凛然的气度。其第二疏本着"君子之中道，欲其言直而不违于理，辞顺而不屈其志"的态度，论"天下未至于安治"的原因在于王安石的新法，"二三年间，开阖动摇，举天地之内，无一民一物得安其所"，在此基础上，分析新党人士去旧臣，西师无功的拙劣表现，进而再次提出"古之贤人，事君行道，必驯致之有渐，持久而后成"的简缓渐变的主张。文章雄辩滔滔，言直理顺，正气森严，充满着坚持真理敢作敢当的浩然正气，典型地体现了刘挚论说文章雅健清劲的风格特点。清乾隆皇帝认为刘挚之文"却匪空言见理深"，其《御题刘挚忠肃集六韵》高度评价《论助役十害疏》及分析二章："明陈十害邪辞避，分析二章正气森。"甚至认为他的文章历经元明，得传十之六七者，"必有鬼神来呵护，自然天地佑忠忱"。在肯定刘挚文章的同时，值得注意的还有：刘挚虽然极力反对王安石变法，但这并不意味着刘挚政治观念的保守与落后，相反，刘挚简缓渐变的思想与当时苏轼等人提出的"法相因而事易成，事有渐而民不惊"的渐变主张一道，代表了当时稳健变革的思想路线。千年之后，当我们远距离地审视北宋后期围绕富国强兵的变革论争，可以看出这种渐变思想更有可行性，更具政治远见与文化魅力。

　　这些应用文章，从文学的角度讲，大都是针对具体问题，有感而发，思路清晰，逻辑严密，说理透彻，文章风格雅健清劲，字里行间都充满着宋代志士仁人强烈的参政意识、忧患情怀与理性精神。其价值意义主要有两点。

　　一是具有很高的史料价值，是研究宋代政治史、经济史、军事史乃至文化史，特别是北宋后期党争状况的重料史料。刘挚身处北宋后期，"辅政累年，刚明重厚，达于治道，朝廷赖之。及为相，益总大体，务守法度，辅佐人主于无过之地"（刘安世原序）。他的应用文论治政如慎择讲读、报差除奏、岁旱乞修政、政令、用人等；论经济如茶盐之法、助役之疏、役法条制、监司之职等；论军事如保甲、盗贼、备契丹、应西夏等；论文化如太学狱奏、重修太学条制等，内容非常丰富，大都先陈述事实现状，摆出问题，再提出解决问题的具体措施，因此他"奏事上前，言直事核，不为缘饰，多见听用"，真正做到了"事无剧易，临之晓然"，因此刘挚文集一定意义上具有北宋后期社会史料汇编的价值意义。

二是文章凸现了刘挚通达明锐，刚正有节，忠义自奋，力辨邪正，公而忘私，正气森严的一代名臣的形象。《宋史》本传称刘挚"素性峭直，触机辄发，无所避忌"。他自言"智不足以尽万物，敢决真伪论是非"①，在北宋后期激烈的党争中，他忠于朝廷，坚持真理，勇于斗争，犯颜敢谏，怒斥奸邪，表现出北宋文士坦荡磊落的森严正气和持重有节的道德风范。其《论用人疏》说："君子小人之分，在义利而已。小人才非不足用，特心之所向，不在于义，故希赏之志，每在事先，奉公之心，每在私后。"劝诫皇帝要"虚心平听，审察好恶，前日意以为是者，今更察其非；前日意以为短者，今更用其长"。正是带着这种睿智与理性，他慷慨论战，论助役之弊，弹劾奸佞，无所畏惧。现存应用文中，其弹劾人事所上疏表与札子就多达 45 道，被其弹劾的人就有程昉、赵子几、范峋、蔡确、章惇、吕惠卿、贾昌衡、蹇星辅、李南公、曾布、韩缜、安焘、王中、李宪、张璪、梁焘等十六七人，仅弹劾蔡确之文就达 12 篇之多。梁焘本属朔党人士②，但刘挚留有《论罢谏官梁焘事

---

① 刘挚《自福严至后洞记柳书弥陀碑》，《全宋诗》，北京大学出版社，1993 年版第 12 册，第 7933 页。

② 《邵氏闻见录·卷十三》载："当时有洛党、川党、朔党之语。洛党者，以程正叔侍讲为领袖，朱光庭、贾易等为羽翼；川党者，以苏子瞻为领袖，吕陶等为羽翼；朔党者，以刘挚、梁焘、王岩叟、刘安世为领袖，羽翼尤众。"《续资治通鉴·卷八十二》载，御史中丞郑雍与侍御史杨畏论刘挚和苏辙时所开具的以刘挚为领袖的朔党人物名单有"王岩叟、刘安世、韩川、朱光庭、赵君锡、梁焘、孙升、王觌、曾肇、贾易、杨康国、安鼎、张舜民、田子谅、叶仲、赵挺之、盛陶、龚原、刘概、杨国宝、杜纯、杜纮、詹适、孙谔、朱京、马传庆、钱世荣、孙路、王子韶、吴立礼，凡三十人"。依此梁焘属朔党人士。

疏》，表明刘挚论事，有理有节，不避亲疏。刘安世原序称："公文章雅健清劲，如其为人，辞达而止，不为长语。表章书疏，未尝假手，凡奏议、论说、记序、铭志、诗赋，诸文章千余篇。""凡有议论，惟尚中道，不习异说，不责苟难，务在谨名教而已。"《四库提要》也称其"修严宪法，辨别淄渑者，言论风采，犹可想见，固不独文词畅达，能曲鬯情事已也"。如果说由王禹偁、杨亿、刘筠到范仲淹、欧阳修奠定了宋人重品节、讲涵养的士风，那么北宋中后期的刘挚就是这种士风典型的实践者，体现了文士坚持品格的高风亮节。

刘挚文学性较强的散文有 10 多篇，包括序文 3 篇，记 6 篇，祭文 7 篇，总数不及存世文章的二十分之一。虽然没有产生像欧阳修《秋声赋》、《醉翁亭记》、苏轼《前赤壁赋》这样的名篇佳作，但其叙事议论、写景抒情，不乏宋人所崇尚的人文情韵与意趣，如《杨氏乐养轩记》在记述杨元尉置乐养轩以奉亲事迹后，作者写道：

> 故凡以佚气体而逊心志者，非有三牲八珍、撞钟列鼎之富，与夫金玉文绣之丽而后然也。隐冠靓服，慈颜寿发。轩堂之上，对几而居，俪杖而游，其色辞笑貌，油然而顺适，祺然而夷豫，以安缯乎子职之奉。

作者用一组四字句，描绘杨氏一家其乐融融的情景，极有风致情韵。文章最后，作者模仿欧阳修《醉翁亭记》的写法议论道：

> 呜呼！养之道，不在乎物，惟尽诚以得其亲，斯天下之深乐。虽富贵遂其欲，有不能以致之，而君子所自得也。人知杨氏之庆，而不知君之乐于心，知君之乐矣。或不知君之所以致其乐，君于是以属府从事刘某曰："愿有述。"乃推其心之所然而序之。

如果说刘挚的序文、记文叙事写景，富有情趣意韵，那么他的祭文在抒发人伦之情方面，则体现出刘挚其人在正气森严之外，还有多情善感的一面。其《祭丞相韩仪公文》、《祭丁上杭文》以密集的四言句式抒发痛怀师友的悲思。而《祭赵元考文》则以带"兮"字的骚体，表达对情同手足的亲家赵元考的怀念。文中"予与公交兮，以淡而成，三十余年兮，事予以兄。馆阁各途，有并游之乐兮，婚姻晚契，缔深好之情。骇书音之来讣兮，浩哀涕之如倾。胡善人之不淑兮，傥所谓天道之谁与明，溯沅江兮缅缅，望楚雨兮冥冥，兰芷兮香歇，猿鸟兮悲鸣，慨予方系迹于兰溪之滨兮，不得祖飞旐之东征，聊寓情于斯文兮，代望门之歌声，敬致薄奠兮，以荐斯诚"，融悲情于写景，加之"兮"句法的长短错落，造成浓郁的抒情氛围，读之令人悲慨万端。最著名的是他祭奠爱子刘蹈的文章。刘蹈为刘挚次子，元丰二年（1079 年）与长子刘跂，双双金榜高中，刘挚激动地写下"雁塔继题三世字，桂林仍见两枝春"的诗句。然而，刘蹈不幸，英年早逝，刘挚怀着痛悔之情，撰文祭悼。文章在"白头衰年，哭尔壮子"的悲慨之后写道：

> 书来报疾，汝批纸尾，凡数十言，常时无异，云偶大病，十去八矣。医言无他，数日可起，本不驰告，念非得已，地远思亲，愿遣一弟，意绪昭昭，有叙有纪，但怪所书，多不成字，中心闵默，忧恍如醉。亟遣医先，翊日讣至。呜呼哀哉！

> 天之赋汝，亦既粹美，反啬其生，使不少俟。冥谁宰持，必有所以，岂曰偶然，自生自死。殆吾不修，衅恶积累，罚钟汝身，汝则何罪？闻汝临终，妻拏守视，汝父汝母，汝兄弟妹，无一在傍，四顾歔欷，若有所属。索笔与纸，手不能持，强语其子曰："幸千万可独写此。"呜呼哀哉！

> 又闻前年，赴官边鄌，出门旁徨，密语二季曰："此行役，忽不自意，安得休哉？"同此庭侍，祝勿告吾，惧诒亲累，岂汝自有所知，魄兆已至？使吾早闻，必留汝止，而不吾告，何所牵制。呜呼哀哉！

全文学习韩愈《祭十二郎文》的写法，以和死者对话谈天的方式，叙述爱子以书报疾和临终之状，表达生不能相守，死不能相送的悲痛情怀，又以怀思往事寄追悔莫及之恨，全文连用六个"呜呼哀哉"，悲悔交加，老泪纵横。文章最后写道："八月庚申，见汝丧车，惨惨仪象，累累缭纆，声恸亲友，叹闻道途。天高神幽，吾哀莫呼。江尽海竭，吾泪有余，鬓髯面目，嗟何及乎！惟有尽心抚汝诸孤，松楸之下，一室山隅，以候岁月，归汝先墟。"表达难释亲情，有泪如倾的悲思痛苦，读之令人悲慨泪落，此文与韩愈之《祭十二郎文》、欧阳修《泷冈阡表》、袁枚《祭妹文》相比，毫无愧色，也足为千载祭文之绝唱。

北宋晚期，存留散文作品较多的河北作者还有刘挚之子刘跂。他堪称宋代河北散文史上艺术水准最高的作者。《四库提要》评刘跂说："即以文章而论，亦北宋末年卓然一作者矣。"

刘跂的生平行事已见前文诗歌部分，此不赘言。刘跂《学易集》，原本20卷，据陈振孙《直斋书录解题》记载最初由李相之得之于刘跂外甥蔡瞻明，至南宋绍兴中叶，由洪迈传之于长乐官舍。后经施元之刻版行世。明清之际，已不见传本，清代四库馆臣从《永乐大典》中辑其诗文共得12卷，删其青词及《同天节道场疏》、《管城县修狱道场疏》、《供给看经疏》、《北山塑像疏》、《灵泉修告疏》、《仁钦升坐疏》、《请崇宁长老疏》以及为其父母舅氏修斋诸疏，编定为8卷，收录文章87篇。《全宋文》收其文5卷。保存文章82篇。刘跂因为受党争影响，一生赋闲，只做几任县令小官，在当时政治斗争中并无多少发言权，因此他的散文不像其父之文大多为论辩朝政的政治应用文，相反，更多的为人伦日用的应用文章。其中表11篇，露布2篇，简问7篇，碑传墓志等32篇。文学性较强的赋文1篇，书启13篇，序文11篇，亭堂斋院记文5篇。就倡导一种新思想新观念而言，刘跂比不上柳开；就社会史料的价值意义而言，刘跂也比不上其父刘挚的散文；就散文的审美艺术而言，他的散文又比不上当时的苏轼、苏辙乃至苏门四学士的影响力。然而，在宋代河北散文史上，刘跂是当之无愧的艺术成就最高的作者。

　　首先，在文体运用上，刘跂的文章，骈散兼用，除去《宣防宫赋》，他所上奏朝廷的贺表谢表文字，几乎全用骈文，这在欧阳修诗文革新完成之后，散文占据文坛主导地位的形势下，骈散兼用，不失为一种创作特色。受近些年流行的几部文学史的影响，散文的革新从王通、韩愈到欧阳修，总是提倡散文反对骈文，导致人们对骈文一直持有一种偏见，似乎散文就好，骈文就烂。事实上，就中国古代散文整体而言，其独特的文体品性就是带有艺术性、文学性、审美性的应用文。而真正具有现代散文（即抒情美文）意义的只有骈文和辞赋。骈文讲究辞藻、声律、对偶、用典等特色，恰恰是其区别于其他应用文的特征所在，骈文走向自己的反面，罪不在这些特色，而在于有些骈文作者，过分追求无限强化这种特色而淡化其充实的思想情感，使之变成空洞的文字装饰。因此好的文章不在于是散是骈，而在于是否有浓郁的情思和博大的境界，是否有隽永的人文情趣与意韵。

　　刘跂的文章，骈散兼用的特色就在于情思浓郁，富有情韵意趣。如果说他的贺表如《贺郊祀礼成表》、《贺太皇太后表》、《贺册皇后表》、《贺同天节表》等尚属于逢场应景的骈文套语的话，因为这种贺表只能说些模式化的固定套话，那么他的那些辩诬申冤的表启文字，则可以说骈俪铺排，声情并茂。《四库提要》称："吕祖谦奉诏修《文鉴》，多取作①。其辨冤时《上执政启》所云'晚岁离骚，魂竟招于异域。平生精爽，梦犹托于古人'者，吕本中《诗话》及王铚《四六话》亦俱极推其隶事之工。"②刘跂的谢表谢启之文，不惟《昭雪先公谢执政启》极具隶事之工，如其诉父冤贬，全家蒙难："忆昨祸起不测，谤加已亡。陷

──────────

　　① 吕祖谦《皇宋文鉴》录刘跂《考工》、《蜀舍铭》、《田明之行状》、《钱一传》、《玉友传》和《题半隐堂》诗共六篇。

　　② 吕本中《紫薇诗话》云："刘跂斯立，莘老丞相长子，贤而能文。建中、靖国间，丞相追复，斯立以启谢诸公云：'晚岁离骚，旋招魂于异域；平生精爽，犹见梦于故人。'"王铚《四六话》卷下云："刘丞相谪死新州，至元符末，用登极恩，追复故官，其子跂以启谢执政，略曰：'晚岁离骚，难招魂于鬼域；平生精爽，或见梦于故人。'用李卫公梦于令狐绹，乞归葬，精爽可畏故事也。"各本文字略有差异。

燕桑之谋，圣主觉其书诈；抱田贯之义，志士或以死明。备见不根之情，犹施及嗣之罚，穷海万里，两枢弗归，毒疠三年，一门垂尽。"而谢执政为其昭雪则云："幸山公之在朝，痛介侯之无禄，霜露所感，日月有期。然而贬降之秩未还，吊恤之恩尚阙。扶杖以听，终观诏令之行；造膝而陈，更赖弼谐之助。言尽于此，涕不自收。"其他如《谢先公复官表》、《谢昭雪表》等①文也写得声泪纵横，感人肺腑。这些表启之文，虽然采用了骈体，然而被诬放逐的冤屈，家人十丧的悲愤，对奸佞小人的痛恨，对昭雪执政的涕零，可谓百感交集，情思浓郁。甚至那些奏报朝廷的露布，刘跂也用骈文形式，如《拟岭南道行营擒刘铄露布》描写平乱场景："臣等愤其翻覆，认此狂迷，寻结战以交锋，复挥戈而誓众。行营将士等，感大君之抚御，咸愿竭忠；怒逆党之拒张，争先劾命。八十里枪旗竞进，数万人杀戮无遗。寻又分布师徒，径收贼垒。其刘铄知城隍之必陷，将府库以自焚，烈焰连天，更甚昆冈之火；投戈散地，甘从涿野之诛。"惊心动魄，有声有色，可见，刘跂的骈文，俪而感人，情文并茂，堪称北宋河北散文的上乘之作。

刘跂的散文，叙事记人，写景抒情，雅洁畅达，隽永有味。《四库提要》说："盖其行谊学问，均不愧于古人。所作古文类，简劲有法度。"简劲有法是说刘跂散文简洁雅致又不失劲健力度，从容道来，暗合法度。分析刘跂的散文作品可见，其法度主要表现在三个方面。

一是他重视文章结构，有意经营文章的开头，巧妙变化，使文章富于艺术性。有的文章开门见山，扣题而写，如其为李常武作《岁寒堂记》，以简洁的笔墨，开门见山，交代岁寒堂的来历，之后再以抒情的笔调叙写他与李常武相知相勉的交谊和 30 年间"死生契阔"的悲慨，

---

① 如"重念臣岭表数岁，门中十丧，举室迁离，先臣客殡于他所，有司逼迫，老母病终于半途，骨肉无以相收，道路为之流涕，巢倾卵覆，分无此生。雷动风行，忽有今日……圣恩加痛，死者不可复生，孤臣孑然，泣尽继之以血。""投畀谗人，已悟告言之妄；蠲除诏令，更申论坐之冤。没而有知，死且不朽……悼前日之祸机，嗟何可及；挂有司之罪籍，名或未除……皇帝陛下乾行以健，离丽而明，体大舜圣逖之方，广有唐辨谤之略，孤忠素节，事已白于九原；弱子幼孙，暂各坚于一死。微生何算，洪造难酬。"

简劲自然，缜密有法度。有的则荡开笔端，欲扬先抑，如《东原集序》，是为北宋后期著名文士龚鼎臣文集所作的序文。龚鼎臣曾为刘挚之乡师，但文章开头对龚鼎臣不作任何交待，而是以欲扬先抑的手法写道：

> 吴人聘鲁，听歌风雅颂，而识其国俗之变及其得失之迹。汉儒称，民性刚柔，系水土之风气。备论四方分野，禀受各异。某少时读之，以谓性一尔，事物虽异，岂其人或殊哉？而骤闻歌辞，亦岂能尽识其故，如目睹然？是皆史家傅会，尝私窃疑之。及身壮且老，以事适四方，多与其人游处，岁久渐渍，熟其情伪，虽曰土风所致，而其人资质渊源，故自有不可同者，颇已验班生之说，又得其所为文观之，详味托寓之情，以验其所效于后，班班多中，则季子之智，未易为不知者道，然后乃知少之时，信理而不信事，于学为陋。

这段开头既是作者多年学思的体会，见解深刻不俗，又为下文评价龚鼎臣的人品学问作了充足的铺垫。在此基础上，序文借先人之口介绍龚鼎臣"刚毅诚愨，行安而节和"，文章有齐鲁醇儒深博朴厚之风，结语表达景仰之意。综观全文，结构巧妙，耐人回味。其他如《马氏园亭记》、为兄子刘偁作的《岁寒堂记》等，大都如此。除去重视文章开头的经营，他的构思立意也时有新意，其著名的《学易堂记》一反常规的艺术思路，采取"自书日用"的方式，琐琐碎碎，娓娓道来，写自己的衣食起居，写读书、弹琴、作画、书法、接人待物，以轻松闲适的笔调"以记吾居，亦记吾过"，由文章最后关于一生食耗的计算和学易的对答，可以看出，刘跂的《学易堂记》闲适中有愤激，轻松的背后是岁月蹉跎、功业无成的沉痛与无奈。

二是他重视描写与抒情，善于将叙事、议论、描写与抒情结合起来。这是突出散文抒情性与审美性的重要手段。古代散文的主体是论事辩理的应用文，其主要的表现方法是叙事与议论，严格说来，这种议论文从先秦的子书到秦汉以后的论说文，逻辑严密，分析透辟，精警深刻，极富智慧的启迪性，然而从艺术美感上说，没有描写与抒情的文章，总与今天人们说的散文有着不小的距离。经历魏晋南北朝的文学自觉时代，相比先秦和两汉散文唐宋散文更具艺术魅力，在艺术手段的使用上，更重视描写与抒情的运用，包括唐宋八大家在内的有成就的作者以及传世的名篇佳作，都无一例外地重视描写与抒情，才使散文创作达到了诗化的境界，具有人文情趣与意韵。宋代河北散文家，从前期的李昉、宋白、柳开、刘筠、到中期的刘挚、宋敏求，整体艺术水准都不及刘跂，就在于他们的散文叙事说理有余，而描写抒情不足。

刘跂的散文善于将叙事议论与描写抒情自然地结合起来，他的名篇佳作如《马氏园亭记》、两篇《岁寒堂记》、《学易堂记》等，包括他的《答孙彦文秀才书》、《田明之行状》、《钱乙传》、《玉友传》等都能做到多种手法的综合运用，如上文提到的为李常武作的《岁寒堂记》，开头写岁寒堂的来历："中岁退休，汝阳城东，崇仁坊之里第，地近而旷，带园为宅，隐然静深，有山林丘壑之气，即其第中，构为虚堂，不侈不迫，制度甚古，其旁松竹蔽亏，不受风日，不改冬夏，榜曰'岁寒'。"把岁寒堂描写得非常幽静闲雅，由堂怀人，作者写道："呜呼！余自成童拜公，退而与常武游，忘怀莫逆，至相乐也。岁不我与，死生契阔，三十年间，欻为陈迹，而余又至堂上，追惟曩时之人，如对方策，阅古人姓名，邈乎不可见已，顾视此身，如忆往日之梦，而忽复梦至其处，怳然自丧，悠然太息，政复太上，忘情之士，不能不以之慨意，而况余多难易感，从衰得白，顾欲以蒲柳之质，而诵后雕之语，岂不谬哉！"描写与抒情的恰当运用，使文章增添了隽永的艺术美感，另一篇写给刘偁的《岁寒堂记》也是如此。此等文章比之欧阳修的《丰乐亭记》与苏轼的《喜雨亭记》，并不逊色。

在艺术手法的使用上，刘跂还重视各种修辞手法，如排比、对偶等手法的兼融并用，如《马氏园亭记》写"人事之多变"，"昔之崇墉邃宇，岌嶪辉焕，今或散荡离析，列于编户；昔之膏腴沃衍，田贾亩金，今或荒秽不治，麋鹿是保；昔之联车列骑，繁缨阛绣，今或重胝累胼，逡巡道下；昔之博珍善味，醇醴滑甘，今或日晏嗷嗷，饘粥不入。至于日改月化，朝戚暮悦，处者出者，少者老者"。又如《答孙彦文秀才书》，"贾生俊发，则文洁而体清；子政简易，则趣昭而事博；子云沈寂则志隐而味深；平子淹通则虑周而藻密，其论大率如此，彼数子者，非出于三代陶冶，成就之力也"，也是如此，都善于综合运用修辞手法，使原本记事说理的散文，有了浓郁的抒情情调，大大提升了作品的美感意趣。

三是语言上，骈散相间，既有散文行云流水、一气呵成的明快，又有对仗匀称的整饬与典雅。形成雅洁精练、简劲畅达的艺术风格。他爱用四言句式，造成简洁明快的艺术效果，如写给刘侗所作的《岁寒堂记》："今夫长松之下，苔莓露阑，原泉渊水，利泽沾溉，酷旱不涸，行道之人，固已饱其甘冽清泄之味，是亦足以慰子之思矣。犹恨刻诗之竹，芜没不存。然今日之修干寒梢，傲霜雪，拂云霄，虚心劲节，挺然而成林者，非此君之本支余裔欤？"其《祭弟法曹文》，全篇几乎全用四字句写成，唏嘘感叹，泣语凝噎。有时，他还善于化用前代典籍或文化语符，使用典故，如上文所引"余多难易感，从衰得白，顾欲以蒲柳之质，而诵后雕之语，岂不谬哉"，就是这种语言形式的典型体现，化用语典，又使刘跂散文具有简劲雅洁、隽永有味的语言风格。

总之，无论是骈文还是散文，刘跂都以其独特的艺术造诣在宋代河北散文史上留下了辉煌篇章，从这个意义上说，他在整个宋代散文史上也应该占有一席之地，应该引起文学史家的高度重视。

第四节　王安中、李若水的散文创作

王安中与李若水是北宋河北散文创作的最后两位作者。

王安中（1076～1134年），字履道，号初寮。其生平及思想性格，前文已述。其诗文集，《宋史》本传称有 76 卷，包括《初寮集》40 卷、《后集》10 卷、《内外制》26 卷（《读书附志》卷下），而《宋史·艺文志》则著录为《王安中集》20 卷。然而，到明代，其集已散佚难见，四库馆臣从《永乐大典》中辑其诗文，编为《初寮集》8 卷。其中卷一、卷二为诗赋，保存赋作 2 篇。卷三至卷八为文章，包括劄子 25 篇、状文 14 篇、表文 133 篇、碑记文字 8 篇、书启之文 58 篇、题跋 5 篇、墓表碑志 5 篇、祭文 6 篇，还有 5 篇祈雨祷告之文，总数为 261 篇。其中礼节性辞免官职的表文就有 20 多篇，而转官赐物等各类谢表就有 50 多篇，还有代他人写作的谢表书启祭文等近 20 篇，各种贺祥瑞的表文约有 46 篇，这些文章或者说着庄严的客套话，或者说着违心的感谢话，或者说着激动的骗人话，总数占据他现存文章的三分之二以上。从这个意义上说，王安中的文章有为而作、富有现实意义的篇目并不多。其思想价值意义既无法和宋初的柳开相比，也不如刘挚的应用散文更具社会史料价值意义，甚至也不如刘跂的辩诬雪冤及抒发人生感慨的文章更为深挚有情。

王安中文章思想价值不高，导因于他的人格缺陷。王安中早年师学苏轼，后又转师晁以道及其显贵，又讳言晁学。南宋时苏轼昭雪，又以学苏相标榜。政治上，他诏事梁师成，交结蔡攸，附和童贯、王黼，"随时局翻覆"，投机钻营，《四库提要》称"其诗文丰润凝重，颇不类其为人"。虽然文风不类其为人，但"奔竞无耻"的人格缺陷，使他留下的文章多半是空话、废话、假话。《宋史》本传称"政和间，天下争言瑞应，廷臣辄笺表贺，徽宗观所作，称为奇才。他日，特出制诏三题使具草，立就，上即草后批：'可中书舍人'。未几，自秘书少监除中书舍人"。因善作瑞应表文得为中书舍人。其存世文章中各种贺祥瑞的表文就多达 46 篇，如《贺五色云表》、《贺连理木表》、《贺甘露翔鹤表》、《贺石中有明字表》、《贺双桃众瑞表》、《贺台州嘉禾一稃二米表》、《贺河南府嘉禾芝草同本表》、《贺越州瑞金表》等，举凡河清行流、祥云圣瑞、灵芝异草、鹤翔甘露、白兔红盐、枝同连理、野蚕成茧等，王安中都不失时机诏表奏贺。这些贺表本质上是借所谓的瑞应，来歌功颂德，粉饰太平，博取圣心，以图仕进。这些逞才逢迎的表文，是其品性中"随时局翻覆"、"奔竞无耻"的典型体现。从这个意义上说，同为河北作者，王安中与宋白、刘筠、刘挚、刘跂及同时的李若水相比，缺少北方士人忠刚朴厚的品格，缺乏北宋士人应有的忧患意识与理性精神。我们知道，北宋社会到了徽宗统治时期，已然中兴无望。权奸当道，政治混乱，而且金人南下，大兵压境，国势危亡。作为有社会良知的士人，可为叹息，可为流涕，他们不去奔走呼号，相反却诏呈贺表，粉饰太平，掩饰危机，因此，这些文章虽然历经千年战火，存留至今，但其思想价值与意义不高。

当然，我们在不满王安中文章价值取向偏低的同时，也不得不佩服其文采与才情。李邴的序文说："公天才英迈。笔力有余，于文于诗，皆环奇高妙，无所不能。"周紫芝的序言称其"制诏浑厚，足以风动四方"，晁公武《郡斋读书志》也说王安中："为文环奇高妙，最长于制诰。"《宋史》本传说："安中为文，丰润敏拔，尤工四六之制。"《四库提要》说王安中"四六诸作，尤为雅丽"。并且强调说："其人虽至不足道，而文章富赡，要有未可尽泯者。录而传之，亦不以人废言之义也。"我们这里论王安中散文成就，也是着眼于他的文采与笔力。以《定功继伐碑》为例，此文3000多字（不记标点），洋洋洒洒，赞颂大宋经营西北的武功勋业，极尽叙事、铺排、偶对及庙堂文学之能事，淋漓尽致地展现了王安中的文采与文学技能。

文章从继迁叛命到元昊伪立导致西北边患无穷写起，简述了神宗朝王韶、李宪、种谔、刘昌祚、高遵裕、王中正和哲宗朝王赡等讨伐西夏经营西边的功绩。然后聚焦于徽宗朝二十年的西北用兵，较为详细列举了徽宗朝多次西讨的功勋业绩，以极其夸张的文辞笔调，彰显西北用兵的赫赫武功，所谓"西鄙用兵，垂二十年。惟陛下神略，诞施威憺，德洽受俘，端阙庆捷，紫宸骏功，巍巍焯耀古昔，愿纪之金石，训诸无穷"。文章历数北宋历次征讨的辉煌战果，其攻城拔寨，斩首纳降，列举许多惊人的数字，言之凿凿，所谓"荒远之裔，顺天者存，违天者败"，"陛下神圣，为天所子，为无不成，欲无不得"，"臣作颂诗，以训万方"。如赞颂王韶之功："先事河湟，版图六州，扼贼喉吭，乃筑横山，障塞千里，声震兴灵，屋瓦飞坠。"元祐用兵，"师直而义，遂复侵疆，天都南牟，楼橹相望，（王）瞻既入湟，功溃于成"，至徽宗朝，"皇帝嗣服，事遵熙丰，载扬我武，聿图宁功，分命将臣，讫此外略"，"百万齐驱，势若摧拉，有执其豪，有馘其丑，有摧其锋，有蹴其走，言言其高，我有城阻，翳翳其荒，尒无室处，贼穷呼天，亏此项领，犹惧不贷，遑敢它请，天惟畀矜，听其内附，汝以誓来，予则赦汝，贼捧诏泣，申以誓言，贡篚在廷，不懈益虔"。文章最后总结道："哲庙之圣，天子之功，上帝之命。群臣稽首，圣功巍巍。威震朔南，敢不来归。来归不迟，毕朝明堂。"

众所周知，宋朝是中国历史上统一王朝中最弱的一朝。冗官、冗兵、冗财为核心的'三冗'之弊，造成宋代社会积贫积弱，对外战争总是失败，总是被动应付，最后金灭北宋，元灭南宋。因此军事外交上北宋几无赫赫武功可言。然而王安中这篇《定功继伐碑》秉承圣意[1]，把宋代的安边守土之功夸饰得远胜汉唐盛世，实属典型的粉泽之文。王安中现存文章中也有关注时事、献言进策的内容，但数量不多，只有《请行耤田礼劄子》、《论妄兴坑冶劄子》等篇，前者劝请皇帝以农为本，行藉田之礼，所谓"夫农，天下之本也；亲耕之礼，事之本也"，"约文以就质，抑末以隆本"，以示劝农重农之意；后者针对当时不法之徒以种种借口妄开矿山冶炼牟利的现象，提出制止妄开坑冶的主张，都属于有为而作的文章。

---

[1] 周必大《初寮集序》："其制诰、表章、诗文，大率雅重温润而时发秀杰之语，定功继伐等碑，睿谟曲宴百韵诗，多出特命。"

王安中现存文章中，文学性较强的当属《竹林泉赋》。周必大《初寮集序》称王安中"年二十有七，游五台，为《竹林泉赋》，以将相喻泉石，格高而意新"，由此知《竹林泉赋》为其早年作品。文章写作者与客游五台，"决奇观于八表，纵遐武于千仞"之后，往游竹林之水，其描写所见竹林泉景：

> 缭松麓之右界，面金宇以直出，振杖行啸，山空响答，虎豹遁莽，龙蛇惊蛰，歘霁雾之褰驳，睨崩崖之却立，瀑布淙泻，林岫辟易，雷破斧而木碎纷，其杂雨雹也；星擘旗而石陨（燀），其曳芒角也。风辀电策，蠼略碎磕，旌旛噪驱，钟鼓奋作，其群帝驭气而狩斯乎？缟裙练帨，缤纶襞积，烟霏舆冲，玑贝狼籍。其列真踏月而下嬉乎？乱流赴溪，窍石逶迤，冲牙玉佩，嘈杂争驰，被草木之鲜滋，蔚云物之瑰奇，寒淹留而下上，耿夕露之沾衣，扬余袂而欲仙，前洪乔与为期。
>
> 客曰："自有天地，即有此泉，道日月以俱迈，夫子将安取旃？"客学诗乎？诗曰："崧高维岳，峻极于天。维岳降神，生甫及申。"山川之秀杰，岂无与于吾人？故曰，石而不泉，则山不声，周勃、霍光、汾阳、临淮，未免于无文；泉而不飞，则声不伟，酂侯、平阳、房乔、如晦，不优于制礼。尝与客蹑鳞斗之高标，临挂壁之跳波，超万累以独邀，俯一气之同和。立南荣而视余，骜嶵余之谓何将，不但夫金堂、石室、虹蜺、光景之异，丹砂、瑟瑟、芝草、葩卉之多者矣。若乃一拳歒岑，群潦钟聚，气偏产毒，物怪藏盅，峭薄喧豗，尚奚足顾彼谪仙之飞流，与漫翁之水乐，宁亦有是也？
>
> 客退然曰："仆何足知之？"

作者先描写山谷的幽深：虎豹遁莽、龙蛇惊蛰、山空响答。再集中铺写瀑布淙泻的竹林泉景，把纷杂陨泻的瀑布、泉水比作群仙驭气狩猎，又比作仙女踏月嬉游，置身这嘈杂争驰的竹林瀑布中间，人也有一种飘然欲仙的遐思异感。文章后半，借与客对话，以将相喻泉石，有石无泉的高山如周勃、霍光、郭子仪、临淮王等伟岸雄奇，而缺少文采灵气；有泉无瀑的林泉如萧何、曹参、房玄龄、乔知之、杜如晦等不善制礼，其声不伟。文中无论是仙帝狩猎、仙女嬉游之比，还是泉石将相之喻，都新颖可喜，是倒喻手法的妙用，格高意新。所以《竹林泉赋》当之无愧成为宋代赋作名篇。从中我们可以看出前人评价王安中文章"瑰奇高妙"、"丰润华赡"是公允而有见地的。

从现存作品看，王安中的散文成就集中在三点：一是化用文句典故，语汇丰富；二是叙事描写，技巧娴熟；三是四六对仗，功底深厚，留下许多名言俪句。

王安中早年师苏轼，后转学晁以道，从政治立场与做人品格来说，属随时局翻覆、竞奔无耻之举，然而对其创作来说，转益多师，修养深厚，创作产量丰宏，所谓"识蕴隽明，器凝闳博，高文大册，寔居后学之宗"，他的贺表颂圣文字，以密集的皇家庙堂语汇与意象，并杂以前人文句之化用，铺排挥洒，造成一种丰华雅丽的颂诗境界。而《宣德门成赏功制》、《除知燕山府制》、《贺熙河奏捷表》等制诰之文，也都善用典故、对仗工稳，《苕溪渔隐丛话》、《诚斋诗话》、《宋四六话》等对此推崇备至，周必大序言也说他"夺胎换骨，自有仙手"。善用典故，化用前人语句，使王安中的文章语汇丰富，言简意深。

王安中的碑记文字善于叙事，长于描写，技巧娴熟，如《瀛州经武堂记》，文章记叙高阳帅张公修建经武堂的过程，描写其堂成庆典"旁州喜事之人观者如云"的情景，叙写结合，词畅意达。又如《河间旌麾园记》描写高阳帅张公建经武堂后，依堂修园的情景说："于是即堂背，尽城筑亭，以为游集栖息之所，因故水别穿二方池，为桥东西，跨以达于亭，既又仆除颓垣废堋，则高阳台见于左，经武旧堂与水间，一亭见于右，轩露映发，如献如酢。公喜曰：'吾得之矣！'乃镕补凸凹，疏塞壅豁，指布台榭之所置，及莳花种木之所宜，口讲手画，皆就条理。而观者怳然，如记昔游，如阅奇画，遂欲眩丹碧，而撷芳菲也。"这段文字，句式错落，叙事简洁，描写雅致，形象鲜明，如在目前。而那些评价判断的文字，层次清晰，严谨精练而又自然畅达，如《故赠昭化军节度使杨应询神道碑》总评杨应询："轻财仗义，所交皆世名人，士去门下，蹞为达官。政简而惠破奸擿，伏庭无讼，民画像事之。治军不烦，士卒畏爱，所在肃然。胸次落落，坦诚待物，于事若不经意，而机略明悟。当大利害，众方骇惑，谈笑立决，仪干秀伟，博学而好属文，敏于辩论，上每命使，必为选首。"短短几行文字，将传主的思想性格、胸襟才情及军政治绩，表达得备足无余，恰到好处。

王安中为文最为擅长处是其四六文句。无论表达何种情感内容，信手拈来，落笔立就，四六交错，妙笔生花，例示如下：

> 长而无述，几惊过隙之驹；冗不见治，坐跂垂天之翼。
>
> 道兼于天，有雷风之鼓舞。言惟作命，同云汉之昭回。
>
> 震风凌雨，仍惭再造之私；蟠地际天，尤幸千龄之遇。
>
> 石文前告，已彰四字之奇；天表相通，更呈五色之瑞。
>
> 庆云在上，绚五采以烂然；白日显行，弥四方而仰止。
>
> 天聪天明，方辅维馨之德；云名云纪，愿扬滋至之休。①
>
> 万里丘坟，草木牛羊之践履；百年乡社，室家风雨之
> 飘摇。②
>
> 方叔壮猷，顾自嗟于老矣；皋陶赓载，尚希赞于康哉。③
>
> 阁道穹隆，两观鶱翔于霄汉；阙庭焕丽，十户开阖于
> 阴阳。④

---

① 分别出自《谢除中书舍人表》、《谢除翰林学士承旨并宣召表》、《贺五色云表》，见王安中《初寮集》，文渊阁四库全书本。

② 晚年在象州所作《青词》，见《诚斋诗话》。

③ 《贺熙河奏捷表》，见《耆旧续闻》卷六、《尧山堂偶隽》卷五宋，是替吕吉甫所作，吕极加赞叹。

④ 《宣德门成赏功制》，见《苕溪渔隐丛话》后集卷三十五。

即使有时非四六对举，其偶对风尚也鼓舞笔端，如《谢除翰林学士并宣召表》云："伏遇皇帝陛下，兼爱以临百工，虚怀而观众智，裁者倾者各从物性之宜，鼓之舞之并入天机之运。乃重眷于单危之际，俾收迹于严近之游，仰鸿造之不赀，捐微生而莫报。试之一再，已知翰墨之无奇；惠以初终，或觊田庐之可遂。"可见，其四六偶对，信手而来，环奇妙绝，是作者才情文采的自然流露。周必大序文称北宋后期"黄、张、晁、秦既没，系文统、接坠绪、谁出公右？"此评虽有拔高之嫌，却也把握了王安中文章的精妙神髓。因此王安中不仅在北宋河北散文史上卓为大家，在整个宋代散文史上也有其独到之处。

与王安中同时，河北散文史上最后一位有成就的作者是李若水。

李若水（1093～1127年），字清卿，其生平及思想性格已见前文诗歌部分。就其创作而言，南宋陈振孙《直斋书录解题》记载李若水有《忠愍集》12卷，包括诗文10卷、附录2卷，附录记其死节之事。《宋史·艺文志》著录为10卷，没有包括其附录，实指李若水作品有10卷。原集前有费守枢序，后有李若水之子李淳跋文。元明之时，《忠愍集》已散佚，四库馆臣从《永乐大典》中辑其诗文集为3卷，前有南宋赵希齐序，后有李淳跋语。其中卷二卷三为诗歌，卷一为文，保存文章24篇。包括劄子5篇、表7篇、启5篇、书4篇、序1篇、说铭文字2篇。虽然数量不多，却足以见出作者的思想品格与道德风范。赵希齐《忠愍集》序称："忠愍李公死于靖康之变，英烈皎然，千古不泯。今读公之遗文，则知公之忠肝义胆，每每发于篇咏，而见于书疏。一旦蹈白刃而不惧者，盖其平日之志如此。故尝论之，以为忠愍公之文章，如颜鲁公之字画，刚方劲正，不折不沮之气，开卷凛然。虽使不知其事者见之，亦足以知其为忠臣义士。"《四库提要》也说："其文亦光明磊落，肖其为人。"

靖康以前李若水未受重用，只做几任县令，所谓"报主有心葵向日，致身无路手扪天"（《都下方言怀》），空余报国之情。靖康以来，李若水渐受重用，现存文章《使还上殿札子》三道、《驳不当为高俅举挂》、《再论高俅劄子》、《上何右丞书》等议论国事，言辞激直，无所避畏。

《使还上殿札子》是李若水使金归来所上奏札，前二札汇报使金所谈北方三镇、所欠金银、归朝官、岁币以及使者见金朝皇子及国相礼数等事，从中可见李若水使金，顾全大局，工作细致，虽主议和，但也是危难中不得已的权宜选择。第三札汇报北边民众生存状态。所谓"臣等哀斯民之无主，服斯民之有义，愧起颜面，痛在肺肝，以陛下忧民之深，爱民之切，而主议用事之人，前后误国，陷之死地，可为流涕，可为痛哭"。劝说皇帝抚慰义军，解救黎民，体现了李若水忧患现实，关心民生的思想情怀。

有关高俅的两道奏札，则力排众议，历数高俅奸佞误国之罪，极力主张皇帝不为高俅之死致哀，立场坚定，旗帜鲜明，无所畏惮。前者言"今俅之死，中外交贺，人君以天下之情为情，其不戚然决矣"。不应举挂，后者则细数高俅之罪说：

> 俅以市井之流，尝充胥史之役，论其人则甚贱也。恃愚矜暴，数被杖责，考其素，则甚凶也。事上皇三十年，朝夕左右，略无禆益，其事上则阿佞也。席宠饕荣，峻跻显官，子孙弟侄，或尘政府，玷从班，儿童被朱紫，媵妾享封号，膳奴厮卒，名杂仕流，其蒙恩则侥冒也。窃持兵柄，岁月滋久，抚恤无恩，训练无法，占役上军，修筑第宅，或借权贵以缔私欢，军政不饬，若颓垣然。金人所以长驱郊甸者，盖度吾无以待之也。虽三尺之童，皆知童贯、高俅，隳坏军政之过也。

文章从贱、凶、阿佞、窃宠、隳坏军政五方面历数高俅罪恶，不惟不能为高俅致哀，反而应削夺其官爵，以警百官，表现出忠臣义士嫉恶如仇的品格操守。

　　《上何右丞书》为写给尚书右丞何栗的书信。何栗也是北宋末年忠义节烈之士，与钦宗使金营，被拘北庭，"仰天大恸，不食而死"，年仅39 岁。靖康元年，何栗由翰林学士转为尚书右丞，李若水痛感大观以来蔡京、童贯及高俅等借维护新法而迫害忠贤的现实，祁请何栗等执政者，拨乱反正，开创新局面。他以"事甚简易，近人情，切物理，天下可以共行，万世可以常守"的古法为理想，高屋建瓴，批判地梳理了北宋政令变迁的过程，认为"新法行而天下之膏血尽矣，《新义》、《字说》行，而天下之心术坏矣"，以激切的言辞，批判现实，主张"因时制宜"，拨乱反正，恢复祖宗之法，集中地体现了李若水忧患现实的精神。

　　李若水不惟忧患政局，而且对北宋末年的士风也多有批判。《上聂尹书》说："教化不纲，士气刓缺，至此极矣。盖自崇观以来，士大夫习尚王安石，拘忌软熟之学，目濡耳染，日改月化，浸久浸陋，莫有悟其非者。故一切务为躁竞而廉静者寡，务为阿侫而坚正者寡，务为苛刻而仁厚者寡，务为缄默而慷慨论事者寡。"其《上吴少宰书》也揭露世道不公：

　　　　公道不行久矣，贤俊老于孤寒，爵禄私于权贵，雍容轩陛者，顾乳臭之未除；翱翔台馆者，曾丁字之不识。假色苴以为进用之阶，侫宦寺而无廉耻之节，如此之辈，秽我周行，凡有识知，莫不嗟恨。间有刚方纯懿、端亮恢达、英特之士，才堪世用，德符人望，势冷援薄，影沈声匿，或废于林泉，或落于州县，或陷于党与，或诖于典刑，或委于空闲，冗散无用之地，翦别松筠，珍尚蒿棘，吁可叹哉！

李若水对当时士风的批判，并非有意危言耸听。北宋士风自宋初王禹偁、杨亿、刘筠、范仲淹等提倡，至中期的欧阳修、尹洙、余靖等人的倡导与实践，基本上建立起重品节、重涵养的士林风尚。文人士大夫重视文化修养，崇尚儒道，修身养性，追求理想人格，坚持真理，主持正义，面对奸邪势力，刚正不阿，守正不屈，以一种群体自觉的方式，体现为光明磊落的伟大人格与道德风范。然而北宋后期，围绕富国强兵的时代主题，新旧党争不断加剧，不同党派之间恩怨相加，互相倾轧。如果说神宗朝的党争还属于文官政治格局下不同政见的党派间正常的斗争与竞争的话，那么到了哲宗和徽宗之时，维新与守旧则成了新旧党人相互倾轧的借口，尤其是徽宗朝，奸臣当道，政治混乱，社会黑暗，前代士人缔建的良好士风消隐殆尽，南宋李纲曾说："自崇观以来，朝廷不复崇尚名节，故士大夫寡廉鲜耻，不知君臣之义。"（《续资治通鉴》卷九十八）蔡京、童贯、高俅等六贼，小人得势，把持朝政，顺我者昌，逆我者亡，造成世风日下，人寡廉耻。正是在这种背景下，李若水不仅忧患时局，也对世风浇薄、士人堕落进行了无情的揭露与批判。这种忧患精神使李若水的文章相比于同时的王安中散文，更具现实意义。

从散文艺术角度来看，李若水的文章，虽然不像王安中文章那样追求华丽与骈偶，讲究文采与才情，但他的文章，无论表奏书启，还是一些序文杂著，都有所设计，结构谨严。他善于以精彩的议论开头，造成先声夺人的艺术效果，之后在议论基础上或叙事描写，或言志抒情，因此他的文章无论长短，都给人精雅别致的艺术美感，如《上聂尹书》、《上吴少宰书》、《上李枢密书》、《送闾邱时举序》等。以《送闾邱时举序》为例，文章开头先针对举贤荐人议论道："部使者之荐贤也，有公有私，而其得之也，有荣有辱。余尝评之，有狃于势而荐之者，有啗以利而荐之者，有悦以谄谀，迫以亲旧而荐之者，其荐之也，私也，非公也。其得之也，辱也，非荣也。非此族也，其荐之也，非私也，公也；其得之也，非辱也，荣也。"作者以许多带"也"字的判断句分析两种部使者荐人的不同出发点与不同结果。在对比中把忠与奸、贤与佞的两种人格品位揭示出来。这段短短的文字，还显示了李若水散文另外两个特点：一是善用对比；二是善用虚词。

李若水文章善于对比手法，如《上李枢密书》开头一段：

> 君子小人之质，如南北之方，如水火之性，如中国边方之

138

风俗，非教化所能迁，爵赏刑威所能革，故前智而后愚，初贤而后缪，古人弗信也。舜之时有八元、八凯，又有四凶，特其善者十六，恶者四耳。夫舜之教化亦明矣，爵赏刑威亦审矣，终不能使四凶与元凯并，而流放窜殛随之。甚哉！小人不可以为君子也。君子深闳醇懿，端雅精严，小人矜露险贼，傲佷狂逸；君子以社稷苍生为计，小人惟一身之是谋；君子以天下后世为心，小人惟目前之是务；君子一措虑，一发言，惟恐不合人心，不当事理，持节义以兢兢，守声名之皎皎，而小人一切不顾也。故用君子，天下日入于治，用小人则隳坏缺落，卒至于不可复救。君子小人之不同也如此，而自古人君孰不欲兴治而除乱，崇君子而黜小人？然摒斥诛逐，每及于君子，而穷位浓禄，每加于小人，考之信史，十传而九。岂君子刚方为难用，而小人柔佞为易入也邪？

这段议论先以比喻言君子小人的差异，再举以舜时君子小人之例加以说明，接着从三个层面对比君子小人品性行为，得出"故用君子，天下日入于治，用小人则隳坏缺落，卒至于不可复救"的结论。然而作者并没停留在这里，而是进一步申论小人得志、君子摒黜的原因，不言而喻地揭露了人君与执政者的昏庸和小人的奸佞。文章剖析入微入理，刚方劲正，由此可以见出李若水文章充满一股凛然正气。

李若水文章，虽然不重视骈俪与对偶，不刻意追求藻饰，但他有意识地运用虚词，加上排比句式的运用，也能造成一唱三叹，摇曳多姿的情韵意趣，如《谢邓观文举状启》"抚钟琴而浩叹，看杜镜以增悲，此生无补于清时，至死有惭于造化。念孤寒之无地，虽摇尾而谁怜，恐富贵之逼人，每抚膺以自许"。《上聂尹书》言："言路之通塞，是系君子小人之胜负，是系宗庙社稷之安危，是系故人喜陈东之敢言。"或用虚词缓冲，或以排比句式，使文章舒徐有致，唱叹有情。

李若水还有一篇《巢乌说》杂文，值得一读，全文如下：

　　有鸟曰乌者，以群聚而架巢庭之树有日矣，余室其下，伺之甚熟。其勤者巢始基，而惰者惮取薪之艰，每视勤者之往也，而攘焉。旋取旋失，而巢不就。勤者病之，或雄或雌，似阴约其一护之，而后往前，惰者众胁之不已，而护者力不胜，乃遁。迨相呼而至也，而巢虚矣。其复巢之而攘之也，亦然，其他巢者之相攘也，亦然。其惰者所据，后为尤惰者之攘之也，亦然。日夜飞噪，环绕其上不歇。其飞也似相搏，其噪也似相诟，其环绕也似相追。

　　呜呼！毛翮爪吻之物，非若人之勇力也，谋诈也，而且若是，则夫人之宅，显位处高爵，而欲免乎忌夺倾失也，难矣哉！难矣哉！

文章描写群乌筑巢之事，细腻生动，"日夜飞噪，环绕其上不歇。其飞也似相搏，其噪也似相诟，其环绕也似相追"数句，把乌鸦的习性渲染得有声有色，如在目前，结尾更以物喻人，以小见大，以浅见深，既有情趣，又富哲理，是一篇别致的小品文。

第三章　赵令畤与宋代河北词创作

第一节　宋代河北词创作概况

北宋虽称是统一王朝，然而北宋文化的地域性特征却很明显。晚唐五代以来，南方的巴蜀文化与吴越文化圈中分别蕴育了花间和南唐两个歌词创作中心，使中唐以来兴起的文人歌词创作初具规模，蔚为大观。宋朝建立，文化承传、重用文士的崇文政策，不仅提高了诗人文士的经济地位和政治地位，也给他们带来了少有的闲暇与自在。诗人文士同朝为官，相互谑乐，所谓三天一小宴，五天一大宴，文期酒会与享乐需求促进了宋词的繁荣与发展。整体上具有柔美情思与深婉境界的歌词，一方面需要优美绮丽的南方文化和灯红酒绿的城市市井生活的土壤，另一方面也需要心灵丰富、情感细腻的词作者的培育与发展。所谓灵心善感，纤细幽微的词人感觉，奠定了宋词柔婉风流的雅致情调。相比而言，这种偏于柔美优美的诗歌体式，更适于南方地域文化培育出来的才子文人，而不利于北方文化蕴育出来的刚方雅正的北方汉子。而进一步分析，南方士人有才情，重诗赋，多中进士；北方士人更朴厚，重经术，多出明经。政治上，南方士人求变，北方士人求稳；南人激进，北人务实。这种文化取向和性格差异也造成北方士人在歌词创作上与诗赋一样，相比南方士人而言，处于劣势地位。宋代河北文坛的歌词创作就是在这种大的文化背景下展开的，相比于江西、闽越与巴蜀，甚至北方的山东，宋代河北词创作都不占主要地位，河北作者的词创作成就较小，在整个词史上影响有限。

我们知道，宋词创作的繁荣与宋文、宋诗相比，要晚得多。宋文创作从宋初的"高梁柳范"（高锡、梁周翰、柳开、范杲四人）到石介、穆修、王禹偁、范仲淹等，在宋初前六十年就拉开了宋文创新变革的序幕。而诗歌创作上，从王禹偁、李昉、李至、徐铉为代表的以学白诗而得名的"香山派"到林逋、魏野、潘阆、九僧为代表的以学姚合、贾岛闻名的"晚唐体"以及杨亿、刘筠、钱惟演为代表的以学李商隐相标榜的"西昆体"，可谓百花齐放，热闹非凡。而宋词创作在宋初的前三朝60年中，相对还很冷寂。柳永是宋代第一个专力写词的作者，他大约出生在太宗雍熙四年（987年），至真宗统治中期的大中祥符年间（1008～1016年）开始登上词坛，到仁宗天圣年间，则以词创作名扬天下了。依此来看，宋初前三朝60年间，词坛比较冷落。

翻检唐圭璋所编《全宋词》可知：宋词创作在柳永之前，只有49首（未算存目词），涉及的词作者也仅有和岘、王禹偁、苏易简、寇準、钱惟演、陈尧佐、潘阆、丁谓、林逋、杨亿、陈亚、夏竦、聂冠卿、李遵勖、范仲淹、沈邈、杨适17位作者，平均每人只有三首词。而这60年间，相比于北宋中期及后期而言，应该说这还是宋代河北文学比较繁荣的时期。然而就词创作来说，此时众多的河北作者如范质、扈蒙、李昉、范旻、范杲、宋白、贾黄中、王化基、柳开、李至、李沆、李维、李宗谔、刘筠等没有一首词作传世。仅有半个河北作家潘阆存有词作11首。之所以称潘阆是半个河北作者，是因为到目前为止，学界对潘阆的籍贯问题仍存在争议。

潘阆（？～1009年），字逍遥，自号逍遥子，晁公武《郡斋读书志》记载潘阆为河北大名人。而陈振孙《直斋书录解题》则说他是广陵（今江苏扬州）人。因史料有限，难断是非。史称潘阆曾卖药于京师，又尝居钱塘。至道元年，以宦者王继恩荐召对，赐进士及第，授国子四门助教。未几，因举止狂妄而追还诏书（见《宋史·王继恩传》），或云他坐卢多逊党，追捕急，变姓名，改着僧服，藏匿于中条山寺院（见沈括《梦溪笔谈》卷二十五"潘阆"条）。其平生仕宦，各书零星记载，又互有抵牾，最后终于泗州。潘阆现存《酒泉子》词十首，从首句的"长忆"二字和"别来已是二十年"句判断，可能是他离开钱塘很久以后所作。词中描绘杭州风物之美与游赏之乐，前两首着眼苏杭"天堂"美称总写钱塘之美，"临水傍山三百寺"，"万家掩映翠微间，处处水潺潺。异花四季当窗放，出入分明在屏障"。三四两首集中写杭州明珠西湖，"吴姬个个是神仙，竞泛木兰船"与"笛声依约芦花里，白鸟成行忽惊起"的春秋美景，让人"东望眼欲穿"。杭州美景有"湖中有湖，山外有山"的特点，五至九首聚焦写杭州之山，孤山、西山、高峰、吴山、龙山，山山可爱，如其五："长忆孤山，山在湖心如黛簇。僧房四面向湖开，轻棹去还来。芰荷香喷连云阁，阁上清声檐下铎。别来尘土污人衣，空役梦魂飞。"围绕孤山不孤的特点来写，僧房四面，画舸往来，香荷环阁，檐铎弄晴，可谓有动有静，有声有色。又如其九写龙山日月宫，"宫中旦暮听潮声，台殿竹风清"，自然又引出第十首写钱塘观潮的壮观景象："满郭人争江上望，来疑沧海尽成空，万面鼓声中。"从以上介绍可以看出，潘阆的《酒泉子》基于作者对杭州风物美景的热爱与追忆而写作，手法上明显受唐代白居易《忆江南》三首的影响，词中集中四句写景，结尾表达重游的愿望，可谓情景交融之作。黄静《潘阆酒泉子跋》以为这十首词作，"放怀湖山，随意吟咏，词翰飘洒，非俗子所可仰望"。石延年曾经请画工据词之意境绘为图画[①]，可见潘阆的词创作在当时词体尚未勃兴的时期有着不小的影响。其实，再进一步分析，这十首词，在柳永和欧阳修之前，不仅在题材上已开用词表现城市风光的先河，而且其采用组词重章叠咏的形式，对柳永的《望海潮》和欧阳修咏颍州西湖的十首《采桑子》都有直接的启发意义。从这个意义上说，潘阆在宋词发展史上应获得更高的地位，给予更多的重视。

比潘阆稍晚的河北词人还有石延年和贾昌朝。

---

① （清）张德瀛《词徵》："潘逍遥《酒泉子》忆西湖词，世所竞赏，石曼卿尝令画工绘之为图。"

石延年（994~1041年），字曼卿，一字安仁，祖籍幽州（今属河北）人，后迁宋州宋城（今河南商丘）。石延年现存词作仅两首，其一《燕归梁·春愁》："芳草年年惹恨幽，想前事悠悠。伤春伤别几时休？算从古、为风流。　春山总把，深匀翠黛，千叠在眉头。不知供得几多愁？更斜日、凭危楼。"虽然题材不出传统的伤春内容，然而，此词不写具体情境中的春愁感怀，而是概括提炼古典诗词伤春闲愁的传统。上片抓住"芳草"喻指别情这一文化语符，写萋萋芳草，年年惹起春愁伤感，芳草年年而绿，人们伤春伤别的感怀从古至今也没尽头。下片以春山喻远，以斜阳、高楼生愁进一步强化春愁主题。词人抛开具体情境中人的具体伤春怀人的感怀，以"芳草"、"春山"、"斜阳"、"危楼"等引发伤怀念远情感的触媒意象为中心，写从古至今永无休止的闲愁幽恨，以人类敏锐的直觉感悟透视人类的生存缺憾，是宋词忧生之嗟的典型概括。其另一首《鹊桥仙·七夕词》仅存上阕，无特色可言。

此外，宋初河北词创作还留有贾昌朝的一首《木兰花令》。贾昌朝（998~1065年），字子明，其先世为南皮（今属河北）人，后徙河南开封。其《木兰花令》词云：

> 都城水绿嬉游处，仙棹往来人笑语。红随远浪泛桃花，雪
> 散平堤飞柳絮。东君欲共春归去，一阵狂风和骤雨。碧油红旆
> 锦障泥，斜日画桥芳草路。

上片以浓墨重彩的笔调写仕女春水荡舟，游欢笑语的情景，水绿花红，飞絮如雪，春景怡人。然而物极必反，好景难长，一阵狂风骤雨之后，只剩下"斜日画桥芳草路"，词中以春归斜阳，写出了伤心人独有的低落怀抱。

从仁宗朝的北宋中期到北宋末年，随着北宋承平局面的形成，宋词创作也进入了繁盛期，从柳永、晏殊、欧阳修，至苏轼、秦观、贺铸、周邦彦，众多文士投入词创作，从苏轼"以诗为词"，到周邦彦以"赋为词"，不断开拓词创作的新境界。北宋词虽然总量不及南宋，

但不论是婉约还是豪放，都以其清新自然的格调，成为宋代文学的代表文体，带有鲜明的时代特色。然而在北宋词创作如火如荼走向辉煌的过程中，河北籍作者的词创作，反不及宋初的河北词坛，在众多河北籍作者如程琳、宋绶、田况、高赋、陈荐、张师正、宋敏求、刘挚、赵令畤、王安中、李若水等人中，只有赵令畤和王安中两作者，涉笔词创作，其他河北籍作家几乎都无人问津，也没有一首词作传世。因此北宋中后期至北宋灭亡，河北词坛，仍是一片冷寂。究其原因，除上文所说外，还与北宋政局和河北特殊的地域特点有关。就北宋政局来说，宋初三朝用人集中在北方士人，而中期仁宗朝开始，南方士人逐渐兴起，政治上开始与北方士人分庭抗礼。以务实和稳健著称的北方士人一方面以经术为本，视歌词写作为诗余小道，另一方面也多缺乏南方士人浪漫的情怀和才子气质。同时，河北道作为宋朝的北边之地，其要务以军事防卫为主，各种军事要塞如淀泊堡寨等，遍及今河北中南部一带，防边成为河北道第一要务，这种政治格局与人文环境不利于词创作的兴盛。而在京师或南方为官的河北籍作者，也多以救弊为务，忙于政事，兢兢业业，无暇从事歌词小曲的写作。因此，总的来说，北宋中后期，河北词坛比较冷寂，值得研究的只有赵令畤和王安中两位词作者。

第二节　赵令畤的词创作

赵令畤（1061～1134年），初字景贶，苏轼为其改字德麟（苏轼有《赵德麟字说》），宋宗室燕懿王玄孙。以其祖籍河北涿郡，故权且作为宋代河北作家，略论于此。

赵令畤，早年以才敏闻名，元祐六年，赵令畤签书颍州节度判官公事。时苏轼知颍州，爱其才，曾多次荐举于朝。宣仁太后曰："宗室聪明者岂少哉？顾德行何如耳？"竟不许。后来苏轼被目为旧党，窜斥南方，赵令畤坐交通苏轼罪被罚金，其后曾依附内侍谭稹以进，[①]绍兴初，官至右朝请大夫，改右监门卫大将军、荣州防御使，权知行在大宗正事，绍兴二年，迁洪州观察使，袭封安定郡王（《建炎以来系年要录》卷五八），绍兴三年，迁宁远军承宣使，同知行在大宗正事（同上书卷六八），四年卒，年74岁，贫无以为殓，宋高宗命户部赐银绢，赠开府仪同三司。

赵令畤虽然出身皇族，身为赵宋宗室，然而经过多代承传，已没多少特权与优待。他少年以才敏闻名，苏轼《再荐宗室令畤札子》说："赵令畤，儒学吏术，皆有过人，恭俭笃行，若出寒素。"其《荐宗室令畤状》说他"博学经史，手不释卷，吏事通敏，文采俊丽"，"笔力雅健，博贯子史"。《宋史·艺文志》著录赵令畤有《安乐集》30卷，《侯鲭录》8卷，《直斋书录解题》著录其词有《聊复集》1卷，后全部失传。近人赵万里曾辑其词，重编为《聊复集》，唐圭璋《全宋词》收其词35首，孔凡礼补3首，现存词作共38首。

赵令畤的词，最引人瞩目也最具创始意义的是他以唐代元稹的传奇小说《莺莺传》为蓝本，谱写的《蝶恋花》12首。赵令畤有感于张生与崔莺莺爱情故事，"惜乎不被之以音律，故不能播之声乐，形之管弦。好事君子极饮肆欢之际，愿欲一听其说，或举其末而忘其本，或纪其略而不及终其篇，此吾曹之所共恨者也"，所以写作12首《蝶恋花》吟咏崔张爱情故事。就其词作本身看，属于典型的婉约词，从艺术表现到艺术境界，都没什么创新，甚至有些低俗冶艳，如第三首："懊恼娇痴情

---

① 《鹤林玉露》乙编卷一载："东坡于世家中得王定国，于宗室中得赵德麟，奖许不容口。定国坐坡累，谪宾州。瘴烟窟里五年，面如红玉，尤为坡所敬服。然其后乃阶梁师成以进，而德麟亦诣事谭稹。绍兴初，德麟主管大宗正司，有旨令易环卫官，宰相吕颐浩奏曰：'令畤读书能文，苏轼尝荐之，似不须易。'高宗曰：'令畤昔事谭稹，为清议所薄。'竟易之。士大夫晚节持身之难如此。余观屈平《骚经》曰：'兰芷变而不芳兮，荃蕙化而为茅。何昔日之芳草兮，今直为此萧艾也？岂其有他故兮，莫好修之害也！'朱文公释之曰：'世乱俗薄，士无常守，乃小人害之。而以为莫如好修之害者，何哉？盖由君子好修，而小人嫉之，使不容于当世，故中材以下，莫不变化而从俗，则是其所以致此者，反无有如好修之为害也。'鸣呼！其崇、观、政、宣之时乎，宜二子之改节易行也。"

未惯。不道看看，役得人肠断。万语千言都不管。兰房跬步如天远。废寝忘餐思想遍。赖有青鸾，不必凭鱼雁。密写香笺论缱绻。春词一纸芳心乱。"写得娇软情痴，被《四库提要》批为："未免失之冶荡。"其中格调较高写得较好的是第九首："别后相思心目乱。不谓芳音，忽寄南来雁。却写花笺和泪卷。细书方寸教伊看。独寐良宵无计遣。梦里依稀，暂若寻常见。幽会未终魂已断。半衾如暖人犹远。"然而，这12首《蝶恋花》的价值并不在此，其创始意义在于：他第一次采用了商调鼓子词的方式吟咏一个完整的爱情故事，成为《西厢记诸宫调》和元杂剧《西厢记》的前身，显示了由词向金元诸宫调嬗变的过程。《蕙风词话》云："关汉卿、王实甫《西厢记》出于赵德麟［商调·蝶恋花］。"王国维《人间词话》说："毛西河《词话》谓：'赵德麟令畤作《商调鼓子词》谱西厢传奇，为杂剧之祖。'"从这个意义上说，［商调·蝶恋花］12首具有较高的戏曲学研究价值。

赵令畤另外的20多首词，题材主要集中在两个方面：一是写传统的伤春题材；二是写自我人生思考。伤春主题，是唐五代词一以贯之的传统主题，赵令畤的词也喜欢写伤春。他面对百花凋零，"日日红成阵"的春景，以《蝶恋花》低徊地吟唱着："新酒又添残酒病，今春不减前春恨。"正所谓"春病与春愁，何事年年有？"（五代孙光宪《生查子》）其《浣溪沙》也说："槐柳春余绿涨天，酒旗高插夕阳边，谁家墙里笑秋千。往事不堪楼上看，新愁多向曲中传。此情销得是何年？"上片并置绿柳涨天、夕阳酒旗、秋千笑语三组令人向往又令人感伤的情景，下片抒发伤怀念远的情感。面对春光美景的消逝，伤春是多愁善感的诗人文士永远无法释然的普遍情愫与情结。他写伤春喜欢写夕阳与病酒。面对夕阳，黄昏的伤感无奈能加重伤春的深挚感怀，而病酒则成了消遣春愁的良方佳药：

　　　　风急花飞昼掩门，一帘残雨滴黄昏，便无离恨也销魂。

（《浣溪沙》）

去年紫陌青门。今宵雨魄云魂。断送一生憔悴，只销几个黄昏。（《清平乐》）

蝶去莺飞无处问，隔水高楼，望断双鱼信。恼乱横波秋一寸。斜阳只与黄昏近。（《蝶恋花》）

樽前人已老，余恨连芳草。一曲酒醒时，梧桐月欲低。（《菩萨蛮》）

这样的伤春词句比起同时代的婉约正宗代表的"小晏秦郎"（晏几道和秦观），也是毫不逊色的。

赵令畤现存作品中写人生思考与感悟的并不多，只有两三首。他虽然出身宗室，然而其一生坎坷多难，与苏轼友善，受苏轼举荐，不仅没给他带来仕途的青云直上，反而成了后来受牵连的借口，甚至因此遭受朝廷罚金处置。晚岁虽处官位，他又受谭稹牵累，不得高宗重用，清贫而终，以至于无资殓葬。这种身世遭遇之悲，使赵令畤的词不自觉地流露了其人生思考与感悟。其《西江月》上片说："人世一场大梦，我生魇了十年。明窗千古探遗编，不救饥寒一点。"苏轼举荐时称赵令畤"博学经史，手不释卷，吏事通敏，文采俊丽"，然而，博贯经史的学问，没有给他带来优偓的生活与荣誉，却阴差阳错地受到压抑。自谓"人生更在艰难内，胜事年来不易逢"。词中"明窗千古探遗编，不救饥寒一点"与李白诗的"吟诗作赋北窗里，万言不值一杯水"一样，道出了古往今来诗人学者共同的悲哀。其《浣溪沙》："少日怀山老住山。一官休务得身闲。几年食息白云闲。似我乐来真是少，见人忙处不相关。养真高静出尘寰。"闲暇自乐的表象下掩盖着作者想有所作为而不能为的深深痛楚与无奈。

南宋周紫芝《书安定郡王长短句后》评赵令畤的词"妙丽清壮，无一字不可人意"，为"乐府中绝唱"，从现存作品看，其妙丽有余，而清壮不足，他虽然与苏轼友善，但就其词作来看，与苏轼的清旷风格并不相近。所以王灼《碧鸡漫志》卷二说："赵德麟、李方叔皆东坡客，其气味殊不近，赵婉而李俊，各有所长，晚年皆荒醉汝颍京洛间，时时出滑稽语。"当然，就现存作品看，周王二人的评价都稍欠准确。赵令畤现存词作总体说是有品位的，堪称绝唱，但他也有艳俗之作，如《浣溪沙·稳小弓鞋三寸罗》写刘平叔家歌女脚绝、歌绝、琴绝、舞绝，全词虽然不失清灵可喜之调，然而，以高雅的词作写女子的三寸金莲，未免流于俗艳，未能做到"无一字不可人意"。而从风格上看，虽然其整体词风不同于苏轼的清旷特点，但他也有清旷俊爽之作，如上举《浣溪沙·少日怀山老住山》写得超脱旷达似东坡，而《虞美人·画船稳泛春波渺》则清丽俊爽，又似李清照的"漱玉词"。王灼的"气味殊不近"东坡之评显得过于绝对化。

　　赵令畤的词主体上承续传统的婉约风格，其名作《菩萨蛮·长淮渺渺寒烟白》、《乌夜啼·楼上萦帘弱絮》、四首《浣溪沙》、两首《蝶恋花》（"卷絮风头寒欲尽"和"欲减罗衣寒未去"）、《清平乐·春风依旧》等，以柔美清丽的语言，写景抒情，清丽秀冶，为人传诵，足当"乐府中绝唱"之评。另外，赵令畤的词创作，正当江西诗风盛行之时，其选词造句受江西诗歌影响，也讲究来历出处，使他的词清丽中见典雅，有诗人风致，如《乌夜啼》：[①]

　　　　楼上萦帘弱絮，墙头碍月低花。年年春事关心事，肠断欲栖鸦。
　　　　舞镜鸾衾翠减，啼珠凤蜡红斜。重门不锁相思梦，随意绕天涯。

此词题作"春思"，借闺人春思寄托政治失意的苦闷情怀，以婉言达深意。上片由景入情，写弱絮萦帘的晚春月夜，护院的围墙遮挡了月光，无法照临那低处的春花，闺中女子就像被遮挡的春花，幽闭楼中，伤春念远。词中以"春事关心事"暗示伤春而别有心怀，又加上"年年"的修饰，把伤春的情怀写得恒久无终，因此当她闻听欲栖未栖的乌鸦的悲凉叫声，便再也抑制不住内心的悲哀而柔肠寸断了。下片由室外转写室

――――――――――
　　① 《花庵词选》选此词作《锦堂春》。

内，由写景转写心理刻画。写闺中女子面对舞镜鸾衾和红斜凤蜡，心驰神往的相思情怀。"舞镜鸾衾"化用独鸾不鸣，见镜影而鸣的传说，既以衾被褪色写出了离别的久远，又以鸾鸟的对影而鸣反衬女子形只影单的孤寂。而"啼珠"句化用唐代元稹的诗"夜久清露多，啼珠坠还结"来形容蜡泪红斜，委婉写出闺人夜久难寐的苦闷。结句则融合南朝沈约"梦中不识路，何以慰相思"、唐代僧齐己"重门不锁梦"以及五代顾敻《虞美人》"玉郎还是不还家，教人魂梦逐杨花，绕天涯"句意，写心驰神往的相思情怀。全词深婉蕴藉，化用典事，自然无痕。《蓼园词评》评此词："情思沉挚缠绵，读之不觉有神魂飞动之感。"由此可见赵令畤词的艺术造诣，苏轼说他"文采俊丽"并非过誉之词。

除词创作之外，赵令畤还存有《侯鲭录》。《侯鲭录》是根据作者见闻，或采录宋人故事、诗话等编撰而成。因其与苏轼交谊深厚，书中多记述苏轼与欧阳修、王安石、黄庭坚等往来趣闻，这些趣闻故事，于细微处塑造了欧王苏黄等北宋文士风趣幽默、富有才情智慧的形象。其有关诗词故事的记述，具有诗词本事的意义，因此《侯鲭录》在诗词学史上具有重要的史料价值，多为后人引用，如近人丁传靖的《宋人轶事汇编》引用此书多达 29 条。《四库提要》虽然指出其中有载录失实的情况，但仍认为"令畤所与游处皆元祐胜流，诸所记录多尚有典型"，其"采录故事诗话，颇为精赡"，有较高的史料价值。此外，赵令畤本人的［商调·蝶恋花］词也借此书得以存世。故清张德瀛《词徵》卷五说："赵令畤以元微之崔莺莺事，谱为［商调·蝶恋花］词，其词不载它书，但见于《侯鲭录》。"因此《侯鲭录》保存了鼓子词向诸宫调转变的重要资料。

第三节　王安中的词创作

王安中（1076～1134年），字履道，中山曲阳人，北宋末年较有影响的河北词人。其生平及诗文创作已见前述。他少年时代尝从苏轼学习，以文词擅名徽钦两朝，其诗文有英特之气。李邴说他："天才英迈，笔力有馀，于文于诗，皆瑰奇高妙，无所不能。"（《初寮集序略》）王安中不仅诗文有成就，而且还擅长填词，在宋代河北文士中，王安中可以称得上一个全能作者。其《初寮词》一卷，未收入他的《初寮集》，单独行世。今存明毛晋汲古阁刊本、明抄本和《四库全书》本。今人唐圭璋《全宋词》收录其词54首。王安中在河北籍词人中存留作品数量最多。

就题材内容说，王安中的词基本承继传统题材，开拓创新不多。但其54首作品主题多样，丰富多彩。其中最为引人瞩目的是他以一组《安阳好》十首咏河南安阳，举凡城市风光、历史遗迹、风土人情、文化习尚等都次第写来，熔城市风光与地方风土于一炉，较有特色。这种重章叠咏的形式，源于宋初潘阆《酒泉子》十首，他以十首组词集中吟咏钱塘（今浙江杭州）城市风光和风土人情，开创了组词咏风土的先河。其后，欧阳修有《采桑子》十首咏安徽的颍州西湖（今安徽阜阳），以两组24首《渔家傲》咏一年十二个月的民俗习尚，韩琦有《维扬好》四首咏江苏扬州风光，王琪有《忆江南》十首咏江南风物，王安中以一组10首《安阳好》咏河南安阳，正是这种重章叠咏形式的运用。不过，需要讨论的一个问题是：这《安阳好》十首的作者归属问题。

南宋吴曾《能改斋漫录》"《维扬好》、《安阳好》词"条说：

韩魏公皇祐初镇扬州，《本事集》载公亲撰《维扬好》词四章，所谓"二十四桥千步柳，春风十里上珠帘"者是也。其后熙宁初，公罢相，出镇安阳，公复作《安阳好》词十章，其一云："安阳好，形势魏西州。曼衍山河环故国，升平歌吹沸高楼。和气镇飞浮。笔画陌，乔木几春秋。花外轩窗排远岫，竹间门巷带长流。风物更清幽。"其二云："安阳好，载户使君宫。白昼锦衣清宴处，铁楹丹榭画图中。壁记旧三公，棠讼

悄，池馆北园通。夏夜泉声来枕簟，春来花气透帘栊。行乐兴

何穷。"余八章不记。

吴曾生卒年不详，《建炎以来系年要录》卷一百四十记载吴曾于南宋绍兴十一年（1141年）上所著书，补右迪功郎。由此判断，吴曾应是北南宋之交人，其生平大约经历徽、钦、高、孝四朝。他虽与王安中不是同代人，但相去不远，对王安中创作应有所了解，而且其《能改斋漫录》记载史实，考证诗文典故，解释名物制度等历来被称为渊雅有据。因此《安阳好》十首应是韩琦之作。后世词话除清代李调元《雨村词话》外，包括冯金伯《词苑萃编》、徐釚《词苑丛谈》卷四、《历代词话》卷四、张德瀛《词徵》、沈雄《古今词话》等都依吴曾所记把《安阳好》十首算为韩琦之作。然而，这十首词又完整地收录于王安中的《初寮集》中。这一组十首词，到底应该是谁的作品呢？《御选历代诗余》卷二十五选《安阳好》第一首，据吴曾记录，题作韩琦之作，而同卷选另外四首时，则题作王安中作品。而同书卷一百一十四讨论《安阳好》词牌就是《忆江南》时，又依吴曾记录说《安阳好》十首为韩琦之作。《四库提要》、《初寮词》提要说："安阳为魏郡地，安中未曾镇彼，似此词宜属韩琦。"20世纪前期唐圭璋编《全宋词》，1940年初版时将《安阳好》十首定为韩琦之作。而1965年再版时则把前两篇系于韩琦名下，并加案语说："以上二首俱见王安中初寮词，内有'白昼锦衣'、'旧三公'语，不似韩琦作。"并由此确定《安阳好》十首为王安中之作。

由于文献材料有限，我们无法反驳吴曾记录的失实，但也有明确的证据证明《安阳好》十首应是王安中之作。一是唐圭璋先生提到的第二首中的"白昼锦衣清宴处"和"壁记旧三公"，前句说昼锦堂是韩琦衣锦还乡清宴之地，后句说安阳壁记上记录着韩世三公之事迹。韩琦修昼锦堂目的非以"所夸者为荣，而以为戒"（欧阳修《昼锦堂记》），自言"衣锦不来夸富贵"，那么他又怎么会在《安阳好》中自炫"白昼锦衣清

宴处"，更不合说"壁记旧三公"。即便要说，也不能自称"旧三公"。
二是，第五首咏叹"耆旧"胜迹，为怀古之作，但词中说"醉白垂杨低
掠水，延松高桧老参天"，如果词为韩琦所作，又怎能把自己修的醉白
堂说成是耆旧胜迹呢？而且，醉白堂是韩琦去世前刚刚修建的。《诗话
总龟》卷三十四云：

> 韩魏公起堂于北池上，效乐天，因名曰"醉白堂"。五月
> 堂成，公赋诗二篇，其一卒章云："霓裳时事非吾事，且学熏
> 酣石上眠。"自尔寝疾，以六月二十五日薨，此诗遂为绝笔。
> 既而神庙遣使特为石藏以葬，始悟"石上眠"之句若谶云。公
> 薨，士大夫恨勋德之难名，知与不知，皆为泫然而叹曰："天
> 何不为我留欧阳公为魏公作志文而后死也。"（韩魏公别录）

由此知醉白堂修成之后，韩琦就得了病，时隔月余就去世了。病中的韩
琦又怎会有闲情"别唱安阳好"呢？三是，第五首最后一句"簪绂看家
传"，指的是韩琦之子韩忠彦所作的《韩魏公家传》。晁公武《郡斋读书
志》卷八著录："《韩魏公家传》二卷，韩忠彦撰，录其父琦平生行事。"
说明此家传是在韩琦去世后作的，如果说《安阳好》为韩琦所作，韩琦
又怎能知道《韩魏公家传》呢？由此判断：《安阳好》十首，应是王安
中的词作。

《安阳好》词牌其实就是《忆江南》，自从唐代白居易用来写杭州西
湖，表达追怀之情后，词人效仿白居易都喜欢以《忆江南》词牌来忆
旧。上文提到的韩琦的《维扬好》、王琪的《忆江南》都使用这一词牌
来写，王安中这样用显然也是受了前人影响，如第四首写安阳盛文
状况：

> 安阳好，泮水盛儒宫。金字照碑光射斗，芸香书阁势凌
> 空。肃肃采芹风。
> 来劝学，乡兖首文翁。岁岁青衿多振鹭，人人彩笔竞腾

虹。九万奋飞同。

作者化用前代诗句典事，写安阳古城文化氛围浓厚，州学的九经刻石，金字照碑，芸香书阁，高耸云霄。文翁劝学，青衿奋发，诗读采芹，声回朗朗，彩笔腾虹，人才辈出。十首小词把安阳悠久的历史、文化胜迹、风土习尚等写得诗情画意，美化了安阳的形象。

除去写安阳风土文化，王安中的词还善于写景咏物，常被后人称道的《蝶恋花》六花冬词，就是集中咏物之作。据《尧山堂外纪》卷五十五记载，"安中，建炎中避地于柳，得郡人熊氏园，植桃数百本，号曰小桃源，日赋诗亭下"。这组咏花词大概就写在柳州之时，集中歌咏与冬有关的长春、山茶、蜡梅、红梅、迎春、小桃六种花卉，写得较为自然灵动的是咏迎春花一首：

> 雪霁花梢春欲到，饯腊迎春，一夜花开早。青帝回舆云缥
> 缈，鲜鲜金雀来飞绕。
> 绣阁纱窗人窈窕，翠缕红丝，斗剪幡儿小。戴在花枝争笑
> 道，愿人常共春难老。

这首小词，不用典事也不化用诗句，自然写来，清丽俊爽，隽永有味，既有苏轼《蝶恋花·花褪残红青杏小》如在目前的清新爽利，又有李清照词别致的格调，结语的春幡花戴，一反常情，把人的爱美之心与青春永在的理想写得趣味盎然。[1]除此之外，他的《玉蝴蝶·和梁才甫游园作》、《水龙吟·游御河并过压沙寺作》等篇写游园之情景也俊丽有味，如在目前，如"魏台长乐坊西，画桥倒影烟堤远。东风与染，揉蓝春水，湾环清浅。浴鹭翘莎，戏鱼吹絮，红漂卷。为游人盛踪，兰舟彩舫，飞轻棹、凌波面"。一幅人与自然和谐共处的春景美图，"画桥倒影

---

① 清李调元《雨村词话·卷三》载："王安中初寮词，人甚称其《安阳好》九阕，《六花冬词》六阕，俱有口号。然安阳叙人物风土，而鸳瓦飞甍，层见叠出，了无意味。六花如'云破月来花下住'，袭张三影句，而以'下住'二字代之，真仙凡别矣。九阕六阕，无一足采，宜乎初为东坡门下士，其后附蔡叛苏也。周益公称其诗文似坡公暮年，殆无目者。"虽然抓到了王安中词之不足，但未免贬低过甚。

烟堤远"句随手点染，犹有写景如画的概括力。

王灼《碧鸡漫志》卷二谓说王安中"善作一种俊语，其失在轻浮"，上引《蝶恋花》、《水龙吟》写景词句，可谓俊丽无比，其他常被人称道的如"橡烛垂珠清漏长，庭留青笋缓飞觞"（《小重山》），"翠雾萦纤消篆印，笛声恰度秋鸿阵"（《蝶恋花》）等，也都是脍炙人口的"俊语"。王灼所说王安中之词失在轻浮，可能是针对他的颂圣谀词和一些游戏之作而言的。王安中现存54首词作中，有《徵招调中腔》、《鹧鸪天·百官传宣》、《御街行·赐衣袄子》、《洞仙歌》等篇为颂圣谀词，这些作品与他散文中多达几十篇的贺祥瑞表，同属作者巧言佞上，"竞奔无耻"的体现。这些颂圣之词，与他的诗文一样，集中一些庙堂皇家语汇，粉饰宫廷，歌咏太平，充满御用之文腐烂酸朽的气息。其《洞仙歌》写歌楼游冶，似咏徽宗幸李师师之事，高雅矜持之中掩饰不住轻艳冶荡的情感，宜为前人所诟病。当然，我们在不满王安中颂圣谀词的同时，还应看到，北宋末年写作颂圣谀词是时代士风所染。北宋词创作中粉饰现实、歌咏太平的题材是从柳永开始的，皇祐年间，所谓祥瑞老人星出现，柳永为改变仕途不顺的局面，在他人指示下，曾写过一些颂圣词作。其后词中少有这类作品出现。然而徽宗朝，一改前朝宫廷生活尚俭之俗，挥霍无度，对外用兵的些许胜利，社会暂时的稳定，使这位不善用人治政却有艺术天份的皇帝，忘乎所以，沉于方士浮妄之说和文士的颂圣赞语之中。蔡京等奸臣弄权，文人仕进受阻，守正不屈、直言敢谏等前中期士人所树立的道德风范与人格追求，被谄事权奸、托请内宦的投机钻营所代替，士风沉沦，一些文士，如毛滂、万俟咏及周邦彦以外的大晟词人等出于仕进需要，都纷纷写作颂圣词，粉饰现实，歌功颂德。王安中的颂圣谀词就是这种时代士风与词风的体现。

王安中之词失在轻浮，还体现在一些即景即事的游戏词作上，如《临江仙·贺州刘帅忠家隔帘听琵琶》："凤拨鹍弦鸣夜永，直疑人在浔阳。轻云薄雾隔新妆。但闻儿女语，倏忽变轩昂。且看金泥花那面，指

痕微印红桑。几多馀暖与真香。移船犹自可，卷箔又何妨。"据清叶申
芗《本事词》卷上所载"王初寮在贺州刘帅家，听隔帘琵琶，因戏赋
《临江仙》"云云，可知这是一首戏作词。词作没有多少情感意蕴，只是
针对隔帘听乐的做法立意的，词中反用白居易《琵琶行》诗意，并化用
韩愈《听颍师弹琴》诗句，戏谑插科，游戏助兴而已。类似的游戏之作
还有寄赵伯山的四首《菩萨蛮》，皆采用回文语句，如"雨零花昼春杯
举，举杯春昼花零雨；诗令酒行迟，迟行酒令诗；满斝犹换戋，戋
换犹斝满；天转月光圆，圆光月转天"。这类游戏之作与北宋末年流行
的诙谐幽默的俳谐词一样，虽然意蕴不深，但妙语解颐，饶有情趣，并
不能一概否定。

其实，王安中词题材是丰富多彩的，即兴游戏之外，他还有感喟人
生的作品，如《点绛唇》"岘首亭空，劝君休堕羊碑泪，宦游如寄，且
伴山翁醉"词中满含着作者生命苦短、宦游奔波的叹喟情怀。他在避地
柳州写的《卜算子》，一句"欹枕看书卧北窗"，在轻松的表象下又有多
少弃滞之悲、蹉跎之恨呢？最让人激赏的是王安中在北边燕山府写的边
塞词《菩萨蛮》。宣和末年王安中出镇燕山府，作为边帅，在处理边事
方面，虽有失误，为史家贬抑。然而亲帅北边，在一次检阅边军，赐饮
官兵后所作的《菩萨蛮》却别具格调。其词云：

> 中军玉帐旌旗绕，吴钩锦带明霜晓。铁马去追风，弓声惊
> 塞鸿。分兵间细柳，金字回飞奏。犒饮上恩浓，燕然思勒功。

词的上片描写阅军的宏大场景，秋晓霜浓，旌旗绕帐，吴钩锦带的边防
军戎装列队，刀光闪闪，铁马奔驰，强弓硬弩，声惊塞鸿。这种昂扬壮
阔的气象，是北宋边塞词中所罕见的。下片虽有谀圣之辞，然而那种思
勒燕然的功业理想的抒发，在宋人对外征战总是失败屈辱痛心疾首的现
实里，不失为一种理想、一份希望的闪光。

从艺术上看，王安中的词大致可以分为两类，一类是沿袭北宋词风
的作品，如《卜算子·往道山道中作》、《一落索·送王伯绍帅庆》、《破

子清平乐》、《清平乐·和晁倅》、《江神子》、《水龙吟》、《浣溪沙·看雪作》等以及上文所引名篇,都写得清新自然,俊丽别致,属于王灼所谓的"俊语",具有北宋词自由浪漫的词风。另一类如《绿头鸭·大名岳宫作》、《北山移文·哨遍》及部分颂圣词作等,使事用典,书卷气浓,已具有转型后的南宋词讲究设计安排、雕琢华美的古典风范。

　　总的来说,王安中词虽然有被后人诟病的不足与缺憾,但就其现存词而言,他不仅是北宋末年河北词坛的领军作者,而且在整个宋词史上也不失为"南北宋间佳手也"(《四库提要》评语)。

第四章　宋代文学咏河北

　　地域文学史的写作在习惯上都以作家的籍贯地域为选择条件，确定文学史的研究对象，将正式的在籍作者、占籍作者以及来此游宦的三类作者作为写作对象，建构地域文化与地方文学史。我们写作河北文学通史也是这样一种努力。然而，真正属于河北籍的作者，其创作并不一定描写河北，而占籍河北的作者就更不一定写河北，相反，非河北籍作者，因为游宦或行旅，光临河北大地时，却可能把自己的所见所感写入自己的诗文作品中，这些诗文对河北的自然山川、风土气候、植被物产、人们的生产生活、衣食住行、婚丧嫁娶、岁时习尚等风俗民情等都有所描写与表现，这些诗文作品相比于河北籍作者的一般创作，更具有河北地域文化特色，成为河北文化的重要载体，最集中地展现了燕赵文化的精神风貌与地域特征，也成为河北文学史写作不可忽略的特色页面。

　　从宋代作家如何写河北这一视角审视我们上面所讨论的宋代河北文学创作，河北籍作者对河北的描写与表现，可谓微乎其微，数量极为有限。究其原因，一是河北籍作者，其人生历程并不局限于河北，相反他们从小走出河北，遍游大江南北，或游历或仕宦，他们用自己的诗笔挥洒写作，表现各地大好山河壮丽的景色，描绘各地风土人情，抒发身在异乡的宦游感怀，如刘挚以江陵为中心，写有大量描写湖南湖北自然风光的写景诗，田况知成都府，写了20多首《成都遨乐诗》表现成都蜀人一年之中重要的岁时节日及风俗习尚，而他们却没有留下描写自己的家乡的作品。二是从创作活动本身来说，诗人虽然对桑梓故园怀有深深的恋乡情结，然而，滞留故乡，对家乡的自然山川、风土人情的感觉却产生了审美疲劳，视而不见。而身在他乡时，却对他乡的新奇异趣的自然与生活怀有浓厚的敏感与好奇。从这个意义上说，诗人的兴趣在他乡而不在故土。宋代河北作家的创作也是如此，在宋代 30 多位河北作者中，只有刘跂《使辽作》14 首、王安中的《见太行山》、《渡黄河》、《过安平小集》、《定武赠晁以道》、《第二子赴河间诗人皆作诗送行读赵瑺辟疆诗为次韵》等篇表现河北的诗作。刘跂使辽，以诗描写途中所见的北地风光和风俗民情，如"寒日川原暗，颠风草木昏"、"为谋不耐暑，嗜味独便盐"等写到今天的河北北部。王安中的诗写太行之景，写赵魏、定州、安平等山水风光与行旅感怀，是宋代河北诗人少有的表现河北自然与民情的诗作。宋绶出使辽国，归来写作《契丹风俗记》，以简洁的语句，欣赏的笔调，叙写契丹与奚民族生产生活、衣食住行等习俗风尚，从文中所言来看，已不属河北的风俗习尚，而是今天辽宁等地的东北风情。

　　宋代的河北作者不写河北，看起来是一种遗憾。然而正像河北籍作者写非河北一样，非河北籍作者却留下了大量表现河北自然山川风俗民情的作品。他们或为官河北、如欧阳修、韩琦、苏轼、黄庭坚；或作为使者往来宋辽之间，如王钦臣、苏颂、王安石、程俱、范成大；或行旅游历经过河北，都留有不少歌咏河北的诗篇。翻检《全宋诗》可以发现，宋代诗人留下了许多表现河北的精彩诗作。他们描山则有太行山、燕山、碣石山；写水则有漳河、滹沱河、易水河、白沟河；写地方名胜有邯郸、大名、邢台、沧州、赵州、元氏、真定、河间、深州、饶阳、雄州；写边地则咏白沟、说三关。河北的山山水水，一草一木，在宋代诗人笔下，谱入诗篇皆是情。

第一节　宋代诗人歌咏河北自然山川

　　河北省作为畿辅重地，北靠燕山，西倚太行，面向华北平原。既有广袤的河北平原，也有北部的丘陵山地，中部河网密布，周边高山逶迤，自然山川，伟丽多姿。著名的高山有绵延西部的太行山、横亘北部的燕山和秦皇岛的碣石山。著名的大川自南而北有漳河、滏阳河、滹沱河、易水河、白沟河、潮河、瀑河等。这些高山大川在宋代诗人的笔下都得到了诗化的描绘与表现。

先看高山。宋诗描写河北名山写得最多的是西部的太行和北部的燕山。粗略统计《全宋诗》中诗题涉及太行山和燕山的作品各有 20 多首。太行山位于山西高原与河北平原之间，东北西南走向，北起拒马河谷，南至山西河南交界黄河沿岸，海拔 1000 多米，最高达 2000 米，东部陡峭西部稍缓，受河流切割影响，山中多横谷（俗称陉），为东西交通要道，古有"太行八陉"之称，包括轵关陉、太行陉、白陉、滏口陉、井陉、飞狐陉、蒲阴陉和军都陉八个险要关隘，是河北平原进入山西高原的要塞之地。当年韩信的背水一战就发生在其中的井陉关一带。宋代诗人经行太行山，被太行山的雄伟壮观的景象，艰难难行的道路所震撼，他们以自己的诗笔描写太行风光，表现征行感怀，表达对高山大川的惊叹之情，如诗人描写太行山风光景象，曹勋《过太行》说："太行应助往还程，一带峰峦日日青。"徐范《过太行山》两首写征行太行的所见所感：

> 茫茫远树隔烟霏，猎猎西风振客衣。山雨未晴岚气湿，溪流欲尽水声微。
> 回车庙古丹青老，碗子城荒草木稀。珍重狄公千载意，马头重见白云飞。

> 路绕羊肠蹀屧跻，万山金碧总堪题。举头日月中天近，极目乾坤五岳低。
> 自笑盐车骐骥厄，谁怜枳棘凤凰栖。欲投古寺禅房宿，喜见僧归落日西。

此二首为宋代诗人描写太行山最为具体细腻的诗作。诗中描绘的晚秋的太行，远树隔烟、西风猎猎、山雨岚气、溪流水声、城荒草稀、羊肠路窄、万山金碧、高险近天的景象，使人如临其境。"欲投古寺禅房宿，喜见僧归落日西"的结句，喜悦之情化为落霞之景，既有艺术魅力，又亲切可喜。

除去近距离细腻表现太行风光外，宋代诗人描写太行山更多的是把目光聚焦在太行山雄伟博大的气势上，夸饰山之高、水之险，突出表现太行道路的艰难难行。请看范成大《太行》："西北浮云卷暮秋，太行南麓照封丘。横峰侧岭知多少，行到燕山翠未休。"洪适《次韵初望太行山》："曾峦逾碣石，形胜镇神州。可惜羊肠险，今包鼠穴羞。"都着眼于太行山绵延南北，峰峦叠翠的雄伟博大的气势。而吴则礼、苏舜钦、岳珂、王安中、洪适等人的诗作，则专注于太行的高与险，以夸饰的笔调，突出道路的艰难险阻，如"君看太行高，历井安足道。回头看禹门，砥柱一何小。歇鞍坐苍崖，九地俯飞鸟。瑰诡平生无，摧车亦复好"（吴则礼《登太行》），以扪参历井的蜀道和黄河的禹门为对比，极言太行的高险。最集中夸张太行之险的是苏舜钦的《太行道》：

> 行行太行道，一步三太息。念厥造化初，奚何险此极。左右无底壑，前后至顽石。高者欲作天明党，深者疑断地血脉。夜中岩下埋斗杓，日午阴壁风雪号。攀缘有路到绝仞，四望群峰合沓如波涛。忽至逼侧处，咫尺颠坠恐莫逃。嗟乎古昔未开时，隔绝往来人不思。淳源一破山岳碎，巧心遂去缘崄巇。崄巇不穷甚可畏，悼此二者亡其宜，天地不自崄，崄由人为之。彼车摧轮马伤足，中路勿叹勿恸哭。世上安涂故有焉，孰使汝行此道躯高轩，丧坠不收宜尔然。

诗人在"一步三太息"的感叹之后，以铺陈之赋的手法，从左右、前后、高低、日夜等各种时空角度铺陈太行山高水险，再转到道路的艰难之行，最后以"丧坠不收宜尔然"近似于恫吓的方式收结。从中可见苏舜钦诗歌豪健的特点。此外，写道路之险的还有王安中《见太行山》、岳珂《太行道》、洪适《次韵初望太行山》等，此不一一例示。

宋人的太行诗歌还写到了太行山河冰山雪、晓风刮骨的寒冷气候，司马光诗曰："河冰塞津口，山雪照林端。"汪梦斗《晓入涿州界看太行山》曰："晓风刮骨似严寒，漠漠吹沙塞鼻关。卧入范阳元不觉，醒来忽见太行山。"这些诗作由关注太行之险转写太行情趣，如无名氏的一首《题太行山石壁》："太行千里连芳草，独酌一杯天地小。醉卧花间人不知，黄莺啼破春山晓。"沉醉于太行山春景无限怡人的情趣之中，写得气势浩大又空灵超旷。许及之《过陈桥见太行》："驱车夜半出都城，策马陈桥已半程。回首白云南阙下，太行何事马前迎。"则又把自然山川人格化，以陌生的手法突出人与自然的和谐之趣。

河北大地，与太行比肩的是北部逶迤起伏的燕山。燕山在河北平原北侧，由潮白河河谷直到山海关，东西走向，绵延横亘在河北北部，山势海拔 400～1000 米，主峰为雾灵山。燕山与太行一样，多要隘关口，著名的有古北口、喜峰口、冷口等关隘，它们与位于东端的山海关、中段的居庸关，都是南北交通的孔道，控扼着塞外与中原往来，具有重要的军事战略意义。宋代诗人留给燕山的笔墨，与太行相当，作品也很多。但与太行不同的是，宋代的燕山先后属于辽和金之地，位在两宋版图之外，因此，宋代诗人写燕山，其着眼点与写太行就有了很大的不同，不再着眼于山势的巍峨高险，险关要隘的军事价值意义等，而更多地是在描写山势之景中表现痛失大好河山的悲慨与伤痛之情。能以平和心态客观细腻描绘燕山之景的只有两首，一为北宋张舜民的《秋日燕山道中》，"燕山秋更好，况复值新晴。一径幽花闹，千岩晚瀑明。寺危迁路入，水漫信船行。尝栗皱初破，开梨颊未颍。松萝扶斗上，剑戟插沙

---

① 全诗为："太行羊肠坂九折，云黑风干尺深雪。堇泥道滑木叶寒，辘辘车声行复歇。华山有马久脱辕，归来牧野经几年。一从仓箱事居积，聊以知道烦长鞭。前车已覆覆道左，天井关头夜明火。后车趣驾开井陉，唱筹仍复催连营。关山青草春二月，单轨一冬曾结辙。鬓颓毛落双膊高，引领皮穿眼流血。去年搏手双夸空，今年三月甬道同。可怜驽力不敢惜，辕下亦觉盐车通。君恩天大示弗服，桃野已甘偕毂觫。感恩伏枥饱秣刍，犹为太行忧后车。"

平。秦赵封疆密，岷峨气象清"，后转入怀古。二为南宋韩元吉的《燕山道中见桃花》："今日风横车少尘，卷帷聊看塞垣春。已惊漠漠花经眼，也有蒙蒙絮扑人。"

多数诗人行经燕山，都怀着无限怅惘与叹喟描写燕山之景，惋惜其沦为异域他乡，如苏颂《初过白沟北望燕山》写望中所见的燕山及其痛惜无奈的感怀：

青山如壁地如盘，千里耕桑一望宽。虞帝肇州疆域广，汉家封国册书完。

因循天宝兴戎易，痛惜雍熙出将难。今日圣朝恢远略，偃兵为义一隅安。

青山如壁、耕桑千里的燕山大地，因为唐代天宝末年的安史之乱，因为北宋初年的雍熙战败，因为景德元年（1004年）的"澶渊之盟"，沦陷异国，痛惜之情，只得用圣朝"偃兵为义"作借口来自我宽慰。更著名的是苏辙《奉使契丹二十八首·燕山》：

燕山如长蛇，千里限夷汉。首衔西山麓，尾挂东海岸。

中开哆箕毕，末路牵一线。却顾沙漠平，南来独飞雁。

居民异风气，自古习耕战。上论召公奭，礼乐比姬旦。

次称望诸君，术略亚狐管。子丹号无策，亦数游侠冠。

割弃何人斯，腥臊久不浣。哀哉汉唐余，左衽今已半。

玉帛非足云，子女雁蹴践。区区用戎索，久尔縻郡县。

从来帝王师，要在侮亡乱。攻坚甚攻玉，乘瑕易冰泮。

中原但常治，敌势要自变。会当挽天河，洗此生齿万。

在描绘燕山之景，历数燕山归属之后，痛惜燕云之地久沦腥膻的局面，希冀有朝一日，北朝内乱，"会当挽天河，洗此生齿万"。然而，让诗人没有想到的是，不是北朝内乱"自变"，而是北宋亡于金，南宋亡于元。千载之后，读之仍令人为之扼腕叹惜。此外，值得提及的还有两首绝句，一是张舜民的《燕山闻杜鹃》："晓色千峰杏未分，声声哀怨出云根。举头忽见思乡岭，何不他时别处闻。"二是范晞文《燕山闻鹃》：

"燕山三月初三夜，听得啼鹃第一声。同是小楼孤烛下，主人熟睡客心惊。①"也属于写燕山之景隐含无限感怀的伤时之作。相比前者，具有绝句诗歌的灵动与含蓄之美。

诗人不仅带着无限感慨写燕山，而且视燕山为北上归途的第一程，面对燕山表现得既兴奋又伤怀，往往写得归心似箭，恨不能早日离开这令人隐痛伤怀的燕山大地，如楼钥《初出燕山》："去国三千里，还家第一程。都缘人意乐，便觉马蹄轻。落日催心速，飞云逐望生。莫嫌归去晚，犹得趁清明。"尤其南宋末年的遗民诗作，更是"故国伤心那忍说"。请看洪咨夔的《奉使燕山回早行书事》和汪元量的《燕山九日》：

> 露满中庭月满天，秋来怀抱转凄然。客程恨不日千里，归思乱如云一川。故国伤心那忍说，遗民望眼几回穿。当家旧事堪垂泪，海上看牛十五年。

> 九日凄凉戏马台，龙山高会亦尘埃。天翻地覆英雄尽，暑往寒来岁月催。人隔关河归未得，客逢时节转堪哀。十年旧梦风吹过，忍对黄花把酒杯。

燕山大地留给诗人的是无限痛楚与哀伤。还有宋徽宗的《题燕山僧寺壁》："九叶鸿基一旦休，猖狂不听直臣谋。甘心万里为降虏，故国悲凉玉殿秋。"虽然只是燕山题壁之作，却把痛失江山社稷的悔悟情感写得痛悔难当。更值得注意的是南宋宫人金德淑填有一首写燕山的《望江南》词：

> 春睡起，积雪满燕山。万里长城横玉带，六街灯火已阑珊。人立蓟楼前。空懊恼，独客此时还。辔压马头金错落，鞍笼驼背锦斓班。肠断唱门关。②

此词为送汪元量南归之作，以女音软美的词体写燕山，可谓状燕山雪景如在目前，含不尽情意见于言外，百感交集，却隽永含蓄，是宋人写燕山的上乘作品。

---

① 元傅习《元风雅》后集卷三又作"范药庄"诗。

② 《全宋词》中华书局 1965 年 6 月版第五册第 3345 页注："'门'字疑误，似应是'阳'字。"

碣石山远在河北东北角的秦皇岛，毗邻东北，宋代诗人少有至者，唯有曹勋拟曹操《步出夏门行》所写的四言怀古诗作《临碣石》，此不再详述。

宋代诗人涉笔河北河水川流的诗作，数量不及描绘名山的作品多，值得提及的自南而北有漳河、滹沱河、易水河、白沟河四大河水。与描写高山的诗作相比，宋人写河北之水，不重视写河水本身的水势流向等形貌特征，而是侧重追怀发生在这些水边水上的历史事件，咏史怀人，具有咏史诗的性质，如写河北南部漳河的代表性诗歌有四首，许及之《漳河》："出郭安阳漾碧波，黄流汩汩泛漳河。河滨饮水令人瘿，岸石其如腹疾何？"如果说许及之的诗还重视描绘碧波荡漾的漳河水势的话，那么京镗、俞应符的《漳河疑冢》诗则重在抒情怀古之思：

> 疑冢多留七十余，谋身自谓永无虞。不知三马同槽梦，曾为儿童远虑无。

> 生前欺天绝汉统，死后欺人设疑冢。人生用智死即休，何有余机到丘垄。人言疑冢我不疑，我有一法君未知。直须尽发疑冢七十二，必有一冢藏君尸。

诗中所写的漳河疑冢，为曹操生前为自己死后所设计的疑冢。南宋范成大《揽辔录》云："过漳河，入曹操讲武城。周遭十数里，城外有操疑冢七十二，散在数里。传云：'操冢正在古寺中。'"清顾炎武《河朔访古记》曰："曹操疑冢，在滏阳县南二十里，曰讲武城，壁垒犹在。又有高台一所，曰将台。城外高丘七十二所，参错布置，累然相望，世云'曹操疑冢'。初，操之葬，以惑后人，不致发掘故也。"京镗诗重在讽刺曹操疑冢为儿童之虑。俞应符诗则重在揭穿疑冢之谜底。故元陶宗仪《南村辍耕录》卷二十六"疑冢"条说："曹操疑冢七十二，在漳河上。宋俞应符有诗题之曰：'生前欺天绝汉统，死后欺人设疑冢。人生用智死即休，何有余机到丘垄。人言疑冢我不疑，我有一法君未知。直须尽发疑冢七十二，必有一冢藏君尸。'此亦诗之斧钺也。"明代郎瑛对陶宗仪之说则不以为然。其《七修类稿》卷二十"曹操疑冢"条云："曹操疑冢在漳河上，宋人俞应符有诗曰：'生前欺天绝汉统，死后欺人设疑冢；人生用智死即休，何用余机到立垄。人言疑冢我不疑，我有一法君未知，直须掘尽疑冢七十二，必有一冢葬君尸。'陶九成以为此言诗之斧钺也。予则以为孺子之见耳，使孟德闻之，必见笑于地下。夫孟德之棺，岂真在于疑冢哉，多设以疑人耳。然始为疑冢者孔林。"对于漳河疑冢，不仅京、俞二人吟咏，范成大北使金朝时也曾有诗议论。南宋罗大经《鹤林玉露》丙编卷三载："漳河上有七十二冢，相传云曹操疑冢也。北人岁增封之。范石湖奉使过之，有诗云：'一棺何用冢如林，谁复如公负此心。岁岁蕃酋为封土，世间随事有知音。'四句是两个好议论，意足而理明，绝句之妙也。"类似的记载在明蒋一葵《尧山堂外纪》中也有，此不赘言。

滹沱河为河北平原上子牙河的北源，源出山西省五台山东北泰戏山，穿割太行山经过石家庄市城北而东流，于献县和滏阳河汇合为子牙河，是河北中部较大的河流。宋人涉笔滹沱河的代表性诗作有四首，分别是许及之的《滹沱河》、范成大的《呼沱河》和文天祥的《滹沱河二首》，皆为绝句：

逋诛狂寇釜中鱼，未免真人驾六飞。千古石人虽暧昧，一时河伯太机微。
闻道河神解造冰，曾扶阳九见中兴。如今烂被胡膻涴，不似沧浪可濯缨。
过了长江与大河，横流数仞绝滹沱。萧王麦饭曾仓卒，回首中天感慨多。
风沙睢水终亡楚，草木公山竟蹙秦。始信滹沱冰合事，世间兴废不由人。

此四首绝句也着眼于滹沱河怀古，滹沱河流经河北平原，据《后汉书·光武帝纪》记载：西汉末年光武帝刘秀起兵，所到州县"平遣囚徒，除王莽苛政，复汉官名。吏人喜悦，争持牛酒迎劳。进至邯郸，故赵缪王子林说光武曰：'赤眉今在河东，但决水灌之，百万之众可使为鱼。'光武不答，去之真定。林于是乃诈以卜者王郎为成帝子子舆，十二月立郎为天子，都邯郸，遂遣使者降下郡国。更始二年正月，光武以王郎新盛，乃北徇蓟。王郎移檄，购光武十万户"。光武逃至饶阳，"晨夜兼行，蒙犯霜雪，天时寒，面皆破裂。至呼沱河，无船，适遇冰合得过，未毕，数车而陷。进至下博城西"。李贤注引《续汉书》曰："时冰滑马僵，乃各以囊盛沙，布冰上度焉。"许及之诗"遄诛狂寇釜中鱼"就是针对赵缪王子刘林游说光武之言而起咏。范成大所谓"河神造冰"与文天祥诗"滹沱冰合事"都是针对刘秀巧趁滹沱河冰合而脱险之事吟咏，所不同的是范成大诗为河北沦入金国版图而难以释怀，故有"烂被胡膻浣"之恨。而文天祥在起兵勤王，回天无力之后，才发出了"世间兴废不由人"的无奈感叹。

　　宋代诗人写河北之水时还常常吟咏荆轲刺秦王时易水送别的易水河。易水河在河北省中西部，为大清河上源支流，曾有北中南三支，源出保定易县，汇合后流入南拒马河。据《战国策·燕策》记载：荆轲将为燕太子丹往秦行刺秦王，丹在易水边上为其送别钱行，高渐离击筑，荆轲和而歌曰："风萧萧兮易水寒，壮士一去兮不复还！"后人称之为易水送别。宋代诗人写易水多聚焦于咏叹易水送别之事，代表诗作有三首，写得较好的是周密与汪元量之作。周密的《渡易水》曰：

　　丈夫一死已许人，高歌慷慨西入秦。一旦直欲揕吕政，何异只手批逆鳞。

　　舞阳色变衮龙绝，环柱模糊八创血。督亢地图秦已知，强燕反是速燕灭。

　　壮志不就千古悲，易水萧萧云垂垂。尺八匕首何足恃，当时枉杀樊于期。

诗中从荆轲"高歌慷慨西入秦"的悲壮行为写起，一方面悲慨燕太子丹"强燕反是速燕灭"的结局，同时也对荆轲"壮志不就"留下的千古悲恨致以无限的惋惜之情。汪元量的《易水》诗则在描写易水古渡的荒寒萧森之景中，悲慨当年荆轲高渐离慷慨悲歌的壮举：

　　芦苇萧森古渡头，征鞍卸却上孤舟。烟笼古木猿啼夜，月印平沙雁叫秋。

　　砧杵远闻添客泪，鼓鼙缭动起人愁。当年击筑悲歌处，一片寒光凝不流。

诗人把对易水送别的悲惋放在烟笼寒水，芦苇萧森，哀猿夜啼，秋雁鸣沙，寒砧远杵，鼙鼓撩人的凄凉氛围中来表现，写出了易水为之"凝不流"的绝诀之别的悲怆。

此外，关于易水还有郭祥正的《补易水歌》、艾性夫的《补易水歌效郭青山》、僧居简的《易水行赠修和谢德之高士》以及白玉蟾的《易水辞》等，描写易水，咏叹荆轲的诗作，特别是郭、艾、僧三人之作，采用七言歌行或排律的体式，铺排渲染，极具慷慨悲歌之情，如郭祥正的《补易水歌》：

> 燕云悲兮易水愁，壮士行兮专报仇。车辚辚兮马萧萧，客送发兮酹兰椒。击筑兮暗咽，歌变征兮思以绝。易水愁兮燕云悲，四座伤兮皆素衣。歌复羽兮慷慨，发上指兮泪交挥。又前为歌曰："风萧萧兮易水寒，壮士一去兮不复还。"

宋人描写河北大川河流，写得最多的是曾作为宋辽界河的白沟河。白沟河即流经河北保定中部的拒马河。其故道自今白沟河店北东流经霸县城关镇与信安镇北，东抵天津与南北来诸水会。北宋时宋辽以此河为界，亦称"界河"。正因为白沟河曾为宋辽界河，故宋代诗人感慨边境线大大内缩南移而多关注此河，写了一系列有关白沟河的诗歌。典型有代表性的诗作约有十多篇，如洪适的《次韵白沟河》、范成大的《白沟》、许及之的《白沟河》、汪梦斗的《雄州北城外过白沟河》、罗公升的《白沟河乃旧日南北分界之地》等都以七言绝句形式感叹宋代孱弱，边界不守、边境内移的尴尬境况：

> 唐余画壤媿鸿沟，西闭关门汉道柔。一自旄头入京洛，至今泉水不东流。
> 高陵深谷变迁中，佛劫仙尘事事空。一水涓流独如带，天应留作汉提封。
> 艺祖怀柔不耀兵，白沟如带作长城。太平自是难忘战，休恨中间太太平。
> 手斧当年自画河，圣人微意不求多。如何王蔡忘前事，可谓贪他却着他。
> 万里封疆到白沟，祖宗犹拟复幽州。他年海岛无归处，谁解捐躯为国谋。

洪适之作以"至今泉水不东流"来抗议金人灭宋的罪恶；范成大的诗以

陵谷变迁之理述说兴亡盛哀之无奈；许及之诗感叹以白沟为宋辽界河，贪享太平而忘备战，以致痛失中原；汪梦斗诗则罪责王黼蔡京轻挑边衅，导致丢失中原的更大历史悲剧；罗公升诗以白沟为界河的北宋尚有恢复幽燕之志，可叹的是南宋败退江南，缺乏为国捐躯的英雄志士，于是悲观地设想有朝一年，连退居海岛的归宿都没了。宋代诗人的白沟诗除去上述南宋诗人的绝句，写得最好的当数北宋王安石的《白沟行》：

> 白沟河边蕃塞地，送迎蕃使年年事。蕃使常来射狐兔，汉兵不道传烽燧。
> 万里锄耰接塞垣，幽燕桑叶暗川原。棘门灞上徒儿戏，李牧廉颇莫更论。

诗中对比白沟边地敌我双方备战与忘战的巨大反差，对北宋边防松弛的局面表现出深深的忧患。此外，白沟诗名篇还有宋末文天祥的五古长篇《白沟河》、苏颂的《初过白沟北望燕山》等，苏诗已见上文，此不详论。

第二节　宋代诗人凭吊河北名胜古迹

河北省从地域区划说，属于古代九州之中的冀州，春秋战国时代为燕赵古国，处于燕赵文化圈的中心地带。千百年来，燕赵儿女，世世代代在这片土地上，辛勤劳作，创造了光辉灿烂的古代文化，包括中山文化、燕赵文化、赵魏文化等，从赵武灵王的胡服骑射，到燕昭王的招贤纳士；从燕太子丹的荆轲刺秦王，到魏公子的围魏救赵；从韩信的背水一战，到杨六郎守三关，留下了许许多多可歌可泣的动人的历史故事，凝定起感慨悲歌、重义尚勇的燕赵文化精神，成为中华文化大家园中富有地域特色的文化类型。宋代诗人踏上充满燕赵文化精神的这方热土，诗兴大发，挥毫泼墨，他们以诗咏河北，不仅着眼于河北的名山大川等自然景观，为河北大地伟丽多姿的自然景观增添了不少人文色彩，而且当他们投身河北大地之时，河北的历史传说、文化胜迹、古城名胜、历史变迁、标志建筑、城乡面貌等人文景观也深深地吸引着他们，促使他们以自己的诗笔，写景抒情，怀古寄意，为河北的燕赵文化再添新的文化内涵。

古代赵国都城邯郸，位于今河北省南部，是一座历史文化名城，城内存留有赵武灵王（前325～前299年）为阅兵与歌舞而建的丛台。颜师古《汉书》注记载："连聚非一，故名丛台，盖本六国时赵王故台也，在邯郸城中。"当时台上建有天桥、雪洞、花苑、妆阁诸景，设计奇特。台前翠柏夹道，有阶石可登台上。台北有赵王宫、七贤祠，祠内有燕赵名人韩厥、程婴、公孙杵臼、蔺相如、廉颇、赵奢、李牧的塑像。现邯郸丛台已扩建为丛台公园，为冀南地区胜景之一。宋代诗人李之仪过邯郸，凭吊丛台遗迹，写有《邯郸丛台》诗：

> 禾黍离离露一丘，淡烟轻霭夕阳秋。微基西枕邯山尽，往事东随漳水流。御辇金车何处去，闲花野草几时休。可怜全赵繁华地，留作行人万古愁。

诗中写邯郸丛台经过历代战乱变迁之后，在淡烟暮霭的笼罩之中，只露出一高高的土丘，这一历史胜迹，引发诗人许许多多的往事记忆，当年赵武灵王为抗击北方游牧民族的入侵，胡服骑射，筑台阅兵，邯郸都城成为全赵国最繁华之地，然而宋代的邯郸，随着其政治军事地位的下降，繁华不再，昔日的丛台，禾黍离离，微基颓堕，留给凭吊行人不尽的怀古之愁。范成大的《丛台》（自注：在邯郸北门外）："凭高阅士剑如林，故国风流变古今。衮服云仍犹左衽，丛台休恨绿芜深。"也是丛台怀古之作。此外，宋代词人曾觌还写有一首《忆秦娥·邯郸道上望丛台有感》咏叹丛台古迹。词曰："风萧瑟，邯郸古道伤行客。伤行客。繁华一瞬，不堪思忆。丛台歌舞无消息，金樽玉管空陈迹。空陈迹，连天衰草，暮云凝碧。"从这些诗词看，宋代的丛台，繁华已去，衰草连天，暮烟笼盖，残破为丘，令人对历史的盛衰，感叹伤怀。宋代的河北因为已成北方的军事重地，升格为大名府的北京成为北方的政治军事文化中心，邯郸古城的繁华已成昔日的记忆。所以曹勋的《过邯郸》诗说："恭持天子节，再经邯郸城。断垣四颓缺，草树皆欹倾。慨念全赵时，英雄疲战争。殆及五季末，瓜分无定盟。慨念蔺君高，璧亦安所盛。翩翩魏公子，有德胜所称。殆今已千年，废台漫峥嵘。赵民尚自若，歌舞娱春荣。金石丝簧奏，彷佛余新声。兴废乃尔尔，人事徒营营。望城只叹息，尽付西山青。"诗人经过邯郸，看到邯郸古城断垣残壁，杂草丛生，联想到蔺相如完璧归赵、魏公子围魏救赵，千百年来，邯郸城所发生的兴废变迁，令诗人叹息不已。

此外，宋人诗歌咏邯郸，还常常提到黄粱一梦的故事。唐代沈既济的传奇小说《枕中记》说，卢生在邯郸客店遇上道士吕翁，自叹久困，苦不得志，颇思建功立业，一享富贵荣华。吕翁授以青瓷枕，谓此枕可得其志。卢生倚枕而寐，梦回山东老家，娶妻貌美，后举进士，经过宦海浮沉，因功拜为宰相，生有五子，皆为高官，姻亲名门。其在朝 50 余年，享尽荣华，年逾 80 岁，病终榻上。至此梦醒，见吕翁在旁微笑，店主所炊黄粱未熟。于是卢生觉悟，随道士仙去。从此，黄粱梦的故事流传开来，到宋代，邯郸已建有吕翁祠。宋人咏邯郸也往往提到黄粱梦故事，如范成大《邯郸道》："薄晚霜侵使者车，邯郸阪峻且徐驱。困来也作黄粱梦，不梦封侯梦石湖。"借助黄粱梦的故事来表达归隐石湖的理想愿望。

除邯郸之外，古赵州是河北又一历史文化名城。赵州即今河北省赵县，宋代诗人描写赵州的诗篇也很多，仅题中有"赵州"二字的诗歌就有 30 多首。宋代诗人写赵州，集中在两个主题上，一是写赵县名胜古迹赵州桥。赵州桥又名安济桥，俗称大石桥。在河北赵县城南 2.5 公里处，横跨洨河之上，由隋代开皇大业年间（590～608 年）李春设计建造。唐张嘉贞《石桥铭序》说："赵州洨河石桥，隋匠李春之迹也。"桥长约 60 米，宽约 9 米，单孔圆弧，南北走向，净跨 37.02 米，跨度大而弧形平，大石拱上两端各建两个小拱，既能减轻大拱载重，又节省材料，便于排洪，还增加视觉美感，是世界桥梁史上石拱桥的典范作品。

桥两侧栏板和望柱，雕刻精美，跌宕多姿。桥身巨大空灵，稳固坚轻，寓秀美于雄伟之中，巧夺天工。宋人杜德源《安济桥》诗描写道：

驾石飞梁尽一虹，苍龙惊蛰背磨空。坦途箭直千人过，驿马驰驱万国通。

云吐月轮高拱北，雨添春水去朝东。休夸世俗遗仙迹，自古神丁役此工。

此诗描绘了如虹如龙的赵州桥美景，并对桥的功能作用及造桥技术给予高度的评价。南宋时期，赵州沦陷金朝，使金诗人所写的赵州桥诗都带有深重的历史盛衰的沧桑感怀，如范成大的《赵州石桥》："石色如霜铁色新，洨河南北尚通津。不因再度皇华使，谁洗奚车塞马尘。"许及之的《过赵州石桥》："桥梁显刻认中朝，仙迹遗风不可招。唤作沃州人不识，今朝只过赵州桥。"

宋人赵州诗的另一主题是对赵州临济宗禅师悟禅公案的参悟。这类诗歌是宋人赵州诗歌的主体。我们知道，宋代禅宗的发展比唐代更加兴盛，所谓"一花五叶"，分为云门、法眼、曹洞、沩仰、临济五宗，其中临济宗影响最大，其主流在江西，河北赵州是江西之外临济宗又一弘法重镇，禅宗大师不断涌现。《五灯会元》卷四载有"赵州从谂禅师"的禅悟公案："问：'如何是祖师西来意？'师曰：'庭前柏树子。'"此公案《禅林僧宝》也有相同记载，赵州柏林禅寺因此名闻天下。宋代僧人参悟赵州从谂法师的悟禅公案，写了许多偈颂之诗，如释绍悟《举赵州访二庵主公案颂》："一重山尽一重山，坐断孤峰子细看。雾卷云收山岳静，楚天空阔一轮寒。"释慧空《觅赵州语》："赵州借得空生口，便自纵横师子吼。问其佛性狗子无，问其甲子苏州有。而今此口还空生，古佛依前成漏逗。掀翻海岳觅知音，个个看来日中斗。"其中所言皆赵州禅师的悟禅名言。释子僧徒之外，一些诗人文士也参悟赵州禅师的悟法公案。因为宋代文士大多通佛禅，具有文士居士化的特点，因此宋代诗人写赵州，对赵州临济禅有着浓厚的兴趣。《五灯会元》卷四载："宝学刘彦修居士，字子羽。出知永嘉，问道于大慧禅师。慧曰：'僧问赵州：狗子还有佛性也无？赵州道：无。但恁麽看。'公后乃于柏树子上发明，有颂曰：'赵州柏树太无端，境上追寻也大难。处处绿杨堪系马，家家门底透长安。'"参悟公案外，诗人还描绘南宋时柏林禅寺的景象。范成大《柏林院》（自注：即东院赵州禅师道场，在城中）云："边尘一起劫灰深，风鼓三灾海印沉。急过当年无佛处，庭前空有柏森森。"说明柏林禅寺落入金人版图后，由于金朝文化的落后，寺院已经衰落。

在河北的古代名城中，真定（今正定）历史悠久，文化积淀深厚。宋代诗人的作品多写及之，如石延年的《真定怀古》："光武经营业未兴，王郎兵革暂凭陵。须知后汉功臣力，不及滹沱一片冰。"着眼于真定城南的滹沱河，咏叹后汉光武帝在有王郎追兵的危急时刻凭借滹沱河冰合得脱的历史故事，既是写真定怀古的名篇，也是咏滹沱河的名作。

北宋中期的宋祁的《真定述事》："莫嫌屯垒是边州，试听河山说上游。帐下文书三幕府，马前耕耤五诸侯。王藩故社经除国，侠窟余风解报仇。四十年来民缓带，使君何事不轻裘。"追述真定历史上曾作为侯国，任侠之风浓厚，如今宋辽议和，四十年间无战事，作为宋朝的北地边州，物阜民丰，故有"使君何事不轻裘"之句。此外，曹勋《过真定》："南北东西本一家，从来河朔富桑麻。枣梨阴翳忽如雪，漠漠一川荞麦花。"描写真定农耕桑麻、枣梨花开的美好景象。最值得注意的是南宋范成大的《真定舞》，描写真定尚存的京师旧乐与舞蹈，表现真定的民俗风情，诗曰："紫袖当棚雪鬓凋，曾随广乐奏云韶。老来未忍婆娑舞，犹倚黄钟衮六幺。"诗人自注："裔乐悉变中华，惟真定有京师旧乐工，尚舞高平曲破。"这种京师旧乐舞，使对北方陷于异族怀有深深隐痛情怀的诗人获得一丝心理安慰。南宋汪元量还曾写有《真定官舍》："使君数问夜如何，灯烛高张照绮罗。白酒千杯浇客醉，红妆一面恼人多。风烟漠漠庭前树，霜月娟娟沼内荷。驿吏出门相语及，城南便是滹沱河。"诗人旅居真定驿馆，有感于盛衰兴亡，借酒浇愁，含蓄地写出了他行经真定的伤心感怀。

邢台一带，宋代称邢州，设有邢台驿站，宋代诗人也写有描写邢台之作，如范成大《邢台驿》："太行东麓照邢州，万迭烟螺紫翠浮。谁解登临管风物，枯荷老柳替人愁。"诗人自注："信德府驿也。去太行最近，城外有荷塘柳堤，颇清丽，不类河朔。"故诗中有"万迭烟螺紫翠浮"清丽之语，结句柳老荷枯的惨淡之景，转而表现诗人北使抵达邢台驿的不甘心情。李壁也有《邢台》诗："北地霜浓九月寒，驼裘破晓上征鞍。也知骨相非麟凤，惭愧州人向掌看。"此外，南宋洪迈有《邢台怀古》诗："蕞尔邢侯国，巍然昭义军。未能为晋重，忽已被梁分。壤沃连三郡，时移出四君。苍茫怀古意，群丑谩纷纭。"诗言古邢台之地作为古邢侯之封国，五代以来曾为昭义军节度所在，《新五代史》载："邢州，故属昭义军节度。昭义所统泽、潞、邢、洺、磁五州。唐末孟方立为昭义军节度使，徙其军额于邢州，而泽、潞二州入于晋。方立但有邢、洺、磁三州。故当唐末有两昭义军。梁、晋之争，或入于梁，或入于晋。"故诗人说："未能为晋重，忽已被梁分。"诗人咏叹沃野千里的邢台的历史变迁，表现出深沉的怀古之思。

宋代诗人写河北，诗笔遍及河北中南大地，如写定州。定州古称中山国，本是战国初诸侯国之一，定都于顾（今河北定州），公元前296年为赵国所灭。西汉于此置中山郡，北魏改置为定州。《读史方舆纪要》曰："定州汉曰中山郡，后魏曰定州。"洪适《过中山》诗说："三关标重镇，自昔护边陲。观者堵墙立，纷然帘幕垂。欲谋千日醉，恐误十旬期。可喜中庭月，何妨尽一卮。"着眼于定州为北边重镇的军事战略地位来写。许及之《中山九日》："恋阙怀亲一性成，车夫解事趣归程。松醪菊莘中山驿，蓟北江南万里情。"写诗人重阳节羁留中山驿站时的怀乡之情。他的《中山酒》："中山一醉百经旬，鲁酒千杯不醉人。莫怪近来风味薄，中山久已杂边尘。"写中山定州久已沦为异国之地的悲哀。再如写河间的，曾肇有《河间》："南北车书久混同，河间今有楚人风。独惭太守非何武，已见州闾出两龚。"陈普《咏史·河间献王》："礼乐将兴汉德凉，活麟天把付钼商。周官千载埋黄壤，两汉如今几献王。"

前者说南北统一，南北风俗互相浸染。后者咏叹汉代河间献王制礼作乐兴复周礼的历史贡献等，篇幅所限，不再一一介绍。

在所有歌咏河北的宋代诗人中，特别值得提及的是范成大和许及之两位。作为南宋的使金使者，他们在北行途中，按照行程顺序，一路歌咏，对宋金驿路的自然风貌与人文景观都作了细致全面的描绘，对河北文化胜迹作了全方位的诗化表现。范成大（1126～1193年），字致能，号石湖居士，吴县（今江苏苏州）人，绍兴二十四年进士，历徽州司户参军、枢密院编修、秘书省正字等职，后迁著作佐郎，知处州，迁礼部员外郎、起居郎、假资政殿大学士使金，因不辱使命，迁中书舍人，又为四川制置使兼知成都，拜参知政事，后又知建康、知太平州，年68卒。作为南宋中兴四大诗人之一，他"每赋诗必有高致而无寒相"（瀛奎律髓卷二十三），今存诗歌1974首，多写景、叙事、咏史、怀古之作，杨万里评其诗"清新妩丽，奄有鲍谢，奔逸俊伟穷追太白"。范成大的主要成就在乐府诗、田园诗和使金诗三大方面，其使金诗为范成大乾道六年（1170年）出使金朝往返途中写的纪行诗，总数有72首（今称《使金绝句》），另有《揽辔录》1卷。这72首诗中，从歌咏漳河畔的曹操《讲武城》开始，包括《七十二塚》、《赵故城》、《邯郸道》、《蔺相如墓》、《邯郸驿》、《丛台》、《临洺镇》、《邢台驿》、《柳公亭》、《内丘梨园》、《大宁河》、《柏乡》、《唐山》、《光武庙》、《赵州石桥》、《柏林院》、《栾城》、《呼沱河》、《真定舞》、《东坡祠堂》、《松醪》、《望都》、《安肃军》、《出塞》、《白沟》、《太行》、《固城》、《范阳驿》、《定兴》、《清远店》，一直写到今天北京的《琉璃河》（即今六里河）连续有30首题咏河北的诗作。这组诗歌可以说是有宋300多年中最为集中、最为自觉地全景展现河北文化胜迹的诗作。因为其诗歌造诣极高，这些诗歌也成为宋代诗人咏河北的代表名作。上文的梳理，已多有提引。许及之（？～1209年），字深甫，温州永嘉（今浙江温州）人，隆兴元年进士，先后知袁州，为拾遗，迁太常少卿，除淮南运判兼提刑，后贬知庐州，除大理少卿。宁宗朝为礼部侍郎、吏部尚书，谄事韩侂胄，知枢密院，后拜参知政事，嘉定二年卒。许及之当时以"词章精敏"见称，诗学王安石，气体高亮，琅琅盈耳，远过宋末江湖诗派。尤其其七言古诗，成就最高，近体之诗稍显浅狭。他曾出使北朝，与范成大一样，一路写来，也集中写作几十首题咏河北的系列组诗。由于其文集《许及之文集》30卷、《涉斋课稿》9卷都已散佚，今天所见四库馆臣从《永乐大典》中辑佚而成的《涉斋集》18卷中集中写河北的组诗，被散编在各卷之中，似没形成组诗规模，但从现存作品来看，他题咏河北的诗歌数量之多，成就之好，也应该给予高度的评价。

第三节　宋代诗人咏叹大名与三关

在河北省各大中城市中，宋代最为有名的当属北京大名府。宋代在河北设有河北路，河北路为至道十五路之一，治所在大名府（今大名县东）。辖境相当于今河北省易水、雄县、霸县和天津市海河以南，及山东、河南两省黄河以北的大部。神宗熙宁时分为东西两路：河北东路治所在大名府，河北西路治所在真定府（今正定）。辖境约以今白洋淀向南，子牙河、滹阳河及京广铁路东境为分界线。在河北两路中以大名府的地位最为重要，大名府为"南北津途咽喉之所寄"，是防守汴京的重要军事门户，寇准称之为"北门锁钥"，仁宗庆历二年（1042年）将大名府升格为北京。《宋史·兵一》曰："北京为河朔根本，宜宿重兵控扼大河南北，内则蔽王畿，外则声援诸路。"作为北宋的陪都之一，朝廷不断派驻心腹重臣留守北京，其中欧阳修、韩琦、强至、文彦博、黄庭坚、王安中等都曾在大名任过职。他们在大名期间，感受大名自然景观与人文生活，以诗写大名，留下许多河北大名诗。这些诗作的主题集中在两个方面。

一是总体描写大名自然风光，展现大名自然景观，如强至的《出大名府北郭》：

> 驱车出近郭，野色感年华。河静水犹冻，地寒林未花。
>
> 细风吹断柳，残雪隐虚沙。乡思东南阔，归飞羡暮鸦。

强至的诗重在写大名冬季的荒寒与思归之情。王涤《赠子野归潮时会大名府》也描写大名府晚秋之景："河朔频河地早寒，城烟牢落水回环。几番夜雨涨新岸，一片秋云归旧山。"

二是表现压沙寺的梨花与梨果之美。《畿辅通志》卷五十二载："压沙寺，在府城东，旧城内。始建莫考，中有梨千树，宋韩琦留守大名，每花时，辄造树下游赏，因命僧创亭花间曰雪香亭。"强至诗写压沙寺说："沙头古寺枕城角，楼殿自与人迹疏。"寺中古木参天，梨花似雪，韩琦赞美说"柏奋怒虬环古殿，花遗娇靥散春风"，"压沙梨开百顷雪"（强至诗），南宋史容等《山谷集》注引赵舜钦《茅斋诗话》云："大名压沙寺梨花之盛，闻于天下。"梨花成为大名一道最为诱人的靓丽风景。宋人的大名诗都集中表现压沙寺的梨花之美。其中韩琦、强至、文彦博、黄庭坚、晁补之等皆有诗作，如黄庭坚《压沙寺梨花》云：

> 压沙寺后千株雪，长乐坊前十里香。寄语春风莫吹尽，夜
> 深留与雪争光。

黄庭坚另一首《次韵晋之五丈赏压沙寺梨花》则写得比较笨拙，此不赘言。晁补之《和王拱辰观梨花》二首曰："压沙寺里万株芳，一道清流照雪霜。银阙森森广寒晓，仙人玉仗有天香。""海棠十韵诧芬芳，惭愧梨花冷似霜。赖有乐天春雨句，寂寥从此亦馨香。"运用神话传说和优美的想象表现梨花色香之美。

宋人写压沙寺梨花，诗作最多的是韩琦和强至。韩琦有诗七首，包括《会压沙寺观梨花》、《清明会压沙寺》、《同赏梨花》二首、《壬子寒食会压沙寺》二首、《同赏梨花》等。韩琦的咏梨花之作既描写梨花之美，同时也抒发春赏梨花留连杯酒的愉悦心情，如《同赏梨花》夸饰梨

花之美：

兴福梨珍号素封，千株花发此欣逢。风开笑脸轻桃艳，雨带啼痕自玉容。

蝶舞只疑残靥坠，月明唯觉异香浓。寻春已恨来伤晚，莫厌频挥潋滟钟。

韩琦写压沙梨花善于由实入笔，化实为虚，虚实结合，把千株梨花喻为晶莹玉洁的真妃仙女，风开笑脸，雨嫩玉容，花飞蝶舞，四溢香浓。所谓"朝来经雨低含泪。竞写真妃寂寞妆"。写得形神兼备，比起一般的形似之语，自有其不俗的风华气度。其他六首重在铺陈压沙寺聚会赏花的乐趣与兴致，如《同赏梨花》："寒食西蓝赏素英，白毫光里乱云腾。庄严金地三千界，颜色瑶台十二层。后土琼花惭我寡，唐昌玉蕊岂吾朋。雪香豫约为亭号，修创终逢好事僧。"不仅赏花，还动议创修雪香亭。韩琦的游赏，给压沙寺又增新景，大大提升了压沙游赏的人文蕴涵，在河北大名文化史上，韩琦是最富建设性的一位。正因如此，文彦博《寒食游压沙寺雨中席上偶作》才说："魏公前岁朝真去，寂寞阑干尚有情。莫道甘棠无异种，至今留得雪香名。"

强至有压沙诗歌三首，他的诗不重视正面描写梨花之美，而重在叙写与大名诸公赏花之事的兴奋与激动。其间夹杂些许描景之句，如"繁枝向月合照映，乱片落地无扫除"，"天姿必欲贵纯白，红杏可婢桃可奴"，"日高恐释三春雪，风细犹传数里香"，虽不及韩琦诗高华灵动，富有神韵，却也能状梨花之景如在目前。

宋人不仅写了压沙寺梨花之美，还表现了大名雪梨的香甜。强至《依韵奉和司徒侍中压沙寺梨》称赏压沙寺梨："花经春月千层白，颊傅秋霜一抹红。江橘空甘得奴号，果中清品合称公。"盛赞压沙梨胜过江南香橘而贵为果中清品。据《墨庄漫录》记载："北京压沙寺梨，谓之御园，其栽接之故。先植棠梨木，与枣木相近，以鹅梨条接于棠梨木上，候始生枝条，又于枣木大枝上凿一窍，度接活梨条于其中，不一二年即生合，乃斫去枣之上枝，又断棠梨下干根脉，即梨条已接于枣本矣。结实所以甘而美者以此。"韩琦《压沙寺梨》："压沙千亩敌侯封，珍果诚非众品同。自得嘉名过冰密，谁知精别有雌雄。常滋沆瀣充肌脆，不假燕脂上颊红。四海举皆推美味，任从潘赋纪张公。"形容压沙寺梨色如颊红，甜过冰蜜，诚为圣品。

除了写大名梨花，宋代大名诗歌还表现大名的佛教寺院，如大名诗人杨亿《大名府大安阁主道者》云："释子修行与众殊，铜台连接起精庐。群公共结二林社，万乘曾回六尺舆。衣惹天香亲御座，阁成云构倚晴虚。浮生自恨犹贪禄，未得同翻贝叶书。"从"铜台连接起精庐"、"阁成云构倚晴虚"之句，我们可以想象大安寺中的大安阁高耸云天的宏伟气势。

宋代诗人写河北，还有一个值得特别注意的领域，那就是作为濒临宋辽边界的雄州。雄州即今河北雄县，原属唐代归义县，五代晋初，没于契丹。周显德六年（959年）周世宗收复归义，以其瓦桥关置雄州。辖境相当今河北雄县、容城等地。瓦桥与益津、淤口合称"三关"。而清代顾祖禹《读史方舆纪要》卷六则说："时以瓦桥、益津、高阳为三关，又以瓦桥关为雄州，治归义县，即北直雄县也。以益津关为霸州，治文安县，今县属霸州，而州治则故益津关也。高阳关，亦曰草桥关，在今保定府安州高阳县东。"雄州作为直面辽国的边境前沿，为防止辽国铁骑南下进攻，宋朝在今保定白洋淀以东至沧州一线，大修塘泊淀寨，构筑边境防御工事，因此雄州四周，尽为淀泊，所谓"城头野水四汗漫"（苏辙诗）与今天中原缺水的局面迥然相异。宋代诗人胸怀爱国之情，忧患边关之思，他们来到雄州，登临观览，雄州城与三关就成为诗人写作的焦点。

宋代诗人写雄州的诗有几十首，总体来看，有三种写法，一种是总揽全城，全景展现雄州边城的雄伟气势，表达喜忧参半的复杂情感，如陈襄《登雄州南门偶书呈知府张皇城》：

城如银瓮万兵环，怅望孤城野蓼间。池面绿阴通易水，楼头青霭见狼山。

渔舟掩映江南浦，使驿差池古北关。雅爱六韬名将在，塞垣无事虎貔闲。

诗人登雄州城楼，放眼望去，野蓼淀泊之中，雄州孤城，形如银瓮，万兵环卫，西通易水，北见狼山，城外的水淀，渔舟掩映，景同江南，驿使往来，一片和平的景象。于是诗人欣慰地说："雅爱六韬名将在，塞垣无事虎貔闲。"苏辙《奉使契丹二十八首·赠知雄州王崇拯》二首之一则云："赵北燕南古战场，何年千里作方塘。烟波坐觉胡尘远，皮币遥知国计长。胜处旧闻荷覆水，此行犹及蟹经霜。使君约我南来饮，入日河桥柳正黄。"苏辙北使辽国，于正月初七经过雄州，感慨昔日赵北燕南的古战场，如今变成了千里烟波的水淀方塘。依靠这一水域屏障，诗人"坐觉胡尘远"，"柳正黄"透出一份和平安宁的欣慰。如果说陈襄、苏辙的诗全景展现边城的和平宁静的景象，那么吕陶的《雄州村落》："家家桑枣尽成林，场圃充盈院落深。九十余年事耕凿，不知金革到如今。"则更具体地写出了经过近一个世纪的和平发展，雄州村落繁荣的局面。"不知金革到如今"既写出了诗人对宋朝银绢换和平成果的欣赏，也隐含着诗人对边备松弛的忧虑之情。

雄州诗的第二种写法是聚焦于三关的形胜地位与登临感怀。诗人虽然仍是全景展现边城的雄伟气象，却把观察的视角由雄州城楼转而聚焦于三关要塞，突出其形胜地位，如苏颂《登雄州城楼》和胡宿的《寄题雄州宴射亭》：

三关相直断华戎，燕蓟山川一望中。斥堠人间风马逸，朝廷恩广使轺通。岁颂金絮非无策，利尽耕桑岂有穷。自古和亲诮儒者，可怜汉将亦何功。

北压三关气象雄，主人仍是紫髯翁。樽前乐按摩诃曲，塞外威生广莫风。龙向城头吟画角，雁从天末避雕弓。休论万里封侯事，静胜今为第一功。

两首诗都关注边塞三关的气势以及阻断华戎的功能意义，对宋朝偃武和平的政策表现出欣赏与赞许态度。此外，欧阳修《奉使契丹初至雄州》："古关衰柳聚寒鸦，驻马城头日欲斜。犹去西楼二千里，行人到此莫思家。"彭汝砺《归次雄州》："雁奴到日人初别，燕子来时我亦还。驰马直登山绝顶，争图先见瓦桥关。"都以流利自然的绝句形式，写景抒情，悲喜虽异，皆缘于心灵深处涌动的爱国热情。

前两种雄州诗，无论其全景视点怎样转换，都是通过描绘边关和平的景象，展现诗人对银绢换和平政策的所持的赞许态度。而第三种写法，则是侧重抒发诗人面对雄州边关的复杂感怀，如蒋概《登雄州北门楼》①侧重写登楼怀古之意。而韩琦的《雄州遇雪》写使经雄州，遭遇大雪的维艰状况，结句"风前似慰征轺意，先学杨花二月飞"，以飞雪似杨花为喻，运用乐景写哀景的手法抒发使辽的复杂心情。彭汝砺《至雄州寄诸弟并呈诸友》抒写出使北朝到达雄州时归心似箭的感受。

马头今日过中都，到得雄州更有书。道路莫嗔音问少，天寒沙漠雁全疏。

沙陀行尽见南山，过却中京更少寒。欲寄梅花无处觅，祇将书去报平安。

诗中不断以计算行程为慰藉，就像杜甫诗歌《闻官军收河南河北》中历数"即从巴峡穿巫峡，便下襄阳向洛阳"的行程一样，透露的是诗人归心似箭的急迫心情。

最后值得一提的是，宋代雄州诗歌中还有一首特殊的词作《减字木兰花·题雄州驿》。据元韦居安《梅磵诗话》卷下载："靖康间，金人犯阙，阳武蒋令兴祖死之。其女为贼虏去，题字于雄州驿中，叙其本末，仍作《减字木兰花》词云：'朝云横度，辘辘车声如水去。白草黄沙，月照孤村三两家。天天去也，万结愁肠无昼夜。渐近燕山，回首乡关归路难。'蒋令，浙西人。其女方笄，美颜色，能诗词，乡人皆能道之。此词汤岩起《沧海遗珠》所载。②"近代况周颐《蕙风词话》续编卷一评此词："寥寥数十字，写出步步留恋，步步凄恻。当戎马流离之际，

——————————

①"壮士未酬志，乘秋感慨多。幽燕新种落，唐汉旧关河。塞月沉青冢，边声入暮河。如何得万骑，玉垒夜经过。"

② 按：《宋史·艺文志》"汤岩起《诗海遗珠》一卷"此误为《沧海遗珠》。此词还见于清叶芸绅《本事词》、清冯金伯《词苑萃编》卷十三、近代况周颐《蕙风词话》续编卷一。引文多有出入，以元韦居安《梅磵诗话》最准确，与宋史记载相吻合。

不难于慷慨，而难于从容。偶然揽景兴怀，非平日学养醇至不办。兴祖以一官一邑，成仁取义，得力于义方之训深矣。"

通过以上梳理可以看出：河北诗人与河北诗歌是有限的，而宋代诗人表现河北、咏叹河北的诗作却是繁多的。在总数 25 万多首全宋诗中，到底有多少诗人、多少诗作写了河北，写了河北哪些内容，几乎是难以统计的。这些诗的写作，无论是描绘自然山川，还是人文景观，也无论是写景抒情，还是咏史寄意，都缘于诗人对河北燕赵文化的无限赏爱，他们既是燕赵文化现象与文化精神积淀所激发的艺术创造，同时又为不断层积的燕赵文化增加了新的文化内涵，构成河北地域文化发展链条上闪光的一环。

第二编

辽、金、元代河北文学

绪　论

辽、金、元时期在中国历史上是比较特殊的，这三个朝代都由北方游牧民族所开创。辽为契丹、金为女真、元为蒙古。从时间上来看，这三个朝代互为衔接。

辽是契丹贵族建立的王朝，契丹是我国北方古老的游牧民族之一，源出于鲜卑的一支，早先活动于潢水（今内蒙古境内的西拉木伦河）和土河（老哈河）一带。从北魏时起，契丹族就与汉族及其他民族加强了经济贸易、政治等的联系，在不断地交往与战争中迅速发展起来。其首领耶律阿保机于五代后梁末帝贞明二年（916 年）建国，国号大契丹，后改称辽，到宋徽宗宣和七年（1125 年）为金所灭，共 209 年的历史。

金朝是女真贵族于北宋末年创建的封建国家。建国之前，女真族文化上相当落后，受到辽朝统治者的奴役和压迫。北宋末期，完颜阿骨打统一女真各部后，于宋徽宗政和五年（1115 年）建国，后灭辽攻宋，俘虏徽、钦二帝，占据了大半个中国，至金哀宗天兴三年（1234 年）为蒙古所灭，和南宋对峙了 109 年。

在宋金对立时期，蒙古各部落也开始由氏族社会进入奴隶社会的发展变革过程。宋宁宗开禧二年（1206 年），铁木真创立了蒙古帝国，并被尊称为成吉思汗。成吉思汗在位期间，政治、军事上采取了强有力的措施，推进了蒙古社会经济的发展并入侵到长城以南地区。其子窝阔台继位后，于宋理宗端平元年（1234 年）灭了金国，占据了黄河流域的大片土地。到了蒙哥（元宪宗）时代，忽必烈率军征云南，灭大理。1260 年，忽必烈即位，建立"中统"，自命为中原正统帝系的继承者。宋度宗咸淳七年（1271 年），取《易经》中"大哉乾元"之义，改国号为大元，至元十六年（1279年），又灭了南宋，最终统一了全中国，建立了中国历史上第一个少数民族为统治核心的大一统政权。

如上所述，辽、金、元三朝的开创者都属于游牧民族，他们都有着十分强悍勇武的民族性格。然其在建立政权之前，文化上则是相当落后的。契丹建国前没有文字，惟以"刻木之约"而纪事，几乎没有任何有关文学艺术的记载。不过，在阿保机建立国家之后，吸收了一些汉族儒士进入核心权力集团，健全了国家体制，建立了科举制度，使辽代文化有了迅速的发展，在文字、文学、艺术、史学等方面都取得了相当的成就。金王朝的情况也大体如此。据《金史》卷八十四记载，在灭辽战争期间，尚无女真文字，可见女真文化的发展演进是相当缓慢的。但女真统治者进入中原之后，在与汉族群众的长期相处中，他们主动接受汉文化的速度、深度和广度，特别是对科举和教育的重视远远超过了以前任何一个少数民族政权，在文学方面也就取得了远远胜过辽代文学的辉煌成就。

辽代的文学创作主要是诗歌（包括民谣），但保留至今的篇什甚少，而真正符合文学规范的诗歌总共有70余首，都包括在陈辽所辑《全辽文》中。其作者基本上为契丹族诗人和汉族士人两类，而最能体现辽诗艺术特色的则是契丹族诗人的诗作[1]。从目前所存资料来看，辽代的河北诗人值得一提的是涿州人王鼎。另外，他的传奇小说《焚椒录》可能是现存辽代小说的唯一作品。

金代的文学创作，无论其数量还是质量都远远超过了辽代。其诗留存至今的有将近6000首，词有3500多首，散文、小说也都取得了一定成就。另外，院本杂剧和讲唱文学也得到了长足的发展。尤其是金代的诗文理论，在中国文学批评史上占有重要的地位。

金代文学的发展历程，如以代表金代文学最高成就的诗歌（词）为

---

① 张晶：《辽金元诗歌史论》，吉林教育出版社，1995年。

例，学界一般将其划分为三期或四期①。但不管如何划分，河北籍的作家在其每个时段上都留下深深的足迹，甚而成为当时诗坛的领袖，如金初即所谓的"借才异代"时期，蔡松年，真定（今河北省正定县）人，不仅官至宰相，在金代文坛上是"爵位之最重者"，而且也是本期诗坛留存诗歌较多的诗人。特别是他的词，历代词论家将他与吴激并称，称为"吴蔡体"。其长子蔡珪是第二期即所谓"国朝文派"时期重要的诗人之一。金宣宗贞祐南渡（1214年）之后，赵秉文（今河北省磁县人）、李纯甫（今河北省阳原人）成为这一时期的诗坛领袖。另一著名人物王若虚（今河北石家庄市藁城人），不仅是金代著名的诗论家，同时也是重要的诗人。

元代的代表文学元曲——杂剧和散曲，河北的作家不仅数量最多，而且也达到了最光辉的顶点。关汉卿、马致远、王实甫、白朴以及围绕在他们周围的大都作家群、真定作家群，占据了元代前期的曲坛，并为我们留下了像《窦娥冤》、《救风尘》、《单刀会》、《西厢记》、《汉宫秋》、《梧桐雨》、《墙头马上》、《赵氏孤儿》等一大批优秀的文学遗产。诗（词）文方面，河北亦产生了不少名家，如刘因、白朴、刘秉忠、胡紫山、张弘范等。可以说，在元代文学的诸种体裁中，河北的作家都取得了那个时代最杰出的成就，引领了那个时代的潮流。

---

① 许文玉、吴梅、郑振铎、游国恩、周惠泉等人主张将金代文学分为初、中、后三个时期；而《中华文学通史》则主张分为四个时期。

第一章　辽金时期的河北文学创作

　　辽金时期的河北文学，其主要成就是诗歌（词）和文论。辽诗保留下来的很少，有成就的则是契丹诗人。而在汉族诗人中，唯一可提及的河北籍诗人恐只有王鼎。金代文学（主要是诗词）的创作则是另一番景象，其诗歌的数量已构成了一代之诗的规模。就河北籍的诗人而言，不仅出现了像赵秉文、蔡松年、李纯甫、王若虚等一批具有自己鲜明艺术风格的优秀诗人，而且赵、李还长期主宰文坛，引领了时代的风潮。

第一节　辽及金南渡前河北作家的诗文创作

　　王鼎是辽代著名的文学家，鼎字虚中，辽涿州（今河北涿州市）人。自幼好学，居太宁山数年，潜心苦学，博通经史，于辽道宗清宁五年（1059 年）中进士，调易州观察判官，累官至观书殿学士。据《辽史》卷一百零四《文学下》载，其诗思甚敏捷，而且当时的典章多出自其手，撰有《焚椒录》，记述宣懿皇后被诬的事实。除此篇外，《全辽文》还载有其《懿德皇后论》一篇，文章对"懿德之变"的分析尤详。

　　如上所述，金代文学是远远胜过辽代文学的。《金史·文艺传序》云：

　　　　金用武得国，无异于辽，而一代制作能自树立唐、宋间，有非辽世所及，以文不以武也①。

　　《金史·文艺传序》的概括是较为公允的。所谓"能自树立唐、宋

---

　　① 元脱脱等：《金史》，中华书局简体字本，2000 年，第 1813 页。

间"，即是说金诗取得了不同于唐、宋的文学成就。应该说，金代河北诗人的创作风貌，与此是合拍的。

我们按一般文学史划分的时段，来看看河北籍诗人的创作及其在金诗发展史上的地位。

"借才异代"时期，这是金代诗词的发轫期。其重要的诗人是蔡松年。

蔡松年（1107～1159年），字伯坚，自号萧闲老人，真定人。其父靖，北宋宣和末年守燕山，后兵败降金，松年也随之入金。他在金代文坛上是"爵位之最重者"，官至尚书右丞相，加仪同三司，封卫国公，卒，加封吴国公，谥文简，有《萧闲公集》。元好问《中州集》录其诗59首。

蔡松年的诗多抒发归隐林下之意、自适之趣，如《淮南道中》：

> 南楚二月雨，淮天如漏卮。畏途泥三尺，车马真鸡栖。却思闲居乐，雨具无所施。高枕听檐声，炉烟晕如丝。①

> 南渡国不竞，晋民益疮痍。陶翁遽超然，不忍啜其醨。北窗谈清风，慨望羲皇时。道丧可奈何，抱琴酒一卮。

诗中表达了远离尘世的归田之乐和羡慕陶渊明的超然。但实际上，他并没有也不可能真的忘怀现实。其他如《漫成》、《西京道中》、《闲居漫兴》等，大体都表达的是这种心境。

这一时期的词坛，声望最高的是蔡松年和吴激，并称"吴蔡体"。其词集《明秀集》，以雄爽隽逸冠冕一时。其作品最为时人称道的是[念奴娇·离骚痛饮]：

> 离骚痛饮，笑人生佳处，能消何物。夷甫当年成底事，空想岩岩玉璧。五亩苍烟，一邱寒碧，岁晚忧风雪。西州扶病，至今悲感前杰。我梦卜筑萧闲，觉来岩桂，十里幽香发。兕觥

---

① 元好问：《中州集》，中华书局，1959年。

胸中冰与炭，一酹春风都灭。胜日神交，悠然得意，遗恨无毫
发。古今同致，永和徒记年月。①

词前小序说："还都后诸公见追和赤壁词，用韵者凡六人，亦复重赋。"
序中所谓"追和赤壁词"，是指作者天眷三年（1140 年）用苏轼"赤壁
怀古"词原韵所作的《念奴娇》词。此首是重赋，较之前一首更为时人
所称赏，金末元好问在《中州乐府》中许为压卷之作。词作慷慨激宕，
洗尽铅华，深得苏轼豪放词的影响。然词中也曲折透露了作者思念故
国、归隐林泉的复杂感情。

金世宗大定（1161～1189 年）、章宗明昌（1190～1196 年）时期，
是金王朝社会趋于稳定繁荣、诗坛也异常活跃的时期。这时，金朝本土
上成长起来的一批作家，使金代文学的发展进入了一个新的阶段，形成
了金元文学自己的特色，元好问在《中州集》里将他们归为"国朝文
派"。这一时期的重要作家，属于河北的有蔡珪、赵秉文、周昂和王
寂等。

蔡珪（？～1174 年），字正甫，是蔡松年的长子。天德三年（1151
年）进士及第，授澄州军事判官，大定中，由礼部郎中封真定县男，除
潍州刺史。他的文学成就主要在散文方面，惜多散佚失传，有文集 55
卷。其诗歌骨力苍劲、雄健奇峭，带有典型的塞北豪犷之风。元好问以
蔡珪作为首开"国朝文派"的诗人，的确，他开创了不同于"借才异
代"的雄健诗风，如《野鹰来》：

南山有奇鹰，置穴千仞山。网罗虽欲施，藤石不可攀。鹰
朝飞，耸肩下视平芜低，健狐跃兔藏何迟，鹰暮来，腹肉一饱
精神开。招呼不上刘表台。锦衣少年莫留意，饥饱不能随
尔辈。

此诗描写了野鹰的雄健形象。实际表现了他自己的高远理想和宽阔的胸

① 唐圭璋：《全金元词》，中华书局，1979 年。凡引用的金词版本同，不再另注。

襟。句式参差变化，意象奇矫生新，显现出其雄奇矫厉的诗歌风格，如《闾山》、《医巫闾》等诗，苍健豪宕、意象雄奇，充分体现出"国朝文派"的美学特征。

蔡珪亦能词，但仅存一首［江城子·鹊声迎客到庭除］，附其父之《萧闲公集》后。此诗写作者在三河县迎接从北都远道归来的老友王温季（一作王季温），在看似平铺直叙中变化多端，结尾尤显别致新颖，这与他的诗歌创作是密不可分的。

赵秉文在金诗发展史上是一个重要的人物，在这一时期以及南渡之后他都是诗坛的领袖人物之一，关于其创作成就及其文论主张，详见下节。

周昂（？～1211年），字德卿，真定人，21岁中进士，曾任南和簿、监察御史、六部员外郎等职。大安三年（1211年），周昂与其侄周嗣明同死于蒙古军难。

周昂的诗以五言律诗见长，如《边月》：

> 边月弓初满，山城角尚孤。中天看独立，永夜兴谁俱。未觉风生晕，空怀斗转隅。含情知白兔，欲下更踟躇。

诗写边塞风物，风格沉郁凝练。其他如《夜步》、《边俗》等写边塞的五言律诗，颇具杜甫五律的神韵。周昂的历史怀古诗有着深重的历史感，同时又表现了其强烈的主体意识，如《谒先主庙》、《晓望》、《晚步》、《夜步》、《山家》等。元好问《中州集》选其诗100首，周昂是入选篇目最多的诗人①。

王寂（1128～1194年），字元老，号拙轩，蓟州玉田（今河北省玉田县）人，天德三年（1151年）登进士第，仕为中都路转运使，拜礼部尚书，卒谥文肃。王寂以文章政事显于世，著有《拙轩集》、《鸭江行部志》、《辽东行部志》等。《拙轩集》存其诗194首，词35首。《四库

---

① 张晶：《辽金元诗歌史论》，吉林教育出版社，1995年。

全书总目提要》卷一百六十六评价为："寂诗文清新刻露，有戛戛独造之风，在大定、明昌间卓然不愧为作者。"其诗拗峭苍劲，如七律《日暮倚杖水边》：

> 水国西风小摇落，撩人羁绪乱如丝。大夫泽畔行吟处，司马江头送别时。尔辈何伤吾道在，此心惟有彼苍知。苍颜华发今如许，便挂衣冠已是迟。

此诗是王寂被贬蔡州时所作。全诗抒发了作者的抑郁不平之气，颇有"戛戛独造之风"。他的七言古诗《客中戏用龙溪借书韵》更能见出其诗风的拗峭奇突：

> 太行西北云横月，一日九迴肠断续。舍官就养诚所愿，百口煎熬食不足。逆行倒置坐迂阔，相负此生惟此腹……文章既不一钱直，五经安用窗前读。东涂西抹竟何有。坐叹马鞍消髀肉。公家无补一毫发，鼠窃太仓饕寸禄。既无里妪谁乞火，未有先客莫投玉。天涯怀抱为谁开，尽写穷愁入诗轴。

这首诗抒写了作者的穷愁之状，发泄了胸中的抑郁不平。"诗人把歌行体的壮阔豪宕与江西派的生新拗峭融为一体……这种诗格，较为生新，易于造成陌生化的审美效应。"①

王寂一生曾多次远赴东北，并写成了两部"行志"。其诗其文都有描写东北之秀丽山川的，如《留题觉华岛龙宫寺》云："平生电检江山好，只有龙宫觉华岛。"其文亦清新可读，如描写千山瀑布的秀美："北望苍岩瀑布，如千尺玉虹，飞落沧海，下瞰云涛雪浪，舂撞击搏，其声如奔雷骤雨，跳珠溅玉，倒射轩窗，虽六月，不知暑也。"（《鸭江行部志》）

王寂亦能词，如［鹧鸪天］：

---

① 张晶：《辽金元诗歌史论》，吉林教育出版社，1995年，第123页。

秋后亭皋木叶稀，霜前关塞雁南归。晚云散去山腰瘦，宿
雨来时水面肥。吾老矣，久忘机，沙鸥相对不惊飞。柳溪父老
应怜我，荒却溪南旧钓矶。

这首词上片写秋景，下片抒发其自甘恬淡一生的心境。

王寂的散文，有几篇抒发了其牢骚不平之气，如作于贬官期间的
《与文伯起书》、《三友轩记》等，其失意之情亦显显可见。

第二节　金南渡后的河北诗文作家及诗学理论

金宣宗贞祐二年（1214 年），金在强大的蒙古军事威胁下不得不南
渡黄河、迁都汴京（今河南开封市）。以此为转折点，金代社会进入后
期，金王朝也在内外交困中走向了灭亡。但诗坛的情景却与政局不同，
金诗不仅没有走向衰落，反而出现了新的生机，渐趋达到了金诗的高
潮。诗坛上涌现出不同的诗歌流派，而且一改明昌、承安年间"尖新、
浮艳"的诗风，使诗的主流转向更加质朴刚健。赵秉文、王若虚、李纯
甫等河北诗文作家可被视为南渡诗坛的领袖，他们不仅有着各自的诗学
主张，而且在创作上也形成了各自的流派风格。

赵秉文（1159～1232 年），字周臣，号闲闲老人，磁州滏阳（今河
北省磁县）人，大定二十五年（1185 年）登进士第，明昌六年（1195
年）任应奉翰林文字、同知制诰，贞祐四年（1216 年）拜翰林侍讲学
士，兴定元年（1217 年）拜礼部尚书兼侍读学士，晚年退职归田。自
大安三年（1211 年）党怀英辞世后，他便成为文坛盟主，南渡后，又
与杨云翼执掌文坛 20 年，时人号称"杨、赵"。其为人平易，不以大名
自居，虽仕五朝，官六卿，而自奉如寒士，性好学，自幼至老，未尝一
日废书。赵秉文的诗文创作非常丰富，有《闲闲老人滏水文集》30 卷
存世。同时他也是著名的学者，有《易丛说》、《中庸说》、《扬子发微》、
《文中子类说》、《南华略释》、《列子补注》、《资暇录》等，著述甚繁，

另外，在书法、绘画等方面亦有很高的造诣，有着杰出的艺术成就。

赵秉文的诗歌诸体兼长，风格多样。其七言长诗气势奔放、不拘一格；五言古诗则简澹清远；律诗则壮丽。然就其主导倾向而言，却是清新淡雅、平淡含蓄的，大体接近于魏晋时期的陶、谢及唐代的王、孟、韦、柳诗风。诗题多标明拟某某作，或效某某诗人，如《仿摩诘独坐幽篁里二首》：

> 独坐幽林下，谈玄复观易。西日隐半峰，返照林间石。
> 石上多古苔，山花间红碧。花落人不知，山空水流出。[①]

再如《和渊明饮酒》其七：

> 幽居淡无事，雅志了元经。眼花憎文字，悠悠竟无成。中夜守不寐，披衣起寒更。梅竹散清影，素月流广庭。孤鹤闳逸响，切切寒虫鸣。拊卷长叹息，慨慷恻中情。

其他如《和渊明拟古》、《和韦苏州秋斋独宿》、《拟兵卫森画戟》等，这类诗歌在赵秉文的闲闲集中很多，其风格在近似师法对象的同时，又带有自己疏淡古朴、清幽空寂的特点，而且在精神上与陶谢王孟也是一脉相承的。

当然，这并不是说赵秉文已完全地超俗绝尘，事实上他并没有忘怀世事。其《中秋金河感怀》云：

> ……山川新战血，宇宙旧飘蓬。扰扰余生事，愁来醉眼中。

诗中寄寓了颇多的感慨。另外，他的《白雁》诗借白雁的形象表达了内心的隐曲等，这有助于我们对赵秉文复杂心态的了解。

赵秉文亦能词，其［大江东去·秋光一片］旷放有苏轼之风，纵横挥洒，毫无拘碍，确为大手笔，前人评之曰："视（东坡）'大江东去'

---

① 赵秉文：《闲闲老人滏水文集》，商务印书馆据畿辅丛书本，1936 年，以下引文版本同。

信在伯仲间。"这个评价是客观公允的。秉文亦擅填曲，《全元曲》收其[青杏儿]小令一支，多被视为北曲的典范之作。

赵秉文的散文最见功力的作品，是其记叙一类的文字，如《适安堂记》、《寓乐亭记》、《磁州石桥记》等，这些散文都写得雍容博大，很有些气魄。

赵秉文还是金代著名的文学批评家。如上所述，他在创作上不主一家的倾向在其文学理论批评中亦有明显系统的阐述。大体说来，南渡诗坛上形成了两个不同的诗歌流派：一派以赵秉文、王若虚为代表；另一派以李纯甫、雷渊为代表。虽然他们都力图扭转明昌、承安时期作诗尚尖新、务与前人不同而刻意求工求丽从而陷入浮艳的倾向，但在诗学观念上却是有较大分歧的。

师古与达意是赵秉文论文的关键。其《答李天英书》云：

> 足下之言，措意不蹈袭前人一语，此最诗人妙处。然亦从古人中入，譬如弹琴不师谱，称物不师衡，上匠不师绳墨，独自师心，虽终身无成可也。故为文当师六经、左丘明、庄周、太史公、贾谊、刘向、扬雄、韩愈；为诗当师三百篇、离骚、文选古诗十九首，下及李杜；学书当师三代金石、钟、王、欧、虞、颜、柳，尽得诸人之状，然后卓然自成一家。非有意于专师古人也。亦非有意于专摈古人也。自书契以来，未有摈古人而独立者。若扬子云不师古人，然亦有拟相如四赋。韩退之"惟陈言之务去"，若《进学解》则《答客难》之变也，《南山诗》则子厚之余也。岂遽汗漫自师胸臆，至不成语，然后为快哉。然此诗人造语之工，古人谓之一艺可也。至于诗文之意，当以明王道、辅教化为主。六经吾师也，可以一艺名之哉。

李天英（经）是赵秉文的后辈，有诗名，然其作诗不师前人而刻意求新，赵秉文的这封复信就是对李经"独自师心"的规劝。信中提出广泛师承古代诗文的主张：为文当学先秦两汉，下及韩愈；为诗应学《三百篇》、《离骚》、《文选古诗十九首》，下及李、杜。唯如此，才能"尽得诸家之长"、"卓然自成一家"。而为文为诗的宗旨则是"明王道、辅教化"，显见他的"师古"主张，是建立在典型的传统儒家教化论基础之上的。应该说，在金朝以词赋取士、为文为诗无补于世事的时代，赵秉文的"师古"理论是具有广泛意义的。

关于"达意"，他在《竹溪先生文集引》中有集中的论述：

> 文以意为主，辞以达意而已。古之人不尚虚饰，因事遣辞，形吾心之所欲言者耳。间有心之所不能言者，而能形之于文，斯亦文之至乎。譬之水不动则平，及其石激渊洄，纷然而龙翔，宛然而凤蹇，千变万化，不可弹穷，此天下之至文也。亡宋百余年间，唯欧阳公之文不为尖新艰险之语，而有从容闲雅之态，丰而不余一言，约而不失一辞，使人读之者亹亹不厌。盖非务奇之为尚，而其势不得不然之为尚也。

既然"文以意为主"，文是心灵的表现，那么，语言表现就要根据内容的需要"因事遣辞"，故而他反对"务奇之为尚"、"尖新艰险之语"。

赵秉文的诗学观点上承周昂而下启王若虚，对王若虚有重要的影响。

金南渡后，文风大变，与赵秉文、李纯甫大力反对艳靡、拘律，力倡诗学风雅是密不可分的。但二人在诗学观点上却存在着明显的分歧。

李纯甫（1177～1223年），字之纯，号屏山居士，弘州襄阴（今河北省阳原县）人，承安二年（1197年）进士，曾入翰林，官至尚书右司都事。他是金代后期的文章大家，为文法庄周、左氏，故其词雄奇简古，一生文章著述颇富，然多散佚。其诗论主张，除刘祁《归潜志》所载片言只语外，最主要的则是《中州集》卷二刘汲小传所引《西岩集序》：

　　人心不同如面，其心之声发而为言，言中理谓之文，文而有节为之诗，然则诗者，文之变也，岂有定体哉？故三百篇，什无定章，章无定句，句无定字，字无定音。大小长短，险易轻重，惟意所适，虽役夫室妾悲愤感激之语，与圣贤相杂而无愧，亦各言其志也已矣，何后世议论之不公邪？齐梁以降，病以声律，类俳优然，沈宋而下，裁其句读，又俚俗之甚者，自谓灵均以来，此秘未睹，此可笑者一也。李义山喜用僻事，下奇字，晚唐人多效之，号"西昆体"，殊无典雅浑厚之气，反詈杜少陵为村夫子，此可笑者二也。黄鲁直天资峭拔，摆出翰墨畦径，以俗为雅，以故为新，不犯正位，如参禅着末后句为具眼。江西诸君子，翕然推重，别为一派。高者雕镌尖刻，下者模影剽窜，公言韩退之以文为诗，如教坊雷大使舞。又云，学退之不至，即一白乐天耳，此可笑者三也。嗟乎，此说既行，天下宁复有诗邪。比读刘西岩诗，质而不野，清而不寒，简而有理，澹而有味，盖学乐天而酷似之。观其为人，必傲世而自重者。颇喜浮屠，邃于性理之说。凡一篇一咏，必有深意，能道退居之乐，皆诗人之自得，不为后世议论所夺，真豪杰之士也。①

如果说赵秉文的诗论与儒家传统观念较为接近的话，那么，李纯甫的"人心不同如面"则特别强调"人心"之间的差异，"诗为心声"，也就是说，诗是"心声"的表现。而"心声"自然是千差万别的，故而李纯甫提出"诗无定体"，"各言其志"，即诗歌应具有鲜明的个性。要而言之，赵以儒家文学观为思想基础，而李则崇尚老庄，"援儒入释，推释附儒"，尤其以佛教为先；在如何师古、自成一家的问题上，赵主张广泛师承，得诸家之长而以雅正为归，而李则更强调摆脱畦径，自成一

---

① 元好问：《中州集》卷二，中华书局，1959年，第77~78页。

家，表现强烈的个性色彩。另外，赵重在纪实，而李则重主观抒情等。当然，他们在反对当时浮艳、尖新的文风方面则是一致的。

在诗歌创作上，李纯甫多喜奇峭造句，追求雄奇险劲的风格，如《送李经》：

> 髯张元是人中雄，喜如俊鹘盘秋空。怒如怪兽拔枯松，老我不敢婴其锋。更着短周时缓颊，智囊无底眼如月。斫头不屈面如铁，一说未穷复一说。劲敌相扼已铮铮，二豪同军又连衡。屏山直欲把降旌，不意人间有阿经。阿经瑰奇天下士，笔头风雨三千字。醉倒谪仙元不死，时借奇兵攻二子。纵饮高歌燕市中，相视一笑生春风。人憎鬼妒愁天公，径夺吾弟还辽东。短周醉别默无语，髯张亦作冲冠怒。阿经老泪和秋雨，只有屏山拔剑舞。拔剑雾，击剑歌，人非麋鹿将如何。秋天万里一明月，西风吹梦飞关河。此心耿耿轩辕镜，底用儿女肩相摩。有智无智三十里，眉睫之间见吾弟。

在抒写真挚友情的同时，活画出李经（阿经）、张伯玉（髯张）和周嗣明（短周）这些奇士的风貌，展现出豪杰之士的桀骜个性。诗中用了很多奇特的意象，而贯穿全诗的则是雄奇悲慨之气。其他如《雪后》、《灞陵风雪》等，大体都属于这种风格。李纯甫及李经、张毂、周嗣明、雷渊、赵元等这些志同道合的诗友，形成了金代后期奇崛险怪的"尚奇"诗派。

王若虚是金代后期著名的文学批评家和诗人，其诗论在中国文学批评史上占有较为重要的地位。

王若虚（1174～1243 年），字从之，号慵夫，又号滹南遗老，藁城人，承安二年（1197 年）进士，累官门山令、刺史、著作郎，官至翰林直学士，金亡不仕，有诗论著作《滹南诗话》、诗文集《滹南遗老集》46 卷。

王若虚诗学思想的基本观点深受其舅周昂的影响。周昂主张"文章以意为主，以字语为役。主强而役弱，则无令不从"，"文章工于外而拙于内者，可以警四筵而不可以适独坐，可以取口称而不可以得首肯"，"以巧为巧，其巧不足；巧拙相济，则使人不厌。唯甚巧者，乃能就拙为巧，所谓游戏者，一文一质，道之中也。雕琢太甚，则伤其全；经营过甚，则失其本"。王若虚在此基础上又有新的发展和开拓，在其《滹南诗话》中他评论道：

> 近岁诸公，以作诗自名者甚众，然往往持论太高，开口辄以《三百篇》、《十九首》为准。六朝而下，渐不满意。至宋人殆不齿矣。此固知本之说，然世间万变，皆与古不同，何独文章而可以一律限之乎？就使后人所作可到《三百篇》，亦不肯悉安于是矣。何者？滑稽自喜，出奇巧相夸，人情固有不能已焉者。宋人之诗虽大体衰于前古，要亦有以自立，不必尽居其后也。遂鄙薄而不道，不已甚乎？少陵以文章为小技，程氏以诗为闲言语，然则凡辞达理顺，无可瑕疵者，皆在所取可也。其余优劣，何足多较哉？

又在其《文辨》中说：

> 夫文章唯求真是而已，须存古意何为哉？

从以上的观点可以看出，王若虚持论与赵秉文大体一致，但也有许多差异之处。

他在文学创作原理上提倡"自得"之说：

> 古之诗人，虽趣尚不同，体制不一，要皆出于自得。至其辞达理顺，皆足以名家，何尝有以句法绳人者。鲁直开口论句法，此便是不及古人处。而门徒亲党以衣钵相传，号称法嗣，岂诗之真理也哉？

"自得"即是要求文学创作应该表现创作主体的真情实感，也就是上文所说"文章唯求真是而已"的意思。从创作主体来说，指性情之真，犹如从肝肺间流出一样。而在客体方面，指创作要符合事物的本来面貌。

由求真出发，王若虚论文强调"以意为主"，"随物赋形"，"因事陈辞"，不可雕琢太甚："夫文岂有定法哉？意所至则为之，题意适然，殊无害也。"[①]这些观点与他所提出的"辞达理顺"在精神上则是基本一致的。

在批评论中，他高度评价了苏轼、白居易的作品，认为他们的诗文创作"唯意所适"，以自然为宗、合乎天道。而对黄庭坚及江西诗派讲究句律绳墨、务为奇峭的诗风则处处诋毁贬抑。其用意实际是针对李纯甫一派尚奇的诗风及其诗学主张的。

王若虚的诗作，《中州集》选录其33首，《滹南遗老集》则存40首。其诗歌创作体现了他的诗歌主张。与李纯甫一派的奇崛诗风相比，其诗歌的风格则显得平实淡远，如《抒愤》：

> 非存骄謇心，非徼正直誉。浩然方寸间，自有太高处。平生少谐合，举足逢怨怒。礼义初不愆，谤讪亦奚顾。孔子自知明，桓魋非所惧。孟轲本不逢，岂为臧氏沮。天命有穷达，人情私好恶。以此常泰然，不作身外虑。

这首诗表现了诗人不容于世俗但依然处之坦然的真性情，是其真实心灵的袒露。其他如《感怀》、《慵夫自号》、《生日自况》、《失子》、《贫士叹》等莫不如此。其诗歌的总体风格特征，用他自己的话说，就是"典实过于浮华，平易多于奇险"，这个评价是较为全面准确的。

王若虚的部分散文充满了论辩色彩，如《五经辨惑》、《论语辨惑序》等，这类议论文写得明白晓畅。而一些记叙杂文，如《高思城咏白堂记》、《门山县吏隐堂记》等，则写得委婉曲折、较有情致，大有欧、苏散文的特点。其用语吐辞，则归于平易自然。

---

① 王若虚：《滹南先生文集》卷三十六《文辨》。

金元时期的河北文学创作，除上面几位大家的诗歌（词）创作及其理论外，值得提起的还有词的创作。据《全金元词》的统计，河北籍作家有词作流传的还有如下作者。

郑子聃（1126~1180年），字景纯，大定（今河北省平泉县）人，正龙二年（1157年）状元，累官吏部侍郎，大定二十年卒，年55岁。

任询，字君谟，号南麓，易州军（今河北省易县）人，正隆二年（1157年）进士，曾任益都都司判官，北京盐使颗殿，后致仕，大定中卒，年70岁。

王碉，字逸滨，临洺（今河北省永年县）人，明昌中，授鹿邑主簿，金章宗泰和三年（1203年）卒。

许古（1157~1230年），字道真，河间（今河北省河间县）人，明昌五年（1194年）进士，曾任左司谏。许古为官清廉，敢于直谏，性嗜酒，好为诗，《金史》卷一〇九有传。

李天翼，字辅之，固安（今河北省固安县）人，贞祐二年（1214年）进士，历任荥阳、长社、开封三县令，后辟济南漕司从事。

赵摅，字子充，自号醉全道人，宛平（河北省蓟县，今属天津市）人，曾官翰林。

高永（1187~1232年），字信卿，初名夔，字舜卿，又名揆，号应庵，渔阳（河北省蓟县，今属天津市）人，累举不第，出入李纯甫之门，其学遂进，正大末卒，年46岁。

这些词人都有词作问世，其艺术成就亦参差不等。

第二章 伟大的戏剧家关汉卿

关汉卿是元代剧坛上最早也是最伟大的戏剧作家。他既是元代杂剧的奠基者，也是元代杂剧创作走向艺术高峰的旗帜和标志。他与白朴、马致远、郑光祖被后世尊为"元曲四大家"。他的作品，广泛而深刻地反映了元代社会的腐败和黑暗，以及对广大下层百姓的深切同情。王国维《宋元戏曲史》说："关汉卿一空依傍，自铸伟词，而其言曲尽人情，字字本色，故为元人第一。"良非虚誉。我们说，他是一个伟大的人道主义作家，他的作品，称得起"卓越的现实主义历史"。

第一节 关汉卿的生平与创作

关汉卿的生平事迹资料很少。关于他的籍贯、生卒年历来聚讼纷纭，元钟嗣成《录鬼簿》说："关汉卿，大都人，太医院尹，号已斋叟。"大都即今之北京。又清乾隆二十年（1755年）王楷、张万铨等编修的《祁州旧志》卷八"纪事"条说："汉卿，元时祁之伍仁村人也。"祁州即今河北省安国市。近人魏复乾先生经过多年考证后，认为"关汉卿故宅位于该村之西兴云寺之南"（《逸经》）。20世纪80年代后，经过王学奇、常林炎、张月中等诸先生的实地考察，发现了不少有关关汉卿的资料，确认了关汉卿的籍贯就是安国市伍仁村。①

关汉卿其名不详，汉卿是他的字，生卒年已不可确知。朱经《青楼集序》云："我皇元初并海宇，而金之遗民若杜散人（杜仁杰）、白兰谷（白朴）、关已斋辈，皆不屑仕进。"白朴在金亡时才8岁，可推断关汉

---

① 张月中：《关汉卿丛考》，载《关汉卿研究精华》，花山文艺出版社，1990年，第59～68页。

卿的年辈与他相当。关汉卿大约生于 1225 年前后，卒于 1302 年左右。

关汉卿曾做过太医院尹，《析津志》也把他列入《名宦》传，大概曾一度担任过太医院的官员。他又是大都玉京书会中最著名的作家，与很多曲家和演员都有交往①，因之才长期定居于大都。他晚年到过杭州，写了一套散曲【南吕·一枝花】《杭州景》，其中有"大元朝新附国，亡宋家旧华夷"的句子，时间表明在 1279 年元灭南宋之后。他还创作了【大德歌】十首，其《冬》之七中有"吹一个，弹一个，唱新行大德歌"数语，大德是元成宗年号，（1297 年，成宗改元贞年号为大德），由此可知关汉卿的创作一直延续到大德初年。

《析津志》说关汉卿"生而倜傥，博学能文，滑稽多智，蕴藉风流，为一时之冠"。由此可看出他的性格和为人。特别是在他的自叙性散曲【南吕·一枝花】《不伏老》里，塑造了一个风流浪子形象，可视之为他的自况。他公然宣称"我是个普天下郎君领袖，盖世界浪子班头"，又说，"我是个锦阵花营都帅头，曾玩府游州"。"郎君"即嫖客，"锦阵"、"花营"均指妓院。由此看来，关汉卿对此是毫不忌讳的，还以此为荣。他极力夸张自己多才多艺：会围棋、蹴鞠、打围、插科、歌舞、吹弹、咽作、吟诗、双陆。在此曲的最后，他表示："你便是落了我牙、歪了我嘴、瘸了我腿、折了我手，天赐与我这几般儿歹症候，尚兀自不肯休。则除是阎王亲自唤，神鬼自来勾，三魂归地府，七魄丧冥幽，天哪，那其间才不向烟花儿路上走。"这套曲子充分展示出关汉卿倜傥风流、桀骜不驯的绝不向世俗屈服的个性风采。

关汉卿不仅是一个伟大的剧作家，甚至他还亲自登台演戏，有丰富的舞台经验，臧晋叔《元曲选序》说他"躬践排场，面敷粉墨"，"偶倡优而不辞"。他是中国古代戏剧史上不多见的集创作和演出于一身的全

---

① 据《录鬼簿》说，杨显之"与汉卿莫逆交，凡有珠玉，与公较之"；梁进之"与汉卿世交"；费君祥"与汉卿交"；《南村辍耕录》说，关汉卿与散曲名家王和卿为友，常相互讥谑。又，名优珠帘秀与汉卿亦有交往，汉卿曾以【南·吕一枝花】散套相赠。

能戏曲家。

关汉卿一生创作了 60 多种杂剧，但散佚的很多，现在保存下来的有 18 种。计有：《感天动地窦娥冤》、《赵盼儿风月救风尘》、《包待制三勘蝴蝶梦》、《杜蕊娘智赏金线池》、《望江亭中秋切脍旦》、《温太真玉镜台》、《钱大尹智宠谢天香》、《包待制智斩鲁斋郎》、《关大王单刀会》、《关张双赴西蜀梦》、《闺怨佳人拜月亭》、《诈妮子调风月》、《山神庙裴度还带》、《邓夫人苦痛哭存孝》、《刘夫人庆赏五侯宴》、《状元堂陈母教子》、《尉迟恭单鞭夺槊》、《钱大尹智勘绯衣梦》。

在上面的 18 种杂剧中，有些作品，如《五侯宴》、《鲁斋郎》，诸本《录鬼簿》失载剧名；《单鞭夺槊》、《裴度还带》，有人认为与关汉卿的剧作风格不合。这些作品究竟是否为关汉卿所作，似可进一步考证。不过，在没有提出新的更为可靠的证据之前，我们还是应把这些作品归在关汉卿的名下。①

关汉卿除杂剧外，还有部分散曲保存在《阳春白雪》和《太平乐府》中，共计小令 57 首，套曲 14 套，其余皆失传。

第二节　《窦娥冤》与关汉卿的悲剧创作

就关汉卿现存的杂剧作品来看，从数量上说，喜剧较多，悲剧次之，还有少数英雄颂剧。现以此分类加以评说。

《窦娥冤》是关汉卿悲剧的代表作，也是元杂剧的重要作品。它的题材渊源于《汉书·于定国传》中的"东海孝妇"和"邹衍下狱"两则古代故事以及干宝《搜神记》卷十一等。《搜神记》所记故事如下：

汉时，东海孝妇，养姑甚谨。姑曰："妇养我勤苦，我已老，何惜余年，久累少年。"遂自缢死。其女告官云："妇杀我

---

① 王学奇等：《关汉卿全集校注》，河北教育出版社，1988 年，《凡例》，第 3 页。

母。"官收系之，拷掠毒治。孝妇不堪苦楚，自诬服之。时于公为狱吏，曰："此妇养姑十余年，以孝闻彻，必不杀也。"太守不听。于公争不得理，抱其狱词，哭于府而去。自后郡中枯旱，三年不雨。后太守至，于公曰："孝妇不当死，前太守枉杀之。咎当在此。"太守即时身祭孝妇冢，因表其墓，天立雨，岁大熟。长老传云："孝妇名周青。青将死，车载十丈竹竿，以悬五幡。立誓于众曰：'青若有罪，愿杀，血当顺下；青若枉死，血当逆流。'既而行刑已，其血青黄，缘幡而上标，又缘幡而下云。"

"邹衍下狱"的传说，见《文选》江淹《诣建平王上书》李善注引《淮南子》。战国时燕人邹衍对燕王很忠诚，被人诬陷，燕王不辨真伪，将他下狱，他仰天大哭，时值六月，天竟降下霜来。在元代，王实甫、梁进之都有《于公高门》杂剧。（见《录鬼簿》），关汉卿在创作中显然受了这两个民间传说的启示和影响，在有关戏曲创作的基础上，结合元代的社会现实生活，写出了这样一部震撼天地、激动人心的悲剧。

《窦娥冤》生动地反映了元代这个悲剧的时代，可说是当时社会的缩影。这里有读书人的一贫如洗，为求取功名、不得已以亲生女抵债；"羊羔利"高利贷的盘剥；官府的贪赃枉法，草菅人命；地痞的横行霸道，敲诈勒索以及强婚、逼婚、童养媳、买卖婚姻等。总之，在这里没有是非公道，只有负屈衔冤，"为善的受贫穷更命短，造恶的享富贵又寿延"。窦娥，这位善良的女性生活在这样的环境里，其命运则是可想而知的。

剧中的主人公窦娥，是封建社会里命苦到不能再苦的"孝女"和"节妇"的典型。她3岁丧母，7岁因抵债被卖做童养媳，17岁与丈夫完婚，但婚后不久，丈夫因病去世，窦娥随即变为寡妇。这个出身于读书人家的女孩子，几乎承受了人世间的一切苦难。她再次出现在舞台时，已是独守空房三年的寡妇了，下面这支曲子，十分准确地透视出她的孤寂生活和悲凉的心境：

> 则问那黄昏白昼，两般儿忘餐废寝几时休？大都来昨宵梦里，和着这今日心头。催人泪的是锦烂漫花枝横绣闼，断人肠的是剔团圆月色挂妆楼。长则是急煎煎按不住意中焦，闷沉沉展不彻眉尖皱，越觉的情怀冗冗，心绪悠悠。
>
> ——第一折〔混江龙〕

烂漫的花枝竟然催她落泪——因为她已失去了那种蓬勃的生气；团圆的月亮竟然使她断肠——因为她再也无从享受那种团圆的幸福。触景生情，反映出她内心的痛苦之深。她不由得自叹道："窦娥也，你这命好苦也呵！"但同时，她也在探究她苦命的缘由："莫不是前世里烧香不到头，今也波生招祸尤？劝今人早将来世修。我将这婆侍养，我将这服孝守，我言辞须应口。"（第一折〔天下乐〕）她虽对命运有所怀疑，但她认定这是前生注定、命运的安排。她只能默默地忍受着，恪守着"孝道"、"妇道"等封建伦理观念，完全是个封建社会的地道的顺民。

　　然而，饱受生活折磨的善良柔弱的窦娥，并未因此而过上安静的家庭生活。相反，一连串的厄运最终还是降到了她的身上。先是，她的婆婆蔡氏为收取利息被无力偿还的赛卢医谋财害命，被张驴父子救出后，不怀好意的张氏父子又乘危要挟，图谋蔡氏婆媳。窦娥严守妇道，对非礼的张驴儿坚决予以拒绝。张驴儿怀恨在心，伺机毒死蔡婆而强占窦娥，没想到却毒死了自己的父亲。张驴儿恼羞成怒，反诬窦娥药死了公公，以"官休"相威胁，实则是迫使窦娥就范。窦娥完全相信官府，她深以为父母官"明如镜，清如水"，毫不犹豫地愿与张驴去对簿公堂，相信官府会还她一个清白。但在昏官桃杌的"一杖下，一道血，一层皮"的残酷现实教训下，她终于觉醒过来，才懂得原来"官吏每无心正法，使百姓有口难言"。桃杌太守的"人是贱虫，不打不招"也并未使窦娥屈服招供，但当贪官要对其婆婆动刑时，为了使年迈的婆婆免受刑笞之苦，她却主动承担了药死公公的罪名，正如她对婆婆所说："若是我不死，如何救得了你。"窦娥的这种孝，绝不同于传统的封建性愚孝。它是我们民族的一种崇高品德，一种舍己为人的勇敢的英雄行为。

但恰恰是窦娥的这种高尚品性却把她推向了刑场。在她被绑赴法场斩首的时候，她最后地希望也破灭了，这才对代表现存秩序的天地鬼神提出了震撼人心的抗议与控诉：

> 没来由犯王法，不堤防遭刑宪，叫声屈动地惊天。顷刻间游魂先赴森罗殿，怎不将天地也生埋怨。

——第三折［端正好］

> 有日月朝暮悬，有鬼神掌著生死权。天地也只合把清浊分辨，可怎生糊突了盗跖、颜渊！为善的，受贫穷更命短，造恶的，享富贵又寿延。天地也做得个怕硬欺软，却元来也这般顺水推船。地也，你不分好歹何为地，天也，你错勘贤愚枉做天！唉，只落得两泪涟涟。

——第三折［滚绣球］

这两支曲子激越悲壮，指天骂地，敢怒敢言，对是非混淆、黑白颠倒的不合理社会作出了最精当的概括。对天地鬼神的怀疑和批判，也就是对现存社会政治制度的怀疑和批判。它清晰显示出窦娥性格发展变化的轨迹——由一个天真的顺民成为英勇的叛逆者，并发誓要"争到头，竞到底"，绝不妥协，终于由"认命"走向与命运独立抗争的道路，这是窦娥性格的升华。临刑前，窦娥对苍天大地发了三桩誓愿：一是血溅素练；二是六月飞雪；三是楚州三年亢旱不雨。三桩誓愿的一一应验，把窦娥的反抗性格推向顶端。

剧本最后出现鬼魂复仇的场面。窦娥身化厉鬼，仍要报仇雪恨，这是窦娥"争到底"斗争性格的逻辑延展，因为恶势力并未铲除，泼皮恶霸张驴儿依然逍遥法外，贪赃枉法的官吏竟然加官晋级。耐人寻味的是，窦娥的冤案，竟然是由于窦娥的鬼魂在已任"两淮提刑肃政廉访使"的父亲书案前的多次警示力争下，才得以最终的平反昭雪，这种以非人间的力量来解决人间问题的结局，一方面体现了人民群众希望正义得到伸张、邪恶得到惩处的良好愿望；另一方面，不正说明现实是多么地荒谬吗？

《蝴蝶梦》、《鲁斋郎》是关汉卿的另外两部社会悲剧，描写的都是特权势力欺压人民群众的社会现实，对社会的黑暗和统治者的残暴揭露相当深刻。

《蝴蝶梦》写包公拯救义母孝子的故事。包公理案困倦，小睡得梦，梦一小蝴蝶扑入蛛网，被一大蝶救出，又一小蝶坠网，亦被救出，第三只小蝶触网，大蝶却见而不救，包公不忍，亲将小蝶救出。梦醒怪异，适中牟县解来一起命案。农民王老汉无端被皇亲葛彪打死，他的三个儿子金和、铁和、石和为了替父报仇又将葛彪打死，三人并送抵罪。在必须有一个儿子抵命的情形下，王母愿以亲生子石和偿命以保全王老汉前妻的两个儿子。包公深为感动，设计以死囚代王三抵命，将三子全部释放，并具题旌奖，封王妻为贤德夫人。

剧中的葛彪身为皇亲国戚，一上场便说，"我是个权豪势要之家，打死人不偿命"，"只当房檐上揭片瓦相似"。按《元史·刑法志三》："诸蒙古人因争及乘醉殴死汉人者，断罚出征。"① 这就是说蒙古人打死汉人不需偿命，只罚其从军出征，显见作品的反映是有现实依据的，这也就揭示了元代法律的极不公平。

《蝴蝶梦》与《窦娥冤》同样歌颂了被压迫人民的反抗斗争，其主角王婆婆虽不如窦娥性格那样具有深度，但就其斗争性而言，颇有许多类似之处：对葛彪她敢怒敢言，呵斥道："使不着国戚皇亲，玉叶金枝，便是他龙孙帝子，打杀人要吃官司。"（第一折［鹊踏枝］）她还吩咐王三死后也不能饶了葛彪，要与父亲的鬼魂合力同心，"把那杀人贼（葛彪）推下望乡台"。她敢当面数次骂包待制"葫芦提"、"官官相为"，要求官府公正判案等，都体现了她不屈不挠的斗争性格。特别是她护卫前

---

① 明·宋濂等《元史》"刑法志四"（简体字本），中华书局，2000 年，第 1776 页。

房的两个儿子，主动舍弃亲生儿子的这种自我牺牲精神，充分体现出我国劳动妇女善良、高尚的美好品德。

《鲁斋郎》也是写包公断案的故事，较之《蝴蝶梦》，其对权豪势要这种元代社会特殊人物的揭露更为深刻。故事叙权豪势要鲁斋郎强夺银匠李四之妻张氏后，又逼夺了郑州六案都孔目张珪的妻子李氏，并把玩够了的张氏"赏赐"给张珪，致使两家妻离子散。后李四在张珪家意外遇见了失散的妻子，而张珪因不堪忍受儿女失散、妻子被占的痛苦，出家作了道士。包公恰逢外出寻访，收养了李、张的四个儿女并抚养成人，又设计处死了恶霸鲁斋郎。后张、李两家相认团圆，子女互为婚姻。

鲁斋郎的上场诗即宣称自己是"花花太岁为第一，浪子丧门再没双。街市小民闻吾怕，则我是权豪势要鲁斋郎"，奉行着"怎么他倒有我倒无"的强盗逻辑，是一个"嫌官小不为，嫌马瘦不骑，动不动挑人眼、剔人骨、剥人皮"的花花太岁。他看上了银匠李四的妻子后公然抢夺，还明目张胆地对李四说："你的浑家我要带往郑州去也，你不，拣那个大衙门里告我去。"后又见到六案都孔目张珪的妻子，竟令张珪："把你媳妇明日送到我宅子里来。"显见他的蛮横跋扈到了何等惊人的地步。

《蝴蝶梦》、《鲁斋郎》正是元代民族压迫和阶级压迫的形象反映。元蒙贵族统一中国以后，实行民族歧视政策。以南方城乡为例，规定二十家为一甲，甲主由蒙古人、色目人充当，甲内要供其衣食，任其凌辱。法律规定，蒙古人即使杀死一个汉人，也不过偿一头驴价。因此，这些权豪势要之所以敢为所欲为、无法无天，是有皇帝作后台、王法作后盾的。作品巧妙地暗示了人民祸患的根源，把批判的笔锋指向了最高统治者。

元代杂剧中出现的衙内、斋郎，其实并不是一种官职，如《蝴蝶梦》中就称葛彪为"平人葛彪"，但这些权豪势要的权力甚至比官府还大，这从处于小公务员地位却很有权势的张珪对李四、鲁斋郎判若两人的态度上可得到形象的说明[1]。张珪在银匠李四面前先是摆架子，耍威风，当李四说"有人欺负我，你与我做主"时，张珪很想为之伸冤，"谁欺负你来？我便着人拿去，谁不知我张珪的名儿！"但一听是鲁斋郎，便吓矮了半截，让李四采取忍气吞声的态度，并叮嘱千万不要再将此事提起，否则连性命都保不住。鲁斋郎要他送去妻子时，他丝毫不敢有任何的反抗，"他便要我张珪的头，不怕我不就送去与他；如今只要你做个夫人也，还算是好的"。因为"那个鲁斋郎胆有天来大，他为臣不守法，将官府敢欺压，将妻女敢夺拿，将百姓敢蹴踏，赤紧的他官大的忒稀诧"。这就说明葛彪、鲁斋郎之流是特殊的平民，是不做官的官吏。不过，这种人物实为元代所独有，因而具有鲜明的时代特色。

第三节　《救风尘》与关汉卿的喜剧创作

《救风尘》、《望江亭》是关汉卿喜剧的代表作。其他如《调风月》、《拜月亭》、《玉镜台》、《金线池》、《谢天香》等也很有名。关汉卿在这些喜剧里面塑造了一系列正面喜剧形象，突出了她们的勇敢和机智。

《救风尘》全名《赵盼儿风月救风尘》，是关汉卿最值得称道的一部喜剧。这是因为：一是它的结局是以代表正义和善良的赵盼儿、宋引章对以代表邪恶和非人道的周舍的胜利而结束的；二是剧中插了许多具有俳谐色彩的调笑文字，增强了此剧轻松、愉快的氛围，而这正是构成喜剧的艺术要素。《救风尘》虽然是喜剧，但它却反映了严肃的社会问题，其题材是具有悲剧意味的。

《救风尘》涉及以下几个方面的社会问题：

一是妓女从良的社会障碍。封建时代，妓女在人们的心目中都是肮

---

[1] 作为孔目的张珪地位虽低却有一定权势，第二折他的妻子对他说："你在这郑州做个六案都孔目，谁人不让你一分？那厮什么官职，你这等怕他，连老婆也保不的？"

脏、下贱的象征。虽然在文学作品中我们偶尔能看到对某些妓女品德和色艺的赞美，但改变不了妓女整体在人们心目中的印象。妓女靠出卖肉体与色相来求得生存，忍受着无尽的凌辱与社会的鄙夷，她们的从良有一定的社会障碍。首先，元代法律规定："禁娶乐人为妻。"不允许妓女从良被法律固定了下来。有许多妓女不了解这一点，或没有看清对方的本来面目就匆忙嫁人，结果像宋引章那样陷入绝境。其次，娼家的唯钱是从，也使得妓女的人格尊严根本就无从谈起，她们被人凌辱和践踏也就在所难免。除了外部原因，妓女本人对从良问题也存在着这样那样的顾虑，正如《救风尘》中赵盼儿所说："待嫁个老实的，又怕尽世儿难成对；待嫁个聪俊的，又怕半路里轻抛弃。"妓女也是人，她们也希望选择到可意的人，尽管她们身操贱业，但她们有着选择的权力和愿望。只是这种愿望与社会对妓女的鄙夷构成矛盾。

周舍的所作所为正好反映了社会对妓女的歧视心理。周舍是同知之子，他这个"花星整照二十年"的浮浪子弟娶宋引章，在男人可以有三妻四妾的封建社会里，本来极为平常，没有什么令人惊异之处，但他很是担心父亲及别人知道他娶了妓女。譬如在他与宋引章同回郑州的路上，他就让宋引章的轿子在前走，他在后走，造成了彼此没有关系的假像，以免旁人讥笑。娶进门来，"先打五十杀威棒"，而后朝打暮骂，这不能简单地看成仅仅是他个人的行为，而是以社会对妓女的普遍歧视为背景的。赵盼儿这样一个厉害角色，竟也没有采用说理或对簿公堂的办法，而是用"掐一掐，拈一拈，搂一搂，抱一抱"的风月手段使周舍上钩的，利用其弱点，搭救宋引章脱离苦海的。事实上，赵盼儿的办法多少有些冒险和侥幸，倘若她机智不够，周舍不是"好痴"，安秀实没有及时赶到公堂，恐怕她连自己都要赔进去的。这些都从侧面反映了妓女在当时的悲惨处境，体现了妓女从良的各种各样的社会障碍。

二是对封建婚姻制度表示了异议。妓女虽然是被社会鄙弃的一群，但是，还有不如妓女生活的，这就是大家庭中成群的妻妾。正如赵盼儿

[那吒令]中所唱的，"待妆个老实，学三从四德；争奈是匪妓，都三心二意。端的是那里是三梢末尾？俺虽居在柳陌中、花街内，可是那件儿便宜"。赵盼儿所说的"那件儿"，当是指性生活和与外界联系的自由，表现了赵盼儿对三从四德的闺范生活的蔑视。在封建大家庭中，男人妻妾成群，他们可以随心所欲地满足自己的愿望，而妻妾的身心健康却受到极大的摧残。试看那些一夫多妻家庭的妻妾，无不争风吃醋，尔虞我诈，矛盾重重，她们没有地位，没有尊严，只能乖乖地做男人的奴隶并为其传宗接代。关汉卿实际上指出了一个妇不如妓的社会现实，反映了当时家庭结构和婚姻制度的极端不合理，表现了关汉卿对封建社会妇女问题的深刻认识和极大关注。

三是书生与商人的社会地位问题。《救风尘》中，虽然安秀实待宋引章很好，开始宋引章也有意嫁给安秀实，但面对周舍的好穿戴、好家势，宋引章还是嫁给了周舍。安秀实是个穷秀才，周舍是个有钱的商人，作者从妓女宋引章的眼里点出了二人社会地位的不同，反映了元代读书人生活无着、难以自存的悲惨处境。偏偏周舍有钱，而他却吃喝嫖赌，干尽坏事；偏偏安秀实老实厚道，却穷极无奈，连妓女都不愿跟他。安分守己的没有出路，横行霸道的却财源茂盛、生活安逸。可见这个社会已是好坏不分，是非颠倒，作者通过这个故事反映了深刻的社会内容。

此剧在剧情结构上非常紧凑，全剧四折，完全按事情发展的顺序安排而成。随着一步紧似一步的情节节奏，逐步地揭示了人物性格，把周舍的愚蠢，赵盼儿的机智和宋引章的幼稚、善良表现得淋漓尽致，很好地表现了不同人物的思想感情。此剧在设置人物冲突方面有变化、有层次、不呆板。第一折基本上表现的是宋引章与赵盼儿的矛盾。宋引章不听赵盼儿的劝说，一心要嫁周舍，赵盼儿十分生气，两人由此伤了和气。第二折表现的是宋引章与周舍之间的矛盾冲突，兼叙了赵盼儿对宋引章矛盾的化解，由此，赵、宋之间的矛盾为宋、周所代替。第三折写赵盼儿智赚周舍，赵、周之间的矛盾上升为主要矛盾，并展开了激烈的矛盾冲突。第四折是矛盾的总爆发，双方矛盾斗争的结果以周舍的彻底失败而告终。虽然每一折矛盾不尽相同，但在所有矛盾中，又是以赵盼儿和宋引章与周舍的矛盾为主要矛盾的，随着这一矛盾的发展和解决而结束全剧。作者把每一对矛盾都写得一波三折，富有层次。双方在斗争中都竭心尽智，你来我往，写得有声势，有色彩。特别是第四折，双方短兵相接，周舍一败涂地，赔了夫人又折兵，令人心大快。

在人物形象的塑造上，《救风尘》塑造得最为成功的人物是赵盼儿。作者把这个饱经忧患，历尽风情，从而变得大智大勇且具有侠肝义胆的风尘女子刻画得非常生动。作者写赵盼儿，突出地写了她的机智、老练、泼辣的性格以及她的侠义心肠。赵盼儿在与周舍的斗争中，处处占上风，使得周舍这条色狼总是跟着她的指挥棒转动并最终陷于难堪的境地，如赵盼儿在确定了用风月手段搭救宋引章后，便提前置办了酒、羊、红罗等迷惑周舍的订亲物品。当周舍要采买这些与赵盼儿订亲时，赵盼儿一一拿出，还说："我的就是你的，你的就是我的。"表面上与周舍不分彼此，实际上是棋高一筹，处处防备着周舍以后要赖。果然，周舍在公堂上放刁，均被赵盼儿一一驳回，周舍抓不住把柄，只好认输受刑。

赵盼儿之所以能斗过周舍，能一眼看穿周舍的欺骗伎俩，是与她丰富的人生阅历分不开的。她自叙当初也曾有嫁人的心思，对子弟们的"千般贞烈、万种恩情"也曾信以为真，但是，"他每初时有些实意，临老也没回头"，"那一个不等闲间罢手，他每一做一个水上浮沤"。原来都是虚情假意，逢场作戏。而姐妹们的痛苦遭遇更令她猛醒：

> 我想这先嫁的还不曾过几日，早折的容也波仪瘦似鬼。只教你难分说、难告诉、空泪垂。我看了些觅前程俏女娘，见了些铁心肠男子辈，便一生里孤眠我也直甚颩。
>
> ——第一折［天下乐］

心中的愿望和现实生活中遭遇的矛盾，使得赵盼儿聪明起来，即使是"一生里孤眠"，也绝不再上当受骗。正因为如此，她得知同院姐妹宋引章上当向她求援时，并不计较宋引章以前所说的气话，而是满腔热忱地予以搭救。她不仅花费了自己的钱财，而且牺牲了自己的色相，充分体现了赵盼儿救人于水火的高尚精神境界。特别是第三折，是赵盼儿与周舍展开面对面的精彩之笔，它具体体现了赵盼儿作为一个风尘女子的泼辣性格。为了救自己的姐妹，她毫无扭捏、羞涩之态，而是大胆地做来，"着那厮通身酥，遍体麻。将他鼻凹儿抹上一块砂糖，着那厮舔又舔不着，吃又吃不着"。可以说，也只有赵盼儿这样久经磨难，且对姐妹遭遇具有感同身受般感情的人才会这样做。

《救风尘》的写作手法是喜剧化的。从头至尾，我们读完全剧总是洋溢在轻松、愉快的氛围中，赵盼儿的机智和她出奇制胜的绝招妙计则是导致喜剧效果的主要因素。当周舍发觉中计后，追上宋引章，诡称休书上只有四个指印无效。幼稚的宋引章信以为真，拿出休书看。周舍猛扑上去，把休书夺过来放在嘴里咬碎了，并指着前来搭救的赵盼儿说："你也是我的老婆。"赵盼儿问他为什么，他说赵盼儿接受了他的聘礼，赵盼儿说酒、羊、红罗都是我自己的，谁接受你的聘礼来。周舍计无所出，又反过来逼迫宋引章，让宋跟他回去。赵盼儿及时地又亮出一张底牌：周舍咬碎的休书是假的，真的休书在她手里，并当众一扬。周舍简直急红了眼，他还想从赵盼儿手中夺回。赵盼儿说便有九头牛也休想夺回。至此，周舍的败局已定，而我们这时才明白了赵盼儿之所以自备聘礼和她从宋引章手中提前换过休书的目的所在，不禁为赵盼儿的远见和足智多谋拍案叫绝。而喜剧性也就由此产生了。通观《救风尘》，整本杂剧就是对一个绝妙计划的铺陈，而在整个计划的实施中又要随机应变，智计疾出。可以说，这一组组智谋的组合运用，最终得以使整个计划顺利完成。①

---

① 以上参考了吴秀华先生的相关论述。

　　《望江亭》全称《望江亭中秋切鲙旦》，这是关汉卿另一著名的喜剧。剧写谭记儿智斗杨衙内的故事。谭记儿，学士李希颜寡妻，美而多才，后在清安观白道姑的撮合下，与白士中玉成婚事。权贵杨衙内垂涎谭记儿，欲纳为妾，向皇帝请得势剑金牌，密往潭州拿办白士中。谭记儿得讯，扮作渔妇，迎杨船，亲往望江亭献新切鲙。中秋夜，以计赚取杨衙内的势剑金牌，使杨不得不服罪。后巡抚湖南都御史李秉忠访知其事，将杨衙内杖责革职，仍命白士中署理潭州。

　　剧中的谭记儿是一个弱女子，但她和赵盼儿一样具有临危不惧的胆略和智慧。她所面对的是比周舍更为凶狠的杨衙内，这个自称"花花太岁为第一，浪子丧门世无对"的权豪势要，从皇帝那儿讨来势剑金牌并设计陷害白士中，夺占谭记儿为夫人，面对这种如乌云盖顶的威胁，白士中显得束手无策。谭记儿却镇定自若，决心运用自己的姿色作为斗争的武器，与杨衙内进行周旋，不畏强权，藐视敌人，胸有成竹地来对付这个恶霸：

　　　　你道他是花花太岁，要强逼的我步步相随；我呵，怕什么天翻地覆，就顺着他雨约云期。这桩事，你只睁眼儿觑者，看怎生的发付他赖骨顽皮。

　　　　　　　　　　　　　　　　——第二折［十二月］

　　　　呀，着那厮得便宜翻做了落便宜，着那厮满船空载月明归；你休得便乞留乞良捶跌自伤悲。你看我淡妆不用画蛾眉，今夜波日我亲身到那里，看那厮有备应无备。

　　　　　　　　　　　　　　　　——第二折［尧民歌］

　　　　我着那厮磕着头见一番，恰便似神羊儿忙跪膝；直着他船横缆断在江心里，我可便智赚了金牌，着他去不得。

　　　　　　　　　　　　　　　　——第二折［煞尾］

她在中秋之夜，只身犯险，乔扮渔妇，以切鲙献新为名，尽情捉弄了杨衙内及其亲随，赚得了他的势剑金牌和捕人文书，使这个声势煊赫的

"权豪势要"变成了阶下囚。不仅及时挽救了濒临死地的一家，捍卫了她和白士中的爱情，而且，也为社会斩除了一大祸害。

可笑的是，杨衙内失败了却不知道失败的原因，还请求白士中让其夫人出来见面，谭记儿不觉好笑道："杨衙内官高势显，昨夜个说地谈天。只道他仗金牌将夫婿诛，恰元来击云板请夫人见。"关汉卿对谭记儿以弱小者战胜强大者给了热情的歌颂，作品借白士中之口说："莫说一个杨衙内，便是十个杨衙内也出不得我夫人之手。"关氏笔下的女性形象就是如此，她们是比男子汉更强一等的女丈夫，全凭自己的聪明才智与恶势力作斗争并最终取得胜利。这种结局处理方式，虽不无理想化的色彩，然亦可看出关汉卿审美理想的崇高可贵。

值得注意的是，《赵盼儿》、《望江亭》这两个可笑故事的后面隐含的却是对现实的深刻批判。这些权豪势要"强夺人妻，公违律典"的现象在元代是司空见惯的，如忽必烈所宠信的阿合马就是如此。据《马可波罗行纪》载："凡有美妇而为彼所欲者，无一人得免。妇未婚，则娶以为妻；已婚，则强之从己。"在其专权的 20 年中，那些以自己的妻女姊妹献给他而获得官职的就有 133 人①。而杨衙内的生杀予夺之权就是皇帝赐予的，周舍的胡作非为，虐待妇女，也是有"丈夫打杀老婆不偿命"和一纸休书就可单方面逐出妻子的"王法"作为后盾。所以，关氏作品鞭笞的并不仅仅是人的一般缺陷或个人品质，同时也指出了造成这些缺陷与恶行的社会根源——即封建的政治制度、法律制度和专制的皇权制度。②

《调风月》、《拜月亭》、《玉镜台》三剧都是以爱情婚姻为题材的喜剧。女主人公都是聪明伶俐、纯真无邪的青春少女。她们在爱情的追求上颇受挫折，但她们都不甘心于命运的摆布，以各自特有的方式，最终

---

① 明·宋濂等：《元史》卷二〇五《阿合马传》简体字本，中华书局，2000 年。

② 参看先师常林炎《人道主义作家，现实主义历史——关汉卿创作论》，《宿莽集》，花山文艺出版社 1990 年 1 月。

都获得了大团圆的结局。

《调风月》全称《诈妮子调风月》，在元明两代的杂剧选本中，仅《元刊杂剧三十种》收此剧，曲辞完整，宾白很少，部分细节不知其详。剧情大意是，婢女燕燕奉命服侍小千户，受小千户的诱骗，燕燕遂以身相许。后小千户郊外踏青时，又爱上了贵族小姐莺莺。在小千户结婚时，燕燕当众情不自禁地把受骗的经过和盘托出，进行了控诉。最后，由家长做主，以小千户收燕燕做妾结束。

此剧的独特之处在于写了婢女的爱情生活。在现存元代杂剧中，这应是仅有的一部。主人公燕燕是女真贵族家的婢女，在等级森严的封建社会里，婢女和妓女一样，都是处于社会底层的受欺凌的弱女子。但燕燕可不是一般的婢女，"百伶百俐，千战千赢"正好说明了"诈妮子"的"诈"是既聪明机警，又绝不是好欺侮、好摆布的。她原本是服侍贵族之子小千户的，但却爱上了他，地位、身份的极不相称决定了她先天地不能获得爱情上的平等。她初被小千户诱惑之后，心中充满了希望，以为遇到了一个"好郎君"，以为"不系腰裙"（即不作女奴）有望；但也担心上当受骗，怕他"负义忘恩"。果然如此，小千户移情别恋，爱上了贵族小姐莺莺。当她得知后，既为自己轻信小千户而懊恼，又想明白了自己被"顷刻休"的原因，终于，她由爱而恨，由恨而怒，在小千户与莺莺的婚礼上，把他们骂了个狗血喷头：

> 是个破败家私铁扫帚，没些儿发旺夫家处。可更绝子嗣，妨公婆，克丈夫。脸上承泪屠无重数，今年见吊客临，丧门聚。反阴复阴，半载其余。
>
> ——第四折［挂玉钩］
>
> 据着生的年月，演的岁数，不是个义夫节妇，休想得五男并二女，死得交灭门绝户。
>
> ——第四折［落梅风］

一个弱小的婢女，竟如此大胆凌厉地给他们以攻伐、教训，终于，主人和小千户妥协、让步了，许她做"第二夫人"。这"第二夫人"意味着燕燕已挣脱了奴隶的枷锁，争得了做人的自由，取得了做人的资格，这正是她追求的目标，我们且不管她是否获得了爱情，因为"小夫人"和爱情是两码事。明白了这一点，也就明白了她的"小夫人迷"其实并不是爱情，而是一个做人的"位置"。从这点上看，燕燕是大获全胜了。这胜利，不是乞求来的，而是她经过勇敢艰辛的斗争得来的。

《拜月亭》全称《闺怨佳人拜月亭》，现存本科白很少，曲辞尚存。剧写金末蒙古军攻中都，金国兵部尚书王镇的夫人和女儿瑞兰，书生蒋世隆和妹妹瑞莲，在逃难中均与自己的亲人失散，因名字声音相近，瑞兰邂逅书生蒋世隆，结为夫妻，瑞莲亦为王家收容，被王夫人收为义女。瑞兰与蒋住店中，蒋卧病不起，恰王尚书来店，与女儿相认后强行将女带回，逼女儿与蒋分离。瑞兰思念丈夫，焚香拜月，祈求团聚，被瑞莲识破，始知是姑嫂至亲。后蒋世隆中了文状元，与瑞兰重聚，瑞莲则与中武状元的世隆的结义兄弟成婚。

此剧的剧情是放在战火纷飞、兵荒马乱、百姓离乡背井、备尝忧患的背景下展开的。按《元史》记载，金宣宗贞佑三年（1215 年）五月，蒙古军队攻占中都，时值暑天。但关剧却安排在秋天，以"秋风"、"暮雨"衬托出悲凉的气氛（第一折［混江龙］）；以"叹息"、"愁泪"表现人物的凄惶心态（第一折［油葫芦］），情景交融，准确地揭示了离乱时期人物的内心情态。如果说《拜月亭》前二折是悲剧性的话，从第三折起则由悲转喜，悲喜交集，在喜剧性冲突中反映了悲剧性的社会矛盾。尤为人们称道的是第三折"拜月相认"，当瑞兰焚香拜月得知瑞莲就是自己心上人世隆的亲妹妹时，狂喜之情不觉溢于言表：

似恁的呵，咱从今后越索着疼热，休想似在先时节。你又是我妹妹姑姑，我又是你嫂嫂姐姐。这般者，俺父母多宗派，您昆仲无枝叶。从今后休从俺爷娘家根脚排，只做俺儿夫家亲眷者。

——第三折〔呆古朵〕

瑞兰反复强调彼此的双重身份，内心的喜悦是不言而喻的。她又强调要从夫君的关系上认姑嫂，而不要从爷娘家的关系上称姐妹。按常理，姊妹应亲于姑嫂，但瑞兰却认为姑嫂亲于姐妹，这种奇思妙想实是表明了瑞兰对世隆的深切挚爱和对自家的不满，显得更为妙趣横生。故李卓吾在南戏本上批曰："'更着疼热'也只为老公面上耳。到底是疼热老公，不是疼热妹子。"真是一语中的。

《拜月亭》的关目似都是巧合、奇遇、意外等偶然性事件，但因事情发生在战乱之际，它又是合乎情理的、真实的。而当蒋世隆中了状元，瑞兰的父亲王尚书招他为婿，见面之后，才知道他原来就是被抛弃的那位卧病的穷书生时，自己也就成为被观众嘲笑的对象。这种滑稽的场面，正是该剧特有的喜剧特征。

剧中瑞兰在焚香祝告时的心愿——"愿天下心厮爱的夫妇永无分离"，表达了封建社会里青年男女的共同心声，这与《西厢记》结尾所提出的"愿普天下有情的都成了眷属"的理想，都可谓是作家的点题之笔。

《玉镜台》全称《温太真玉镜台》，这是关汉卿喜剧作品中另一种类型，它写了一个"老夫少妻"的故事。杂剧的本事出自刘义庆《世说新语·假谲·温公娶妇》：

> 温公丧妇，从姑刘氏家值乱离散，唯有一女，甚有姿慧。姑以嘱公觅婚，公密有自婚意，答云："佳婿难得，但如峤比云何？"姑曰："丧败之余，乞粗存活，便足慰吾余年，何敢希汝比。"却后少日，公报姑曰："已觅得婚处，门第粗可，婿身名宦，尽不减峤。"因下玉镜台一枚。姑大喜。既婚交礼，女以手披纱扇，抚掌大笑曰："我固疑老奴，果如所卜。"玉镜台是公为刘越石长史，北征刘聪所得。

杂剧《玉镜台》正是根据《世说新语》的这则故事改编的。剧中人物的身世背景、温峤使用的"假谲"手段以及最后的团圆结局等，大体都遵从了本事原有的框架。只是为了强化"老夫少妻"的喜剧性冲突，剧作家有意作了一些改动和增饰，尤其在年龄上作了一定程度的渲染和夸张。剧中的温峤是一个略带有几分"色情狂"的人，初次见到"消人魂魄，绰人眼光"的天姿国色的表妹刘倩英时，他便想入非非，醉心于表妹的音容笑貌。他教她弹琴、教她写字，"欣赏"她的一举一动、一颦一笑，有时竟把不住自己的心猿意马，乘机亲近，"捻手捻腕"。尽管温峤对刘倩英一往情深，但似乎没有得到对方的半点呼应。后来温峤采用"谲诈欺骗的手段"、"偷梁换柱的手法"骗娶了刘倩英，很多论者批评关汉卿"偏袒"有"流氓气"的温峤，应对这个"丑角""给以辛辣的嘲讽"，虽然作品写了温峤的才华和多情，但与刘倩英对婚姻的抗争构成了不协和音，无法掩盖刘倩英命运的悲剧性等[①]，大多都是从伦理道德的角度来加以评判的。

　　事实上，如果我们不单从伦理道德和教化的角度来解读这部作品的话，剧中的温峤绝不是一个反面人物。他心诚意真，并无三妻四妾，对年少新妇刘倩英的爱，的确出自真心诚意，似无半点玩弄女性的心理。他并未以自己的富贵荣华、身份地位去引诱女方，而是以痴情和至诚打动对方，坚决反对"倚官挟势"的强权手段。这里，既有对刘倩英外在美貌的悦服，也含有对刘倩英内在才情的倾倒，唯其如此，才对刘倩英"洞房中抓了面皮"、"两个月不准他圆房"、不叫他一声丈夫的"抵抗"，采取了惊人的宽容态度。他甚至表示，"如今服侍他，情愿待为奴婢"，对她"敬若家宅土地，本命神祇"，"索将你百纵千随，你便不欢欣，我则满面儿相陪笑，你便要打骂，我也浑身都是喜"。他还反复向刘倩英发誓，绝不喜新厌旧，不另讨"两妇三妻"，他批评那些爱情不专诚的

　　① 宁宗一：《生活的潜流——为关汉卿玉镜台杂剧一辨》，载《学术研究辑刊》，1980年，第1期；黄克：《关汉卿戏剧人物论》，人民文学出版社，1984年；李修生：《元杂剧史》，江苏古籍出版社，2002年。

富家子弟说："有多少千金娇艳为妻室，这厮每黄昏鸾凤成双宿，清晓鸳鸯各自飞，那里有半点儿真实意。把你似粪堆般看待，泥土般抛掷。"而他自己，"今日咱守定伊，休道近前使唤丫鬟辈，便有瑶池仙子无心觑，月殿嫦娥懒去窥"。这实是对一夫多妻制的批判，同时也是专一爱情的自我表白。因此，尽管温峤年龄有些大，但作品还是肯定了他的爱情。至于第四折的"水墨宴"情节，那许多女子的丈夫虽是年少官员，但因无才而受罚，这些描写是否清楚地表明作者是把才华作为爱情标准，而年龄倒在其次这样的观点呢？

《谢天香》和《金线池》中的女主人公都是风尘女子，关汉卿在剧中让谢天香和杜蕊娘最终都与心上人结为连理，表现了剧作者对她们的深切同情。

《谢天香》全称《钱大尹智宠谢天香》，剧写钱塘柳永与开封上厅行首谢天香相恋，适逢科考，临行前，柳永托其好友、现任开封府尹的钱可要好好照顾天香。但钱可不顾朋友之情谊，不仅对柳永冷若冰霜，而且还责备其重色。柳永遂拂袖而去。柳去后，钱可见天香有才有貌，便准备成全柳、谢二人，除其乐籍，收入内宅，答应娶为姬妾，但三年并未与之亲近，天香十分不解，陷入"有名无实"的痛苦之中。直到三年后柳永高中状元回来，钱可才说明原委，朋友之间前嫌尽释，情人两个又复团圆。剧中的矛盾冲突是建立在"误会"之上的，误会消解，双方皆大欢喜，收到了喜剧性效果。

宋元戏曲、小说中关于柳永和妓女的故事是很多的，但大半出于虚构，钱可亦为民间传说中的重要人物。剧中的谢天香是位会吟诗，能吹弹的编入乐籍而在行院里承应官府的"上厅行首"，她痛恨自己被人玩弄的卖笑生涯，自比为金丝笼里能念诗的鹦哥，她以"骰盆内色子"为题的自怜诗"一把低微骨，置君掌握中；料应嫌点涴，抛掷任东风"，这既是她真实生活的写照，又是千千万万像她那样人格备受屈辱、人身失去自由的妇女的悲愤控诉。虽说她的性格较为柔弱，不能主宰自己的命运，可柔中见刚，一直在为摆脱非人的屈辱地位、过上人的正常生活而努力、斗争。她把全部的希望寄托在柳永身上，期盼他能够中举做官，她也好脱离烟花火海，做个"夫人县君"，这虽是虚拟的满足，但毕竟有情人终成了眷属，这样的结局是广大人民所乐于接受的。

《金线池》全称《杜蕊娘智赏金线池》。剧本写洛阳书生韩辅臣进京赶考，路经济南，往访故友济南府尹石好问，石好问设宴招待，命上厅行首杜蕊娘席间劝酒。韩、杜一见钟情，韩辅臣留住杜家半年，彼此有意嫁娶。杜母嫌韩贫，故意挑拨，说韩辅臣又伴他妓，蕊娘一气之下，与韩生反目。韩来赔情，杜蕊娘仍拒而不睬。韩不能忘情，求石作主，石好问在金线池排宴，杜仍拒之。石将蕊娘拘到官府，假称失误官身责打四十，蕊娘惧，求韩生说情，并许嫁韩生。石好问遂出花银百两，成就了两人婚姻。观众在笑声中散场。这样的结局颇有些滑稽，甚而有点荒唐。但深究此剧，作者的这种安排却是真实可信的。

在那个把女人不当人看，尤其是把妓女不当人看的社会里，这一形式上的荒唐，正是作家以喜剧的形式揭示了悲惨的社会现实。杜蕊娘对自己的处境十分清楚，她感叹说："我想一百二十行，门门都好着衣吃饭，偏俺这一门，却是谁人制下的，忒低微也呵！"较之谢天香，杜蕊娘的性格则颇为刚烈果断。她既能识文断字，又擅长歌舞，她的卖笑生涯使她意识到终究有一天自己会"粉消香褪，老死风尘"，她要摆脱这样的悲剧命运，要与之抗争。她从以往的士子与妓女的爱情故事中悟出了要嫁与秀才为夫妇的理想。当她见到韩辅臣时，便铁定了心肠要嫁给这位落魄的寒儒，甚至表示，"遮莫拷得我皮肉烂，炼得我骨髓枯"，也绝不改变。可当她把想嫁人要从良的愿望告知鸨母后，却遭到了鸨母（其实是她的亲生母亲）的蛮横反对。她哀求道："母亲，嫁了您孩儿吧！"鸨母却凶狠地说："丫头，拿镊子来镊了鬓边的白发，还着你觅钱哩！"为了钱，老鸨们无所不用其极，正如剧本所写"全凭着五个字迭办金银，无过是恶、劣、乖、毒、狠"。为了钱，她们甚至让女儿终世为娼，逼得女儿"夜夜留人夜夜新"。为了钱，她们不惜采用欺骗、挑拨等手段破坏青年男女的爱情。

关汉卿笔下的杜蕊娘是倔犟而心高气傲的。像韩辅臣这样有着"读书人的凌云盛气"的士子，也要跪倒在妓女杜蕊娘的脚下，甚至要跪一夜，跪到天明。连他自己也承认"蕊娘的气比我更高"。这在重男轻女，特别是不把妓女当人的时代，关汉卿的这种与传统大唱反调的新意识，的确是难能可贵的。

第四节　《单刀会》与关汉卿的历史意识

《单刀会》全称《关大王独赴单刀会》，是关汉卿历史剧的代表作。《单刀会》有两个传本：一是元刊本，篇首题"古杭新刊的本关大王单刀会"字样，是现存最早的刊本；一是明抄本，出自《脉望馆抄校古今杂剧》，篇首题"关大王独赴单刀会"，是此剧的善本之一。这两个本子各有优点，若把两个传本合并比较，才可接近关剧原作的本来面貌。

《单刀会》剧写东吴鲁肃为索取荆州，邀请关羽过江赴会，欲在宴席上伏兵暗算关羽。鲁肃征询司马徽和乔国老意见，二人都极力表示反对。鲁肃不听劝告，决计孤行。关羽带青龙刀和周仓等几个随从，单刀赴会，宴席上威风凛凛，鲁肃终不敢下手，关羽脱离险境，安全返回。

《单刀会》有一定的史实根据。孙、刘为争夺荆州而产生的单刀会，发生在赤壁之战后七年，即建安二十年（215年）。《单刀会》杂剧中的许多情节，与陈寿《三国志》出入很大。《三国志·关羽传》中并无单刀赴会事，《鲁肃传》、《刘备传》均有简略记载。《鲁肃传》谓：

> 肃往益阳，与关羽相拒。肃邀羽相见，各住兵马百步上，但诸将军单刀俱会。①

---

① 陈寿：《三国志·吴书·鲁肃传》简体字本，中华书局，2000年1月，第940页。

在会晤中鲁肃索取荆州，据理力争，态度强硬，对关羽"厉声呵之，辞色甚切"。刘备自觉理屈，"遂割湘水为界，于是罢军"。裴松之为此节作注时引《吴书》，关羽请鲁肃赴会：

> 肃欲与羽会语，诸将疑恐有变，议不可往。肃曰："今日之事，宜相开譬。刘备负国，是非未决，羽亦何敢重欲干命。乃趋就羽。"①

在席间，鲁肃盛气凌人，振振有词，质问得"羽无以答"。《资治通鉴》卷六十七所记，亦有"羽无以答"语。据以上材料，单刀赴会者并不是关羽，故他也没有什么特别危险，而且在鲁肃的斥责下理屈词穷，很不够大丈夫气概。关剧的《单刀会》却完全翻了过来，关羽大义凛然，声威逼人，鲁肃反受其辱。剧作极力渲染了关羽叱咤风云的英雄气概。

此剧的构思很有特点，全剧四折，主人公关羽在第三折才出场。但前两折，已作了大量的铺垫和渲染。第一折通过乔公之口，追述了关羽的英雄业绩和豪勇气派：

> 他上阵处赤力力三绺美髯飘，雄纠纠一丈虎躯摇，恰便似六丁神簇捧定一个活神道。那敌军若是见了，唬的他七魄散、五魂消。（云：）你若和他厮杀呵，（唱：）你则索多披上几副甲，剩穿上几层袍。便有百万军，当不住他不剌剌千里追风骑；你便有千员将，闪不过明明堰月三停刀。

> ——第一折〔金盏儿〕

真是先声夺人，八面威风。第二折，鲁肃请关羽的故友司马徽赴宴，但司马徽一听说是关羽，便立刻推辞，对鲁肃再次介绍了关羽的英勇和威武：

---

① 陈寿：《三国志·吴书·鲁肃传》简体字本，中华书局，2000年1月，第940页。

他尊前有一句言，筵前带二分酒。他酒性躁不中撩斗，你则绽口儿休题着索荆州。（鲁云：）我便索荆州有何妨？（末云：）他听的你索取荆州呵，（唱：）他圆睁开丹凤眸，轻舒出捉将手，他将那卧蚕眉紧皱，五云山烈火难收！他若是玉山低趄你安排着走；他若是宝剑离匣你则准备着头！枉送了你那八十一座军州。

——第二折〔滚绣球〕

不仅如此，还列举了刘备、诸葛亮的智谋及黄忠、赵云、马超和张飞的英勇善战：

比及你东吴国鲁大夫仁兄下手，则消得西蜀国诸葛亮先生举口，奏与那有德行仁慈汉皇叔。那先生抚琴霜雪降，弹剑鬼神愁，则怕你急难措手。

——第二折〔倘秀才〕

有一个黄汉升猛似彪；有一个赵子龙胆大如斗；有一个马孟起，他是个杀人的领袖；有一个莽张飞，虎牢关力战了十八路诸侯，骑一匹闲月乌，使一条丈八矛，他在那当阳坂有如雷吼，喝退了曹丞相一百万铁甲貔貅，他瞅一瞅漫天尘土桥先断，喝一声拍岸惊涛水逆流；那一火怎肯干休？

——第二折〔滚绣球〕

司马徽的介绍，使原本设计好"三计"的鲁肃不免"也怕上来了"。关羽虽未出场，但他的神武英雄形象在人们的心目中已经树立，为其正式出场作了反复的铺垫。第三折，当他接到鲁肃约请赴会的请帖时，明知赴宴有很大的危险——"不是待人的筵席，而是杀人的战场"，他却毫不犹豫地答应，人们也就不感到奇怪了。他唱道：

折莫他雄纠纠排着战场，威凛凛兵屯虎帐，大将军智在孙、吴上，马如龙，人似金刚，不是我十分强，硬主张，但题

起厮杀呵磨拳擦掌，排戈甲，列旗枪，各分战场。我是三国英
雄汉云长，端的是豪气有三千丈。

—— 第三折〔剔银灯〕

关羽始终是以维护汉家基业、捍卫祖宗基业为己任，鲁肃在筵席
上刚提出索取荆州之事，关羽就以居高临下的气势，义正辞严地指出这
荆州理应由汉家子孙刘备承继，孙权外人，无权过问：

想着俺汉高皇图王霸业，汉光武秉正除邪，汉献帝将董卓
诛，汉皇叔把温侯灭，俺哥哥合情受汉家基业。则你这东吴国
的孙权，合俺刘家却是甚枝叶？请你个不克己先生自说！

—— 第四折〔沉醉东风〕

全剧突出"汉"字，关羽自称"我是三国英雄汉云长"，剧末是"急
且里倒不了俺汉家节"。就连东吴老臣乔公也自称"俺本是汉国臣僚"
等。过去有些学者指出《单刀会》的这些描写是针对当时蒙古贵族
的，作者借关羽这个形象表现了"民族气节"，寄托了恢复民族大业
的理想等，似都有些太牵强附会。但考虑到关汉卿在此剧中反复强调
关羽的"汉家节"，我们说在元代特定的历史条件下，在一定程度上
反映了作者关汉卿的"民族感情"，作品具有一定的现实意义，还是
大体符合实际的。

此剧的风格沉雄壮烈，许多曲辞写得雄浑悲壮，慷慨激昂。例如，
第四折关羽过江时面对滔滔江水所唱的两支曲子：

大江东去浪千叠，引着这数十人驾着这小舟一叶。又不比
九重龙凤阙，可正是千丈虎狼穴。大夫心别，我觑这单刀会似
赛村社。

—— 第四折〔新水令〕

水涌山叠，年少周郎何处也？不觉的灰飞烟灭，可怜黄盖
转伤嗟。破曹的樯橹一时绝，鏖兵的江水由然热，好教我情惨

切！（云：）这也不是江水，（唱：）二十年流不尽的英雄血！

——第四折〔驻马听〕

这两支凭今吊古的曲子，化用苏轼〔念奴娇·赤壁怀古〕词意，借东坡旧词而别赋新意，其豪气不仅不亚于原作，而且还充满了沧桑之感，把人引入无限的联想与当年赤壁鏖兵的血与火的追思之中。

《西蜀梦》、《哭存孝》是关汉卿的另外两部历史剧，也是两部英雄悲剧。它们对有功于国而死于被陷害的英雄深致哀悼，对残害忠良的奸佞贼子严予谴责。要求复仇，惩罚奸邪，颂扬崇高，是二剧的共同主题。

《西蜀梦》，现存元刊本科白不全，情节不甚清楚。大意是写刘备思念荆州牧关羽、阆州牧张飞，派使臣去选招他们。使臣到了荆州和阆州，知关羽、张飞已被害，急返复命。军师诸葛亮夜观天象，知关、张已死，但不敢告诉刘备，十分痛惜。关、张鬼魂前往成都，托梦于诸葛亮、刘备，诉说被害经过，要求为他们报仇。但复仇的对象，不强调敌国东吴，而是归罪于陷害他俩的刘封、糜芳、糜竺、张达这些奸险的小人和叛徒，如作品中张飞的鬼魂一再要求的那样，活捉住四个"贼臣"，立志要报仇雪恨：

> 饱谙世事慵开口，会尽人间只点头。火速的驱军校戈矛，驻马向长江雪浪流。活拿住糜芳共糜竺，阆州里张达槛车内囚。杵尖上排定四颗头，腔子内血向成都闹市里流，强如与俺一千小盏黄封头祭酒。①

——第四折〔尾〕

这种强烈的复仇情绪，是有着鲜明的时代意义的。

《哭存孝》写李存信、康君立谗害虎将李存孝的故事。都招讨使破黄巢天下兵马大元帅李克用的义儿家将李存孝战功赫赫，封潞州上党郡，李存信、康君立封邢州，而邢州正当朱温后门，要发生战争，李存

---

① 王学奇等：《关汉卿全集校注》，河北教育出版社，1988年。

信、康君立是两个油嘴，不会打仗，趁李克用酒醉糊涂时进谗言，要求改派他们两个到潞州，把李存孝调到邢州，又假传李克用将令，要李存孝改称原来的姓名安敬思，进而造谣说存孝改姓谋反。李克用夫人刘氏亲到邢州访察，回来未及辩明，李存信、康君立已借李克用"五裂篾迭"的醉语将存孝车裂。存孝妻邓夫人将丈夫骨殖带回邓家庄。李克用酒醒弄清实情，遂车裂李存信、康君立，为李存孝报了仇。

剧中所描写的李存孝是一个武艺高强，勇敢善战，战功赫赫，"治国以忠、教民以义"的英雄人物，他对李克用忠心耿耿，但最终却被嗜酒昏聩、听信谗言的李克用车裂而死。李存信、康君立不会开弓、不会厮杀，只因能歌舞、善逢迎，却受到比李存孝更高的封赏，这种人为地颠倒功过、错乱赏罚，是历史上无数悲剧产生的一大来由。本剧所写，与史实是多有不合的。按《五代史》，李克用捕杀李存孝，主要是李存孝有附梁、通赵、伐晋的谋叛行为，但《哭存孝》却把李存孝写成被恶人阴谋陷害的悲剧英雄。其实剧作家只是借用古人的名字，提出了一个封建王朝更替过程中普遍的带有规律性的问题：鸟尽弓藏，兔死狗烹。一个立有赫赫战功的英雄，太平之后却得不到公正的待遇，可以说，矛盾双方一定程度上体现了封建社会君臣关系的某些实质。李存孝死前总结道："英雄屈死黄泉下，忠心孝义下场头。"邓夫人讲得更明确："俺割股的倒做了生分，杀爹娘的无徒说他孝顺，不辨清浑。"这和《窦娥冤》中窦娥所概括的"不分好歹，错勘贤愚"，在揭露不合理的社会问题上，其精神是相通的。关汉卿的伟大也正在这里，他不只要写出个别人遭遇的悲惨和不幸，更是揭示了这种悲剧现象产生是必然的，不可避免的，能够引起广泛的社会心理共鸣和感情震颤。关汉卿抱有一种深沉博大的悲天悯人情怀，这种情怀化为崇高的悲剧意识，因而使他的作品才具有了普遍的深刻的意义。

第五节　关汉卿杂剧的艺术成就及影响

关汉卿在杂剧由民间艺人创作到作家创作的发展过程中，作出了突出贡献。他既是著名的剧作家，又非常熟悉舞台表演；既经历了动荡不安的年代，又在大一统的元代生活到了至元、大德年间，且北方的大都和南方的杭州都留下了他的足迹；在他的身上，我们既能看到传统知识分子熟读儒家经典，深受儒家思想的影响，又能体味出他那倜傥不羁的风流浪子的心态；他的这种特殊经历，使他的戏剧创作及其艺术风貌呈现出鲜明而驳杂的特色。大体说来，其杂剧创作的成就主要体现在以下几个方面。

一是塑造了鲜明的性格各异的妇女群像。就关汉卿现存的18个剧本来看，其优秀之作大多为旦本，以女性为主人公。这里有命苦到不能再苦的最终被冤杀的善良、正直的窦娥（《窦娥冤》）；有大智大勇、侠骨柔肠的妓女赵盼儿（《救风尘》）；有识见超群、胜过男子，捍卫自己幸福的寡妇谭记儿（《望江亭》）；有忠于爱情的王瑞兰（《拜月亭》）；有聪明而富于心计、敢爱敢恨、一心要摆脱奴隶地位的燕燕（《调风月》）；有浑身锋芒、口快如刀、性格倔强的杜蕊娘（《金线池》）等。其中有出身高贵的上层女性，也有处于社会最底层的妓女，有良家妇女，也有丫鬟，但她们都是作者同情、歌颂的正面人物，在此前和同时代的作品中是不多见的，这些都体现出关氏进步的妇女观。对此，郑振铎先生在其《插图本中国文学史》中曾这样总结说：

> 最可怪的，是除了两部英雄传奇及《玉镜台》、《鲁斋郎》之外，汉卿所创造的剧中主人翁，竟都是女子。连《蝴蝶梦》、《绯衣梦》那样的公案剧曲，也以女子为主角，可见他是如何喜欢，且如何地善于描写女性的人物。在汉卿所创作的女主角中，什么样的人物都有……总之，无一样的人物，他是不曾写

到的，且写得无不隽妙。写女主角而好的，除了《西厢》、《还魂》等之外，就要算是汉卿的诸剧了。而汉卿能写诸般不同的人物，却又是他们所不能的。[①]

二是杂剧情节紧凑，结构严谨，关目处理变化多端，富有戏剧性，适合舞台演出，是名符其实的"场上之曲"。作者善于依据主题的需要而安排结构，将描写的重点以极为洗练的笔触迅速聚焦到与主题思想息息相关的典型事件上，略去与主题无关紧要的事件，如《窦娥冤》，对窦娥前十九年的曲折生活经历，对其结婚及其丈夫的死亡均未作具体的描绘，而只在楔子与第一折中几笔带过。大量的笔墨落在与其命运相关的事件上，写了多组矛盾纠葛：蔡婆与赛卢医，蔡婆与张驴儿，窦娥与张驴儿，窦娥与蔡婆，窦娥与天地鬼神、监斩官，窦娥的鬼魂与其父窦天章等。而重点又特别集中在窦娥与张驴儿及与贪官桃杌的矛盾冲突上，环环相扣，波澜迭起，引人入胜，既突出了主题，又取得了意想不到的戏剧效果。另外，设置悬念，变化莫测的关目处理也是关氏杂剧的一大特点，如《救风尘》的布局，王国维认为："亦极意匠惨淡之致，宁较后世之传奇，有优无劣也。"[②] 像《望江亭》中的谭记儿为救丈夫竟出人意料地扮作渔妇，在吃酒调笑间利用自己俊俏的模样战胜了生性好色的杨衙内。《救风尘》中的赵盼儿利用自己的色相为诱饵，引诱周舍钻入圈套并最终战胜之的关目，都极为新颖，富于独创，如该剧设置的两个细节：一是赵盼儿去找周舍时，自家带来了酒、羊、红罗；一是为取得周舍的信任所发下的"着堂子里马踏杀，灯草打折臁儿骨"的咒语。观众并未意识到作家这样安排的意图，但随着剧情的推进，观众才明白了这是赵盼儿事先设计好的让周舍上当的圈套。这样的解决方式，往往出人意料之外，却又在情理之中。

三是关汉卿的戏剧语言具有通俗自然、朴素生动的鲜明特色，极富

---

① 郑振铎：《插图本中国文学史》第 46 章，人民文学出版社，1957 年，第 642～643 页。

② 王国维：《宋元戏曲史》，华东师范大学出版社，1995 年，第 121 页。

生活气息，一向以本色、当行著称，他是元杂剧作家中"本色派"的代表。王国维在《宋元戏曲史》中对其有高度的评价："关汉卿一空倚傍，自铸伟词，而其言曲尽人情，字字本色，故当为元人第一。"关氏剧作的语言达到如此高的成就，是其多方面吸收营养的结果，所谓"六经语、子史语、二藏语、稗官野乘语，无所不供其采掇"（《元曲选·序二》）。但其剧作的语言则主要源自生活，从人民口语中获得了无限的生机，如《窦娥冤》第二折〔斗虾蟆〕曲：

　　空悲戚，没理会，人生死，是轮回。感着这般病疾，值着这般时势，可是风寒暑湿，或是饥饱劳役，各人证候自知。人命关天关地，别人怎生替得？寿数非干今世。相守三朝五夕，说甚一家一计。又无羊酒段匹，又无花红财礼；把手为活过日，撒手如同休弃。不是窦娥忤逆，生怕旁人论议。不如听咱劝你，认个自家悔气，割舍的一具棺材停置，几件布帛收拾。出了咱家门里，送入他家坟地。这不是你那从小儿年纪指脚的夫妻。我其实不关亲，无半点恓惶泪。休得要心如醉，意似痴，便这等嗟嗟怨怨，哭哭啼啼。

这段唱词明白如话，故王国维说："此一曲直是宾白，令人忘其为曲。元初所谓当行家，大率如此。"[1]

　　此外，关汉卿还根据其笔下人物身份、教养、地位、性格等的不同，语言也往往具有不同的色彩，当俗则俗，宜雅则雅。即使同一个人物，在不同的环境中，其语言也会随着情势心态的变化而变化，如《谢天香》杂剧中的谢天香，在钱大尹面前，其语言"文绉绉"的，显得典雅；而钱大尹不在的场合，其话语则粗俗不堪，这种语言风格的差异，恰好表现了谢天香善于察言观色的官妓性格。

　　作为一代戏剧大师，关汉卿的杂剧作品，对当时和后世都产生了

---

① 王国维：《宋元戏曲史》，华东师范大学出版社，1995年，第122页。

巨大的影响。杂剧作家高文秀，因其风格接近关汉卿，被时人称为"小汉卿"。孟汉卿的表字，也是出于对关汉卿声名的仰慕。关汉卿的一些杂剧作品，如《窦娥冤》、《拜月亭》、《单刀会》等，被不断地改编为传奇和地方戏，流传到今，一直上演不衰。特别是 1958 年，他被列为世界文化名人，受到了世人空前的尊崇，对此，他是当之无愧的。

第三章　王实甫与《西厢记》

《西厢记》是早期杂剧创作中的一部以多本杂剧连演一个故事的突出的优秀作品。它是一般杂剧剧本的五倍，共有5本21套曲子。作为剧本，其表现出的舞台艺术的完整性，达到了有元一代戏曲创作的最高水平。

第一节　《西厢记》的作者与故事渊源

一、王实甫的生平

据钟嗣成《录鬼簿》记载，在大都（今北京）人王实甫的名下，记有《崔莺莺待月西厢记》剧目。并说他："名德信，大都人。"列入"前辈已死名公才人"，生卒年月不详，其活动的年代大约和关汉卿同时。他有一首［商调·集贤宾］散套，题为《退隐》，曲中说，"百年期六分甘到手，数支干周遍又从头"，"想着那红尘黄阁昔年羞，到如今白发青衫此地游"，"有微资堪赡赒，有园亭堪纵游"。可见其先官后隐，家境颇为富裕，至少活了60多岁。另外，孙楷第发现元代名臣王结之父王德信，乃河北定兴人。定兴县属"腹里"，自可说是"大都人"。但与《西厢记》的作者王实甫是否一人，现在则无法断定。

贾仲明《录鬼簿续编》在为王实甫写的《凌波仙》吊词中说：

> 风月营，密匝匝列旌旗。莺花寨，明飙飙排剑戟。翠红乡雄赳赳施谋智。作词章，风韵美。士林中等辈伏低。新杂剧，旧传奇，《西厢记》天下夺魁。

"风月营"、"莺花寨"、"翠红乡"都是元代官伎聚居的教坊、行院和杂剧演出的勾栏，说明王实甫也是一位混迹于瓦舍勾栏中的文人作家。他的《西厢记》在当时已享有盛名，已是公认的优秀之作。

王实甫所作剧本，据《录鬼簿》记载共14种，全存的除《西厢记》外，还有《破窑记》，写吕蒙正始贫后贵过程中与刘月娥的曲折的婚姻；《丽春堂》写金章宗时丞相完颜乐善宦海沉浮的故事，成就都不大。

残存的有《泛茶船》和《芙蓉亭》两种各1折曲文。另有散曲小令1支，套数2套和1个残套传世。

二、《西厢记》的故事渊源

《西厢记》的故事，最早出于唐代元稹的传奇小说《莺莺传》，又名《会真记》。元稹（779～831年），字微之，是与白居易齐名的著名诗人。其《莺莺传》叙唐德宗贞元年间（800年左右），张生游蒲州（今山西永济）普救寺，与崔氏女相遇。时值当地驻军丁文雅兵乱，大掠蒲州。崔氏家富，不知所托。适张生与蒲将之党友善，请保护之，遂使崔家幸免于难。崔母因感激张生之恩，命莺莺出拜张生，二人得以相识。在张生的百般追求下，莺莺终以身委之。后张生赴京应试，专去求官，最终抛弃了莺莺。张生为掩饰自己"始乱终弃"的负心行为，竟把莺莺说成"妖孽"，比之为像妲己、褒姒一类的害人的"尤物"，这本来暴露了张生卑鄙龌龊的灵魂，但作者却为其无耻行为开脱，甚而赞许张生是"善补过"者。传中张生的原型实际就是元稹自己。鲁迅先生谓《莺莺传》中"元稹以张生自寓，述其亲历之境，虽文章尚非上乘，而时有情致，固亦可观，惟篇末文过饰非，遂堕恶趣。"①

在唐代，《莺莺传》自问世之后，在文人士大夫的圈子里曾广为流传并产生了不少歌咏其事的作品，保存至今的有杨巨源的《崔娘诗》、王涣的《惆怅诗》和李绅的《莺莺歌》。杨巨源、李绅，还有白居易等

---

① 鲁迅：《中国小说史略》，东方出版社，1996年，第61页。

这些元稹最知心的朋友也都清楚传中的张生指的是谁。不过，也有许多人误认为指的是诗人张籍。到了北宋，据赵令畤的《侯鲭录》所载王性之《辨传奇莺莺事》篇，人们才知道张生即元稹，莺莺是永宁尉崔鹏的女儿，与元稹为中表妹，小说所写的乃是作者的一段真实的生活经历。陈寅恪先生同意张生即元稹，但认为莺莺不是崔鹏的女儿，而是出身微贱的娼妓之流，断言"莺莺所出，必非高门"，"若莺莺果出高门甲族，则微之无事更婚韦氏。惟其非名家之女，舍之而别娶，乃可见谅于时人"①。但是，由于这篇传奇小说对青年男女追求情爱的过程描写得极其真实细腻，特别是写出了莺莺这位青年女性企图突破封建礼教的束缚，追求幸福生活及其悲剧的命运，所以，它已远远超越了真人真事与作者的陈腐的说教，获得了更为广泛而深刻的社会意义。

"西厢故事"发展到宋代，流传更广并被改编为多种文艺形式。北宋的秦观、毛滂各以"调笑转踏"的形式写过莺莺的故事。赵令畤则有《商调·蝶恋花》、《会真记》鼓子词。这些作品虽没有从根本上改变原作的情节内容，但没有涉及"尤物"和"善补过"的议论，而且，对莺莺的不幸遭遇还表现出明显的同情，对张生的"始乱终弃"行为也表示了不满。

宋、金时期的戏剧和曲艺，亦有很多有关"西厢"故事的节目。宋杂剧有《莺莺六幺》，金院本有《红娘子》，宋、元南戏有《张珙西厢记》等。可惜这些剧本都已失传了。

对"西厢"故事的情节内容作了根本性改造的是董解元的《西厢记诸宫调》（以下简称《董西厢》）。据《录鬼簿》的记载，知道他是金章宗（1190～1208年）时人，名里及生平均不详，"解元"是金、元时代对一般读书人的称谓。从《董西厢》卷首所载的自叙曲可知，他是一位喜好民间曲艺的下层文人。

《董西厢》是迄今所掌握的一部最完整的诸宫调作品，全篇五万余

---

① 陈寅恪：《读莺莺传》，载《元白诗笺证稿》，古典文学出版社，1958年，第112页。

言，是"西厢"题材流变史上的一座里程碑，无论从主题思想、故事情节，还是人物性格等方面，都作了重大的改造，有了新的突破。

《董西厢》最重要的改动是从根本上改变了矛盾冲突的性质和故事结局。《莺莺传》主要围绕青年男女主角张生与莺莺展开矛盾冲突，即莺莺企图冲破礼教的束缚，争取婚姻自主与张生玩弄女性的负心行为之间的恩怨。而《董西厢》则改变为封建家长与青年男女的冲突，张生由热衷追求功名富贵的风流才子，变为笃于爱情的志诚情种，在追求自主恋爱、自主婚姻方面与莺莺是一致的，矛盾也就转移到他们为追求爱情幸福而与讲究门当户对和世家大族体面的封建家长崔老夫人的矛盾斗争上，具有了鲜明的反封建、反礼教的进步意义。斗争的结果，也由莺莺被张生"始乱终弃"的悲剧结局，改变为崔、张两人私奔出走，经过种种磨难而最后获得"美满团圆"的喜剧结尾。

除此外，《董西厢》也增加了一些新的人物，如法本、法聪、郑恒、孙飞虎等，而原有人物，如老夫人、红娘等的性格也有了不同程度的发展，特别是婢女红娘，已被描绘成聪慧、热心助人的人物，为作品增色不少。《董西厢》在艺术上也有许多可取之处：它将叙事与抒情有机地结合在一起，描绘人物惟妙惟肖，生动传神；曲词文白相生，既富有生活气息，又具有文采和韵味。这些都对后来杂剧《西厢记》的创作产生了积极影响。

当然，《董西厢》作为长篇说唱文学，还存在种种不足，例如，作为主要人物的张生、老夫人的性格不够统一，结构上，法聪率众僧大战孙飞虎的描写，占了全篇六分之一的篇幅，显得拖沓冗长，喧宾夺主等，在杂剧《西厢记》中都得到了充分的弥补和大量的改造。

第二节　《西厢记》的戏剧冲突

杂剧《西厢记》（以下简称《王西厢》）是在长期流行的"西厢"故

事的基础上创作而成的（特别是受《董西厢》的影响），王实甫匠心独运，惨淡经营，写出了这部 5 本 21 折的《西厢记》，取得了当时这一题材的最高成就。

《西厢记》写了两对相互关联的矛盾，一是莺莺、张生、红娘与老夫人的矛盾；二是莺莺、张生、红娘之间性格的矛盾。就戏剧冲突的内容而言，前者是主要矛盾。就故事情节的线索而言，莺莺和张生的恋爱过程是作品情节的主线。两对矛盾，一根主线，构成了《西厢记》的戏剧性。

作为矛盾冲突对立面的老夫人，出场虽不多，但却是一个贯穿全剧的鲜明的人物形象。她代表的是传统的守旧势力，是一个地道的封建卫道者的典型。第一本楔子她自报家门时就交代了其家世的衰落："老身姓郑，夫主姓崔，官拜前朝相国，不幸因病告殂……先夫在日，食前方丈，从者数百，今日至亲则这三四口儿，好生伤感人也呵。"[①] 作为前朝相国的遗孀，她要极力维护这种门第利益；而作为一位母亲，她对女儿莺莺，虽不乏亲情之爱，但主要表现为严厉的管束和处处用心的防范。而楔子里出现的莺莺，上场时所唱的［仙吕·幺篇］一曲，则透露了她的苦闷和内心的潜在诉求：

> 可正是人值残春蒲郡东，门掩重关萧寺中。花落水流红，
> 闲愁万种，无语怨东风。

这里虽没有明确交代莺莺"怨愁"的由来，但我们分明感觉到她既有对自己被闭锁深闺的不满，也有对自己在爱情上不能自主，被父母许配给粗俗无能的花花公子郑恒的沉默抗议。

莺莺在佛殿与张生一见钟情正是在父丧热孝之时，"临去秋波那一转"，这种非礼的行动本身就具有叛逆的意义。她与张生之间的感情迅速升温，必然为"治家严肃"、恪守封建礼教的老夫人所不容。作品开

---

① 张燕瑾：《西厢记校注本》，人民文学出版社，1995 年。下同，不再另注。

始虽未写他们之间的正面冲突，但追求自主婚姻的年青一代与讲究"门当户对"的封建家长的潜在矛盾则在酝酿发展，为以后一连串的冲突作了很好的铺垫。

"寺警"是整个"西厢"故事矛盾冲突的起点，也由此派生出一系列的矛盾冲突。老夫人的性格，主要是通过其三次"赖婚"加以体现的。第一次是"当面许，当面赖"。当孙飞虎兵围普救寺，强索莺莺为妻时，面对这突发情况，老夫人却无计可施，不知所措。而莺莺这个性格深沉的少女，却能在危难面前，提出以牺牲自己的"五便"主张：

> （旦云）不如将我与贼人，其便有五：
>
> ［后庭花］第一来免摧残老太君；第二来免堂殿作灰烬；
>
> 第三来诸僧无事得安存；第四来先君灵柩稳；第五来欢郎虽是
>
> 未成人……许是崔家后代孙。

老夫人对此计是不同意的，她说："俺家无犯法之男，再婚之女，怎舍得你献与贼汉，却不辱没了俺家谱?"由此看来，她把"辱没家谱"看得十分重要。当莺莺又提出"不拣何人，建立功勋，杀退贼军，扫荡妖氛，倒陪家门，情愿与英雄结婚姻，成秦晋"时，老夫人盘算此计还较为可行："虽然不是门当户对，也强如陷于贼中。"便当众宣布："但有退得贼兵的，将小姐与他为妻。"这是在万般无奈之时的权宜之计，既然是权宜之计，以后就可以"赖"。果然，当孙飞虎兵退之后，老夫人设宴酬谢张生时，却出现了令张生、莺莺、红娘三人意想不到的结果：

> （夫人云）小姐近前，拜了哥哥者！
>
> （末背云）呀，声息不好了也！
>
> （旦云）呀，俺娘变了卦也！
>
> （红云）这相思又索害也！

老夫人的这一"明许明赖"，使莺莺明白了她一向相信的慈母竟是如此的虚伪："俺娘好口不应心也呵!"其内心的怨恨是可想而知的。

当莺莺退下之后，张生忍不住还要问个究竟，他不失分寸地质问老夫人："前者贼寇相追，夫人所言：'能退贼者，以莺莺妻之。'小生挺身而出，作书与杜将军，庶几得免夫人之祸。今日命小生赴宴，将谓有喜庆之期；不知夫人何见，以兄妹之礼相待？"老夫人自有搪塞他"赖"的理由：

> （夫人云）先生纵有活我之恩，奈小姐先相国在日，曾许下老身侄儿郑恒。即日有书赴京唤去了，未见来。如若此子至，其事将如之何？莫若多以金帛相酬，先生拣豪门贵宅之女，别为之求。先生台意若何？

这正是老夫人的狡猾处：既为自己出尔反尔的行为搬出堂而皇之的"理由"，又使自己摆脱了"背信弃义"的尴尬——她让张生另择高门，是怕"小女有辱君子"，耽误了张生的前途。张生对这样的"关心"心知肚明，断然不能接受，因为他是真心实意爱莺莺的。

《西厢记》并没有把老夫人脸谱化，作品在写她顽固地坚持她的门第观念的同时，也写到了她的善良与真诚的一面。她清楚地知道，她这样对待张生于"理"是有亏的，所以，她请恩人张生留下，住进内院，待之如继子；在张生有病时，还延医问药，派人探视等。但所有这些"关心"，都未能阻止两个青年人之间的交往。因为她不知道，在男女婚姻中还有比"金钱门第"更重要的东西——爱情。随着剧情的发展，在红娘的热心帮助下，张生与莺莺经过"琴挑"、"闹简"、"赖简"等激荡起伏的反复过程，终于实现了"佳期"——崔、张私下结合，如愿以偿。这是对情的极力张扬，是对封建门阀和婚姻礼法的公然反叛。

崔、张的私下结合，使处处留心、时时关注女儿的老夫人不免产生了怀疑：

> 这几日窃见莺莺语言恍惚，神思加倍，腰肢体态，比向日不同，莫不做下来了么？

老夫人的担忧不无道理，一则怕"家谱"被玷辱，二则最怕的是"家丑外扬"。红娘的那一番大道理，正击中了老夫人的要害，使她进退两难，无奈地说："这小贱人也道得是。我不合养了这个不肖之女。待经官呵，玷辱家门。罢，罢，俺家无犯法之男，再婚之女，与了这厮罢。红娘，唤那贱人来！"并当着莺莺和红娘的面吩咐张生道：

> 好秀才呵！岂不闻"非先王之德行不敢行？"我待送你去官司里去来，恐辱没了俺家谱。我如今将莺莺与你为妻，则是俺三辈儿不招白衣女婿，你明日便上朝取应去，我与你养著媳妇。得官呵，来见我，驳落呵，休来见我。

这种看似"明面答应"，实际是又一次变相的"赖婚"。到了第五本，当郑恒编造谎言，说张生已入赘卫尚书家做了女婿时，老夫人以此为借口，再次悔婚：

> （夫人怒云）我道这秀才不中抬举，今日果然负了俺家。俺相国之家，世无与人做次妻之理。既然张生奉圣旨娶了妻，孩儿，你拣个吉日良辰，依著姑夫的言语，依旧入来做女婿者。（五本·三折）
>
> （夫人上云）谁想张生负了俺家，去卫尚书家做女婿去。今日不负老相公遗言，还招郑恒为婿。今日好个日子，过门者。准备下筵席，郑恒敢待来也。（五本·四折）

老夫人借口人负她，不是她负人，又不负老相公的遗言，真是"名正言顺"地来了个第三次赖婚。由此看来，作品写老夫人一而再，再而三地赖婚，直到最后才承认崔、张婚姻的合法，使我们更清楚地认识到"有情人"在争取成为眷属的过程中是需要多么大的勇气，其道路是多么的曲折和艰辛啊。

构成戏剧冲突另一面的，是莺莺、张生和红娘。

莺莺是作者着力刻画的形象，是个性格复杂的人物。她虽是出身名门的相国小姐，却不是封建淑女。长期被闭锁在寂寞的闺中和家长的严厉管束，使她根本无法接触到一个青年男子。但在她的身上，追求自主恋爱、自主婚姻的愿望并没有被封建礼教所扼杀泯灭。她对由"父母之命"许配给"花花公子"郑恒这桩婚姻，内心是不满的。因此，作品一开始就写出了她的苦闷。而当她在佛殿遇到风流多才的青年书生张珙时，不顾热孝在身，与之一见钟情并接受了张生的追求，而且还显得很主动、很大胆，这本身就是反礼教的叛逆行为，如第一本第三折当红娘问醮回来后告诉她遇到那个"傻角"的问答后，按理说，她应当责备红娘不应将那"傻角"的胡言乱语向她传达，这才是个恪守封建礼法的相府千金，然而她没有，反而笑着说："红娘，休对夫人说。天色晚也，安排香案，咱花园内烧香去来。"烧香时祝愿到第三柱时又故意不语，让红娘代祝："愿俺姐姐早寻一个姐夫，拖带红娘咱。"这玩笑，她也并不生气。接着她说："心中无限伤心事，尽在深深两拜中。"这些细节的描绘，已初步揭示了她的性格和心境。

随着她对张生的感情深入和爱情的渐趋明朗，莺莺越来越不满于老夫人的拘系并迁怒于红娘的跟随："俺娘也没意思，这些时直恁般提防着人；小梅香服侍的勤，老夫人拘系的紧，则怕俺女孩儿折了气分。"在孙飞虎兵围普救寺，崔家面临灭顶之灾而老夫人又无计可施时，她提出"不拣何人"，如能退贼，便情愿与之结为婚姻。对此，老夫人表示赞同并当众宣布。可当张生真的退敌之后，老夫人却食言悔婚，拆散了她与张生的姻缘，从而激起了她对老夫人更大的反抗，甚而咒骂那"口不应心的狠毒娘"，"虚名儿误赚了我"。然而，莺莺毕竟是相国小姐，从小受过严格的封建教养，因此，她并没有与老母亲进行面对面的直接的冲突。而对张生，她虽则采取主动行动，但内心存在着种种的顾虑：一则怕老夫人知道，二则怕"影儿似也不离身"的"行监坐守"的红娘不作美，因为她还没有完全弄清楚红娘对此事的态度，而且最大的阻力，恐怕还是她自己头脑里的"情"与"礼"的矛盾，作者极为细致地描绘了莺莺这种复杂痛苦的思想斗争过程。

她请求红娘去张生那里问病，但当她看到了张生的回信时，先是"将简帖儿拈，把妆盒儿按，开拆封皮孜孜看，颠来倒去不害心烦"。继之又对红娘大发脾气：

> （旦云）小贱人，这东西哪里将来的？我是相国的小姐，
> 谁敢将这简帖儿来戏弄我？我几曾惯看这等东西？告过夫人，
> 打下你个小贱人下截来。（三本·二折）

发怒归发怒，但还央求红娘告诉她张生近况如何。她要红娘带信，表面上教训张生"下次休要这般"，实际上却是约张生私会的情书。而当张生应约赴会时，她又翻脸赖账，狠狠教训了张生一顿。作品就是通过"闹简"、"赖简"等几经曲折之后，莺莺终于迈出了关键性的一步，与张生私自结合了。

莺莺追求的是一种纯粹的爱情，没有任何诸如"夫贵妻荣"的杂质。当老夫人逼迫张生上京应试时，在长亭上，她对张生表明了轻视功名的心迹："但得一个并头莲，煞强如状元及第。""此一行得官不得官，疾便回来。"而她最担心的则是张生不像她那样专一，故特别提醒张生："你休要文齐福不齐，我则怕你停妻再娶妻。你休要一春鱼雁无消息，我这里青鸾有信频须寄，你却休金榜无名誓不归。此一节君须记：若见了那异乡花草，再休似此处栖迟。"总之，《西厢记》生动细致地描写了莺莺思想性格的不同侧面，展示了其性格发展的曲折历程。崔莺莺作为典型形象，达到了那个时代的最高峰。

张生是剧中男主人公，"风流狂放"、"志城执著"是其性格的主要特征。他原本是要往京师应考去的，但在普救寺遇到莺莺后，便被她的美貌所吸引，竟喊出"我死也"，"灵魂儿飞在半天"，用他自己的话说，是因"撞著五百年前风流业冤"，于是借故住下，居然把功名事业全抛到了一边，目的只是为了能接近意中人。所以，他和莺莺在精神上是相通一致的，即追求满意的爱情婚姻才是他们共同的人生最终目的。如果

说莺莺因身份、地位而显得端庄、含蓄，性格趋于内向的话，张生则直率洒脱而显得有些鲁莽呆狂，性格趋于外向。性格上的差异，使他在和莺莺、红娘的来往之中，产生了不少误会性的冲突，大大加强了《西厢记》的喜剧性色彩，如张生碰到红娘，就赶忙自报家门："小生姓张，名珙，字君瑞，本贯西洛人也。年方二十三岁，正月十七日子时建生。并不曾娶妻……"红娘反问他："谁问你来？"张生也不管红娘的态度如何，接着又问："敢问小姐常出来么？"结果被红娘狠狠抢白了一顿，还戏称他为"傻角"。这里只简短的几句对话，就把张生冒失呆狂的性格刻画得活灵活现。而当孙飞虎兵围普救寺时，他就把莺莺的事当做自己的事，敢于修书求救，竟煞有介事地称莺莺为"浑家"了。特别是"跳墙幽会"这一最能表现其性格的关目，王实甫竟让自诩为"猜诗谜的社家，风流隋何，浪子陆贾"的张生因解错诗而遭到了莺莺的翻脸斥责和红娘的善意嘲笑，张生只能跪在地上任由她们"发落"，呆若木鸡而无言可辩。这样的艺术处理，就把张生大胆而又鲁莽的性格形象地展现了出来。作为书生，他有时显得很迂阔。老夫人赖婚，他竟不能给予有力的反驳，甚至跪在红娘面前哭丧着脸，声言要上吊自尽。这种种的"书呆子气"，反更衬托出他的诚厚真挚。而他对莺莺始终是痴情、专一的，为了莺莺，虽经无数挫折，他却坚定不移，甚至身染重病也义无返顾、百折不回，反而更加炽烈，最终赢得了莺莺的芳心，实现了"有情人终成眷属"的爱情理想。

红娘虽是莺莺的婢女，但她在撮合崔、张的婚事上却起着至关重要的作用，作者对她的描绘，超过了莺莺和张生，可以说，正是在她的热情帮助下，崔、张克服了自身弱点并在反抗礼教的斗争中取得了最终胜利。她机智聪慧，勇敢泼辣，富于正义感，热情无私等，具有下层人民的许多优秀品质。

她原本负有服侍和监视莺莺的双重责任，所以在"寺警"之前，忠实地恪守着她的职责，虽察觉到了崔、张之间的感情，但并不很关心，也不想有什么帮助，甚至还催促莺莺避开张生的有意接近。对张生的"并不曾娶妻"的自我介绍，她以"得问的问，不得问的休胡说"抢白了他。这说明，她都在按老夫人的旨意行事。但同时，她又并未把她们之间的秘密告诉老夫人，这表现了她的机灵和正直。从"寺警"到"赖婚"，她在逐渐了解了张生的人品，莺莺的心思，老夫人的背信弃义，特别是崔、张之真情后，便由原来的防范、冷漠、同情进而完全站在崔、张一边，为他们出谋划策，正如她对张生所说，"你休慌，妾当与君谋之"，显示了比张生更高一筹的胆识。此后，为他们传书递简，替他们安排幽会，甚至一方面冒着老夫人严惩的危险，另一方面还要忍受小姐"撮盐入火"的贵族脾气和张生怀疑她"不用心"的误解，尽管忍受着"两下里做人难"的委屈，也依然热心地为他们奔走。对莺莺的许多"矫情"、"假处"，她能以假对假，最终使小姐服输；对张生的书呆子气，她敢于奚落，什么"傻角"、"文魔秀士，风欠酸丁"、中看不中用的"花木瓜"、"银样镴枪头"等。帮助他们不断地克服弱点，鼓励他们勇敢地行动，促成他们最终的结合。

红娘形象的光彩照人处主要表现在"拷红"那场与老夫人的面对面的直接冲突。她的"以子之矛，攻子之盾"的战术击中了老夫人的要害，驳得老夫人哑口无言：

> （夫人云）这端事，都是你个贱人！（红云）非是张生、小姐、红娘之罪，乃夫人之过也。（夫人云）这贱人到指下我来，怎么是我之过？（红云）信者，人之根本，"人而无信，不知其可也，大车无辀，小车无轨，其何以行之哉！"当日军围普救，夫人所许退军者，以女妻之。张生非慕小姐颜色，岂肯建区区退军之策？兵退身安，夫人悔却前言，岂得不为失信乎？既然不肯成其事，只合酬之以金帛，令张生舍此而去。却不当留请张生于书院，使怨女旷夫，各相早晚窥视，所以夫人有此一端。目下老夫人若不息其事，一来辱没相国家谱；二来张生日

后名重天下，施恩于人，忍令反受其辱哉？使至官司，夫人亦
得治家不严之罪。官司若推其详，亦知夫人背义而忘恩，岂得
为贤哉？

最后，老夫人不得不接受了红娘"恕其小过，成就大事"的建策，只好
将莺莺许配给张生。

红娘作为典型，在今天，她已成为热心为他人姻缘搭桥牵线的
共名。

第三节　《西厢记》的艺术成就和社会影响

《西厢记》问世之后，时人和后人都给予很高的评价，除了与它提
出"愿普天下有情的都成了眷属"这一鲜明进步的婚姻理想外，还与它
在艺术上取得多方面卓越的成就密不可分。

郑振铎在《文学大纲》中这样评价《西厢记》："中国的戏曲小说，
写到两性的恋史，往往是二人一见面便相爱，便誓订终身，从不细写他
们的恋爱的经过与他们的在恋时的心理。《西厢》的大成功便在它的全
部都是婉曲地在写张生与莺莺的恋爱心境的。似这等曲折的恋爱故事，
除《西厢》外，中国无第二部。"《西厢记》正是这样一部完整地写出了
崔、张恋爱过程、恋爱心理的作品。而描摹最细致深刻的就是莺莺。作
品根据人物的性格特征，展开戏剧冲突，并使二者紧密结合，取得了完
美的统一。莺莺和张生追求的是自主恋爱、自主婚姻，他们的叛逆性格
与老夫人固守的"门当户对"的传统的封建礼教思想，形成了尖锐的对
立，构成贯穿全剧的主线，老夫人的"三次赖婚"、"拷红"、"逼试"
等，导致双方的正面冲突，在冲突中又丰富、完成了老夫人、莺莺、张
生和红娘等人物形象的塑造，揭示了他们各自的性格特征。而且由于身
份、教养、生活经历的不同乃至性别的差异，莺莺、张生、红娘之间也
造成了许多误会性的喜剧冲突，如张生在佛殿与莺莺一见钟情，便急于

向红娘了解莺莺的行动情况并主动介绍自己的身世，结果遭到了红娘的一顿抢白。莺莺既防范红娘又离不开她传书递简，还要从她那里了解张生的心事，并不时地使些"假意儿"。张生在绝望之时，突然接到莺莺主动约他花园相会，以致受宠若惊跳墙赴约，不意遭到莺莺翻脸训斥，竟无一言可对等，在这些误会性的冲突中，作者把莺莺的机警、矜持、端庄的内向性格，张生的憨厚、执著、轻狂的外向性格，红娘直爽泼辣、热心大胆的性格，完整而丰满地表现出来。

《西厢记》的语言为人们所称道，在整个中国戏曲史上也是无与伦比的。其人物语言都是充分戏剧化和个性化的，如第三本第二折，当红娘把张生给莺莺的"情简"放在梳妆台时，戏剧性的场面出现了：

> 我待便将简帖儿与他，恐俺小姐有许多假处哩。我则将这简帖儿放在妆盒儿上，看他见了说甚么。（旦做照镜科，见帖看科）（红唱）
>
> ［普天乐］晚妆残，乌云髻，轻匀了粉脸，乱挽起云鬟。将简帖儿拈，把妆盒儿按，开拆封皮孜孜看，颠来倒去不害心烦。
>
> （旦怒叫）红娘！（红做意云）呀，决撒了也！
>
> 厌的早扢皱了黛眉。
>
> （旦云）小贱人，不来怎么！（红唱）
>
> 忽的波低垂了粉颈，氲的呵改变了朱颜。
>
> （旦云）小贱人，这东西哪里将来的？我是相国的小姐，谁敢将这简帖来戏弄我？我几曾惯看这等东西？告过夫人，打下你个小贱人下截来。（红云）小姐使将我去，他著我将来，我不识字，知他写著甚么？
>
> ［快活三］分明是你过犯，没来由把我摧残；使别人颠倒恶心烦。你不"惯"，谁曾"惯"？
>
> 姐姐休闹，比及你对夫人说呵，我将这简帖儿，去夫人行

出首去来！（旦做揪住科）我逗你要来。（红云）放手，看打下
下截来！（旦云）张生两日如何？（红云）我则不说。（旦云）
好姐姐，你说与我听咱！

上面所引的对白和唱词，动作性是很强的。徐复祚赞叹《西厢记》"字字当行，言言本色，可谓南北之冠"，当是确论。①

《西厢记》的语言切合人物的身份，具有鲜明的个性化特点，如写张生，常用开阔、夸张、感叹的语言，显得洒脱热烈；红娘的语言，俏皮爽朗，显得性格泼辣；莺莺的语言蕴藉清丽，显得端庄含蓄，都恰如其分地表现了他们各自的性格特征。

《西厢记》大量运用口语，俗语，具有浓厚的生活气息，同时又善于化用古典诗词的名句以至经书史籍的语句，雅俗相兼，自然华美，形成"文而不文，俗而不俗"的语言风格，如第四本第三折"长亭送别"，最能体现其语言特色：

〔正宫·端正好〕碧云天，黄花地，西风紧，北雁南飞。晓来谁染霜林醉？总是离人泪。

〔滚绣球〕恨相见得迟，怨归去得疾。柳丝长玉骢难系。恨不倩疏林挂住斜晖。马儿迍迍的行，车儿快快的随。却告了相思回避，破题儿又早别离。听得一声"去也"，松了金钏；遥望见十里长亭，减了玉肌，此恨谁知！

〔叨叨令〕见安排著车儿、马儿、不由人熬熬煎煎的气；有甚么心情花儿、靥儿，打扮的娇娇滴滴的媚；准备著被儿、枕儿，则索昏昏沉沉的睡；从今后衫儿、袖儿，都揾做重重叠叠的泪。兀的不闷杀人也么哥，兀的不闷杀人也么哥！久已后书儿、信儿，索与我恓恓惶惶的寄。

这些曲词情景交融，含蓄隽永，华美中不失本色，细腻中又兼粗豪，犹

---

① 徐复祚：《曲论》，《中国古典戏曲论著集成》四，中国戏剧出版社，1959年，第242页。

如一首首优美的抒情诗，能引领观众或读者迅速进入作者所创造的剧情氛围中，与戏中主人公悲欢离合之情产生强烈的共鸣，具有极强的艺术感染力。

《西厢记》在体制结构和主唱角色的分配上对元杂剧也有革新和创造。突破了 1 本 4 折、每折由一人独唱到底的体例。第一本张生主唱，为末本；第二本是旦本，第二折红娘主唱，其中楔子则由惠明主唱，其余三折由莺莺主唱；而第三本全由红娘主唱，成了既非旦本也非末本的小旦戏，这在元杂剧中是很少见的；第四本、第五本更为特殊，如第五本，第一折主唱的是莺莺，第二折为张生，第三折为红娘，第四折由张生、红娘、莺莺同唱，这种多角同台演唱的形式，并以 5 本 21 折这样宏伟的规模敷演一个故事的体例，在元杂剧史上确是前无古人的。

《西厢记》自问世之后，在社会上产生了很大的影响。白朴的《董秀英花月东墙记》、郑光祖的《㑇梅香翰林风月》都是模拟《西厢记》写成的，明清两代，被改编为其他戏曲形式者甚多，如李日华的《南西厢》等。一些说唱的演出，也广泛采用了《西厢记》的戏曲剧本。它提出的"愿普天下有情的都成了眷属"的鲜明的爱情理想，也得到了后世进步戏曲、小说作家的继承和发展，《牡丹亭》中的杜丽娘，《红楼梦》中的贾宝玉、林黛玉，这些叛逆人物思想性格的形成，显然都受到了它的影响。

第四章　马致远与他的杂剧创作

马致远，号东篱，大都人，生平事迹不详，约生于 1250 年左右，卒年据他的 [中吕·粉蝶儿]《至治华夷》套数以及周德清《中原音韵·序》推断，应在 1321 年以后。关于他的籍贯，历来说法不一。著名曲学专家孙楷第先生在其《元曲家考略》中认为他是河北广平（今属邯郸市）人[①]；瞿钧先生根据明清地方志的记载认为他是东光（今属河北沧州市）人[②]。由于材料的散佚，这个问题还需作进一步的考证。

马致远早年曾热衷于功名，从他的小令 [双调·拨不断]"九重天，二十年，龙楼凤阁都曾见"推知，他在大都定居了 20 来年，虽写诗"献上龙楼"，但未能得志。中年时期，他曾一度出任江浙行省提举官，到过杭州，无奈官运不通，在经历过一段漂泊生涯后，看破世事，遂淡泊名利，退出官场，过上了以"清风明月为伴"的修仙证道的隐居生活。

马致远是元初著名的戏剧作家，在梨园享有盛誉，被称为"曲状元"。明贾仲明 [凌波仙] 吊词说："万花丛里马神仙，百世集中说致远，四方海内皆谈羡。战文场，曲状元，姓名香贯满梨园。《汉宫秋》、《青衫泪》、《戚夫人》、《孟浩然》，共庚、白、关老齐肩。"可见他在元代是少有的"香贯满梨园"的杂剧作家，与关汉卿、庚吉甫、白朴齐名。马致远一生著有杂剧 15 种，现存 7 种：《破幽梦孤雁汉宫秋》、《江州司马青衫湿》、《半夜雷轰荐福碑》、《西华山陈抟高卧》、《吕洞宾三醉岳阳楼》、《马丹阳三度任风子》及与李时中等人合作的《邯郸道省悟黄

---

① 孙楷第：《元曲家考略》，上海古籍出版社，1981 年，第 132 页。
② 瞿钧：《东篱乐府全集》，天津古籍出版社，1990 年，第 7 页。

梁梦》。《晋刘阮误入桃源》仅存一支。一说《孟浩然踏雪寻梅》和南戏《牧羊记》、《刘文龙传》（一名《萧淑贞祭坟重会姻缘记》）也是他所作。① 除杂剧外，马致远一生对散曲创作的贡献也很大，作品很多，今存小令115首，套数22套，残存4套，今人任讷先生辑有《东篱乐府》。

第一节 《汉宫秋》与马致远的历史意识

《破幽梦孤雁汉宫秋》简称《汉宫秋》，是马致远杂剧的代表作，也是现存最早敷演王昭君故事的戏曲剧本。《汉宫秋》不仅描写了一场爱情悲剧，而且描写了一场政治悲剧。汉元帝与王昭君既是一对情侣，同时又是两个政治人物。他们的爱情关系的发展，始终与政治斗争和国家的命运密不可分。

历史上的王昭君本是汉元帝的宫女，并未受到汉元帝的宠幸，当时汉王朝比较强盛，而匈奴则趋于衰落。汉元帝竟宁元年（公元前33年）春正月，匈奴王虖韩邪单于来汉朝求婚，（汉元帝）诏曰：

> 匈奴郅支单于背叛礼义，既伏其辜，虖韩邪单于不忘恩德，向慕礼义，复修朝贺之礼，愿保塞传之无穷，边垂长无兵革之事。其改元为竟宁，赐单于待诏掖庭王嫱为阏氏。②

王昭君出嫁匈奴后曾生儿育女，《汉书》卷九十四《匈奴传》载：

> 竟宁元年，（呼韩邪）单于复入朝，礼赐如初，加衣服锦帛絮，皆倍于黄龙时。单于自言愿婿汉氏以自亲。元帝以后宫良家子王嫱字昭君赐单于。单于欢喜，上书愿保塞上谷以西至敦煌，传之无穷，请罢边备塞吏卒，以休天子人民……王昭君

---

① 傅丽英、马恒君：《马致远全集校注》，语文出版社，2002年，"前言"。以下引文均据此版本，不再作注。

② 班固：《汉书·元帝记》（简体字本），中华书局，2000年，第208页。

号宁胡阏氏，生一男伊屠智牙师，为右日逐王。呼韩邪立二十八年，建始二年死……呼韩邪死，雕陶莫皋立，为复株累若鞮单于……复株累单于复妻王昭君，生二女，长女云为须卜居次，小女为当于居次。①

上面《汉书》的几处记载都很简略，汉元帝把王昭君赐给单于，主要是出于巩固汉与匈奴关系的考虑。

东汉以后，人们出自不同的目的演述着昭君故事。主要有蔡邕的《琴操》、托名王嫱的《昭君怨》、葛洪的《西京杂记》（一说西汉刘歆撰）中所载《王嫱》、石崇的《王昭君辞》、孔衍的《琴操》以及唐代的《王昭君变文》等。

东汉末年蔡邕的《琴操》，其卷下有《怨旷思惟歌》，似是最早将王昭君和番故事带入文学领域，其中已加入了不少违背史实的虚构成分：

王昭君者，齐国王襄女也。昭君年十七，颜色皎洁，闻于国中。襄见昭君端正闲丽，未尝窥看门户……献于孝元帝……积五六年，昭君心有怨旷，伪不饰其形容。元帝每历后宫，疏略不过其处。后单于遣使朝贺，元帝陈设倡乐，乃令后宫妆出。昭君怨恚日久，不得侍列，乃更修饰，善妆盛服，形容光辉而出，俱列坐。元帝谓使者曰："单于何所愿乐？"对曰："珍奇怪物，皆悉自备。惟妇人丑陋，不如中国。"帝乃问后宫，欲以一女赐单于，谁能行者起。于是昭君喟然越席而前曰："妾幸得备在后宫，粗丑卑陋，不合陛下之心，诚愿得行。"时单于使者在旁，帝大惊，悔之，不得复止，良久，太息曰："朕已误矣。"遂以与之。昭君至匈奴，单于大悦，以为汉与我厚……昭君恨帝始不见遇，心思不乐，心念乡土，乃作《怨旷思惟歌》……昭君有子曰世违，单于死，子世违继立。

---

① 班固：《汉书·匈奴传》（简体字本），中华书局，2000年，第2810～2813页。

　　凡胡者，父死妻母。昭艰难问世违曰："汝为汉也，为胡也？"
世违曰："欲为胡耳。"昭君乃吞药自杀。单于举葬之。胡中多
白草，而此冢独青。①

故事中的王昭君显然是不满汉宫的生活而自愿请行的，并加入昭君在匈
奴服药自杀的悲剧结局。

　　范晔的《后汉书》虽然成书时间较晚，但记载的"昭君故事"似乎
没有受到《琴操》多大影响，基本上依据《汉书》而稍有增饰：

　　知牙师者，王昭君之子也。昭君字嫱，南郡人也。初，元
帝时，以良家子选入掖庭。时呼韩邪来朝，帝敕以宫女五人赐
之。昭君入宫数岁，不得见御，积悲怨，乃请掖庭令求行。呼
韩邪临辞大会，帝召五女以示之。昭君丰容靓饰，光明汉宫，
顾景裴回，竦动左右。帝见大惊，意欲留之，而难于失信，遂
与匈奴。生二子。及呼韩邪誓死，其前阏氏子代立，欲妻之，
昭君上书求归，成帝敕令从胡俗，遂复为后单于阏氏焉。②

　　《西京杂记》在《汉书》等的基础上增加了更多虚构的成分，如
"画工弃世"及毛延寿、陈敞、刘白等因受贿而被诛的情节：

　　元帝后宫既多，不得常见，乃使画工图形，案图召幸之。
诸宫人皆赂画工，多者十万，少者亦不减五万。独王嫱不肯，
遂不得见。后匈奴入朝，求美人为阏氏，于是上案图以昭君
行。及去，召见，貌为后宫第一，善应对，举止闲雅，帝悔
之，而名籍已定，帝重信于外国，故不复更人。乃案穷其事，
画工皆弃世。籍其家资，皆巨万。画工有杜陵毛延寿，为人形
丑好老少，必得其真。安陵陈敞，新丰刘白、龚宽，并工为牛
马飞鸟众势，人形好丑，不逮延寿下。杜阳望亦善画，尤善布

----

① 蔡邕：《琴操》，清徐于辑刻《邵武徐氏丛书》本。
② 范晔：《后汉书》卷八十九（简体字本），《南匈奴列传》，中华书局，2000年，第1988页。

色，樊育亦善布色。同日弃世。京师画工于是差稀。①

《西京杂记》中因受贿而弃世的画工不止毛延寿一人，但随着"昭君故事"的不断演变，到了唐代，罪魁祸首已集中到毛延寿一人身上。李商隐《王昭君》诗："毛延寿画欲通神，忍为黄金不为人。"② 这是"昭君故事"发展演变史上很重要的转折点。另外，说唱本《王昭君变文》把王昭君远嫁匈奴的原因，归之于汉朝软弱，匈奴强大，这是"昭君故事"发展史上又一重大的改变。

马致远的《汉宫秋》在吸收上述材料的基础上虚构了汉元帝与王昭君的爱情悲剧，其新的发展变化主要有以下三点。

第一，杂剧中汉朝与匈奴的关系，不符合公元前一世纪的真实情况，而是恰恰相反，写成汉朝软弱，匈奴强大，王昭君被迫和亲。

第二，杂剧中毛延寿、五鹿充宗和石显等的艺术形象，都与历史上的真人真事对不上号，如把毛延寿的身份由画工改为中大夫，虚构了毛延寿因贪贿惧诛而携美人图叛汉投敌之事。

第三，改变了王昭君的遭遇与结局。王昭君在和亲之前，并未得到汉元帝的宠幸，剧中则写成她在和亲之前就得到元帝的宠爱而被封为"明妃"，两人十分恩爱。另外，史实是昭君到匈奴后被立为阏氏，生儿育女，杂剧则改为昭君行至国境，投水而死。

马致远作如此重大的改动，实际是"借他人之酒杯，浇自己之块垒"，抒发自己对社会的抑郁之气。在元代民族矛盾尖锐对立这样的历史背景下，《汉宫秋》曲折反映了作者所处时代的民族矛盾、民族意识与民族情绪，应该说是符合作品实际的。③ 如上文所言，汉元帝与王昭

① 葛洪：《西京杂记》，《笔记小说大观》第一册，江苏广陵古籍刻印社，1995年，第3页。

② 李商隐：《王昭君》，《全唐诗》卷五百四十，中华书局，1960年，第6209页。

③ 学术界对此问题有不同的看法。占主流地位的是认为《汉宫秋》反映了民族矛盾、民族意识，如徐朔方：《马致远的杂剧》，文载《新建设》1954年12月号；张庚、郭汉城主编的《中国戏曲史》，中国戏剧出版社1980年版；王季思、萧德明《从〈昭君怨〉到〈汉宫秋〉——王昭君的悲剧形象》，文载《王季思学术论著自选集》，北京师范学院出版社1991年版。持反对意见者，如黄卉《元代戏曲史稿》，天津古籍出版社1995年11月版；谌必民《马致远〈汉宫秋〉反元蒙析疑》，《益阳师专学报》1997年第4期。

君既是一对情侣，又是两个政治人物，剧本把他们的爱情悲剧与政治悲剧、把王昭君的个人命运与国家民族的命运紧密联系在一起。作者往往通过汉元帝之口，讲一些自己想说的话，在某种程度上说，把汉元帝当成了自己的化身。

作品中的汉元帝已失去了大汉天子的威严，不再像历史上的那个太平天子，相反，变成了被强大的匈奴压迫凌辱的弱者。作品中的呼韩邪单于气势逼人，他派遣使臣，以大兵逼勒汉元帝："特差臣来，单索昭君为阏氏，以息两国刀兵。陛下若不从，俺有百万雄兵，刻日南侵，以决胜负。"面对这样的形势，朝中君臣一片恐慌，平时"山呼万岁，舞蹈扬尘"的满朝文武大臣，竟一个个"似箭穿着雁口，没个人敢咳嗽"。作者借汉元帝之口，对那些文恬武嬉的大臣进行了无情的讽刺斥骂："太平时卖你宰相功劳，有事处把俺佳人涕流。你们干请了皇家俸，著甚的分破帝王忧。""您但提起刀枪，却早小鹿儿心头撞。今日央及煞娘娘，怎做得男儿当自强。"这里显然反映了南宋末年大批卖国求荣、贪生怕死的文臣武将的丑恶面貌，是对他们懦弱、妥协的严厉斥责。剧本最后将"百般巧诈，一味谄谀"的毛延寿绑缚汉朝处决，既表达了剧作者对卖国贼的痛恨，同时也反映了作者希望民族和睦相处的美好愿望。

与此相反，作品热情歌颂了王昭君的爱国精神和民族气节。剧中的王昭君不是主动请行，而是在匈奴大兵压境，"不日南侵，江山难保"，汉朝君臣束手无策，"为国家大计"、"怕江山有失"才挺身而出的，这便具有了强烈的爱国主义精神。临行时留下了汉朝衣服，出塞行至番汉交界，望着故国山河，举酒向南浇奠，投江殉国，这最鲜明地表现了反对民族压迫、宁死不离故土的坚贞气节。

《汉宫秋》在艺术上的突出特色是它的抒情性胜于戏剧性。作品虽安排了复杂而多变的戏剧矛盾，但不以尖锐紧张的矛盾冲突或波澜起伏的情节取胜，而是借助外界景物，用诗的语言、诗的意境来抒发人物的思想感情和精神状态，具有抒情诗剧的典型特征，如第一折写王昭君因不肯向毛延寿行贿而被点破美人图，被打入冷宫，汉元帝在一次巡宫时偶然发现了她是一个容貌出众且多才多艺的女子，对她产生了强烈的爱情。这一折的气氛非常的欢快，两人都沉浸在幸福之中。当王昭君向汉元帝提出希望给予在成都的父母一些"恩典"时，元帝觉得这事太容易了：

　　〔金盏儿〕你便晨挑菜，夜看瓜，春种谷，夏浇麻，情取棘针门粉壁上除了差法，你向正阳门改嫁的倒荣华。俺官职颇高如村社长，这宅院刚大似县官衙。谢天地可怜穷女婿，再谁敢欺负俺丈人家。

这段唱词的语言非常诙谐，流露出一种按捺不住的得意的情绪。第一折尽力渲染汉元帝畅快的心情，显然是为了与第三折、第四折形成鲜明的对比。这是以顺境衬逆境的表现手法。也就是说，汉元帝在得到王昭君时越是欣喜迷狂，到后边送别、思念王昭君时悲哀的心情也就会越重。

第三折"灞桥送别"，汉元帝由欢乐的顶峰跌入到了痛苦的深渊：

　　〔七弟兄〕说甚么大王、不当、恋王嫱，兀良怎禁他临去也回头望！那堪这散风雪旌节影悠扬，动关山鼓角声悲壮。

　　〔梅花酒〕呀！俺向着这迥野悲凉。草已添黄，兔早迎霜。犬褪得毛苍，人搠起缨枪；马负着行装，车运着糇粮，打猎起围场。他、他、他，伤心辞汉主，我、我、我，携手上河梁。他部从入穷荒，我銮舆返咸阳。返咸阳，过宫墙；过宫墙，绕回廊；绕回廊，近椒房；近椒房，月昏黄；月昏黄，夜生凉；夜生凉，泣寒螀；泣寒螀，绿纱窗；绿纱窗，不思量！

　　〔收江南〕呀！不思量除是铁心肠！铁心肠也愁泪滴千行。美人图今夜挂昭阳，我那里供养，便是我高烧银烛照红妆。

这几支曲子，作者巧妙地使用了一连串顶真句式，回环重叠，反复吟唱，将情和景、实感与幻觉结合在一起，酣畅淋漓地抒发了汉元帝生离死别的悲凉、哀伤心情。

第三折汉元帝与王昭君的离别,虽说是整个故事的最大转折点,但在感情上并未达到高潮。因为汉元帝满腹"不自由"的辛酸悲苦,在送别时还未来得及尽情地倾吐。作者构思极为巧妙的是,在第四折中,先让汉元帝做了一个梦,梦见王昭君私自从匈奴逃回,但他还没有来得及与王昭君细细诉说衷肠,即被长空大雁的叫声所惊醒,打破了他的团圆梦境。于是他徘徊于殿前,对着大雁,才淋漓尽致地倾诉了自己极度苦闷忧伤的感情:

> [蔓青菜]白日里无承应,教寡人不曾一觉到天明,做的个团圆梦境。(雁叫科)(唱)却原来雁叫长门两三声,怎知道更有个人孤另。

> [上小楼]早是我神思不宁,又添个冤家缠定。他叫得慢一会儿,紧一声儿,和尽寒更。不争你打盘旋,这搭里同声相应,可不差讹了四时节令。

> [尧民歌]呀呀的飞过蓼花汀,孤雁儿不离了凤凰城。画檐间铁马响丁丁,宝殿中御榻冷清清,寒也波更,萧萧落叶声,烛暗长门静。

> [随煞]一声儿绕汉宫,一声儿寄渭城。暗添人白发成衰病,直恁的吾家可也劝不省。

秋天的夜晚,萧条冷落的深宫,原有相伴的美人,现在只剩下一个美人图。然而宫殿和美人图毕竟是无声无息和静止的。作者别具匠心地引来了一只失群的大雁。这只孤雁,在汉元帝的心目中,就是王昭君的化身。她的哀鸣,给静的环境增加了动的因素,将雁声与人情融为一体,从而渲染出更加强烈的悲凉气氛。

《汉宫秋》是中国戏曲史上著名的悲剧之一,历来备受文人的推崇:臧晋叔《元曲选》把它列为诸杂剧之首;王国维《宋元戏曲史》中称赞说："写情则沁人心脾，写景则在人耳目，述事则如其口出是也。"[①] 认为它与《梧桐雨》、《倩女离魂》是元杂剧中的"三大杰作"，是"千古绝品"（《录曲余谈》）。其浓厚的抒情色彩和悲剧氛围，典雅清丽的语言，也是《汉宫秋》长久不衰、千古传诵的一个重要原因。

第二节　马致远的神仙道化剧

在马致远现存的七种杂剧中，有四种是神仙道化剧。它们是《岳阳楼》、《黄粱梦》、《陈抟高卧》和《任风子》。他的神仙道化剧，往往以劝人出家归隐、寻找脱离世俗红尘的世外仙境为主旨，具有浓厚的浮生若梦思想。剧本的结构大体相同，先是一个被度化者起初依恋尘世生活，经过神仙真人的反复点化，遍历酒色财气种种磨难后，终于悟道而得以修成正果，所以又可称为佛道隐士剧或度脱剧[②]。

《岳阳楼》一般认为是马致远的前期作品。元代元淮在至元后期溧阳总管任上所写的《昭君出塞》、《试墨》诗提到了马致远的《汉宫秋》和《岳阳楼》并袭用了其中的曲词，尚有小注"马致远词"、"岳阳词"。元淮任溧阳总管的时间在至元二十四年丁亥（1287 年）到庚寅（1290 年）之间，据此我们可以推断《汉宫秋》、《岳阳楼》至迟应在元世祖至元二十七年（1290 年）就已经在社会上流传了。

《岳阳楼》写吕洞宾度柳树、白梅花精成仙故事。大意谓岳阳郡有青气上彻云霄，吕洞宾预知有神仙出世，遂至岳阳楼度化。吕在楼上饮酒凭眺，见有青气出自楼下一株千年老柳，又见杜康庙前一株白梅花也已成精，遂将柳、梅点化为人身。柳托身为卖茶人郭马儿，梅为郭妻贺腊梅。30 年后，吕再至岳阳楼度化，郭已忘却前身，不肯出家。后经

---

① 王国维：《宋元戏曲史》，华东师范大学出版社，1995 年，第 121 页。

② 《陈抟高卧》的结构虽与其他三种不同，但其精神旨归却是一样的，故许多戏曲史、文学史、戏曲专著或论文，也都把《陈抟高卧》归之于神仙道化剧。不过，有的专家或专著称之为"隐居乐道"剧，以示细微差别。

吕设计点化，腊梅先悟，郭仍执迷。吕第三次来到岳阳楼，并送郭宝剑一口，郭带至家，当夜其妻被人杀死。郭执吕告官，而其妻却随吕呼而至，郭因诬告被判死罪。郭惊惧哀求，却见官员公人都变作八仙，于是顿悟前身，与腊梅同随吕洞宾成仙。

《黄粱梦》，全称《邯郸道省悟黄粱梦》，一作《开坛阐教黄粱梦》，是马致远与人合作而成的。据钟嗣成《录鬼簿》修订本记载："李时中，大都人，中书省掾，除工部主事。"注云："《开坛阐教黄粱梦》第一折马致远，第二折李时中，第三折花李郎学士，第四折红字李二。"又，贾仲明为李时中所写的［凌波仙］吊词说：

> 元贞书会李时中、马致远、花李郎、红字公，四高贤合捻
> 《黄粱梦》。东篱翁，头折冤，第二折，商调相从，第三折，大
> 石调，第四折，是正宫，都一般愁雾悲风。

"吊词"中所称"元贞书会"，是以元成宗年号命名的书会组织，由此我们判断《黄粱梦》创作的年代大约应在元贞、大德年间。这时，马致远已人到中年，经历了20年的漂泊生涯。

《黄粱梦》的故事，本于唐代沈既济的传奇小说《枕中记》。到了金、元时期，则附会为钟离权度化吕洞宾成仙故事。剧情大意是：钟离权奉东华帝君之命化作道士，在邯郸道黄化店劝吕洞宾修道，吕求取功名心切，坚执不肯。后吕困倦，在梦中梦见了自己招赘在高太尉家为婿，作了兵马大元帅，奉命征讨吴元济，临行前，高太尉为他送行，吕饮酒吐血，因而戒酒；他卖阵受贿，偷偷回家送金珠，发现了妻子与人私通。他正欲杀妻，而卖阵事犯，被朝廷发配沙门岛。妻子与他吵闹，吕休妻，又断了财和色。发配的路上，一双儿女被摔死，这一切，他都忍受了。他在将被杀时惊醒。梦中醒来，已经历了18年，而入梦时店婆所做黄粱饭尚未煮熟。于是，钟离权告诉了他梦中的一切皆已所为。吕洞宾终于悟道成仙。

《陈抟高卧》，一般认为也是马致远进入中年以后的作品，写陈抟不

求高官厚禄隐居太华山的故事。陈抟是北宋初年著名的华山道士，多次拒绝朝廷的征聘。《宋史》本传说：

> 陈抟字图南，亳州真源人……及长，读经史百家之言，一见成诵，悉无遗忘，颇以诗名。后唐长兴中，举进士不第，遂不求禄仕，以山水为乐……移居华山云台观，又止少华石室。每寝处，多百余日不起……太平兴国中来朝，太宗待之甚厚。九年复来朝，上益加礼重，谓宰相宋琪等曰："抟独善其身，不干势利，所谓方外之士也。抟居华山已四十余年，度其年近百岁。自言经承五代离乱，幸天下太平，故来朝觐。与之语，甚可听。"因遣中使送至中书，琪等从容问曰："先生得玄默修养之道，可以教人乎？"对曰："抟山野之人，于时无用，亦不知神仙黄白之事、吐纳养生之理，非有方术可传。假令白日冲天，亦何益于世？今圣上龙颜秀异，有天人之表，博达古今，深究治乱，真有道仁圣之主也。正君臣协心同德、兴化致治之秋，勤行修炼，无出于此。"……上益重之，下诏赐号希夷先生，仍赐紫衣一袭，留抟阙下，令有司增葺所止云台观。上屡与之属和诗歌，数月放还山……抟好读《易》，手不释卷……能逆知人意……①

除《宋史》本传，宋刘斧的《青琐高议》中有《希夷先生传》亦记其事。但陈抟预知赵匡胤称帝之事，则纯属宋人所编造。

《任风子》，学界一般认为应是马致远的晚年作品。剧中的王祖师即王喆，金末全真道的创始人。马丹阳为其七大弟子之一。但此剧的故事于史无征，盖依据道教传说敷演而成。剧情谓：真人马丹阳中宵望气，知终南山甘河镇任屠有半仙之分，乃至镇度化。半年后，马劝化当地人

---

① 元·脱脱等：《宋史》卷四百五十七"隐逸列传上"，中华书局简体字本，2000年，第10413~10414页。

不食荤腥，断了任屠的买卖。任屠夜入马丹阳居住的草庵，要杀害马，马使法术制服了任，任遂猛醒，拜师出家。其妻带幼儿劝他还俗，他又摔死幼子，休弃娇妻，以示心诚。经十年苦修，功成行满，终得道成仙。

长期以来，人们对马致远的神仙道化剧评价都很低，评论者往往笼统地斥之为"鼓吹逃避现实，宣扬不反抗主义"，"反映了地主阶级知识分子对当时斗争的消极态度"，表现了"悲观厌世的人生观"等。这样的评论，充斥在许多高等院校的文学史教材或戏曲史著作中。不过，近年来这种情况已大为改观①。实际上，如果我们理性地重新审视马致远的这些神仙道化剧，就会发现，剧本虽然是神仙故事，但他并没有弘扬神仙说，鼓吹道教思想，如《陈抟高卧》中，当宋太祖赵匡胤的使臣问起"黄白住世之术"时，陈抟则公然宣称："神仙荒唐之事，此非将军所宜问也"。再如《黄粱梦》中，马致远借道教七真之一的吕洞宾之口也指出："神仙事渺渺茫茫，有什么准程，教我去做他。"应该说，这些都是马致远的由衷之言。换句话说，马致远只是借用宗教的外壳，来发泄自己对现实的愤懑和不平，寄寓自己对社会、对人生的关注和认识，其爱憎之态度是很明显的。主要表现在：

其一，揭露了政治黑暗、动荡不安的社会现实。在《陈抟高卧》中，作者借陈抟之口分析了当时的天下形势是，"天下已归汉，山中犹避秦"，"五代间世路干戈，生民涂炭，朝梁暮晋，天下纷纷"。实是借追溯五代的史迹，影射当朝情况，是对元代纷乱黑暗现实的真实写照。《岳阳楼》中的吕洞宾想度化郭马儿夫妇，郭马儿竟怒打吕洞宾，吕洞宾警告说："郭马儿，你休恼了我也。"郭马儿说："恼了你，你能把我怎么样？"吕表示要把"岳阳楼翻做鬼门关"，表面上是神仙对人世间为

---

① 袁行霈主编的《中国文学史》第三卷第六编"元代文学"，对马致远的《黄粱梦》是这样评价的："在剧中，作者采用了梦境叙事的技巧，使神仙道化的题材转化为关于知识分子命运的寓言故事，高度概括了官场的腐败，以及涉足其中的知识分子本性的'迷失'，颇能发人深省。这个戏……具有批判现实的意义。"高等教育出版社，1999年8月，第299页。

非作歹的丑恶现象的惩罚，但也正是马致远对元代强权政治的愤恨与抗争。

其二，揭露官场的险恶、黑暗和腐败。在《陈抟高卧》中，作者对此有尖锐的揭露："鸡虫得失何须计，鹏鷃逍遥各自知。看蚁阵蜂衙，龙争虎斗，燕去鸿来，兔走乌飞。浮生似争穴聚蚁，光阴似过隙白驹，世人似舞瓮醯鸡。便博得一阶半职，何足算，不堪提。"（第三折〔二煞〕）对官场中那些争权夺利、尔虞我诈之徒进行了辛辣的嘲讽。仕途的路上常常是吉凶难卜的，有时下场十分悲惨："三千贯两千石，一品官二品职，只落的故纸上两行史记，无过是重裀卧、列鼎而食。虽然道臣事君以忠，君使臣以礼，哎！这便是死无葬身之地，敢向那云阳市血染朝衣。"（第三折〔滚绣球〕）《黄粱梦》中说得更赤裸明白："功名二字如同那百尺高竿上调把戏一般，性命不保……怎如的平地上来，平地上去，无灾无祸，可不自在多哩。"作品还具体描写了吕洞宾受贿卖阵、妻子变心、孩子被杀等一连串事件，意在告诉人们，官场上在得到荣华富贵的同时也伴随着无边的苦海。这与马致远由早年热衷于功名，到中年跻身官场，仕途偃蹇，志不获展，最终看破"名利场"而毅然辞官、绝意功名的心态有直接而密切的联系。

其三，马致远神仙道化剧中塑造的神仙形象，基本上都具有外仙内儒的性质，如吕洞宾本为儒士，自幼习儒，热衷功名："策蹇上长安，日夕无休歇。但见槐花黄，如何不心急？"表达了一举夺魁、功成名就的愿望，向往的是"身穿锦段轻纱，口食香甜美味"、"居兰堂住画阁"的富贵生活。其他如钟离权，虽是神仙，但却对"到底功名由命不由人"耿耿于怀，对"如今宜假不宜真，则敬衣衫不敬人"的不公平的社会表达了强烈的不满。这些都表明了他们并没有忘怀现实。而最能反映马致远由热衷追求功名到彻底参破功名而归隐林下的作品是《陈抟高卧》。作品写陈抟自述道："我往常读书求进身，学剑随时混。文能匡社稷，武可定乾坤。豪气凌云。似莘野商伊尹，佐成汤救万民。扫荡了海内烽尘，早扶策沟中愁困。"此曲名为陈抟自述身世，实际是马致远一腔激情的真实写照，抒发的是儒士强烈入世并欲建立不世功勋的情怀。然而，陈抟在指点赵匡胤用兵之道、定都之地，取得了天下后，便拒绝了富贵诱惑，飘然引退了。由此我们可以看出，陈抟既是仙人，又不忘怀人间，既有用世之意，又有避祸之心，他们绝对做不到完全地与世无争，这种与社会保持不即不离的人生态度，正是封建时代许多像马致远这样的知识分子在入世、出世问题上矛盾心态的反映。①

总之，马致远的神仙道化剧既有其消极避世的一面，这是由剧作家的思想和时代的局限所致，也与全真教的流播有密切关系。但同时，这些剧作又有其揭露社会黑暗、抨击官场腐败、洁身自好、不与现实合作的积极一面，具有一定的认识价值，这点则是毋庸置疑的。

第三节 《青衫泪》与《荐福碑》

《青衫泪》系据白居易诗《琵琶行》敷演而成的剧本，旦本，正旦扮裴兴奴，这是现存马致远杂剧中唯一的"旦本"戏。剧情谓：吏部侍郎白居易与孟浩然、贾岛同到妓女裴兴奴家，白与裴二人发生爱情。不料白贬官至江州，裴为之送行，两人相约互不相负。后裴母强迫兴奴另嫁茶商刘一郎，兴奴不从。刘与鸨母定计，使人假扮白居易的信使，通知裴说白已死，嘱其另嫁。兴奴遂被茶商买去，船到江州，兴奴弹琵琶自遣，而白居易恰好在此处送别好友元稹，被白听到，移船相问，尽知始末。白即兴作《琵琶行》，趁刘一郎酒醉，随与兴奴逃走。后元稹将此事奏明圣上，唐宪宗起复白居易，官复原职，赐二人团圆，并将刘一郎以伪书诈人妻妾罪迭配远方。

《青衫泪》属于典型的士子妓女爱情剧，这类剧本的矛盾通常集中在知识分子和妓女同鸨儿、商人之间的矛盾斗争，郑振铎称之为"商

---

① 袁行霈：《中国文学史》第三卷第六编"元代文学"，高等教育出版社，1999年，第300页。

人—士子—妓女三角型恋爱剧"。这种恋爱剧的矛盾冲突已形成一种固定模式，即落魄书生与妓女（多为上厅行首）相爱，商人插入，买通鸨母抢夺妓女，妓女忠贞不二，专心挚爱着书生，二者一起智斗"奸商"，商人自然多是受到惩创，最后书生与妓女团圆。

这种恋情，首先从书生与妓女的相爱开始，或一见钟情，私订终身；或诚心相爱，誓结生死。他们之间是一种真挚、严肃的感情，而绝不同于打情骂俏，嘲弄风月。他们的恋爱具有与前代不同的特点，即建立在平等基础上的爱情，这与元代知识分子政治、经济地位的低下是分不开的。

《青衫泪》中的白居易，其身份原是吏部侍郎，后被贬为江州司马。但在作者的心目中，他实际是一个落魄的知识分子。他的这种生活遭遇使他能够认同妓女的悲辛，所谓"同是天涯沦落人，相逢何必曾相识"。所以，他完全丢弃了封建文人的架子（元代文人实际已没有任何的优越感），能够以同情、尊重的态度对待妓女裴兴奴，并与之结为夫妻，白头偕老。而裴兴奴切盼与白的结合，是能够使自己摆脱妓女地位，早日从良，以便过上正常人生活的最好出路，"几时将缠头红锦，换一对插鬓荆钗"。这既是兴奴的热切愿望，也反映了妓女的共同心声。

这种恋情中的商人形象，总是作为反面人物出现的。商人依仗着他们的经济实力，对书生与妓女的爱情构成了极大的威胁。在作者笔下，他们鄙俗、粗野，只知道肉体的占有而不懂得感情的投入，只懂得钱而不懂得爱情。剧中的刘一郎说："随老妈要多少钱，小子出得起。"他向裴兴奴表示心意时只有赤裸裸的钱财二字："小人久慕大名，拿着三千引茶，来与大姐焐脚，先送白银五十两，做见面钱。"而与商人同流合污的鸨母，只知赚钱，根本不管女儿的死活。剧中的裴兴奴是鸨母的亲生女，鸨母为了金钱已完全丧失了母女之情，对此，裴兴奴悲诉说："他银堆里舍命，钱眼里安身，挂席般出落着孩儿卖。""折倒的我形似鬼，熬煎的我骨似柴。"后又逼迫兴奴陪伴刘一郎，兴奴不乐意，反遭到了其亲生母亲的痛骂："好贱人！上门好客，你怎生不顺从？和钱赌鳖，打死你这奴才！"特别写老鸨逼嫁时，兴奴满腹怨愤地说："母亲，我是你亲生之女，替你挣了一生，只为这几文钱，千乡万里卖了我去。母亲好狠心也！"甚至发出强烈的痛恨和诅咒：

> 狠毒呵娘，好使的钱！你好随的方就的圆，可又分的恩别的贤。女爱的亲娘不顾恋，娘爱的钞女不乐愿。今日我前程事已然，有一日你无常到九泉，只愿火炼了你教镬汤滚滚煎，碓捣罢教牛头磨磨研。直把你作念到关津渡口前，活咒到天涯海角边。
>
> ——第二折［尾煞］

由此可见，妓女对鸨母的痛恨是多么的强烈，她们之间的矛盾是何等的尖锐。但在商人强大的财势面前，鸨母总是充当商人的帮凶，为了钱，她们无所不用其极。即使像白居易这样的吏部侍郎，一旦被贬官，其所钟情的妓女裴兴奴也未能摆脱被茶商买走的悲惨命运，"妓女们是十之九随了商人们走了的，商人们高唱着凯歌，挟了所爱的妓女们而上了船或车，秀才们只好眼睁睁地望着他们走。这情形，特别在元这一代，是太普遍、太平常了"[①]。颇具讽刺意味的是，虽然最后由皇帝出面圆了白、裴两人的梦，但那是落魄知识分子幻想的凯歌，而商人们却唱着现实的凯歌，这大体是符合元代实际情况的。

《荐福碑》的故事出自宋僧惠洪的《冷斋夜话》，其卷之二"雷轰荐福碑"云：

> 范文正公镇鄱，有书生献诗甚工，文正礼之。书生自言："天下之至寒饿者，无在某右。"时盛行欧阳率更书，《荐福寺碑》墨本直千钱。文正为具纸墨，打千本，使售于京师，纸墨已具，一夕，雷击碎其碑。故时人为之语曰："有客打碑来荐

---

① 郑振铎：《中国文学研究》中册，作家出版社，1957年，第547页。

福，无人骑鹤上扬州。"东坡作穷措大诗曰："一夕雷轰荐福碑"。①

宋代彭乘《续墨客挥犀》中亦有大体相似的记载。马致远的《荐福碑》就是在上述材料的基础上增饰敷演而成的。剧情谓：范仲淹访问好友张镐，见其落魄，就写了三封荐书，让他向人求助，并带走他的文章，准备向朝廷推荐。可是张镐两次投书都遭失败，便心灰意冷。此时，范已举荐张做吉阳县令，却又被张镐的旧馆东张浩冒名顶替，还派仆人暗杀张镐。不意被路过的范仲淹好友扬州太守宋公序撞见，便带其进京。张镐穷途落魄，寄居荐福寺中，寺中和尚有意让张镐拓印庙内颜真卿写的碑文，沿途卖掉以做进京的盘缠，却因张镐曾在古庙题诗，得罪龙神，龙神将碑轰碎。张镐走投无路，正欲自杀，恰遇范仲淹，便一同进京。张镐时来运转，中了状元，并娶宋公序之妹为妻。

《荐福碑》虽意在宣扬穷通得失、皆由天命的宿命思想，但马致远通过落魄书生张镐的悲惨遭遇，深刻反映了元代知识分子普遍的不幸命运，揭露了"儒生不如人"的社会问题：

[幺篇]穿着些百衲衣服，半露皮肤，天公与小子何辜，问黄金谁买《长门赋》？好不直钱也者也之乎！

[油葫芦]我去这六经中枉下了死工夫。冻杀我也《论语》篇、《孟子》解、《毛诗》注；饿杀我也《尚书》云、《周易》传、《春秋》疏。

这正是元代知识分子沦落到社会底层的真实写照。元代有所谓"一官、二吏……七娼、八妓、九儒、十丐"的说法，显见儒生在社会上的地位甚至已降到娼妓之下。尽管张镐"腹怀锦绣，剑挥星斗，胸卷江淮"，但他生不逢时：

---

① 《笔记小说大观》本，上海商务印书馆，1959年，第9页。

　　[幺篇]这壁拦住贤路，那壁又挡住仕途。如今这越聪明越
　　受聪明苦，越痴呆越享了痴呆福，越糊突越有了糊突富。则这
　　有银的陶令不休官，无钱的子张学干禄。

强烈抒发了知识分子怀才不遇的不满和愤懑，抨击了"贤愚不分，是非
颠倒"的不合理现实。

第五章　大都作家群的杂剧创作

元代北方戏剧圈的杂剧创作以大都为中心并旁及附近的地区，形成了相对集中的四个创作重地——大都、真定、东平、平阳，他们彼此之间有着频繁的交流和相互的影响。其中大都作家群和真定作家群都在燕赵大地上，有着较为相似的创作风貌。

大都即今之北京。元世祖忽必烈至元八年（1271年）定国号为大元，次年（1272年）二月，正式确定为元朝的首都。随着元王朝统一中国，大都成为当时中国的政治、经济和文化中心，同时也成为元杂剧前期创作、繁荣的中心。这里不仅戏剧作家的数量多，大大超过了其他三个地方，而且产生了关汉卿、王实甫、马致远等享誉文坛的戏剧大家及许多在中国戏剧史上占有崇高地位的优秀剧本。不仅如此，这里还聚集了当时最负盛名的戏曲演员，如珠帘秀、顺时秀、天然秀等人，他们与剧作家一起为杂剧的繁荣和传播作出了巨大的贡献。

第一节　大都作家群杂剧创作概述

据傅惜华《元代杂剧全目》及其他有关材料，目前我们知道大都作家群有姓名可考者大约为20人左右，大体依据时代的先后，作一概括的介绍：

（1）石子章，一作子璋，其名不详。大都人。作有杂剧两种，现存《秦翛然竹坞听琴》一种，仅存佚文者一种。

（2）王仲文，其名无考，大都人。作有杂剧十种，现存《救孝子贤母不认尸》一种，仅见佚文者二种。

（3）梁进之，其名无考，大都人。元钟嗣成《录鬼簿》把他列入"前辈已死名公才人"之中，并附小传云："梁进之，大都人，警巡院判，除县尹，又除大兴府判，次除知和州。与汉卿世交。"他是元初散曲作家杜仁杰的妹婿。作有杂剧《赵光普进梅谏》和《东海郡于公高门》二种，惜皆未传世。贾仲明为其所作挽词云："警巡院职转知州，关叟相亲为故友。行文高古尊韩柳，诗宗李杜流，填词休（当为"似"字）苏舞（当为"柳"字）秦周。翠群红里，持羊糯酒，肥马轻裘。"《太和正音谱》评其词曲，如"花里啼莺"。

（4）关汉卿，详见第一章。

（5）王实甫，详见第二章。

（6）马致远，详见第三章。

（7）杨显之，其名无考，大都人。作有杂剧九种，现存《临江驿潇湘夜雨》、《郑孔目风雪酷寒亭》二种。

（8）费君祥，字圣文，大都人。杂剧作家费唐臣之父。元人钟嗣成《录鬼簿》把他列入"前辈已死名公才人"之中，并附以小传云："费君祥，大都人。唐臣父。与汉卿交。有《爱女论》行于世。"作有杂剧《才子佳人菊花会》一种，惜未见传本。贾仲明为其所补挽词说："君祥前辈做图南，关已相从看老耽，将楚云湘雨亲把勘。《爱女论》语句严，《菊花会》大石调监咸。珊瑚檐，翡翠监，风月轻担。"《太和正音谱》对其词曲评价甚高，称："其词势非笔舌可能拟，真词林之英杰也。"

（9）李时中，名无考，大都人。据钟嗣成《录鬼簿》修订本记载："李时中，大都人，中书省掾，除工部主事。"注云："《开坛阐教黄粱梦》第一折马致远，第二折李时中，第三折花李郎学士，第四折红字李二。"又，贾仲明为李时中所写的〔凌波仙〕吊词说："元贞书会李时中、马致远、花李郎、红字公，四高贤合捻《黄粱梦》。"

（10）张国宾，一作张国宝，艺名酷贫，大都人。作有杂剧五种，现存《薛仁贵衣锦还乡》、《相国寺公孙汗衫记》、《罗李郎大闹相国寺》

三种。

（11）花李郎，其名号不详。大都著名艺人，教坊刘耍和婿。尝与马致远合制《黄粱梦》，应与马致远为同时期人。贾仲明为其所写的［凌波仙］吊词说："《郑孔目栾子酷寒亭》、《相府院曹公勘吉平》、《判官懒懆钉一钉》。刘耍和，赘为婿卿，花李郎风月才情。乐府词章性，传奇么末情。考兴在大德元贞。"

（12）红字李二，其名号不详，大都人，教坊刘耍和婿。除与马致远合作《开坛阐教黄粱梦》外，还作有杂剧五种，惜皆失传。贾仲明为其写的［凌波仙］吊词说："梁山泊壮士《病杨雄》，板达儿摇搜《黑旋风》，打虎的英俊天生勇，窄袖儿猛《武松》，是京兆红字李二文风。才难尽，兴未穷，再编一段《全火儿张弘》。"

（13）纪君祥，一作纪天祥，字不详，大都人。与郑廷玉、李寿卿为同时人，其他事迹无考。所作杂剧六种，现存《赵氏孤儿大报仇》一种，仅有佚文者一种。

（14）庾天锡，一作天福，字吉甫，大都人。其生卒年不详。元钟嗣成《录鬼簿》把他列入"前辈已死名公才人"之中，并为之作小传曰："庾吉甫，名天锡，大都人。中书省掾，除员外郎，中山府判。"作有杂剧 15 种，惜皆失传。贾仲明为其所作吊词说："语言脱洒不粗疏，翰墨清新果自如，胸怀倜傥多清楚。战文场一大儒，上红笔没半点尘俗，寻章摘句，腾今换古，噀玉喷珠。"《太和正音谱》尝评其词，如"奇峰散绮"。

（15）赵明道，一作明远，字不详，大都人。元钟嗣成《录鬼簿》把他列入"前辈已死名公才人"之中，生平事迹已不可考。所作杂剧有《陶朱公范蠡归湖》、《韩湘子三赴牡丹亭》、《韩退之雪拥蓝关记》三种，除《范蠡归湖》残存佚文外，其他均失传。贾仲明为其所写吊词说："钟公《鬼簿》应清朝，《范蠡归湖》手段高。元贞年里升平乐章歌汝曹，喜丰登雨顺风调，茶坊中嗑，勾肆里嘲。明明德，道泰歌谣。"从

"元贞"可知其剧作的年代。《太和正音谱》赞其词如"太华晴云"。

（16）孙仲章，或云姓李，名无考，大都人。元钟嗣成《录鬼簿》把他列入"前辈已死名公才人"之中。所作杂剧凡三种，现存有《河南府张鼎勘头巾》一种，另二种《金章宗断遗留文书》、《卓文君白头吟》惜未流传于世。贾仲明为其所写吊词云："只闻《鬼簿》姓名香，不识前贤李仲章，《白头吟》渲满鸣珂巷。咏诗文胜汉唐，词林老笔轩昂。江湖量，锦绣肠，也有无常。"《太和正音谱》评其词，谓："秋风铁笛。"

（17）李子中，生卒年不详，大都人。元钟嗣成《录鬼簿》把他列入"前辈已死名公才人"之中，并附以小传云："李子中，大都人，知事除县尹。"作有杂剧《贾充宅韩寿偷香》和《崔子弑齐君》二种，惜皆失传。贾仲明为其所作挽词云："先除知事显其才，后转郎官为县宰，钟君《鬼簿》清名载，播文风流四海，承盛时洗荡唅怀。三场艺，七步才，音律和谐。"《太和正音谱》称其词，如"清庙朱瑟"。

（18）李宽甫，大都人，其生卒年不详。元钟嗣成《录鬼簿》把他列入"前辈已死名公才人"之中，并附以小传说："李宽甫，大都人。刑部令史，除庐州合淝县尹。"所作杂剧仅知《汉丞相丙吉问牛喘》一种，惜未见传世。贾仲明为其所作挽词云："西煮令史合肥官，局量胸襟怀抱宽。银鞭紫马驿螯镝，宿秦楼宿谢馆，内（当为"肉"字）屏风锦簇花攒。金叵一醉，醉斟琼酿。青定瓯茶烹凤团，红烧羊玛瑙犀盘。"

（19）费唐臣，大都人，杂剧作家费君祥之子，生平事迹无考。作有杂剧三种，现存《苏子瞻风雪贬黄州》一种。

（20）秦简夫，大都人，名号、生平事迹不详。元钟嗣成《录鬼簿》把他列为"方今才人相知者"中，又曰："见在都下擅名，近岁来杭州。"作有杂剧五种，今存《东堂老劝破家子弟》、《孝义士赵礼让肥》、《晋陶母剪发待宾》三种。

第二节　元前期大都作家群的杂剧创作（上）

大都作家群的杂剧创作主要集中在元前期，上面所列的 20 位大都剧作家，除秦简夫外，都属于元代初期。关汉卿、王实甫、马致远三大戏剧家我们已列专章评介；只有存目而作品未流传下来的，上一节我们也作了简要介绍。本节和下一节，我们就大都作家群现存作品逐一进行探讨。

1．石子章

石子章，一作子璋。元钟嗣成《录鬼簿》把他列入"前辈已死名公才人"之中，并说他是大都人①。石子章作有杂剧二种，今存《秦翛然竹坞听琴》，另有《黄桂娘秋夜竹窗雨》残曲一套，赵景深《元人杂剧钩沉》中曾辑录。元末明初贾仲明为其所补挽词云："子章横槊战词林，尊酒论文喜赏音。疏狂放浪无拘禁，展腹施锦心。《竹窗雨》、《竹坞听琴》，高山远，水流深，戛玉锵金。"

《秦翛然竹坞听琴》，简称《竹坞听琴》。且本，正旦扮郑彩鸾。剧情谓：秦工部子秦翛然与郑礼部女郑彩鸾指腹为婚，后两方父母皆双亡，彼此不通音信。彩鸾 21 岁时，因官府强令 20 岁以上女子一月之内必须出嫁，违者治罪。彩鸾不得已，遂在竹坞草庵出家，做了道姑，认郑氏为师。秦翛然进取功名，投父执郑州尹梁公弼，在梁家攻读。一日郊游，偶到竹坞草庵，窃听郑彩鸾弹琴，因相慕，二人相识后说破身世，因曾有婚约，遂私成夫妻，暗中往来不断。梁公弼闻知翛然与道姑私通，恐其废业，伪言彩鸾是鬼，缠迷少年，目的是激其上京应试。翛

---

① 元好问：《遗山全集》卷九、李显卿《寓庵集》卷二，都收有题赠石子章（璋）的诗篇，王国维《宋元戏曲史》、孙楷第《元曲家考略》据以推考，石子章，名建中，字子章，柳城（今辽宁朝阳）人，与元好问、李显卿、王景初等人有交往，可知其所处时代颇早。他曾奉使到过西域。但此人是否即杂剧家石子章，有待于作进一步的考证。在没有确凿证据之前，我们还是以钟嗣成《录鬼簿》"大都人"为准。

然惊恐，遂入京赴试。梁复走访草庵，得知道姑即儵然曾订婚的彩鸾，乃将她移居白云观。儵然状元及第，授郑州通判。梁在白云观设宴，使秦、郑相见，说明误会，彩鸾弃道还俗，与秦结为婚姻。老道姑郑氏来寻徒弟，发现梁公弼即是自己失散多年的丈夫，也脱道还俗。老少两对夫妻共庆团圆。

《竹坞听琴》虽属爱情剧，但并不像元代多数爱情剧那样青年男女为追求自主恋爱、自主婚姻而与维护封建礼教的家长产生激烈的矛盾冲突，而是着力于表现青年女子郑彩鸾对世俗生活、对美满幸福的爱情生活热烈而执著的追求与道家清规戒律之间的对立。本剧的最突出特色是运用"独白"来展示少女郑彩鸾为情思所缠绕的内心情感：

> ［中吕·粉蝶儿］这些时懒诵《南华》，将一串数珠来壁间闲挂，念一首断肠词颠倒熟滑。不免的唤道姑添净水，我刚刚的把圣贤来参罢。若不是会首人家，几番将这道袍脱下①。
>
> ［醉春风］我如今将草索儿系住心猿，又将藕丝儿缚定意马。人说道出家的都待要断尘情，我道来都是些假、假。几时能勾月枕双欹，玉箫齐品，翠鸾同跨？
>
> ［红绣鞋］我恰才搭伏定芙蓉懒架，恰合眼梦见他家，觉来也依旧隔天涯。早是我心绪又乱，更那堪客人侵杂，道什么相公在门首前下马。

这是郑彩鸾与秦儵然私自结合，而秦儵然上京应试后，郑在无秦音信、思念秦时唱的"独白"。作者采用了对比的手法，表现了彩鸾作为少女、作为道姑，既得按照道规行事，又被相思所困扰的痛苦复杂心情，显示了"道"与"情"的尖锐对立。从郑彩鸾对经道的厌倦和她总想"将这道袍脱下"来看，她渴望过的是"月枕双欹"的世俗生活，在"道"与"情"之间，她大胆明确地选择了情而弃绝了道，从而使此剧成为冲破

---

① 臧晋叔：《元曲选》，中华书局，1958年，第1447页。

禁欲主义、歌颂人性光辉的一曲世俗情歌。

2. 王仲文

王仲文，生平年月不详。元钟嗣成《录鬼簿》将他列入"前辈已死名公才人"之中，并说他系"大都人"。王仲文为金末进士，至元末曾为集贤大学士史维良师。共作有杂剧十种，现存者惟《救孝子贤母不认尸》一种，《诸葛亮军屯五丈原》、《汉张良辞朝归山》两剧仅存曲词残篇，见赵景深《元人杂剧钩沉》。元末明初贾仲明为其所补挽词云："仲文踪迹住金华，才思相兼关、郑、马。出群是《三教王孙贾》，《不认尸》关目嘉。韩信《遇漂母》，曲调清滑。《五丈原》、《董宣强项》，《锦皇亭》，王祥到家。伴夕阳，白草黄沙。"

《救孝子贤母不认尸》，简称《不认尸》，旦本，正旦扮李氏。剧情谓：金朝开封府西军庄军户杨某之妻李氏，丈夫及妾康氏早亡，长子杨兴祖为李氏亲生，次子杨谢祖为妾康氏所生。大兴府尹王翛然奉命勾迁义细军，李氏以亲生子兴祖应召从军，将谢祖留在身边。王翛然怀疑李氏有私情，李氏不得已将实情说出，王翛然很是感动。兴祖走后，谢祖送其嫂春香回娘家，遵母命半路返回。王春香独行时，遇歹徒赛卢医诱拐本府推官家侍女梅香，梅香因生产身亡，赛卢医将梅香毁容，又胁迫春香与死者互换衣服，并将春香抢走。春香母王婆婆诬告谢祖奸嫂不遂，害死人命。官府不加细察，将谢祖屈打成招，又逼其母李氏认尸画押。李氏见死尸不像春香，拒不认尸。后王翛然奉命审囚刷卷，来到开封府，见此案审理有漏洞，打算重审。而春香被拐后，赛卢医虽百般相逼，春香终坚贞不从。赛卢医又强迫她做苦工，打水浇畦，恰遇杨兴祖立战功归家，夫妻相见，说明原委。兴祖拿住赛卢医，同到开封府王翛然处鸣冤，真相大白，杨门一家受旌表。

剧中的王翛然是一个真实的历史人物，《金史》卷一零五有传："王翛字翛然，涿州人也。登皇统二年（1142年）进士第，由尚书省令史除同知霸州事。累迁刑部员外郎……四迁大兴府治中，授户部侍郎。世宗谓宰臣曰：'王翛前为外官，闻有刚直名。今闻专务出罪为阴德，事多非理从轻。又巧幸偷安，若果刚直，则当忘身以为国，履正以无偏，何必卖法以徼福耶？'……章宗即位，擢同知大兴府事……明昌二年（1191 年）改知大兴府事。时僧徒多游贵戚门，翛恶之，乃禁僧午后不得出寺。尝一僧犯禁，皇姑大长公主为请，翛曰：'奉主命，即令出之。'立召僧，杖一百死，京师肃然。后坐故出人罪，复削官解职……泰和七年（1207 年）卒，年 75 岁。翛性刚直，临事果决，吏民惮其威，虽豪右不敢犯。"①

　　元代清官断案剧中的清官主要是包拯和王翛然，另外还有一个能吏张鼎。借历史人物之故事反映元代的社会问题，是这类剧本的特点。历史上的王翛然"性刚直，临事果决"，不畏豪强，在审理案件时，廉洁不贪钱，能出脱的尽量出脱，甚至违背法律，故他因多次出脱罪人而被"削官解职"，以致金世宗径直称他"老奸巨滑"。所以，后世民间传说中也就常常把一些清官断案的故事附会在了他的身上，他在元人杂剧中已成为判案中公正廉洁官员的代名词。正如本剧中他所说："人命关天关地。""王法条条诛滥官，为官清正万民安。民间若有冤情事，请把势剑金牌仔细看。"② 而实际上，历史上的王翛然与本剧剧情是无涉的。

　　这个剧本在思想倾向上值得我们注意的是，作品在歌颂李氏"贤孝"的家风，反映当时家庭中伦理关系的同时，对元代社会秩序的混乱、道德的沦丧、吏治极端腐败等丑恶现象进行了深刻的揭露。在李氏的身上，体现出中国传统妇女善良、正直、勇敢等优点。她力争让自己的亲生儿子应征从军，而让妾康氏之子留家读书，以免冒临阵"非死即伤"的凶险，这种舍己救人的美德，得到王翛然的点头称道，赞之为"贤人"。特别是当家庭发生变故时，为了救谢祖，她敢于与官府勇敢地

---

① 元·脱脱等：《金史》卷一百五（简体字本），中华书局，2000 年，第 1544～1545 页。
② 臧晋叔：《元曲选》，中华书局，1958 年，第 771 页。

抗争，强烈控诉官府滥用酷刑：

[满庭芳] 似这等含冤负屈，拼着个割舍了三文钱的泼命，更和这半百岁微躯。你要我数说您大小诸官府，一划的木笏司糊突，并无聪明正直的心腹。尽都是那绷扒吊拷的招伏，把囚人百般拴住，打的来登时命卒。哎哟，这便是您做下的死工夫！

[五煞] 人死者不复生，那断弦者怎再续？从来个罪疑便索从轻恕。磨勘成的文状才难动，罗织就的词因到底虚。官人每枉请着皇家禄，都只是捉生替死，屈陷无辜。

[四煞] 则你那捆麻绳用竹签，批头棍下脑箍。可不道父娘一样皮和骨，便做那石镌成骨节也槌敲的碎，铁铸就的皮肤也锻炼的枯。打得来没半点儿容针处。方信道人心似铁，您也忒官法如炉。

这几支曲子对元代吏治腐败的揭露可谓全面而深刻：既有对大小官府的官员们办案糊里糊涂、心术不正，只知用各种酷刑逼供、致使犯人负屈含冤甚而屈死杖下的揭露；又有对官府任意罗织罪名、致使无辜好人受冤的指责；还有对官吏差役滥用酷刑拷打犯人，致使犯人体无完肤的痛斥等。对此，就连公正廉洁的王翛然也说：

俺这衙门如锅灶一般，囚人如锅内之水，祗候人比作柴薪，令史比作锅盖。怎当他柴薪爨炙，锅中水被这盖定，滚滚沸沸，不能出气，蒸成珠儿，在那锅盖上滴下，就与那囚人衔着冤枉滴泪一般。

如果我们联系关汉卿的《窦娥冤》以及其他的公案剧来看，元代政治的黑暗、恶势力的横行，的确是普遍的触目惊心的社会问题，这些剧本都深深镂刻着元代的时代特征。

3. 杨显之

杨显之,大都人,与关汉卿为莫逆之交。元钟嗣成《录鬼簿》把他列入"前辈已死名公才人"之中,并载以小传云:"杨显之,大都人。与汉卿莫逆交,凡有珠玉,与公较之。"作有杂剧八种,现存者为《临江驿潇湘夜雨》和《郑孔目风雪酷寒亭》两种。元末明初贾仲明为其所补挽词说:"显之前辈老先生,莫逆之交关汉卿。公未中补缺加新令,皆号为'杨补丁'。有传奇乐府新声,王元鼎师叔敬,顺时秀伯父称,寰宇知名。"这则材料提到了王元鼎和顺时秀。王元鼎即西域人王元鼎学士[1],元武宗至大、皇庆年间曾入国子学,他和顺时秀是情人关系。顺时秀是元代著名的女艺人,称他为"伯父",可见杨显之是非常熟悉勾栏生活的。

《临江驿潇湘夜雨》,简称《潇湘夜雨》,旦本,曲子全部由正旦张翠鸾演唱。这是杨显之最负盛名的作品,也是现存元人杂剧中唯一的一部以男子负心为题材的作品。剧情谓:宋朝谏议大夫张商英(字天觉),因累谏皇帝,痛斥奸臣,结果被发往江州歇马。张商英同女儿翠鸾乘船去江州,在淮河遇风翻船。翠鸾被渔夫崔文远救起,认为义女。后崔文远把翠鸾许给自己的侄子崔通为妻。婚后,崔通上朝应试,中了状元,又娶试官之女为妻,到秦川县做县令。三年后,崔文远叫翠鸾前去寻夫,崔通不仅不相认,还反诬翠鸾是逃婢,并将她发配沙门岛,翠鸾一路上受尽百般辛苦,时遇大雨,宿于临江驿。恰好她的父亲张商英升任廉访使在临江驿歇息,崔文远亦在此驿暂住。翠鸾愁苦愤怒,其哭声惊醒了张商英,父女遂得以相会。翠鸾将事情原委向父亲禀明,遂亲往秦川县捉拿崔通并试官之女。张商英本欲将崔通斩首,后经崔文远的恳求,翠鸾仍和崔通为夫妻,把试官之女罚作丫鬟。

元杂剧中的书生多是忠于爱情的正面形象,而本剧中的崔通却是一

---

① 孙楷第:《元曲家考略》,上海古籍出版社,1981年。

个趋炎附势、阴险毒辣的势利小人。当初他和翠鸾结婚时也曾信誓旦旦、海誓山盟："小生若负了你呵，天不盖，地不载，日月不照临！"[①]但中了状元后，却"能可瞒昧神祇，不可坐失良机"，又别娶了试官之女。翠鸾找到他时，他又令人毒打翠鸾，真是"肉飞筋断，血溅魂消"，惨不忍睹。翠鸾被发配沙门岛，他吩咐解差，"一路上则要死的，不要活的"，决心要置翠鸾于死地，显见其是多么地残忍凶恶。但后来他知道翠鸾的父亲是个提刑廉访使，又说："我早知道是廉访使大人的小姐，认她做夫人可不好也。"这充分暴露了他趋炎附势的丑恶灵魂。《潇湘夜雨》深刻的社会意义就在于：剧本反映了封建社会中"富贵易妻"这一比较常见的社会问题，对男子得势后的负心行为给予充分的暴露和谴责。

作品将张翠鸾被迫害、被遗弃的不幸遭遇写得十分深刻动人，表现了封建社会妇女的悲惨命运。其第三折的描写尤为出色，把张翠鸾带枷走雨的折磨与解差的逼迫糅合在一起，以秋雨来衬托主人公的凄苦心情，极为逼真动人：

[黄钟·醉花阴]忽听的摧林怪风鼓，更那堪瓮澻盆倾骤雨。耽疼痛，捱程途，风雨相催，雨点儿何时住？眼见的折挫杀女娇姝。我在这空野荒郊，可着谁做主？

[喜迁莺]淋的我走投无路，知他这沙门岛是何处酆都？长吁气结成云雾。行行里着车辙把腿陷住，可又早闪了胯骨。怎当这头直上急簌簌雨打，脚底下滑擦擦泥淤。

[幺篇]我心中忧虑，有三桩事我命卒……这云呵，他可便遮天映日闭了郊墟；这风呵，恰便似走石吹沙拔了树木；这雨呵，他似箭竿悬麻妆助我十分苦。

[刮地风]则见他努眼撑睛大叫呼，不邓邓气夯胸脯。我湿

---

① 臧晋叔：《元曲选》，中华书局，1958年。以下引文版本同，不再另注。

淋淋只待要巴前路，哎，行不动我这打损的身躯……这壁厢那
壁厢有似江湖，则见那恶风波，他将我紧当处，问行人踪迹消
疏。似这等白茫茫野水连天暮，你着我女孩儿怎过去？

作品借荒郊秋雨，将自然景物与人的心情融为一体，有力地表现了女主
人公在苦难中挣扎的悲惨命运。

第四折的构思是很巧妙的，一边是翠鸾思父，一边是老父念女；翠
鸾的哭诉惊扰了张商英，张便责备随从，随从又责备驿丞，驿丞转责解
差，最后受责难的还是翠鸾，翠鸾的怨苦悲愤又惊动了张商英，才终使
父女相会相认。作品将不同空间的多种事件交织起来推向高潮，很富有
戏剧性。

《潇湘夜雨》的缺陷是很明显的，不仅张翠鸾与崔通大团圆的结局
削弱了剧本的批判意义，更使人不好理解的是小人崔通并没有受到任何
的惩罚，反而惩罚到试官之女赵小姐这位同是富贵易妻的无辜的受害者
身上。受害者成为被谴责者，这样的结局是很有些欠妥当的。

《郑孔目风雪酷寒亭》，简称《酷寒亭》。剧写孔目郑嵩娶妓破家故
事。剧情大意是：郑州府孔目郑嵩，公门修行，救护打死人命的宋彬，
二人结拜为兄弟。郑嵩又为妓女萧娥乐籍除名，两人相好，气死夫人萧
县君，后萧娥嫁郑嵩为妻。郑嵩到京师公干，萧娥在家虐待前妻子女，
又与衙役高成有奸。郑自京师回家后，夜里捉奸，杀死淫妇萧娥，高成
逃脱。郑嵩自首，被发配沙门岛，由高成解送。免死充军的宋彬，在半
路打死解子，占山为王。闻讯恩人郑嵩有难，亲带兵卒前来解救。在郑
嵩避雪的酷寒亭救下郑嵩和他的一双儿女，将高成押上山寨，凌迟处
死。郑嵩与宋彬等待招安。

《酷寒亭》本事待考，不过，这个故事在元代流传很广。曹本《录
鬼簿》有《萧县君风雪酷寒亭》一目，萧为郑妻，此本似为旦本。故
《太和正音谱》注有"旦、末二本"，惜旦本未见传世。又，元代花李郎
有《像生孛子酷寒亭》，但具体情况不详。另外，宋元戏文亦有《郑孔

目风雪酷寒亭》，作者姓名不详，原收《永乐大典》卷一三九八八《戏文》二四，全书已佚，仅存残曲八支，见《宋元戏文辑佚》。

作者注意到了封建社会的一些社会现象并且在文中有所反映，譬如妓女问题、家庭婚姻道德问题等，不过，杨显之对此的认识是不正确的，他把郑孔目的家庭矛盾和悲剧归因于妓女萧娥的水性扬花和狠毒。而实际上，郑嵩的悲剧是因其贪图女色，咎由自取。

《酷寒亭》在艺术上虽无甚特色，但剧本却为我们提供了许多元代社会的真实情况：

（正末扮张保上，云）……小人江西人氏，姓张名保，因为兵马嚷乱，遭驱被掳，来到回回马合麻沙宣差衙里，往常时在侍长行为奴作婢。他家里吃的是大蒜臭韭，水答饼，秃秃茶食。我那里吃的？我江南吃的都是海鲜，曾有四句诗道来：'（诗云）江南景致实堪夸，煎肉豆腐炒东瓜。一领布衫二丈五，桶子头巾三尺八。'他屋里一个头领，骂我蛮子前，蛮子后。我也有一爷二娘，三兄四弟，五子六孙。偏是你爷生娘长，我是石头缝里迸出来的？谢俺那侍长见我生受多年，与了我一张从良文书。本待回乡，又无盘缠。如今在这郑州城外开着一个小酒店儿，招接往来客人。昨日有个官人买了我酒吃，不还酒钱。我赶上扯住道：'还我酒钱来。'他道你是什么人？我道也不是回回人，也不是达达人，也不是汉儿人。我说与你听者，（唱）：

[南吕·一枝花] 我是个从良自在人，卖酒饶供过。务生资本少，酝酿利钱多……

[梁州第七] 也强如提关列窖，也强如斡担挑箩。满城中酒店有三十座，他将那醉仙高挂，酒器张罗。我则是茅庵草舍，瓦瓮瓷钵。老实酒不比其他，论清闲压尽鸣珂。又无那胖高丽

去往迎来，又无那小扒头浓妆艳裹，又无那大行首妙舞清歌……①

张保的这段宾白和唱词，从他自身的遭遇说起，可以看出元代驱口（俘虏）从良的情况，也可了解到元代郑州酒店业的经营状况等，具有极为重要的史料价值。

4. 张国宾

张国宾，一作张国宝，其艺名"喜时营"，一作"喜时丰"、"酷贫"。大都人。元钟嗣成《录鬼簿》把他列入"前辈已死名公才人"之中，并为其作小传云："张国宾，大都人。即喜时营教坊勾管。"据《元史·百官志》，教坊司所属有"管勾"官，"勾官"或误，其职责是具体负责掌管艺人演出等活动。张国宾是艺人出身的杂剧作家，作有杂剧多种，今存《薛仁贵衣锦还乡》、《相国寺公孙汗衫记》两种。元末明初贾仲明为其所补〔凌波仙〕挽词云："教坊总管喜时丰，斗米三钱大德中。饱食终日心无用，捻汉高《歌大风》，《薛仁贵》衣锦峥嵘，《七里滩》头辞主，《汗衫记》孙认公，朝野兴隆。"

《薛仁贵荣归故里》，简称《薛仁贵》、《衣锦还乡》，末本。剧情大意是：绛州龙门镇大黄庄农民薛仁贵，不肯做庄农生活，每日刺枪弄棒，学成十八般武艺，辞别父母妻子，前去从军。他作战勇敢，三箭定了天山，立下赫赫战功。但军中总管张士贵却冒领他的功劳，两人相争不已。皇帝命军师英国公徐世勣定夺，徐一时不能定，遂请当时监军、兵部尚书蔡国公杜如晦作证，杜说明真相。张士贵不服，徐又让二人比试箭法。张露出破绽，而薛仁贵三箭皆中，因知张士贵为冒功，遂将其削职为民。徐将薛仁贵功劳上报，得授天下兵马大元帅，并娶徐之女为夫人。薛仁贵衣锦还乡，到村边时遇到儿时的伙伴，得知其父母非常穷

---

① 臧晋叔：《元曲选》，中华书局，1958年，第1008页。

苦。后徐世勣奉皇帝敕命，到薛之家乡龙门镇封赠：加封薛仁贵为平辽公，食邑十万户；赏薛之父母黄金百斤，薛之妻柳氏、徐氏并为辽国夫人，满门得以旌表。

剧中所写薛仁贵投军征高丽有史实为据。《旧唐书》卷八十三、《新唐书》卷一百一十一《薛仁贵列传》皆有所载。但张士贵抢夺功劳则并非事实。张士贵是一员名将，累有战功。《旧唐书》卷八十三《张士贵列传》载："贞观七年，（张士贵）破反獠而还，太宗劳之曰：'闻公亲当矢石，为士卒先，虽古名将，何以加也？朕尝闻以身报国者，不顾性命，但闻其语，未闻其实，于公见之矣。'"① 由此可知，这个剧本是根据民间传说加工创作而成的，作者并非在严格演绎史实。薛仁贵征辽发迹的故事在金元时代是广为流传的，金院本即有《衣锦还乡》、《还故里》等名目，元杂剧中亦有同类题材，情节大体相同。

作品力图把薛仁贵塑造成一个"忠孝两全"式的豪杰形象。他在从军前对其父亲说："孩儿闻的古称大孝，须是立身扬名，荣耀父母。若但是晨昏奉养，问安视膳，乃人子末节，不足为孝。今当国家用人之际，要得扫除夷虏，肃靖边疆……但博得一官半职，回来改换家门，也与父母倒添些光彩。"② 他立功得官后，不忘父母，荣归故里，改换门庭，也算是尽了"大孝"。而实际上，"忠孝"是难得两全的。他十年不归，父母年迈，在农村的生活是极其贫苦的，作品通过他回乡时遇到儿时的伙伴，对他不能事亲的"不孝"行为进行了毫不客气的嘲讽：

[鲍老儿] 不甫能待的孩儿成立起，把爹娘不同个天和地。也不知他在楚馆秦楼贪恋着谁？全不想养育的深恩义。可怜见一双父母，年高力弱，无靠无依。那厮也少不的亡身短命，投坑落堑，是个不长进的东西。

[耍孩儿] 则你那老爹娘受苦你身荣贵，全改换了个雄躯壮

---

① 后晋·刘昫等：《旧唐书》卷八十三《张士贵列传》（简体字本），中华书局，2000年，第1885页。
② 王学奇主编：《元曲选校注》，河北教育出版社，1994年，第932页。以下引文版本同。

体。比那时将息的可便越丰肥，长出些苦唇的髭髯。我才咒骂了你几句你权休怪，也是我间别来的多年把你不认的。哎！你看他马儿上簪簪的势，早忘和俺掏鹌鸠争攀古树，摸虾蟆混入淤泥。

　　[一煞] 你娘可也过七旬，你爹整八十，又无个哥哥妹妹和兄弟。你爹也曾苦禁破屋三冬冷，你娘也曾拨尽寒炉一夜灰。饿的他身躯软，肝肠碎。甚的是肥羊也那白面，只捱的个淡饭黄齑。

　　[煞尾] 他从黄昏哭到明，早晨间哭到黑，哭你个离乡背井薛仁贵，可怜见你那年老的爹娘盼望杀你。

同时，作者还借这位儿时伙伴的视角和口吻，从侧面表现了薛仁贵归乡时奢侈豪华的仪仗和趾高气扬的威势：

　　[十二月] 敢则是一簇簇踏青拾翠，一攒攒傍陇寻畦。俺只见一道儿红尘荡起，……元来的一骑马闪电奔驰。一从使都是浑身绣织，一将军怎倒着缟素裳衣？

更具讽刺意义的是，当这位村民一看到官兵的到来，首先想到的就是官军要来课税了，他心急火燎地要去告诉乡亲们。这虽是一个误会，但由此可看出，当时的农民是多么惧怕沉重的苛捐杂税，同时亦可看出，薛仁贵与儿时伙伴关系实际已转换为统治者与被统治者的关系了。这其间所蕴涵的深刻的社会内容，已很值得人们深思了。

《相国寺公孙汗衫记》，一作《相国寺公孙合汗衫》，简称《汗衫记》或《合汗衫》。末本戏，正末扮张义。剧情谓：南京（今开封）竹竿巷马行街开解当铺的富人张义张员外，有子张孝友、儿媳李玉娥，在一次赏雪时，帮助了因出不起房钱而被赶到街上行将冻死的陈虎，陈虎被救后，与张孝友结拜为兄弟。张员外又救济了误伤人命而被充军的犯人赵兴孙。陈虎不思报答，反而图谋霸占李玉娥。玉娥因怀孕 18 个月未能分娩，陈虎就骗孝友夫妇携带钱财同去徐州东岳庙占卜。张员外赶来劝阻，孝友夫妇不听。只好把一件汗衫撕作两半，各执一半以作纪念。张员外回家后，却被一场大火将家产烧为灰烬，赤贫无助，只得沿街乞讨为生。而陈虎则在路上把孝友推入黄河，霸占了李玉娥。玉娥生下一子，取名陈豹。18年后，李玉娥叫儿子去开封应武举试时寻找张员外，并以半边汗衫为证。陈豹中武状元后，在大相国寺舍斋，与前来化斋的张员外无意中相遇，祖孙得以相认。陈豹在把他们带回家的路上，恰遇当年被救济的赵兴孙，而赵已做了巡检官。张员外去金沙院超度儿子亡灵，又恰遇落水未死正在庙中做和尚的儿子张孝友，父子得以相认。这时，陈虎也被赵兴孙捉住，而李玉娥、陈豹也都来到。陈虎被斩首，张家三代骨肉团圆。

《合汗衫》人物关系复杂，情节曲折多变，很富有戏剧性。作品通过张义一家悲欢离合的故事，既反映了元代社会百姓生活不得安宁的社会问题，同时也展示了邪恶终不压正的传统主题。对那些恩将仇报的衣冠禽兽者给予强烈谴责，而对施恩于人却连遭不幸的无辜受害者给予深刻的同情。作品文字朴实而自然，在看似平铺直叙中，透露出"山高水深"的意蕴，如第三折张员外夫妇沦落为乞丐后在风雪之夜沿街乞讨的描写，很是凄惨：

[快活三] 哎哟！则那风吹的我这头怎抬？雪打的我这眼难开。则被这一场家天火破了家财，俺少年儿今何在？

[朝天子] 哎哟！可则俺两口儿都老迈，肯分的便正该，天那！天那！也是俺注定的合受这饥寒债。我如今无铺无盖，教我冷难挨。肯分的雪又紧风偏大，到晚来可便不敢番身，拳成做一块。天那！天那！则俺两口儿受冰雪堂地狱灾。我这里跪在大街，望着那发心的爷娘每拜。

[四边静] 哎哟！正值着这冬寒天色，破瓦窑中又无些米柴。眼见的冻死尸骸，料没个人瞅睬。谁肯着半掀儿家土埋？

老业人眼见的便撇在这荒郊外①。

这一风雪之夜的描写，与第一折全剧开头张员外一家赏冬景瑞雪的情景形成了鲜明的对比：

　　[混江龙]正遇着初寒时分，您言冬至我言春。既不沙，可怎生梨花片片，柳絮纷纷？梨花落，砌成银世界；柳絮飞，妆就玉乾坤。俺这里逢美景，对良辰，悬锦帐，设华裀。簇金盘，罗列着紫驼新；倒银瓶，满泛着鹅黄嫩。俺本是凤城中黎庶，端的做龙袖里骄民。②

同是一场冬雪，在同一人物张员外的心目中，其感受是截然不同的。而在这不同境遇的强烈对比中，显现出浓郁的感情色彩。

　　《合汗衫》为张国宾的力作，有相当的影响。法国汉学家安托尼·巴赞在1838年出版了《中国戏剧选》，其中就有《合汗衫》，把它翻译成法文并介绍给了法国的读者。

第三节　元前期大都作家群的杂剧创作（下）

1. 纪君祥

在元代杂剧中，以春秋战国时代的历史故事为题材的剧本数量可观，这类剧本大都是在民间传说的基础上写成的。成就最突出的，当数大悲剧《赵氏孤儿大报仇》，作者为纪君祥。王国维在《宋元戏曲考》里评论此剧和关汉卿的《窦娥冤》时说："剧中虽有恶人交媾其间，而其蹈汤赴火者，仍出于其主人翁之意志，即列之于世界大悲剧中，亦无愧色也。"他第一个指出元代的这两大悲剧在世界戏剧中的地位，见识颇为不凡。

---

① 王学奇主编：《元曲选校注》，河北教育出版社，1994年，第495～496页。
② 王学奇主编：《元曲选校注》，河北教育出版社，1994年，第468页。

纪君祥，一作纪天祥，大都人，生卒年不详。元人钟嗣成《录鬼簿》把他列入"前辈已死名公才人"之中，并载以小传云："纪天祥，大都人。与李寿卿、郑廷玉同时。"作有杂剧六种，现只存《冤报冤赵氏孤儿》一种；《陈文图悟道松阴梦》（一作《李元贞松阴记》）仅存曲词一折，见赵景深《元人杂剧钩沉》。元末明初贾仲明为其所补［凌波仙］吊词云："寿卿、廷玉在同时，三度蓝关《韩退之》，《松阴梦》里三生事，《绣皮记》情意资。《冤报冤赵氏孤儿》，编成传写上纸，表表于斯。"

《冤报冤赵氏孤儿》，简称《赵氏孤儿》。有关它的文献很多，最早见于《左传》宣公十五年《晋灵公不君》条，其后《公羊传》、《谷梁传》、《国语》记载则更为简略。主要记述晋灵公与赵盾君臣之间的矛盾，并无赵、屠两家仇杀的事迹。《史记》卷四十三《赵世家》、卷三十九《晋世家》、卷四十五《韩世家》中，才有了赵、屠两家仇杀以及"搜孤救孤"的故事轮廓。后来刘向的《新序·节士》篇、《说苑·复恩》篇都有叙述，汉代武梁祠石刻中也有这一故事的造象，可见这一故事在汉代是极为流行的。由于此剧情节本身极富戏剧色彩，再经过纪君祥的艺术加工，遂成为元杂剧中很有名的历史悲剧之一种。

纪君祥基本依据史实写成《赵氏孤儿》，但也有许多改动：故事发生的时间，据《赵世家》中记述，赵氏被灭族时是在晋景公时而不是在晋灵公时。人物关系方面：韩厥本来是孤儿长大后为其请封者，杂剧改成他放过保护孤儿的程婴而后自杀身亡。程婴、公孙杵臼原本都是赵盾的门客，杂剧却把程婴改为受赵朔青睐的草泽医生，把公孙杵臼改为不满奸臣屠岸贾、同情忠臣赵盾的老宰辅。在情节方面，把在宫中藏孤改为被程婴救出，孤儿在山中长大，改为屠岸贾认赵孤为义子而在屠家中长大。在细节方面，增加了屠岸贾逼迫程婴行杖毒打公孙杵臼一事，最重要的是把程婴以他人婴孩代替赵孤，改为以自己的婴孩代替赵孤。这些都是《史记》中所没有的。作这样的改动，有助于深化主题，表现人物，加强戏剧的矛盾冲突。

在《赵氏孤儿》这部戏里，并不是要如实地反映历史事实，而主要描写的是屠岸贾的残酷杀人的罪恶行径和他的凶暴性格同程婴、公孙杵臼、韩厥等为了保存赵孤而不惜自我牺牲的这种舍己救人的正义行为和正直性格的矛盾。这种矛盾构成极为尖锐的戏剧冲突。从表面上看，这个杂剧是表现忠奸斗争的，实际上忠奸斗争只是造成全剧冲突的开端。整个杂剧表现的是为保护复仇火种不被扑灭而毅然献身的自我牺牲精神，也就是剧中反复强调的"义"。

剧本把屠岸贾诛杀赵家三百余人的过程放在暗场处理，仅在楔子里由屠岸贾倒叙交待。正面所表现的则是"搜孤与救孤"即"酬恩"与"负恩"、"义"或"不义"、"忠孝"与"奸佞"的矛盾冲突。屠岸贾为了个人的私仇，在杀害赵家三百余口后，连赵家仅存的一个孤儿也不放过，意欲斩草除根。随之命下将军韩厥严守晋公主宫门，以防赵孤逃脱，并下令：若有盗出赵氏孤儿者，全家处斩，九族不留。这是极端野蛮、残酷的罪恶行为。面对屠岸贾的淫威，程婴与韩厥从不同的动机出发，决心拯救这位不幸的赵孤。程婴并非赵家门客，而是一位乡野医生，治病救人、扶危济困是其天职，况平时一向蒙赵朔优待，赵家有难，是他每日给公主"传茶送饭"。但当公主求其带出孤儿时，他显出很难为情的样子。程婴并非不晓得"知恩报恩"之理，是因为这有杀头和毁灭九族的巨大危险。公主自缢身亡，他才决心带出孤儿。韩厥是明知其中缘故的，若去出首，可得"一身富贵"，但作者却把他塑造成"一个顶天立地的男儿"，从分辨"忠孝"与"奸佞"出发，从不愿"利自己损别人"出发，放走了程婴和孤儿，自刎而死，以取信于程婴。连同屠岸贾在自报家门时已交待出的触树而死的钮麂，已有两人为保赵家而自我牺牲。这是正义与邪恶的初步较量。这些人的正义行为，在当时的社会生活中，确是一种进步的道德思想的反映。

"搜孤"与"救孤"即"邪恶"与"正义"的尖锐矛盾冲突是在第

二折和第三折。当奸臣屠岸贾得知走失赵孤时，丧心病狂地下令杀光晋国国内一月之上、半岁以下的婴孩。屠岸贾下令杀全国婴儿于史无征。作者以高屋建瓴的气概，从时代的制高点上俯察历史的流程，体察社会的真谛，开拓人生的宝藏，这一超群的构思揭示了主人公程婴、公孙杵臼壮美的悲剧性格。屠岸贾的所为，是剥削阶级灭绝人性的深刻反映，在元朝残酷统治的时代，更具有深刻的现实意义。

公孙杵臼原本赵盾门客，杂剧改为晋灵公的大臣，这一改动，其用意是很明显的，即壮大正义的势力。公孙杵臼的罢职归农，一来是"年纪高大"，更主要的是他对晋灵公和屠岸贾不满，"被那些腌臢屠狗辈欺负，俺慷慨钓鳌翁，正遇着不道的灵公，偏贼子加恩宠，著贤人受困穷"。他要明哲保身，退出是非之地，"若不是急流中将脚步抽回，险些儿闹市里把头皮断送"。他要过一种"夜眠斗帐听寒角，斜倚柴门数雁行"的幽闲生活。所以，当程婴把掩藏赵孤之事告诉他时，他却显出一副毫不动心的冷漠心肠，"这孩儿未生时绝了亲戚，怀着时灭了祖宗，便长成人也，则是少吉多凶"。认为他不是一个"报父母的真男子"，倒是一个"妨爷娘的小业种"。如同程婴当初一样，他不乐意为保护一个赵家孤儿而甘冒如此巨大的危险。作者的分寸把握得相当准确。

如果说程婴当初是为了"知恩报恩"，冒险从森严的宫中救出赵孤，是为了报答赵朔"知己之遇"的话，那么，他决定牺牲自己和己子来"救赵国小儿之命"，则从狭隘的报恩观念上升到舍生取义的道德高峰。而"曾与赵盾名为刎颈交"的公孙杵臼，得知屠岸贾要杀绝晋国婴儿的恶行时，态度也随之转变。他是为了"见义不为非为勇，言而无信成何用"，激于义愤，才决定宁愿牺牲自己，让较为年轻的程婴来抚养孤儿的，两人争着去死的场面是非常动人的。这里的"义"，不是从小私有者的个人恩怨为出发点，而是支配他们牺牲自己，挽救晋国无数婴儿，挽救无辜的被迫害者的道德力量，这是不受时间、空间的限制，超越国家和民族的、永久被人们称道的崇高美德。他们的行为是正义的、高尚的，显示了被压迫者绝不屈服的坚强意志，从而，使"搜孤"与"救孤"的最初个人恩怨的斗争也带上了一种害民与护民的斗争色彩。《赵氏孤儿》悲剧的真正社会价值就在这里。

忠臣义士的自我牺牲精神和对阴谋家的强烈仇恨情绪，构成了全剧的基调。而最尖锐、最剧烈的矛盾冲突是第三折，它突出塑造了忍辱负重、作出更大牺牲的程婴形象。表现代表善的意志和恶的势力进行直接的、面对面的斗争。作者颇具匠心地安排了催人泪下的极富于戏剧性的场面。程婴以告密者的角色，向屠岸贾告发公孙杵臼匿藏赵孤。他的理由是颇充足的，"公孙杵臼年纪七十，从来没儿没女"，现在突然抚育一儿，岂不是赵孤？狡猾的屠岸贾灵机一动，妄诈程婴。程婴从容地反以献出赵孤"一来为救晋国内小儿之命"，二来更使屠岸贾信而无疑的是保住自己尚未满月的儿子，以免断了后嗣。这貌似自私的理由，说得屠贼连连点头称是。太平庄公孙家搜赵孤，公孙杵臼不肯承认，屠岸贾又别出心裁地让首告程婴行刑，这使程婴左右为难，已经担当了告密卖友的恶名，还要亲手拷打共谋者，但不如此，真情就会暴露，一切努力就会付之东流。行刑时，屠贼既不允许程婴用细棍子打——怕打不疼程婴；也不能用大棍子打——怕打杀后死无对证，只得用又不大又不细的"中等棍子"行刑。更使人惊心动魄的是屠岸贾搜出假赵孤、真程子后，当着程婴的面连剁三剑，公孙杵臼又撞阶身亡。程婴痛失亲子和密友，却保住了赵孤，挽救了晋国无数的被迫害的婴儿。悲剧主人公舍生取义的性格得到了淋漓尽致的展示，构成了全剧的高潮，达到了悲剧的顶点。

历史是残酷无情的——程婴被屠岸贾当作心腹之人收留，而假程子、真赵孤被屠贼收为义子。历史又是最多情的——代仇人抚养长大的赵孤（即程勃——屠成），终于在20年后，由程婴出示手卷，向赵孤讲述了真相，杀死了屠岸贾，报了20年的冤仇。剧中的赵氏孤儿已经不只是书中那种封建宗法观念的象征，而是铲除邪恶、保护良善的正义力量的化身。

《赵氏孤儿》所极力鼓吹的复仇观念，在某种程度上是具有人民性的。遭受沉重压迫的中国封建社会的农民，复仇心理是特别强烈的。有冤必伸，有仇必报，即使历尽艰辛，世代相袭，甚而死后于阴间化为厉鬼，也志在必报，谚语所云"君子报仇，十年不迟"，"杀父之仇，不共戴天"，正是这种普遍心理的折射。同时，剧本还揭示了深广的社会进步内涵：恶人如屠岸贾者，虽诡计多端，自以为聪明得计，到头来却作茧自缚，咎由自取，其实是最愚蠢不过的；凶恶残暴如屠岸贾者，即使能够得逞一时，但天网恢恢，多行不义必自毙，终归倾覆。这一戏剧结构虽没有摆脱中国古典悲剧的团圆结局，但毕竟展示了人性向美和邪恶势力必败的历史流向，这就是历史的辩证法。

作为元代悲剧的代表，《赵氏孤儿》的基调是高昂而不是低沉的。人们不会从屠岸贾的凶残行动中感到恐怖与战栗，也不会从公孙杵臼等人的牺牲中感到阴惨与绝望。屠岸贾这一恶的势力，虽能一时气焰万丈，阴谋虽能一时得逞，但他终究是孤立的，从他的残杀阴谋开始，始终处在提弥明、灵辄、程婴、韩厥、公孙杵臼这许许多多义士所代表的正义力量的包围之中。全剧自始至终，贯穿着一种磅礴高昂的正义精神，表现了悲剧的壮烈美。

随着时代的变迁，《赵氏孤儿》在不同时期有不同内容的改编本。明刊本《赵氏孤儿》已增强了道德忠孝节义的说教和渲染。明人徐叔回所作的传奇《八义记》，在原有保赵家的几个人物，如灵辄、提弥明、程婴、公孙杵臼等七人的基础上，又增加了一个替赵朔而死的周坚，合计共八名"义士"，大大削弱了杂剧《赵氏孤儿》的悲剧气氛，落入了封建教化的俗套。清代的京剧和地方戏，与《八义记》的情节大体相同。

《赵氏孤儿》是我国最早流传到国外的戏剧之一，1735年即已被译为法文，在《中华帝国全志》刊登了它的法文节译本，1762年又被转译为英文刊行。此外，意大利、法国、德国等国家的著名作家都曾改编上演过该剧。

2. 孙仲章

孙仲章，一作李仲章，大都人。生卒年不详。元钟嗣成《录鬼簿》把他列入"前辈已死名公才人"之中，并载以小传云："孙仲章，大都人。或云李仲章。"曾为德安（今属江西）府判官，因喜城西之白兆山，遂买田筑室于山麓而居，后迁耀州（今属陕西）知府，皇庆二年（1313年）春，又调京师。仲章善作曲，好文士，曾建河南书院和长庚书院。作有杂剧三种，现存《河南府张鼎勘头巾》一种[①]。元末明初贾仲明为其所补〔凌波仙〕吊词云："只闻《鬼簿》姓名香，不识前贤李仲章，《白头吟》喧满鸣珂巷。咏诗文胜汉唐，词林老笔轩昂。江湖量，锦绣肠，也有无常。"朱权《太和正音谱》评其词说，"如秋风铁笛"。

《河南府张鼎勘头巾》，一作《开封府张鼎勘头巾》，简称《勘头巾》。该剧是现存20余种元杂剧公案戏里较好的一个。剧中的张鼎系元代著名清官。元代张鼎之名，可考者有济阳人张鼎，字辅之，金末官省掾，郡倅，入元后卒。一为高陵人张鼎，字君宝，元中统二年（1261年）任过县丞。另有张鼎，曾任河北府孔目，元世祖中统十四年任鄂州总管府达鲁花赤、参知政事。据《元史·世祖本纪》，元世祖中统十五年因刘铁木儿向元世祖进谗言，元世祖下诏罢免了张鼎的官职。但《勘头巾》之事，目前尚未见有史料记载，故很难确考所出。元公案剧中的清官除包拯和王翛然外，就是能吏张鼎，据传这位张鼎在职期间曾为老百姓做过不少的好事，故关于他的故事在当时民间是颇为流传的。除本剧，还有孟汉卿的《张鼎智勘魔合罗》亦演其事。

《勘头巾》剧写：刘平远之妻与太清观道士王知观有染，二人谋害刘平远，嫁祸于贫民王小二。赵令史受贿偏袒，将王小二屈打成招，奈

---

①《河南府张鼎勘头巾》，曹本《录鬼簿》说作者是陆登善撰；另一说为无名氏作品。

无确证，案不能结。半年后赵令史又向王小二逼供赃物头巾、银环，小二受刑不过，遂胡指隐藏在城外瘸刘家菜园井边石下。其事被王知观得知，预先将赃物藏在其处，获赃后，王小二遂被判处死刑。临刑前，河南府六案都孔目张鼎微闻其冤，不避灾祸，主动要求重审刘平远被杀案。张鼎发现头巾、银环都无久埋痕迹的疑点，提出复审，亲到狱中勘问王小二，并从一卖草人处找到了线索，终使案情真相大白，王小二无罪获释，王知观和刘平远妻被处死。

清官张鼎的可贵之处不仅在于他善于作调查研究，更主要的是他具有为伸张正义而不顾个人安危的大无畏精神。这桩杀人案是他在已经判决并经过上级重勘即将行刑时，发现了疑点，才主动介入多管闲事的，甚至冒着生命危险承担起三日内破案的重任，可以说，这是一个正直的能吏形象。他之所以如此，是因为"人命事关天"，他要"细穷研"，靠他的智慧——抓住罪犯的心理特点诱其供出真情，最终使犯罪者伏法。本剧情节曲折动人，扣人心弦，推理细致入微，真实可信；结构谨严，脉络明晰，针线细密，戏剧冲突环环紧扣，吐言发字，一划口语，尤其能打动读者和听众。

3. 费唐臣

费唐臣，字号、生平不详。仅知其为元曲家费君祥之子，大都人。元钟嗣成《录鬼簿》把他列入"前辈已死名公才人"之中。作有杂剧三种，现存《苏子瞻风雪贬黄州》一种。元末明初贾仲明为其所补［凌波仙］吊词云："双歌莺韵配鸳鸯，一曲鸾箫品凤凰。醉鞭误入平康巷，在佳人锦瑟旁。汉韦贤关目辉光，《斩邓通》文词亮，《贬黄州》肥普香，父为君祥。"明朱权《太和正音谱》把他列为第五名，对其评价颇高："费唐臣之词，如三峡波涛，神风耸秀，气势纵横。放则惊涛拍天，敛则山河倒影，自是一般气象，前列何疑？"显见朱权是极为推崇他的。

《苏子瞻风雪贬黄州》，一作《苏东坡贬黄州》，简称《贬黄州》。剧写苏轼因与王安石政见不合而被贬黄州的故事。剧情大意是：王安石推行新法，苏轼上疏反对。王安石恼恨在心，让御史李定劾苏轼赋诗讪谤。皇上震怒，将苏轼下廷尉治罪。旧丞相张方平极力申救，宋神宗亦惜其才，赦死罪，谪轼为黄州团练副使，并答应不久即诏还。苏轼到黄州后，举目无亲，衣食无着，备受苦楚。王安石又阴嘱其门生扬州太守不予周济，苏轼在大风雪天多次谒见，都被拒绝。唯致仕官马正卿同情苏轼，给予周济。后神宗醒悟，下诏宣苏轼回朝，官复原职。马正卿亦封京兆府尹，将杨太守削职为民。

《贬黄州》有一定的史实根据，《宋史·苏轼传》：

> 苏轼字子瞻，眉州眉山人……时安石创行新法，轼上书论其不便……徙知湖州，上表以谢。又以事不便民者不敢言，以诗托讽，庶有补于国。御史李定、舒亶、何正臣摭其表语，并媒蘖所为诗以为讪谤，逮赴台狱，欲置之死，锻炼久之不决。神宗独怜之，以黄州团练副使安置。轼与田父野老，相从溪山间，筑室于东坡，自号"东坡居士"。①

剧本虽以此为依托，但艺术的笔触却指向了现实。

作品重点描写的是官场的险恶和世态的炎凉，抒发了被屈抑的知识分子的愤懑心情。在费唐臣的笔下，苏轼才华盖世，一心为国，原是极得君王倚重的：

> [混江龙]想着那丝纶阁上，常则是紫薇花对紫薇郎。步九重春色，拂两袖天香。万里云烟挥翰墨，一天星斗焕文章。翰林风月，京洛山川，洞庭烟雨，金谷莺花，怎能够一轮皂盖飞头上。诗吟的神嚎鬼哭，文惊的地老天荒！②

苏轼对自己昔日的宦场生涯，是颇为踌躇满志、得意非凡的。然而，这

---

① 元·脱脱等：《宋史》卷三百三十八（简体字本），中华书局，2000 年，第 8639～8644 页。
② 徐征等：《全元曲》，河北教育出版社，1998 年。下同，不再另注。

样的"忠臣义士"却遭到打击迫害，受到排挤而被贬黄州：

> ［鹊踏枝］万言策上君王，一骑马度衡阳。索离了三岛蓬
> 莱，直走遍九曲沧浪。学不的李太白逍遥在醉乡，参破了韩昌
> 黎夕贬潮阳。

真是君王寡恩，才人毁弄。此曲道出了苏轼因忠言谏诤反受贬逐的不平，也道出其内心的极大委屈。

剧本揭露了政治的黑暗和官场的腐败。王安石只因苏轼"十分与我不合，昨日上疏，说我奸邪，蠹政害民"，便要"报复"，甚而要"置之死地"。苏轼既贬黄州，王安石又令门生杨太守不得加以周济，意欲使之冻死饿死①。而作者通过苏轼贬官前后的不同境遇，揭示了人情冷暖、世态炎凉。苏轼自云，其"在杭州作官时，行动前簇后拥，日逐游乐，甚是受用"。如今被贬黄州，竟落到"住的是小窗茅屋疏篱，吃的是粗羹淡饭黄齑，穿的是破帽歪靴布衣，一身褴褛"（第三折［天净沙］）。这种"衣不盖身，食不充口，无一个人来看顾"的悲惨地步。杨太守不但不给予照顾周济，反而在大风雪天又把他打出门去。而一听说苏轼要复官回朝，又厚着脸皮忙去送行。对此，曾多次遭遇宦海风波的苏轼看得很清楚："如今世情皆如此，炎凉趋避，亦时势之自然。"

这些曾经为官、一心为国的"忠臣义士"在被贬后对功名富贵基本是彻底绝望了。苏轼就明确表示"不愿为官"：

> ［雁儿落］臣宁可闲居原宪贫，不受梦笔江淹闷。乐陶陶三
> 杯元亮酒，黑娄娄一枕陈抟困。
>
> ［得胜令］则愿做白发老参军，怎消得天子重儒臣！那里显
> 骚客骚人俊，倒不如农夫妇蠢。绕流水孤村，听罢渔樵论，闭
> 草户柴门，做一个清闲自在人。

---

① 笔者按：剧中的王安石虽是真实的人物，但却是一个艺术形象，切不可等同于历史上的王安石。

由此可见，《贬黄州》对现实的批判远比那些"文人发迹变泰"剧要深刻得多。

第四节　秦简夫的杂剧创作

元代中期以后，杂剧创作逐渐南移，杭州遂成为杂剧活动的中心。早期一些知名的杂剧作家，如关汉卿等都曾到过这里，而且还有不少的文人移居杭州。这时的杂剧作家大多数是南方人，也有少数流寓到南方的北籍作家。随着北杂剧不断地流布到南方，原本是"歌舞小戏"的南戏因吸收北杂剧而充实自己，艺术上显示出更大的优越性，呈现出新的繁荣局面；同时，南戏也不断地向北传播。南戏和北杂剧的相互交流发展，使中国的戏曲出现了新的转机，孕育着新的发展趋向。

后期的大都杂剧创作，较前期虽显现出衰落的景象，没有产生伟大的作家和非常优秀的作品，但一些作家的少数作品也取得了相当的成就。秦简夫可谓元后期大都杂剧创作的代表人物。

秦简夫，大都人，生卒年不详。元钟嗣成《录鬼簿》把他列入"方今才人相知者"中，又"纪其姓名并所编"曰："见在都下擅名，近岁来杭州。"显见，钟嗣成曾在杭州见过他。贾仲明《录鬼簿续编》说秦简夫："大都人，近岁在杭。"另外，有人从他的《东堂老劝破家子弟》中对扬州的描述来看，他还到过扬州。秦简夫作有杂剧五种，现存《东堂老劝破家子弟》、《宜秋山赵礼让肥》、《晋陶母剪发待宾》三种。

《东堂老劝破家子弟》，简称《东堂老》，是秦简夫的代表作。剧情谓：扬州富商赵国器有子名扬州奴，从小娇生惯养，好吃懒做，日与无赖为友，屡戒不改。赵因忧虑成疾，又加年事已高，恐死后家业败落，临终，将儿子托付给人称"东堂老"的儒商好友李茂卿。赵死后，扬州奴受市井刁徒柳隆卿、胡子转的诱惑，每日吃喝嫖赌，最终把家业挥霍殆尽，沦为乞丐，只得和妻子李翠哥住进寒窑，靠挑担卖菜卖炭为生。在现实的教育和东堂老的规劝下，扬州奴终于知悔改过、浪子回头。东堂老便借自己生日之际，向众街坊邻居说明原先赵国器托孤寄子时将五百锭银子存在己处，他就是用这笔银子买下了扬州奴卖出的全部家产。现仍交还扬州奴，以不负亡友之托。

《东堂老》的主题是非常清楚明确的，即劝人切勿贪恋奢靡腐化生活，提倡勤俭持家，并通过扬州奴"浪子回头"的描写，向人们揭示了"执迷人难劝，临危可自省"这一带有普遍意义的经验教训。

元代杂剧中的商人基本上都是受到谴责的，他们粗俗、贪鄙、吝啬成性，如郑廷玉的《看钱奴》及大量的"妓女、士子、商人三角恋爱剧"都是如此。而《东堂老》却塑造了一个忠于友谊、诚实可信、不昧钱财的商人形象，这在过去的文学作品中是不多见的，很值得我们的重视。剧中的"东堂老"李茂卿是一个弃儒经商而仍怀有君子之风的商人，他并不讳言追求金钱，如第二折当他的儿子因"做买卖，不遂其意"，把它归之为"命运"时，他反驳说："孩儿，你说差了。那做买卖的，有一等人肯向前，敢当赌，汤风冒雪，忍寒受冷；有一等人怕风怯雨，门也不出。所以孔子门下三千弟子，只子贡善能货殖，遂成大富。怎做得由命不由人也？"[①]并对其儿子陈述了他的辛酸发家史：

> ［滚绣球］想着我幼年时血气猛，为蝇头努力去争，哎哟！使的我到今来一身残病，我去那虎狼窝不顾残生。我可也问甚的是夜，甚的是明，甚的是雨，甚的是晴？我只去利名场往来奔竞，那里有一日的安宁？投至得十年五载我这般松宽的有，也是我万苦千辛积攒成。往事堪惊。

这实际上是对商人抛风冒雪、不辞辛苦地积累财富的精神表示了深切

---

① 徐征等：《全元曲》，河北教育出版社，1988年。下同。

的同情和充分的肯定，是对商人积极进取的人生态度的赞美。

商人东堂老的可贵之处，还不仅仅在于他追求金钱的成功，他还有另一层面的追求，如第三折他见到扬州奴后的一段唱词：

> [中吕·粉蝶儿] 谁家个年小无徒，他生在无忧愁太平时务，空生得貌堂堂一表非俗。出来的拨琵琶，打双陆，把家缘不顾。那里肯寻个大老名儒，去学习些儿圣贤章句。
>
> [醉春风] 全不想日月两跳丸，则这乾坤一夜雨。我如今年老也逼桑榆，端的是朽木材何足数、数。则理会的诗书是觉世之师，忠孝是立身之本，这钱财是倘来之物。

这里又表现了他作为"儒商"所追求的道德伦理观。从一定程度上说，已具有了新的时代意义。

《东堂老》在艺术上也是一部成功之作。曲辞通俗流畅，本色自然；戏剧结构谨严，关目紧凑；人物形象个性鲜明。另外，将大量的篇幅留给科白，也是其显著特点。前人评秦简夫为元代后期关派的名家，是有一定道理的。

《宜秋山赵礼让肥》，一作《孝义士赵礼让肥》，简称《赵礼让肥》。末本，正末扮赵礼。剧写赵孝、赵礼忠义孝悌，感动马武的故事。大意是：西汉末年，天下饥荒，百姓流离失所。赵孝、赵礼兄弟奉母到宜秋山趁熟，赵孝打柴，赵礼挖菜奉养母亲，艰难度日。一日，赵礼被虎头寨寨主马武捉住，欲杀而食之。礼哀求马给一个时辰假限，回家辞别母亲和兄长。礼如约回来受死。赵孝为救弟弟，以自己肥胖为由，愿代弟死。而赵礼也以同样的理由请求杀死自己。母亲也以老迈为由，愿代儿死。三人争执不停，终感动马武，马武便决定释放他们，并赠以金银粮食。后马武佐刘秀建立东汉，马被封为天下兵马大元帅。当马武得知孝、礼就是朝廷多次征召不仕的贤士时，立刻举荐他们二人。赵孝得封翰林学士，礼为御史中丞。赵母亦被旌表为贤德夫人。

剧本取材于《后汉书》"赵孝本传"，其大部分的情节，即以此敷演而成。但马武事和赵母代求子死，都是作者有意结撰的。^① 剧作的意图很明显，即大力宣扬子孝、弟悌和母慈等传统的家庭伦理道德，赞美儒家个人道德自我完善的理想人格，如第一折当赵礼烧熟了稀饭，先请母亲和哥哥食用，自己则强忍着饥饿，还想到了比自家更艰难的人。即使对待像马武这样的"强盗"，赵礼亦是"信"字当先，绝不失约。这种种的举动，似颇为迂腐，但他完全恪守着儒者的信条，符合儒家所倡导的伦理道德，这也正是封建统治阶级所需要的。在宗法社会里，家庭中的父子、兄弟等伦理关系，实际就是国家中的君臣、上下政治关系的缩影，即"家国同构"。统治者极力提倡"孝"，其真正的目的在于"移孝于忠"。当然，不管作者的主观意图如何，《赵礼让肥》在客观上却揭示了读书人的生存状况：赵孝、赵礼空有满腹文章，却只能在山中打柴、挖野菜充饥度日；"衣不遮身，食不充口"是他们也是元代知识分子生活的真实写照。尽管如此，他们心中幻想的依然是日后能够发达。而作品更为深刻的，则是对人民在战乱频仍中悲惨生活的描写：

> ［寄生草］饿的这民饥色，看看的如蜡渣。他每都家家上树把这槐芽掐，他每都村村沿道将榆皮剐，他每都人人绕户将粮食化。现如今弟兄衣袂不遮身，可着俺贫寒子母无安下。^②

这已经够悲惨的了，但还有比他们更贫穷的在向他们乞讨，"剩下的刷锅水儿留些与我"，这些饥民境况更糟：

> ［后庭花］我则见他番穿着绵纳甲，斜披着一片破背褡。你觑他泥污的腌身分，风梢的黑鼻凹。他抱着个小娃娃，可是他

---

①《后汉书》卷三十九《赵孝列传》："赵孝字长平，沛国蕲人也……及天下乱，人相食。孝弟礼为饿贼所得，孝闻之，即自缚诣贼，曰：'礼久饿羸瘦，不如孝肥饱。'贼大惊，并放之，谓曰：'可且归，更持米糒来。'孝求不能得，复往报贼，愿就亨。众异之，遂不害。乡党服其义。州郡辟召，进退必以礼。举孝廉，不应……永平中，辟太尉府，显宗素闻其行，诏拜谏议大夫，迁侍中，又迁长乐卫尉。复征弟礼为御史中丞。"中华书局简体字本，2000年，第873页。

② 徐征等：《全元曲》，河北教育出版社，1988年。以下引文同。

蓬松着头发，歪篡笠头上搭，粗棍子手内拿，破麻鞋脚下趿，
腰缠着一绺儿麻，口咽着半块瓜。一弄儿乔势煞，饥寒的怎
觑他！

这一幅饥民图真是触目惊心。相形之下，那些官员财主们，却是"朝朝饮宴，夜夜欢娱"：

[那吒令]想他每富家，杀羊也那宰马，每日里笑恰，飞觥
也那乔羣。俺百姓每痛杀，无根橡片瓦。那里有调和的五味
全？但得个充饥罢。母子每苦痛，哎，天那！

[鹊踏枝]他可也忒矜夸，忒豪华，争知俺少米无柴，怎地
存札？子母每看看的饿杀。天那！则亏着俺这百姓人家。

这是何等鲜明的对比。剧作中这类具体描写虽然不多，但作者谴责的态度是十分明确的，其达到的效果也是很强烈的。联系到作品中赤眉铜马起义军揭竿而起，亦可看出作者生活的元末阶级矛盾已到了极其尖锐的程度，真实反映了当时的社会现实问题。

《晋陶母剪发待宾》，简称《剪发待宾》。剧情梗概是：陶侃早孤家贫，陶母湛氏靠给人家洗衣缝补供其读书。时学士范逵为五路采访使，为朝廷选贤举善。范逵来到丹阳府学，书生都争相宴请他，陶侃因无钱相请，便写了一个"信"字，一个"钱"字去韩夫人的"解典库"（当铺）当几贯钱。韩夫人看陶侃将来有出息，请他饮酒，还有意将女儿许配给他，遂留下"信"字，并出五贯钱资助。陶母闻之后，以为儿子贪杯，严加训斥。后陶母得知事情原委，便剪下头发沿街叫卖，遇到韩夫人。韩夫人知道是陶母后，向其求亲。陶母答应等陶侃中举后再商议此事。陶母用卖头发的钱招待了范逵。范学士被陶侃母子的贤德所感动，便推荐陶侃上京应试。侃得中状元，陶母亦被封为盖国义烈夫人，并成就了与韩家的亲事。

陶母剪发待宾及训子节酒等事，具载于史书。《晋书·陶侃传》载：

陶侃字士行，本鄱阳人也……侃早孤贫，为县吏。鄱阳孝廉范逵尝过侃，时仓卒无以待宾，其母乃截发得双鬈，以易酒肴，乐饮极欢。虽仆从亦过所望。及逵去，侃追送百余里。逵曰："卿欲仕郡乎？"侃曰："欲之，困于无津耳！"逵过庐江太守张夔，称美之。逵召为督邮，领枞阳令。有能名，迁主簿……侃每饮酒有定限，常欢有馀而限已竭，浩等劝更少进，侃凄怀良久曰："年少曾有酒失，亡亲见约，故不敢逾。"①

《晋书》卷九十六《列女传·陶侃母湛氏》所载训子及卖发事与此大体相同："陶侃母湛氏，豫章新淦人也……陶氏家贫，湛氏每纺绩资给之，使交结胜己。侃少为寻阳县吏，尝监鱼梁，以一坩鲊遗母。湛氏封鲊及书，责侃曰：'尔为吏，以官物遗我，非惟不能益吾，乃以增吾忧矣。'鄱阳孝廉范逵寓宿于侃，时大雪，湛氏乃彻所卧新荐，自剉给其马，又密截发卖与邻人，供肴馔。逵闻之，叹息曰：'非此母不生此子！'侃竟以功名显。"②

由上述材料可知，《剪发待宾》基本上是依据史实加以敷演而成的，唯陶侃与财主韩夫人之女的婚事，与史无涉，当系虚构的情节。此剧与《赵礼让肥》一样，以宣扬儒家道德伦理为主。剧中的湛氏属于封建时代典型的贤母形象，比如第一折的几段唱词：

> [混江龙] 我将些衣服头面，都做了文房四宝束修钱。他学的赋课成八韵，诗吟就全篇。十载寒窗黄卷客，博一纸九重天上紫泥宣。（云）念老身治家教子，我孩儿事奉萱亲。着他受半生辛苦，指望待一举成名。我与人缝联补绽，洗衣刮裳，（唱）那个不说儿文章亏杀了娘针线？学成了诗云子曰，久以后忠孝双全。

① 唐·房玄龄等：《晋书·陶侃列传》（简体字本），中华书局，2000年，第 1172～1179 页。
② 唐·房玄龄等：《晋书·陶侃列传》（简体字本），中华书局，2000年，第 1676 页。

　　[那吒令] 则他这今年，非同似往年：恰还了纸钱，又少欠
下笔钱；常着我左肩，那在这右肩。与人家做生活打些坌活，
闲停止妆宅眷，端的使碎我这意马心猿。

　　[鹊踏枝] 你则待要赴佳筵，倒金觥，咱如今少米无柴，赤
手空拳。你不学汉贾谊献长策万言，你则待学刘伶般烂醉
十年。①

曲子表现了下层妇女生活的艰辛，尽管如此，陶母热切期盼儿子能够
"学成文武艺，货与帝王家"，走博取功名、光宗耀祖这条传统的老路
子，这反映了下层民众希图通过科举道路摆脱卑下地位的心理，具有鲜
明的宋元时期城市生活的色彩。

---

① 徐征等：《全元曲》，河北教育出版社，1988 年，第 4602～4603 页。

第六章　真定作家群及其他杂剧创作

元代河北的杂剧创作，除大都外，当时的真定成为杂剧创作的另一中心，同时旁及保定、大名、涿州等地。真定，即今河北省正定。《录鬼簿》所记载的"前辈名公才人"56人中，真定占有7人，人数是比较多的。

真定之所以能够成为前期杂剧创作的摇篮和中心之一，产生一批优秀的作家和作品，是因它具有别处不具备的许多优势条件。

第一，从政治方面看，元初的真定在丞相史天泽（1201～1275年）及其子侄控制下的几十年，一直是汉人的势力范围。史氏家族注重推行涵养民力、爱护百姓、发展生产的政策，竭力排斥蒙古贵族的骚扰破坏，确保了真定一地社会安定。

第二，从经济方面看，真定从隋唐以来就成为南北方交通要道，逐渐发展为一个人口稠密、商业相当发达的城市。"左右夹二瓦市，优肆娼门，酒垆茶灶。豪商大贾，并集于此。大抵真定极为繁丽者。"[1]

第三，真定自宋金时期以来，已成为汉族和少数民族文化的融汇处，成为燕赵文化的结合点，具有相当浓厚的文化传统。特别是史天泽家族都喜欢交结文人，采取了种种保护文人、发展文化的措施，吸引了众多流离失所的北方名士聚集真定：

> 北渡后，名士多流寓失所，知公好贤乐善，偕来游依。若王滹南、元遗山、李敬斋、白枢判、曹南湖、刘房山、段继昌、徒单颙轩，为料其生理，宾礼甚厚；暇则与之讲究经史，

---

[1] 纳新：《河朔访古记》，《四部丛刊》本，上海书店，1985年。

推明治道。其张颐斋、陈之纲、杨西庵、张条山、孙议事，擢府荐达，至光显云。①

燕京的大批民间艺人也荟萃于真定。元夏庭芝《青楼集·天然秀》载：

（天然秀）姓高氏，行第二，人以"小二姐"呼之。母刘，尝侍史开府……才艺尤度越流辈，闺怨杂剧，为当时第一手……尤为白仁甫、李溉之所爱赏云。②

史开府即"开府仪同三司"史天泽。史天泽及其儿子史樟（史九散人、史九散仙、史九敬仙）又都是著名的曲作家。

白朴曾游历燕京（至元九年改为大都），出入青楼，留恋勾栏，和大都杂剧作家及歌妓们往还。结识书会才人关汉卿等，并为歌妓们撰写杂剧剧本。

从上述材料可以看出，真定特殊的地域优势和人文环境，特别是以白朴为首包括侯克中、李文蔚、史樟等形成的真定作家群，其年辈都应早于元杂剧初期其他地区的作家。他们的杂剧创作在 13 世纪中叶以后的 20 余年间达到了鼎盛期。可以说，真定作家群的杂剧创作为元杂剧的成熟和走向辉煌，起到了奠基和推动作用。

真定作家群，据元钟嗣成《录鬼簿》上卷，计有 7 人：

（1）白朴，著有杂剧《梧桐雨》、《墙头马上》、《东墙记》等 16 种。

（2）侯克中，字正卿。真定（正定）人。约生于 1220 至 1225 年间，卒于 1315 年，享年 90 余岁。《录鬼簿》把他列入"前辈已死名公才人"之中，并附小传云："侯正卿。真定人，号艮斋先生。"侯克中幼年时失明，精研《周易》，著有《大易通义》一书，能诗，有《艮斋诗集》传世，所作杂剧只知有《关盼盼春风燕子楼》一种，惜已失传。元

---

① 李修生：《全元文》六，江苏古籍出版社，1998 年，第 349 页。

② 元·夏庭芝：《青楼集》，《中国古典戏曲论著集成》本，第二册，中国戏剧出版社，1959 年，第 23 页。

末明初贾仲明为其所补［凌波仙］吊词说："史侯心友艮先生，诗酒相酬老正卿。挽丝疆味里雕鞍凭，随王孙并马行。《燕子楼》幺末全赢。黄钟令，商调情，千载标名。"朱权《太和正音谱》谓："其词势非笔舌可能拟，真词林之英杰也。"

（3）李文蔚，真定人，生卒年不详。元钟嗣成《录鬼簿》把他列入"前辈已死名公才人"之中，并载小传云："真定（正定）人。江州（今江西九江）路瑞昌（今属江西）县尹。"著有杂剧12种，今存《同乐院燕青博鱼》、《破符坚蒋神灵应》（"符"应为"苻"）、《张子房圯桥进履》三种。元末明初贾仲明为其所补［凌波仙］吊词云："《石州情》醉写蔡萧间，《芭蕉雨》秋霄周素兰。《浇花旦》才并《推车旦》，《破苻坚》淝水间。晋谢得安《高卧东山》。瑞昌县为新令，真定府为故关，月落花残。"朱权《太和正音谱》评其词，谓"如雪压苍松"。

（4）史樟，约生于1240年，卒于1288年，号"史九散人"、"史九散仙"。史天泽次子。祖籍永清（今河北省永清县）人。因在真定长大，故一般认为他是真定人。元钟嗣成《录鬼簿》把他列入"前辈已死名公才人"之中，并附以小传云："史九散人，真定人。武昌万户。"所作杂剧仅知《花间四友庄周梦》一种，今存。元末明初贾仲明为其所补［凌波仙］吊词云："武昌万户散仙公，阎国元勋荫祖宗。双虎符三颗明珠重，受金吾元帅封。碧油幢和气春风，编胡蝶《庄周梦》。上麒麟图画中，千古英雄。"朱权《太和正音谱》谓："其词势非笔舌可能拟，真词林之英杰也。"

（5）尚仲贤，名不详。元钟嗣成《录鬼簿》把他列入"前辈已死名公才人"之中，并附小传云："尚仲贤，真定人，江浙行省务官。"尚仲贤作有杂剧10种，今存《洞庭湖柳毅传书》、《汉高皇濯足气英布》、《尉迟恭三夺槊》三种。另有三种仅存残篇。

（6）戴善夫，一作善甫，名无考。元钟嗣成《录鬼簿》把他列入"前辈已死名公才人"之中，并说："真定人，江浙行省务官。"戴善夫作有杂剧五种，现仅存《陶学士醉写风光好》一种。

（7）江（汪）泽民，元钟嗣成《录鬼簿》把他列入"前辈已死名公才人"之中，并说他是真定人。一说江泽民即汪德润，字泽民。生平事迹不详。所作杂剧仅知《糊突包待制》一种，惜未流传于世。元末明初贾仲明为其所补［凌波仙］吊词云："汪公德润字泽民，赵燕北南真定人，盛时人物多才俊。编糊突包正臣，上《鬼簿》可羡钟君。生前姓，死后身，名不沉沦。"

除真定作家群外，当时的大名、保定、涿州等地也产生了一批杂剧作家。现缕述如下：

（1）陈宁甫，一作"陈定甫"，大名（今河北省大名县）人。生平事迹，今不可考。元钟嗣成《录鬼簿》把他列入"前辈已死名公才人"之中。所作杂剧仅知《风雨两无功》一种，惜未传世。贾仲明为其所补［凌波仙］吊词云："先生宁甫老前贤，名著将来二百年，《两无功》锦绣风流传。关目奇，曲调鲜，自按阆天下皆传。嗟衰骨，叹野园，故冢高原。"

（2）王伯成，名无考，生卒年亦不详。涿州（今河北省涿州市）人。元钟嗣成《录鬼簿》把他列入"前辈已死名公才人"之中，并载以小传云："涿州人，有《天宝遗事》诸宫调行于世。"作有杂剧三种，今存《李太白贬夜郎》一种。贾仲明为其所补［凌波仙］吊词云："伯成涿鹿（当为"州"字）俊丰标，公末文词善解嘲。《天宝遗事》诸宫调，世间无、天下少；《贬夜郎》关目风骚。马致远忘年友，张仁卿莫逆交。超群类，一代英豪。"朱权《太和正音谱》评其词，谓"红鸳戏波"。

（3）李进取，一作李取进，字不详，大名人。元钟嗣成《录鬼簿》把他列入"前辈已死名公才人"之中，并载以小传云："大名人，官医大夫。"李精于歧黄术，所作杂剧三种，惟《神龙殿栾巴噀酒》仅存残文。贾仲明为其所补［凌波仙］吊词云："《难经》、《素问》不相干，表里阴阳实意懒，叔和、仲景无心翰。捻《栾巴》、《破雨伞》，称凉风不顾伤寒。钟父留芳簿，老夫词吊挽，著大名散满人间。"朱权《太和正音谱》评其词，谓"壮士舞剑"。

（4）李好古，名不详，其生平事迹，今不可考。保定（今属河北）人①。所作杂剧共三种，今存《沙门岛张生煮海》一种。贾仲明为其所补〔凌波仙〕吊词云："芳名纸上百年图，锦绣胸中万卷书，标题尘外三生簿。《镇凶宅》赵太祖，《劈华山》用功夫，煮全海张生故。撰文李好古，暮景桑榆。"朱权《太和正音谱》称赞其词如"孤松挂月"。

（5）彭伯成，一作彭伯威，名不详。保定（今属河北）人。其生平事迹，今不可考。元钟嗣成《录鬼簿》把他列入"前辈已死名公才人"之中。所作杂剧《四不知月夜京娘怨》、《灰栏记》二种，惜皆失传。贾仲明为其所补〔凌波仙〕吊词云："筵前酒海紫金坛，席上筹行白玉簪，碧螺七宝玲珑嵌。惜花心，做怪胆，丝柳阴府地潭潭。"

（6）曾瑞，字瑞卿，号褐夫。生卒年不详。家世平州（今河北省卢龙县）人，自其祖始迁燕。元钟嗣成《录鬼簿》把他列入"方今已亡名公才人，余相知者"之中，并为之作传云："瑞字瑞卿，大兴人。自北来南，喜江浙人才之多，羡钱塘景物之盛，因而家焉。"江淮达者，岁时馈送不绝，遂得徜徉卒岁。临终之日，诣门吊者以千数。瑞擅长绘画，喜作隐语、小曲。有散曲集《诗酒余音》，已失传。所作杂剧有《才子佳人误元宵》，惜亦未流传于世。另外，《元曲选》将《王月英元夜留鞋记》归在他的名下，学界对此虽有不同看法，但经过许多学者的考证，基本上断定是他的作品。

（7）高茂卿，名号不详，涿州（今河北省涿州市）人。生平事迹均无考，约元末明初时人。所作杂剧仅存《翠红乡儿女两团圆》一种，见《录鬼簿续编》。此剧是武汉臣《老生儿》杂剧的改写本，与高茂卿约同时的杨文奎、杨景贤也分别作了一本《两团圆》，可见该剧的题材在当

---

① 李好古的籍贯，《录鬼簿》说他是保定人，或云西平（今属河南）人。另一说为东平（今属山东）人。

时很受杂剧作家的欢迎①。

（8）吴弘道（？～1345 年），字仁卿，号克斋，金台蒲阴（今河北省安国市）人，曾任江西检校掾史及知县，以府判致仕，著有散曲《金缕新声》一集，另辑有《曲海丛珠》，皆不存。杂剧作品有《楚大夫屈原投江》、《火烧正阳门》等五种，惜皆未能流传于世。钟嗣成云，《录鬼簿》卷上所载曲家，其材料"余友陆君仲良得之于克斋先生吴公"，可见吴弘道对杂剧作家很熟悉，对《录鬼簿》的写作很有帮助。贾仲明为其所补吊词云："克斋弘道老仁卿，衣紫腰金府判升，银鞍紫马敲金镫。锦乡中过一生，老来也致仕心宁。《手卷记》、《子房货剑》，锦乐府天下盛行；《曲海丛珠》、《金缕新声》。"朱权《太和正音谱》尝评其词曲，喻其格势如"山间明月"。

元代河北的剧作家还有一些，如刘君锡等，这里就不一一赘述了。

第一节　白朴的杂剧创作

白朴，原名恒，字仁甫，又字太素，号兰谷。祖籍隩州（今山西河曲县东北）。金哀宗正大三年（1226 年）生于汴梁（今河南开封）。其父白华，字文举，贞祐三年（1215 年）进士，累官至枢密院判官，右司郎中，又是金朝著名的文士。当白朴七岁时，蒙古军与南宋军队联合攻汴梁，他的父亲白华随金哀宗外出就兵，母亲在战乱中失落。他由父执元好问携带离开汴京，先后辗转于山东聊城等地。其父白华来真定投靠史天泽，元好问从山东冠氏县来看望他，才把白朴交给了白华。不久，白华父子卜居真定，受到史天泽的庇护。

白朴在真定度过了他的青壮年时代，所以一般又认为他是真定人。

---

① 关于此剧的作者，历来说法不一。《脉望馆杂剧选》本、《元曲选》本、《太和正音谱》都说是杨文奎撰。今人邵曾祺认为："杂剧以《两团圆》为名的有二：一是《翠红乡儿女两团圆》，一是《豫章城人月两团圆》。前者据《录鬼簿续编》说是高茂卿作，后者不知是否杨作，因不知杨作的题材内容，故无法断定。"此问题还有待作进一步的考证。

白朴长期受到元好问的熏陶，他的学业、思想以及后来走上文学创作道路并成为著名的文学家，都与元好问的教育和影响分不开。白朴虽曾在父亲教育下"习进士业"，也曾有过宏大的志向，但元蒙长期停止科举，使他的出仕愿望化为泡影。再加以幼年丧乱，心灵受到创伤，遂绝意仕进，不再参与政治。而当时的真定，是北曲兴盛繁荣的重镇，因而，他结识了真定的一批杂剧作家，与侯克中、李文蔚、史樟等成为终生挚友。跟他同时代的文人如胡祗遹、王博文、王恽等都是交往甚厚的朋友。在此期间，他还曾来往于河南、江淮等地。曾游历燕京（今北京市），出入青楼，留连勾栏，结识书会才人关汉卿和歌伎天然秀。元世祖中统二年（1261年），命各路宣抚司"举文学才识可以从政及茂才异等，列名上闻，以听擢用"[1]。当时的中书左丞相史天泽向元世祖屡荐白朴，但白朴"再三逊谢"，并开始弃家南游。他先后到过九江、岳阳、怀州、维扬（今扬州市）等地，至元十七年（1280年），卜居金陵（今南京市），在与诗酒为友的闲散生活中度过了他的晚年，大约活了80多岁[2]。后因子弟居官，赠其为嘉议大夫，掌礼仪院太卿。

白朴的作品，现存有词105首，名《天籁集》；散曲有小令37首，套数4套，清初杨友敬将之附于《天籁集》后。著有杂剧15种，今存《唐明皇秋夜梧桐雨》、《鸳鸯简墙头马上》、《董秀英花月东墙记》3种。残存《韩翠苹御水流红叶》、《李克用箭射双雕》2种。这些杂剧的具体创作年代虽不可考，但大多都是他在真定时期创作的。

《唐明皇秋夜梧桐雨》，简称《梧桐雨》，是中国戏曲史上最早的纯正的大悲剧。自天宝之乱以来，李、杨故事成为文人经常歌咏的题材，

---

① 明·宋濂等：《元史·世祖本纪》（简体字本），中华书局，2000年，第47页。
② 有关白朴的生平，可参考胡世厚：《白朴论考》，中州古籍出版社，1991年；李修生：《元杂剧史》，江苏古籍出版社，2002年。

有关这方面的记载和传说，在唐、宋间颇为盛行①，在此影响下，宋、金有院本、杂剧《击梧桐》、《洗儿会》、《夜半打明皇》、《张与孟杨妃》、《玉环》、《梅妃》等，宋、元间还有《马践杨妃》戏文。而在《旧唐书》、《新唐书》及《资治通鉴》中更记载了不少有关唐明皇和杨玉环的真实史料。元初的剧作家对李、杨故事也很有兴趣，都有这方面的作品，如关汉卿有《哭香囊》、庾吉甫有《华清宫》、《霓裳怨》，岳伯川有《梦断杨妃》。但这些杂剧作品都已亡佚，只有白仁甫的《梧桐雨》得以流传。

《梧桐雨》基本上是根据白居易的《长恨歌》及正史中记载，兼采一些小说、野史材料，又吸纳了宋、金戏曲加以点染而成的。这部杂剧以安史之乱为背景，通过唐明皇和杨贵妃的爱情悲剧，揭示了唐王朝由盛而衰的历史教训。作品既谴责了上层统治者酒色误国祸国殃民的罪过，亦表达了白朴对异族入侵造成中原离乱之感愤，同时抒发了自己幼经丧乱、国破家亡、亲人离散的种种悲苦。在一定程度上表现了他的故国之思和潜在的民族意识。

此剧以唐明皇李隆基为主角，从政治生活和宫廷爱情生活交叉入手，互相独立，又互相制约。剧本一开始的“楔子”就写唐明皇的晚年一心想做个太平天子，倦于政事，贪图享乐，为得到天姿国色杨玉环，竟煞费心机，先度其为女道士，后册封为贵妃，又将其“哥哥杨国忠加为丞相，姊妹三人封做夫人”②，使其“一门荣显极矣”。对失误军机的边将安禄山，明皇不仅没有惩罚，反而赐给贵妃做了“义子”，还要加封为“平章政事”，后因张九龄、杨国忠的反对，才改任其为“渔阳节度使”，统领蕃汉兵马，为以后的“安史之乱”和自己的爱情悲剧种下

---

① 如唐人白居易《长恨歌》、陈鸿《长恨歌传》、郑处海《明皇杂录》、郑棨《开天传信记》、段成式《酉阳杂俎》、李肇《国史补》、郭湜《高力士外传》、姚汝能《安禄山事迹》、苏鹗《杜阳杂篇》、柳珵《常侍言旨》、韦绚《戎幕闲谈》；五代王仁裕《开元天宝遗事》、孙光宪《绫道录》；宋代乐史《杨太真外传》、刘斧《青琐高议》、皇都风月主人《绿窗新语》、罗大经《鹤林玉露》、无名氏《梅妃传》等皆载有其事。

② 徐征等：《全元曲》，河北教育出版社，1988年，第774页。以下引文版本同。

了祸根。

作者根据白居易《长恨歌》诗句："七月七日长生殿，夜半无人私语时"，接下来重点写了两个情节。第一折描写了李、杨在长生殿设宴共赏七夕，他们携手并肩，既感慨牛郎、织女双星的离多合少，又羡慕他们的爱情地久天长。唐明皇特赐杨妃"金钗一对，钿盒一枚"以示恩宠。[忆王孙]、[胜葫芦]、[金盏儿]、[醉扶归]四曲，前二曲展现出帝妃七夕赏月，明皇获得倾城倾国杨妃时的志满意得的欢乐，后二曲则是牛女鹊桥相会的离恨图。可见，此处写其欢乐庆幸，对比天上牛女之悲，正为后文明皇的大悲长恨伏笔。这里，作者创造了极其优美的意境，有光有色，动静相间，充满诗情画意。就在这迷人的夜晚，明皇和杨妃共同盟誓："愿今生偕老，百年以后，世世永为夫妇。"

第二折写御园中小宴。唐明皇与杨贵妃的缠绵爱情已到了沉迷的程度。即使在"渔阳鼙鼓动地来，惊破霓裳羽衣曲"的危机时刻，唐明皇依然沉迷酒色，纵情享乐，同杨妃在御园内列馐馔，饮美酒，品名茶，尝荔枝。然而乐极哀来，左丞相李林甫急忙奏上，说，"边关飞报，安禄山造反"，"如今贼兵已破潼关"，长安不保。而此时唐明皇正在欢乐至极，竟然满不在乎，反而责备怪罪臣下：

[剔银灯]止不过奏说边庭上造反，也合看空便觑迟疾紧慢。等不的俺筵上笙歌散，可不气丕丕冒突天颜！那些个齐管仲、郑子产？敢待做假忠孝龙逢、比干！

[蔓菁菜]险些儿慌杀你个周公旦。（李林甫云）陛下，只为女宠盛，谗夫昌，惹起这刀兵来了。（正末唱）你道我因歌舞坏江山，你常好是占奸。早难道羽扇纶巾笑谈间，破强虏三十万。

[满庭芳]你文武两班空列些乌靴象简、金紫罗襕，内中没个英雄汉扫荡尘寰？惯纵的个无徒禄山，没揣的撞过潼关，先败了哥舒翰。疑怪昨宵向晚，不见烽火报平安。

文武百官懦弱无能，宰相临事张皇失措，皇帝荒淫放荡，给国家、给民族同时也给这对恋人带来了极大的灾难。这一切的后果都是唐明皇"因歌舞坏江山"造成的。他既是这一悲剧的制造者，又是这一悲剧的承受者，可谓是自食其果。不得已，只好仓皇幸蜀了。然而，他并没有对自己的所作所为反省，他愁苦的不是国破家亡，生民涂炭，而是悲伤自己离开繁华歌舞的京都故园，忧愁杨贵妃不堪忍受蜀道的颠簸之苦。作者以"更那堪泞水西飞雁，一声声送上雕鞍。伤心故园，西风渭水，落日长安"之名句①，突现了明皇的凄楚情怀，渲染一种悲凉的氛围和意境，也倾注了作者深切的同情。

　　第三折是故事的转折点。安史叛军攻陷潼关后，长安不保，唐明皇凌晨率眷属及扈从官兵内侍千人左右仓惶出逃。《旧唐书·玄宗纪》记载了其逃往蜀地时的狼狈处境："官吏骇散，无复储供，上憩于宫门之树下，亭午未进食。俄有父老献籹？上谓之曰：'如何得饭？'于是百姓献食相继。"②而此时的明皇，也终于承认是由于他"眼不识人"，才致使"狂胡作乱"的。及行至马嵬驿，六军哗变，诛杀了奸相杨国忠，还要求杀死杨贵妃。玄宗自顾不暇，在万般无可奈何时，才忍痛赐贵妃自尽，并请求六军不要马踏。此刻，他还未彻底认识到自己因"占了情场弛了朝纲"的过失，未对自己的罪责进行反省。他所想的，只是杨妃被杀的冤枉和自己失去"解语花"的悲痛：

　　　　[殿前欢]他是朵娇滴滴海棠花，怎做得闹荒荒亡国祸根
　　芽？再不将曲弯弯远山眉儿画，乱松松云鬓堆鸦。怎下的磕磕
　　磕马蹄儿脸上踏，则将细袅袅咽喉掐，早把条长挽挽素白练安
　　排下。他那里一身受死，我痛煞煞独立难加。

────────────

　　① 王国维在《人间词话》中对这一境界的创作给予高度的评价，他说："'西风吹渭水，落日满长安'，美成以之入词，白仁甫以之入曲，此借古人之境界，以为我之境界也。然非自有境界，古人亦不为我用。"见《人间词话》。
　　② 后晋·刘昫等：《旧唐书》卷九《玄宗纪》（简体字本），中华书局，2000年，第155页。

〔太清歌〕恨无情卷地狂风刮，可怎生偏吹落我御苑名花！想他魂断天涯，作几缕儿彩霞。天那！一个汉明妃远把单于嫁，止不过泣西风泪湿胡笳。几曾见六军厮践踏，将一个尸首卧黄沙？

比起王昭君来，杨妃的命运更为悲惨，但二者自绝不可同日而语。这里，明皇既有自己违反长生殿七夕盟誓而深负内疚，又有他痛不欲生、欲死不能的两难的矛盾心态，形象地展示出明皇的悲剧性格。

第四折写安史之乱平定后，唐明皇又回到了长安。此时太子李亨已经即位，他失去了爱情，又失去了权力，只能退居到西宫养老。白朴以"秋夜梧桐雨"的自然景象，极力渲染明皇内心的愁苦、凄凉和烦恼的心情：

〔黄钟煞〕顺西风低把纱窗哨，送寒气频将绣户敲。莫不是天故将人愁闷搅。度铃声响栈道，似花奴羯鼓调，如伯牙水仙操。洗黄花润篱落，渍苍苔倒墙角；渲湖山漱石窍，浸枯荷溢池沼。沾残蝶粉渐消，洒流萤焰不着；绿窗前促织叫，声相近雁影高；催临砧处处捣，助新凉分外早。斟量来这一宵，雨和人紧厮熬；伴铜壶点点敲，雨更多泪不少。雨湿寒梢，泪染龙袍，共隔着一树梧桐直滴到晓！

这支曲子以秋风秋雨反衬明皇的愁肠，写得有声有色，酣畅淋漓，取得了震撼人心的艺术效果。

《梧桐雨》在艺术上的成就是很突出的。作品打破了大团圆的结局，在哀婉的歌唱中结束，这种悲壮在元杂剧中并不多见，故王国维在《人间词话》中盛赞此剧："白仁甫《秋夜梧桐雨》剧，沉雄悲壮，为元曲冠冕。"郑振铎在《中国俗文学史》中也说："洪昇的《长生殿》，其下卷几全叙杨妃死后的事，特别着重于'临邛道士鸿都客，能以精诚致魂魄'云云的一段虚无缥缈的天上的故事。白氏的《梧桐雨》剧，则截然的终止于'秋雨梧桐叶落时'的一梦，恰正获得最高超的悲剧的气氛，远胜于《长生殿》之拖泥带水。"① 这些评论虽不免过誉，但也说明了此剧的伟大。

《梧桐雨》历来最为人们推崇的就是它的"俊语如珠"的语言。白朴诗词皆工，又精通音律，具有很高的文学修养。在剧中，他创作了许多脍炙人口的优美唱段，像抒情诗一样富有意境美，形成其清丽优美而富于个性的语言特色，因而，他也被视为元初文采派的代表作家。不过，白朴也注意吸收民间语言，同时他又熟悉舞台演出。所以，他的作品戏剧性很强，是非常适合舞台演出的剧本。

另外，《梧桐雨》在处理历史真实与艺术虚构关系上也有许多成功的经验。它对后世的李、杨戏，特别是对《长生殿》产生了很大的影响，对我们现在创作历史剧仍有可资借鉴的作用。

白朴的《裴少俊墙头马上》，简称《墙头马上》，是元代四大爱情喜剧作品之一。其故事最早来源于白居易的《井底引银瓶》诗。但白诗写一对青年男女"墙头马上遥相顾，一见知君即断肠"，私奔同居，终被分开，是个悲剧结局。此诗表达了作者对"痴小人家女"因私奔而造成悲剧的同情，告戒痴情女子"慎勿将身轻许人"，故白居易在标题下特别注明："止淫奔也。"但白朴的《墙头马上》则反其意而用之，通过一对青年男女争取自由婚姻的斗争，肯定了他们自由结合的合理性，抨击了戕害青年身心的封建礼教，表现出进步的民主思想。作品描写洛阳总管李世杰的女儿李千金在花园墙头看见了骑马经过的尚书之子裴少俊，两人一见钟情，当夜私相约会，后千金随少俊私奔长安，在裴家花园同居七年，生下一双儿女，裴尚书发现后，逼少俊将李千金休妻。后来少俊应试得中状元，封官洛阳，前去找千金，裴尚书也到李家赔礼，夫妻终得团圆。

在白朴之前，这个故事久已流传。宋金时期曾有人根据这一题材编

---

① 郑振铎：《中国俗文学史》，作家出版社，1954年，下册，第140页。

成戏曲。宋官本杂剧有《裴少俊伊州》的关目，金院本有《墙头马》和《鸳鸯简》关目。金董解元《西厢记诸宫调》开篇也讲到"不是郑子遇妖狐，也不是井底引银瓶"。白朴依据白诗，又借鉴了宋金戏曲等材料，凭自己对爱情的理解、认识和审美观，创作了《墙头马上》。

作品正面歌颂了青年男女勇敢冲破家庭门第的偏见，争取自由婚姻的合理要求。其最突出的成就是塑造了大胆追求爱情，勇敢与礼教作斗争的少女李千金的光辉形象。李千金是皇帝宗室洛阳总管的千金小姐，"志量过人，容颜出世"。她一上场就表现出相当外露的性格："我若还招得个风流女婿，怎肯教费工夫学画远山眉？宁可教银缸高照，锦帐底垂，菡萏花深鸳并宿，梧桐枝隐凤双栖。"[①]她一见到裴少俊就立刻坠入情网，毫不掩饰自己的爱慕之情："休道是转星眸上下窥，恨不的倚香腮左右偎。便锦被翻红浪，罗裙作地席。既待要暗偷期，咱先有意，爱别人可舍了自己。"（第一折［后庭花］）当她接到裴少俊表示爱情的诗简后，便约当夜幽会，还连忙告诉他："这一堵粉墙儿低，这一带花阴儿密。"显得既大胆而又心细。在与少俊幽会时，被佣妇李嬷嬷看破，她理直气壮地为自己的行为辩解，甚而以自杀相胁：

> ［菩萨梁州］是这墙头掷果裙钗，马上摇鞭狂客。说与你个聪明的奶奶，送春情是这眼去眉来。（嬷嬷云）好！可羞也那不羞？眼去眉来，倒与真奸真盗一般，教官司问去。（正旦唱）则这女娘家直恁性儿乖，我待舍残身还却鸳鸯债，也谋成不谋败。是今日且停嗔过后改，怎做的奸盗拿获？

真是敢作敢当。她拒绝了让少俊先去求官然后来娶的安排，坚决随少俊私奔而去。她随少俊到了长安裴家，藏在后花园，过了七年"不明白好天良夜"，并生下一双儿女。后被裴少俊的父亲裴尚书发现，老院公为其撒谎遮掩。但老相公却抓住不放，寻根问底，千金知难以掩盖，反理

---

① 徐征等：《全元曲》，河北教育出版社，1988年，第738页。以下引文版本同。

直气壮地宣称："妾身是少俊的妻室。"裴父一听勃然大怒，骂她是"倡优酒肆之家"、"与人淫奔"。她并不畏惧，声称"妾是官宦人家，不是下贱之人"。她既没有亮明自己是洛阳总管李世杰女儿的身份，也不提她曾和少俊的婚议，而是据理力争，认定自己的婚姻是正当的，合情合理的。当少俊在父亲的威吓下要将她休弃时，她表现得非常坚强，说，"是和非须辩别"，"这姻缘也是天赐的"，与裴父针锋相对，毫不相让。裴父被驳得理屈词穷，只好以"石上磨玉簪"、"井底引银瓶"的难题来故意刁难她。千金知道，这是裴父设下的"陷人坑千丈穴"，结果当然是瓶坠簪折。裴尚书乘机说这"是天着你夫妻分离。着这贼丑生与你一纸休书，便着你归家去。少俊，你只今日便与我收拾琴剑书箱，上朝求官应举去，将这一儿一女收留在我家。张千，便与我赶离了门者！"软弱的丈夫看着妻子被逐却无能为力，对此，李千金满怀幽怨：

> ［鸳鸯煞］休把似残花败柳冤仇结，我与你生男长女填还彻，指望生则同衾，死则共穴。唱道题柱胸襟，当垆的志节。也是前世前缘，今生今业。少俊呵，与你干驾了会香车，把这个没气性的文君送了也。

其实少俊还不是那种无情无义、义断恩绝之人。但竟"瞒着父亲，悄悄送小姐回到家中"。

李千金被逐回娘家后，怀念一双儿女，牵挂丈夫少俊，关心他是否中举做官。当裴少俊考中状元，官授洛阳县尹，前往总管府寻找千金欲重归旧好时，却遭到了千金的拒绝。她把积聚心头多年的怨恨一股脑儿倾泄了出来。先是讽刺少俊，"他那三昧手能修手模，读五车书会写休书"；继而痛恨婆婆，"无那子母情"，"从来狠毒"；奚落公公，"偏生嫉妒"、"做事糊突"、"替儿嫌夫"。并搬用裴父曾辱骂她的话回敬少俊："待要做眷属，枉坏了少俊前程，辱没了你裴家上祖。"真是以牙还牙，表现出直爽泼辣、坚强刚烈的性格。

后来裴尚书带着夫人并千金的两个孩子，牵羊担酒，亲自到李千金家赔礼，乞求相认，终于自我解嘲地承认是自己不是了。但千金依然不依不饶，说："你休了我，我断然不认。"只是在儿女的苦苦哀求下，千金才认了下来。直到最后，千金还以"怎将我墙头马上，偏输却沽酒当垆"，证明自己自始至终行为的正确，从而也使这一形象上升到了一个新的高度。要而言之，李千金虽为大家闺秀，却全无羞涩忸怩之态。她的泼辣大胆、坚毅刚烈的性格底蕴，正是宋元时期市民意识增强、市民力量壮大的反映。

白朴全本流传下来的还有《董秀英花月东墙记》。剧写马文辅与董秀英的爱情故事。松江府尹董荟之女秀英，幼年许通家三原县令马昂之子马文辅。马父卒后，家道中落。文辅年长后以游学为名，到松江府探问亲事。在店主东墙下花木堂设馆，堂与董府后花园相接。董秀英游园与隔墙赏花的马文辅一见钟情。琴挑诗应，梅香递简。秀英遂得知文辅原是她的未婚夫，并主动约文辅到海棠亭约会。结果被母亲撞见，怒斥她不修妇德、私约无礼。但恐家丑外扬，无奈只得许其成婚。然不满马文辅白衣，立逼进京应试。一年后，马文辅得中状元，授翰林学士。夫妻相逢，终成眷属。

关于此剧的作者，学界有人曾提出并非白朴所作。可能是后人托名或作了许多改动。但元钟嗣成《录鬼簿》和明初朱权《太和正音谱》都将其归在白朴名下，认定非白朴所作的证据尚不充分。至于今存《孤本元明杂剧》收录的传本，是否白朴原作抑或经过改动，尚待作进一步的考证。

《董秀英花月东墙记》全剧五折，结构和曲词都有打破元杂剧规律处，其剧情和文字风格与《西厢记》颇为近似。

第二节　真定其他杂剧作家

真定作家除白朴外，有作品传世的杂剧作家还有李文蔚、史樟、尚仲贤和戴善夫。

李文蔚，生卒年月不详，可能比白朴年幼一些，所作杂剧 12 种，今存《燕青博鱼》、《圮桥进履》、《破苻坚》三种。

《燕青博鱼》，末本，正末扮燕青。剧写梁山将领燕青因违误假限，被宋江杖责六十，赶出了梁山。燕青一时气恼，气坏了双眼。宋江听后十分后悔，让他下山寻医，待治好后再回梁山。燕青下山后至汴梁，因欠店家债钱，被赶出旅店。雪天里只得在街上流浪乞讨，又被权豪杨衙内马头撞倒，并被殴打。幸遇燕顺救护，为他治好了双眼，二人遂结为兄弟。后燕顺到梁山投奔宋江。燕顺有兄曰燕和，其妻王腊梅与杨衙内有染。清明佳节，燕和夫妻游同乐院，燕青也卖鱼至此。因与燕和博鱼，二人相识。恰杨衙内也来同乐院与王腊梅约会调情，强行夺鱼。燕青便将杨衙内痛打一顿。燕和爱其勇义，二人也结为兄弟，并把燕青带至家中居住。中秋时节，王腊梅约杨衙内幽会，被燕青发觉，燕青与燕和同来捉奸。结果杨衙内逃脱，燕青、燕和反被诬入狱。后两人越狱逃走，恰遇做了梁山头领的燕顺来救，三人合力擒住奸夫淫妇，同上梁山庆功。

元代杂剧中除本剧以燕青为主角，还有李文蔚的另一本杂剧《燕青射雁》（已佚），唯此两种而已。但该剧所写故事不见于《水浒》，抑或自创；或源于是时梁山故事尚未定型，待《水浒传》成书时，未全部摄入。不过，《水浒传》中杨雄、石秀杀潘巧云入山一节，与本剧所述故事情节颇为相似，只是改变姓名、移花接木而已。

剧本对权豪势要的横行有所揭露，对侠客义士为民除害的精神作了赞扬，其间还夹杂了一些报恩观念，落入元杂剧中侠客戏的一般俗套。唯剧本对英雄落魄处境的描写别具特色，如第一折〔大石调·六国朝〕曲：

> 我揣巴些残汤剩水，打叠起浪酒闲茶。我着些气呵暖我这冻拳头，再着些唾揩光我这冷鼻凹。瘦的来我这身子儿没个麻

秸大，兀的不消磨了我刺绣的青黛和这朱砂！眼见得穷活路觅
不出衣和饭，怕不道酷寒亭把我来冻饿杀。全不见那昏惨惨云
遮了银汉，则听的淅零零雪糁琼沙，我、我、我待踏着个鞋底
儿去拣那浅中行，先绰的这棒头来向深处插。

这支曲子通过燕青的内心感受和行动，描写了他沿街叫化时饥寒交迫的
艰难处境。曲词描摹生动，声情兼至，真切感人，很有特色。

《圯桥进履》全称《张子房圯桥进履》，末本，正末扮张良。剧写黄
石公授张良天书故事。韩国五世卿相之后张良击杀秦始皇不中，逃亡下
邳，寄食李长者处，得乔仙、太白金星点化，得遇黄石公。黄石公弃履
桥下，命张良拾取。良如命拾取并为之穿好。黄石公约五日后收良为
徒。五日后良如约而至，不期黄石公已先在。再约五日，良果先至，黄
石公以为良可教，遂授之天书三卷。良晓夜温习，终通用兵之道。后良
投沛公刘邦，成为军师，以计擒申阳、陆贾。因良功高，萧何奉命设庆
功宴，张良加官受赏。

剧本第二折所写张良圯桥进履之事，与《史记》卷五十五《留侯世
家》所载史实相符。第三折张良擒申阳事，据《汉书·高帝纪》载，汉
王二年冬十月，"张良自韩间行归汉，汉王以为成信侯。汉王如陕，镇
抚关外父老。河南王申阳降，置河南郡"。此即第三折所本。唯本折所
叙擒陆贾之事，于史无征。

剧中的张良实则是元杂剧中常见的"穷儒"形象，他在未遇黄砥时
是极为穷困潦倒的，但尽管如此，内心却强烈希望日后能出将入相，建
立不世之功业：

　［南吕·一枝花］我本是一个贤门将相才，逃难在他乡外。
空学的满腹中锦绣文，天也，则我这腹内恨几时开？忧的我鬓
发斑白，甘贫贱，权宁耐，兀的不屈沉杀年少客！不能够揭天
关稳坐在青霄，怎生来忧的这俊英杰容颜渐改。

　［梁州］几时得居八位封侯可便建节？几时能够列三公画戟

门排？我如今孤身流落在天涯外，本是个守忠义贤臣良将，倒做了背恩宠逆子之才。见如今沿门乞化，抵多少日转他那千阶！也是我命里合该，大刚来天数安排。我、我、我几时得受皇恩，为卿相，列朝班，奉君王，独步金阶？我、我、我几时得承宣命，封重职，坐都堂，镇边关的那境界？我、我、我可几时能赖居帅府，悬金印，持虎符，气昂昂走上坛台？凭着我胸襟气概，则我这风云庆会何年再？暂时困，权宁奈，倚仗着我这冠世文章星斗才，胸卷江淮。

这跟文人剧中的"文人"形象几无二致，只不过是剧作者借历史人物、历史故事表达对现实的感受。

《破苻坚蒋神灵应》，简称《破苻坚》。写淝水之战谢玄以少胜多故事。剧情大意谓：前秦苻坚不听军师王猛、中大夫苻融劝阻，以百万大军图晋，欲一举灭之。晋大司马桓冲召选良将拒敌，侍中王坦之荐吏部尚书谢安，谢安又举荐侄子谢玄为都统大元帅。玄请计于叔父安，又祈祷钟山土地神蒋子文阴助成功，然后统兵十万与苻坚对决。时两军列阵淝水，晋军势弱，玄愿以降计诱敌，要苻坚退过淝水。苻坚恃己兵力十倍于晋，自以为万全，遂下令渡河。军至半渡，晋军大举，苻坚军号令不齐，半被杀死，半被水淹。秦军逃至八公山，蒋神显灵，风声鹤唳，草木皆兵，苻坚部将慕容垂叛变，百万大军，丧失殆尽。谢安、王坦之、谢玄、谢石等，因累建大功，安定社稷，被加官封赏。

《破苻坚》依《晋书》卷七十九《谢安列传》、《晋书》卷一百十四《载记·苻坚下》等的史实加以敷演而成。剧中蒋神显灵是一大关目。蒋神姓蒋名子文，东汉广陵（今江苏扬州市）人，为秣陵尉，逐盗钟山下，伤额而死，曾自言骨贵，死后当为神。及孙权都建业（今江苏南京市），子文乘白马、执白羽扇显形于道，自谓当为此土地神。孙权乃封为都中侯，立庙于钟山。因改钟山为蒋山，以表其灵异。干宝《搜神记》及《唐人说荟》、《金陵图经》等，俱载有其事。剧中所言，大致是相符的。

史樟，即"史九散人"、"史九散仙"，所作杂剧仅知《花间四友庄周梦》一种。

《花间四友庄周梦》，又称《老庄周一枕胡蝶梦》或《破莺燕蜂蝶庄周梦》，简称《庄周梦》。写庄子证果朝元故事。剧情大意是：庄周原本是天上的大罗神仙，只因在升为玉京上清南华至德真君时见金童玉女而"不觉失笑"，而被谪降至红尘磨难。庄周溺花恋酒，玉帝恐他迷失正道，遂差太白金星下凡点化。太白金星几次虚设幻境，先后以风、花、雪、月及莺、燕、蜂、蝶等仙女劝戒，庄周仍执迷不悟；继而以桃、柳、竹、石四仙女感之。太白金星也指责庄周："你是读书人，却这等负心。"而庄周在领略了云雨之欢后，终于警悟而成正果。

剧中庄周的形象实际上是作者按照元代读书人的生活特征加以塑造的，在一定程度上反映了元代文人处境的尴尬。庄周既玩世不恭，又感时不遇，他上场时的自我道白说："窗前十载用殷勤，多少虚名枉误人。只为时乖心不遂，至今无路跳龙门。"说明他对功名是难以忘怀的。剧中的不少曲词透露出仕途的险恶，如第三折［滚绣球］曲"是非只为多开口，烦恼皆因强出头，悔又何尤"及［煞尾］"饱谙世事慵开口，会尽人情只点头"等，对那些追名逐利之徒表达了辛辣的讽刺和抨击，这无疑都具有一定程度的积极意义（第一折［混江龙］）。但贯穿全剧的则是消极避世的思想，以及对神仙道遥物外乐趣的大力宣扬。

《庄周梦》属于神仙道化剧，为以后此类题材开了先河。另外，剧本虽由末主唱，但第二折却由四仙女各唱了一支［南吕·柳摇金］曲，打破了元杂剧由一角唱到底的体例。

尚仲贤，是真定作家群中颇有成就的作家。《录鬼簿》记载他创作的杂剧有 10 种，今存《洞庭湖柳毅传书》、《汉高皇濯足气英布》、《尉迟恭三夺槊》3 种。

《洞庭湖柳毅传书》，简称《柳毅传书》。其故事本于唐李朝威传奇小说《柳毅传》，宋官本杂剧中也有《柳毅大圣乐》。剧情大意谓：洞庭龙君之女龙女三娘，嫁泾河小龙为妻，其夫为婢仆所惑，致使夫妻不和，三娘被罚牧羊。淮阴书生柳毅落第还乡，路过此地时遇三娘，感三娘之遭遇，答应为她传书洞庭龙君。龙君之弟钱塘火龙，性情刚烈，率水卒打败泾河小龙，救回三娘。洞庭龙君为报答柳毅，欲把三娘嫁给她。柳毅以老母无人奉养固辞。后柳母为毅娶卢氏女，洞房之夜，方知卢女即三娘之化身。全家喜庆团圆，二人益发恩爱。

《柳毅传书》虽是神话剧，但相较《柳毅传》，却减少了一些虚幻怪异的情节，带有更多的世俗生活意味。三娘的不幸是封建社会家长制婚姻造成的，她向柳毅诉说："俺父亲将我嫁与泾河小龙为妻。颇奈泾河小龙，躁暴不仁，为婢仆所惑，使琴瑟不和。俺公公着我在这泾河岸上牧羊。每日早起夜眠，日炙风吹，折倒的我憔瘦了也！"而泾河小龙也说："有我父老龙与我娶了个媳妇，是龙女三娘。我与他前世无缘，不知怎么说，但见他影儿，煞是不快活。"这正是父母包办婚姻所造成的悲剧。甚至柳毅救三娘回洞庭后，钱塘君也曾试图以强力迫使柳毅答应与三娘的婚事，这就从另一侧面批判了强加于人的封建婚姻。同时，作品又通过柳毅与三娘的结合，赞美了婚姻自主的幸福。当然这种爱情带有才子佳人的特点。柳毅初遇三娘并知道她的遭遇后，"气血俱动"，答应为之传递家书，其主要动因是出于同情和义愤，不过，这种仗义救人的精神却赢得了三娘的爱情。而柳毅作为读书人的怀才不遇也使龙女深为同情："则俺那寄书来的秀才错立了身，怎能够平步上青云。"但关于柳毅对三娘爱情的态度，其内心是复杂矛盾的。开始他拒绝钱塘君的作媒，不愿娶龙女，主要是想到龙女牧羊时"头上风沙脸上土"的"憔悴不堪"的模样，实在难以一见钟情。所以，他内心的表白则是："我要他作什么"？而当他再见到龙女三娘盛装之后美若天仙时，他后悔了："这个是龙女三娘，比那牧羊时全别了也。早知这等，我就许了那亲事也罢。"最后二人结为夫妻，是在没有任何外力相胁迫的情况下实现的，终于获得了纯真和幸福的爱情生活。

《柳毅传书》反映了郎才女貌的爱情观，但打破了"才子佳人"戏男女一见钟情的俗套，多层次展示了柳毅的性格，其心理刻画也是惟妙惟肖的。另外，这本戏的第二折以歌唱来表现二龙在天空交锋打斗的场面，有很好的舞台效果：

> ［越调·斗鹌鹑］他两个天北天南，海西海东，云闭云开，水淹水冲，烟罩烟飞，火烧火烘。卒律律电影重，古突突雾气浓。起几个骨碌碌的轰雷，更一阵扑簌簌的怪风。

> ［紫花儿序］险惊杀了负薪的樵子，慌杀了采药的仙童，吓杀了撒网的渔翁。全不见红莲映日，翠盖迎风。遮笼，都是那鬼卒神兵四下攻。则俺这两只脚争些儿踏空，可擦擦坠落红尘，（带云）报、报、报，喏。（唱）兀的不跌破了我青铜。

> ［紫花儿序］忽的呵阴云伏地，淹的呵洪水滔天，腾的呵烈火飞空。泾河龙逃归碧落，钱塘龙赶上苍穹。两条龙的威风，怕不吓杀了鳖大夫、龟将军、鼍相公。这其间各赌神通，早翻过那海岛十洲，只待要拔倒了华岳三峰。

这是电母的几个唱段。以一人主唱的形式表现战况，与元杂剧写战争往往以探子身份来交代的惯例，是很不相同的，它能把迅速变换的时间空间充分地展现出来，而且超越了形体的模拟。

《柳毅传书》在戏曲舞台上盛演不衰，影响很大。京剧、越剧等剧种都曾改编演出过此剧，由梅兰芳演出的京剧《龙女牧羊》即是据此剧改编。又清代李渔将此剧与另一元代神话剧《张生煮海》合并改编为传奇《蜃中楼》。

《汉高皇濯足气英布》，简称《气英布》。写汉高祖洗足见客折挫英布傲气的故事。剧情大意谓：楚汉相争时，汉高祖差典谒官随何招降项羽名将英布。时英布统兵四十万驻九江，与楚将龙且不和，随何以离间计迫使英布归汉。英布带兵来见刘邦，刘邦故意冷落他，在营中令宫人洗足，佯不为礼。英布盛感愧悔，先欲自杀，后欲重返鄱阳为盗。正在进退两难之际，刘邦却设宴款待，亲自为之推车，又亲自跪着敬酒，并封英布为九江侯，官拜破楚大元帅，使英布真心归汉。后英布助彭越击败项羽，被加封为淮南王。

英布的事迹，《史记》和《汉书》的《黥布传》均有记载。《史记》卷九十一《黥布列传》载："黥布者，六人也，姓英氏。秦时为布衣。少年，有客相之曰：'当刑而王。'及壮，坐法黥……项王封诸将，立布为九江王，都六……淮南王至，上方踞床洗。召布入见，布（甚）大怒，悔来，欲自杀。出就舍，帐御饮食从官如汉王居，布又大喜过望。于是乃使人入九江……四年七月，立布为淮南王，与击项籍。"①《气英布》所叙故事大体与史实相同。

作品反映了杰出人才在楚汉相争时的作用及统治者对人才笼络重用的权诈之术。英布在改变楚汉双方力量的对比中具有举足轻重的地位，他骁勇过人，但却勇而无谋。当他的八拜之交随何由汉王处来时，他就识破是来劝他归降的。他先是把随何押了起来，并警告说："你将那舌尖儿扛，咱则将剑刃儿磨。咱心头早发起无名火。这剑头磨的吹毛过，你舌头便是亡身祸。"似乎早有准备，很有头脑。但却经不起随何的鼓惑，在随何略施小计后就将他陷于绝境而不得不归顺刘邦。投奔刘邦被怠慢时，一气之下还要重做强盗。而当刘邦排设酒筵并亲自下跪敬上酒时，他立时怒气全消，受宠若惊倒身下拜，表示："看英布统戈矛，今番不是强夸口，楚重瞳天亡宇宙，汉刘邦合霸军州，管教他似雀逢鹰，羊遇虎，一时休。"果然为刘邦建立帝业立下汗马功劳。

刘邦在剧中虽着墨不多，但其性格被塑造得甚是鲜明。他轻视儒生，常将"儒冠掷地，溺尿其中，嫚骂不已"。但他毕竟是一个雄才大略、头脑清醒的政治家，所以，当随何自荐去游说英布时，他并非一味地斥责了事，而是作了妥善安排。对英布采取先冷后热的权术，他说：

---

① 汉·司马迁：《史记》卷九十一《黥布传》，（简体字本），中华书局，2000年，第2017~2020页。

"孤家想来，人主制御枭将之术，如养鹰一般，饥则附人，饱则飏去。"他故意在洗脚时召见英布，是因为"英布自恃英勇无敌，怕他有藐视汉家之心，故以此折挫其锐气"。而在英布左右为难时，他认为时机已到，又是推车，又是献酒，又是送"歌儿舞女"，这种软硬兼施的降伏人的手段果然奏效，英布从此就死心塌地为其卖命打江山了。

另外，《气英布》的第四折为探子所唱，通过〔黄钟·醉花阴〕、〔喜迁莺〕、〔出队子〕、〔刮地风〕、〔四门子〕、〔古水仙子〕、〔尾声〕七支曲子，以探子在战场上的内心体验和感受将战况有声有色地概括出来，这与《柳毅传书》中电母以唱的形式表现战况一样，确实别具情趣，风格独特。

《尉迟恭三夺槊》，简称《三夺槊》。末本，正末第一折扮刘文静，第二折扮秦叔宝，第三折、第四折扮尉迟敬德。写唐代开国大将尉迟敬德遭到诬陷后与齐王元吉比武的故事。剧情大意谓：唐初，世子建成与齐王元吉要夺皇位，惧秦王李世民部将尉迟敬德之勇，遂阴谋陷害，诬他为反将。高祖李渊听信谗言，不问是非曲直就将敬德拿下。大司马刘文静极力谏净，才使敬德免于一死。李渊又令尉迟敬德与元吉比武，元吉不听秦叔宝等劝告，扮成单雄信，再现了当年敬德在榆科园战败单雄信，救出李世民的场面。比武中，元吉持槊三番来刺，都被敬德夺过。最后敬德当场打死元吉。

《三夺槊》仅存元刊本，科白很少，有些地方交代虽不甚清楚，但可知所叙故事与史实不符。剧中尉迟敬德被陷害的遭遇如同文人怀才不遇一样，反映了统治者昏庸、残暴和社会的黑暗。尉迟敬德之鞭直接指斥高祖李渊，他感慨道："你今日太平也不用俺旧将军，把这厮豁恶气建您娘一顿。可知道家贫显孝子，直到国难用功臣。如今面南称尊，便撇在三限里不偢问。"（第三折〔双调·新水令〕）"是他每亲的到头来也则是亲，怎辨清浑。"（第三折〔搅筝琶〕）"大王怎做圣明君，信谗言佞语损忠臣。"（第三折〔收江南〕）这些话语揭示了统治者在取得天下后杀戮功臣的罪恶。这样,《三夺槊》就不仅仅着眼于李氏兄弟争夺皇位继承权的斗争,而是将剧本的主题大大深化了。

戴善夫,一作善甫,与尚仲贤同时又是同乡同僚。所作杂剧 4 种,今存《陶学士醉写风光好》一种,简称《风光好》。旦本,正旦扮秦弱兰。剧情大意谓:宋太祖差翰林学士陶穀以索取图籍文书为名出使南唐,实则是游说劝降。南唐王托疾不见,丞相宋齐丘把陶穀安排在馆驿之中,并与升州太守韩熙载设计欲赚陶穀。以金陵名妓秦弱兰陪侍陶穀宴饮,陶伪装道学,正色拒绝。但暗中却题"独眠孤馆"的隐语于壁上,被宋齐丘看破。于是又设计让秦弱兰假扮驿吏之孀妇,月下吟诗以勾引陶穀。陶果然中计并书《风光好》词相赠,答应将来必娶她为妻。次日,宋齐丘设宴款待陶穀,席上令秦弱兰唱《风光好》词,陶发现被赚,无颜再回大宋,只得投奔其故友吴越王钱俶。宋灭南唐,秦弱兰逃难到杭州,经钱俶主持撮合,陶、秦终结为夫妻。

剧中的陶穀实有其人,《宋史》卷二六九有传:"字秀实,邠州新平人。本姓唐,避晋祖讳改焉……十余岁,能属文……宋初,转礼部尚书,依前翰林承旨……后累加刑部、户部二尚书。开宝三年(970 年)卒,年 68 岁。赠右仆射……穀强记嗜学,博通经史,诸子佛老,咸所总览;多蓄法书名画,善隶书。为人隽辨宏博,然奔竞务进,见后学有文采者,必极言以誉之;闻达官有闻望者,则巧诋以排之,其多忌好名类此……尝自曰:'吾头骨法相非常,当戴貂蝉冠尔。'盖有意大用也,人多笑之。"① 其出使南唐事,见于宋郑文宝《南唐近事》中关于《风光好》词的逸话及宋洪迈《小儿侍名录》,释文莹《玉壶清话》卷四"李丞相穀与韩熙载"条、皇都风月主人《绿窗新语》卷上《陶奉使犯驿卒女》载之较详。又,冯梦龙《情史》中亦辑有此事,并编入"情累类"。另外,南戏也有《陶学士》剧目。但《风光好》结局谓陶穀事败奔吴越,与秦弱兰团圆,于史无征,则纯属戴氏虚构。

---

① 元·脱脱等:《宋史》卷二六九《陶谷传》(简体字本),中华书局,2000 年,第 7575~7577 页。

　　《风光好》是一部风情喜剧，作品对陶穀一本正经的"假道学"面孔的讽刺是辛辣的，同时又是善意的。全剧充满喜剧气氛，极富情趣。先是写陶穀之"冷"，酒宴上，陶穀冷鼻子冷脸，正襟危坐，"人莫敢犯"，俨然一幅圣人君子模样。当韩熙载让唤一个歌妓来助兴时，他说："大丈夫饮酒，焉用妇人为？吾不与妇人同食，教他靠后，休要恼怒小官。"又说："住了乐声！小官一生不喜音乐，但听音乐头晕脑闷。""泼贱人靠后，小官一生不吃妇人手内饮食。"并强调："小官乃孔门弟子，放郑声，远佞人。郑声淫，佞人殆。小官平生目不视邪色，耳不听淫声。太守何故三回五次侮弄下官？是何道理！"这高谈阔论把陶穀的假撇和虚伪表现得淋漓尽致。而正是这位不与妇人来往的"孔门弟子"，在秦弱兰扮作驿吏的孤孀夜半烧香吟诗时，他却一改往日的"冷"为"热"，主动上前答话："一个好女子也！小娘子高姓？谁氏之家？因甚在此官舍之中？""若小娘子不弃，愿同衾枕。"当秦弱兰说她是"守服之妇"时，陶穀也顾不得这些了，请求道："小娘子，趁此夜阑人静，成其夫妇，多少是好？"又为秦弱兰写了一首［风光好］词，并特写上"翰林陶学士作"。可他后来还要继续狡辩抵赖，说这是秦弱兰写的"淫词艳曲"，是故意要玷污他的清名。直至最后被秦弱兰当场说破，他才无言以对，假装酒醉，骑马而去。至此，他的假道学面目终被彻底剥落。

　　此外，剧本对妓女秦弱兰的苦难生活和内心苦楚的揭示也很深刻，对其与命运抗争的顽强意志，对其追求正当合理的自主婚姻等都持热情肯定的态度。

　　《风光好》的曲词本色自然，简朴清爽，绝少用典，如第三折秦弱兰的一段唱词：

　　　　［三煞］贱妾煞是辱污了个经天纬地真英俊，为国于民大宰臣。贱妾煞不识高低，不知远近，不辨贤愚，不辨清浑。这的是天注定的是非，天指引的前程，天匹配的婚姻。咱兀的教太

守主婚，则这［风光好］是媒人。

这段唱词，最突出地显示了《风光好》曲词"清水出芙蓉，天然去雕饰"的口语化特点。

吴梅在其《中国戏曲论》中对真定作家群的杂剧创作给予很高的评价，他说："真定一隅，作者至富，《天籁一集》，质有其文，《秋雨梧桐》，实驾碧云黄花之上，盖亲炙遗山謦欬，斯咳唾不同流俗也。文蔚《博鱼》，摹绘市井，声色俱肖，尤非寻常词人所及。尚仲贤《柳毅》、《英布》二剧，状难状之境，亦非《蜃中楼》可比拟。戴善夫《风光好》，俊语翩翩，不亚实甫也。"①

第三节　保定等河北其他地区的杂剧作家

除了真定杂剧作家比较集中，元代河北其他地区也产生了一批杂剧作家，如大名的陈宁甫和李取进、涿州的王伯成和高茂卿、保定的李好古和彭伯成（威）、金台蒲阴（今河北安国）的吴弘道、平州（今河北卢龙县）的曾瑞等。他们在当时都有杂剧作品问世，可惜有些作品未能全本流传下来，有些仅存残曲。现在可知的完整流传下来的只有王伯成的《李太白贬夜郎》、李好古的《沙门岛张生煮海》和高茂卿的《翠红乡儿女两团圆》三种。

王伯成，涿州（今河北省涿州市）人。约元世祖至元中前后在世，他与马致远为"忘年交"，与张仁卿关系也颇密切。作有杂剧三种：《李太白贬夜郎》、《张骞泛浮槎》、《兴刘灭项》。今存《李太白贬夜郎》一种，另二种已佚②。

---

① 吴梅：《吴梅戏曲论文集》，中国戏剧出版社，1983年，第134页。
② 杂剧《兴刘灭项》，元、明戏曲书簿如《录鬼簿》、《太和正音谱》等均未提及，唯见于《曲录》著录。今未见传本。《九宫大成南北词宫谱》残存有佚文，题为王伯成作。今人庄一拂《古典戏曲存目汇考》认为《兴刘灭项》"疑非杂剧"。

《李太白贬夜郎》，简称《贬夜郎》。末本，正末扮李白。写唐代诗人李白的故事。剧情大意谓：李白在长安，唐明皇宣他进宫。白诗酒不羁，醉写"吓蛮书"，后又应命赋诗，令杨贵妃捧砚，高力士脱靴。因识破杨贵妃、安禄山"宫中子母，村里夫妻"的私情，并预见安禄山将来必反，因而得罪贵妃，被贬夜郎。后东返，在采石渡乘舟揽月，醉而落水身亡，受到龙王和众水族的欢迎并设宴招待。

《贬夜郎》只存《元刊杂剧三十种》本，科白不全。作品虽有一定的史实依据，但基本上取材于民间传说，再加以剧作者的改动敷演而成。剧中的李白狂放不羁，长醉不醒，正是现实黑暗、朝政腐败而有志之士得不到重用借酒销愁的表现。他对唐明皇说："欲要臣不颠狂，不荒唐，咫尺舞破中原，祸起萧墙。再整理乾坤纪纲，恁时节有个商量。"（第一折〔鹊踏枝〕）

李白傲视一切世俗功名，鄙视高官厚禄，他追求的是一种自由自在的洒脱生活。他因得罪杨贵妃、安禄山而被流放夜郎，"自休官，从遭贬，早递流了水地三千"。遇赦归来后，他并未因此而消沉感伤，反更加纵情诗酒，强烈渴望避世和超脱了：

> 〔殿前欢〕酒如川，鹭鸥长聚武陵源。鸳鸯不锁黄金殿，绿蓑衣带雨和烟。酒里坐酒里眠，红蓼岸黄芦堰，更压着金马琼林宴。岸边学渊明种柳，水面学太乙浮莲。

此曲很符合李白长醉不醒的心境。史载永王璘兵败后，李白"坐长流夜郎，后遇赦得还，竟以饮酒过度，醉死于宣城"①。李白形象的内涵，实际反映了元代文人对现实的失望，也是作者追求与世无争，无拘无束的理想生活的境界。

另外，王伯成还有《天宝遗事诸宫调》，这是我们今天能见到的元

----

① 后晋·刘昫等：《旧唐书》卷一百九十《文苑列传下·李白》（简体字本），中华书局，2000年，第3439页。

代唯一一部诸宫调作品。原书已佚，仅在《太和正音谱》、《雍熙乐府》、《北词广正谱》等书中残存50余套曲及一些支曲。写唐明皇、杨贵妃的故事。始自杨玉环入宫，止于明皇自蜀返长安，痛哭杨妃之遗物香囊和梦惊梧桐雨。作品结构宏大，曲文绮丽，所用曲调大体与元杂剧同。

李好古，作有杂剧三种，今存《沙门岛张生煮海》一种，简称《张生煮海》，写书生张羽煮沸大海与龙女成婚的故事。剧情大意是：潮州书生张羽寄居石佛寺读书，一日夜间弹琴自娱，引动东海龙王三女琼莲到寺聆听，二人一见钟情，私订终身。琼莲赠鲛绡帕作为信物，约张羽于中秋之夜到海边相会。琼莲走后，张羽因思慕心切，便追至海边，龙女已无踪迹。忽遇一仙姑，本秦时毛女，她是奉东华上仙旨意前来指引的，便赠张羽三件宝物：银锅一只，金钱一文，铁勺一把，并告之以煮海之术。令羽舀海水入锅，放金钱于锅内，用火煮水。锅内水耗去一分，海水就减十丈，龙王就会把龙女送来。羽依计而行，果然海水沸腾，龙王不堪，遂央石佛寺长老为媒，招张羽为婿。成婚后，东华仙忽至，谓二人乃瑶池金童玉女，因相爱被罚下界，今夙愿已偿。二人醒悟，遂返瑶池。

《张生煮海》是金元时期流传的民间故事。元陶宗仪《南村辍耕录》"院本名目"中"诸杂大小院本"条著录有《张生煮海》，今佚。元白朴的《墙头马上》第二折李千金曾用"张生煮滚东洋大海"的精神激励自己；马致远的《荐福碑》第三折也提到"古庙里题诗是我骂来，我不曾学了煮海的张生"；尚仲贤也创作有同名杂剧。说明这个神话故事在元代是广为流传的，李好古应是在金院本的基础上创作而成。

《张生煮海》虽是神话的形式，同时又被"金童玉女"、"前世姻缘"的外壳所包裹，但作品鲜明地提出："意相投姻缘可配当，心厮爱夫妻谁比方"（第三折〔尾声〕），"愿普天下旷夫怨女，便休教间阻，至诚的一个个皆如所欲"（第四折〔太平令〕）的爱情婚姻理想，与《西厢记》"愿有情人终成眷属"这一青年男女追求的爱情观在精神上是一致的。

剧中的张羽是个功名未遂的读书人，家境十分贫寒，他与龙女的爱情被不可逾越的"汪洋大海"所阻隔，其折射的现实正是世俗社会的冷酷无情和门当户对的传统意识，亦即庶民与公主地位的悬殊阻断了青年男女的爱情。而要赢得爱情，张羽就必须向阻断他们的那个"大海"宣战，他向东海龙王发起了前所未有的、天翻地覆的坚决斗争，而且毫不妥协，毫不手软——"将大海扬尘度，把东洋烈焰煮"，终于迫使龙王答应了这桩婚事，争得了美满的结局。剧本的主要情节"煮海"，其真正的蕴意也正在此。

作品曲词优美，极富动感，如第二折正旦扮毛女所唱的两支曲子对东海景色的描绘，直可视之为一篇《海赋》①：

[南吕·一枝花] 黑弥漫水容沧海宽，高崒嵂山势崑岑大。明滴溜冰轮出海角，光灿烂红日转山崖。这日月往来，只山海依然在，弥八方，遍九垓。问什么河汉江淮，是水呵都归大海。

[梁州第七] 你看那缥缈间十洲三岛，微茫处阆苑蓬莱。望黄河一股儿浑流派，高冲九曜，远映三台，上连银汉，下接黄埃。势汪洋无岸无崖，出许多异宝奇哉。看、看、看波涛涌，光隐隐无价珠玑；是、是、是草木长，香喷喷长生药材；有、有、有蛟龙堰，郁沉沉精怪灵胎。常则是云昏气霭，碧油油隔断红尘界，恍疑在九天外。平吞了八九区云梦泽，问什么翠岛苍崖。

这两支曲子借仙人之口，既写景，又抒情，虚实相间，变化莫测，在元人杂剧借人物抒情写景的作品中，的确别具一格。

另外，《张生煮海》的第一、二、四折均由旦唱，唯第三折则由末扮长老唱，系旦、末合唱的杂剧，也不失为本剧的一大特点。

_____

① （日）青木正儿：《元人杂剧概说》，中国戏剧出版社，1957年，第100页。

高茂卿，涿州（今河北省涿州市）人，名号、生平事迹俱不详，元末明初人。杂剧作品仅存《翠红乡儿女两团圆》一种①。

《翠红乡儿女两团圆》，简称《两团圆》、《儿女团圆》。剧情大意谓：蠡州白鹭村庄农人家韩弘道老而无子，侍妾李春梅身怀有孕。韩的寡嫂心生嫉妒而分家另过，并挑唆韩妻张氏，逼韩休妻。春梅被休之后，叫化为生，于途中生下一子，恰遇俞循礼的内弟王兽医。俞家财富饶，切盼生个男孩，却生了女婴。王兽医便暗自把春梅之子抱来，与他姐姐生的女儿偷换过来，收为己养。13年后，两家儿女长大，经王兽医说破隐情，乃各自认领归宗。王又为两家子女作媒，使之结为婚姻，因名之曰"两团圆"。

此剧是武汉臣《散家财天赐老生儿》杂剧的改作本，与高茂卿约同时的剧作家如杨景贤等都作有《两团圆》，可见该剧题材在当时是颇为流行的。作品通过韩弘道、俞循礼、王兽医三家错综微妙的关系，真实地反映了封建社会家庭的各种复杂矛盾。而围绕子嗣继承权的封建宗法正统观念是产生家庭矛盾的主要根源。韩弘道虽有"泼天也似家私"，但年近六旬后继无人，总感遗憾。韩的寡嫂和两个侄子也正是眼红他的家产才搬弄是非，对韩妻说：如果春梅生了儿子，就会威胁到你的地位，今后你就没有好日子过。这正是韩弘道妻子的心病，于是她大吵大闹，百般挑唆韩弘道撵走了春梅。另一富户俞循礼也是拥有"无边际的田产物业"，他的妻子有孕在身，出门讨债时吩咐说，若生个儿子，就"杀羊造酒，做个喜庆的大筵席；若生个女儿，便打灭休题着"。就连俞循礼的妻子在得到春梅之子后，竟想把自己的亲生女儿"随便丢在河里井里"淹死。俞循礼不知实情，以自己有了"亲生儿子"而骄傲自得，

---

① 关于此剧的作者，历来说法不一。《脉望馆杂剧选》本、《元曲选》本、《太和正音谱》谓杨文奎撰。杨文奎，明初剧作家，生平事迹均不详。明朱有燉《香囊怨》杂剧说杨是书会老先生。而《录鬼簿续编》说此剧是高茂卿作。据今人邵曾祺先生考证，"杂剧以《两团圆》为名的有二：一是《翠红乡儿女两团圆》，一是《豫章城人月两团圆》。前者据《录鬼簿续编》说是高茂卿作，后者不知是否杨作，因不知杨作的题材内容，故无法断定"。此问题还有待作进一步考证。今依《全元曲》本，将著作权归在高茂卿名下。

口口声声骂王兽医为"绝户"。看来，越是富人，钱财越多，就越怕断门绝后。

《儿女团圆》对乡土风物人情的描写，虽颇具特色，但由于剧本追求情节曲折多变，忽视了人物形象的塑造，以致剧中的人物性格显得很模糊，缺少鲜明感人的形象。

《儿女团圆》对后世颇有影响，明无名氏传奇《银牌记》、后来的地方戏《合银牌》情节似都脱胎于该剧。

曾瑞，字瑞卿，其自述"家世平州"，即今河北省卢龙县。所作杂剧《才子佳人误元宵》已失传。《元曲选》将《王月英元夜留鞋记》归在他的名下。一说《误元宵》即此剧①。

《王月英元夜留鞋记》，简称《留鞋记》。旦本，正旦扮王月英。剧情梗概是：洛阳秀才郭华，落第留京，因爱慕相国寺西胭脂铺王月英，常借故去买胭脂，于是二人相熟。王月英暗约郭华元宵夜在相国寺观音殿幽会，月英如约赴会，而郭沉醉，月英呼之不醒，遂以帕裹绣鞋置其怀中为信物而去。郭醒后十分悔恨，吞帕气塞而死，为寺僧发现。郭之书童以为庙中僧人所为，遂讼之官。开封府尹包公知其中必有隐曲，令公人扮作货郎，持鞋叫卖，暗中访察，拘月英审问才得原委。又命月英去找物证罗帕。至寺，月英见郭口外露有帕角，曳出而郭复苏。包公当庭理断，判二人结为夫妇。

《留鞋记》的本事出自南朝宋刘义庆《幽明录》，亦见于宋人《绿窗新话》、《太平广记》卷二百七十四《买粉儿》，但情节有所增改。与之同题材的宋话本有《粉盒儿》，金院本有《憨郭郎》，徐渭《南词叙录·宋元旧篇》著录有南戏《王月英月下留鞋记》。另外，南戏《宦门子弟

---

① 《王月英元夜留鞋记》，《录鬼簿》有著录。今存《脉望馆杂剧选》本、《元曲选》本。《脉望馆杂剧选》本为佚名作者，《元曲选》本署名曾瑞撰。学界对此有不同的看法：一种意见认为，曾瑞所作乃《才子佳人误元宵》，臧晋叔以为《王月英元夜留鞋记》写的是元宵故事，故臧氏有可能将两剧误认是同剧异名而归在曾瑞的名下。另一种意见认为，《王月英元夜留鞋记》可断定为曾瑞所作。见李修生：《元杂剧史》，江苏古籍出版社，2002年。

错立身》第五出［排歌］也提到了"郭华因为买胭脂"。不过，原作中没有郭华、王月英等姓氏，死因也与《留鞋记》不同。

此剧属于烟花粉黛性质的儿女风情剧，但因其中有包待制的出场断案，故也可把它列为公案剧之一①。剧中王月英的形象别具一格，带有元代商品经济急速发展下城市市民大胆、泼辣的性格特征。她对爱情的追求是积极主动的，也不隐瞒自己内心对爱情婚姻的强烈渴望。当郭华多次去她店里买脂粉时，她就敏锐地感觉到郭"趋前退后，待言语却又早紧低头"，是"把这脂粉作因由"，是有意向她示爱。她因此长吁短叹，相思成疾：

> ［混江龙］你道我粉容憔悴，恰便似枝头杨柳恨春迟。每日家羞看燕舞，怕听莺啼。又不是侍女无情与我相懒煤，又不是老亲多事把我紧收拾。为甚么妆台不整，锦被难偎，雕阑闷倚，绣幕低垂？长则是苦恹恹不遂我相思意。到如今钏松了玉腕，衣褪了香肌。

她把自己的心思毫不保留地和盘托出，告知她唯一的知音侍女梅香：

> ［天下乐］我则怕一去朱颜唤不会，误了我这佳期待怎的？若得个俏书生早招做女婿，暗暗的接了财，悄悄的受了礼，便落的虚名儿则是美。
>
> ［鹊踏枝］我为他蹙蛾眉，减腰围。但得个寄信传音，也省的人废寝忘食。若能勾相会在星前月底，早医可了这染病耽疾。

而且，她主动写下一封简帖，约郭华元宵节在相国寺观音殿中相会。万万没有想到的是，她如约赴会，而郭华却因贪杯醉卧不醒。她要亲自上前，轻声细语"唤声郭秀才"，又怕有人看见听见，内心是极为复杂的：

---

① 严敦易：《元剧斟疑》，中华书局，1960 年。

　　〔滚绣球〕且饶过王月英，待唤声郭秀才，又则怕有人在画
檐之外，我靠香肩将玉体轻挨。觑着时眼不开，问着时头不
抬，扶起来试看他容颜面色（做见郭醉科，唱）哎，却原来醉
醺醺东倒西歪。我这里一双柳叶眉儿皱，他那里两朵桃花上脸
来，说甚乖乖。

此曲表现了她先是兴奋、紧张，继又后悔、气恼、埋怨而又无可奈何的
复杂的心理过程。后来包待制审理此案，她先是不想招认，后又不得不
招认的心理变化的描写，也是相当真实传神的。

　　明代童养中的《胭脂记》传奇，近代地方戏《郭华买胭脂》等剧
目，情节与此剧相同。

第七章　元代河北作家的散曲创作（上）

　　元代散曲，也称北曲，实际就是元代兴起的一种新的诗歌形式。它来源于词调和宋、金时期的诸宫调。

　　散曲包括小令和套数两种主要形式。小令是独立的支曲，句调长短不齐，而且有一定的腔格。小令多以一支曲子为单位，但可以重复，各首用韵可以互异，有些小令可以带二三支曲子，如［中吕］里的［十二月］带［尧民歌］，［双调］里的［雁儿落］带［得胜令］，［南吕］里的［骂玉郎］带［感皇恩］、［采茶歌］等。这种形式称之为"带过曲"。

　　套数通常用同一宫调的若干曲牌，联成一套，长短不拘，一般有尾声，并且要一韵到底。套数亦称散套，也有称之为大令的。

　　散曲既可用来抒情、写景，亦可用来叙事。曲以俗为尚，口语化、散文化是其最显著的特征，带有较多的俗文学印记。

　　元代散曲作家，据隋树森先生《全元散曲》的统计，有作品流传的散曲作家为212人。[①] 存世作品，计小令3853首，套数457套，残曲除外。这虽是一个搜罗较为完备、考订很精审的本子，但随着新材料的不断发现，有些作品并未搜罗进去。[②]

　　元代散曲的创作，与元杂剧的创作情况大体相似，可分为前后两个时期。前期的创作中心在北方，以大都和真定作家群为代表；从大德末年起，创作中心则逐渐向南方转移，形成以南方人或移居南方的北方人

---

　　① 元代散曲作家究竟有多少，各家统计数目不一。朱权《太和正音谱》卷上"古今群英乐府格势"收录，计187人；而据任讷《散曲概论》的统计，可考者为227人。

　　② 笔者按：1980年在辽宁图书馆又发现一部明抄《乐府新编阳春白雪》残本，内有25篇套数，不见于《全元散曲》。另外，1998年8月河北教育出版社出版的《全元曲》，所收元代散曲作品的数量较《全元散曲》为富，计4609支（套），其中小令4075支，套数489套，残曲45支（套）。

为主体的创作圈。其前后两期创作的风貌也是大不相同的。

元代河北的散曲作家，有作品流传下来的，据《全元散曲》、《全元曲》及其他有关材料，约为 30 人左右，他们是：孙梁、杨果、刘秉忠、王和卿、张弘范、胡祗遹、刘因、魏初、卢挚、陈草庵、马彦良、关汉卿、白朴、庚天锡、马致远、张子友、李文蔚、侯克中、王实甫、李好古、王伯成、赵明道、李子中、石子章、曾瑞、吴弘道、高栻、宋褧、高克礼、董君瑞。这个数字当然并不十分准确。而由于各家统计标准不一，在具体归属上还存在一些分歧。①

第一节　关汉卿的散曲创作

关汉卿既是元代杂剧的奠基者，是戏剧创作走上艺术高峰的标志和旗帜。但同时，他又是一位伟大的散曲作家。令人遗憾的是，长期以来，学界对他的散曲成就，并未给予足够的重视。

关汉卿现存的散曲，据吴晓铃等先生编校的《关汉卿戏曲集》，共收有作品 76 篇，其中小令 62 篇，散套 14 篇。有些作品是否为关氏所作，目前尚有争议或存在可疑之处，不过，绝大多数是没有问题的。②

关氏的散曲，部分是表达其愤世嫉俗之恨，抒写自身的人生情怀的，其中以 [南吕·一枝花]《不伏老》最为著名：

---

① 王维国在《元曲家地理分布研究》一文中，将一些籍贯并非大都而定居于此的曲家一并归入大都（今北京市）作家群，如不忽木（字用臣）、阿鲁丁（汉名玉元鼎）、全普庵撒里（字子仁）、金元素（名哈刺）、伯颜、李罗等。今属河北的曲家，其归属标准亦是如此。如李直夫，本姓蒲察，人称蒲察李五，女真族人。因其居住在德兴府（今河北省涿鹿县），故王文也把他归入河北作家群。王维国先生统计标准较笔者为宽，自然人数也多一些。见《首届元曲国际研讨会论文集》（下册），河北教育出版社 1994 年 11 月版，第 706～707 页。

② 关汉卿现存散曲，据隋树森先生编校的《全元散曲》的统计，计有作品 72 篇，包括小令 57 篇，散套 13 篇，残曲 2 篇。一些作品的著作权归属，如 [中吕·朝天子]《从嫁媵婢》、[大石调·青杏子]《骋怀》等，可参看王季思先生《玉轮轩曲论新编》，中国戏剧出版社 1983 年版；隋树森先生《元人散曲论丛》，齐鲁书社 1986 年版。

　　攀出墙朵朵花，折临路枝枝柳；花攀红蕊嫩，柳折翠条柔。浪子风流，凭着我折柳攀花手，直熬得花残柳败休。半生来折柳攀花，一世里眠花卧柳。

　　［梁州］我是个普天下郎君领袖，盖世界浪子班头。愿朱颜不改常依旧。花中消遣，酒内忘忧……

　　［尾］我是个蒸不烂、煮不熟、捶不匾、炒不爆、响珰珰一粒铜豌豆。恁子弟每谁教你钻入他锄不断、斫不下、解不开、顿不脱、慢腾腾千层锦套头。我玩的是梁园月，饮的是东京酒，赏的是洛阳花，攀的是章台柳。我也会围棋、会蹴踘、会打围、会插科、会歌舞、会吹弹、会咽作、会吟诗、会双陆。你便是落了我牙、歪了我嘴、瘸了我腿、折了我手，天赐与我这几般儿歹症候，尚兀自不肯休。则除是阎王亲自唤，神鬼自来勾，三魂归地府，七魄丧冥幽，天哪，那其间才不向烟花路儿上走。①

这无疑可看做是关汉卿的"自叙传"。它全面地介绍了自己的斗争生活、坚强性格、多才多艺以及闪烁的进步思想。概括了以作者本人为代表的"书会才人"们的某些性格特征。曲中所言"攀花折柳"、"眠花卧柳"，实是愤世嫉俗的反语，它是以一种玩世不恭的形式，表现出惊世骇俗的勇气及对黑暗统治的反抗。

　　与《不伏老》内容相近的还有［双调·乔牌儿］《无题》和［南吕·四块玉］《闲适四首》，也是关氏表现自我生活和意志的作品，如［双调·乔牌儿］《无题》：

　　世情推物理，人生贵适意。想人间造物搬兴废，吉藏凶、凶暗吉。

　　［庆宣和］算到天明走到黑，赤紧的是衣食。兔短鹤长不能

---

　　① 王学奇等：《关汉卿全集校注》，河北教育出版社，1988年。以下引文版本同。

齐；且休题，谁是非。

[锦上花]展放愁眉，休争闲气；今日容颜，老如昨日。古往今来，恁须尽知：贤的愚的，贫的和富的。

[碧玉箫]……不停闲岁月疾，光阴似驹过隙；君莫痴，休争名利，幸有几杯，且不如花前醉。

[歇拍煞]恁则待闲熬煎、闲烦恼、闲萦系、闲追欢、闲落魄、闲游戏。金鸡触祸机，得时间早弃迷途，繁华重念箫韶歇，急流勇退寻归计。采蕨薇，洗是非，夷齐等，巢由辈，这两个谁人似得：松菊晋陶潜，江湖越范蠡。

此曲是以哲学之道来分析事物的道理。从表面上看，曲作反映了作者年老时心灰意冷，无意名利之争，欲以一醉尽洗胸中之块垒的消极情绪，实则反映了作者饱经风霜之后仍未忘怀一生所见贤愚颠倒、贫富倒置的不合理的社会现象：世间功名富贵如过往云烟，劝戒人生休逐名利，应抛弃荣华富贵，效法先贤而归隐田园。从某种意义上说，此曲也可视为关氏控诉黑暗社会的另一种反抗形式。

[南吕·四块玉]《闲适四首》则是作者直抒胸臆，如"南亩耕，东山卧，世态人情经历多，闲将往事思量过。贤的是他，愚的是我，争什么？"过去学界有人认为，这类曲作反映了关汉卿消极思想和厌世情绪，似是在追求闲适生活中以了结此生。实则不然，表面的闲适仍掩盖不住作者的悲愤，欲求闲适，何能如愿？由此可见关氏的苦衷。

关氏散曲中写得最多的还是男女恋情，表达对男女之间的真情实感和自由爱情的赞美，如[双调·新水令]《题情》、[双调·沉醉东风]《失题》等，这类作品题材丰富多样，无不堪称佳作。曲中描写男女相爱的场面，多是男子主动大胆，女子则半推半就，实是首肯，如[仙吕·一半儿]《题情》：

云鬟雾鬓胜堆鸦，浅露金莲簌绛纱，不比等闲墙外花。骂你个俏冤家，一半儿难当一半儿要。

碧纱窗外静无人，跪在床前忙要亲，骂了个负心回转身。虽是我话儿嗔，一半儿推辞一半儿肯。

银台灯灭篆烟残，独入罗帏掩泪眼，乍孤眠教人情兴懒。薄设设被儿单，一半儿温和一半儿寒。

多情多绪小冤家，迤逗得人来憔悴煞，说来的话儿先瞒过咱。怎知他，一半儿真实一半儿假。

前两首写男女相悦时的心理状态，感情真挚，语言本色。后两首刻画少妇与少女思念丈夫和情人的心理，更是惟妙惟肖。总之，这种曲子有短小简单的情节，把人物"恨"与"爱"交融的情态写得活灵活现。

关氏散曲中反映离愁别恨主题的，数量也很多，如：

自送别，心难舍，一点相思几时绝。凭阑袖拂扬花雪，溪又斜，山又遮，人去也。

——［南吕·四块玉］《别情》

咫尺的天南地北，霎时间月缺花飞。手执着饯行杯，眼阁着别离泪，刚道得声：保重将息，痛煞煞教人舍不得。好去者！望前程万里。

——［双调］《沉醉东风》其一

前者摹写一位少妇与亲人离别后的思情。曲作采用倒叙法，深蕴包藏，意在言外。后者以通俗语、常见语表达出女主人公惜别时深沉、丰富的感情。以祝愿作结，使人并不感到低沉感伤，而是对生活充满了信心。其他如［商调·梧叶儿］《别情》、［双调·碧玉箫］、［仙吕·翠裙腰］《闺怨》等皆是。这些曲子不仅写了妇女的相思，而且也写了男士的相思。值得注意的是，造成这种"离愁别恨"，除个人原因外，恐怕与元代动荡不安的社会也有密切的关系①。

关氏还有部分散曲作品描绘了善良女艺人的美丽形象、高贵品质以

---

① 陈邦瞻：《元史纪事本末》卷一《历代纪事本末》（二），中华书局，1997年。

及她们高超娴熟的技艺，如［南吕·一枝花］《赠朱帘秀》，朱帘秀是著名的杂剧女演员，作者与她有很深的交谊。此曲明写物暗写人，借赞赏珍珠帘之光彩照人咏叹朱帘秀的天生丽质，其中包含着作者对朱氏美貌的无限爱慕之情。［双调·碧玉箫］"膝上琴横"，描写女艺人如泣如诉、凄切清雅的美妙琴声。"红袖轻揎"小令，描绘丽装少女荡游秋千的风姿及其矫健的体魄。［越调·斗鹌鹑］《女校尉》、《蹴鞠》两套，描写了女球员的精湛球艺，以显示她们武艺的绝妙。而在赞美她们高超技艺的同时，关氏对她们的不幸遭遇又寄予了深刻的同情：

> 十指如枯笋，和袖捧金樽，（抡）杀银筝字不真。揉痒天生钝，纵有相思泪痕，索把拳头揾。
>
> ——［仙吕·醉扶归］《秃指甲》

这支曲子，描写了一个以靠操筝为生，因长期弹筝以致把指甲磨秃的下层艺人的不幸遭遇。字里行间，充满了作者为其控诉的愤懑不平的情感。

另外值得一提的是关汉卿的［中吕·普天乐］《崔张十六事》，《乐府群珠》卷四题关汉卿作①。作品用16支重头小令写张生和崔莺莺的爱情故事，囊括了崔、张恋爱过程中的主要情节，行文简练明快，是当时广为流行的"西厢"故事的节缩，可视之为一部小型《西厢记》。

关汉卿散曲的艺术成就，自元代始至现在，学界一直评价甚高。元人贯云石将之列为元初六大名家之一。而周德清的《中原音韵序》更把他列于四大家（关、郑、马、白）之首。近人王国维、吴梅也都给予高度的评价。20世纪50年代，郑振铎先生就认为其散曲取得了与杂剧几乎同等重要的成就：

---

① 《崔张十六事》不仅主要情节与王实甫《西厢记》相同，如其第四首"随分好事"，其情节大体相当于《王西厢》的第一本第四折，而且隐括了《西厢记》的不少词语，故是否为关汉卿所作，目前仍存有疑问。在未得出最后结论之前，姑依《乐府群珠》归入关汉卿的名下。

在（元代）第一期的作家里，关汉卿无疑的占着一个极重要的地位……他在散曲史上的成就，和他戏曲史上的成就是不相上下的……他的散曲，从《阳春白雪》、《太平乐府》、《词林摘艳》、《尧山堂外纪》诸书所载的搜辑起来，也可成薄薄的一册，在这薄薄的一册里，也几乎没有一句不是温莹的珠玉。①

关汉卿散曲的艺术特色，大体上体现在以下几个方面：

第一，善于写景中情、情中景，情景交融。例如，［正宫］《白鹤子》：

> 四时春富贵，万物酒风流，澄澄水如篮，灼灼花如绣。
> 花边停骏马，柳外缆轻舟，湖内画船交，柳上骅骝骤。
> 鸟啼花影里，人立粉墙头，春意两丝牵，秋水双波溜。
> 香焚金鸭鼎，闲傍小红楼，月在柳梢头，人约黄昏后。

这四支咏春景的小令，句句写景，而又句句写情。第一首以"春"字点明时令，极力描写春光之美，以此勾引起人们的春游之兴；第二首极写春游盛况，使春色更富有诗意；第三首以"春意两丝（思）"、"秋水双波"暗写四目相视的男女爱情交流；第四首写一位女子焚香祈祷爱情，并相约等黄昏后在月下幽会。这四首小令连接起来，可谓情随景而升华，景因情而增辉。它既是自然春色美丽的画卷，又是青年男女奔放的动人情歌。其他如［双调·大德歌］《春》、《夏》、《秋》、《冬》四首，也并不是只写四季的风光，而是借各个季节中那些富有特征的自然景物，以此烘托闺中少妇思念远方之人的忧伤心情。要而言之，关氏散曲写情多通过写景，很少有直抒胸臆之作。

第二，关汉卿还善于通过动作来刻画人物的心理，达到揭示人物的神髓，如［双调·新水令］中男青年在盼期、赴约、候见、幽会等的一系列行动过程中那种焦急、胆怯、埋怨以至喜悦的种种曲折的心理活

---

① 郑振铎：《中国俗文学史》（下册）第九章《元代的散曲》，作家出版社，1954年，第166页。

动，主要都是通过动作描写来展示的。

第三，作为语言大师，关汉卿尤为注重修辞手段，举凡双关、反语、倒装、比喻、借代等，无不运用自如，成为其散曲表情达意的重要工具。这里仅举"反语见意"修辞格加以说明。例如，"骂你个俏冤家"、"多情多绪小冤家"（［仙吕·一半儿］《题情》)、"为则为俏冤家"（［双调·沉醉东风］）、"可喜的风流业冤"，句中的"冤家"、"业冤"并非詈词，而是女性对所亲爱者的昵称。"不曰可爱，而曰可憎，犹如冤家，爱之极也，反语见意"（闵遇五注《西厢》语），的确，反语的巧妙运用，有时比从正面说出效果还要好。当然，这些修辞手法在关氏散曲中的运用并不是单一的，在某些地方则出现了交叉使用的现象。

最后我们看看关氏散曲的语言风格。关汉卿的语言风格，一向以辛辣恣肆和诙谐滑稽见称，而且不避俚俗、直白真率、朴素自然，接近民间口语，富有生活气息，带有较浓的市井情趣。因此评论者公认他"字字本色"，推他为"本色派"的代表，如［双调·新水令］中的"我这里觅他，唤他，哎！女孩儿果然道色胆天来大。怀儿里搂抱着俏冤家，搵香腮悄语低低话"。但有些也写得较为蕴藉含蓄，甚而很富有文采，决不亚于马致远等人，如"额残了翡翠钿，髻松了荷叶偏"（［双调·碧玉箫］)、"髻挽乌云，蝉鬓堆鸦""粉腻酥胸、脸衬红霞"（［双调·新水令］）等曲文，精练优美，显然是经过艺术加工的结果。总之，关汉卿的散曲，"浅而不俗，深而不晦，正是雅俗所共赏的最好的作品。"[①]

第二节　马致远的散曲创作

在元代前期的曲家中，马致远的散曲无论在数量上还是质量上，都是统领群英的魁首，其曲代表了元代散曲的最高成就，正如王国维所评："［天净沙］小令，纯是天籁，仿佛唐人绝句。马东篱《秋思》一

---

① 郑振铎：《插图本中国文学史》第四十九章《散曲的作家们》，作家出版社，1957年，第732页。

套，周德清评之以为万中无一，明王元美等亦推为套数中第一，诚定论也……可知元人之于曲，天实纵之，非后世所能望其项背也。"① 其散曲作品，任中敏辑为《东篱乐府》一卷，今存小令115首，套数22篇，总计130余首。②

马致远早年深受儒家兼济天下学说浸染，孜孜追求功名利禄，渴望能够仕途腾达，曾道"叹寒儒，慢读书，读书需索题桥柱"③，"故人知未知，登楼意，恨无上天梯"，希望能像司马相如一样因词赋而得遇。所以他一再向元朝统治者表示衷心效诚，为统治者歌功颂德，其〔中吕·粉蝶儿〕曲道："六合清，八辅美，九五龙飞，四海升平日。""道德天地，尧天舜日，看文武两班齐。""祝吾皇万万年，镇家邦万万里。八方齐贺当今帝，稳坐盘龙亢金椅。"可是统治者并没有赏识他的忠诚和才具，只让他做江浙行省务官一类的低微小职。几十年过去，壮岁消磨，际遇良会还是没有降临，他不得不脱离官场，归隐林下，做起山林宰相，不禁自嘲，"穷，男儿未济中，风波梦，一场幻化中"，"半世逢场作戏，险些儿误了终焉计。白发劝东篱，西村最好幽栖"，"谁羡封侯百里"，"本不爱争名利！"他深深懊悔当日的追求功名，要做"酒中仙，尘外客，林间友"。所以在他的散曲中，传统文人的积极进取精神与超脱旷达的人生态度相互交织，表现得最为鲜明突出，其思想意蕴和艺术风格最易引起知识分子内心的共鸣。

马致远的散曲内容丰富，其中以感叹历史兴亡、歌颂隐逸生活、吟咏山水田园风光、叹世归隐这一类题材的作品为数最多，所表露的思想感情也较复杂，既有怀才不遇、愤世嫉俗的一面，又有逃避现实、隐居乐道的消极一面。这类作品在很大程度上宣扬了封建道德及宗教情绪，但同时又直接或间接地反映了元代社会的黑暗和官场中的丑恶与艰险：

---

① 王国维：《宋元戏曲史》，华东师范大学出版社，1995年，第126～127页。

② 隋树森《全元散曲》辑马致远小令115首，套数16套，残套7套。1980年辽宁省图书馆发现明抄残本（存6卷）《阳春白雪》，在其中新发现马致远套数3篇，并补全了3个残套。

③ 马恒君，傅丽英：《马致远全集校注》，语文出版社，2003年。以下引文同。

翠竹边，青松侧，竹影松声两茅斋。太平幸得闲身在。三
径修，五柳栽，归去来。

[南吕·四块玉·恬退]是作者晚年隐居家乡时所写的一组重头小令作品，这是其中的一首。作者通过对家乡园中景色的描绘和对陶渊明的追慕，表现了自己对大自然的热爱和对隐逸生活的赞美。语言清新自然，绘景生动如画，充分表露出作者乐于隐居的情怀。

在封建社会中，对现实绝望的知识分子，最容易产生人生的幻灭感和历史的虚无感，并进而乞灵于老庄的保身哲学，将与世无争、超尘绝世的隐居生活作为理想的人生境界，以此逃避现实，获得心理平衡。最能反映马致远这种叹世隐逸情怀的是[双调·夜行船·秋思]：

百岁光阴一梦蝶，重回首往事堪嗟。今日春来，明朝花谢，急罚盏夜阑灯灭。

[乔木查]想秦宫汉阙，都做了衰草牛羊野。不恁么渔樵没话说。纵荒坟横断碑，不辨龙蛇。

[庆宣和]投至狐踪与兔穴，多少豪杰。鼎足虽坚半腰里折，魏耶？晋耶？

[落梅风]天教你富，莫太奢。没多时好天良夜。富家儿更做道你心似铁，争辜负了锦堂风月？

[风入松]眼前红日又西斜，疾似下坡车。不争镜里添白雪，上床与鞋履相别。休笑巢鸠计拙，葫芦提一向装呆。

[拨不断]利名竭，是非绝。红尘不向门前惹，绿树偏宜屋角遮。青山正补墙头缺，更那堪竹篱茅舍。

[离亭宴煞]蛩吟罢一觉才宁贴，鸡鸣时万事无休歇。何年是彻。看密匝匝蚁排兵，乱纷纷蜂酿蜜，急攘攘蝇争血。裴公绿野堂，陶令白莲社。爱秋来时那些：和露摘黄花，带霜烹紫蟹，煮酒烧红叶。想人生有限杯，浑几个重阳节？人问我顽童记者：便北海探吾来，道东篱醉了也。

这组套曲是马致远的代表作，也是元代散曲的压卷之作，全曲以《夜行船》为总纲，下由《乔木查》、《庆宣和》、《落梅花》、《风入松》、《拨不断》等五支曲子和结尾的《离亭宴煞》所组成。标题文眼是"思"。作品一方面感叹宇宙人生和历史兴废的变幻无常，否定帝王将相及其功业的价值和意义，对元朝政治官场中如蚂蚁排兵、蜜蜂酿蜜、苍蝇争血般的丑恶进行了激烈的暴露和批判；另一方面则极力铺写田园隐居生活的自由、美好和纯洁高雅。充分表现了作者遗世独立、超尘脱俗的人生追求。作者借用一系列美的和丑的艺术形象，创造了许多色彩鲜明的意象，将历史与现实对举，表现与再现同体，时人周德清在《中原音韵》中就推其为"万中无一"的绝唱。

此外，马致远散曲中还有一些歌颂男女恋情题材的作品，如［双调·寿阳曲］就是一首情人相思曲，写一女子对心上人的相思，全套共23支曲，其五云：

> 从别后，音信绝，薄情种害煞人也。逢一个见一个因话说，不信你耳轮儿不热。

其十六云：

> 相思病，怎地医，只除是有情人调理。相偎相抱诊脉息，不服药自然圆备。

写女子对心上人的相思以及她对爱情的渴求，大胆、真切，语言通俗。这些爱情题材的作品，摆脱了一般的勾栏调笑，道出了恋者的真挚情感。

［般涉调·耍孩儿］《借马》是马致远散曲中别具一格的作品，全篇运用戏剧代言体的叙述方式，选取借马的一个场面，刻画主人公爱马如命，舍不得出借，但又碍着面子不得不借的复杂矛盾心理。这组套曲由九支曲子组成，可以分为三节：第一节由［耍孩儿］到［七煞］，写悭吝人的爱马表现和不愿借马但又不得不借的矛盾心情；第二节由［六

煞] 到 [二煞]，写马主人对借马者的反复叮咛和无可奈何的内心埋怨；第三节由 [一煞] 到 [尾] 写马被借走，马主人对马的难舍难离与思念情怀。这个套曲打破了散曲言情咏景的程式，在开拓散曲的题材内容上有一定的作用，因而具有一定的社会意义。

作者全用生活化的口语方言，摹写马主人不厌其烦的嘱咐和唠唠叨叨的叮咛，以及心里忿忿然而又不便发作的满腔牢骚抱怨，把主人公因疼爱马而近于吝啬的滑稽性格表现得惟妙惟肖，活灵活现：

> [七煞] 懒设设牵下槽，意迟迟背后随，气忿忿懒把鞍来鞴。我沉吟了半晌语不语？不晓事颇人知不知？他又不是不精细，道不得："他人弓莫挽，他人马休骑。"

对这位马主人不肯借马而又"对面难推"的种种小气的表现作了善意的讽刺，又很真实地描绘他生怕马儿受委屈的痛惜心情。

马致远的散曲享有盛名，历代都备受推崇，其主要的原因还是因为他在艺术创作上具有独特的风格和突出的成就。既保持了散曲的艺术风格，又表现了诗词的意境，语言自然清丽，雅俗相兼。他的曲文有时写得苍凉悲壮，痛快淋漓；有时清丽凄婉，哀怨动人；有时潇洒飘逸，恬静雅致，自成风格，突现着个性，表现着自我。他的散曲构思奇巧，立意幽深，语词清丽，"字句、音律，浏亮动人"①，那些脍炙人口的创作一直受到后世读者的青睐，如 [天净沙·秋思] 通过对景物极其简练的勾勒，创造出一个旨趣深远的意境：

> 枯藤老树昏鸦，小桥流水人家，古道西风瘦马。夕阳西下，断肠人在天涯。

全曲一共五句 28 个字，描写了九种事物，每种事物表达一个意象，作者创造性地将孤立的自然景物组合在一起，使整个画面富有流动感、生

---

① （清）李调元：《雨村曲话》，《中国古典戏曲论著集成》（八），中国戏剧出版社，1960 年，第 12 页。

命感。这九个意象不是用关联词语承接起来，而是用游子的羁旅愁情作为线索串联起来，组接成四个画面，最后点明主题，突出主人公难以言喻的沉重心情，从而组成一幅秋日傍晚萧瑟凄凉的图画。把悲秋思乡这一传统主题表现得如此深切。

马致远在功名利禄的追求中历经坎坷，他曾沉沦于市井，混迹于书会，奔波于羁旅，寄人篱下，他有诸多的"鞍马区区山路遥"，离故国"闷无聊，心内如烧"的感受。而这首［天净沙·秋思］就是这种感受的集中描写，他把自己的忧思、悲哀、不平、愤懑，全集中在了"断肠人在天涯"这七个字中。天涯断肠人就是马致远为自己所画的肖像。肠已断，心已灰，意已冷，映现出仕途奔波、拼搏困倦疲惫的失意文人的形象。

马致远的散曲风格豪放洒脱，语言本色清俊，带有较多的封建文人的气息，是散曲从勾栏演唱向文人自我陶写之作的转化①，他"熔炼了诗词的语言"，使其散曲语言显得相当雅致，但他又改变了诗词过于雅化的倾向，有意识地从民间口语、俗语、方言中吸取养料，将其与传统诗词中有生命的语言相结合，从而形成一种文而不文、俗而不鄙的语言特色。他用这种语言来表达自己的思想感情和人生态度，显得特别明朗、诙谐和机智，如［双调·拔不断］："菊花开，正归来，伴虎溪僧，鹤林友，龙山客。似杜工部、陶渊明、李大白，洞庭柑、东阳酒、西湖蟹。哎，楚三闾休怪。""其中三、四、五句为鼎足对。每句之中为当句对中的鼎足对。短短三个句子，包含了较多的内容，从虎溪僧，鹤林友、龙山客等诗朋酒友，想到了陶潜、杜甫、李白等大诗人，又杂陈了洞庭、东阳、西湖等地出名的酒菜、瓜果，含量极为富丽。每句中的三个名词既与其他两句中的三个名词相对，又各自互相成对，它把为数众多的人和物，层次井然地展示在读者面前，十分整齐匀称。三句中九个

---

① 游国恩等：《中国文学史》，人民文学出版社，1964年，第254页。

名词，一贯直下，音节流畅自然。"① 这种集三句为一组、互为对仗的方法，在诗词中是没有的，它有助于对事物作淋漓尽致的刻画，赋予了散曲泼辣奔放的风味。

综上所述，马致远在曲坛的价值，在于他扩大了曲的范围，提高了曲的意境。恰如王世贞在《曲藻》中所说，马致远"元人称为第一，真不虚也"。他是"散曲史上坐'第一把交椅'的"。他在元代散曲史上的地位，正如李白之于唐诗，苏轼之于宋词，都是代表那一个时代的大作家。马致远以其突出的成就为散曲这一韵文体式的形成并使之在唐诗宋词之后占据诗歌史上的一席之地作出了巨大贡献。

第三节　白朴的散曲创作

白朴现存小令 37 首，套曲 4 套，由清初杨友敬掇拾，名为"摭遗"，附于其词集《天籁集》后。

白朴的散曲创作，就其题材内容而言，有叹世归隐的，有写景咏物的，也有写男女恋情的。部分作品表现了放旷超脱的情怀以及对现实的愤慨和对遁世归隐生活的向往，从中可以看到青春年少的幽怨情爱、隐逸之士的洁身自好，也可以看到作者对春、夏、秋、冬美景的咏叹。

元人朱经《青楼集·序》载："我皇元初并海宇，而金之遗民若杜散人、白兰谷、关已斋辈，皆不屑仕进，乃嘲风弄月、留连光景。"他曾"行遍江南，算只有，青山留客。亲友间，中年哀乐，几回离别，棋罢不知人换世，兵余犹见川留血。"（白朴《满江红·留别巴陵诸公》）"遥望石冢巍然参军此葬……几度生灵埋灭"（白朴《念奴娇·题镇江多景楼》）。凄凉景状道出战火兵余的生民苦难，"可惜一川禾黍，不禁满地螟蝗。委填沟壑，流离道路，老幼堪伤"（白朴《朝中措》），离乱中看清了现实，思考中认识了社会，"不愿酒中有圣，但愿心头无事，高

---

① 刘益国：《马致远散曲艺术初探》，《四川师范艺术学院学报》，1982 年，第 3 期。

枕卧烟霞"（白朴《水调歌头》）。白朴的这一思想根深蒂固。试看《双调·庆东原》：

> 忘忧草，含笑花，劝君闻早冠宜挂，那里也能言陆贾？那里也良谋子牙？那里也豪气张华？千古是非心，一夕渔樵话。

他不把官宦之途作为救国救民的一种出路。虽然眼下风流才韵，成为传统的佳话，而结果也只是"千古是非心，一夕渔樵话"。劝人们不要把青春的用心全放在为宦做官上，"劝君闻早冠宜挂"，而沉醉于温柔乡、青楼梦中，去体味一个"正常人"的生活。这是对元朝统治者不重视人才的一种反讽，表现了作者在当时历史条件下的一种无奈的人生选择。

他的［中吕·阳春曲］《知几》四首极写这种保命思想，"不问时事，不理政纲"，以达到高风亮节的境界：

> 知荣知辱牢缄口，谁是谁非暗点头，诗书丛里且淹留。闲袖手，贫煞也风流。

"知几"就是了解事物发展变化的关键与征兆，这里指勘破世情，看穿人生，超越尘俗的一种人生哲学。这首小令直抒胸臆，表现了作者强烈的愤世嫉俗之情。他之所以对一切保持沉默，并非不知荣辱，不分是非，只是在黑暗的社会环境中拒绝参与而已。

集中体现这一思想的还有套曲［双调·乔木查］《对景》，通过时间流逝，书写人生短暂。春天"俄然"而过，夏景恰值"梅子黄时节"，"倏忽"间秋蝉悲鸣，白霜凝结，"不觉"又是彤云密布、朔风凛冽。这些铺写后，作者发出内心的忧虑："岁华如流水，消磨尽，自古豪杰。"这种深重的慨叹表现了他对待官宦的态度，进一步阐明"盖世功名总是空"。全篇情与景相辅相成，前后映带，转接自然，了无拼合之痕。他看透了社会，看透了权宦，看透了人生，终于发出了及时行乐的感喟："少年枕上欢，杯中酒好天良夜，休辜负了锦堂风月。"

白朴爱情题材的散曲，保持了与其戏曲同类题材的精神，或抒写男女对爱的执着，或抒发青春易逝的悲叹，或谴责阻挠者的卑劣，或描摹孤独幽闭的苦情，其中包含有诸多可取之处。

套曲《仙吕·点绛唇》描述的凄凉幽咽之景，使女主人公的心里增添了别样离愁：

> 金凤钗分，玉京人去，秋潇洒。晚来闲暇，针线收拾罢。
>
> [幺篇] 独倚危楼，十二珠帘挂，风萧飒。雨晴云乍，极目山如画。
>
> [混江龙] 断人肠处，无边残照水边霞。枯荷宿鹭，远树栖鸦。败叶纷纷拥砌石，修竹珊珊扫窗纱。黄昏近，愁生砧杵，怨入琵琶。
>
> [穿窗月] 忆疏狂阻隔天涯，怎知人埋怨他。吟鞭醉袅青骢马，莫吃秦楼酒，谢家茶，不思量，执手临歧话。
>
> [寄生草] 凭阑久，归绣帏，下危楼强把金莲撒。深沉院宇朱扉扃，立苍苔冷透凌波袜。数归期，空画短琼簪，揾啼痕频湿香罗帕。
>
> [元和令] 自从绝雁书，几度结龟卦。翠眉长是锁离愁，玉容憔悴煞。自元宵等待过重阳，甚犹然不到家？
>
> [上马娇煞] 欢会少，烦恼多，心绪乱如麻。偶然行至东篱下，自嗟自呀，冷清清和月对黄花。

她把一片痴情寄予秋天晚景，"极目山如画"。自然景色唤起她断肠凄苦的情思，盼又何如，只好怀抱琵琶，有似白乐天笔下的琵琶女，幽怨而凄美："吟鞭醉袅青骢马，莫吃秦楼酒，谢家茶。"这是悠远的担忧，空旷的夜景。几回出入危楼，深闷的院宇，苍苔露打湿她的凌波袜，内心数着情人的归期，只落得泪湿罗帕、音信断绝。她为自己的命运占卜："几度结龟卦"，结果只是"自元宵等待过重阳，甚犹然不到家"。全曲以主人公所见所感所忆为线索结构全篇，用一个黄昏包拢了一年，一年又一年，企盼归空焉，一个幽独少妇复杂而苦痛的心情是多么真切。再如《中吕·阳春曲·题情》：

> 从来好事天生俭，自古瓜儿苦后甜。奶娘催逼紧拘钳，甚
> 是严，越间阻越情忺。

《题情》共有六首重头小令，这里所选是以女子口吻述说对爱情的心理感受，真正的爱是无法阻止和扼杀的，经得住各种考验和曲折。作者引用两句民间俗语，表现了封建社会青年男女争取爱情幸福的坚强信心和乐观态度，十分生动。下面这首也是这组曲子中的一首：

> 笑将红袖遮银烛，不放才郎夜看书，相偎相抱取欢娱。止
> 不过迭应举，及第待何如。

这情思和恋慕是不带功名利禄的人性的反映。思想明快、态度鲜明。

这类歌颂爱情和吟咏相思的散曲，十分明了地写出白朴对男女之情的态度，是《诗经》民歌精神的继续，也是汉乐府率真品格的沿革。他在为人类的爱而激动不已，为被阻隔的儿女鸣不平，为青春空逝的青年叹息，极力赞许他们诚挚的要求和人性的自然发展。

在创作风格上，白朴的散曲，低沉哀愁，很少沾染当时的轻佻、庸俗，文字清丽婉约，描写自然景物富有诗意，显得俊爽秀美，具有较为浓郁的诗意。通观他的散曲创作，其雅者雅而不晦，丽而不靡；其俗者俗而不鄙，质而不野。明代朱权在其《太和正音谱》中对其评价甚高："如鹏搏九霄。""风骨磊块，词源滂沛，若大鹏之起北溟，奋翼凌乎九霄，有一举万里之志，宜冠于首。"[①]

白朴的散曲具有较高的艺术成就，有些论者甚至认为高于其杂剧。20 世纪 30 年代梁乙真就指出其散曲"颇俊逸有神，而小令尤为清秀。当我们读他的剧曲时，每为他华美婉妍的辞句所感动，但一读到他的散曲，则知其中更包含着豪放、俊爽、秀美诸点，其成就却高出其剧曲之

---

① 朱权：《太和正音谱》，《中国古典戏曲论著集成》（三），中国戏剧出版社，1959 年，第 16 页。

上"①。蒋伯潜也认为"白朴的散曲较其剧曲更佳"。

景物描写在白朴的散曲中所占比重较大。不管是纯粹的写实作品还是其他主题的景物描写，都带有鲜明的画面感和完整的意境美，如［越调·天净沙］《秋》：

> 孤村落日残霞，轻烟老树寒鸦，一点飞鸿影下，青山绿水，白草红叶黄花。

作者运用一双审美的慧眼，扫描落日残霞中的绿水青山，摄取 12 种意象鲜明的景物，构成了一个悠远秀丽、宁静纯洁的诗的境界，如同一幅清丽淡雅的水墨山水图画，呈现着秋天特有的风神气韵，白朴这支题作"秋"的［越调·天净沙］在中国文学史、散曲史上评价很高。一向同马致远被誉为"秋思之祖"的［越调·天净沙］《秋思》（"枯藤老树昏鸦"）相提并论。但又不像它那么萧瑟和孤寂。

喜用颜色语、直接诉诸人的视觉以唤起美感是白朴散曲的又一显著特色。上举小令《秋》中"青山绿水"、"白草红叶黄花"两句，用了"青"、"绿"、"白"、"红"、"黄"等五个颜色词，就是典型例子。白朴的着色描写，终是前期元曲文采派的轻描淡写，如果再加藻饰涂抹，就不能是清丽静秀，而变成了张可久的骚雅典丽了。再举［双调·沉醉东风］《渔夫》为例：

> 黄芦岸白蘋渡口，绿杨堤红蓼滩头。虽无刎颈交，却有忘机友：点秋江白鹭沙鸥。傲杀人间万户侯，不识字烟波钓叟。

此曲写渔夫生活的自由自在，"黄"、"绿"、"红"、"白"等颜色词的使用，直接作用于人的视觉，传达出自然山水的美和投入其中的愉悦快乐，给人一种向往之感。在元代散曲大量的写景作品中，使用颜色词以状自然山水或田园风光，应当说是一种普遍现象。但像白朴散曲这样使

---

① 梁乙真：《元明散曲小史》，上海商务印书馆，1935 年。

用频率如此之高，如此之丰富，却是不多见的。尤其是与本色派的作品相比较，这个特点立刻就会凸显出来。

白朴现存散曲中虽然没有一首咏史或怀古作品，但不少曲子中都喜使用历史典故。大多都用得合谐自然，隐而不露，丰富了作品思想的内涵。其用典不管是成功的，还是牵强的，都会给以通俗为特征的散曲输入雅化的因子，将其拉向诗词化的轨道。

他与关汉卿同时登上曲坛，双水并流，两峰对峙，各自代表一派，关汉卿是本色派，白朴是文采派，在思想内容题材风格方面无不给元散曲以影响。隐逸、情爱、写景成为元散曲的三大主题，在白朴散曲中已经初具格局。他上承元好问、杨果等，下启马致远、卢挚、张可久、乔吉等，不但起了承前启后的桥梁作用，而且对于文采派的形成起了推动、促进作用，可以说，没有白朴，就很难有后来文采派的成熟。另外，他在词采、格律方面取得的成就，也对后来乔、张骚雅派的滥觞，起了转变风气的重要作用。因此，白朴散曲在元散曲中虽然数量不是最多的，但却是散曲发展史上一座重要的里程碑。

第四节　大都及真定作家群的散曲创作

除关汉卿、马致远、白朴这三位大家外，元代的大都和真定还有不少的散曲作家，其作品在当时及后世也产生了一定的影响。

大都的散曲作家，据隋树森《全元散曲》、徐征等《全元曲》的统计，计有陈草庵、庾天锡、张子友、王实甫、赵明道、李子中、石子章、高栻、宋褧等[①]。下面作一简要分析。

陈草庵（1247～1330年），生平事迹不详。元·钟嗣成《录鬼簿》

---

① 笔者按：统计的人数是指有散曲作品流传下来的，实际上，大都、真定以及河北其他地区的散曲作家绝不止这个数字，因未见有作品流传，故不计在内。

称"陈草庵中丞"，名列前辈名公之中。据孙楷第及门岿先生的考证[①]，我们大体知道他原名英，一作士英，字彦卿，草庵为其号，析津（今北京市）人，元成宗大德七年（1303 年），曾任江西宣抚使，后升任中书左丞，延祐初拜河南行省左丞。其散曲今存［山坡羊］小令 26 首，多为愤世嫉俗之作，如［中吕·山坡羊］《叹世》：

> 伏低伏弱，装呆装落，是非犹自来着莫。任从他，待如何？天公尚有妨农过。蚕怕雨寒苗怕火，阴，也是错；晴，也是错。[②]（其一）

> 天于人乐，天于人祸，不知此个心何若？叹萧何，反调唆，未央宫罗惹韩侯过。千古史书难改抹，成，也是他，败，也是他。（其十五）

前曲作者感叹为人处世之艰难。在一个是非颠倒、黑白不分的社会里，即使你如何地装疯卖傻，也还会招来是非。曲中以最公正无私的老天爷为喻，但仍然不能满足人世间各种人的意愿：天凉雨多养蚕的就不喜欢，而雨少天旱庄稼人又不高兴。总之，不管是阴是晴，反正都是错。显见个体在社会群体中如何才能避免动辄得咎，的确是一个很值得探讨的问题。

后一曲以韩信的遭遇为例，感叹宦海风云的变幻莫测。作者正话反说，以故作不解之笔，揭示封建专制下"暗箱操作"之难以捉摸和把握。

在 26 首《叹世》之作中，愤世嫉俗是其主要的内容：既有嘲讽追名逐利的，又有劝人顺其自然，安贫乐道、知足常乐的，还有警告为富不仁的等，涉及的范围较为广泛。而同时，作者也不忘为人们设计一种"官廉税少"的乌托邦式的"社会理想"：

---

① 孙楷第：《元曲家考略》，台湾文史哲出版社，1989 年；门岿：《元曲百家纵论》，教育科学出版社，1990 年，第 73 页。

② 徐征等：《全元曲》，河北教育出版社，1998 年。

　　　　尧民堪讶，朱陈婚嫁，柴门斜搭葫芦架。沸池蛙，噪林

鸦，牧笛声里牛羊下。茅舍竹篱三两家。民，田种多；官，差

税寡。

这首平和温馨的世外桃源生活图，与尔虞我诈、追名逐利的污浊现实形

成了鲜明的对比。

　　庾天锡，生平事迹见前。其所作杂剧 15 种，今俱不存。散曲今存

有小令 7 首，套数 4 篇。他的［双调·雁儿落过得胜令］共有 5 首，内

容都是写避世隐居的。其第五首为：

　　　　从他绿鬓斑，欹枕白石烂。回头红日晚，满目青山矸。翠

立数峰寒，碧锁暮云间。媚景春前赏，晴岚雨后看。开颜，玉

盏金波满。狼山，人生相会难①。

这支曲子以写景为主，通过写景流露出隐逸的情志：生命短暂，功业虚

幻，唯有大自然是真实美妙的，所以要及时欣赏美景良辰，切不要把生

命虚耗在对名利的追求上。善于着色是本曲的特色，如使用"绿"、

"白"、"红"、"青"、"翠"、"碧"等词语，使全曲景物色彩更加明艳动

人。又多用对句，自然工巧，可以看出庾天锡散曲创作精工雅丽的风格

特征。

　　庾天锡还有小令［双调·蟾宫曲］两首，是一种比较特殊的元曲体

式。其二云：

　　　　滕王高阁江干。佩玉鸣鸾，歌舞阑珊。画栋朱帘。朝云暮

雨，南浦西山。物换星移几番。阁中帝子应笑，独倚危栏。槛

外长江，东注无还。

此曲《乐府群珠》题作《拟滕王阁记》。实际是用曲子的形式改写或缩

写前人的传世名作，有人称之为"隐括体"。本曲即隐括唐代王勃的骈

------

　　① 隋树森：《全元散曲》，中华书局，1964 年。以下引文同。

体名篇《秋日登洪府滕王阁饯别序》。与原作相比，这种隐括体在文字内容上并没有增添新的东西，大体类似于后世不同剧种间的改编移植，从音乐和普及的角度看，还是具有一定意义的。

另外，套曲［商调·定风波］《思情》写了一对相爱的青年男女，因为某种原因而闹别扭的故事。本篇的构思很有特色，一改以前情怨、情思之类作品的主人公多为女性的套路，而本套的主角却为男子。全曲风格雅俗兼备，而以俗为主。多用口语摹写男女爱情中的冲突矛盾，声情宛然，如闻如见，体现了庾天锡散曲风格俚俗的一面。

张子友（1242～1302年），名九思，字子友，一作子有，燕之宛平（今属北京市）人，是著名文士和元朝重臣，23岁时以节度使之子入备东宫宿卫，深得赏识，遂为常侍，后以工部尚书兼东宫都总管府事。至元十九年（1282年），张子友因平定宫廷之变而名声大振，是年冬任詹事院丞，进资德大夫、中书右丞，大德二年（1298年）拜荣禄大夫、中书平章政事，大德五年（1301年）加大司徒，大德六年（1302年）卒，年61岁。明朱权《太和正音谱》将其列于"词林之英杰"150人之中。

张子友能曲善诗，曾筑"遂初亭"，常和公卿士大夫唱和。《全元散曲》录其小令1首：

　　［双调·蟾宫曲］画堂深夜宴初开，香霭雕盘，烛焰银台，妙舞轻歌，翠红乡十二金钗。会受用簪缨贵客，笑谁同量卷江淮。祗从安排，左右扶策，月转花梢，讯马回来。

此曲写夜宴，排场极其豪华富贵，表现了达官贵人极度奢侈的生活。

张子友与徐琰、王恽、刘因等诗人骚客交谊深厚，自是元初文坛的中心人物之一。

王实甫，生平事迹见前。他除创作杂剧外，亦有散曲作品存世。今有小令1首，套曲2篇及残套数1套。

王实甫的套数［商调·集贤宾］《退隐》，写于作者60岁之时，是自叙其身世、自述其怀抱之作。这套曲子不仅具有很高的审美价值，同时也是我们研究王实甫生平和思想的重要资料。

他的小令［中吕·十二月过尧民歌］《别情》摹拟一位思妇口吻，代其立言，诉说她在暮春黄昏时的思亲念远之情：

> 自别后遥山隐隐，更那堪远水粼粼。见杨柳飞绵滚滚，对桃花醉脸醺醺。透内阁香风阵阵，掩重门暮雨纷纷。怕黄昏忽地又黄昏，不销魂怎地不销魂？新啼痕压旧啼痕，断肠人忆断肠人！今春，香肌瘦几分，搂带宽三寸。①

前曲借景抒情，在语言上则巧用六组叠字；后曲直抒胸臆，多用连环句法，又都分别构成极其工丽的对偶句。而以赋笔铺排，又体现了曲之为体酣畅淋漓的特点。元人周德清对之评价甚高："对偶、音律、平仄、语句皆妙。务头在后词起句。"② 堪称此调典范。

赵明道，又作赵明远、赵名远，大都（今北京市）人。生卒年月、生平事迹及创作情况见前。庄一拂《古典戏曲存目汇考》推论赵明道"约元世祖至元中前后在世"。至元、元贞、大德时期，大都是元杂剧创作、演出繁荣的中心地区之一，前期的著名作家如关汉卿、马致远等曾在这里组织了"玉京书会"、"元贞书会"等文人团体。贾仲明为赵所补吊词中有"茶坊中嗑，勾肆里嘲"之句，据此可推测赵氏很有可能参加了此类书会的活动。又，《太和正音谱》在"元一百八十七人"一栏中列入赵明远，而在"已下一百五十人，俱是杰作，尤有胜于前列者。其词势非笔舌可能拟，真词林之英杰也"一栏中，又列入赵明道之名，显然朱氏是将赵明远和赵明道误判为两人了③。

赵明道的散曲有套数 3 篇及残曲 1 支。其［越调·斗鹌鹑］《名姬》

---

① 隋树森：《全元散曲》，中华书局，1964 年。
② 周德清：《中原音韵》，《中国古典戏曲论著集成》（一），中国戏剧出版社，1959 年，第 244 页。
③ 朱权：《太和正音谱》，《中国古典戏曲论著集成》（三），中国戏剧出版社，1959 年，第 19 页、第 21 页。

是一套具有史料价值的曲子：

乐府梨园，先贤老朗，上殿伶伦，前辈色长；承应俳优，后进教坊，有伎俩，尽夸张，燕赵驰名，京师作场。

［紫花儿］雷声声梁苑，禾惜惜都城，苏小小钱塘。三人声价，四海名扬。红妆，忒旖旎忒风流忒四行，堪写在宣和图上。有百倍儿风标，无半米儿疏狂。

［调笑令］省郎，是你旧班行。他诉真是咱断肠，不知音枉了和他讲。有德行政事文章，取功名自来蹉着省堂，焕然有出众英昂。

［秃厮儿］为媒的涿郡仲裹，保亲的苏君丘祥。青春二八年正芳，配一对锦鸳鸯，成双。

［圣药王］我岂谎，您诚想，苏小卿到底嫁双郎。因为和乐章，动官长，柳耆卿娶了谢天香，他知音律解宫商。

［尾］郝大使王玉带皆称赏，焦治中天然秀小样。劝你个聪明姝丽俏吴姬，就取这蕴藉风流俊张敞。

曲中提到了杂剧演出的情况以及杂剧剧目和杂剧艺人，都可见之于元夏庭芝《青楼集》和钟嗣成的《录鬼簿》，如［尾］中提到的"焦治中天然秀"，元夏庭芝《青楼集》云："天然秀，姓高氏。行第二，人以小二姐呼之。母刘，尝侍史开府。高丰神艳雅。殊有林下风致。才艺尤度越流辈；闺怨杂剧，为当时第一手。花旦、驾头，亦臻其妙。始嫁行院王元俏；王死，再嫁焦太素治中。焦后没，复落乐部，人咸以国香深惜。然尚高洁凝重，尤为白仁甫、李溉之所爱赏云。"两者可互证。

李子中，生平及杂剧创作情况见前。隋树森《全元散曲》仅存其套数1篇，内容是以闺中少妇的口吻抒写了对远游情侣的思恋：

［仙吕·赏花时］情泪流香淡脸桃，高髻松云（鬋）凤翘，鸳被冷鲛绡。收拾烦恼，准备下捱今宵。

　　[煞尾]篆烟消，银（釭）照，和个瘦影儿无言对着。一自
阳台云路杳，玉簪折难觅鸾胶。最难熬，更漏迢迢，线帖儿翻
腾耳谩搔。愁的是断肠人病倒，盼煞那负心贼不到，将封寄来
书乘恨一时烧。①

　　此曲刻画了因爱生嗔、一往情深的少妇形象。她好不容易盼来一封信，
可他又说不能回家。漫漫长夜，独对孤灯，于是因思生怨，因怨生恨，
因恨生怒，在咬牙切齿骂了一顿之后，干脆把他寄来的书信一把火烧了
个精光。与杨果笔下那个"沉吟了数次，骂你个负心贼堪恨，把一封寄
来书都扯做纸条儿"（[仙吕·翠裙腰]）的思妇相比，本曲中的思妇性
格更为激烈，刻画得更为活龙活现。

　　石子章，生平及杂剧创作见前。隋树森《全元散曲》仅存其套数1
篇。朱权《太和正音谱》称其词"如清风爽籁"。他的[仙吕·八声甘
州]套曲是追忆与一位青楼女子的感情波折以及由此所引起的精神
痛苦。

　　高栻，一作高拭，燕山（今北京一带）人。生平事迹不详。高栻曾
为张可久《北曲联乐府》题词，据此可知其与张年辈相当。明蒋一葵
《尧山堂外纪》认为其人字则成，即作《琵琶记》之高明者。明王世贞
《艺苑卮言》亦主此说。王国维《曲录》已辨其非，甚是。明朱权《太
和正音谱》将其列于"词林之英杰"150人之中。

　　高栻的散曲作品，《全元散曲》仅存其小令1首，套数1篇。其
[商调·集贤宾]《怨别》套曲模拟闺中思妇的口吻，叙说对远游情侣的
思念之苦。闺怨题材在元散曲中很普遍，然此篇在表现方法上却有独特
之处：以铺叙的手法，将思妇内在的心理感受和体验充分展示出来：

　　[幺]想当日对神前磕可可的言誓盟，告苍天一桩桩说就
里。全不想往日话儿依。过三秋尚然犹未回，你那里偎红倚

---

　　① 隋树森：《全元散曲》，中华书局，1964年。

357

翠？想着他百般聪俊有谁及？

　　[后庭花] 空闲了翡翠帏，消疏了莺燕期。生拆散鸳鸯会，硬分开鸾凤栖。痛伤悲。更阑之际，明朗朗照闲阶月色辉，昏惨惨伴离人灯焰微。麝兰散冷了翠帏，绛绡裙松了素体。揾鲛绡淹枕席，纱窗外风儿起。听铜壶玉漏滴。

此外，这支曲子在语言的运用上极尽形容刻画之能事，具有很强的表现力：

　　[醋葫芦] 这些时病恹恹骨似柴，闷昏昏心似痴。恰便似随风柳絮不沾泥，一会家魂灵儿在九霄云外飞。捱一日胜添了一岁，迟和疾早晚一身亏。

　　[尾声] 一简书和泪封，一篇词带愁寄，一桩桩一件件说从实：每日家望天涯则将那碧桃花树倚。也是我前缘前世，想人生最苦是别离。

要之，这篇套曲将女主人公的思念、回忆、怨恨和盼望等复杂感情，淋漓尽致地表现了出来，产生出一种如怨如慕、如泣如诉的动人效果，在元散曲写心传情篇章中，实属一篇上乘之作。

　　宋褧（1292～1344年），字显夫，大都宛平（治今北京市西南）人。登泰定甲子（1324年）进士，授秘书监校书郎，改翰林编修。后至元元年（1335年）擢监察御史，出金山南宪，改陕西行台都事，后迁国子司业，进翰林直学士，兼经筵讲官，卒赠范阳郡侯，谥文清，著有《燕石集》。《全元散曲》存其小令2首。

　　真定作家群的散曲创作，除白朴外，最重要的作家当数侯正卿了，其生平事迹及杂剧创作情况见前。他是元代文坛上最长寿的作家。侯正卿自幼双目失明，听群儿诵书，即能悉记，稍大，习词章，又精心治《易》，著有《大易通义》。工诗文，有《艮斋诗集》14卷存世；又善曲，与元初著名曲家白朴为总角交，并与其他名公曲家如徐琰、胡紫山、张孔孙、李寿卿等都有唱和，尤被开国元勋同时也是曲家的史天泽关照，并被聘为幕僚，成为忘年之交。侯正卿现存散曲作品有套曲2篇及残曲1句。《太和正音谱》列其于"词势非笔舌可能拟，真词林之英杰"的150人之中。

其［正宫·菩萨蛮］《客中寄情》套曲写羁旅之愁及对家中情侣的思念，虽是传统的话题，但此曲构思却极为新颖，能道人所未道：

> 镜中两鬓蟠然矣，心头一点愁而已。清瘦仗谁医？羁情只自知。

［月照庭］半纸功名，断送关山。云渺渺，草萋萋。小楼风，重门月，应盼人归。归心急，去路迷。

［喜春来］家书端可驱邪祟，乡梦真堪疗客饥。眼前百事与心违，不投机，除赖酒支持。

［高过金盏儿］举金杯，倒金杯，金杯未倒心先醉。酒醒时候更凄凄。情似织，招揽下相思无尽期，告他谁？

［牡丹春］忽听楼头更漏催，别凤又孤栖。暂朦胧枕上重欢会，梦惊回，又是一别离。

［醉高歌］客窗夜永岑寂，有多少孤眠况味。欲修锦字凭谁寄？报与些凄凉事实。

［尾］披衣强拈纸和笔，奈心绪烦多书万一。欲向芳卿行诉些憔悴，笔尖头陶写哀情，纸面上敷陈怨气。待写个平安字样，都是俺虚脾拍塞。一封愁信息，向银台畔读不去也伤悲。蜡炬行明知人情意，也垂下数行红泪。

曲作从思念者和被思念者两方来写，时空不时转换，体贴入微，缠绵悱恻，体现出侯正卿对语言的高度驾驭能力。另一套曲［黄钟·醉花阴］"凉夜厌厌露花冷"，吴梅《顾曲麈谈》给予很高的评价，谓之"元曲中不可多得之作也"。

第八章 元代河北作家的散曲创作（下）

元代河北的散曲创作除关汉卿、马致远、白朴等大作家及大都、真定作家群外，其他地区亦产生了不少的名家名作，如卢挚等，现一一缕述如下。

第一节 保定作家群的散曲创作

保定作家群有散曲作品问世的约为 8 人，他们是：

孙梁，字正卿，中山（治所在今河北定州市）人，其生平事迹不详，约与元好问同时。隋树森《全元散曲》存其小令 1 首①，内容是写失宠女子愁怨的：

> ［仙吕·后庭花破子］柳叶黛眉愁，菱花妆镜羞。夜夜长门月，天寒独上楼。水东流，新诗谁寄，相思红叶秋。

杨果（1197～1269 年），字正卿，号西庵，谥文献，祁州蒲阴（今河北安国市）人。早年流寓河南等地，以授徒为生。金哀宗正大元年（1224 年）进士，历偃师（今属河南）、蒲城（今属陕西）、陕州（今河南三门峡市）县令。金亡后，经杨奂、史天泽举荐仕于元，中统元年（1260 年）官北京（故址在今内蒙古宁城县西北大明镇）宣抚使，次年拜参知政事。至元六年（1269 年）出为怀孟路（治所在今河南沁阳）总管，以老致仕。有《西庵集》，《元史》有传。杨果性聪明、善谐谑，工文章，尤长于词曲。今存散曲小令 11 首，套数 5 套。明朱权评其词

---

① 隋树森：《全元散曲》，中华书局，1964 年，第 5 页。

"如花柳芳妍"。

杨果现存的 11 首小令构成一组,见于《阳春白雪》者 8 支,没有题名;见于《太平乐府》者 3 支,题作《采莲女》。曲作从不同的侧面描写了一位采莲女的美貌和温情,既有写调情说爱的,又有写离别相思的,如〔越调·小桃红〕其二:

> 满城烟水月微茫,人倚兰舟唱。常记相逢若耶上,隔三
> 湘,碧云望断空惆怅。美人笑道:莲花相似,情短藕丝长。①

这支曲子是歌颂男女恋情的。尤其是结尾的一喻两譬,以极其含蓄委婉的语言作出了巧妙的回答,给了读者很多的美感体验和无限的美感想象。

在这组曲中,唯一与其他 10 首不同的则是其第三首:

> 采莲人和采莲歌,柳外兰舟过。不管鸳鸯梦惊破,夜如
> 何?有人独上江楼卧。伤心莫唱,南朝旧曲,司马泪痕多。

这支曲子虽从采莲女写起,但主人公却不是采莲女,而是被采莲歌惊动的江楼独卧人。末二句写其心理,以极其婉曲的语言,抒发了深沉的亡国之痛,点明了曲的真正主旨。作者虽已仕元,但内心深处依然充满对金朝的故国之思。题旨准确、明晰,但不直露,格调近词,颇耐人寻味。

杨果的套数共有 5 首,或写旅况的凄凉孤苦与相思,或写女性的相思相爱之深情。其〔仙吕·翠裙腰〕(莺穿细柳翻金翅)是一篇别开生面的颇具"戏份"的喜剧性作品,对思妇接到所思来信时既爱又恨的心理变化剖绘得淋漓尽致:

> 〔绿窗愁〕有客持书至,还喜却嗟咨。未委归期约几时,先
> 拆破鸳鸯字。原来则是卖弄他风流浪子。夸翰墨,显文词,枉

---

① 徐征等:《全元曲》,河北教育出版社,1998 年,第 7104 页。以下引文版本同。

用了身心空费了纸。

　　[赚尾] 总虚脾，无实事。乔问候的言辞怎使？复别了花笺重作念，偏自家少负你相思？唱道再展放重读，读罢也无言暗切齿。沉吟了数次，骂你个负心贼堪恨，把一封寄来书都扯做纸条儿。

女主人公在接到来信后心情是复杂激动的，曲作接连写了她的四个行动：拆读来信、舍信寻思、重读来信、反复沉吟。不同的行动展示了其不同的心理变化，最后对来信终于作出了如下的感情判断："骂你个负心贼堪恨，把一封寄来的书都扯做纸条儿。"曲在"骂与恨——实是爱之极"的扯纸声中结束，极为精彩，将少妇的形象刻画得活脱如见。

　　张弘范（1238～1280年），字仲畴，人称张九元帅。易州定兴（今河北省定兴县）人，幼以郝经为师，能诗歌，善马槊，中统初授御用局总管，后改行军总管，至元元年（1264年）为顺天路管民总管，次年移守大名，六年授益都、滋莱等路行军万户，伐宋有军功，改封亳州万户，赐名"拔都"，寻授镇国上将军、江东道宣慰使。至元十五年（1278年），张弘范以蒙古、汉军都元帅职攻宋，俘宋丞相文天祥；次年攻厓山，陆秀夫负宋帝昺蹈海死，宋亡。至元十七年（1280年）张弘范因感瘴疠病卒，封淮阳王，《元史》卷一五六有传，著有《淮阳集》、《淮阳乐府》。

　　张弘范的散曲今存小令4首，其主要内容是以铁骑征战自矜，表现出一种大将风度和英雄本色，如[双调·殿前欢]《襄阳战》：

　　　鬼门关，朝中宰相五更寒。锦衣绣袄兵十万，枝剑摇环，定输赢此阵间。无辞惮，舍性命争功汗。将军战敌，宰相清闲。[1]

曲作描写了其英雄气概，也抒发了其心中的不平。另一首《中吕·喜春

─────────

① 隋树森：《全元散曲》，中华书局，1964年，第60页。以下引文版本同。

来》、《赞武功》则表现了他打了胜仗后"志满意得"时的喜悦，风格豪放雄健。而其［越调·天净沙］《梅梢月》两首则显示了另一种风格，写得甚是委婉别致。

刘因（1249～1293 年），原名骃，字梦骥，后更名因，字梦吉，号樵庵，又号雷溪真隐。保定容城（今河北省容城县）人。他是元初的著名大儒，诗文成就很高，影响很大。亦能曲，但不以曲名。《全元散曲》辑其《人月圆》小令 2 首①。其二云：

> 茫茫大块洪炉里，何物不寒灰？古今多少，荒烟废垒，老树遗台。太行如砺，黄河如带，等是尘埃。不须更叹，花开花落，春去春来。

这首小令笔调凝重，语言顿挫，抒发了生命短暂、人生无常、万物皆空的感慨。格调悲壮沉雄，境界高远苍凉，语言洗练、清雅，犹如其词。

李好古，生平事迹及杂剧创作见前。李好古亦有散曲创作，隋树森《全元散曲》存其［双调·新水令］套数一句"落红满地暮春天"，余皆散佚。

王伯成，涿州（今河北省涿州市）人，其生平事迹及杂剧创作见前。散曲今存小令 2 首，套数 3 套。

王伯成的两首小令，一写别情，一写闺怨，皆有风致，如［仙吕·春从天上来］《闺怨》：

> 巡官算我，道我命运乖，教奴镇日无精彩。为想佳期不敢傍妆台，又恐怕爹娘做猜，把容颜只恁改。漏永更长，不由人泪满腮。他情是歹，咱心且捱，终须也要还满了相思债。

［春从天上来］属南曲，可见王伯成是较早以南曲进行散曲创作的作家

① 苏天爵《滋溪文稿》曾记载刘因"独好长啸，尝游西山，当秋风木落时，作一曲而感慨系之"。以此可知刘因当日也曾多有散曲之作。不过，在他自己编定文集时曾焚烧过不少作品，或许其曲作亦未能免，故后世流传极少。

之一。此曲的独特之处在于纯用赋体，以第一人称口吻，把怨恨婚恋命乖、盼望两情和谐的心理和盘托出。曲中女子的性格爽利明快，带有浓郁的生活气息和鲜明的市民色彩。

其［般涉调·哨遍］《项羽自刎》套曲，在元代散曲中也是一篇独特的不可多得的作品。内容是写项羽兵败垓下后自刎于乌江的经过，与《史记·项羽本纪》的记载大体相同，唯在具体的细节上作者有不少大胆的想象发挥。特别是对主人公项羽至死不屈的壮烈性格的描绘，给人以震撼。全曲笔调苍凉，充满悲剧气氛。

卢挚（1242～1314年或稍后）[1]，字处道，一字莘老，号疏斋，又号嵩翁，涿郡（今河北省涿州市）人。卢挚宦途坦顺，20岁左右由诸生进身为元世祖忽必烈的侍从之臣，历任燕南河北道提刑按察司、江东道提刑按察副使、陕西提刑按察使、河南府路总管，拜集贤学士，又任岭北湖南道廉访使，复为翰林学士，迁承旨，贰宪燕南河北道，晚年客居宣城。《新元史》补入《文苑传》。

卢挚诗词文曲兼擅而以曲名家。关于其作品，现存有诗50余首，主要收录于《元诗选·疏斋集》和《永乐大典》中；文10余篇，主要收录于《天下同文集》、《元文类》和《永乐大典》中；词20余首。散曲见录于《太平乐府》、《阳春白雪》等集。《全元散曲》辑其小令120首，另有残曲1首。[2]

卢挚曲作数量大，就现存元代前期散曲作家的作品看，也以他的数量为最多。其曲作题材广泛，涉及面较广，大体涉及以下几方面的内容：

一是咏史怀古，如［双调·蟾宫曲］《京口怀古镇江》：

---

① 姜亮夫《历代人物年里碑传综表》、唐圭璋《全金元词》都说卢挚生于1235年，卒于1300年，实不可靠。李修生《元代文学家卢疏斋》，《北京师大学报》，1992年，第6期指出其明显的错误。李文有较为详细的考证，可看。目前关于卢挚的生卒年，各家说法不一。

② 李修生辑有《卢疏斋辑存》，其中搜得卢挚佚曲20余首，并编有年谱，可看。

道南宅岂识楼桑？何许英雄，惊倒孙郎！汉鼎才分，流延晋宋，弹指萧梁。诏代车书四方，北溟鱼浮海吞江。临眺苍茫，醉倚歌鬟，吟断寒窗。[1]

此曲以史为鉴，在反观魏蜀吴鼎分汉室、直至南北朝对峙这段历史时，寄寓着现实的感慨，对照映现了现实中辽金元分裂、割据的时代特征，又如《长沙怀古潭洲》：

朝瀛洲暮叙湖滨，向衡麓寻诗，湘水寻春。泽国纫兰，汀洲搴若，谁与招魂？空目断苍梧暮云，黯黄陵宝瑟凝尘。世态纷纷，千古长沙，几度词臣？

此曲是卢挚外放湖南时所写，他在感慨世态、追悼屈原、贾谊的同时，实际也包含了作者的自悼。卢挚这类凭吊古迹的怀古作品有 17 首之多，正好记录了其宦游风波的足迹。而在本调中共有 8 首分别歌咏了历史上八个女子的事迹，如《萧娥》：

梵王宫深锁娇娥，一曲离筵，百二山河。炀帝荒淫，乐淘淘凤舞鸾歌。琼花绽春生画舸，锦帆飞兵动干戈。社稷消磨，汴水东流，千丈洪波。

曲中的萧氏是一个不幸的女子。她本是梁明帝萧岿之女，性情温婉，善文章，有智慧见识，后为隋炀帝皇后。隋炀帝失政，她不敢置言，写下《述志赋》以寄情志。隋亡，她先是流落于窦建德处，后又被突厥虏去，唐太宗贞观四年（630 年）才被迎归。此曲抛弃了传统的女色亡国论，把批判的矛头指向了隋炀帝，谴责了欢娱亡国的现象，对萧氏寄予了一定的同情。

二是写景咏物，卢氏此类作品也多清丽端谨，尤以〔双调·湘妃怨〕《西湖》四首联章组曲最为著名。四首分咏西湖春夏秋冬四季，以

---

① 徐征等：《全元曲》，河北教育出版社，1998 年，第 7263 页。以下引文版本同。

苏轼"欲把西湖比西子"的名句巧运构思，分别以"妒色的西施"、"好客的西施"、"百巧的西施"、"淡净的西施"形容和描绘西湖。其第四首云：

> 梅梢雪霁月芽儿，点破湖烟雪落时。朝来亭树琼瑶似，笑渔蓑学鹭鸶，照歌台玉镜冰姿。谁傀儡鸱夷子，也新添两鬓丝，是个淡净的西施。

曲作以拟人化的手法描绘出西湖夜雪初晴银妆素裹的绰约风姿，别具情趣。

三是写男女风情的作品，如〔双调·寿阳曲〕《夜忆》：

> 灯将残，人睡也，空留得半窗明月。孤眠心硬熬浑似铁，这凄凉怎捱今夜？

> 灯将灭，人睡些，照离愁半窗残月。多情直恁的心似铁，辜负了好天良夜。

而其与艺人的真挚友谊，亦可见有元一代风气，如〔双调·蟾宫曲〕《醉赠乐府珠帘秀》：

> 系行舟谁遣卿卿？爱林下风姿，云外歌声。宝髻堆云，冰弦散雨，总是才情。恰绿树南薰晚晴，险些儿羞杀啼莺。客散邮亭，楚调将成，醉梦初醒。

此曲作于元大德八年（1304 年），时作者由江南还朝为翰林学士[①]。珠帘秀即朱帘秀，元世祖时南部行教坊司名伎，著名的杂剧女演员，与关汉卿、卢挚等均有亲密交往。曲中表达的是友情而不是爱情，他对她是尊重的、平等的，丝毫没有轻薄玩狎之意。

四是向往隐逸而不恋官场名利、地位，卢氏的部分散曲表达了这种倾向，如〔双调·蟾宫曲〕《乐隐》：

---

① 李修生：《卢疏斋集辑存》，北京师范大学出版社，1984 年。

　　碧波中范蠡乘舟，瓒酒簪花，乐以忘忧。荡荡悠悠，点秋
江白鹭沙鸥。急棹不过黄芦岸白（蘋）渡口，且湾在绿杨堤红
蓼滩头。醉时方休，醒时扶头。傲煞人间，伯子公侯。

作者向往能够像范蠡那样官后归隐，"不管人间事"，"乐以忘忧"而凭
此傲视"伯子公侯"。实际上，卢挚所向往的归隐并非远离人间的独居
生活，而是向往那种自由自在、无忧无虑的淳朴的农庄田家：

　　沙三伴哥来嗏，两腿青泥，只为捞虾。太公庄上，杨柳阴
中，磕破西瓜。小二哥昔涎剌塔，绿轴上淽着个琵琶。看荞麦
开花，绿豆生芽。无是无非，快活煞庄家。

此曲全用口语和白描手法，是一幅无忧无虑、自足常乐的农村质朴生活
的风俗画。

　　卢挚的散曲作品尽管风格多样，但其基本的特色总体上保持"清丽
自然"的倾向，他是元代前期"清丽派"散曲颇有影响的代表作家。

　　吴弘道（？～1345年），字仁卿，号克斋。金台蒲阴（今河北省安
国市）人。据元人许善胜大德五年（1301年）《中州启札》序文，知吴
氏曾任江西省检校掾史。据其小令［南吕·金字经］《颂升平》，他还担
任过知县。而据《录鬼簿》所载，吴氏约在至顺元年（1330年）前以
府判致仕。《录鬼簿》把他列入"方今才人相知者"，并谓《录鬼簿》卷
上所载曲家，其材料皆"余友陆君仲良得之于克斋先生吴公"，显见他
对《录鬼簿》的写作有很大的帮助，与元代杂剧的广泛流传很有关系。
吴氏尚编有《曲海丛珠》，惜已散佚；《中州启札》四卷，今存。吴弘道
还是一位重要且有影响的曲家，作杂剧五种：《子房货剑》、《火烧正阳
门》、《醉游阿房宫》、《楚大夫屈原投江》、《手卷记》，惜皆未传。有散
曲集《金缕新声》，亦不传。卢前有《金缕新声》辑本，收入《饮虹簃
所刻曲》中，收小令23首，套数4套。隋树森《全元散曲》收其小令
34首，套数4套。贾仲明吊词中称赞他"锦乐府，天下盛行"。朱权

《太和正音谱》论其曲"如山间明月"。

吴弘道亲身经历了宋元改朝换代的动乱，故其内心有深深的感触，如〔南吕·金字经〕《颂升平》：

> 太平谁能见？万村桑柘烟，便是风调雨顺年。田，绿云无尽边。穷知县，日高犹自眠。

与此相关，他甚至写曲称颂大元帝国，希冀得到元朝统治者的重用：

> 〔越调·斗鹌鹑〕〔紫花儿序〕托赖着一人有庆，五谷丰登，四海无敌。寒来暑往，兔走乌飞，节令相催。答贺新正圣节日，愿我皇又添一岁。丰稔年华，太平时世。
>
> 〔小桃红〕官清法正古今稀，百姓安无差役。户口增添盗贼息，路不拾遗，托赖着万万岁当今帝。狼烟不起，干戈永退，齐贺凯歌回。
>
> 〔庆元贞〕先收了大理，后取了高丽。都收了偏邦小国，一统了江山社稷。
>
> 〔尾〕愿吾皇永坐在皇宫内，愿吾皇永掌着江山社稷。愿吾皇永穿着飞凤赭黄袍，愿吾皇永坐着万万载盘龙兀金椅。

尽管吴弘道自负经纶，欲有作为，然而他像元代许多士子一样终究没能在仕途上飞黄腾达，所以他也只好寄情于山水、诗酒与青楼，终于"醒悟"了：

> 弃职休官，张良范蠡。拜辞了紫绶金章，待看青山绿水。跳出狼虎丛中，不入麒麟画里。想爵禄高，性命危。一个个舍死忘生，争宣竞敕。
>
> 〔紫花儿序〕您都待重裀而卧，列鼎而食，不如我拂袖而归。急流中勇退，见贤思齐。当日个，宁武子左丘明孔仲尼，邦有道则仕，邦无道则废。齐魏里使煞个孙庞，殷商中饿杀了夷齐。

[鬼三台] 看了些英雄辈争闲气，为功名将命亏。笑豫让，叹钮麖，待图个甚的？论功劳胜似燕乐毅，论才学不如晋李仪。常言道才广妨身，官高害己。

[圣药王] 我如今近七十，恰才得，方知道老而不死是为贼。指鹿做马，唤凤做鸡，葫芦今后大家提，想谁别辨个是和非。

[调笑令] 为甚每日醉如泥，除睡人间总不知。戒之在得因何意，老不必争名夺利。黄金垛到北斗齐，也跳不出是处轮回。

[圣药王] 赤紧的乌紧飞，兔紧催，暂时相赏莫相违。菊满篱，酒满杯，当吃得席前花影坐间移。白发故人稀。

[尾] 想当日子房公会觅全身计，一个识空便抽头的范蠡。归山去的待看翠巍巍千丈岭头云，归湖的待看绿湛湛长江万顷水。①

—— [斗鹌鹑]《自悟》

这首《自悟》曲典型地反映了吴氏"弃职休官"、摆脱名利束缚后自由自在的快活，流露出对官场的厌倦和对隐居全心的向往。吴氏曲作中有相当篇幅都反映了这种倾向，如 [南吕·金字经]《咏渊明》：

晋时陶元亮，自负经济才，耻为彭泽一县宰。栽，绕篱黄菊开。传千载，赋一篇《归去来》。

再如《咏樵》：

---

① 《自悟》，元刊本、抄本《阳春白雪》、《雍熙乐府》未注撰人。抄本目录以此曲属吴仁卿。唯《太平乐府》以此曲属周仲彬（文质）。曲中有"我如今近七十"语，实为自述；据《录鬼簿》，周氏"中年以殁"，时为元统二年（1334年）。钟嗣成与周文质交往20余年，所记当无误，故此曲定非周氏所作。另外，周文质散曲除此曲外均为男女风情之作，其主旨与此曲殊不符。而此套所咏与吴弘道的生平及吴氏其他曲作，如 [南吕·金字经]《道情》、[双调·拨不断]《闲乐》等曲中的语句甚为相同。故从抄本《阳春白雪》、《词谑》，以此套曲归于吴弘道名下。

这家村醪尽，那家醅瓮开，卖了肩头一担柴。哈，酒钱怀
内揣。葫芦在，大家提去来。

前曲表达了对陶渊明的景慕之情；后曲通过曲家心目中"樵夫"的生活，实则表现了对隐居生活的向往。

吴氏的散曲也并不都是淡然冷漠之作，其中一些曲作也抒发了作者的激愤和不平，如〔金字经〕《道情》：

太宗凌烟阁，老子邀月楼，便是男儿得志秋。休，几人能
到头？杯中酒，胜如关内侯。

再如〔中吕·醉高歌〕《叹世》：

风尘天外飞沙，日月窗间过马。风俗扫地伤王化，谁正人
伦大雅。

这两支曲子表达了作者对人生、对社会的强烈关注。特别是后一首，将社会的混乱腐败揭露无遗，显示出作者渴望正义的社会责任感。

第二节　其他散曲作家及其作品

刘秉忠（1216～1274 年），初名侃，青年时曾出家为僧，法名子聪。后受元世祖忽必烈重用，仕元后始更名秉忠，字仲晦，自号藏春散人。邢州（今河北省邢台市）人。刘秉忠为元朝开国重臣，至元初，拜光禄大夫、位至太保，参预中书省事，协助订立朝仪官制，对元代开国制度建树颇多，至元十一年（1274 年）卒，赠太傅，封赵国公，谥文贞，成宗时赠太师，谥文正。仁宗时追封常山王。《元史》卷一百五十七有传。他在元代汉人曲家中爵位最高。一生著述丰富，有《藏春诗集》6 卷，《藏春词》1 卷，《平沙玉尺》4 卷，《玉尺新镜》2 卷，又有诗文集 30 卷。《全元散曲》存其小令 12 首。

刘秉忠是元初的大政治家，又是著名的学者和诗人。在政事、科研

之余，亦喜作诗赋曲。由于其特殊丰富的经历，且志向不凡，故其曲作多寄寓遥深，如［南吕·干荷叶］《有感》：

> 干荷叶，色苍苍，老柄风摇荡。减了清香，越添黄。都因昨夜一场霜，寂寞在秋江上。
>
> 干荷叶，色无多，不奈风霜到。贴秋波，倒枝柯。宫娃齐唱《采莲歌》，梦里繁华过。
>
> 南高峰，北高峰，惨淡烟霞洞。宋高宗，一场空。吴山依旧酒旗风，两度江南梦。

刘秉忠的"干荷叶"共10首。"干荷叶"亦名"翠盘秋"，原是以"干荷叶"起兴的民间小曲，刘秉忠取此为曲牌，正是他注重向民间小曲学习的产物。前两曲以莲荷曾经的盛景与现时的枯萎香消作对比，既抒写了生命的孤独绝望，寄寓了人生的苍凉之感，又使人联想到历史上王朝的兴衰更替。第三曲则直接点明了宋高宗，杭州风物依旧，而高宗妄图苟安一隅，其结果跟五代十国时的吴越王钱镠一样，美梦终成空幻。作为元朝开国的重臣，刘秉忠参预灭宋之事，预知南宋必定覆亡，从历史兴废的角度看，则是可以理解的。故曲作虽有伤感，但并无亡宗灭祖的深哀巨痛。

王和卿①，生平不详，大名（今属河北省）人，钟嗣成《录鬼簿》称其为"学士"（孟称舜《酹江集》本《录鬼簿》作"散人"）。为人滑稽佻达，名播四方，与关汉卿相友善，常相互调笑讥谑而王颇占上风。元世祖中统（1260～1263年）初，燕市有一蝴蝶，其大异常，王赋［醉中天］小令，由是其名益著。卒，关汉卿曾往吊之。明朱权《太和正音谱》将其列于"词林之英杰"150人之中。王和卿今存小令21首、

---

① 明人胡元瑞曾以为王和卿即王实甫，实是无端之猜疑。今人孙楷第在其《元曲家考略》中疑其为通许县尹王鼎字和卿者，后自否定之。另一王和卿，太原人，据王恽《中堂事记》卷上记载，此人在中统元年（1260年）曾任燕京行中书省架阁库官，或为曲家和卿，然证据略嫌不足。唯一可信者是陶宗仪《南村辍耕录》卷二十三"嗓"条所叙大名人王和卿，因咏蝴蝶而名益著云云。

套曲2首及残曲2首。

王和卿最负盛名的自是［仙吕·醉中天］《咏大蝴蝶》：

> 蝉破庄周梦，两翅架东风。三百座名园一采个空，难道风
> 流种？諕杀寻芳的蜜蜂。轻轻的飞动，把卖花人搧过桥东。

此曲写得极为狂放奇特：一是全曲无一蝶字，而笔笔所写无不是蝶；二是所写非寻常之蝶，而是"大"蝴蝶，无一大字而其大自现[1]。高度夸张而几近荒诞是此曲艺术上最突出的特色。曲中的大蝴蝶虽含有戏谑滑稽、逞才调笑的因素，但却被赋予了"异常复杂的意义"——隐喻和象征的意义，它使不同时期的不同读者会产生种种的联想和解释。

与此曲在笔法上相类的还有他的咏物曲［双调·拨不断］《大鱼》：

> 胜神鳌，夯风涛，脊梁上轻负着蓬莱岛。万里夕阳锦背
> 高，翻身犹恨东洋小，太公怎钓？

此篇可视为《咏大蝴蝶》的姊妹篇。想象奇特、诙谐幽默、大胆夸张是其共同特色。作者塑造这样一个形大无比、力大无穷且无拘无束的形象，应是有所寄托、有所寓意的。是他喻还是自喻，读者可自由理解。

王和卿部分散曲反映了妓女的痛苦生活，或反映了思妇的相思之苦，如［黄钟·文如锦］、［双调·拨不断］《自叹》、［仙吕·一半儿］《题情》、［中吕·阳春曲］《题情》、［商调·百字知秋令］等。这些作品无论其思想意义还是其艺术成就都达到了相当的高度，如［一半儿］《题情》：

> 书来和泪怕开缄，又不归来空再三，这样病儿谁贯耽？越
> 恁瘦岩岩，一半儿增添一半儿减。

> 将来书信手拈着，灯下姿姿观觑了，两三行字真带草。提

---

① 张燕瑾、黄克：《新选元曲三百首》，人民文学出版社，2003年，第25页。

起来越心焦，一半儿丝撑一半儿烧。

《题情》共4首，这里选的是第二和第四首。这两首小令可谓是姊妹篇。前曲写思妇面对远游情侣的书信时又喜又怕、内心充满激烈矛盾斗争的心理活动；后曲则突出了思妇由离愁别恨所惹起的"心焦"情绪，结尾的"一半儿丝撑一半儿烧"，可以说是"心焦"的顶点：一边将情书撕碎，一边就干脆放在灯火上烧掉了，这是一幕极富有喜剧性的小品。王和卿的这四首［一半儿］《题情》可和关汉卿的同调四首相媲美。

不可否认，王作散曲中有不少有关妓女生活的作品格调不高，内容浅薄无聊，如［小桃红］《胖妓》、［拨不断］《王大姐浴房内吃打》、《胖妻夫》等。这应与王和卿自甘放浪、寄迹青楼的生活有关。

胡祗遹（1227～1293年），字绍开，号紫山，磁州武安（今河北省武安市）人，少孤，既长读书，见知于名流，中统初，辟为员外郎，入为中书详定官。至元元年（1264年），胡祗遹授应奉翰林文字，兼太常博士，时阿合马当国，胡紫山忤其意，出为太原路治中兼提举本路铁冶，以治绩闻，后改河东山西道提刑按察副使，宋亡后，为荆湖北道宣慰副使，至元十九年（1282年），为济宁路总管，后升山东东西道提刑按察使，召拜翰林学士，不赴，改任江南浙西道提刑按察使，未几以病辞归。卒，赠礼部尚书，谥文靖。《元史》卷一百七十有传。著有诗文集《紫山大全集》，今存26卷本。存世散曲有小令11首。明朱权《太和正音谱》评其曲如"秋潭孤月"。

胡紫山的散曲多为写景之作，如［中吕·阳春曲］《春景》：

几支红雪墙头杏，数点青山屋上屏，一春能得几晴明。三月景，宜醉不宜醒。

再如《春思》：

残花酝酿蜂儿蜜，细雨调和燕子泥，绿窗春睡觉来迟。谁唤起？窗外晓莺啼。

　　一帘红雨桃花谢，十里清阴柳影斜，洛阳花酒一时别。春去也，闲煞旧蜂蝶。

这三首是描写、感受春光的组曲，写的都是暮春的景色，但各不相同。第一首写"春晴"，阳春三月，美景迷人，高卧于山野草堂中的主人不止醉于酒，更醉于春，醉于花，实则流露出作者在这大好春光中悠然和满足的心情。第二首写"春睡"，暮春花残，春色开始凋落，但大自然依然生机勃勃，没有暮春的感伤情调。无论是"浓睡"，还是"觉醒"，都是为了写春天的美好。"绿窗"二字，又创造出家庭的温馨气氛，令人神往。第三首写"春归"，风吹桃花，落叶缤纷，却换来了十里柳阴。告别春天只是"一时"，明年春光还会再来。总之，这三首曲子在写景中融进感受，抒发了作者一种轻松的惬意和自得其乐的心境。

　　其［双调·沉醉东风］二首歌咏渔樵之乐，表面的宁静淡泊和自由自在、无拘无束的生活，实则透露出作者对仕途险恶、社会黑暗的愤懑不平和无可奈何的情绪，表现出对生命自由的人生追求。

　　胡紫山的散曲中还有一首［双调·沉醉东风］《赠妓朱帘秀》，表现了作为士大夫的作者对朱帘秀的尊重和对其不幸命运的深切同情：

　　锦织江边翠竹，绒穿海上明珠。月淡时，风清处，都隔断落红尘土。一片闲情任卷舒，挂尽朝云暮雨。

这首小令是赠给著名杂剧演员朱帘秀的。朱帘秀本姓朱，由于她的艺名改"朱"作"珠"，便为一些歌咏她的曲家们提供了巧妙构思的材料。此曲明是咏物之作，但作者巧妙利用对方名字的谐音词，以象征比喻手法，句句双关其人，构思堪称妙绝。

　　马彦良，名天骥，磁州滏阳（今河北省磁县）人。生卒年不详。元钟嗣成《录鬼簿》"前辈名公"中录"马彦良都事"。马彦良家世显赫，其父名信，兄名公和，公和之三子煦，累官至刑部、户部尚书，并有诗名①。据元王恽《中堂事记》记载，元世祖中统初，他与胡祗遹、李谦同至中书省听任，结果"胡等俱仕显"，而马彦良却仕宦不达。至元初官御史台都事，后为治书侍御史。卒葬磁州之岳城里。马彦良居官刚正，不阿谀权贵，为时人所称。明朱权《太和正音谱》将其列于"词林之英杰"150人之中。《全元散曲》录其［南吕·一枝花］《春雨》套曲1首。其曲词清丽，格调闲婉。

魏初（1226～1286年），字太初，号青崖，弘州顺圣（今河北省阳原县）人，幼好读书，尤长于《春秋》，曾从元好问学，及长，有令名，为文简而有法。中统元年（1260年），魏初为中书省掾史兼掌书记，至元七年（1270年），任国史院编修官，寻拜监察御史，后历任陕西、河东按察副使、江西按察使、治书侍御史、南台中丞等职。魏初有治世之才，疏陈时政，多被采纳。《元史》卷一百六十四有传，著有《青崖集》。《全元散曲》仅存其小令［黄钟·人月圆］《为细君寿》1首。

高克礼，字敬臣，号秋泉，河间（今河北省河间县）人②，生卒年不详，曾任县尹，至正八年（1348年）任庆元理官。治政清静无为，不为苛刻，以简淡自处。与乔吉、萨都剌、杨维桢等交游，事见《录鬼簿》等。明贾仲明为其补吊词云："碧桃红杏说高蟾，黄阁风流夸士廉，铨衡权准宗行俭。文章习子瞻，任县宰才胜江淹。生子学双渐，娶妻如蔡琰。秋泉公，归去陶潜。"明朱权《太和正音谱》将其列于"词林之英杰"150人之中。《全元散曲》存其小令4首。

高克礼的曲作在当时甚是有名，"小曲乐府，极为工巧，人所不及"。现存4首小令，虽都是摹写儿女情态之作，但意蕴各不相同，如［越调·黄蔷薇过庆元贞］：

① 元·虞集：《户部尚书马公墓碑》，《道园学古录》卷十五，《全元文》，第27册，江苏古籍出版社，1999年，第384页。

② 关于高克礼的籍贯有多种说法，一说河间（今河北省河间县）人；一说真定（今河北省正定县）人；另一种说法认为他是济南（今属山东）人。

　　燕燕别无甚孝顺，哥哥行在意殷勤。三纳子藤箱儿问肯，便待要锦帐罗帏就亲。諕得我惊急列蓦出卧房门，他措支剌扯住我皂腰裙，我软兀剌好话儿倒温存："一来怕夫人，情性哏，二来怕误妾百年身。"

　　又不曾看生见长，便这般割肚牵肠。唤奶奶酪子里赐赏，撮醋醋孩儿弄璋。断送得他萧萧鞍马出咸阳，只因他重重恩爱在昭阳，引惹得纷纷戈戟闹渔阳。哎，三郎，睡海棠，都则为一曲舞霓裳。

前一曲是从关汉卿杂剧《诈妮子调风月》中撷取了一个片段，写婢女燕燕受夫人差遣，侍候前来探亲的小千户。燕燕洁身自重，对婚姻大事不肯轻就，对小千户的"殷勤"保持着一定的警惕。曲作以极其简洁传神的语言，充分表现了其内心的矛盾和痛苦，反映了其性格上深沉内向的一面。后一曲纯用百姓口语，对唐明皇、杨贵妃荒淫误国的罪行给予辛辣的讽刺和嘲弄。两曲皆以当时的口语、俗语入曲，使得曲词的格调极其活泼，富有生活气息。

　　董君瑞，生卒年、字号皆不详。真定冀州（今河北省冀州市）人。一生颠沛流离，仕途偃蹇。元钟嗣成《录鬼簿》将其列为"方今才人，闻名而不相知者"，并谓其"隐语、乐府，多传江南"。明朱权《太和正音谱》将其列于"词林之英杰"150人之中。散曲存世仅套曲［般涉调·哨遍］《硬谒》1篇。

　　这套曲子描写一个贫困士子因穷困潦倒、为生活所迫不得不向豪门干谒求助的场面。他读了半辈子书，现在已是双鬓成斑，但却是"壮志难酬，功名运晚"，生活已陷入"穷途"的境地。他"进退无门"，不得不向人乞讨，但依然放不下他的高傲架子：

　　［要孩儿］待向人前开口实羞赧，折腰处拳拳意懒。这回不免向君前，曲弓弓冒突台颜。故来海上垂钓线，特向津头执钓竿，有意相侵犯。将你个高门谄媚，小子相干。

他对"干谒之术"几乎是一窍不通的：他不仅直白说明自己求见的目的，而且他要多要少，也由他说了算，还不许别人推延，甚是"挑剔"：

[五] 也不索闲言赞，冷句儿偿，快疾做取英雄汉。扫除乞俭分开吝，倚阁酸寒打破悭。忙迭办，俺巷来近远，怎地回还？

[四] 你是明白与，俺索子细拣，怕有挑剔接补并糜烂。至元折脑通行少，中统糖心倒换难。翻复从头看，则要完全贯伯，分晓边阑。

[三] 你要寻走衮，觅转关，上天掇着梯儿赶。襟厮封头发牢结定，额厮揢眉毛紧厮拴。厮蘸定权休散，坐时同坐，赸后齐赸。

这个活脱脱的书呆子形象，实际正是作者的自画像，表现了他"不为五斗米"折腰的傲然天性。

第三节　曾瑞的散曲创作

曾瑞，生平事迹及杂剧创作情况见前。曾瑞擅长绘画，喜作谜语、小曲，著有散曲集《诗酒余音》，惜已失传。隋树森《全元散曲》辑存其小令95首，套数17篇。

在曾氏散曲中，最能全面反映其思想、性格和人生态度的是他的套曲 [正宫·端正好]《自序》：

一枕梦魂惊，千载风云过。将古来英俊评跋：谁才能、谁霸道、谁王佐？只落得高冢麒麟卧。

[幺] 百年身隙外白驹过，事无成潘鬓双皤。既生来命与时相挫，去狼虎丛服低揸。

[滚绣球] 时与命道不合，我和他气不和，皆前定并无差

错，虽圣贤胸次包罗。待据六合，要并一锅，其中有千万人我，各有天时、地利、人和。气难吞吴魏亡了诸葛，道不行齐梁丧了孟轲，天数难那。

[倘秀才]举伊尹有汤王倚托，微管仲无桓公不可，相公子纠偏如何不九合？失时也亡了家国，得意后霸了山河，也是君臣每会合。

[脱布衫]时不遇版筑为活，时不遇荆南落魄。时不遇逾垣而躲，时不遇在陈忍饿。

[小梁州]男儿贫困果如何？击缶讴歌。甘贫守分淡消磨，颜回乐，知足后一瓢多。

[幺]既功名不入凌烟阁，放疏狂落落陀陀。就着老瓦盆，浮香糯，直吃的彻，未醒后又如何！

[滚绣球]学刘伶般酒里酡，仿坡仙般诗里魔，乐闲身有何不可，说几句不伤时信口开河。折莫待愤悱启发平科，见破绽呵闲楂，教人道我豪放风魔。由他似斗筲之器般看得微末，似粪土之墙般觑得小可，一任由他。

[醉太平]看别人挥鞭登剑阁，举棹泛沧波，争如我得磨跎处且磨跎，无名缰利锁。携壶策杖穿林落，临风对月闲吟课，有花有酒且高歌，居村落快活。

[叨叨令]听樵歌牧唱依腔和，整丝纶独钓垂钩坐。铺苔茵展绿张云幕，披渔蓑带雨和烟卧。快活也么哥，快活也么哥，且潜居抱道随缘过。

[一煞]也不学采薇自洁埋幽壑，不学举国独醒葬泪罗。也不学墨子回车，巢由洗耳，河老腾云，许子衣褐。也不仰天长叹，也不待相宣言，也不扣角为歌。却回光照我，图甚苦张罗。

[二]忘飡智士齐君果，不吐嫌兄仲子鹅。饱养鸡豚，广栽

桃李，多植桑麻，剩种粳禾。盖数椽茅屋，买四角黄牛，租百亩庄窠。时不遇也怎么，且耕种置个家活。

〔三〕瓮头白酒新醅泼，碗内黄虀坌酱和。诗里乾坤，杯中日月，醉醒由己，清浊从他。我量宽似海，杯吸长鲸，酒泛洪波。醉乡宽阔，不饮待如何？

〔四〕忘忧陋巷于咱可，乐道穷途奈我何！右抱琴书，左携妻子，无半纸功名，躲万丈风波。看别人日边牢落，天际驱驰，云外蹉跎。咱图个甚莫，未转首总南柯。

〔尾〕既无那抱关击柝名煎聒，且守这养气收心安乐窝。用时行，舍时躲。居山村，离城郭。对樽罍。远鼎镬，黄菊东篱栽数科，野菜西山锄几陀。听一笛斜阳下远坡，看几缕残霞蘸浅波。醉袖乘风鹏翼拖，褰个临溪鳌背驮。杲杲秋阳曝已过，淘淘清江濯几合。骨角成形我切磋，玉石为珪自琢磨。华画干将剑不磨，唾嗼经纶手不搓。养拙潜身躲灾祸，由恁是非满乾坤也近不得我。

这首《自序》，可视为封建时代"一般不得志的放怀讴歌；这是屈子的《离骚》，是东方朔的《答客难》，是韩愈的《正学解》，而瑞卿却比他们都聪明得多了……也只是文人的乌托邦而已"。概括可谓全面准确①。所以，曾氏的现存散曲大都是叹世、咏怀之作，显示出其淡泊名利、洒脱超然的高洁情怀，如〔双调·行香子〕《叹世》：

名利相签，祸福相兼，使得人白发苍髯。残花雨过，落絮泥沾。似梦中身，石中火，水中盐。

〔幺〕跳下竿尖，摆脱钩钳，乐天真休问人嫌。顾前盼后，识耻知廉。是汉张良，越范蠡，晋陶潜。

〔乔木查〕尽秋霜鬓染，老去红尘厌，名利为心无半点。庄

---

① 郑振铎：《中国俗文学史》下册，作家出版社，1954年，第240页。

周蝶梦甜，疏散威严。

　　[揽筝琶]君休欠，何故苦厌厌。月满还亏，杯盈自溢，荣贵路景稠粘，沾惹情忪，把穿绝业贯休再添，徒尔趋炎。

　　[拨不断]弃雕檐，隐闾阎，灰心打灭烧身焰。袖手掰开锁顶钳，柔舌砍钝吹毛剑，旧由绝念。

　　[离亭宴带歇指煞]无钱妆富刚为僭，有财合散休从俭。狂夫不厌，为口腹遥天外置网罗，贪贿赂满肚里生荆棘，争人我平地上撅坑堑。六印多你尚贪，一瓢足咱无欠。君子退谦，把两字利名钩，向百岁光阴里，将一味清闲占。供庖厨野蓏香，忘宠辱村醪酽。无客至柴荆昼掩，卧松菊北窗凉，趦风波世途险。

与此内容相关的，如[哨遍]《村居》，[醉春风]《清高》，[山坡羊]《自叹》、《叹世》，[快活三带朝天子]《警世》，[骂玉郎过感皇恩采茶歌]《渔夫》等，都充分表现了作者鄙弃世俗牵累，要求摆脱功名束缚，憎恶世人的势利和庸俗，以隐居避世为理想生活的人生态度。

　　但是，曾瑞也并未完全忘怀世事，他的部分曲作对政治的黑暗表现了强烈的不满和批判，对贪官污吏表现了极大的愤慨，如[四块玉]《酷吏》：

　　　　官况甜，公途险，虎豹重关整威严。仇多恩少人皆厌。业贯盈，横祸添，无处闪。

此曲揭露了酷吏残酷暴虐、凶比虎狼的本性。另外，在其他的曲子里，他也指斥官场仕途是"云深虎豹九重天"，"更险似连云栈"，"七国谋臣诌，三闾贤相贬。官极将相位双兼，险，险，险"。讽刺为官的"使心机，昧神祇，区区造下弥天罪，富贵一场春梦里。财，沤泛水；人，泉下鬼"。对于官场的种种丑恶，他心中不由得发牢骚不平。

　　他还有一首很特殊的作品，我们不能不提到，那就是[般涉调·哨

遍]《羊诉冤》:

十二宫分了巳未,禀乾坤二气成形质。颜色异种多般,本性善群兽难及。向塞北,李陵台畔,苏武坡前。嚼卧夕阳外。趁满目无穷草地,散一川平野,走四塞荒陂。驱车善致晋侯欢,拂石能逃左慈危。舍命于家,就死成仁,杀身报国。

[幺]告朔何疑,代衅钟偏称宣王意。享天地济民饥,据云山水陆无敌。尽之矣,駞蹄熊掌,鹿脯獐(犯),比我都无滋味。折莫烹炮煮煎爆蒸炙,便盐淹将厾,醋拌糟焙。肉麋肌鲊可为珍,莼菜鲈鱼有何奇,于四时中无不相宜。

[耍孩儿]从黑河边赶我到东吴内,我也则望前程万里。想道是物离乡贵有些峥嵘,撞着个主人翁少东没西。无料喂把肠胃都抛做粪,无水饮将脂膏尽化做尿。便似养虎豹牢监系,从朝至暮,坐守行随。

[幺]见一日八十番觑我臕脂,除我柯枝外别有甚的。许下浙江等处恶神祇,又请过在城新旧相知。待赁与老火者残岁里呈高戏,要雇与小子弟新年中扮社直。穷养的无巴避,待准折舞裙歌扇,要打摸暖帽春衣。

[一煞]把我蹄指甲要舒做晃窗,头上角要锯做解锥,瞅着颔下须紧要拴挝笔。待生捋我毛裔铺毡袜,待活剥我监儿踏磲皮。眼见的难回避,多应早晚,不保朝夕。

[二]火里赤磨了快刀,忙古歹烧下热水,若客都来抵九千鸿门会。先许下神鬼飚了前膊,再请下相知揣了后腿。围我在垓心内,便休想一刀两段,必然是万剐凌迟。

[尾]我如今剌搭着两个蔫耳朵,滴溜着一条粗硬腿。我便似蝙蝠臀内精精地,要祭赛的穷神下的呵吃。

这是一首寓言曲,全曲采用拟人手法,代羊诉冤,述说社会对它的不公,倾诉它的冤情。曲中的羊有益于民、有功于国,最终却落得被宰割、被吞吃的悲惨结局。曲家通过羊的遭遇，向不公正的社会提出了抗议和控诉，也是在为有元一代广大怀才不遇的文人吐冤。若结合姚守中的［中吕·粉蝶儿］《牛诉冤》和刘时中的［双调·新水令］《代马诉冤》来看，三首中的牛、马、羊都被杀了，这不正是元代社会黑暗和残酷的真实写照吗？

曾瑞散曲中还有许多闺思闺怨之作，亦有一些描写妓女和书会才人以及写景之类的作品，如［南吕·骂玉郎过感皇恩采茶歌］《闺中闻杜鹃》：

> 无情杜宇闲淘气，头直上耳根底，声声聒得人心碎。你怎知，我就里，愁无际。帘幕低垂，重门深闭。曲阑边，雕檐外，画楼西。把春醒唤起，将晓梦惊回。无明夜，闲聒噪，厮禁持。我几曾离这绣罗帏，没来由劝我道不如归。狂客江南正着迷，这声儿好去对俺那人啼。

这是一首闺怨曲，写思妇闻杜鹃啼声而引起的思夫情绪。曲子采用代言体的表达方式，将思妇那种又爱又恨的复杂心情表达得真切感人，活画出女主人公又恨又嗔略带"野性"和"辣味"的性格。构思新巧，语言俚俗，摩景状物，惟妙惟肖。明人李开先十分称道此曲的结尾："世称'诗头曲尾'，又称'豹尾'，必须急并响亮，含有馀不尽之意。作词者安得豹尾？满目皆狗尾耳。况所续者又非貂耶？……诗人多而好句尚少，词尾不尤为难事耶？"显见前人对其是非常称赞的[1]。

曾瑞现存的100多首散曲内容是很丰富的，其风格也多种多样。他的曲作体现了元散曲由北而南、由俚俗到典雅清丽的变化，他虽还不能与乔、张相提并论，但在元散曲的发展史上也是值得我们深入探究的一个曲家。

---

① 李开先：《词谑》，《中国古典戏曲论著集成》三，中国戏剧出版社，1959年，第356～357页。

第九章　元代河北作家的诗文创作

元代河北作家不仅在戏剧、散曲创作上取得了辉煌的成就，如关汉卿、王实甫、马致远、白朴等达到了光辉的顶点，而且在诗文领域的创作亦产生了不少大家，如刘秉忠、刘因、白朴等。在元代诗史和词史上，他们都可称为名家，具有鲜明的个性特色。

第一节　刘秉忠的诗文创作

刘秉忠（1216~1274 年），字仲晦，初名侃，邢州（今河北省邢台市）人。其生平事迹见前。在元初，他是一位诗文词曲兼擅的文学家。散曲创作见第八章。其诗词主要保存在他的《藏春集》（又名《藏春散人集》、《藏春诗集》）六卷中。计收七律 239 首，七绝 151 首。另外，《永乐大典》卷九百一尚录有部分刘秉忠的诗。两者合计，刘秉忠的诗今存约为 600 首。关于他的词，据《藏春集》及唐圭璋《全金元词》所收，计有 81 首。刘秉忠一生随忽必烈南征北战，应写有大量的文章，惜其散佚严重，我们今天能够看到的，仅李修生《全元文》卷一一五所收三篇。

刘秉忠虽是朝野闻名的重臣，但其为人，正如《元史》卷一五七《刘秉忠传》所云："自幼好学，至老不衰。虽位极人臣，而斋居蔬食，终日澹然，不异平昔。自号藏春散人。每以吟咏自适，其诗萧散闲淡，类其为人。"性情十分怡淡。清人顾嗣立则评价为："至于裁云镂月之章，白雪阳春之曲，在公乃为余事，史称其诗萧散闲淡，类其为人。盖以佐命元臣，寄情吟咏，其风致殊可想也。"①

刘秉忠诗歌的内容是很丰富的。但由于其受道家自然无为、存神养气和佛家心性本觉、随缘自适的影响，其诗作绝少瞩目于乾坤巨变和民生疾苦，亦很少有为帝王将相歌功颂德粉饰太平之作，甚至都没有写到其宫廷生活和具体的政治事件。其诗作的大部分篇什一是吟咏淡泊虚静的主体意志，属于咏志言怀之作；一是描摹满含野逸情调的自然景物，属于写景咏物之作。

刘秉忠吟咏其淡泊虚静主体意志的诗作，我们大体可以分为以下三类：

一是表现其超脱功利、轻视富贵的情怀。无论是闲居还是征途之作，甚至在一些题画、赠答送别之作中都体现了其对追求功名、对人生的奔波、对战争的厌烦，如《蜗舍闲居三首》其二：

> 画栽朱门将相家，山间一室息纷哗。素飧得饱那思食，薄酒消愁宛胜茶。就里静为真受用，倒头闲是好生涯。此身久置功名外，万户封侯任被夸。

再如《西蕃道中》：

> 鞍马生平四远游，又经绝域入蛮陬。荒寒风土人皆怆，险恶关山鸟亦愁。天地春秋几苍雁，江湖今古一扁舟。功名到底花梢露，何事区区不自由。

这首诗既没有唐代边塞诗中对功业的强烈渴望，也看不出唐代边塞诗中人所畏惧的边地寒苦，无奈和漂泊之感也都是淡淡的。诗中对没有尽头的鞍马远游生涯的意义表示怀疑，而这种怀疑又源于其特殊的生活方式与他散淡自由个性的矛盾②。

刘秉忠的题画诗虽不多，然如《跋太白舟中醉卧图》、《太白还山

---

① 顾嗣立：《元诗选·乙集》，中华书局，1987 年，第 373 页。
② 查洪德：《刘秉忠文学成就综论》，《文学遗产》，2006 年，第 4 期。

图》、《秋江渔夫图》等都隐含有这种超然的幽怀。

　　二是表现他的"乐闲"思想，如《闲况四首》之三：

> 闲中日月读书舍，醉里乾坤沽酒楼。金满千籝遗子恚，高
> 官一品替人愁。于身道理行须记，随分生涯过即休。看取飘飘
> 无系缆，烟波江上一虚舟。

唯其如此，主体才能处于无为无不为之"闲"然状态。再如《醒来》：

> 尺蠖微虫解屈伸，人生何用两眉颦。前前后后都为梦，是
> 是非非总未真。

这种"袖手"之理性"闲"态，实际与邵雍之"乐闲人"及苏轼"用舍
由时，行藏在我，袖手何妨闲看处"在精神上是相通的。正如其《棋》
诗所喻："棋盘十九路纵横，百著皆从一著生。黑白自持心有乱，不如
袖手看输赢。"刘秉忠这类作品数量较多，如《闲中》、《小斋》、《斋
中》、《自然》、《闲淡》等。如果说曹操、苏轼对"人生如梦"的感叹更
多地具有时不我待、功业难成、壮志难酬的伤感的话，那么，刘秉忠的
这类诗显然带有消极与虚无的色彩。

　　三是向往隐逸思归。刘秉忠虽为朝廷重臣，但他在许多诗篇中都流
露出很重的恋土情结，渴望归乡，渴望隐逸安静的生活，如《醉中作》：

> 年年策马走风埃，钟鼎山林事两乖。千古兴亡归恍惚，一
> 身行止懒编排。无才济世当缄口，有酒盈樽且放怀。何日还山
> 寻旧隐，瘦节偏称著芒鞋。

诗中表现了他南征北战、居无定址转徙生活中的感慨。再如《江上寄
别》：

> 军中无酒慰飘零，辜负沙头双玉瓶。鞍马几年南北路，关
> 河千古短长亭。好风到枕客愁破，残月入帘归梦醒。梦断故山
> 人不见，晓来江上数峰青。

诗中可见出诗人那种真实的离思和乡愁。如果我们联系刘诗中频频出现陶渊明及菊花、桃花的意象，如"旋拨瓮头新熟酒，渊明醉倒菊花秋"（《咏海印居士幽居四首》），"满城风雨重阳近，摇荡归心对菊花"（《对菊》），"洞里桃花人不见，春色春心只春知"（《山洞桃花》）应该说，除了其所受佛道思想影响外，也与北宋以来乃至金元之际崇晋崇陶思潮的濡染有关。

刘秉忠诗歌内容的另一类是描写满含野逸情调的自然景物，如其于征途中所作《云内道中》：

> 远水平芜间野花，寒云淡淡际寒沙。闲禽向晚无投树，远客逢秋空念家。万里经年走风雨，一身无计卧烟霞。来朝又上居延道，怀古思乡改冀华。

诗中的"远水"、"野花"、"寒云"、"寒沙"、"闲禽"及"烟霞"等意象，无不隐含萧条与野逸之意，同时在景物描写中又表达了其超脱淡泊之心。而其闲居时所描写之景物也大都如此，如《小溪》、《溪上》等。

在刘秉忠的诗作中还有39首以诗论诗的作品，这些"诗论"体现了其诗歌理论主张，也是我们探讨其文学思想的主要依据。大体说来，刘秉忠主张诗歌创作应以自然为宗。他以水为喻："水平忽有惊人浪，盖是因风击起来。造语若能知此意，不须特地骋奇才。"（《为觉大中言诗四首》之二）作诗如若是无风起浪，那就不合自然之旨了，如他评元好问的诗"九天直上无凝滞，更看银河一派流"，不仅诗歌，书法之妙、音乐之美亦然。那么诗歌创作如何才能做到自然而"无凝滞"？刘秉忠认为创作主体首先应破弃拘执，不为物情所累。其次，主张诗意要"圆"："出手若能圆似弹，千回万转任吟嘲。"（《吟诗》）实是要求诗歌能表现出活泼流转、周妥完善、圆转无碍的诗境。再次，刘秉忠主张诗歌语言贵在"辞达"而不在"新奇"："自古文章贵辞达，苏黄意不在新奇。"（《读遗山诗十首》之三）"语不贵奇惟在当。"（《为觉大中言诗》之二）此外，他还反对标榜门户，认为由于诗人所感不同，风格自有差异，没有必要人为地分门别户，这与金诗"泯去门户，不主一家"、取法宽泛的精神是相通的。

刘秉忠诗风的追求犹如其人格的追求，"其诗萧散闲淡，类其为人"，评价可谓中的。而其诗歌在审美倾向上则归于"雅正"之音，如《寄张平章仲一》：

> 春光满眼酒盈尊，难得同观易见分。秋气著人凉似水，晚
> 山和我淡如云。清歌月影檐头转，残梦钟声枕上闻。玄鸟欲归
> 黄鸟断，诗哦戊木正思君。

此诗虽是真情的诉说，但却没有刻意的表白，感情的抒写也不强烈。然作者之情思意绪又分明萦绕于读者心中，使人挥之不去。

秉忠的一些艳情诗，即使写思妇的忧郁之情，也是薄如轻纱的淡淡哀愁，如《春晓》：

> 海棠微露湿胭脂，杨柳轻风弄碧丝。一片春光都是恨，佳
> 人睡起倚楼时。

与此诗风格相近的还有《江边梅树》等。和平淡雅，然淡而不枯，这是刘诗鲜明的突出特点。

但刘秉忠的诗歌也有其宏阔雄奇的一面，呈现出多样的风格，如《江边晚望》：

> 沙白江青返照红，沧波老树动秋风。天光与水浑相似，山
> 面如人了不同。千古周郎余事业，一时曹操漫英雄。东南几许
> 繁华地，长在元戎指画中。

诗中境界宏阔，气势非凡，色彩强烈。诗人流露出对蒙古大军统一天下的赞赏、渴望和信心。

刘秉忠有词集名《藏春乐府》，一卷，有四印斋本。唐圭璋辑录《全金元词》存其词凡81首。在元代词坛上，刘秉忠也占有重要位置。

他与元好问、段克己等代表了金末元初北宗词的创作成就①。

他的词作的内容大体上也是抒写其自身的淡泊情怀，与其诗歌中所表达的内容基本相似。然其词作较之其诗则更能见出真实性情，如《木兰花慢》：

> 到闲人闲处，更何必，问穷通？但遣兴哦诗，洗心观《易》，散步携筇。浮云不堪攀慕，看长空、淡淡没孤鸿。今古渔樵话里，江山水墨图中。千年事业一朝空，春梦晓闻钟。得史笔标名，云台画像，多少成功。归来富春山下，笑狂奴、何事傲三公。尘事休随夜雨，扁舟好待秋风。②

作者看破仕途，不问穷通，视富贵若浮云，向往的是驾一叶扁舟泛五湖三江的无拘无束的生活。这类内容在其词作中所占比例很大。他的《木兰花慢·既天生万物》、《踏莎行·白日无停》、《桃花曲·青山千里》、《风流子·书帙省淹留》、《江城子·平生行止懒编排》等，大体上都表达了这种心绪。

刘秉忠词作的另一重要内容是抒写离情别绪，如《临江仙·满路红尘飞不去》、《小重山·诗酒休惊误一生》等，抒发了深沉的故乡之情。而《临江仙·同是天涯流落客》、《小重山·云去风来雨乍晴》等，所写离情则深挚缠绵，情感动人。

刘秉忠词的风格，清人王鹏运《藏春乐府跋》认为："雄廓而不失之伧楚，酝藉而不流于侧媚，周旋于法度之中，而声情识力常若有余于法度之外，庶为填词当行，且论者庶不薄填词为小道。藏春之境，雅与之合。"③ 这个评价大体是符合刘词实际的。除此之外，刘词中亦有一些清新之作。

---

① 赵维江：《金元词论稿》，中国社会科学出版社，2000年。

② 唐圭璋：《全金元词》，中华书局，1979年，第609页。以下引文版本同。

③ 王鹏运：《四印斋所刻词·藏春乐府》，清光绪十四年刊本。

第二节　刘因的诗文创作

刘因（1249～1293 年），初名骃，表字梦骥，后改名因，字梦吉，号静修，又号樵庵、雷溪真隐，雄州容城（今河北省容城）人。生平事迹见前。他与吴澄、许衡并称为元代三大理学家。吴澄的学术活动主要在南方，而许、刘则在北方，称为"元北方两大儒"①。清人黄百家说："有元之学者，鲁斋、静修、草庐三人耳。草庐后，至鲁斋、静修，盖元之所藉以立国者也。"② 显见他们在元代思想界的重要地位。

元代的立国思想是程朱理学，而从刘因的生平和著作中亦可看出他十分倾心于理学的特点。理学思想不可避免地会渗透到文学创作中，认识到这一点，才能更为准确地评价刘因的文学理论及其诗文的成就和特点。

一、刘因的文学思想

刘因既是著名的理学家又是著名的诗人。

其一，他不赞同宋代理学家将道、艺对立，甚至认为"作文害道"的说法。他从道与艺统一的角度，论证了艺的重要：

> 孔子曰：'志于道，据于德，依于仁矣，艺亦不可不游也。'今之所谓艺，与古之所谓艺者不同，礼、乐、射、御、书、数，古之所谓艺也，今人虽致力而亦不能，世变使然耳。今之所谓艺者，随世变而下矣。虽然，不可不察也。诗、文、字、画，今所谓艺，亦当致力，所以华国，所以藻物，所以饰

---

① 黄宗羲：《宋元学案·静修学案》，《万有文库》，商务印书馆，1931 年。
② 同上，第 452 页。

身，无不在也。①

显见"道"是离不开"艺"的。不仅如此，"艺"对人的成长、对人生的大有作为也有着极度的重要性：

> 如是而治经史，如是而读诸子及宋兴以来诸公书，如是而为诗文，如是而为字画，大小长短，浅深迟速，各底于成，则可以为君相，可以为将帅，可以致君为尧舜，可以措天下如泰山之安……

既然"艺"有如此的重要性，显见在刘因的观念中自然就不能"重道轻艺"了。

其二，刘因在《书东坡传神记后》、《田景延写真诗序》等文中，论述了"形似"与"神似"的关系，强调神寓形中，不能离形求神，形似与神似相统一等。

其三，在文学思想上，他还主张"取诸家之长"，如他论诗说："魏晋而降，诗学日盛，曹、刘、陶、谢其至者也。隋、唐而降，诗学日变，变而得正，李、杜、韩其至者也。周、宋而降，诗学日弱，软而后强，欧、苏、黄其至者也。"② 由此可见他对前代诗歌不取一概肯定或一概否定的态度，而是有所继承，有所选择。他又在《述学》一文中，历数了先秦至宋的"可学"之文。总之，转益多师，融会贯通，只有这样，才能形成自己的风格③。

二、刘因的诗文内容及其特色

刘因是元代前期诗坛名家，诗集有《丁亥集》、《静修遗诗》等。据今人统计，刘因存诗应在千首上下。对于如此之多的诗作，有学者将其

---

① 刘因：《静修文集》卷一《叙学》，《丛书集成初编》本，中华书局，1983年，第6页。以下引文版本同。

② 顾嗣立：《元诗选·初集·丁亥集》，中华书局，1987年，第129页。

③ 查洪德：《北方文化背景下的刘因》，《文学遗产》，2002年，第3期。

大体上分为咏物诗、山水诗、咏史诗、丧乱诗、题画诗、讽喻诗、隐逸诗和送别诗等八大类①。这种分类基本上含括了刘因诗歌的主要内容。

前人在评述刘因时主要集中在两个基本问题上，一是刘因虽不是南宋人，却写了大量悼念南宋的诗，这是否是对宋王朝念念不忘，是否主要出于维护民族传统文化的思想感情？② 二是他在短暂出仕元朝后便辞官归隐，后来为何坚拒元世祖忽必烈之召，采取与元王朝不合作态度？③

刘因在宋亡以后确实写了不少悼宋的诗，但问题是，他同时也写了不少悼念金朝的诗文，如《金太子允恭墨竹》、《翟节妇诗》、《孝子田君墓表》等，最有代表性的则是《陈氏庄》：

> 陈氏园林千户封，晴楼水阁围春风。翠华当年此驻跸，太平天子长杨宫。浮云南去繁华歇，回首梁园亦灰灭。渊明乱后独归来，欲传龙山想愁绝。今我独行寻故基，前日家僮白发垂。相看不用吞声哭，试赋宗周黍离离。

此诗自注说："陈氏，先父之外家。金章宗每游猎，必宿其家。渊明谓先父。龙山，指孟嘉事。"由自注看，刘因父亲的姥姥家与金朝皇帝关系非同一般，刘家想必也曾辉煌过，但现在却衰落了，正如诗中所写："浮云南去繁华歇，回首梁园亦灰灭。"刘家的盛衰不能说对刘因毫无影响，但刘因生于金亡之后15年，这毕竟是30多年前的事情。虽然这首诗表达了十足的"遗老"感情，但我们依然很难从中体会出他有"自视为亡金遗血"的意思。

如果我们再证之于刘因的其他咏史诗和凭吊历史的散文，这个问题

---

① 王素美：《刘因的理学思想与文学》，人民出版社，2006年。

② 游国恩等：《中国文学史》三，人民文学出版社，1964年，第262页。

③ 刘因于至元十九年（1282年）由不忽木举荐入朝，为承德郎、右赞善大夫，不久以母病辞归。至元二十八年（1291年），忽必烈遣使召刘因为集贤学士、嘉议大夫，刘称病辞不赴任。被元世祖目之为古之"不召之臣"。

或许就更为清楚。其咏史诗文内容非常广泛，既有关于金朝、宋朝的，也有关于辽朝的，还有关于唐朝、汉朝的，甚至有更古远的。由此我们不能说刘因写出怀恋某朝的作品，他就有哀悼某朝的情绪。

那么，刘因的许多悼宋诗，犹如他的悼金诗一样，很难说就是在哀悼南宋王朝，也不存在什么诸如"民族感情"或"遗民情绪"等问题，如《书事五首》、《冯瀛王吟诗台》、《巫山图》、《宋度宗熙明殿古墨》、《登武遂城》、《武当野老歌》等。特别是他路过定兴新城白沟河时所写的两首怀古诗，是最具内涵同时也更能给我们以启示。

《渡白沟》：

> 蓟门霜落水天愁，匹马冲寒渡白沟。燕赵山河分上镇，辽金风物异中州。黄云古戍孤城晚，落日西风一雁秋。四海知名半凋落，天涯孤剑独谁投。

《白沟》：

> 宝符藏山自可攻，儿孙谁是出群雄。幽燕不照中天月，丰沛空歌海内风。赵普元无四方志，澶渊堪笑百年功。白沟移向江淮去，止罪宣和恐未公。

白沟是当年宋、金的分界线，故又名"界河"。但现在的白沟已不再起界河的作用。那么，刘因是在感时还是在怀古？若仔细读之，这两首诗实际已超越了对宋王朝的悼念而上升为对一种文化的哀悼和对历史命运的深沉思考了。

至于刘因两次辞官而不肯仕元也是事出有因的，也不存在所谓的"气节"问题①。实际上，刘因对于忽必烈政权、对"中国将合"即元王朝将统一全国是持肯定和支持态度的。他的《渡江赋》鲜明地表明他

---

① 刘因第一次辞官是由于其继母病重；第二次"不应集贤之征"是因为他自己得了重病。而且他自己曾表达过"初岂有意于不仕邪"这样的志向。(《上宰相书》)参见商聚德：《刘因生平思想考辨》，《河北大学学报》，1985年，第4期。

拥元的政治倾向。① 在这篇赋中，他自称"北燕处士"，并设一"淮南剑客"，以主客问答的形式，歌颂元军攻宋的正义②，说明宋室必亡。

当然，刘因对元王朝的态度也有一个变化的过程。他早年很有抱负，在许多诗篇中都表达了其建功立业的愿望："岂不志功名，功名来未迟。"（《拟古》）"头上无绳系白日，胸中有石补青天。"（《除夕》）而在《秋夕感怀》中更表达了他的壮志："皎然方寸间，自有平安策。一日风云会，四方贤路辟。致身青云间，高飞举六翮。整顿乾坤了，千古功名立。"他对民生的疾苦也比较关心同情："采风千古自观风，十室谁言九室空。寄语当年长乐老，回头无忘聂夷中。"（《幽风图》）即使志不得立，仍不忘怀天下："勿以一身戚，而忘天下忧。"（《送国医许润还燕》）"穷年忧道丧，漫自中肠沸。"（《匏瓜亭》）但到他31岁时，便绝意仕进，以讲学授徒为业。究其原因，一方面刘因所接受的毕竟是儒家经典，传统思想很容易对他发生潜移默化的作用，而他耳闻目睹元政权的黑暗，统治者的残暴，使他感到元朝不是他理想中能够行"王道"的王朝，若出仕辅之，则有辱于儒道之尊。另一方面，刘因的生活遭遇和性格无疑也是重要的因素。

就刘因的人生态度来看，其前后期则有比较明显的变化。前期总的倾向是积极的，也伴有恬退的一面。后期则日渐彰显其恬退的一面，并写了大量有关隐居生活的诗，表现出独立不倚、迥异流俗的人格力量。如《游源泉》、《孤云》、《泛舟西溪》、《送友生》等。特别是他的76首"和陶诗"，直可视为他的自画像，展示出他像陶渊明一样清高傲岸的人格。

刘因的诗歌众体兼备，无论其古体诗还是近体诗，在"体制音响，大都如一"的元代诗坛上，他的诗歌创作具有颇为鲜明的艺术个性。

---

① 刘因拥护肯定元朝政权，可参见其《中顺天大夫彰德路总管浑源孙公先茔碑铭》、《送张仲贤序》等。

② 对于这篇赋的政治倾向，前人的看法歧义很大。有"幸宋之亡"说；"欲存宋"说；"哀宋"说。游国恩等《中国文学史》认为此赋的主旨是"力陈宋不可伐"。

刘因的古体诗气势雄浑，豪迈劲健。其诗风接近唐代诗人李贺和金代诗人元好问。他在《呈保定诸公》写道："斯文元李徒，我当拜其旁，呼我刘昌谷，许我参翱翔。"文坛好友以"刘昌谷"称他，即是把他比作大诗人李贺。而他对元好问也推崇备至："晚生恨不识遗山，每颂歌诗必慨然。"（《跋遗山墨迹》）元好问对金亡后的北方诗坛影响很大，可以这么说，当时北方诗坛没有谁不受元好问的影响。这也就为我们把握刘因诗的艺术个性提供了很好的帮助。其五古、七古诗受李贺奇崛诡诞风格的影响的痕迹是很明显的，如《游郎山》、《登镇州龙兴寺阁》、《黄金台》、《龙潭》、《游天城》、《西山》、《白雁行》等。我们看其《饮后》诗所写"饮后"的感觉世界：

> 日光射雨明珠玑，怒气郁作垂天云。天浆海波吸已竭，倒
> 景径入黄金卮。金卮一倾天宇间，天公愁吐胸中奇。海风掀举
> 催月出，吹落酒面浮明辉。

诗中创造的意象瑰丽雄奇，令人感到匪夷所思。这一特点，不仅其早期的诗歌如此，即便隐居之后所写的作品亦大体保持了这种豪放苍劲的风格。当然，刘因后期的一些诗歌写得沉郁而隐微，寄托遥深，含蓄而颇耐人琢磨，如《宋理宗书宫扇》、《次韵叩泮宫》、《夜坐有怀寄古人》等。另外，他的80多首"和陶诗"的诗风则趋于清雅。

刘因的近体诗，兼学唐宋而不着意求工，如《下山》、《雨晴》《西湖》等。其七律具有沉郁劲健之气，如著名的《渡白沟》，在元代七律中是不可多得的上乘之作。

刘因是著名的理学家，但其诗大端"不露儒生脚色"，没有在诗中卖弄性理之学。不过，刘因的七言近体时有好发议论的特点，也不免涉及理趣，如他的《读史评》、《寒食道中》等。

刘因的词也很著名，风格接近苏、辛，同时也受元好问的影响。于豪放中趋于恬淡，如［玉漏迟］《泛舟东溪》：

故园平似掌。人生何必，武陵溪上。三尺蓑衣，遮断红尘千丈。不学东山高卧，也不似、鹿门长往。君试望。远山罨处，白云无恙。自唱一曲渔歌，觉无复当年，缺壶悲壮。老境羲皇，换尽平生豪爽。天设四时佳兴，要留待、幽人清赏。花又放。满意一篙春浪。

除词之外，刘因的散文也受人推重，其散文少写景记游或抒情之作而多有议论，如《田孝子碑》、《辋川图记》、《吊荆轲文序》等。或语言畅达，或雄辩有力，或具有阳刚之气。风格多样，不蹈袭任何一家而自成一家。

第三节　张弘范及其他河北诗文作家

张弘范，又作张宏范，字仲畴，易州定兴（今河北省定兴县）人。其生平事迹见前。至元十六年（1279年），灭宋于崖山，"磨崖山之阳，勒石纪功而还"，因而是个备受争议的人物。可以说，张弘范为元王朝的建立立下了汗马功劳。他既是一位杰出的军事家，同时又是一位著名的诗人。有诗词曲传世。《四库全书》存有其《淮阳集》，收诗歌120余首，词30余篇。

张弘范120余首诗歌都是五七言近体。其诗题材内容较为广泛，如纪行、抒怀、怀古等侧重个体情感的抒发，带有较为强烈的主观意识，抒情主体显露，诗风慷慨。尤其是"功名"主题，在《淮阳集》中表现突出，如

明年事了朝天去，铜柱东边第一功。（《南征二首》其一）①
六月长安道，功名两字催。（《夏日道中》）
等闲岁月过难在，劳落功名拙自伤。（《初夏》）

---

① 文渊阁：《四库全书》集部五《淮阳集》，以下引文同。

都是将自己的追求与功名相联系。因为仕途得意，张弘范对前程充满信心，诗中亦常以祖逖典故自励，如《述怀》：

> 春风满鬓绿蓬松，落落胸怀气吐虹。节操自知坚雪竹，行藏未必属转蓬。歌中牛角两行泪，舞彻鸡声一剑雄。肯似少年场上客，笙箫日醉软香中。

虽然戎马操劳，但雄心不减；虽然漂泊辛苦，但闻鸡起舞，不愿歌舞升平、虚度光阴。在这种表明心迹的诗篇中不讳言功名，却并不意味着如此奋斗是为自己的富贵前程，而是为战争尽早结束，百姓早日安宁。比如弘范词中就有"谁忆青春富贵，为怜四海苍生"（《木兰花慢·南征》其二），"仰报九重圣德，俯怜四海苍生"（《木兰花慢·南征》其三）之句，《过江》更是理解其战争观的一首重要诗歌：

> 磨剑剑石石痕裂，饮马长江江水竭。我军百万战袍红，尽是江南女儿血。

诗风雄放，末句对战争给百姓带来的苦难由衷痛惜。其悯人情怀和厌战情绪显而易见。

张弘范在诗歌中也流露出较为强烈的功成身退思想，如"秋风咫尺襄樊了，好约扁舟泛五湖"（《襄阳答王仲思》），"此行幸见太平了，收拾琴书觅旧游"（《寄枢密院郭良弼》），此类诗歌多作于征战途中，或与人交往应酬。这种兼济天下、功成身退的想法与李白颇为相似，故在其诗中常常呼唤唐代谪仙："何当呼李白，同醉凤凰台。"（《月夜独酌》）"更沽一斗酒，须到百篇诗。"（《醉中遣兴六首》其四）"好携一壶呼李白，扁舟归去醉沧浪。"（《晚凉》）可以想见，作者与狂放的诗仙有着类似的气质和功业理想，所以以李白自况。

当然，积极入世、助元攻宋在宋末之时是颇受争议的，但也应看到其特殊时代和思想背景。张弘范父张柔生于1190年，此时北宋亡国；张弘范生于1238年，此时金亡国。作为北方汉人，弘范实际不曾有大宋渊源。在蒙古军铁蹄之下，士人儒生更是倡言"吾闻用夏变夷者，未闻变于夷者也"①。弘范早年曾师从郝经，这位北方大儒在张柔家多年，其思想也不可避免影响到弘范。郝经提出"行中国之道则中国之主"②。可以理解为这是当时北方士人为实现自我价值而逃避传统思想谴责而找到的理由，但也是一种文化自信，是文明者在努力对野蛮者进行精神征服。同时，父亲张柔、兄弟弘略均以成就功业，为河朔豪族，有鉴于此，《淮阳集》中并无对民族观念的过多顾虑，其注重的多是个人价值实现与否，张弘范理直气壮地在诗歌中歌唱着自己的事业。他甚至讽刺元宋战争中的投降者，如《题曹娥庙》："一夕为亲尤尽孝，若为男子事如何。江淮多少英雄将，厚禄肥家学倒戈。"当时宋臣多有反而事北者，张弘范借曹娥尽孝反衬宋降将的失节，可见其心中以大元为正统。

四库馆臣谓张弘范的某些诗"置之江湖集中不辨也"，的确是行家之语。为何评价其为江湖诗风？笔者认为其原因有三：

其一，体裁相近。方回在《婺源黄山中吟卷序》中批评江湖诗人说："近之诗人，专尚晚唐，甚者至不复能为古体。"③而《淮阳集》中所收亦均为律绝近体。

其二，内容相近。"十载江湖叹不遭，识君岁月漫蹉跎。"④江湖诗人流落江湖，羁旅之愁主题表现最多。长期的将兵征战，也使弘范不由生发出羁旅之愁。他常自称为"倦客"、"客子"（《过双塔》），作者虽身居高位，但征战途中不禁也产生了对前途的担忧和感情的孤寂。另外，《淮阳集》中颇多写景、咏物、题画题材，关注身边琐碎事物，与江湖派诗歌所咏题材范围大体相同，甚至更为琐细。

其三，手法相近。弘范诗歌率意成篇，多用熟语，近乎《江湖集》。尤其是部分诗歌的抒情主人公不再是英雄豪杰，而是变为文弱书生，笔

---

① 杨伯峻：《孟子译注》，中华书局，1962年，第125页。
② 郝经：《陵川集》卷三十七《与宋国两淮置使书》。
③ 方回：《桐江集》卷三。
④ 陈起：《江湖后集》卷十三，王谌《题云海亭》。

触细腻，感受敏锐，境界狭小，如：

> 争泥燕子情应喜，抱蕊游蜂意欲阑。《春阴》
>
> 枝上娇莺啼恰恰，树边舞蝶意总总。《风柳》
>
> 香盈脾蜜蜂衔歌，泥足梁巢燕寝便。《和郑云表初夏》
>
> 香满蜜脾蜂翅懒，泥干画栋燕巢全。《初夏》

这些诗句情调近于韩偓"香奁体"，给人以矫揉造作之感。虽然作者是在表现悠然闲适的情绪，但总感觉"终隔一层"，与作者身份不符。就其中较多的咏物诗而言，前人咏物多源于《橘颂》，托物寓意，张弘范的咏物诗则以"浅"为特征：语言浅显，表意浅露，如《烛泪》："惜别终宵话不休，煌煌灯烛照离愁。烛花本是无情物，特向人前也泪流。"虽然缠绵有致，但翻用杜牧《惜别》诗意，并无创新。

陈起《江湖集》刊于1225年，《江湖续集》刊于1233年，江湖诗派领袖刘克庄卒于1269年，其他重要诗人戴复古约卒于1253年，方岳卒于1262年。张弘范生于1238年，卒于1280年，此时的江湖诗风在南中国正是风行时期。张弘范出征南宋，心中推重的文人除了经济救国的儒生，自然就是江湖诗人。且自古中国文化多以南方为中心，从张弘范任用邓光荐为子师之事，可以推断其对南方文化更为重视。国难当头，江湖诗人的干谒生活使自己处于与人交往的下层，习惯于被人俯视，因此柔弱的文人气在社会中显得更加明显。张弘范对文化的重视，对诗歌的热爱，当引申为对江湖文士身份的认同。

北方重儒学的经世致用，而南方玄而虚的观念所影响的纯文学则多为遣兴抒情的载体。江湖诗人的创作主张与张弘范的个体创作也相吻合。张弘范所向往的是儒将风度，以能诗自负，诗做得也容易。"率意吐辞"，"未尝属稿，篇什随手散落"的作诗方式，是此种认识的表现，也是《淮阳集》中多近体诗的原因。当然，这种作诗态度带来的是诗歌的"率性"，也有"粗疏"。《淮阳集》中的"为擘愁眉须赖酒，欲言雅志岂无诗"；"闷上心来须赖酒，愁驱睡去胜如茶"等句的苦寒风味，无不是把自己身份伪装成文人雅士，是人为的个人社会地位降低，实际内心则以自己武将能诗自傲。

武将能诗者少，《陔馀丛考》卷四十曾举斛律金、岳飞、张弘范等。张弘范的自身气质和战争经历，决定了其宗北方元好问的慷慨为诗，而对文化的推崇则造成内心对南方文化的看重和对江湖诗风的学习，两者综合而形成诗集中的矛盾。许从宣的序似乎较为公允：一方面称"雅韵清辞，雍容谐协，固非介胄者之所能及"；一方面又说"英气伟伦，卓荦发扬，又岂拘格律法度之士所能道哉"。毕竟由于作者"事业之余，适其性情"的创作实际，其诗歌成就并不高，但考察《淮阳集》却对我们了解宋元易代时人们的文化心态，特别是这种比文人思想单纯的武将心态提供了帮助。

张弘范亦能词，有《淮阳乐府》，今存词30余首。其词多有反映宋元之战争的，如［木兰花慢］（混鱼龙入海）、（功名归堕甑）、（乾坤秋更老）三首，四库本《淮阳集》题作"征南三首"。又其［满江红］（襄阳寄顺天友人）、［鹧鸪天］（围襄阳）等，都是此类作品。弘范词慷慨激昂，风格豪放，展现出其叱咤风云的英武之气，如［鹧鸪天］（围襄阳）：

> 铁甲姗姗渡汉江。南蛮犹自不归降。东西势列千层厚，南北军屯百万长。弓扣月，剑磨霜。征鞍遥日下襄阳。鬼门今日功劳了，好去临江醉一场。

再如［木兰花慢］（混鱼龙入海）：

> 混鱼龙入海，快一夕，起鲲鹏。驾万里长风，高掀北海，直入南溟。生平许身报国，等人间、生死一毫轻。落日旌旗万马，秋风鼓角连营。炎方灰冷已如冰。馀烬澹孤星。爱铜柱新功，玉关奇节，特请高缨。胸中凛然冰雪，任蛮烟瘴雾不须惊。整顿乾坤事了，归来虎拜龙庭。

全词充满了自信。明周钺《淮阳集后序》谓之"据鞍横槊，意气豪放"，正是对这类词的准确评价。

曲作家卢挚亦工诗文，在元初影响很大，世称文与姚燧比肩，诗与刘因齐名。他的《卢疏斋集》、《疏斋后集》已不传。清顾嗣立《元诗选》三集选其诗53首。今人李修生《卢疏斋集辑存》收其诗57首，词22阕，文17篇。① 另有文论著作《文章宗旨》。

卢挚的诗以五言为佳，风格清新飘逸，如《寄博士萧征君维斗》：

> 秦中幽胜地，乃在终南山。盘石负磊磊，清泉散潺潺，侃侃古君子，叠叠泉石间。图史纷座隅，衡门昼长关。种菊餐落英，袭芳佩秋兰。道腴德充符，怡然有余欢。鸣鹤时一来，似爱孤云闲。孤云不能飞，鸣鹤遂空还。濯濯桃李艳，郁郁松柏寒。羲和驶春晖，岁晏霜露繁。感物有深微，怀哉邈难攀。②

元人吴澄说他的古体诗"类晋清言"③，可见出他作诗宗汉魏的倾向。

卢挚的散文也受到前人的极力推许，在其现存的20余篇中，《华阴清华观碑》、《移岭北湖南道肃政廉访司乞致仕牒》写得较好。

卢挚有文论《文章宗旨》，在诗文方面主张复古："大凡作诗，须用三百篇与《离骚》，言不关于世教，义不存于比兴，诗亦徒作。""清庙茅屋谓之古，朱门大厦谓之华屋可，谓之古不可；太羹玄酒谓之古，八珍谓之美味可，谓之古不可。知此者，可与言古文之妙矣。夫古文以辨而不华，质而不俚为高；无排句，无陈言，无赘辞。"并肯定："夫诗，发乎性情，止乎礼义。"这种看法，正是他自己创作实践的体会和总结，也代表了元初诗坛对于诗文的基本见解。

元代河北的诗文作家值得提起的还有杜瑛、侯克中和宋本、宋褧兄弟。现分别简述如下。

---

① 李修生先生在其主编的《全元文》中又将卢挚的文章增收为21篇，江苏古籍出版社，1999年。
② 顾嗣立：《元诗选》，中华书局，1987年，第106页。
③ 顾嗣立：《元诗选》三集"卢挚小传"，中华书局，1987年，第104页。

　　杜瑛（1204~1273年），字文玉，号缑山。霸州信安（今河北省霸县）人。其生平事迹，《元诗选》三集载之甚详。大略谓：瑛在金朝将亡时曾隐居河南缑氏山中，读书讲学，博览古今，金亡后，又一度展转于汾晋间，中书粘合珪开府于相州，应其聘，遂家于相州。后元世祖征南，见而喜之，欲大用，杜瑛以疾病辞。左丞张文谦宣抚河北，奏为怀孟、彰德、大名等路提举学校官，杜瑛又辞而不就，专心于著述，至元十年卒于家，年70岁。元文宗天历间，赠资德大夫、翰林学士、上护军，追赠魏郡公，谥文献，著有《缑山文集》10卷，今未见传本。现存诗约20首。

　　清顾嗣立《元诗选》录其诗11首，基本都是七言律诗。其诗格调高古，如《西陵》：

　　　　望眼凭高入杳冥，偶随飞鸟到西陵。波声冷撼苍崖石，霜气晨凝老树冰。自谓摸金神可侮，岂知破家鬼还憎。却怜横槊英雄志，留与诗人说废兴。①

全诗充满沧桑之感。咏史感时，读之令人荡气回肠。其他如《秋思》、《汤阴道中》、《晓出相州》等，诗风近于杜甫。

　　侯克中，生平事迹见前。其《艮斋诗集》是流传不多的元人别集。有《四库全书》本14卷，存诗500余首。关于其诗的风格，《四库全书总目》评价说："其诗颇近击壤一派，多涉理路，而抒情赋景之作，亦时有足资讽咏者。"这应与其研究《易经》影响有关，如：

　　　　案牍勤劳自幼年，慨然岁晚授韦编。姓名亦与廉能列，乡里仍闻孝友传。政固在宽须尽义，民虽常爱必亲贤。一言为汝终身戒，好恶无私可与权。

这是侯克中送其弟子郭郁为官的"官箴"，虽意正辞严，然不免多涉理

　　①顾嗣立：《元诗选》，中华书局，1987年，第42页。

路，淡而无味。

侯克中自幼双目失明，但其交游甚广，足迹遍布大江南北，他的不少诗篇涉及杭州、姑苏、潭州等地，对久客于外的生活体验较之常人更为真切，如《久客》：

> 久客情怀触处伤，乐天老去不能忘。风敲砌竹秋无际，月转庭槐夜未央。几缕腥涎蜗篆细，一缄乡信雁声长。异乡何幸多知己，兰秀荪馨菊又芳。

久客他乡而寻求"异乡知己"，可能成为盲人侯克中活跃于南北诗坛的主要动力。

宋本（1281～1334 年），字诚夫，原名宋克信。大都宛平（今北京市西南）人，早年随父任游学于江南，后与其弟宋褧为应试回到大都。因兄弟二人先后及第并入馆阁，时人并称"大小宋"或"二宋"。《元诗选》二集小传谓：本至治元年（1321 年）为廷试第一，赐进士及第，授翰林修撰，后历任监察御史、国子祭酒、兵部员外郎、吏部侍郎等职，至顺元年（1330 年）进奎章阁学士，次年擢礼部尚书，后转集贤直学士，兼国子祭酒经筵官，年 54 岁卒。赠翰林直学士、范阳郡侯，谥正献。其弟褧辑其诗文集为 40 卷，曰《至治集》。《至治集》已散佚，然《永乐大典》残帙有《至治集》佚诗近 70 首，《元诗选》选其诗 24 首，目前可辑出宋本诗大约 100 首左右。[1]

七律《大都杂诗四首》是其代表作。明胡应麟《诗薮》外编卷六认为"全篇整丽，首尾匀和"。其第四首为：

> 形势全燕拥地灵，梯航万国走王城。狗屠已仕明天子，牛相宁知别太平。玄武钩陈腾王气，白麟赤雁入新声。近来朝报多如雨，不见河南召贾生。[2]

---

① 杨镰：《元诗史》，人民文学出版社，2003 年，第 310 页。
② 顾嗣立：《元诗选》，中华书局，1987 年，第 497 页。

宋褧，宋本之弟，其生平事迹见前。一生倾向于诗，有诗文集《燕石集》15卷，今有传本。《元诗选》二集录其诗 165 首。顾嗣立为其所作小传引称时人评其诗曰："其诗务去陈言，虽大堤之谣，出塞之曲，时或驰骋乎江文通、刘越石之间。而燕人凌云不羁之气，慷慨赴节之音，一转而为清新秀伟之作，吾知齐鲁老生不能及是也。"（欧阳玄语）"其诗清新飘逸，间出奇古，若卢仝李贺之流，益喜其词以模拟之。"（苏天爵语）"公之于诗精深幽丽，而长于讽谕，用成一家之言。"（危素语）。这些评价大体符合宋褧诗的风格，如《寄张仲容》二首：

城南城北渺风烟，一度论文月再圆。肠断而今更愁绝，蓬莱云隔楚江天①。
有情谁解不相思，罗帱风干叶落时。莫问离愁有多少，君归犹趁菊花期。

两人同住京城，然相见日少，如今又要分别，犹如蓬莱楚江，天各一方。诗虽短，却韵味悠长，表达了作者对契友张仲容惜别与盼归的复杂感情。

宋褧的诗还有一个明显的特点，即在一些反映个人思绪的诗篇中往往采用诗下自注的做法，注文详略不一，这有助于读者对其所表达情感的准确把握。如本诗自注说："仲容时以礼曹掾接漕舟在海上，先予一日出都。素与余契，谊甚厚，虽同居京师，然各以尘事稀复接见，常谓小别离欲赋一诗。此篇首二句，小别离起句也，今足成之。"

第四节　白朴及其他词人词作

据唐圭璋《全金元词》的搜集整理，元代河北籍的词人约为 20 人左右。他们是白华（真定，今河北省正定县）②、李治（栾城，今河北省栾城县）、杨果（祁州蒲阴，今河北省安国市）、刘秉忠（邢州，今河

_____

① 顾嗣立：《元诗选》，中华书局，1987 年，第 531 页。
② 白华，白朴父，字文举，号寓斋，祖籍陕州（今山西省河曲县）人，后徙真定（今河北省正定县）。入元后，与子朴同卜居滹阳。故学界一般认定他们为正定人。

北省邢台市）、白朴（真定，今河北省正定县）、胡祗遹（磁州武安，今河北省武安市）、魏初（弘州顺圣，今河北省阳原）、张之翰（邯郸，今河北省邯郸市）、卢挚（涿郡，今河北省涿州市）、张弘范（定兴，今河北省定兴县）、梁曾（燕人，今北京附近）、刘因（容城，今河北省容城）、鲜于枢（渔阳，今天津蓟县）、王沂（真定，今河北省正定县）、安熙（藁城，今河北省藁城市）、王结（定兴，今河北省定兴县）、张埜（邯郸，今河北省邯郸市）、宋褧（大都宛平，今北京市西南）、苏大年（真定，今河北省正定县）、李时（大都，今北京）。

与元代杂剧、散曲创作情景相同的是，在元代词的创作上，也存在一个影响很大的真定词人群。[1] 上述词人有很多都可归入这个群体。

以上词人中，在当时及后世产生较大影响的当是白朴。

白朴词作甚丰，晚年自编成集，名之《天籁集》，今存作品 104 首。白朴的好友、时任江南行御史台中丞的王博文在《天籁集序》中评其词曰：

> 太素与予，三十年之旧。时会于江东。尝与予言："作诗不及唐人，未可轻言诗；平生留意于长短句，散失之余，仅二百篇，愿吾子序之。"读之数过，辞语遒丽，情寄高远，音节协和，轻重稳惬，凡当歌对酒，感事兴怀，皆自肺腑流出，予因以"天籁"名之。噫，遗山之后，乐府名家者何人？残膏剩馥，化为神奇，亦于太素集中见之矣，然后继遗山者，不属太素而奚属哉！知音者览其所作，然后知余言不为过。[2]

这段话有两点尤其值得注意：一是白朴词"感事兴怀，皆自肺腑流出"，是他在元代这一特殊历史时期心路历程的真实写照，也可视为他的自画像；一是白朴词在风格上受到元好问等金遗民很大的影响。

---

① 真定在元代升为路，治所在真定（今河北省正定县）。其辖境相当于今河北省阜平、定州、藁县等市县以南，沙河、南宫等市县以北，饶阳、武邑、枣强等县以西地区。

② 王鹏运：四印斋本《天籁集》卷首《四印斋所刻词》，上海古籍出版社，1989 年，第 450 页。

　　白朴有幸在青年和中年时两次被当政者荐举入朝，但他都坚决拒绝了。终生未仕，"视荣利蔑如也"，这是他生平最引人注目的地方。然综观白朴的一生，其避仕却不避世，始终在关注着现实政治。在《天籁集》中，大约有 30 首可确定为是与最高统治者及官僚阶层有关的作品，这些词表现了白朴的政治态度、思想倾向和他的社会理想。比如〔春从天上来　至元四年，恭遇圣节，真定总府请作寿词〕"枢电光旋，应九五飞龙，大造登乾……皇祚绵绵，万斯年。快康衢击壤，同戴尧天"①。这一阕"寿词"是直接为元世祖歌功颂德的。他在一首〔西江月〕中说："四海幸归英主，三山免化飞仙。大家有分占桑田，近日蓬莱水浅。"显见也是在歌颂蒙古统治者，称赞他们是统一国家，结束分裂的英明之主。当然，这其中也寄寓了白朴希望政治清明、吏治廉洁的社会理想。

　　白朴一生与上层官僚集团的显贵一直保持着密切的联系，如史天泽和张柔二家族以及吕文焕、吕师夔叔侄、卢挚、王博文、李元让、张大经等。所以，元初的很多重大政治事件在其词中都得到了反映，如〔凤凰台上忆吹箫〕：

　　　　笳鼓秋风，旌旗落日，使君威震雄边。羡指麾貔虎，斗印腰悬。尽道多多益办，仗玉节、亳邑新迁。江淮地，三军跃武，万灶屯田。戎轩，几回□□，□画载门庭，珠履宝筵。惯雅歌堂上，起舞樽前。况是称觞令节，望醉乡、有酒如川。明年看，平吴事了，图像凌烟。

这首词作于 1254 年，白朴 29 岁。② 时蒙古军民万户张柔镇守亳州，白朴很可能是以幕僚的身份随军前往的，并赋此词以赠。对张柔在灭宋战争、实现一统事业上寄予了极大的期望。其他如〔水龙吟·送史总帅镇

　　① 唐圭璋：《全金元词》，中华书局，1979 年，第 624 页。以下引文版本同。
　　② 此依据胡世厚先生的考证结论。参见胡世厚：《白朴论考》，中州古籍出版社，1991 年。

西川］、［水龙吟·九月四日为江州总管杨文卿寿］、［西江月·李元让赴广东帅府］等，都鲜明地表明了白朴对元灭宋的政治态度。

白朴的不忘世情，还表现在他对民生疾苦的同情，如［朝中措］：

> 田家秋熟办千仓，造物恨难量。可惜一川禾黍，不禁满地
> 螟蝗。委填沟壑，流离道路，老幼堪伤。安得长安毒手，变教
> 四海金穰。

这首词对黎民百姓的苦难充满了深切的关怀和同情。也足以说明白朴并不是超凡脱俗、不问世事的隐士，而是对世情的始终不能忘怀和对苍生的牵挂。

自觉或不自觉地流露故国之思，也是《天籁集》的主要内容之一。如［水调歌头·感南唐故宫，就隐括后主词］：

> 南郊旧坛在，北渡昔人空。残阳淡淡无语，零落故王宫。
> 前日雕阑玉砌，今日遗台老树，尚想霸图雄。谁谓埋金地，都
> 属卖柴翁。慨悲歌，怀故国，又东风。不堪往事多少，回首梦
> 魂同。借问春花秋月，几换朱颜绿鬓，荏苒岁华终。莫上小楼
> 上，愁满月明中。

此词作于白朴客居金陵时。借古喻今，在怀古的惆怅中曲折表达了故国之思。其他如［水调歌头］（苍烟拥乔木）、［沁园春］（独上遗台）、［瑞鹤仙］（夕阳王谢宅）等，都属于他的金陵怀古之作，这几乎成了他一个长写不衰的主题。另外，他的［水调歌头·咸阳怀古］诸作，都隐寓着对金朝故国的眷恋深情和沉痛悼念，以及对其覆灭原因的反省。同时也体现了他对历史真谛的探索和对人生意义的思考。

这种心态，导致了他在人生的道路上便选择了不愿出仕、蔑视功名利禄、逃避尘世，徜徉山水，以求自适的生活，这又成为其词作的另一主导内容，如［沁园春·自古贤能］、［绿头鸭·黯销凝］、［水调歌头·朝花几回谢］、［西江月·渔夫］等，都清楚地表明了其追求隐逸闲适的

志趣。

《天籁集》中还有部分艳情词，描写其"花月少年场"的生活，这与其出入勾栏瓦肆，与歌妓乐工交往，参与杂剧创作的活动有关。有些词也表现了其放浪形骸的玩世生活态度，如〔满江红·庚戌春别燕城〕：

> 云檠犀枕，谁似得、钱塘人物。还又喜，小窗虚幌，伴人幽独。荐枕恰疑巫峡梦，举杯忽听阳关曲。问泪痕、几度浥罗巾，长相续。南浦远，归心促。春草碧，春波绿。黯销魂无际，后欢难卜。试手窗前机织锦，断肠石上簪磨玉。恨马头、斜月减清光，何时复。

这首词作于 1250 年，白朴时年 25 岁，写其迷恋青楼，与所欢分别时的绵绵之情。

白朴词风格多样，大体而言，他受元好问的影响很大。元好问推崇苏、辛，风格遒劲雄健，豪放旷达，这在《天籁集》中也常常显现出来，如〔秋色横空·儿女情多〕等，朱彝尊评之曰："兰谷词源出苏、辛，而绝无叫嚣之气，自是名家。"[①] 当然，白朴词中又有婉约清丽的一面，显见也受到了婉约词的影响。

---

① 朱彝尊：《天籁集跋》，《天籁集》卷首，上海古籍出版社，1989 年，第 449 页。